御製

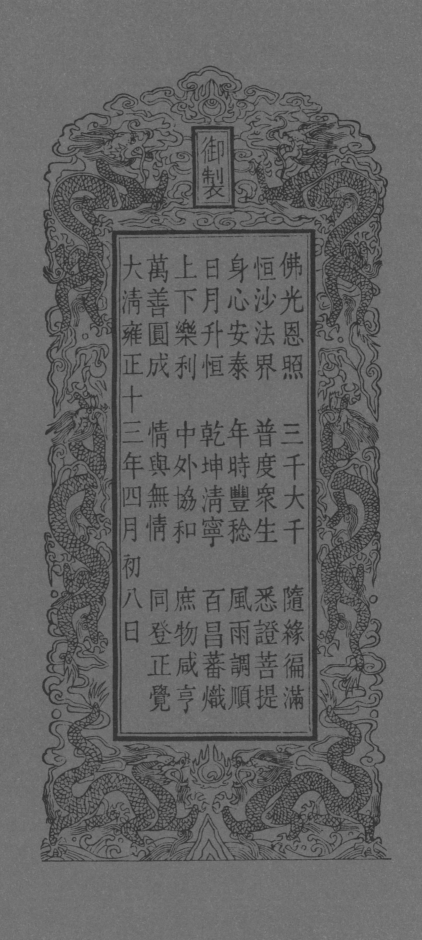

佛光恩照　三千大千　隨緣徧滿

恒沙法界　普度衆生　悉證菩提

身心安泰　年時豐稔　風雨調順

日月升恒　乾坤清寧　百昌蕃熾

上下樂利　中外協和　庶物咸亨

萬善圓成　情與無情　同登正覺

大清雍正十三年四月初八日

第一四一册　此土著述（三一）

首楞嚴經義海

清刻龍藏佛說法變相圖

首楞嚴經義海卷第二十二之一 經八

凡遇圖相即是標辭與疏同其上文

○後返妄歸真辨地位之相○三

○初辨漸次修行二

初結前生後二

初結前顛倒因

疏一返妄歸真辯地位之相前由無明動彼靜心從細至麤遂成三相及二顛倒又由世界和合相涉根塵相對成業性故十二區分類生差別流浪苦海如汲井輪其猶空華於湛精明亂生亂滅此皆塵勞煩惱汙染真性不得清淨今欲轉染歸淨返流復源故云漸次修行以爲對治下喻云如淨器中除去毒蜜以諸湯水并雜灰香洗滌其器後貯甘露由乎漸次以立其位也

阿難如是衆生一一類中亦各各具十二顛倒猶如揑目亂華發生顛倒妙圓真淨明心具足如斯虛妄亂想衆生妄心無始熏習業苦種子如恒河沙何嘗十二八萬四千故一一類復具十二○二於妙圓中皆是狂勞目亂華相○標一切衆生種種幻化皆生如來圓覺妙心故一念妄動諸相具足也○解孤山曰各具即互具也以一一類心妄種皆足一則現起名事

造餘則寘伏名理具以妄本無體元是眞心是故妄具即是眞具具無具相一切皆空如是了知始可議道

後生後漸次法

汝今修證佛三摩提於是本因元所亂想立三漸次方得除滅如淨器中除去毒蜜以諸湯水并雜灰香洗滌其器後貯甘露疏眞心如器顛倒即毒蜜湯水等即戒定慧洗即修習甘露即無生忍若本無垢亦無修證既有修證須具衆因故此三種皆爲本也○解私謂淨器喻伏惑行人以上文令其立三漸次除諸亂想是則身器清淨也除去毒蜜并除其助因及刳其正性也湯水如正行灰香如助行甘露譬所證之理

後正辨修行二

初徵列

云何名爲三種漸次一者修習除其助因二者眞修刳其正性三者增進違其現業疏前問至何漸次得修行目令此第二正名修行故云眞修五種辛菜名爲助因以能資助煩惱業故婬盜殺妄名爲正性以是生死根本解脫宼故根塵偶對流逸奔趣正是無明現行業用是故除而去之刳而空之違而背之苟三行漸著功用漸成六用不行返流全一妙圓平等身心快然是人即獲無生法忍○解孤山曰言漸次者事漸理圓不同徧教之漸也問此三漸次於天台六即中屬何位耶答名字中修能成觀行及發眞似也

後別釋三

初除其助因二

初總指食爲助因

云何助因阿難如是世界十二類生不能自全依四食住所謂段食觸食思食識食是故佛說一切衆生皆依食住疏皆依食住者食以資益諸根大種心心所法能生喜樂相續執持故有四種段謂分段以欲界香味觸三正消變時有資益義乃名爲食觸食謂根境識三和合能引意識相應觸起根觸對前境能生喜樂資益諸根及心心所故思食謂意識相應思與欲俱轉於可意境希望偏勝有資益義故識食謂第八識由前三食緣助勢力食此第八體有增勝故能執持諸根大種能與諸法爲長養因有攝益義故名爲食如四食章○標段食一分一段古謂

摶食不使匙筯手摶而食唐義淨三藏改爲段食○解儁李曰若約三界辯之段食唯在欲界以色無色界無香味二塵餘之三食徧通三界

後別示食辛過患三

阿難一切衆生食甘故生食毒故死私謂此舉段食之損益欲除五辛之助因也以五辛能發婬恚猶毒死之食焉

初勸令除斷

是諸衆生求三摩提當斷世間五種辛菜疏有資益義皆名爲甘不正消變能壞身心皆名爲毒五辛者謂大蒜茖葱慈葱蘭葱興蕖是五性熱氣葷味辣修行者食能殺法身如食毒也故須斷之○解孤山曰五辛者楞伽經云葱蒜韮薤興蕖也應法師云興蕖梵音訛也正云興宜慈愍三藏云根如蘿蔔出土辛臭慈愍冬到彼土不見其苗則此方無故不翻也

次示過患二

是五種辛熟食發婬生噉增恚如是世界食辛之人縱能宣說十二部經十方天仙嫌其臭穢咸皆遠離諸餓鬼等因彼食次舐其脣吻

初現同鬼住

常與鬼住福德日銷長無利益疏生死根本無過婬殺此五能助復加葷穢引諸邪惡汙清淨道故福德天衆捨離無益諸鬼同住也唯增癡惑失正眞道修三昧者豈不誠之○標初機後學見性未明須具此戒若不斷辛縱有聰利邪鬼來歎

後終作魔民

是食辛人修三摩地菩薩天仙十方善神不來守護大力魔王得其方便現作佛身來爲說法非毀禁戒讚婬怒癡命終自爲魔王眷屬

後結成行

受魔福盡墮無間獄疏臭辣葷穢非可聖意故不守護魔不持戒而修邪定及修世福遂感魔宮以定福力且順生報其毀禁業順後方受故云福盡墮獄○標凡修行須具信根持此助因若不奉行爲魔眷屬○解以修禪福故暫生魔天以毁戒罪終墮地獄

次判其正性二

阿難修菩提者永斷五辛是則名爲第一增進修行漸次疏標助因者是初心人入道基址

初勸持戒一

初正勸止持三

云何正性阿難如是衆生入三摩地要先嚴持清淨戒律永斷婬心不餐酒肉以火淨食無啖生氣

初正明

疏正性者此殺盜婬性是罪故復是生死根本性故然飲酒合是助因今爲正性者以過惡深於辛故以火淨食者以淺況深生果尚須淨食何況酒肉婬盜殺妄涅槃護譏嫌戒與性重等故須防微免致大過○解私謂如律中五果之屬皆須淨人以火淨之然後得食防壞生故

次反顯

阿難是修行人若不斷婬及與殺生出三界者無有是處疏豈有具諸功德出離之體而從婬盜殺妄中得必不然也○標三界苦海婬殺爲根本

後順結

當觀婬欲猶如毒蛇如見怨賊疏毒蛇怨賊能殺生身不損法體婬欲能損法身慧命眞修行者必須永斷涅槃經說菩薩觀愛有九種過患一如債有餘二如羅刹女婦三如妙華莖有毒蛇四如惡食性所不便而強食之五如婬女六如摩摟迦子七如瘡中臭肉八如暴風九如彗星下文云十方如來色目行婬同名欲火菩薩觀欲如避火坑

後教行次第

後明利益二

初遠多過累

先持聲聞四棄八棄執身不動後行菩薩清淨律儀執心不起疏比丘四重尼復加四謂觸八覆隨故云八棄梵云波羅夷此云棄謂犯此者永棄佛法外邊猶如死屍大海不受故名爲棄入大乘道而先學小者十輪經說若不先學小乘即學大乘無有是處乃至云無力飲河池詎能吞大海是故一切菩薩皆先學三乘唯不究竟證於小耳○標小乘戒律身觸爲犯大乘戒律起心即犯四棄殺盜婬妄爲性戒亦謂之四根本罪是比丘所持律因此生二百四十六條輕重之律八棄如前四亦二百四十六條都五百也菩薩只十波羅夷也○解此無正譯義當棄也後衆法絕分爲名如彼死屍衆所不受

後獲多神用

禁戒成就則於世間永無相生相殺之業偷劫不行無相負累亦於世間不還宿債疏三緣若斷三因不生故於世間不相酬還皆由持戒成就故爾○解不婬故無相生乃至不安故不還宿債以大妄語貪具供養故約位言之應在外凡觀行之中

是清淨人修三摩地父母肉身不須天眼自然觀見十方世界覩佛聞法親奉聖旨得大神通遊十方界宿命清淨得無艱險是則名為第二增進修行漸次疏持戒清淨魔事不生觀行既成故能發用於父母所生之身得相似五通此同法華觀行持經於現身中獲六根淨又云雖未得天眼但用父母所生眼徹見三千界等○標此真修永斷殺盜婬妄盡此報身獲宿命通永出三界十方無礙也

後違其現業二

云何現業阿難如是清淨持禁戒

初返流全一

人心無貪婬於外六塵不多流逸疏由前起後也清禁既圓觀行仍就於六塵境已知虛幻終不信任隨流奔逸妄有所著因不流逸旋元自歸塵既不緣根無所偶返流全一六用不行疏正違現業也既不隨塵復歸元性元性之中本無根塵夫何為偶根境不生六用不起唯一圓常妙覺明體此同觀音圓通生滅既滅寂滅現前也故上偈云一處成休復六用皆不成塵垢應念銷成圓明淨妙○解私謂因不流逸由斷客塵煩惱也旋元自歸漸入如來藏理也塵既不緣下此又進破根本無明前屬似位但云不多流逸今取一真證乃是根塵泯亡逆無明流純一真性微細生滅六用不行

次獲忍無生

十方國土皎然清淨譬如瑠璃內懸明月疏此敘證真相也國土融真圓明體現故如瑠璃內懸明月清淨者空義瑠璃明月空假中也故圓覺云覺圓明故顯心清淨心清淨故乃至一世界多世界清淨等身心快然

妙圓平等獲大安隱前則世界圓明此則身心圓明本由迷倒身之與心外洎山河虛空大地咸是妙明真心中物今復本源故身心世界妙圓平等更無差別法界一相創證此境快然安隱即分得涅槃安隱處也**一切如來密圓淨妙皆現其中**此獲聖德即所證理顯也現謂顯發理智行三名密圓淨即涅槃三德也一一德中具一切法三一無礙故稱為妙此三種法諸佛所證是佛果德攝盡十方三世佛法今日於此一念顯現通達無礙故云皆現其中○解先顯依報淨有法有喻次顯正報淨有自有他自則三德圓證他則諸佛同體**是人即獲無生法忍**疏結能證也真如實相名無生法無漏真智名之為忍得此智時忍可印持法無生理決定不謬境智相冥名無生忍華嚴初住餘經初地是得忍位今經第三漸次便得此忍迥異餘說於此忍中隨所證得不異而異即立諸位故名聖位此則初漸次正修觀行第二漸次觀成入似第三漸次既言獲無生忍即同初住○標皎然清淨者得一念無相空觀譬如瑠璃得無法不備假

後結顯立位

觀內懸明月不一不異中觀一切如來密圓淨妙皆現其中者證二德祕藏也前迷於心認物為已本源今復身心平等**從是漸修隨所發行安立聖位**解此中別指初住以上名為聖位若下文云以三增進故能成五十五位真菩提路則通取十信也**是則名為第三增進**

○次明地位差別九

修行漸次疏從此第三漸次隨起何行隨行附義以立位名不離前來密圓淨妙境智行也○標旋元自歸受陰已盡從是凡身上歷菩薩六十聖位得意生身隨往無礙○疏二明地位差別夫論地位者皆是諸佛菩薩親證境界約斷伏次第發真妙用功力淺深以立位次起信論云相似覺隨分覺究竟覺以分地前地上及究竟位華嚴經智度論約入大海辯功用淺深但遲速有異分根性利鈍如涉長途非無里數諸大乘經若說平等法界無佛無衆生則無地位可立如華嚴經云衆生妄分別有佛有世界若了真法性無佛無世界楞伽云無有佛涅槃六無涅槃佛遠離覺所覺又云寂滅真如有何漸次上文云妙性圓明離諸名相本來無有世界衆生此等

令觀一眞法界本來平等無修無證亦無迷悟故無地位可立此顯心眞如門也若依心生滅門有迷有悟識然修證差別不同且圓頓大乘無過華嚴涅槃仁王瓔珞大品法華等經雖明法界平等無說無示而菩薩行位終自炳然故華嚴云不爲鈍根下劣衆生說於地位仁王云若言越此地位得成佛者是魔所說此則異諸外道天魔

各自謂得無上覺道不說地位今顯佛法有不思議功德曠劫修行因圓果滿方稱究竟又諸經論建立地位多少不同仁王五十一位瓔珞五十二位華嚴四十一位大品四十二位此經五十七位下文復云六十聖位聖說不問或開或合各是下意若約天台圓教位次對今經者有同有異同故地前俱是證位異故此乾慧心是第三漸

次無生忍中隨義建立不同天台入初住時方證無生忍也○解私謂上三漸次且約麤細前後分別若圓修者豈不以違其現業爲創心發觀之本歟故第一漸次即云修菩提者永斷五辛也當知菩提無漸次漸次取菩提譬如滄溟太霄詎可涯量由操舟擧翮之異而里數生焉此下乾慧地等即後二漸次之所階也孤山以瓔珞五十

二位對今辯之有一合三隔之相一合者合十信爲乾慧地也三開者開初住爲十信心開十向爲四加行開等覺出金剛乾慧地也今詳此說唯四加行開相則顯餘不應然至下銷文當見其義

初乾慧地

阿難是善男子欲愛乾枯疏持戒清淨遠離貪婬故名初乾即斷煩惱障也乾義有二一欲盡故曰乾二但慧故曰乾今即初義根境不偶由三昧力逆流全一破所知也○解是善男子指圓教外凡之人也不可躡上安立聖位而爲次第以漸次是通明修行從微至著地位是別示凡聖自下升高人未審之便將此地作無生忍位釋之者誤矣欲愛乾枯者且從麤惑言之若通說者即圓修三觀頓伏五住乃觀行成相也根境不偶者此與上文塵旣不緣等名義雖同麤細誠異現前殘質不復續生疏報障盡也亡欲愛故無潤惑根境不偶故無業性縱有業苦種子無潤不生盡此報身更不相續即生實報土也此即惑業苦亡無潤生理即乾義也○解由欲愛乾枯則於世間永無相生相殺之業故此身若謝來報不生準天台以五濁輕重分同

二十信位二

居淨穢今五濁既輕即當捨穢而趣淨矣

執心虛明純是智慧慧性明圓鎣十方界

疏戒定既圓從此發慧即轉前三障純成智慧慧光發明鎣十方界即慧義也○解人法二執了無實性故曰執心虛明即惑成智體具寂照故曰鎣十方界

乾有其慧名乾慧地

疏結名也此即但有其慧故前云純也既云隨所發行安立聖位故約欲枯返流純成智慧未沾果海法流之水故受此名此約無生忍中義說故爾眞謂圓融不礙行布下皆倣此

初躡前總示

欲習初乾未與如來法流水接

躡前乾慧義也創乾欲愛果法未沾即用此心爲信方便標如來者顯是果法此下總示。解大品十地初立乾慧天台於圖教判信前立五品位且曰義推如大品乾慧地也噫智者隋時此經未至而所立名位懸契佛心非聖人孰能是哉沇師亦謂此經乾慧是天台五品位但不合兼定六根清淨耳問既云未與如來法流水接豈非須指初住分眞爲法流耶答信之與住俱預法流請以喩觀自明兩相故前

後正開十心

文云如澄濁水貯於靜器靜深不動沙土自沉清水現前名爲初伏客塵煩惱去泥純水名爲永斷根本無明斯則顯以通別二惑爲濁流眞中二理爲清水驗令乾慧未入信心

即以此心中中流入

以觀行心緣中道理相續無間流入初信

圓妙開敷

疏此標也即用此乾慧中智合中道理理智俱中故名中中又離一切二邊相故雙照二諦無不眞實又此中智念念相繼而進上位故云中中流入言流入者顯無功用住運而進也以證中道自然流入薩婆若海此則更增一番智斷功能故云圓妙開敷此即於乾慧心增明觀智以爲方便得入十信

從眞妙圓重發眞妙

釋也上句釋此心流入下句釋圓妙開敷

一信心

妙信常住一切妄想滅盡無餘中道純眞名信心住

以中道智證法界一體三實於實德能深忍樂欲冥合常住清淨妙心名爲妙信此信即理亦名常住一切妄想滅無餘者即斷所知無明住地一斷徧斷始因迷覺成不覺人既圓妙智發翻不覺成覺故云一切滅盡無餘中道純眞者

妙智決定不偏不邪是佛正因不雜僞妄故云純眞以不住法即住其中故名爲住經中多說地住二位是發眞處今於乾慧信位立之表是證眞非是似解○解孤山曰此下十信雖與諸經十信同而於名下皆結住名故知即初住分開也況云中道純眞豈是相似位耶私謂夫如來設教被機不同此經以前權實未融地位多別如瓔珞所說先空次假後中之相也今既開權顯實豈以昔經而校量乎所以原始要終莫不皆用中道妙觀觀常住妙理苟不如是將何以顯此經純圓邪但依一家六即之義銷諸圓妙之文無相濫矣言圓妙開敷者即見惑先落三諦似顯也從眞妙圓等釋成上句謂從乾慧眞妙圓心重發此位眞妙信心心與理冥故曰妙信常住涅槃明須斷見惑如四十里水其餘在者如一毛滞今約此義云一切妄想滅盡無餘名信心住者信爲能住理爲所住也如無著立一十八住判金剛般若始地位亦何必初住方受住名終

二念心

眞信明了一切圓通陰處界三不能爲礙疏躡前信心也妙信常住不偏不邪純一眞如故云眞信明了一切圓通者了三科法無不是如也無明妄想既亡陰界自然解脫故云不能爲礙如是乃至過去未來無數劫中捨身受身一切習氣皆現在前是善男子皆能憶念得無遺忘名念心住妄想若存陰界爲礙忘失煩惱隨此而生今既妄滅陰消過未如一無遠無近所經未經一念現前此即過去宿命未來天眼明記不失故云爲念○解捨身受身即分段生死也一切習氣即思惑正使也故下文明五不還天所斷欲惑亦名習氣又應通指二死爲捨身總名五住爲習氣以上文云過去未來無數劫中故若爾則習氣之義不可取夫論垢衣香器爲喻

三精進心

妙圓純眞眞精發化無始習氣通一精明唯以精明進趣眞淨名精進心疏圓妙淨智無二邊之雜無妄想之僞故云純眞現用自在故云發化乃能融通習氣唯一精眞以眞精智進趣眞淨行故名精進○解化變也變諸妄習純成眞明言其精也唯以下示其進也

四慧心

心精現前純以智慧名慧心住疏真精之心明了顯現此現前心純是圓智用名慧心智之與慧左右言耳○標躡前心也真智真理屬根本智

五定心

執持智明周徧寂湛寂妙常凝名定心住疏智照凝明無動無亂照而常寂湛然不動故曰定心○解周徧寂湛謂定之用寂妙常凝謂定之體

六不退心

定光發明明性深入唯進無退名不退心疏寂定慧光互相明發於理於行唯深唯進故云不退○標定光發明寂而常照唯進無退體即是用

七護法心

心進安然保持不失十方如來氣分交接名護法心疏寂照增進不動不退故云安然保任護持令此與佛冥然通合故云交接由保持故名爲護法○解案圓位至此斷三界思盡即六根清淨之正位也配瓔珞屬七住對大品當佛地約婆沙齊三十四心智者云三藏佛位望六根清淨位有齊有劣同除四住此處爲齊若伏無明三藏即劣既是發真斷惑之大節故特示云十方如來氣分交接

八迴向心

覺明保持能以妙力迴佛慈光向佛安住猶如雙鏡光明相對其中妙影重重相入名迴向心疏曰前寂照互相顯發保持無退妙用強勝能感果德因心中現故云迴佛慈光此寂照因決能感果無有乖失故云向佛安住果中現因相因中現果相因果不二互現互入故云妙影重重相入名迴向心○解覺明保持即護法心也上氣分交接則自心他佛相應相冥今迴佛慈光向于佛境則與我智明相對相照故曰猶如雙鏡等又約十方如來對照亦然故曰其中妙影等

九戒心

心光密迴獲佛常凝無上妙淨安住無爲得無遺失名戒心住疏即寂之照故曰心光即照之寂名佛常凝此圓定慧離二邊染斷性亦無故云無上妙淨二邊不動即無爲作故云安住無爲也得無遺失戒圓明也此則定道圓融離妄想染故云戒心○解迴向既成同佛常寂

十願心

常寂之體即是無上妙淨明心安住此心正防無明微細之患故得戒名

三十住位

住戒自在能遊十方所去隨願名願心住疏戒根圓淨過累不拘故云自在以此爲足遊履十界妙用現前隨欲利益故名願心○解準天台圓教未斷無明生同居者名爲願生正符此文也又說十信出假利益衆生今遊十方亦合其義

一發心住

阿難是善男子以眞方便發此十心心精發暉十用涉入圓成一心名發心住疏方便空也十心假也一心中也圓融妙慧名眞方便由此妙慧發前十信以此十心本是一性所具功德由妙慧發令一一心皆具十心十用無凝一多相即唯是一心心即祕藏今於此藏用發顯現以不住法即住其中名發心住○標住者解也解瓔珞初住增修十心彼乃別教之相耳智者以瓔珞十心對十乘觀法約圓初住具明十德章安云應是轉似爲眞一住具十也今云

二治地住

眞方便者謂眞家之方便又眞即方便皆以中道心修故十用涉入圓成一心豈非智者章安之意乎橫開之說固無此理

三修行住

心中發明如淨瑠璃內現精金以前妙心履以成地名治地住疏瑠璃空也精金中也現即假也淨寶精金互相映現無凝融通不一不異以此妙心而爲所依然後出生無量德用故名治地○解能證心如瑠璃所顯性如精金治理也依前心地以觀治之

四生貴住

心地涉知俱得明了遊履十方得無留礙名修行住疏法界心地即前一心妙行能涉妙智能知理智行三自在圓融不以二邊之所住著名無留礙此眞修行名修行住○解上治地由境得名今修行從智受稱境發於智故云心地涉知等以智徧修故云遊履十方等

行與佛同受佛氣分如中陰身自求父母陰信冥通入如來種名生貴住疏智行微妙冥通果德故云行與佛同自然合佛慈種名

受佛氣分如中陰身自求父母者以佛權實二智為父母故維摩云智度菩薩母方便以為父既分入果智容合果德故云冥通入如來種○標權謂隨機接物實乃究理極真以此為根本也○解孤山曰分真智與究竟智等名行與佛同分證理與究竟理等名受佛氣分如中陰身以喻顯之究竟權智如父實智如母任運相合如自求父母容齊果德如陰信冥通斯即稟佛遺體初託聖胎也

五方便具足住

既遊道胎親奉覺胤如胎已成人相不缺名方便具足住

疏以自行化他一切種智具足成就名人相不缺也○解此喻雖在真因而自行利他之相同佛不缺也

六正心住

容貌如佛心相亦同名正心住

一疏切種智自利利他相用顯現名為容貌無緣慈悲名之為心故觀經云佛心者大慈悲是此菩薩分得其用名之為同○解容貌喻應用心相喻理智

七不退住

身心合成日益增長名不退住

一疏切種智慈悲相用和合成就任運增長無有退屈名為不退○解色心互融不相妨礙故曰合成

八童真住

十身靈相一時具足名童真住

十疏身靈相十身盧舍那也謂聲聞及緣覺菩薩如來身法智空業報衆生及國土又如來身自具十種謂菩提願化力莊嚴威勢意生福法智此十妙應如隨色珠顯現自在即不思議種智之妙用智體本具隨障盡處而得顯現既以權實二智大悲熏修功用頓顯雖未全如於佛分得此用即一身現無量身也華嚴云雖未具足一切智已獲如來自在力○解資中所解並同長水但國土身為虛空身私謂準華嚴八地方現十身今八住具足者正顯今圓已齊彼別也

九法王子住

形成出胎親為佛子名法王子住

疏十身具足故曰形成出因顯果故云出胎堪任繼嗣紹隆佛法名法王子住○解孤山曰出胎者喻破第九住無明又從理起用亦如出胎紹隆佛種故云親為佛子

表以成人如國大王以諸國事分

十灌頂住

四十行位

委太子彼剎利王世子長成陳列

灌頂名灌頂住

疏行願內充慈悲
外發德相漸成化
物功著故云表以成入於十方界
次補佛處堪任付囑傳法利生故
如國王委政太子陳列灌頂也○
問準華嚴經初住菩薩即能成佛
教化衆生何故至第十住方名陳
列灌頂表成佛耶答圓融之教二
繆頗同以行布不礙圓融故華嚴
初住便能成佛圓融不礙行布故
令十住方列灌頂彼經云菩薩住
處廣大與虛空等又云初發心時
便成正覺了達諸法眞實之相所
有聞法不由他悟具修十種智力
究竟離虛妄無染如虛空清淨妙
法身湛然應一切亦同大品云從
初發心時即坐道場轉法輪度衆
生當知此菩薩爲如佛今經云十
用涉入圓成一心又云十身靈相
一時具足此上皆明一位具諸位
即行布不礙圓融也又華嚴明第
十地菩薩方論受職此經第十住
明陳列灌頂若即圓融不礙行布
也圓融即橫論行布即竪說一一
無障礙二經頗同故無疑也言陳
列灌頂者華嚴云轉輪聖王所生
太子母是正后身相具足坐白象
寶妙金之座張大網縵奏諸音樂
取四大海水置金瓶內王執此瓶
灌太子頂是時即名受王職位菩
薩受職亦復如是諸佛智水灌其
頂故名受大智職菩薩彼明第十
地方是受職今此十住既名灌頂
故說受職彼約究竟此約分得又
無生忍中一位具諸位故得互說
○解太子世子異其文耳春秋曰
會太子于首止禮云文王世子皆
天子之子也然圓教分眞以來悉
有應用論其智力不無優劣故初
住百佛世界現十界像利祐衆生
位位竪入倍倍增勝經中所明各
就一義若論一位具諸地功德則
十義俱偏十住
既爾下去皆然

一歡喜行

二饒益行

阿難是善男子成佛子已具足無

量如來妙德十方隨順名歡喜行

疏初二句結前具足下正明此有
二義故歡喜一具足無量佛德故
如觀音云我又獲是圓通修證無
上道故又能善獲四不思議無作
妙德既云不思議即是無量佛德
也此之妙德先未曾獲今日具足
故云歡喜二衆生受化故歡喜十
方者現十界身利衆生也隨順有
二一衆生趣類不等根行有異菩
薩隨順以形以說比明能化隨順

也二菩薩現種種化衆生隨順一一受化咸皆得益此明所化隨順也能所既皆隨順機應俱生歡喜故以名焉

三無瞋恨行

善能利益一切衆生名饒益行上如 隨順衆生即是善能利益始能歡喜生善終能破惡入理故名饒益

自覺覺他得無違拒名無瞋恨行 自覺故無明不能拒智覺他故有情不能違化障不能拒物不能違二利既兼故無瞋恨

四無盡行

種類出生窮未來際三世平等十方通達名無盡行 隨機隨感現種類身盡未來際化復作化三世下釋所以也以知三世空寂故得窮未來際以達十方無礙故能現種類身若時若處現化不絕故云無盡也○解孤山曰種類出生化十界身化復作化也窮未來際益物無盡竪徧三世橫周十方

五離癡亂行

一切合同種種法門得無差誤名離癡亂行 疏現種類身即普現色身三昧說無量法不離

四種辯才若身若說皆是智用咸歸於理華嚴云此菩薩於一念頃得無數三昧了知此之三昧同一體性乃至得一切法眞實智慧是故能合種種法門得無差誤由無差誤故離癡亂○解妙智了達塵沙法門異名別說同歸一理故離癡亂

六善現行

則於同中顯現群異一一異相各各見同名善現行 疏一中現無量故云於同現異無量中現一故云異相一見同身說皆然也以知一切法同一法性能作種種異說而不失一性一相之旨維摩云能善分別諸法相於第一義而不動故名善現○解同中現異違理即事故異相見同違事即理故

七無著行

如是乃至十方虛空滿足微塵一一塵中現十方界現塵現界不相留礙名無著行 疏著謂住著即留礙也一塵現十方是現界不壞一塵相是現塵世界微塵各不相妨此即大小自在由此菩薩住不思議解脫故得此用○解私謂界在塵中名現塵塵容

八尊重行

界相名現界須彌芥子相入俠同

九善法行

種種現前咸是第一波羅蜜多名尊重行

疏現塵現界現身現說不相留礙故云種種現前皆從一圓融三德般若之所發現故云第一此之妙行超過一切諸法門故名爲尊重○標咸是第一者俱成佛行從三德發現絕待名尊重也○解第一波羅蜜多即般若度也大品云智慧輕薄般若尊重故此名焉

如是圓融能成十方諸佛軌則名善法行

疏如上所現無礙妙用故云圓融一一皆能合佛如來利生軌則故名善法○標法者軌持義軌謂軌則令物生行持謂任持不失自性此法自利利他也

十真實行

一一皆是清淨無漏一真無爲性本然故名真實行

疏依真起用用不離體體即真如無漏清淨一真法界此法界體本具如是無方妙用故云本然以即體故名爲真實此之十行皆是證真菩薩自利利他無礙自在圓融妙行一一皆破微細無明顯佛智德漸漸圓滿有此十番智斷功用念念與薩婆若相應華嚴云此菩薩行與法界虛空等以用諸佛不思議妙行故故此十行圓融無礙即一一論十十不離一故此最後即云一一皆是清淨真如性本然故○解上善法行全性起修故成軌則此真實行全修是性故真皆無爲

五十迴向位

阿難是善男子滿足神通成佛事已純潔精真遠諸留患

疏結前十行也依體起用故云滿足神通自利利他妙行無礙故云成佛事已佛以度生利他爲事業故純潔精真顯智德也遠離留患顯斷德也此十番智斷皆是非證而證不斷而斷智本真故惑本亡故

一救護一切眾生離眾生相迴向

當度眾生滅除度相迴無爲心向涅槃路名救護一切眾生離眾生相迴向

疏此正明也約用就體能所俱亡眾生相空本涅槃故能化緣生本無性故故云滅除度相般若經中亦同此說亡緣之智名無爲心無作妙理名涅槃路攝用歸體名爲回向涅槃果也路即理也復以成地

到究竟故名涅槃路結名可知問十行位中豈有度相耶答前即依體起用且論神通化物未言滅除度相今此攝用歸體順寂滅義故除度相約義雖異爲行頗同若不然者豈有證眞大士猶懷度生之相耶○標躡前十行當度衆生云此正明也

二不壞迴向

壞其可壞遠離諸離名不壞迴向

疏應當遠離一切幻化虛妄境界故云壞其可壞心如幻者亦復遠離遠離爲幻亦復遠離離遠離幻亦復遠離故云遠離諸離得無所離即合涅槃故云不壞回向○標壞其可壞躡滅除度相也遠離諸離眞心獨露從體起用名不壞回向也○解壞其可壞從所壞境說遠離諸離約能壞智論不見可壞之相是名不壞

三等一切佛迴向

本覺湛然覺齊佛覺名等一切佛迴向

疏本性覺體未嘗起滅故云湛然此湛覺體三世諸佛無二圓滿故云覺齊佛覺此則得平等覺與諸佛同故云等一切佛標寂而常照與三世佛無異也

四至一切處迴向

精眞發明地如佛地名至一切處迴向

疏精眞發明智顯也地如佛地理現也智冥理體無二無別智徧理徧名至一切處○解上覺言智此地言理皆因果體同故云等也至也

五無盡功德藏迴向

世界如來互相涉入得無罣礙名無盡功德藏迴向

疏此菩薩得如來身及國土身互相涉入無礙自在此是如來藏中諸功德法受用無盡也○標此依中現正前文云坐微塵裏轉大法輪耳

六隨順平等善根迴向

於同佛地地中各各生清淨因依因發揮取涅槃道名隨順平等善根迴向

疏同佛地如來藏也即前地如佛地本來具足無漏性德此德能爲萬行所依故云清淨因依於此因能起趣果之行故云依因發揮取涅槃道即因也此則萬德爲萬行因萬行爲涅槃因合理之行行從理起故云隨順平等能生妙果名曰善根○解孤山曰於諸佛理地起萬行眞因依此眞因發越揮散周徧法界以取究竟涅槃之道道行從理起名隨順平等能生道果名爲善根

七隨順等觀一切衆生迴向

眞根既成十方衆生皆我本性性圓成就不失衆生名隨順等觀一切衆生迴向

䟽初句躡前也十方下正顯一切衆生皆我心性心性無外攝無不周我之本性既圓滿成就衆生皆爾故云不失此得同體大悲是故然也○標言不失者下合六道也○解眞際曰性圓成就生佛體同不失衆生唯識各別

八眞如相迴向

即一切法離一切相唯即與離二無所著名眞如相迴向

䟽如故即一切法眞故離一切相此眞如體亦不可得故云二無所著亦即三諦對文可見此菩薩了一切法即眞法界無相可離名爲如相○解孤山曰即一切法假也離一切相空也二無所著中也

九無縛解脫迴向

眞得所如十方無礙名無縛解脫迴向

䟽初句躡前十方無礙者既能即法離相則不爲心境諸法所繫故云無縛以無縛故自在無礙故云解脫此解脫相自性亦離故皆無也

十法界無量迴向

性德圓成法界量滅名法界無量迴向

䟽聖法因義故云法界然有四種謂事理理事無礙事事無礙今皆渾爲一眞法界故云量滅此唯性德圓成於一眞界無量可量故云法界無量又證性德一一圓滿成就不可筭數邊涯故也然此十位所有回向不離三種謂菩提實際衆生也今此且約向實際䟽餘二含攝此則依眞起用皆爲趣向大涅槃界隨順法界體用相稱圓融自在故華嚴云此菩薩所修願行等法界如虛空量盡回與一切衆生同向一究竟善提故名回向前後諸位非無此義以約增勝立此名耳然此諸位皆於一無生忍中隨所發行義立別名皆能圓證聖性不別而別故分諸位異而不異唯是一心故涅槃云發心畢竟二無別也地前既爾後位可知前文云此人即證無生法忍從此漸修隨所發行安立聖位既言聖位豈非證耶○解三德妙性於此圓成不見十界高下差別故云法界量滅

首楞嚴經義海卷第二十二

音釋

滌徒歷切洗淨也　貯長呂切盛也　啻矢利切何啻謂宜止如是也　攜音醉攜李地名　蒜蘇貫切葷菜也　茖葱茖音格葱倉紅切茖葱葷菜也　興蕖蕖強魚切蕖葷菜也　興葷許云切臭菜也　辣盧達切辛味也　噉徒感切食也　舐神紙切餂也　脣吻脣食倫切吻武粉切脣吻口邊也　炳兵永切明也　翮下革切健羽也　鎣正作瑩縈定切潔也　胤羊晉切翮也　縵莫官切

首楞嚴經義海卷第二十三 經八之二

凡遇圓相即是標辭與䟽同其上文

六加行位二

䟽次加行位大小二乘經論明言五位謂資糧加行通達修習究竟位也然有開有合不定明現諸小乘論及大乘法相即顯說四位名四善根是順決擇分若瓔珞仁王華嚴等經即合而不論攝在第十回向唯此經文具顯四位蓋以圓融之教一多無礙只於一忍圓開諸位不開則已開則具明故於十回向後備論四種妙圓加行又此經文前則圓融後則歷別以圓融中不礙行布也即一位一切位一切位一位一多無礙華嚴亦同

初結前生後

阿難是善男子盡是清淨四十一心次成四種妙圓加行餘處所說加行屬內凡未證聖性故今經從乾慧地來便名聖位何但加行故此特云妙圓加行。標前文云即以此心中中流入圓妙開敷從眞妙圓重發眞妙也。解携李曰據瓔珞等經皆不別列四加行位若唯識等論則以地前四十心爲外凡資糧位十回向後別明煖等爲內凡加行位私謂今四加行正如唯識所說也而彼於地前分內外凡位者乃別教一途之義以登地是菩薩聖位聖位難入故開此加行耳問今經圓教何用別位乎答借別名圓斯有其例如仁王云三賢十聖住果報是也敏師謂此經未必純圓應兼別義其失甚哉

後辨與加行四

一煖位

即以佛覺用爲已心若出未出猶如鑽火欲然其木名爲煖地䟽佛覺果智也如前文云本覺湛然覺齊佛覺精眞發明地如佛地此則用佛果智爲已因心也然猶未能離因顯果故云若出未出近於登地將發此智故云若出猶拘因相尚未能離故云未出喻如鑽火熱相先現火出不久火喻佛覺鑽喻加行木喻因相火出則木盡覺現則因亡亡因在即故喻如煖此約發智以顯也

二頂位

又以已心成佛所履若依非依如登高山身入虛空下有微礙名爲頂地前以佛覺用爲已心即果辨因也今以已心成佛所履即因合果也雖因果相合未亡二相故云若依如在山頂足有所履將

顯法界無所分別故云非依依如身處虛空也下有微礙喻若非依也存二相故二相即是障入初地無明也此約離障以顯○解私謂依煖地心修佛果智智觀於心故如足履地心相垂盡故若依非依高山喻當位之心虛空喻所依之理無明未盡故下有微礙

三忍位

心佛二同善得中道如忍事人非懷非出名爲忍地

疏初則未亡因相次則未亡果相今因果二相融爲一體故云心佛二同因果既亡二邊不立故云善得中道此中道體將證不久故云非懷然猶未亡中道之相故云非出此約顯理以明也○解忍取信順之義令心佛二同等即信順也如僧中辨事忍則默然既不懷疑亦不說出矣

四世第一位

數量銷滅迷覺中道二無所目名世第一地

疏迷覺是二即因果也中道是一所證理此名數量中邊不存故云二無所目故名爲銷滅數量正屬世間今雖銷滅若望初地證眞猶名爲似位以有所得故初地見道名出世間今是世間最後邊際故名第一○此上四位唯識中說前二位依明得明增二定發尋伺觀名等四法能所俱空後之二位依印順無間二定發四如實觀即前二空等然皆有所得未證法身故唯識云以有所得故非實住唯識此皆歷別之談也今經圓融不礙行布故得以圓擬別而說由是此地名爲世間○解若迷中道及覺中道皆是數量即世間義耳今既銷滅二無所目當出世間然猶未入初地故名世第一也

七明十地位

一歡喜地

阿難是善男子於大菩提善得通達覺通如來盡佛境界名歡喜地

疏菩提佛覺也前則若出未出如火前相名之爲煖今如火出木盡灰飛煙滅故云善得通達此初地名通達位盡佛境界理顯也以得無分別智善達法界一眞平等離能所相故唯識云若時於所緣智都無所得爾時住唯識離二取相故又云善達法界得一眞平等乃至得徧行眞如離異生性障修檀波羅蜜增上言徧行者以此眞如徧在一切諸行法中而今證得自利利他得自在故名歡喜地華嚴仁王廣明其相今不具錄下皆倣此○標此地菩薩斷一障二愚

證一眞如下九地皆同離異生性障二愚者一執著我法愚二惡趣雜染愚證遍行眞如仁王護國經頌云初諸平等性而生諸佛家由初得覺悟名爲歡喜地。解孤出曰覺通如來智同佛智也盡佛境界理齊佛理也三諦圓融名佛境界比前曰盡其實未盡以初得法喜故名歡喜

二離垢地

異性入同同性亦滅名離垢地

踈前地於大菩提善得通達離世間相得正性離生破異生性障證一眞法界故云異性入同此地對異之同亦不可得故云同性亦滅以若見於同即名爲垢既離對待故名離垢又此地證得最勝眞如離邪行障持戒波羅蜜增勝性戒所顯名爲最勝以四無量心行廣大十善得性戒成就於性重識嫌平等無異亦名異性入同斷性亦無方離微細破戒之垢名同性亦滅稱離垢地。標斷邪行障二愚者一微細悞犯愚二種種業趣愚最勝眞如頌曰遠離於染汙瞋等種種垢具戒德清淨名爲離垢地。解眞際曰由前於大菩提善得通達名異性入同同性亦滅者若見於同即爲垢矣華嚴云譬如眞金置

三發光地

礬石中如法鍊已離一切垢

淨極明生名發光地

疏成就勝定大法總持破戒煩惱畢竟不生故名淨極能發無邊妙慧光故云明生此地證得勝流眞如謂此眞如所流教法於餘教中最爲勝故斷暗鈍障行忍辱波羅蜜增勝。標斷暗鈍障二愚者一欲貪愚二圓滿聞持陀羅尼愚證勝流眞如頌曰滅壞無明暗而得諸禪定照耀由慧光名爲發光地

四燄慧地

明極覺滿名燄慧地

疏由定發慧慧光明泰故云明極能破微細煩惱障盡故名覺滿覺燄既增故名燄地此地證得無攝受眞如謂此眞如由第六識二身見等於此永斷不爲我執所攝取故能斷微細煩惱現行障修習精進波羅蜜增勝。標斷微細煩惱現行障二愚者一等至愛愚二法愛愚證無攝受眞如頌曰清淨菩提分遠離身邊見智慧燄熾然名爲焰慧地

五難勝地

一切同異所不能至名難勝地

疏眞智唯一故曰同俗智差別故曰異眞俗兩智行相互違合令相應非

同非異故云所不能至極爲殊勝更無勝者故云難勝此地證得類無差別別眞如謂此眞如非如眼等是無有別類故斷下乘涅槃障修習禪波羅蜜增勝作意。標斷下乘涅槃障二愚者一純作意背生死愚二純作意向涅槃愚類無差別眞如頌曰如實知諸佛世間無差別眞如頌曰如實知諸佛世間諸技藝種種利羣生名曰難勝地。解私謂登地智名同地前智名異至猶及也

六現前地

無爲眞如性淨明露名現前地　疏謂住因緣智引無分別般若令得現前智現理現故云無爲眞如性淨明露此地證得無染淨眞如謂此眞如本性無染亦不可說後方淨故斷麤相現行障修習般若波羅蜜增勝。標斷麤相現行障二愚者一現行觀察流轉愚二相多現行愚一證無染淨眞如頌曰觀察緣生法無明至老死能證彼甚深名爲現前地

七遠行地

盡眞如際名遠行地　疏以第八地得一眞如心名無相無功用故此第七地從初發心二無數劫用加功用行今至有相功用後出過世間二乘道故至此眞如無邊相邊際故云盡眞如際多劫修行故云遠行證得法無差別眞如謂此眞如雖多教法種種安立而無異故斷細相現行障修習方便善巧行增勝。標斷微細現行障二愚者一細相現行愚二純作意求無想愚法無差別眞如頌曰方便三摩地示現無量身善巧應羣生名爲遠行地。解盡眞如際者斯是無際之際理既無際行豈近乎

八不動地

一眞如心名不動地　疏非染非淨故名爲一離諸虛妄故名爲眞常住不變故曰如約此義邊名爲不動又此地中無分別智任運相續相用煩惱不能動故名不動地此地證得不增減眞如謂此眞如離增減執不隨染淨有增減故斷無相中作加行障修願波羅蜜增勝。標斷無相中作加行障二愚者一於無相中作功用愚二於相自在愚證不增減眞如頌曰住於無相海一切佛加持自在破魔軍名爲不動地

九善慧地

發眞如用名善慧地　疏依眞如理體起無礙用成就微妙四無礙解能遍十方善說法故名善慧地此地證得智自在眞如謂若證得此眞如已得四無礙解得自在故謂法義詞樂說也

謂此四種以智爲體名智自在斷利他門中不欲行障修習力波羅蜜增上○標斷利他門中不欲行障二愚者一於無說法名句字後慧辯陀羅尼自在愚二辯才自在證愚證智自在真如頌曰得四無礙辯一音演一切聞者悉歡喜名爲善慧地○解資中曰華嚴明此菩薩具四無礙智作大法師演說無量阿僧祇劫句義無有窮盡故

十法雲地二

初標指

阿難是諸菩薩從此已往修習畢功功德圓滿亦目此地名修習位

名發真如用

疏此指二地已來至第十地云諸菩薩以是五位之中第四位故或可總指從前至此五十五位此第十地即是修習最後邊際亦名此地名修習位○標自入見道中煩惱障現起歡喜地初斷修所斷種金剛喻定現在現前一時頓斷彼障現起地前漸伏初地已上頓能伏盡能永不行所知障中見所斷種極喜地見道初斷彼障現起地前已伏修所斷種於十地中漸次斷滅金剛喻定現在前時方永斷盡彼障現起地上漸伏乃至十地方永斷盡也

後正顯

慈陰妙雲覆涅槃海名法雲地

疏菩提心體不離二種謂悲智也從初修習至此畢功融爲果海名爲法身慈即悲也能陰衆生故曰慈陰妙雲智也涅槃理也法身無相雖此三種亦云大定智悲即涅槃三德名祕密藏今此位中猶處修習之極猶有佛地障在未能始覺合本二相尚存故云覆涅槃海此地證得業自在所依真如謂若證得此真如已得四自在一三業二五通三總持四禪定斷於諸法中未得自在障修智波羅蜜增勝○標斷於諸法中不得自在障二愚者一大神通愚二悞入微細祕密愚證業自在所依真如頌曰智慧如密雲遍滿於法界普灑甘露法名爲法雲地此菩薩觀法身如隣羅轂觀月尚有佛地障并所知微細所知二愚也○解私謂是諸菩薩近指初地而下遠指乾慧以來從此已往謂九地後入第十地修習畢功等對前得名也亦目此地正示第十名修習位者望後爲稱也以無緣慈普蔭衆生本涅槃相如雲覆海然

八等覺位二

如來逆流如是菩薩順行而至覺

初正明

際入交名爲等覺疏從眞起應返入生死從果入因之始故云如來逆流果法聖智即法流也從因入果從生死入涅槃故名順行而至至極也起應之始行因之極順逆交際只一刹那故云覺際入交此即解脫道前無間道也只於此處立爲等覺華嚴不說合在第十地中故彼地中十便明受職是等覺也唯識但破十一種障亦此意也今此別出意在圓融之中備顯行布耳○標於一刹那中斷佛地障二愚者一於所知一切境極微細著愚二極微細疑愚即是此中一切任運微細所知障并煩惱種集論云入此覺時頓斷煩惱所知二障種成阿羅漢三號及成如來證大涅槃大菩提故如上十一障二十二愚並是修習位中煩惱所知二障種現耳○解理無逆順由權實智而得二名如來權智下隨機感故謂之逆菩薩實智上合覺心故謂之順瓔珞云等覺照寂妙覺寂照即其義焉至此位時當二智相交之際故名等覺

後結顯

阿難從乾慧心至等覺已是覺始獲金剛心中疏雖從初心至此等覺皆用金剛三昧觀察諸法皆如幻等然至此位能破最後微細無明是此三昧最極邊際力用滿足別得名爲金剛心也此即妙覺入心之初屬無間道便名等覺故云始獲金剛心也即唯識說金剛喻定現在前時斷何地障即入妙覺也○標障愚俱盡纖瑕畢去片善無遺金剛喻定現在前時也

九妙覺位

初乾慧地解與福於等覺後別目此地以爲一位資中科此在妙覺位中眞際判屬前等覺位檇李亦然至于孤山復同與福唯長水所說節文有殊從阿難至金剛心中屬等覺位以初乾慧地連下如是重重等攝在妙覺位也意謂初乾慧地但是牒示前文耳諸說相戾人到于今莫知適從余當覈之當取節敏二師所見爲善如瓔珞云等覺性中有一人名金剛幢慧故知不可別開此地也言初乾慧者由此菩薩以大顯力住壽百劫修千三昧今既始獲豈非初耶若疑乾慧之名但在信前不合通後秪如伏忍之名亦在外凡何故仁王通金剛定應知彼之伏忍即今之乾慧以障妙覺無明初乾未與究竟如來法流水接故頌曰慧性本亡乾潤相法流未濟有

後結依行成位三

斯稱圓融行布俱無礙等妙從安地位名初乾慧地果何如所見隨仁義不辜到得如來無得處方知異轍本同途

如是重重單複十二方盡妙覺成無上道始跡

從乾慧終至妙覺單複相兼總有十二單則有七謂乾慧煖頂忍世第一等覺妙覺複即有五謂信住行向地以一一位中自具於十故名爲複第十二位即是妙覺名無上士無一士者無所斷故無上士者更無過者如十五日月圓滿無缺故云方盡妙覺成無上道體即大般涅槃三德具足名秘密藏○標妙覺頌曰滿足無漏界常淨解脫身寂滅不思議名爲一切智○解單複十二謂單十複十有二也十信十住十行十地即單十十回向即複十以四加行祇是十回向後心耳并前乾慧及等覺位故有二也他解甚異今不煩云

初結用行

是種種地皆以金剛觀察如幻十種深喻奢摩他中用諸如來毗婆舍那清淨修證漸次深入跡指前五十七位故云種種於一一地皆用金剛如幻三昧觀察諸法若行若智一切斷證皆如幻餘水月虛空響城夢影像化等事故云十種深喻斯則始從漸次終至佛果皆由首楞嚴王即觀之止即止之觀破無明惑起行修證故云金剛觀察也毗婆舍那止觀雙運也故荊溪云如夢勤加空名惑絕幻因既滿鏡像果圓清涼云修習空華萬行宴坐水月道場降伏鏡像天魔證得夢中佛果皆此意也○標前文云是名妙蓮華金剛王寶覺如幻三摩提彈指超無學○解孤山曰是種種地指所歷位皆以下明能入行也圓融定慧寂照不二如彼金剛其性堅利堅故二邊不壞利故無惑不破故云金剛觀察也借事明理以曉迷情故以十事喻觀察之體奢摩他圓定毗婆舍那圓慧

次結位次

阿難如是皆以三增進故善能成就五十五位眞菩提路跡增進即漸次也故前文云從此漸次安立聖位五十五位者信住行向地爲五十乾慧煖頂忍世第一爲五菩提是果即等妙二覺也五十五心名之曰路即由此能到菩提果故即菩提之路也○標正得金剛喻定不屬三種修行漸次○解私謂三增進者即三漸次也前三文下皆結示云是

名增進修行漸次又云從是漸修隨所發行安立聖位或指金剛奢摩毗婆爲三者非也五十五位者於前單複十二除乾慧地問何故除乾慧而又不取妙覺耶答既言眞菩提路則顯乾慧非眞妙覺非路

後結邪正

作是觀者名爲正觀若他觀者名爲邪觀

疏行人若能依此修證不斷而斷無到而到此則名爲眞修行者故云正觀若言都無地位但尚理是斯同邪觀撥無因果故名邪觀仁王經中亦此料揀說地位竟即云若言越此而成佛者是魔所說○標依金剛觀察如幻十種深喻者不取相也若取有無之相心外之法名邪觀也○解五十五位既由金剛觀察三增進故而得成就今簡邪正所以約觀言之須知圓教之外三乘所修皆屬邪觀○疏大文第五出聖教名殊者上來諸文依解起行修行漸次由因克果一期周畢此之法門當流後代須建經名若無其名何以召體而流布耶故此文來

○五出聖教名殊二

爾時文殊師利法王子在大衆中

初文殊問

即從座起頂禮佛足而白佛言當何名是經我及衆生云何奉持

疏文殊智德此會率先阿難遭難登伽佛令持呪往救大衆茫然失守亦爲旁問見元諸聖各說圓通如來勑其揀選洎令解行圓畢因果克周故問經名以流後代一會能事歸此人也○解孤山曰此經發起爲救阿難是故先開圓解次顯圓行行成入位極于妙覺垂範來世有始有終於是文殊請問經名及奉持法也

後如來答

佛告文殊師利是經名大佛頂悉怛多般怛囉無上寶印十方如來清淨海眼

疏此下五名今是一也以佛於無見頂放光化佛說神呪故此表一心具體相用大體也佛相也頂光化佛即是用也細釋配法即開題中悉怛多等云白傘蓋藏心無淼曰白徧覆一切曰傘蓋實相智慧是尊重法楷定正邪唯佛與佛乃能究盡名無上寶印三世諸佛以此明照諸法實相豎窮橫徧具無漏德名清淨海眼此上總約理智立名也○解資中曰大佛頂者如來無見頂相

○六辨遜生因異二

初阿難問二

初敘得果二

放大智光之所說也悉怛多等相傳云是白傘蓋喻如來藏性本無染徧覆有情也法王實相楷定衆聖故名寶印清淨妙體照用無涯故名海眼亦名救護親因度脫阿難及此會中性比丘尼得菩提心入徧知海疏二也救護親因總標也度脫下別顯也得菩提心發大乘意也入徧知海證圓常理也此上約功用以立名。標此約事相功用亦名如來密因修證了義疏三也三世果人入祕密藏以此爲因密之因也又此大定具一切行而非凡小之所能知故名爲密密即因也三世如來以此法門爲究竟說故名了義此即約人法以立名也。解孤山曰密因者圓融定慧非偏小所知故了義者究竟顯說非方便之談故涅槃云依了義教不依不了義教是也。標云修證於無修中起。修證亦名大方廣妙蓮華王十方佛母陀羅尼呪疏四也曠兼無際故大正法自持故方稱體而周故廣即三大義也妙名不可思議蓮華喻開佛知見出煩惱礙智礙見佛性故如出水

初聞法增道

開數也又能於法自在諸三昧首故名爲王生諸佛故名母持善遮惡總攝功德名陀羅尼呪即詛也此約顯益以立名也。標大以無方爲義方以理事自持廣則毫剎相容也。解祕謂大方廣所說之法也大方是體廣是其用即空如來藏其不空之用也又常徧曰大軌持曰方包博曰廣如次配法身般若解脫亦如來藏之三德也妙蓮華王能說之人也即佛頂光中涌出寶蓮有化如來坐寶華中者也十方佛母即所說呪能生諸佛一切種智譬如母焉陀羅尼翻遮持遮二邊惡持中道之善此從慧立名若首楞嚴從定爲目乃左右之稱耳亦名灌頂章句諸菩薩萬行疏五也法王委政之明教故名首楞嚴汝當奉持灌頂章句諸菩薩等已如上釋此約教行以立名也已上五名答初問也汝當奉持者答次問也但依前五名如說而行流至後代令衆開悟即奉持也。解此經從天竺灌頂部中流出蓋約密言名灌頂章句有誦持者則如來智水灌其心頂亦猶剎利之受職也菩薩萬行以首楞嚴爲本又修此定者於一心中具足萬行故涅槃云首楞

者一切事竟嚴名堅固一切畢竟而得一堅固名首楞嚴佛說五名意存四悉故賫妙德而施衆生問既有五名何故經家删取一十九字爲其首題答根要爲名以略收廣也如大佛頂即是大方廣妙蓮華王餘皆易了○上來明解辨行由因致果顯位差别問名請奉一期周畢斯則一會已終合云大衆聞佛所說作禮而去以慶喜云再有請益時雖隔越問且連環故集經者約問從義合成一部由是未結作禮而去大文第六辨趣生因異者從此已下即第二會再說經也以阿難問所見現事時别異故已如教迹先後中說

說是語已即時阿難及諸大衆得蒙如來開示密印般怛囉義兼聞此經了義名目頓悟禪那修進聖位增上妙理心慮虛凝斷除三界修心六品微細煩惱獲眞三昧故云頓悟禪那得斯陀含故云修證聖位深證滅諦故云增上妙理漸明智照故云心慮虛凝俱生難除故云微細言六品者依大乘說俱生煩惱三界

後歎佛述益

九地雖各分九品若智增者入地永伏至佛方斷若悲增者故意令生若依小乘亦於九地各分九品然約四果地地别斷初果身中斷欲界一地九品中前六品惑證第二果二果身中斷下三品證第三果三果身中斷上二界七十二品即得羅漢今證二果故斷六品也○解所斷惑相應有二義一者阿難內證實深而示同二果二者或約一番得益之衆大分言之今雖自他兼舉下文即云善開衆生微細沉惑反顯此中通叙大衆耳次云令我今日身心快然得大饒益方是阿難自述之辭

即從座起頂禮佛足合掌恭敬而白佛言大威德世尊慈音無遮善開衆生微細沉惑令我今日身心快然得大饒益疏修道所斷行相難了故曰微細無始俱生故曰沉惑○疑網消除故云快然增進聖位故云饒益

後述所疑

世尊若此妙明眞淨妙心本來徧圓如是乃至大地草木蠕動含靈

本元眞如即是如來成佛眞體佛體眞實云何復有地獄餓鬼畜生修羅人天等道世尊此道爲復本來自有爲是衆生妄習生起此疑由前

佛語阿難今汝諸根若圓拔已內瑩發光如是浮塵及器世間諸變化相如湯消冰應念化成無上知覺斯則一人成佛器界有情一時成佛如來今日成佛已久不合更有器界趣類故云佛體眞實云何復有地獄等道此道若是本來自有云何前言清淨本然本來無有世界衆生亦不可言一人成佛依正融覺若言衆生妄習生起妄習如何得生起耶生起之相其義云何若據如來答意即是衆生虛妄造業虛妄受生菩提心中猶如空華妄見生滅故下文云汝妄自造非菩提叙○問此與滿慈所疑何別答前疑理本清淨云何忽生山河大地則約依報爲首以難清淨本然故佛釋疑蓋由強覺妄分能所遂成三種相續從妄見生因此虛長終而復始此疑佛今成果一切合融歸覺云何更有七趣差別則約正報爲首以難界佛唯眞實

初正陳疑問二

初總問諸趣

合無此七種差異又徵此道爲本有耶爲妄起耶意欲如來廣明因果惟皆虛妄善惡業緣受報好醜終不差忒今諸衆生明信因果不入邪見前文但云從妄見生一體虛妄諸鈍根者便謂都亡因果今此辨析因果昭然則知前難意顯眞諦今疑意明俗諦前後相濟方成圓了即前圓解之義殘也○解前阿難問位後佛言妙性圓明離諸名相本來無有世界衆生因妄有生因生有滅生滅名妄滅妄名眞等於是先約因妄有生明二種顛倒後約滅妄名眞明漸次諸位然於世界顛倒中所說十二類生一往且示欲界因果之相其實界趣說而未周今答位既終故躡前妙性之義領其族彙皆是眞如發起如來委談諸趣以此觀之猶是正宗之餘也慤節二師從文殊問名以來判入流通固未可也

世尊如寶蓮香比丘尼持菩薩戒私行淫欲妄言行淫非殺非偷無有業報發是語已先於女根生大猛火後於節節猛火燒然墮無間

後別問地獄

獄瑠璃大王善星比丘瑠璃爲誅瞿曇族姓善星妄說一切法空生身陷入阿鼻地獄此諸地獄爲有定處爲復自然彼彼發業各各私受跡實蓮香事未撿所出意謂殺盜有對邪行無對故云無報善星事出涅槃瑠璃緣如本經爲有定處下問意有六文見於三六者謂有定處無定處自然因緣私受同受下文結云不斷三業各各有私因各各私衆私同分非無定處解問意有二謂別業同報及別○業別報初問淫殺妄三即別業也爲有定處即同報也爲復自然下次問別業別報據下答意皆是別業同報也文云循造惡業雖則自招衆同分中兼有元地乃至云不斷三業各各有私因各各私衆私同分非無定處

後請說仲益

○惟垂大慈發開童蒙令諸一切持戒衆生聞決定義歡喜頂戴謹潔無犯疏幼小曰童情昧曰蒙阿難自鄙無有大智願垂開發也諸持戒者若聞因果虛妄猶如空華則持戒何益苟示決定義門必令謹潔無犯

後如來答二

初讚請許宣

○佛告阿難快哉此問令諸衆生不入邪見汝今諦聽當爲汝說即俗而眞唯一妙覺即眞而俗因果不亡此義雙融方爲圓了阿難所問頗稱佛心故嘆快哉自除邪見耳

後正爲分別四

初約情想以總明二

初總開二分二

○阿難一切衆生實本眞淨因彼妄見有妄習生因此分開內分外分諸法本眞未嘗生起由念分別見諸法生苟能離念即見衆生山河國土本來成佛故云實本眞淨返本者雖爾其未返者各依見妄造業受報故下文云此等衆生不識本心受此輪回經無量劫不得眞淨皆由隨順殺盜淫故返此三種又則出生無殺盜淫有名鬼倫無名天趣有無相傾起輪回性故云因彼妄見有妄習生等

○阿難內分即是衆生分內因諸愛涂發起妄情情積不休能生愛水

初標列

愛染之情正是衆生生死根本名爲內分分亦因義情愛沉下能潤業受生故如水也外由內感故有水輪徧十方界

是故衆生心憶珍羞口中水出心憶前人或憐或恨目中淚盈貪求財寶心發愛涎舉體光潤心著行淫男女二根自然流液

此引事驗也憶即是念明記爲性念即有憎愛故分憐恨由愛起憎不離情染內有情染外現其事故皆流水也○解問憐由情愛生水可然恨由怨憎何以流淚答此中內分悉約情論以愛爲情且言少分如喜怒哀樂愛惡六者皆人之情也是故怨恨亦屬于情情重則悲悲乃成淚

後正明二

阿難諸愛雖別流結是同潤濕不升自然從墜此名內分

疏所愛之境雖別能愛之心是一故云流結是同流謂沉下結謂縛著因既不升果亦從墜○標衆生生死本分由情情著染境故從淪墜○解內分之義當文難曉須取下文外分顯之且外分云心持禁戒舉身輕清心欲生

初內分約情二

初標相

天夢想飛舉等應知從持戒善及修禪定有人天乘者即屬外分降斯已還皆屬內分問下文云情想均等生於人間若謂人乘即屬外分合是純想何得均情耶答秖緣人間持毀相紛善惡猶雜故言均等至若情想多少並隨善惡升沉唯純想生天方越內分也沈師以緣身起愛爲內欣彼勝事爲外何其近哉

阿難外分即是衆生分外因諸渴仰發明虛想想積不休能生勝氣

疏衆生生死本分由情情著染境因是從墜今以淨境爲所欲處但由其想不屬於情乃是衆生分外之事故云外分氣謂氣色也

是故衆生心持禁戒舉身輕清心持呪印顧眄雄毅心欲生天夢想飛舉心存佛國聖境冥現事善知識自輕身命

引事驗也身輕清顧雄毅夢飛舉聖境現輕身命此五皆是殊勝氣色由想故有也毅果敢也○解內分沉下故生愛水外分上升故生勝氣毅得勝之貌也

後結成

後外分約想二

初釋相

後結成

阿難諸想雖別輕舉是同飛動不沉自然超越此名外分疏忻外聖境不由情染想既輕清自然飛動報當超越也已上總而略明未細分別善惡○解且指人天想心名爲外分非出世三乘之智也何者前文因阿難問於地獄乃至人天等道於是佛說安習開爲二分次約二分以

次別辨趣生二

辨諸趣諸趣之後總結示云此等衆生不識本心受此輪回等故知外分不出三界也上又雖云心存佛國聖境冥現斯蓋沉舉勝氣之相若約修論乃是十方同居事相耳

初總明業緣逆順

阿難一切世間生死相續生從順習死從變流臨命終時未捨煖觸一生善惡俱時頓現死逆生順二習相交疏順逆有二一約情一切衆生好生惡死生即順情死即逆情故云生從順習死從變流變猶逆也又受胎時三處皆順故得生也死即無此二約業業能感果生即順感由因致果也故云順習死即反此無生長義故云變流主死交際風火未散平生行業善惡因緣此時俱現強者先牽即隨生處○解此孤山曰生從順習死從變流者一切衆生皆愛生而惡死也是故生則順其流死則逆其習故下云死逆生順二習相交此乃文辭互略耳秖是生從存住故順習死從變流故逆習也未捨煖觸謂現陰之末中陰之初也

後別明情想外沉三

純想即飛必生天上若飛心中兼福兼慧及與淨願自然心開見十方佛一切淨土隨願往生疏此有二類若唯有想不兼福慧即但持戒而猒此身必生天上若於持戒兼修福慧發見佛願深猒三界必生淨土見十方佛即獲法忍故云心開如觀經說○解私謂必生天上者據下情少想多但在四天之下驗今純相所生應是忉利以上若單修善福則唯生上界若兼諸福慧則隨往十方於飛心中旁論福慧故皆云兼

一明純想

情少想多輕舉飛遠即爲飛仙大力鬼王飛行夜叉地行羅刹遊於四天所去無礙疏想多故飛行自在情少故受仙鬼

形此之等類多因邪想不正修行即是不修戒慧但修邪定不持戒行故隨鬼神道以修定故有大神通差別之因一如上說仍是想多情少此中仙鬼等四可以九八七六想配之若情多者必無戒定墮三塗耳

二情少想多

其中若有善願善心護持我法或護禁戒隨持戒人或護神呪隨持呪者或護禪定保綏法忍是等親住如來座下此想多中仍兼善願也雖不持戒且有定願護持戒呪及禪定者斯則由宿習故毀禁知過故發願亦是乘急戒緩者故能於八部身而見佛耳。標爲想中微帶情故輕舉飛遠若有善願者想中有願如前護持六衆常隨心呪也。解具際

三情想均等

曰情少想多此通舉也理宜等降四類分之一情九想即爲飛仙二情八想爲大力鬼王三情七想爲飛行夜叉四情六想爲地行羅剎

情想均等不飛不墜生於人間想明斯聰情幽斯鈍疏不升爲天仙不墜落三塗仍於均等之中想若稍强根必聰慧情若稍重根必闇鈍雖同人類亦由情想有此差異即別報也。解孤山曰由昔情想感今聰鈍是知言均等者總報之業也言幽明者別報之業也故所習情想各在强弱致有聰明愚鈍之異焉

四情多想少

情多想少流入橫生重爲毛羣輕爲羽族疏若望下文此當六情四想也橫生旁生也然有輕重若情稍重報爲走獸故曰毛羣若想稍强身爲飛禽故云羽族細論差別如類生中及下文說

七情三想沉下水輪生於火際受氣猛火身爲餓鬼常被焚燒水能害已無食無飲經百千劫火際者餓鬼所居處也水輪向下至火輪際近地獄也受氣猛火者由業力故受猛火氣以爲身也故常被燒節節火起水能害已者若於無水也苟遇成火而燒其身故云害已

九情一想下洞火輪身入風火二交過地輕生有間重生無間二種地獄二交過地者風火二輪交際之處即正是七熱地獄處也於九情中

稍減者名輕即八情者墮有間稍增者名重入無間正九情也此言無間約受苦說然此無間對前有間得名以是第七熱地獄故下即第八五無間獄別名阿鼻最極重也○解眞際曰情多想少亦合分四六情四想流入橫生七情三想墜入餓鬼八情二想生有間獄九情一想生無間獄孤山解生於火際與䟽同仍曰秖就此獄自有輕重而此無間非五無間也

五純情

純情即沉入阿鼻獄若沉心中有謗大乘毀佛禁戒誑妄說法虛貪信施濫膺恭敬五逆十重更生十方阿鼻地獄

䟽阿鼻此云無間即第八獄也此具五種謂受罪苦具身量劫數壽命也若依俱舍業報無間以造此罪必墮地獄更無餘業餘生能間隔故謗大乘下諸罪最重由是更生十方阿鼻法華云若謗此經其人命終入阿鼻獄具足一劫劫盡更生如是展轉至無數劫俱舍論說阿鼻地獄壽命中劫二十增減爲一中劫既言無數此世界壞即徃十方阿鼻也以謗法罪斷佛種故令無數人墮邪見故○解孤山曰應法師云無間有二一身無間二苦無間以五逆所感故名五無間或云無間有五即受罪至劫數壽命也此文亦分二類純情造惡則唯墮此界獄中若加謗大乘等則此界壞時轉生他方言受苦長也

後結由自業

循造惡業雖則自招衆同分中兼有元地

䟽隨順造業故受苦報惡業不同受業亦別故云自招衆同分中有元地者衆名不一同是一義衆有相似同立名造業同者共中共變俱舍論說有差別同分無差別同分同業共感衆多苦具同受此苦名無差別同分若隨輕重受報不同名差別同分今云元地即差別也○解私謂此結情多想少及純情之類也然橫生者非有元地以毛羣羽族散在諸趣故是則正言鬼獄二道斯亦略訓阿難所問

首楞嚴經義海卷第二十三

音釋

鑽祖官切穿也　礬符表切礬石也　縠胡谷切縐紗也　覈下革切考實也

轍直列切車轍也　楷苦駭切模也　彙于貴切類也　盼普患切流視也

敎魚旣切果敢也　緩胡管切　濫盧紺切叨濫也

首楞嚴經義海卷第二十四 經八之三

凡遇圓相即是標辭與䟽同其上文

次就業報以別辨ム七

初地獄三

初結前生後

阿難此等皆是彼諸衆生自業所感造十習因受六交報 䟽由乎情想長集諸業隨業善惡或升或墜故云自業所感十習因者別指惡業即由十使煩惱於六根門發識造業洎受其報從六根出報與業交故云交報同受地獄即引業招六根別受即滿業致俱是衆生妄情習造耳

次徵起別辨二

云何十因 總徵也發業有二一正發即無明二助發即餘惑俱分別也今此十因除淫習是所發之業餘九皆是能發之惑惑有根隨下文自指此下十段文皆有三

初十習因十

一淫習三

一正發業

阿難一者淫習交接發於相磨研磨不休如是故有大猛火光於中發動如人以手自相摩觸煖相現前 一由因致果此即是所發業也具足貪癡生死輪回斯爲其本內境外境互相偶合故云交接內外相發遂成欲火喻顯可知

二正感苦果

二習相然故有鐵牀銅柱諸事 二正感果相根境兩具故云二習能觸所觸皆是我心互相熏習結成淫業以於欲境起顛倒心生自他樂想因此業種後感其報從其能觸現地獄身以其所觸現諸苦具皆是自業所熏分其二習自相刑害耳他皆倣此

三結示過患

是故十方一切如來色目行淫同名欲火菩薩見欲如避火坑 三結示過名火能變壞一切世間欲能破滅出世善法是故行者應當遠離○解一者下能習之因也如是下所習之報也如人下喻前二事二習下明因受報是故下顯習過患他皆倣此

二貪習三

二者貪習交計發於相吸吸攬不止如是故有積寒堅冰於中凍冽如人以口吸縮風氣有冷觸生 䟽由因致果也貪即是愛根本之數正能潤生於有有具染著爲性由愛著故種種計校求取前境故云交計相吸也貪取不止如水結冰堅

住不散遂成凍冽此釋貪久成業〇以致果也喻文可見

一正發業

二習相陵故有吒吒波波羅羅青赤白蓮寒冰等事正顯果相也由因感果由內感外吒波羅等忍寒聲也即八寒地獄俱舍云頞部陀者此云疱尼剌部陀此云疱裂此二從相阿哳吒虎虎婆嚯嚯婆此二從聲藰鉢羅等三即青白紅蓮此三從色以寒之彌甚身色如之相陵侵陵也

二正感苦果

三結示過患

是故十方一切如來色目多求同名貪水菩薩見貪如避瘴海結示過名貪能滋潤滋長惡法如今之有泉飲之則貪也復能損害法身慧命如有瘴之海

三慢習三

初正發業

三者慢習交陵發於相恃馳流不息如是故有騰逸奔波積波爲水如人口舌自相緜味因而水發

二習相鼓故有血河灰河熱沙毒海融銅灌吞諸事

二正感果

三結成過患

是故十方一切如來色目我慢名飲癡水菩薩見慢如避巨溺三段如前恃已陵他高舉爲性故名爲慢今云交陵相恃馳騁流逸慢之相也血河等事皆所感報由內致外因果相稱耳餘之迷倒故名癡水西國有之巨溺可知〇解孤山曰或云西土有水飲之則癡如此方之貪泉也

四瞋習三

初正發業

四者瞋習交衝發於相忤忤結不息心熱發火鑄氣爲金如是故有刀山鐵橛劍樹劍輪斧鉞鎗鋸如人銜冤殺氣飛動

二正感果

二習相擊故有宮割斬斫剉刺搥擊諸事

三結成過患

是故十方一切如來色目瞋恚名利刀劍菩薩見瞋如避誅戮疏於諸苦具增恚身心熱惱居懷性不安隱已上皆根本惑攝互相衝忤結成

熱惱熱惱不息氣忿成堅故感金石等事檄繫罪人杙也宮割秦之五刑之二也斬斫剉皆新之死刑剌即古刑之墨也今流罪有之拖聲皆新刑之笞杖類也如劫末時人起猛利瞋心所執草木皆成刀劒非內心之所感乎○解宮割五刑之一也鄭玄云宮謂男子割去其勢

五詐習三

初正發業

五者詐習交誘發於相調引起不住如是故有繩木絞校如水浸田草木生長

二正感果

二習相延故有杻械枷鎖鞭杖撾棒諸事

三結成過患

是故十方一切如來色目姦僞同名讒賊菩薩見詐如畏豺狼疏詐謂諂曲罔冒於他矯設異儀險曲爲性或取他意或藏已失不任師友正教誨故此隨數也今云發於相調引起不住正是此也姧詐多端惑亂良善矯設方便迤相誘引故云交誘繩木絞校所感苦具也長惡滋蔓如水浸田豺狗足羣行舌有逆剌狼銳首白頰大尾長胡似犬也姧僞敗正猶如讒賊○解校枷也易云屨校滅趾荷校滅耳

六誑習三

一正發業

六者誑習交欺發於相罔誣罔不止飛心造姧如是故有塵土屎尿穢汙不淨如壓隨風各無所見

二正感果

二習相加故有没溺騰擲飛墜漂淪諸事

三結示過患

是故十方一切如來色目欺誑同名劫殺菩薩見誑如踐蛇虺疏此亦隨數誑謂矯誑心懷異謀多現不實矯現有德詭詐爲性邪命爲業今云交欺欺即誑也誣罔即是現邪命事以誘利譽也塵土屎尿皆苦具也刀兵劫時人互殺害故云劫殺虺蝮虺也博三寸首如擘○解郭璞云有一種虵名爲蝮虺

七怨習三

一正發業

七者怨習交嫌發于銜恨如是故有飛石投壢匣貯車檻甕盛囊撲

如陰毒人懷抱畜惡

二正感果

二習相吞故有投擲擒捉擊射挽撮諸事

三結過患

是故十方一切如來色目怨家名違害鬼菩薩見怨如飲鴆酒

疏怨即恨也由忿爲先懷惡不捨結怨爲性不能含忍常熱惱故囊幞等已上皆拘繫罪人之具有作撲字之悞也挽撮皆牽繫罪人也有作拋亦字之悞也如違害鬼常伺取人鴆酒鴆鳥名也翼毛劃酒酒能殺人○解囊幞囊貯而幞殺之史記秦始皇囊撲兩弟酖酒杜預云酖鳥名其羽有毒以劃酒飲之則死

八見習三

一正發業

八者見習交明如薩迦耶見戒禁取邪悟諸業發於違拒出生相返如是故有王使主吏證執文籍如行路人來往相見

二正感果

二習相交故有勘問權詐考訊推鞫察訪披究照明善惡童子手執文簿辭辯諸事

三結過患

是故十方一切如來色目惡見同名見坑菩薩見諸虛妄遍執如入毒壑

疏見謂惡見於諸諦理顛倒推度染慧爲性能障善見招苦爲業此見行相差別有五一身見執我我所二邊見執斷執常三邪見謗無因果四見取謂於諸見及所依蘊執爲最勝能得清淨一切鬪諍所依爲業五戒禁取謂於隨順諸見戒禁及所依蘊執爲最勝能得清淨無利勤苦所依爲業此之見習各執已解互相是非故感王使主吏等事權詐者設方便以取情也照明引他事以照證也○解薩迦耶即身見謂執身有我戒禁取謂非因計因如持牛狗等戒爲生天因此於五利使中略舉其二也邪悟諸業即總收餘見

九枉習三

一正發業

九者枉習交加發於誣謗如是故有合山合石碾磑耕磨如讒賊人

二正感果

逼枉良善

二習相排故有鬬捺搥按蹙漉衡度諸事

三結過患

是故十方一切如來色目怨謗同名讒虎菩薩見枉如遭礔礰疏枉則逼鬬良善損惱於他心無悲愍害所攝也既以枉鬬良善抑捺無辜令稱有罪故感合山等事蹙謂逼迫漉謂振動衡權衡也度丈尺也讒能害善虎能食人○解權衡尺度以定輕重長短獄王前有之

十訟習三

十者訟習交諠發於藏覆如是故有鑒見照燭如於日中不能藏影

一正發業

故有惡友業鏡火珠披露宿業對驗諸事

二正感果

是故十方一切如來色目覆藏同名陰賊菩薩觀覆如戴高山履於巨海疏此是覆習而言訟者由覆發訟故所言覆者於自作罪恐失利譽隱藏爲性悔惱爲業謂覆罪者後必悔惱不安隱故巳既有罪不能自發遂招他訟此訟即是惱之一法忿恨爲先追觸暴熱佷戾爲性蛆螫爲業謂追徃惡觸現違緣心便佷戾多發囂暴因鄙麤言蛆螫他故乃名爲訟此覆彼訟二習相發故感惡友業鏡等事覆藏過惡自知而已如於陰賊不懼當苦必墮惡道如戴山履海也○解影字下應云二習相爭或鬬或略耳

三結過患

後大文報六

初總標

云何六報阿難一切衆生六識造業所招惡報從六根出疏造業既從六根而出受報還歸六根因與果交故云交報文下一根受報備歷六根根根皆爾故云交報此云六識造業者且據總相業者招感爲義然通總別若能爲引業善不善思招感當來第八無記果者即總報業若爲滿業三性思種招感當來苦樂等果者名別報業其第六識通造總別報業若前五識但爲助發別報不能發總以強盛隨轉差別故從六根出者六根是彼造業具故造既從根受亦根受故從根出○解私謂造業招報根識必俱今以識爲業而報從根者蓋業並由心報多約色故也所名六交報者瑨師云因與果交今則不爾但是果

後別報六

時六根與惡報相涉也

云何惡報從六根出一者見報招引惡果此見業交則臨終時先見猛火滿十方界亡者神識飛墜乘煙入無間獄發明二相疏眼根造罪是見業臨終見境是報與業交以眼根取色色能役心造種種業○故見猛火滿十方界神識隨火入獄受報

一見報二

一臨終見境

二乘業受報

一者明見則能遍見種種惡物生無量畏二者暗見寂然不見生無量恐如是見火燒聽能爲鑊湯洋銅燒息能爲黑煙紫燄燒味能爲焦丸鐵糜燒觸能爲熱灰鑪炭燒心能生星火迸灑煽鼓空界明暗二塵是眼所取明可辨別故見惡相暗無分別但生恐懼如是下徧歷六根然有旁正正由眼根發識造業故先歷眼今此不明文略故耳下

文即具此中以火爲苦具主及歷餘根隨根轉變爲不可意境也○解一者下標示臨終下釋相先見猛火等即現報也亡者神識等即生報也發明下就眼根明二相如是下對諸根明交報他皆倣此然一根惡報而五根遍受者難可了知理而推之必由六識造業之時性中相知用中相背從業招報法爾如斯以相知故六報互通以相背故諸相差別唯識發現信其不誣問下五報中悉有當根受報之相今眼根見火後便云燒聽者何耶答以燒見易明故況下黑煙紫燄星火迸灑等皆眼根所交之報故不別云

二聞報二

一臨終見境

二者聞報招引惡果此聞業交則臨終時先見波濤沒溺天地亡者神識降注乘流入無間獄發明二相疏聲能鼓動心海如波如濤取此造業故臨終時先見此也降注下流也

二乘業受報

一者開聽聽種種鬧精神瞀亂二者閉聽寂無所聞幽魄沉沒如是

聞波注聞則能爲責爲詰注見則能爲雷爲吼爲惡毒氣注息則能爲雨爲霧灑諸毒蟲周滿身體注味則能爲膿爲血種種雜穢注觸則能爲畜爲鬼爲糞爲尿注意則能爲電爲雹摧碎心魄

耳根所取動靜二境造種種業今受其報亦緣此二開即動也閉即靜也如是下歷根別受此文之中以根對境有所參差將恐梵文回互譯者隨而弗審如雷吼毒氣非眼所取雨霧毒蟲非鼻家境餘文則順有智自詳○解上云見火此云聞波諸說弗明今以近義詳之如易云离爲目爲火坎爲耳爲水正恐見聞本乎水火之性故發燒注之相也又其聞波所注諸根循業各變難盡銷會如注見則能爲雷爲吼等似非眼根所入之相乃至下文多此義例聖言叵測惟博通君子昭示來者

三鼽報二

一臨終見境

三者鼽報招引惡果此鼽業交則臨終時先見毒氣充塞遠近亡者神識從地踊出入無間獄發明二相

疏鼻根造罪貪鼽諸香衆生身分及男女等香作種種業故招毒氣以受其報

二乘業受報

一者通聞被諸惡氣熏極心擾二者塞聞氣掩不通悶絕於地如是鼽氣衝息則能爲質爲履衝見則能爲火爲炬衝聽則能爲沒爲溺爲洋爲沸衝味則能爲餒爲爽衝觸則能爲綻爲爛爲大肉山有百千眼無量咂食衝思則能爲灰爲瘴爲飛砂礰擊碎身體

通塞是彼鼻所取境依此造業依此受苦故有二相如是下歷根別受爲質爲履者質礙也履猶通也爲餒爲爽者魚敗爲餒爽乖差也餘文可知○解孤山曰質應作躓廣雅云躓蹋也通俗文云事不利曰躓羹敗曰爽

四嘗報二

四者味報招引惡果此味業交則

一臨終見境

臨終時先見鐵網猛燄熾烈周覆世界亡者神識下透挂網倒懸其頭入無間獄發明二相疏舌根作罪其罪最廣一貪味爲罪殺戮必多二發語造業其罪又廣以妄言綺語兩舌惡口比於餘根此最廣愽故感鐵網周覆世界也

二乘業受報

一者吸氣結成寒氷凍裂身肉二者吐氣飛爲猛火燋爛骨髓如是嘗味歷嘗則能爲承爲忍歷見則能爲然金石歷聽則能爲利兵刃歷息則能爲大鐵籠彌覆國土歷觸則能爲弓爲箭爲弩爲射歷思則能爲飛熱鐵從空雨下吸氣則取味所招吐氣則發語所致如是下歷根別受爲承爲忍者承領忍受一切惡味造業之時凡是舌根受食知味然後始盖諸根大種舌不領味諸根不盖受報亦然〇解準眼耳鼻云見聞齅此應云嘗報言味報者從所嘗爲名也貪味則網捕燒野以取禽獸故見鐵網猛燄之相爲承爲忍謂發言承領忍聲甘受也

五觸報二

一臨終見境

五者觸報招引惡果此觸業交則臨終時先見大山四面來合無復出路亡者神識見大鐵城火蛇火狗虎狼師子牛頭獄卒馬頭羅刹手執鎗矟驅入城門向無間獄發明二相疏身根爲罪多因男女婬愛等觸貪著細滑隨時冷熱故受合山等事

二乘業受報

一者合觸合山逼體骨肉血潰二者離觸刀劒觸身心肝屠裂如是合觸歷觸則能爲道爲觀爲廳爲案歷見則能爲燒爲爇歷聽則能爲撞爲擊爲剚爲射歷息則能爲括爲袋爲考爲縛歷嘗則能爲耕

爲鉗爲斬爲截歷思則能爲墜爲飛爲煎爲炙身之所取唯合與離從之造罪感果亦爾如是下歷根別受道觀聽案皆治罪處也餘文可解○解合山刀劍並由貪著男女身分而感也道謂趣獄之路觀謂獄王之關聽案皆獄吏之所有也傳捶刃也漢書作事李奇曰東方人以物臿地中爲倳

六思報二

一臨終見境一

六者思報招引惡果此思業交則臨終時先見惡風吹壞國土亡者神識被吹上空旋落乘風墮無間獄發明二相疏思是意業無質迅疾猶如於風故招此報

二乘業受報

一者不覺迷極則荒奔走不息二者不迷覺知則苦無量煎燒痛深難忍如是邪思結思則能爲方爲所結見則能爲鑒爲證結聽則能爲大合石爲冰爲霜爲土爲霧結息則能爲大火車火船火檻結嘗則能爲大叫喚爲悔爲泣結觸則能爲大爲小爲一日中萬生萬死爲偃爲仰意之所緣生滅二塵復能隨五明了取境不覺則荒獨散所感不迷覺苦明了所致皆是邪思造業故爾如是下歷根別受方所受苦處也鑒證證據先罪也此一根受報備歷餘根然根對苦具有差有當不必一一根根相順學者隨文銷遣不可凝滯境○解眞際曰意思生滅迅疾故先感業風也私謂智論明四大以具微多者則劣具微少者則勝風無色香味三但有觸微故勝地水火也心無四微其力又勝今見惡風吹壞國土豈非因最勝之業感最勝之報乎若言意業無質如風感有觸微非無質也又若意思生滅迅疾五識皆然今據力論似合經意

○後結顯重明三

初結顯虛妄一

阿難是名地獄十因六果皆是衆生迷妄所造疏虛妄造業虛妄受報皆如空華然於因

果未嘗
乖失

次別顯
重輕

若諸衆生惡業同造入阿鼻獄受
無量苦經無量劫六根十因具足
同造諸業入阿
鼻獄即大無間
具足五事也六根各造及彼所
作兼境兼根是人則入八無間獄
如第六識同彼眼識唯取自境兼
根而作不涉餘根不具十因此則
六根具造唯造時不兼餘根入八
熱獄次輕於前也○解私謂此亦
六根具造十因但前後異時故云
各耳如一根對境必與意識同起
是名各造若加三二等則名兼境
兼根也八無間獄者應同前獄既
非經無量劫故知此罪次重於前
復恐通舉八獄以輕從重總云無
間是別十因或不
具者當墮前七也身口意三作殺
盜淫是人則入十八地獄疏身口
意六根
之三也殺盜淫十因之三也如身
具作殺等三罪口意不作又輕於
前入十八獄○解十惡業中唯犯
殺盜淫罪雖云口意蓋助成身業
也十八泥犁經云火獄有八寒
獄有十火在地下寒在天際
三

後結答
所問

業不兼中間或爲一殺一盜是人
則入三十六地獄疏如身獨造殺
等一業不兼餘
罪入三十六獄又輕於前○解上
明具三必含複義今云不兼兼即
複也亦合云一淫但是文略耳三
十六獄并下一百八獄未詳名數
見見一根單犯一業是人則入一
百八地獄疏此獨一根只犯一殺
又輕於前入一百八獄
如意中邪思或不正見未形身口
或口處殺人身心無記此等並輕
言見見者見只見之一根不兼餘
根故云見見○標上見作現呼○
解能見所見單境單根於殺盜淫
單犯一業故罪從輕然經文甚略
罪相多品如身業三罪各有根本
方便不同豈可一例判入地獄今
應且約相本示之其諸方便若
同此獄必有劫數長短差別
由是衆生別作別造於世界中入
同分地妄想發生非本來有疏謂
由不
斷三業各各有私故云別造因各
各私衆私同分故云入同分地謂
同業共感無差別同分別業各感
差別同分故前文云衆同分中兼

有元地也皆由妄想發起故非本有〇標此答前問此道爲復本來自有爲是衆生妄習生起此妄也〇解上文五節惡業不同即別作造也所感獄報各從其類即入同分地也　妄想發生等並詶阿難前所疑問

△二鬼趣（三）

初總標

復次阿難是諸衆生非破律儀犯菩薩戒毀佛涅槃諸餘雜業歷劫燒然後還罪畢受諸鬼形

䟽非破律儀者謗無戒律也犯菩薩戒者輕重不禁也毀佛涅槃者不信因果此皆斷善根也餘業可知地獄久治故云歷劫燒然更受餘類故入鬼趣鬼趣十類由前十因十因正報已在前文極苦相對非是輕受故云後還罪畢受諸鬼形〇解資中曰由前十因餘報不同故下鬼趣分成十類貪物盜習貪色淫習貪惑詐習貪恨怨習貪憶瞋習貪傲慢習貪罔詐習貪明見習貪成枉習貪黨訟習

若於本因貪物爲罪是人罪畢遇物成形名爲怪鬼

䟽此即貪習爲因也於物生貪

次別顯

非理而取餘報在鬼還託於物即金銀草木精怪其類非一故名怪鬼正受苦報在寒冰獄

貪色爲罪是人罪畢遇風成形名爲魃鬼

即前淫習爲因也色能動亂身心如風鼓物報招鬼質還復託風風質元虛因習所致因果相對豈徒其然

貪惑爲罪是人罪畢遇畜成形名爲魅鬼

即前詐習爲因也因成詐僞惑正憑虛託附畜生便成鬼質即狐狸猪犬有異靈者其類非一故云遇畜成形魅即現美形以感人也

貪恨爲罪是人罪畢遇蟲成形名爲蠱毒鬼

即前怨習爲因也由忿爲先懷惡不捨結怨在意熱惱居懷受餘報時亦假毒類即虵虺毒蠱有靈者成蠱毒鬼

貪憶爲罪是人罪畢遇衰成形名爲癘鬼

即前瞋習爲因也於苦苦具憎恚居懷或因妬忌生瞋瞋恚不捨名爲貪憶洎受鬼報遇災衰處便入其身名爲癘鬼即毒癘傷寒傳屍骨蒸之類皆此鬼作也

貪傲爲罪是人罪畢遇氣成形名

爲餓鬼即前慢習爲因也慢以凌人慠物高舉自强泊報鬼
倫遇氣爲質內無實德空腹高心飢餓所困故名餓鬼貪罔
爲罪是人罪畢遇幽爲形名爲魘
鬼即前誑習爲因也爲獲利譽多懷異謀矯現有德罔冒於他令
他暗昧不曉已事洎受鬼形憑幽託暗魘惑寐者故名魘鬼貪
明爲罪是人罪畢遇精爲形名魍
魎鬼即見習爲因也執見異生各自明悟出生相返發於違拒
反招鬼道遇精明處以爲其形即日月精魄山澤明靈有精耀者以
記其質言魍魎者木石變怪也貪成爲罪是人罪
畢遇明爲形名役使鬼即前枉習爲因也枉
押成嫓憑虛構架勞心役思撓害無辜使成有罪遇明顯境託以成
形非幽暗類也走使戰陣擔沙負石之徒故云役使貪黨爲
罪是人罪畢遇人爲形名傳送鬼
即訟習爲因也黨已覆罪爲他所訟報在鬼類託質於人如世有童
子師及巫祝之類皆名神道傳送凶吉禍福之言名傳送鬼此上鬼

後結示

類其數實繁考果徵因不過此十○解私謂魅鬼敏師改作祆斥魅
爲非偏尋古本皆無祆字況想陰魔中亦云魅鬼何必改作蠱者左
傳云血蟲爲蠱說文云腹中蟲也魍魎或作蝄蜽家語云木石之怪
曰夔魍魎資中具約十因對辨十類諸師所釋或異或同然鬼道難
明止可略知報相恐傷臆說此不備解

阿難是人皆以純情墜落業火燒
乾上出爲鬼此等皆是自妄想業
之所招引若悟菩提則妙圓明本
無所有疏十因六報皆是純情所爲情既下沉故墜地獄地
獄治久情盡上升故曰業火燒乾上出爲鬼鬼心輕慄業火所餘自
妄業招非他所得菩提心中皆如空華耳○標如來藏中本無所有

△三畜趣三

初總標

復次阿難鬼業既盡則情與想二
俱成空方於世間與元負人怨對
相值身爲畜生酬其宿債疏地獄治情鬼
中治想情想既盡故云成空然所空者即依情想所發之業也二道

之業既亡却爲畜生酬其宿債馳驢牛馬身命償他若在餘類隨應受對○解情即地獄之純情想即鬼趣之妄想此想亦情非前文外分之想也

次別顯

物怪之鬼物銷報盡生於世間多爲梟類跡貪習爲怪鬼報盡作梟倫梟土梟也附塊爲兒貪物所致一切怪異者皆此類攝風魃之鬼風銷報盡生於世間多爲咎徵一切異類淫習爲因報招鬼魃旁爲畜生受咎徵也咎過惡也徵驗也惡行所招將有災異先有此應如羣雀衆鼠荒儉之徵鸛鵝水災鶴舞多旱其類非一畜魅之鬼畜死報盡生於世間多爲狐類詐因之報爲鬼成魅所依既盡畜受狐身蠱毒之鬼蠱滅報盡生於世間多爲毒類怨習之報鬼作蠱毒畜爲毒類即蚖虵蝮蠍之類衰癘之鬼衰窮報盡生於世間多爲蛔類瞋習之因鬼爲衰癘託災附禍便入身中轉受畜形還託身內爲蛔蟯也受氣之鬼氣銷報盡生於世間多爲食類餓鬼附氣慢習是因鬼受飢虛畜充他飽故爲食類即世間可食之畜也綿幽之鬼幽銷報盡生於世間多爲服類宿因誑習鬼爲魘暗幽默既銷畜爲服類即駝驢牛馬蚕蠒之類爲人服用也緜即綿容不明露也和精之鬼和銷報盡生於世間多爲應類因爲見習鬼作魍魎精耀之物既盡爲畜便成應類即應四時節序來而復鳴者言和者雜也雜精明處而成鬼也明靈之鬼明滅報盡生於世間多爲休徵一切諸類即前枉習鬼託明生爲役使類鬼道業盡畜報休徵休美也休祥將至預有此徵由他美行之所招也即麟鳳之類也依人之鬼人亡報盡生於世間多爲循類訟習之因鬼招傳送人死爲畜報在黠慧故云循類即人所畜養循順之類○解孤山曰梟類昔爲鬼則附物爲質今爲禽則附塊成形咎類如鵂

後結示

初正結虛妄

鵂鶹鳥出表凶衰爲其禍驗狐類附畜爲魅死受狐身還遭鬼附妖類即蚰蜒之屬蛔類即身內蟯蛔食類謂豬羊等可充庖者服類謂牛馬等易曰服牛乘馬負重致遠應類能應節候即社燕賓鴻司晨警露者也休類有道則現若麟鳳等循類從人養育如猫犬等十並云多者取其業因相類多分爲之未必皆爾

後引問重示

阿難是等皆以業火乾枯酬其宿債傍爲畜生此等亦皆自虛妄業之所招引若悟菩提則此妄緣本無所有蹤獄鬼二趣業火燒畢情想乾枯今爲畜生酬償餘業故云傍爲妄想故有覺性元無猶如圓影眚病故見

如汝所言寶蓮香等及瑠璃王善星比丘如是惡業本自發明非從天降亦非地出亦非人與自妄所招還自來受菩提心中皆爲浮虛妄想凝結所問三緣是彼人等各自虛妄造業發生不由

四人趣三

他有故云本自非天降等妄造妄受覺性之中皆如空華

初總明二

初酬剩返徵

復次阿難從是畜生酬償先債若彼酬者分越所酬此等衆生還復爲人返徵其剩分越者過分也不依本分越過而行謂非理苦役不問輕重或晝夜不息食飮無度如是等類悉合返徵其剩今有恃尊貴以縱恣倚豪勢以奢侈貪其力而多役取其味而枉殺不捨晨暮罔測勞苦福盡徵剩其宜者哉○解分越所酬謂驅役則晝夜不息烹炮則殺害過分也如彼有力兼有福德則於人中不捨人身酬還彼力若無福者還爲畜生償彼餘直跡其有修善而崇福者只於人身酬彼力矣今見積善之家財物多耗或被劫盜或被欠負或橫遭驅役或枉受捶打斯皆先業合捨此身爲畜酬剩由樹福德人中略償若成畜者蓋無善矣○標分越者謂非理苦役水草飮食不時與之○解如彼有力謂有修定學慧之力也不捨人身則爲彼奴婢或遭其劫殺等

後償報難息

阿難當知若用錢物或役其力償足自停如於中間殺彼身命或食其肉如是乃至經微塵劫相食相誅猶如轉輪互爲高下無有休息除奢摩他及佛出世不可停寢 疏汝負他財他欠汝力今既酬償償足自止世養牛馬是此類也如故殺彼食其身肉斯則翻成殺業身身相取命命相酬以人食羊羊死爲人互來相責無有休止以諸業中殺命最重不值佛出修奢摩他必不能息○標除修行止觀不可息也○解私謂奢摩他及佛出世此約修定破惑見佛得道方免相害縱有宿業所作不亡至果償之若幻化之非實也

次別顯

汝今應知彼梟倫者酬足復形生人道中參合頑類 疏因於貪物鬼託怪形畜在土梟附塊而養今歸人趣其形顯蒙雖在頑嚚心忘德義蓋因之故然也而言參合者夫人道受報善因所招總報雖同滿業各異故分十種今此從畜來者乃是餘業旁受非正善業所招然亦順後業感由不正故故言參合他皆倣此

彼咎徵者酬足復形生人道中參合愚類 始因貪欲鬼受魅形上爲畜生災咎之應業盡復本參在愚類以欲多者不習別善但專一境由不習善故招愚鈍頑愚別者頑謂知善不從罔受教誨愚謂暝然昬暗識鈍難明有此異耳

彼狐倫者酬足復形生人道中參於佷類 因從詐習鬼爲畜魅類入旁生狐貍所攝今爲人趣參在佷戾自用之徒不受諫曉也

彼毒倫者酬足復形生人道中參合庸類 怨習是因鬼爲蠱毒旁受畜類蚰蝎是形還生人道雜乎庸類即庸鄙之流性麤率者

彼蛔倫者酬足復形生人道中參合微類 瞋習爲因鬼居衰癘蟯蛔受畜微末爲人即不爲人之所齒錄者也

彼食倫者酬足復形生人道中參合柔類 慢習是因鬼招飢餓結氣而作無實體性畜受食類人爲柔弱蓋因

我慢貢高反招柔怯之報彼服倫者酬足復形生人道中參合勞類誑習爲因鬼從幽魘畜爲服用人受劬勞役力艱辛工巧之屬彼應倫者酬足復形生人道中參於文類因從見習鬼落和精魍魎報終畜爲時應參於人道徵有文章非正習因故云參合彼休徵者酬足復形生人道中參合明類枉習爲業鬼受明靈驅役疾馳無暫停止畜招休應人雜聰明考果從因必無差忒彼諸循倫酬足復形生人道中參於達類因由訟習鬼作依人傳附神辭發顯禍福畜招馴黠人達窮通寵辱不驚安然自得故名達類○解頑如檮杌愚謂顓蒙佷即儱倲不調庸乃鄙俗無識微同皀隷柔若脂葦農工之民服其勞也藻翰之士主其文也明則於事聰察達則與道窮通資中復以本習弁鬼畜之倫解此十類事非顯要故且置之

後結示

阿難是等皆以宿債酬畢復形人道皆無始來業計顛倒相生相殺不遇如來不聞正法於塵勞中法爾輪轉此輩名爲可憐愍者跡獄鬼畜中酬償先業三塗報盡還復人身順後善業所招隨別復分十類如是皆爲顛倒輪轉欲息顛倒唯戒定慧無此三種不息輪回佛若不出誰說此法令其修學免輪回耶

五仙趣三

初總標

阿難復有從人不依正覺修三摩地別修妄念存想固形遊於山林人不及處有十種仙不依正覺者三乘行法皆佛所教今經尚斥二乘云不識生死根本錯亂修習況修仙道耶存想固形者存心在於長生不死俾此形骸堅固不壞也所修妄念即下十種修鍊之法也此皆有漏進不如天退又勝人故居山林人不及處名爲仙趣然此一趣餘經不出以總報同人故今經說者約所修行別故人天二趣所不攝故此皆外道類收然亦禁防非佛正戒但禁麤浮即戒禁取也○解孤山曰釋名云老而不死曰仙仙遷也

遷入山也故制字人傍山也抱朴子云求仙者要當以忠孝和順仁信爲本若德不修而但務方術終不得長生也

次別顯

阿難彼諸衆生堅固服餌而不休息食道圓成名地行仙（䟽服餌者即食麻仁草木之實存形長久一期壽永輕舉未能此道若成名地行仙也）堅固草木而不休息藥道圓成名飛行仙（草木者即飡松敳栢之類草木輕故餌即體輕由是飛行不墜於地）堅固金石而不休息化道圓成名游行仙（金石者服丹砂成九轉之類化有二種一能化骨令壽永體堅二能化物俾賤作貴此道苟成遊戲人間濟貧恤苦得大自在也）堅固動止而不休息氣精圓成名空行仙（消息養和運用榮衛神氣久著能履虛空功用既成身堅壽永名空行仙）堅固津液而不休息潤德圓成名天行仙（鼓天池嚥津液固精華歲久功著遂成潤德言天行者此非六欲乃是世人謂靈仙居處名之爲天如張騫尋河源至崑崙見天宮之類或所行不交欲境如天無異故云天行）堅固精色而不休息吸粹圓成名通行仙（吞飲日月精氣作意存變以延身命由是功久遂有異見通世物精故云通行）堅固呪禁而不休息術法圓成名道行仙（呪禁正是仙法道術以此持身延而且固術力成就名爲道行）堅固思念而不休息思憶圓成名照行仙（念緣前境繫心不忘專注弗移久而發用照明境界咸悉化源如定發慧故名照行）堅固交遘而不休息感應圓成名精行仙（世有採陰陽之術名爲交遘久而功成此感彼應吸彼精氣以固我身故名精行）堅固變化而不休息覺悟圓成名絶行仙（存想世間皆成變化境既變化心想亦亡猶如槁木有爲功用暫得如是故云絶行如上十類皆云行者日久成功通流故也○解眞際曰地行者以服餌丹砂存形久固道雖成就身不能

飛飛行者飡松啖栢閑澹沖和體既輕清故能飛舉遊行者精窮變化察物性元點石爲金恤貧哀苦遊於人世空行者運用神氣想化爲功其德圓成覆空自在天行者爲津固質攝衛持精欲境不交如天無異通行者吸呼日氣潤益姿容吞彼霞光將延世表其道玄著故曰通行道行者習諸呪術禁彼異緣術力既成流功益物照行者用其思念審度境心憶想功成能知彼境即世間他心宿住通耳精行者運心交互感赴無遺此念彼來彼念此至相應妙極故曰精行絶行者物境之上洞了化源窮究性情覺悟無惑也孤山曰此十仙義未能頓異且依古釋

後結示

阿難是等皆於人中鍊心不修正覺別得生理壽千萬歲休止深山或大海島絶於人境斯亦輪回妄想流轉不修三昧報盡還來散入諸趣䟽生理謂長生之理即上十種修鍊之法也言人中者以仙趣無別總報即於人身總報果上加以前來十種修鍊轉成仙也

△六天趣二

△初列釋諸天三。

○一欲界二

初列釋六

妄想不眞終隨業墜○標人間千萬歲未及四空天一晝夜先聖云饒經八萬劫終是落空亡耳○解私謂前文情少想多輕舉飛遠即爲飛仙蓋約命終隨業受生而說下文云精研七趣皆是昏沉諸有爲相妄想受生妄想隨業而云仙趣無別總報者此義不然況復令云深山海島絶於人境豈非別乎懋知人中鍊心者非止服餌養生而已必兼戒善方曰鍊心別得生理者正由人中之業別感仙趣之報也以其業種之性經生不失故曰生理縱於人間現得長生久視之理其數幾何若生仙趣則千萬歲信有之矣如山海經云崑崙之山廣都之埜軒轅之丘不死之國氣不寒暑人皆數千歲此亦衆私同分非無定處若但固形而不鍊心便希千歲是猶見卵而求時夜太早計也故黃帝葬于嶠山老子瘞于槐里劉安伏鉞而死張陵遭蟒而終世稱神仙者不亦惑乎

阿難諸世間人不求常住未能捨諸妻妾恩愛於邪淫中心不流逸澄瑩生明命終之後隣於日月如

初四天王天

是一類名四天王天 疏不求常住即不修正覺也無定力故不能捨愛有善戒故心不流逸善根力故心澄身明此則澄鎣欲心發生明性此人命終生須彌半腳日月宮所有天衆皆此天管○標須彌山半腹出海四萬由旬日月從四天王宮旋遶照四天下上有四萬由旬至忉利天○解孤山曰邪欲心息故澄鎣戒支清淨故生明

二忉利天

於已妻房淫愛微薄於淨居時不得全味命終之後超日月明居人間頂如是一類名忉利天 疏欲愛漸微於已室家亦滅愛欲故無全味味著也言淨居者不由雜穢揀異行邪也超日月者以善增故愛心又減身則又昇故生忉利忉利此云三十三帝釋居處也○標帝釋居處在須彌盧山頂四角都有三十一天唯帝釋為主○解以上二天皆依須彌名地居天也

三燄摩天

逢欲暫交去無思憶於人間事動少靜多命終之後於虛空中朗然安住日月光明上照不及是諸人等自有光明如是一類名須燄摩天 疏未離欲心逢境暫遘漸薄於下故云去無思憶逢欲猶交故云動少去無思憶故云靜多斯行又增身則又勝故生時分燄摩云時分此是空居初天也○解時分天蓋時時唱快樂故

四兜率天

一切時靜有應觸來未能違戾命終之後上昇精微不接下界諸人天境乃至劫壞三災不及如是一類名兜率陀天 疏行勝於前故云一切時靜應觸者應謂相應觸即欲境尚猶順而從之故云未能違戾命終漸勝故生此天上升精微等者即約一生補處菩薩所居器說以同名兜率故此云知足○標此天三災不及若凡夫福感劫火能壞之也○解能於五欲知止足故

五樂變化天

我無欲心應汝行事於橫陳時味如嚼蠟命終之後生越化地如是

一類名樂變化天疏無心於境境自橫來境自有心已何所味故云味如爵蠟等以樂變化五欲之境而受用故〇標下之諸天衣食所須尚假自化此天所受用思念即生

六他化自在天

無世間心同世行事於行事交了然超越命終之後遍能出超化無化境如是一類名他化自在天疏行事交者此亦橫陳也前雖亡味會境猶起欲心此則無心故云了然超越然令且約無麤相說豈亡微細愛欲以未離欲界故化無化者化即第五天無化即下諸天俱舍云樂受用他所變化五欲境故以有自在力遺他變化而受用之故云他化自在上之六天皆因欲心漸輕得報漸勝若情欲重者必不生天俱舍頌云六受欲交抱執乎笑視淫亦明受欲輕相也〇標此天所須受用不思而至〇解化無化境者第五天是化境下四天是無化境以上四天悉是空居私謂準天台說六欲天業皆以十善爲本若兼護法心是四天王業若兼慈化人是忉利天業若兼不惱衆生善巧純熟是啖摩天業若兼修

禪定麤住細住是兜率天業欲界定是變化天業未到定是他化天業今經止約欲事輕重而分六天者應有二義一是阿難起教之緣故二是欲界受生之本故意令持戒亦扶律之微旨也

後結示

阿難如是六天形雖出動心迹尚交自此已還名爲欲界疏此之六天身有光明飛行自在壽命長遠漸增漸勝不同下之人趣故云形雖出動又人趣雜類壽命短促遷變不常天之福命卒難摇動故云出動尚有欲境相遘故云心迹尚交若至定地永無欲對矣〇解形雖出動此對人仙二趣得出動之名心迹尚交謂欲心事迹猶有交合之相故淫俱舍頌曰六受欲交抱執手笑視此言地居兩天則形交啖摩則勾抱兜率則執手變化則對笑他化則相視須知彼文各據六天受欲而說令經秪就人中辨欲事輕重用顯六大感報不同以是應作四句料揀一形交心不交即此經第六亦通第五也二心交形不交即俱舍後二也三心形俱交即經與俱舍皆前四也四心形俱不交如初禪。以上也

首楞嚴經義海卷第二十四

音釋

攬盧敢切頞阿葛切嚯許略切忤五故切逆也鉞王伐切大
斧也鎗七羊切矟也鋸居御切刀鋸也剉刺剉初臥切刹斫也刺七自
切直傷也槌直追切擊也戮音六殺也誘以九切導也絞校絞古
巧切縛也校居効切木囚也撾棒撾陟瓜切箠也捧蒲項切杖也讒鋤成
切譖毁也虺許鬼切蝮蛇也礰正作礫狼狄切瓦礫也幞逢土切帕裹也
擒巨金切捉也挽撮挽無綰切撮宗括切鴆直禁切鞠居六切推
窮也碾磑碾女箭切轢物器也磑五對切礫也捺乃曷切手按也礔礰
礔匹歷切礰郎擊切礔礰與霹靂同煽式戰切烈熾相扇也愗莫候切猶惛也
齅許救切以鼻攪氣也餧奴罪切飢也矟所角切矛屬剚側義切挿
刃也魃蒲撥切旱鬼也剩實證切餘也餌而至切食也粹雖遂切純
也兜率陀想語也此云妙足兜當候切嚼疾雀切咀嚼也

首楞嚴經義海卷第二十五之一

經九

凡遇圓相即是標辭與疏同其上文

○二色界三

疏二色界者以此界中依正二報色法殊勝從勝爲名也通名梵世者梵是淨義離欲染故禪所生故異散動故此界總有一十八天若俱舍云三靜慮各三第四靜慮八即除無想也依大衆部與今經同即加無想

初總標

阿難世間一切所修心人不假禪那無有智慧

此總明修心之人須假禪定然後發慧定慧均平方稱靜慮若不爾者不得名禪意顯此四位中皆因禪慧然於其中所伏惑習差降有異故分諸天下目辨釋或可此文約世間人不修無漏禪定不發無漏正慧遂感四禪果報不能出離凡夫雖曰修禪但是有漏六行事觀不離虛妄不名禪那。如下文云此三勝流雖非正修眞三摩地又云但能執身不行淫欲等又下結云此皆不了妙覺明心積妄發生妄有三界等

次列釋四

一初禪二

但能執身不行淫欲若行若坐想念俱無愛染不生無留欲界是人應念身爲梵侶如是一類名梵衆天

初釋三

初梵衆天

尊意在此故云但能執身等想念俱無者由行六行厭下欲界是苦麤障忻上色界是淨妙離故得欲界惑伏名愛染不生由是命終即生色界故云無留欲界此即麤苦不起淨相現前即是淨定味此而生名爲梵衆。即凡夫所修六行伏惑之所感也。解檇李曰言不假者但約不修無漏定慧爲言餘同六行

次梵輔天

欲習既除離欲心現於諸律儀愛樂隨順是人應時能行梵德如是一類名梵輔天

疏已伏欲惑故云欲習既除得上初禪定心顯現故云離欲心現此結上也於諸下正明此天於定共戒愛樂隨順梵行成就防非不失此則兼護律儀淨戒成德匡弼梵主故名梵輔。解孤山曰內定外戒倍勝於前故能行梵德爲王輔弼

後大梵天

身心妙圓威儀不缺清淨禁戒加以明悟是人應時能統梵衆名大

梵王如是一類名大梵天

疏禪觀轉勝受生細妙故云身心妙圓復具戒德故云威儀不缺此結前也清淨下正明此大於定中發慧明悟斯則慧解過人能爲梵主統攝梵衆準俱舍說威德光明獨一而住無尋唯伺定力所感下二天具有尋伺又劫末後去劫成先來外道不測便執爲常又因起念見有天生便執能生世間爲一因主。標帶外計也。解上三天不顯言修禪唯言禁戒者蓋此經扶律以勵未來故資中曰俱舍論明大梵天義同疏解

後結

阿難此三勝流一切苦惱所不能逼雖非正修眞三摩地清淨心中諸漏不動名爲初禪

疏巳離欲界八苦故云所不能逼但是六行伏惑故云非眞三昧凡眞修禪者不於三界現身意縱得勝妙定相現前了了自知而無取著今此雖得清淨似三摩地以不了故味著受生然此離欲散心麤動故云諸漏不動是故結云此三勝流總名初禪俱舍云離生喜樂地離欲界雜惡生得輕安

三禪二

初釋三

樂然此初禪所得功德有五支林一覺二觀三喜四樂五一心支行相如天台法界次第中。解孤山曰禪有四類一有漏禪即今四禪也二無漏禪謂九想八背等三亦有漏亦無漏禪謂六妙通明等四非有漏非無漏禪即此經首楞嚴王中道理定今云雖非正修眞三摩地此以第一簡非第四清淨心中正指初禪也諸漏不動已伏欲惑也私謂初禪修五法離五蓋成五支具有八觸十功德相若發此禪則色界清淨四大自然現於欲界身中今經正明凡夫隨禪受生故不備說修證之相若欲委知四禪乃至四無色定請尋天台次第禪門

初少光天

阿難其次梵天統攝梵人圓滿梵行澄心不動寂湛生光如是一類名少光天

疏王爲梵主故云統攝戒定慧具故云圓滿梵行此結前也澄心下正明此天定心轉勝故云澄心不動定光明發故云寂湛生光二禪已上離覺觀故無有語言但以定心發光以光勝劣分其位次此天喜相初生慧光尚劣名少光天。解其次下牒

前大梵澄心下正明少光

次無量光天

光光相然照耀無盡映十方界徧成瑠璃如是一類名無量光天疏從前少光更發多光光相轉增名光光相然光相圓明映十方界境隨光光淨徧成瑠璃由定漸增定光發照必無涯際名無量光。解眞際曰映十方界者約其定光隨所受用東西等言之非徧十方世界也

後光音天

吸持圓光成就教體發化清淨應用無盡如是一類名光音天疏吸取任持無量淨光以表言詮名爲教體此光表詮離諸麤重故云發化清淨隨機開示無不明了故云應用無盡以二禪界地無前五識但用光明以爲表詮以光爲音名光音天。解教體即言詮也以光爲音表了無盡故云發化清淨等

後結

阿難此三勝流一切憂懸所不能逼雖非正修眞三摩地清淨心中麤漏已伏名爲二禪流二禪三天又勝一位故名勝流以得極喜故云一切憂懸所不能逼初禪雖得喜支極喜未生在身麤故但得離苦猶有憂喜相對今此二禪定水潤心慧光明泰喜支調適憂愁不生名爲定生喜樂地也麤漏已伏者忻上厭下但名爲伏以不斷故不名無漏然此一地具四支林一內淨二喜三樂四一心行相如常。解私謂地持論目第二禪爲喜俱禪此定生時與喜俱發故今說云一切憂懸所不能逼問初禪五支已具於喜何以二禪方名喜俱答初禪有覺有觀猶帶憂懸今覺觀既盡故別受斯稱懸或作愁字之悞也

三禪三

初釋三

初少淨天

阿難如是天人圓光成音披音露妙發成精行通寂滅樂如是一類名少淨天疏初二句躡上披音下正明此天謂披能詮之教體現所詮之妙理成所行之妙行由是三慧既發妙樂攸通定慧過前支林轉勝也言寂滅樂者滅前喜相而生淨樂以喜相麤動此異熟樂恬怕寂靜故名寂滅定相猶劣故名爲通始得此樂未廣周徧名爲少淨淨亦靜也有處亦名少靜天。解圓光成音指前教體

也拔音露妙即發化清淨也進修三禪故發成精行證得少淨故通寂滅樂

次無量淨天

淨空現前引發無際身心輕安成寂滅樂如是一類名無量淨天

疏淨空即靜樂也定心轉勝引發此樂令其無涯樂既無涯方是成就淨樂之義此則名爲徹意地樂徧身輕安名無量淨。解既得少淨空相現前復以定力引發少相令無邊際望上未徧望下則多故名無量

後徧淨天

世界身心一切圓淨淨德成就勝託現前歸寂滅樂如是一類名徧淨天

疏前雖徹意地樂止在身心未名爲遍今則徧於依正樂融世界身心無處不徧殊勝淨圓妙樂以成淨德言勝託者即此淨樂是彼行者所依勝處證此樂故名之爲歸。解上身心輕安且言其內今世界等者總攝於外勝定所託一切淨相既現在前還歸內心寂滅之樂

後結

阿難此三勝流具大隨順身心安隱得無量樂雖非正得眞三摩地安隱心中歡喜畢具名爲三禪

疏具大隨順者一是隨順勝定二是離於憂喜憂喜望樂俱爲忻猒但是違境故非隨順今此妙樂世間第一更無過者方是隨順具足之義安隱心中歡喜畢具者意地異熟隨順自在樂極於此純一無雜名爲畢具以此三禪名離喜妙樂地故此地禪支具有五種一捨二念三慧四樂五一心支。解地持論目第三禪爲樂俱禪此定功德與遍身樂俱發故前二禪雖有樂支爲喜支所障今滅喜純樂故得其名而云歡喜畢具者同體別不以文害意。疏四四禪者然此一地總報業但有三品感下三天其無想天但是廣果天中別報也夫境界上極於此五不還者自是聖人雜修靜慮資廣果天故業令五品殊勝只於廣果總報之身生彼五天與凡夫不同由是向下別爲五段

四禪三

初四根本二

阿難復次天人不逼身心苦因已

初釋四

盡樂非常住久必壞生苦樂二心俱時頓捨麤重相滅淨福性生如是一類名福生天

初福生天

初五句結前生後俱舍論說第四禪離八災患謂尋伺苦樂憂喜及出入息又不爲三災所動名不動地今云不遍即離下位苦也苦因下釋不遍所以尋伺憂喜等是苦之因今既離之故無逼迫樂非常住者別明樂支以對前苦三禪雖得微意地樂然不常住必壞壞即成苦此樂名壞苦苦樂下須正明此天今第四禪苦樂俱捨以一地皆厭下苦麤障忻上淨妙離一棄下苦樂名麤重相滅得上地定受名淨福性生以此禪定唯一捨受是福之體既離下染故名淨福下顯解復次下結三禪之德樂非三禪之過苦樂下正示福生也三禪無下界苦因離名爲樂樂久必壞壞亦成苦今既捨樂苦則不生地持名此爲捨俱禪其義同矣

二福愛天

捨心圓融勝解清淨福無遮中得妙隨順窮未來際如是一類名福愛天

疏唯一捨受與定心圓融捨諸一切苦樂等法於捨心中仍坐勝解於此決定忍可印持不爲異緣之所引轉故名勝解清淨由勝解力於此圓融勝定之中愛樂隨順令此勝定得無留礙任心自在受用無窮故云得妙隨順窮未來際等問此有漏禪得壽命有限何得來際耶答此約壽得定報壽長遠動經劫數云窮未來非約報後所論也又此善定雖是有漏而能隨順修行者依第四禪引發此定熏無漏禪修願智無諍邊際定也下五那含亦依此定起有漏無漏雜修靜慮若凡夫得更不進修即許壽命有限若聖人修即得盡未來際通此兩向凡聖同修也○解得妙隨順即隨順下文二岐路也由此淨福體性無遮愛樂修習勝妙之法是則福資二路非止當天故云窮未來際

三廣果天

阿難從是天中有二岐路若於先心無量淨光福德圓明修證而住如是一類名廣果天

疏於福愛中分二所向一直往道即至廣果二迂僻道即至無想此標也若於下釋若從發心已來不帶異計直修根本四禪四無量善熏禪福德離下地染備歷

四位至此福愛更增勝定廣福所感得生勝處名廣果天○解資中曰於福愛中分出二天一廣果二無想此廣果天以四無量心熏禪福德離下地染廣福所感名廣果天

四無想天

若於先心雙猒苦樂精研捨心相續不斷圓窮捨道身心俱滅心慮灰凝經五百劫跡此正明也若帶異計六行伏想漸猒漸捨至福愛天得捨圓融捨心相續徧窮捨道捨心亦亡不計捨身心故名俱滅此計無想為涅槃也以此捨心為方便入無想定也初捨麤心入於微心復捨微心入微微心從微微心常修不息便入無想此皆修因也心慮下即無想報命終果報生無想天壽命五百大劫想心不行故名灰凝是人既以生滅為因不能發明不生滅性初半劫滅後半劫生如是一類名無想天此判成虛妄也不了妄想體空乃執生滅勞累猒此生滅求不生滅故云以生滅為因捨於生趣不生未是真不生見第六識暫爾不行如冰夾魚不知微細生滅妄謂涅槃非真涅槃也故云不能發明無生滅性初半劫下却釋彼報行相准俱舍引婆沙釋彼生死位中多時有想初生彼天經於半劫始入無想異熟名初半劫滅欲無常時從異熟出經半劫有心後始方死名後半劫生生滅中間一向無想名無想天

後結

阿難比四勝流一切世間諸苦樂境所不能動雖非無為真不動地有所得心功用純熟名為四禪此第四禪離八災患勝下地故名不動地煞有劫數壽盡須捨故云非真不動俱舍云然彼器非常情俱生滅故凡夫修定味著受生名有所得定慧均平能捨苦樂勝下諸天名功用純熟

後五不還三

初標示

阿難此中復有五不還天於下界中九品習氣俱時滅盡苦樂雙亡下無卜居故於捨心衆同分中安立居處九品習氣者即欲界初禪二禪三禪各九品也種現俱無名為滅盡此是聖人斷故名滅非同凡夫暫伏名滅習氣既無

苦樂雙泯離下界繫故無卜居然未進斷第四禪惑故於捨心衆同分中別立居處以修禪時漏無漏雜故此別居俱舍論說雜修靜慮五品不同生五淨居五品雜別者謂下品中品上品上勝品上極品行相如別

次釋相吾

一無煩天

阿難苦樂兩滅鬬心不交如是一類名無煩天苦樂心滅敵對則亡形待既無故云不交不交則無煩也初滅苦樂二形待心雜修初品稍離定障名為無煩煩即障也然下天亦離苦樂不名無煩者以凡夫人所厭暫伏非是求斷今約畢竟不生故得此名也○解私謂若有苦樂勢必相傾是猶鬬戰交於内心也又心受苦境則與苦苦交鬬心受樂境則與壞苦交鬬今既兩滅故名無煩

二無熱天

機括獨行研交無地如是一類名無熱天疏機弩牙也括筈也箭受弦處也皆喻也唯一捨心縱任自在遊諸等至故云獨行不與違順二境相應故云研交無地此天以中品雜修靜慮慧用清虛皆離定障漸得清涼名無熱也○解孤山曰以捨受獨行譬若機括所發必中是以苦樂相磨交鬬之心求無其處也

三善見天

十方世界妙見圓澄更無塵象一切沉垢如是一類名善見天疏十方世界唯一捨心照了微妙圓徧澄寂故云妙見圓澄塵象慧障也沉垢定障也雜修上品功著定慧障亡故能妙見圓澄十方世界名善見也

四善現天

精見現前陶鑄無礙如是一類名善現天陶鑄鎔鍊也範土曰陶鎔金曰鑄圓澄之見既彰定慧之功更著故能鎔鍊自在顯現無盡故云善現

五色究竟天

究竟羣幾窮色性性入無邊際如是一類名色究竟天疏究竟鞠窮也羣幾者羣有之幾微也即去無入有有理未形之謂也今此一天窮到色理未形之際故云究竟羣幾窮色性性者性體也推至色性之元體也二句一意前多此例或前句窮緣色等識後句窮所依大種劑此一天即

入空處故云入無邊際以空又是大種之所依故名色究竟如馬勝問佛四大性當於何位滅盡無餘佛云空處近分正在頂天也○解私謂究竟研窮之義也幾者動之微也研究窮多念至於一念故曰究竟羣幾以雜修五品初用多一念無漏熏多一念有漏乃至最後用一念俱無漏熏一念有漏名上極品故俱舍云成由一念雜是也窮色性性者窮亦究竟變其文耳心既熏多至少色亦窮麤至微麤細不同故曰性性入無邊際即色界與無色界二邊之交際也俱舍云從此向上無復所居此處最高名色究竟

後結勝

阿難此不還天彼諸四禪四位天王獨有欽聞不能知見如今世間曠野深山聖道場地皆阿羅漢所住持故世間麤人所不能見疏梵云阿那含此云不還此天是彼聖所居故亦名淨居非同凡夫有漏住故以定力殊勝依報亦勝同在世間境界各異舉例可知

後總結

阿難是十八天獨行無交未盡形累自此已還名爲色界純是禪定善想所感無有情欲所對故云獨行無交尚有色礙故云未盡形累○疏三無色界者此四無色無業果色定多慧少猒下色礙想無邊空次猒空處乃至猒無所有以非想非非想爲究竟涅槃有此四無色其無色雖無業果色然有定果色爲識所依此大乘說實有處所若俱舍說無色界無處由生有四種依同分及命令心等相續餘經說有無色有情佛邊聽法淚下如雨者此約大乘有定果說前文亦說無色界天發願護持也

○三無色界二

初列釋二

初正明感報二

復次阿難從是有頂色邊際中其間復有二種歧路此標也有即是色頂即究竟色於此住名色邊際二岐路者一出三界路即回心人所履二入無色路即定性人所履若凡夫外道不入此五天即從廣果無想二天而入不在此二所履之限如下自知若於捨心發明智慧慧光圓通便出塵界成阿羅漢入菩薩乘如是一類名爲回心

初指回心不入

大阿羅漢此正明回心也若於有頂禪中故云捨心發無漏智頓斷上界四地三十六品俱生煩惱便證無學仍又回心向大乘道更不入於空識等處以無上地惑故然回心入大有深有淺但隨破惑有深淺耳此類仍是樂慧那含故得慧光圓通便出塵界○解私謂色究竟天是第三果人根有利鈍故分二路其利根者發無漏智斷盡修惑即出三界其鈍根者復由定心欣上厭下生無色界應知慧光圓通且約盡無生智圓滿而言入菩薩乘正約出三界後勝進而說斯亦今經破定性之明文也名爲回心者圓師指同涅槃五人發心之義今謂不爾彼是界外發心即入初住此是界內回心方成四果安與五人爲同年耶

後辨入者類殊二

初別釋四天四

○若在捨心捨猒成就覺身爲礙銷礙入空如是一類名爲空處疏初二句躡前也捨心有二一有頂二無想若於有頂用無漏道斷有頂惑銷礙入空此是樂定那含即定性聲聞也若於廣果無想用有漏道伏惑入空亦名捨心即凡夫外道也○以此二天俱在捨心共一地故覺身下正明此天銷礙之言亦通前二然行人猒患色法如牢獄心欲出離即修觀智破於色法過於一切色相滅有對相不念種種相入無邊空處心與虛空相應名爲空處定

一空處

○諸礙既銷無礙無滅其中唯留阿賴耶識全於末那半分微細如是一類名爲識處初句結前空處次句破空入識銷礙之無亦亡故云無礙無滅此即唯觀於識以破於空也其中下正釋唯留賴耶全末那者此七八二識更互相依定性愚法全不知有冥然自留也半分微細者即第六識今留一半緣識心分不留緣色空分故云半分以此第六色心俱緣故留半也行人入此定時猒患虛空無邊緣多則散能礙於定即捨虛空轉心緣識心與識法相應故名爲識處定○解眞際曰諸礙既銷猒色歸空也無礙無滅猒空入識無礙之無亦復滅也唯留阿賴耶識全於末那者以七八二識互相依故愚法聲聞則不知有不愚法者信有於彼入滅故半分微細者即第六猒空之識巳離色想故言半分也

二識處

三無所有處

空色旣亡識心都滅十方寂然逈無攸往如是一類名無所有處疏空處無色而存空識處亡空而存識皆名無所有今此空識俱亡故云空色旣亡識心都滅此二句先明三法也十方下正明行相十方者諸法也所緣色空識心等法一無所存故云寂然所緣旣寂能緣不行故云逈無攸往以行人猒患於識三世之識無邊緣多則散能破於定故捨緣識轉心依無所有法心與無所有法相應名無所有處定然今修大乘者多濫此定但一切無著心無所寄都無一物即是大乘如頑空無異而不知善能了達諸禪境界斷伏歷然道品次第如大圓鑒於萬象不差不錯方是大乘眞修禪也

四非非想處

識性不動以滅窮研於無盡中發宣盡性如存不存若盡非盡如是一類名爲非想非非想處疏初二句指所依體初句雙標識性者標有細想也不動者標無麤想也次句轉釋不動義前無所有處猶用心窮研令不動緣識心與無所有法相應今此一天研窮識性伏令不動故云以滅窮研於無下正釋行相是依此識不動之處故云於無盡中辨爲非想故云發宣盡性雖見盡而識在故云若盡非盡雖見在而不起故云如存不存由此義故名非想非非想也此即第六識麤想不起仍有細分及賴耶流注不息○前故約此義以立其名準俱舍云前三無色從加行得名此有頂地約當體立稱也行人入此定時猒患無所有處想如癡有想處如癰如瘡即捨無所有處緣念非有想非無想之法心與此法相應故云非有想非無想也○解私謂無所有處雖云滅識而體性不動但滅微細窮研之分耳今於無盡性中發宣盡性即是從復立無盡中故天台禪門出古師解云此定中不是一切相貌故言非想若一向無想如木石無異云何能知無想故言非非想如存不存即非想也若盡非盡即非非想也

後總辨二類

此等窮空不盡空理疏滅色取空非眞空性妄謂爲盡故云不盡以不能灰滅心智故言此等者總指四天也

從不還天聖道窮者如是一類名

不回心鈍阿羅漢即從色究竟天捨猒成就覺身爲礙銷礙入空者既不能發明智慧頓斷上惑成無學果回心向大即以無漏聖道漸次猒捨隨定感果生此四天受劫數報方斷有頂地惑成阿羅漢故名爲鈍言不回心者且對前利根者說非畢竟不回回已如前說

若從無想諸外道天窮空不歸迷漏無聞便入輪轉若從無想用有漏道忻上猒下漸至非想認此有漏作無爲解便謂涅槃至此不進以不廣聞聖教不辨諸禪漏與無漏修證行相壽終隨業必入諸趣也言從無想來者應是廣果天來與無想同地對五位天名爲外道是外道類故云從無想來若實入無想必定退墮更不進修准經論釋無想外道業盡必墮無上生義故○解此等窮空通指凡聖欣猒末盡故云不盡空理縱是聖人修八聖種觀亦有四陰細惑未亡以未得滅受想定故從不還天下明聖人有生此處者是鈍根那含耳言羅漢者約後爲名也若從無想下明外道有不生此處者謂窮空不歸也外道窮空凡有二種一窮至四禪以無想爲極二窮至無色以非想爲極今既入無想則迷於有漏無聞四空故五百劫滿自當輪轉舊解此文作外道從無想天來者非也請觀不歸二字歸猶來也豈非無想窮空不來乎

後辨異王臣

阿難是諸天上各各天人則是凡夫業果酬答答盡入輪彼之天王即是菩薩遊三摩提漸次增進回向聖倫所修行路號四空天人容是業報彼四天王即是權化以入大乘首楞嚴定爲欲遊戲四禪四空諸禪三昧成佛事故問前四禪天王亦是權化通凡夫耶答四禪天王必兼凡聖如前文說五不還天四禪天王獨有欽聞不能知見此約一分凡夫所說故知兼二也○標十地菩薩華報爲十王初地閻浮王二地四天王三地忉利王四地夜摩王五地知足王六地化樂王七地他化王八地二禪王九地三禪王十地四禪王菩薩進修不爲初禪王者帶異計故○解孤山日遊三摩提者以菩薩善入出住百千三昧故住此定而爲天王

後結示

阿難是四空天身心滅盡定性現前無業果色從此逮終名無色界疏身心滅盡者色身必盡其心若盡非盡妄謂爲盡定性現前者有定果色若無此色四心何依故知有也。標壽六萬八萬大劫者名之爲長壽天也。解無業果色者顯有定果色也

後總結虛妄

此皆不了妙覺明心積妄發生妄有三界中間妄隨七趣沉溺補特伽羅各從其類疏由不如實知眞如法一妄認所明分別既生從妄積妄故云不了等當知修禪觀人不達此門或空處或無所有處或非非想處動經六萬八萬大劫身心寂滅報盡還墮總名長壽天難佛口親宣那不明信補特伽羅此云數取趣。解孤山曰即有情隨諸趣受生也

七阿脩羅趣

復次阿難是三界中復有四種阿脩羅類若於鬼道以護法力成通入空此阿脩羅從卵而生鬼趣所攝若於天中降德貶墜其所卜居隣於日月此阿脩羅從胎而出人趣所攝有脩羅王執持世界力洞無畏能與梵王及天帝釋四天爭權此阿修羅因變化有天趣所攝

後結妄因以識離二

初結妄因四

阿難別有一分下劣脩羅生大海心沉水穴口旦遊虛空暮歸水宿此阿修羅因濕氣有畜生趣攝疏法華瑜伽亦說有四脩羅大同於此諸說脩羅或天或鬼皆不明了此經分明可爲標準。解私謂俱舍四生頌但云鬼通胎化二今卵生脩羅鬼趣所攝則世親之言似未詳矣問法華所列四種脩羅與今四種爲同爲異答資中云同今謂彼四種祇可攝在此四之中不可次第分屬其類荊溪師云法華四種皆與帝釋鬪戰一往觀之但同今經第三類耳問此四脩羅既爲四趣所攝應無別報同分之處耶答雖屬四處非無別報今云卜居隣於日月等即同分之處也又長阿

含云南洲有金剛山中有脩羅宮所治六千由旬欄楯行樹等然一日一夜三時受苦苦具自來入其宮中是知此趣且取一分善報謂之人天若論受苦實在人趣之下故正法念經唯以鬼畜二種收之良由於此

一總結虛妄

阿難如是地獄餓鬼畜生人及神仙天洎脩羅疏結指諸趣精研七趣皆是昏沉諸有爲相妄想受生妄想隨業於妙圓明無作本心皆如空華元無所有但一虛妄更無根緒結成虛妄也精研猶細尋也妄想受生七趣果也妄想隨滅七趣因也此妄因果皆是無明有爲虛相無實可得若望圓明如虛空華本無所有何根緒而可得耶

二通示業因

阿難此等衆生不識本心受此輪回經無量劫不得眞淨此示妄想受生也皆由隨順殺盜淫故反此三種又則出生無殺盜淫此示妄想隨業也有名鬼倫無名天趣有無相傾起輪回性結輪轉也鬼倫天趣略舉四惡三善之二也有無相待互成傾奪升而復墜有輪無初

三顯正修行

若得妙發三摩提者則妙常寂有無二無無二亦滅尚無不殺不偷不淫云何更隨殺盜淫事若發三昧唯見一體三德祕藏妙般若也常法身也寂解脫也有無二無非生死也無二亦滅非涅槃也唯一中道實相之理離實相外更無別法故云云何更隨殺盜淫事○標三摩提若即首楞嚴定也得此定時覺幻之智尚無豈況更隨殺盜淫之事也○解孤山曰有無二無無生死之俗也無二亦滅涅槃之眞也尚無於善況隨於惡滅亦應云尚無無二云何隨二中道無著其旨惟明

四別示重結

阿難不斷三業各各有私因各各私衆私同分非無定處自妄發生

生妄無因無可尋究疏殺盜淫三隨人別造名各各私所造業同故云同分業苦相對必無參差故云定處即所感處也既稱爲妄云何有因故無尋究此即結答前文爲有定處爲復自然彼彼發業各各私受之問也

後勸除斷

汝勗修行欲得菩提要除三惑不盡三惑縱得神通皆是世間有爲功用習氣不滅落於魔道雖欲除妄倍加虛僞如來說爲可哀憐者汝妄自造非菩提咎作是說者名爲正說若他說者即魔王說要除三惑者此正勸也前文三緣斷故三因不生狂性自歇歇即菩提等不盡下明不斷之失修禪不持戒是即魔羅業以妄修於妄真實可憐愍汝妄下重指結答以示正邪也前問云此道爲復本來自有爲是衆生妄習生起今結答云汝妄自造非菩提咎即以前句答後問後句答前問也○解私謂巳上說正宗分訖此下入流通分愍節二師從文殊問名下判入流通諸家並以辨魔之文猶屬正說至第十卷末阿難若復有人下方曰流通今觀下文大節有二分別魔事流通行門二校量功德流通教門經旨顯矣

首楞嚴經義海卷第二十五

音釋

括古活切與筈同　劑在詣切齊也　躡昵輒切蹈也　癰於容切腫也

貶悲撿切謫也　楯乳尹切闌檻也　勗許玉切勉也

○七陳禪那現境二△

首楞嚴經義海卷第二十六 經九之二

凡遇圓相即是標辭與疏同其上文

疏大文第七陳禪那現境者此之境界是修行人由戒定慧漸修有力內動煩惱外動魔王於觀行中五陰漸滅從麤至細滅一陰時有十境界被境激發或煩惱或業種或邪思或天魔鬼神等現諸異相禪中而發行人若無多聞智慧不能覺察即便取著認非為是先雖修正反入邪倫佛哀此等無問而說然諸經論明坐禪次亦略說之微細廣說無過此典天台止觀或引禪經說魔境界亦出少分耳

△初如來無問自說三

初如來告語三

即時如來將罷法座於師子牀攬七寶几迴紫金山再來凭倚普告大衆及阿難言

此經家敘佛答阿難七趣已竟慶喜既默衆又無辭合住說法故云將罷法座然禪發境界非一切智孰能知之若不與說末代修行遇此難敵故再凭倚特顯悲深也

初結前生後

汝等有學緣覺聲聞今日迴心趣大菩提無上妙覺吾今已說真修行法汝猶未識修奢摩他毗婆舍那微細魔事

真修行法即前二決定義觀音觀門內戒外呪兼前正解俱是修行入覺之方法也

次示迷顯失二

初認魔境

魔境現前汝不能識洗心非正落於邪見或汝陰魔或復天魔或著鬼神或遭魑魅心中不明認賊為子

修妙觀智滌內垢障故云洗心由魔引起分別念著故名非正陰魔等者常說四魔謂煩惱魔生死因也陰魔死魔生死果也天魔生死緣也今云鬼神等即天魔屬若涅槃云皆是先世犯初重禁乃至餘篇而現者此則業因種子被激而生也是故行人先須明擇○標一念纔動六賊自劫家寶○解孤山曰奢摩他止也毗婆舍那觀也依常住真心修圓融止觀未入初住則多動魔事即是天台所說因觀五陰而發九境也故下五十重悉依陰發而其相狀不出九境私謂今經五陰之下佛皆結云衆生頑迷不自忖量謂言登聖大妄語成墮無間獄約位論之此等魔事並是觀行位中所發之相從相

似位破見惑後必無大妄墮獄之理若十信中縱有魔事觀力易防非此經所說之意也故下文云識陰若盡則汝現前諸根互用豈非相似已出魔境耶孤山謂未入初住多動魔事者指位大深也問若言此等魔事並是觀行所發之境秖如上文所告有學二乘及回心者豈可盡是外凡之人乎答此有二意一告當機已破惑者令其流通二告結緣未破惑者令其保護然結緣則少當機則多至下付屬自見其意

後取少證

又復於中得少爲足如第四禪無聞比丘妄言證聖天報已畢衰相現前謗阿羅漢身遭後有墮阿鼻獄疏智論所說此比丘者不廣尋經論師心修行無廣聞慧不識諸禪三界地位但精勤不息證得初禪謂是初果乃至四禪離八災患便謂已證阿羅漢果阿羅漢者此云無生我已證得無生果已離三界分段生死所作已辦更不進修至無常時四禪中陰見有生處忽然起謗我聞羅漢已得無生今日云何更有生處若如是者佛說

後勑聽許說

羅漢並是虛妄故知無有得涅槃者由是起謗決定邪見天中陰滅墮阿鼻獄○解今言天報畢衰現者則似已生四禪或是禪獄二中陰間義說報衰之相耳謗羅漢身遭後有即謂無涅槃復生三有也

次阿難佇聞

汝應諦聽吾今爲汝子細分別疏可知

後正爲分別△三

阿難起立并其會中同有學者歡喜頂禮伏聽慈誨如文○標如爲一人衆多亦然

一總明三△

初通明眞妄二

佛告阿難及諸大衆汝等當知有漏世界十二類生本覺妙明覺圓心體與十方佛無二無別疏一眞妙體一本無二相前文云我與如來眞妙淨心無二圓滿斯則心佛衆生三無差別

初顯生佛體同

由汝妄想迷理爲咎癡愛發生生發徧迷故有空性化迷不息有世界生則此十方微塵國土非無漏

後明迷妄成異二

初迷真妄起

後悟真妄除

者皆是迷頑妄想安立此正叙也無明妄想

迷真常理遂成四惑略舉其二文云癡愛發生若具對者先由不如實知真如法一即我癡次於迷處見有所相即我見所相既現執而不捨即我愛恃此爲體轉增麤顯即是我慢楞伽云七識生滅如來藏不生滅此二和合成阿梨耶此即內識成也故云徧迷故有下外器具也則此下重指非無漏者反顯諸佛淨土即是鏡智所現唯識云大圓鏡智能現能生身土智影今此有漏皆妄安立○標前文云迷妄有虛空依空立世界想澄成國土知覺乃衆生○解非無漏者謂微塵國土悉是有情有漏之所變造亦可此句別指衆生正報兼於上文復具虛空之同世界之異非無漏者即有爲法無同無異也

當知虛空生汝心內猶如片雲點太清裏況諸世界在虛空耶疏此結指

也前文云空生大覺中如海一漚發有漏微塵國皆依空所生下文云乃至虛空皆因妄想之所安立故云況諸世界在虛空耶○解略舉世界總屬一器

次別示降魔二

初致魔興二

汝等一人發真歸元此十方空皆悉銷殞云何空中所有國土而不振裂

疏前文云漚滅空本無況復諸三有故知衆生共業所感國土及空一人返妄歸真始覺合本其所感者隨妄銷殞前文云諸器世間應念化成無上知覺然發真者合覺之時雖但見覺無妄可生此無生妄未發真者見是實有其妄所感共變國土爲智所了寧不振裂由是諸佛成道動諸世界必不徒然○解前微塵國土者約同居而說究論歸元振裂之義須通三土若發偏真歸小涅槃之元則同居振裂若發圓真歸大涅槃之元則方便實報振裂令已開小顯大則真元之理無非寂光但有相似分極之異耳

汝輩修禪飾三摩地十方菩薩及諸無漏大阿羅漢心精通溜當處湛然疏此顯悟也飾亦修也溜合也一法界心生佛同體佛究竟證菩薩羅漢亦已分證今三昧者同彼所證融合一體妄處全覺故云當處湛然○解飾猶莊嚴也謂修禪定功德莊嚴本有真三摩

地以修飾故彼菩薩羅漢所證心性與我所觀心性通同溜合此即動魔之由一切魔王及諸鬼神諸凡夫

初因悟動魔二

天見其宮殿無故崩裂大地振坼水陸飛騰無不驚慴疏此動魔也○解由三摩地將出其境故魔等宮殿自然崩裂斯亦歸元之前相也問大地無情水陸異類何以同魔亦皆振慴答三昧威神不可思議如大樹緊那羅王弦歌一動聲震大千須彌山王為之踴沒況菩薩首楞嚴力豈以情無情異而為責耶

初正明

凡夫昏暗不覺遷訛此釋伏疑也恐疑者曰魔及諸天既見其相凡夫何事都不覺知故此釋云○標凡夫煩惱一未曾伏故昏暗也

後反顯

彼等咸得五種神通唯除漏盡疏此料揀也魔與諸天皆修禪定故得五通凡夫煩惱一未曾伏故云昏暗彼諸魔王欲界之主統此國土以為所居總攝有情以為民衆故得道者必出魔界共感國土必傾搖耳○標五通一天眼二天耳三神足四他心五宿命唯有根本無明故屬有漏

戀此塵勞如何令汝摧裂其處疏如文

後正為留難

是故神鬼及諸天魔魍魎妖精於三昧時僉來惱汝僉皆也餘如文

然彼諸魔雖有大怒彼塵勞內汝妙覺中如風吹光如刀斷水了不相觸汝如沸湯彼如堅冰煖氣漸隣不日銷殞徒恃神力但為其客

後辨一降伏二

成就破亂由汝心中五陰主人主人若迷客得其便首楞嚴定實相智慧如光如水如湯如主風刀冰客執能動焉此以清淨道力破彼昏濁魔心如空無礙物何能沮或一念動如主心迷客得其便即成破亂終不成就○解觀行位中二法二執伏而未斷若起我見主人則迷魔乘見入客得其便

初順明二

當處禪那覺悟無惑則彼魔事無

初引喻廣明

奈汝何陰銷入明則彼群邪成受幽氣明能破暗近自銷殞如何敢

後結勸降伏

留擾亂禪定疏初二句勸依本修治智慧觀察也則彼下顯魔不得便一人發眞世界消殞今入三昧寧不動魔苟能深入禪定唯觀實相魔界佛界一如無二生死涅槃山河大地皆即狂勞虛妄華相故云如何敢留擾亂禪定○解成受幽氣者魔幽暗惑人人既不惑反受其氣

後反顯

若不明悟被陰所迷則汝阿難必爲魔子成就魔人疏般勤啓悟令識魔惑五陰所迷魔得其便故正理論云五蘊者積聚藏隱諸不善因譬如群賊藏隱山中時出人間劫奪財物故知五陰魔所依處若能觀破魔自消歇○標內心纔動立爲魔民○解此寄阿難用警凡衆

後引事例證

如摩登伽殊爲眇劣彼唯呪汝破佛律儀八萬行中秖毀一戒心清淨故尚未淪溺此乃隳汝寶覺全身如宰臣家忽逢籍沒宛轉零落無可哀救疏殊爲眇劣者殊異也即異常之眇劣也魔鬼相望魔勝而鬼劣今登伽是人但有呪力非具五通若望於魔即眇劣中又眇劣者彼唯下釋眇劣相豫摩登伽期心甚淺但欲毀汝婬之一戒由汝無心尚不成犯此乃下顯魔勝此外魔也魔欲令汝三昧不成流浪流轉法身慧命絕滅消殞如宰輔家犯國極法削沒其籍世無食祿深可悲夫○解孤山曰以婬女比天魔人眇劣也以一戒比全身事眇劣也舉劣況勝勗彼深防初果道共戒力自然無犯故云心清淨等忽逢籍沒漢書云除其屬籍是也應劭曰籍者爲二尺竹牒記其年紀名字物色

△次別顯五陰○五

一破色陰三

初盡未盡相二

阿難當知汝坐道場銷落諸念其念若盡則諸離念一切精明動靜不移憶忘如一疏入正定之方便也此如前文以湛旋其虛妄滅生伏還元覺即此文云銷落諸念等圓覺亦云於一切時不起妄念也分別不起故云念盡離念精明者即前文云得元明

覺無生滅性爲因地心也動靜下釋離念行相也入流亡所境不能隨故云動靜不移由澄諸念分別稍寂故云憶忘如一起信即云止一切境界相今經即云銷落諸念能所二緣經論互舉耳○解資中曰攀緣妄想總名諸念心若澄靜麤念不起是爲銷落此欲界麤定暫得相應耳私謂離念者如天台止觀正修前方便訶欲離蓋等是也所離雖近能離則深非欲界麤定當住此處入三摩提疏依前方便入正定也應當依此離念之處深入正受

初明區宇

如明目人處大幽暗精性妙淨心未發光此則名爲色陰區宇正顯未盡色陰也心入正定如明目人未破色陰如大幽暗精性妙淨定心顯也心未發光慧未生也區宇寰區也如王所統有諸國土故云區區別也皆一天所覆故云宇宇猶覆也今色陰二字即同區宇同一陰覆色等別故舉此喻者表正其中也

後明盡相

若目明朗十方洞開無復幽黯名色陰盡正明也前已目明今復暗破故無幽黯色既質礙障隔不通故成幽暗今定慧發明破其陰覆洞然明顯故云陰盡是人則能超越劫濁解眞際曰空爲色本依空立界依界立時故色陰盡則超劫濁也觀其所由堅固妄想以爲其本疏結益也超劫濁者以劫濁是色陰之體最初一念能所纔立即是空見不分名爲劫濁從無忽有有即色也今破色陰是故超越堅固妄想者覺明堅執質礙便成爲色之體故云堅固問色陰麤顯觀中先破劫濁最細何得卻超答以起時無前後故破時兼麤細文不累書故見生起有次第耳又色陰屬現相現相是本識今色陰破即現相破現相破即動本識本識豈非劫濁故得超也信哉初心便有破無明分耳○解所計質礙故名堅固

次正明善境十

一身能出礙

阿難當在此中精研妙明四大不織少選之間身能出礙此名精明流溢前境斯但功用暫得如是非爲聖證不作聖心名善境界若作聖解即受群邪疏於三昧中精究研窮妙明元體無

色陰相由斯研究深觀此理故得四大不相交織須臾之際此身能出障猶行虛空斯則心不主形四大亡質觀心無礙流溢前塵功用暫然非是聖證苟知此是禪者功力則無有失故云善境若總撥爲魔則抑善功用若言即聖又未斷惑故令善識而無取捨下皆做此○解孤山曰凡諸境發雖是善相取著成邪任是惡相若不取著邪亦成正以境隨心轉故

二體拾蟯蛔

阿難復以此心精研妙明其身內徹是人忽然於其身內拾出蟯蛔身相宛然亦無傷毀此名精明流溢形體斯但精行暫得如是非爲聖證不作聖心名善境界若作聖解即受群邪

疏蟯蛔腹中蟲也觀心精明內融身體內之四大因觀而變遂能體內拾出蟯蛔故無傷毀此境現前不生取捨即爲善境不爾受邪標主人若迷客得其便

三密義開空

又以此心內外精研其時魂魄意志精神除執受身餘皆涉入互爲賓主忽於空中聞說法聲或聞十方同敷密義此名精魄遞相離合成就善種暫得如是非爲聖證不作聖心名善境界若作聖解即受群邪

疏初至賓主者明境發所由也主肝曰魂主肺曰魄主脾爲意主腎爲志主心爲精神根身種子皆爲第八所執受故定心精究內外唯空遂令五內主神無所依附流出于外迭互相依故云互爲賓主忽於下四句正明發相此則先所修習聞慧種子定力所激襌中發主遂寄神魂現於說法也此名下結判邪正離合即賓主也或離心主而賓於肝等餘如文○解除執受身餘皆涉入謂除其色身而內魂魄等六互相涉入也互爲賓主者若如也餘五入魂則魂如主五如實乃至入神則神如主餘如實遞相離合者即精離本位而合於魂或魂離本位而合於精等

又以此心澄露皎徹內光發明十

四華臺踞佛

方遍作閻浮檀色一切種類化爲如來于時忽見毗盧遮那踞天光臺千佛圍遶百億國土及與蓮華俱時出現此名心魂靈悟所染心光研明照諸世界暫得如是非爲聖證不作聖心名善境界若作聖解即受群邪疏初三句內由觀慧也定心澄靜顯露成明內光既發外相則變十方下外現其相也以先熏習名言善種染佛影而來故見十方如金種類皆佛心念不動斯須自滅或起取著正定難存如修念佛三昧此境現前與修多羅合者名爲親證若修樹觀設見佛形亦不爲正以心境一相應故何況修真如三昧法界一相有所取著豈非魔耶此名下結判邪正靈悟所染者靈善也先所熏染圓頓覺慧悟知衆生本來是佛此之種子因定激發故現其相也

五空呈寶色

又以此心精研妙明觀察不停抑按降伏制止超越於時忽然十方虛空成七寶色或百寶色同時遍滿不相留礙青黃赤白各各純現此名抑按功力踰分暫得如是非爲聖證不作聖心名善境界若作聖解即受群邪定功研妙觀察逾深制止既過靈色分現本爲制止分別今由過分異境却生與心相違豈非魔事不起取心自然消歇如前文云不取無非幻非幻尚不生幻法云何立○解私謂抑按降伏制止超越應對四分煩惱或如下文排四大性此名等從略而結也

六物見暗中

又以此心研究澄徹精光不亂忽於夜合在暗室內見種種物不殊白晝而暗室物亦不除滅此名心細密澄其見所視洞幽暫得如是非爲聖證不作聖心名善境界若

作聖解即受群邪疏定中研究心光澄靜由澄靜故忽然發見暗中見物物是實境故不隨定出入有無故云亦不除滅心細密澄者觀心微細密爾澄靜精光既定暗境不隱故夜見物悟則無咎

七傷體無知

又以此心圓入虛融四體忽然同於草木火燒刀斫曾無所覺又則火光不能燒爇縱割其肉猶如削木此名塵併排四大性一向入純暫得如是非為聖證不作聖心名善境界若作聖解即受群邪也圓偏入觀達也以此定心徧了一切已身他物無不虛寂此即心融思寂執受不行四大五塵忽然排併既無能執割截如空念想一純暫得如是

八遍觀諸界

又以此心成就清淨淨心功極忽見大地十方山河皆成佛國具足七寶光明遍滿又見恒沙諸佛如來遍滿空界樓殿華麗下見地獄上觀天宮得無障礙此名欣猒凝想日深想久化成非為聖證不作聖心名善境界若作聖解即受群邪猒織析淨積想所凝圓定功深感斯妙境耳

九他方夜觀

又以此心研究深遠忽於中夜遙見遠方市井街巷親族眷屬或聞其語此名迫心逼極飛出故多隔見非為聖證不作聖心名善境界若作聖解即受群邪識心通靈因定功發飛出隔見遠近皆然逼極之功非因妙證

又以此心研究精極見善知識形體變移少選無端種種遷改此名邪心含受魑魅或遭天魔入其心

腹無端說法通達妙義非為聖證不作聖心魔事銷歇若作聖解即受群邪此人曾有邪心種子合外魔境相因而來然此一章非善境界純是魔嬈不同前文皆稱善種起心作證方始成魔

十師體變移

後結勸弘宣

○阿難如是十種禪那現境皆是色陰用心交互故現斯事衆生頑迷不自忖量逢此因緣迷不自識謂言登聖大妄語成墮無間獄汝等當依如來滅後於末法中宣示斯義無令天魔得其方便保持覆護成無上道此是於觀行中色陰將盡未盡用心差異有此十境若不識知皆認聖證即為魔惑故佛勸令開示後世也問此不作五陰次第觀門何得陰次第盡明其境耶答觀雖總相五陰同觀陰有麤細麤者先盡譬如浣衣麤垢先去此陰既積妄所成妄盡自然陰滅從麤至細理必然也○解私謂陰用心交互者用禪那心與色陰堅固妄想交互故現斯事乃至識陰例此明之何則以五妄想各於本陰區宇之中為禪所觀將破未破如燈欲滅其光復熾乃與定力交戰其功故成之敗之則魔佛之道於是乎辯矣

○二破受陰三

初盡未盡相二

初明區宇

○阿難彼善男子修三摩提奢摩他中色陰盡者見諸佛心如明鏡中顯現其像色陰盡者約已斷說見諸佛心即相似證如前文云若目明朗十方洞開無復幽黯若有所得而未能用猶如魘人手足宛然見聞不惑心觸客邪而不能動此則名為受陰區宇疏色陰盡者以止觀中觀其五陰觀心純熟不為色礙故云陰盡見諸佛心者妙覺明心觀中明露即色相盡而色性現也觀中暫見非真實見故如鏡像有所得者即前見諸佛心也既是觀心變影而緣非是親證故未能用以有受陰為領納故親證必能有妙用故未破受陰如魘人色陰盡故能見佛心如見聞不惑受陰客邪既在妙用之動未能為受所覆故云區宇○解若有所得

謂觀行已成而未能用謂質礙猶在此約色陰妄想伏而未斷未得身根自在故以魔人喻之見聞不惑如觀行成也心觸客邪如受陰現也問何故色陰前斷後伏耶答斷從懸示伏跡次論若不明斷無以知離過顯德之相若不明伏無以知依陰發魔之由下三陰文初皆有此義讀者審之

後明盡相

若魔咎歇其心離身返觀其面去住自由無復留礙名受陰盡是人則能超越見濁觀其所由虛明妄想以爲其本

疏其心離身者以客邪不觸心於根門得自在也不爲魔咎之所留礙故能返照自面此顯見聞有用也去住下二句明手足得用也此上皆約喻顯若約法者受陰盡故心亡領納既無能領之受即無所領之法心法既亡自在宜矣超見濁者以根身正是見濁之體見聞覺知壅令留礙水火風土旋令覺知斯則執受相仍便成根質受妄領納執之以爲已以見是推求執取爲義由領受前境取著隨生受陰既亡即超見濁覺明之心虛通領納故云虛明妄想○解真際曰心離其形則超見濁虛妄照了故曰虛明

次正明現境十

一見物生悲

阿難彼善男子當在此中得大光耀其心發明內抑過分忽於其處發無窮悲如是乃至觀見蚊蝱猶如赤子心生憐愍不覺流淚此名功用抑摧過越悟則無咎非爲聖證覺了不迷久自銷歇若作聖解則有悲魔入其心腑見人則悲啼泣無限失於正受當從淪墜

疏此正顯也奢摩他中定光發現狂慧既起內抑又過憂悲種子在藏識者忽焉現起凡見生類皆如自己所生赤子赤子嬰兒也此名下結判也心光忽現內抑太過憂悲種發非爲證聖取即引魔他皆倣此○標行人於一止觀中用心太緊激動悲愛內心一動邪境現前○解私謂其心發明即下文見色陰銷受陰明白也有以狂慧釋之者非

阿難又彼定中諸善男子見色陰

二勇志齊聖

銷受陰明白勝相現前感激過分忽於其中生無限勇其心猛利志齊諸佛謂三僧祇一念能越疏色盡受現定之勝相也先未曾得今既獲得遂生感激感激太過勇志便發謂言三祇一念能越我齊諸佛更無如者此名功用凌。率過越悟則無咎非為聖證覺了不迷久自銷歇若作聖解則有狂魔入其心腑見人則誇我慢無比其心乃至上不見佛下不見人失於正受當從淪墜凌謂箋他率謂自強由見勝相因茲感激遂有此生斯則無始我慢種子被激而生悟則無咎○解凌率謂勇心高率也孤山引莊子淩誶為解斥其字誤今無取焉

三渴心沈憶

又彼定中諸善男子見色陰銷受陰明白前無新證歸失故居智力衰微入中隳地迥無所見心中忽然生大枯渴於一切時沈憶不散將此以為勤精進相疏受陰未空前無新證色陰已盡歸失故居前後失準墮在兩楹無所依倚名中隳地既於此處心無所措遂生沈憶以此名修認為精進此名修心無慧自失悟則無咎非為聖證若作聖解則有憶魔入其心腑旦夕撮心懸在一處失於正受當從淪墜若於色受盡未盡中用無相慧觀察陰體本自不生今則無滅唯一實相如此則何有無新證失故居之慮哉今既不然故成自失

四疑自果成

又彼定中諸善男子見色陰銷受陰明白慧力過定失於猛利以諸勝性懷於心中自心已疑是盧舍那得少為足失於猛利者過在慧之猛利也心懷勝性疑是舍那更不求進得少為足此名用心亡失恒審溺於知見悟則無咎非為聖證

若作聖解則有下劣易知足魔入其心腑見人自言我得無上第一義諦失於正受當從淪墜定力微故忘失恒審慧力過故溺於知見定慧若均寂照無二慧力既過故溺知見即前失於猛利也此則勝解忽生引起見取種子執劣爲勝故此現也

五逼意憂愁

又彼定中諸善男子見色陰銷受陰明白新證未獲故心已亡歷覽二際自生艱險於心忽然生無盡憂如坐鐵床如飲毒藥心不欲活常求於人令害其命早取解脫二際者未證已亡之二也定無方便安忍其心遂成憂惱不耐活命也此名修行失於方便悟則無咎非爲聖證若作聖解則有一分常憂愁魔入其心腑手執刀劍自割其肉欣其捨壽或常憂愁走入山林不耐見人失於正受當從淪墜悔惱種子被激而生修無方便故引魔鬼也如四分律婆求河邊諸比丘等修不淨觀厭游過分求刀自害魔使之然悟則無咎

六生心喜樂

又彼定中諸善男子見色陰銷受陰明白處清淨中心安隱後忽然自有無限喜生心中歡悅不能自止此名輕安無慧自禁悟則無咎非爲聖證若作聖解則有一分好喜樂魔入其心腑見人則笑於衢路傍自歌自舞自謂已得無礙解脫失於正受當從淪墜輕安是禪支雖因定生須慧覺察忽然過分掉舉種生好喜樂魔因茲得便○解輕安七覺支中其體屬定定若兼慧正道可通今所發者既無慧自持則定翻成散魔得其便喜樂入馬

七無端我慢

又彼定中諸善男子見色陰銷受陰明白自謂已足忽有無端大我慢起如是乃至慢與過慢及慢過慢或增上慢或卑劣慢一時俱發心中尚輕十方如來何況下位聲聞緣覺疏此有七慢恃己凌他高舉爲性名我慢稱量自他比技同德但稱爲慢於他等謂己勝名爲過慢於他勝謂己勝名慢過慢未得謂得名增上慢雖知下劣返顧自矜名卑劣慢斥毀經像即是邪慢此之七慢由禪定中忽生勝見無正慧覺是故起也此名見勝無慧自救悟則無咎非爲聖證若作聖解則有一分大我慢魔入其心腑不禮塔廟摧毀經像謂檀越言此是金銅或是土木經是樹葉或是疊華肉身眞常不自恭敬却崇土木實爲顛倒其深信者從其毀碎埋棄地中疑誤衆生入無間獄失於正受當從淪墜者愚修禪皆墮此見並是魔種不識如來像教之意且末世住持依因像教出家學道藉此而修魔壞信因令毀經像故楞伽云佛若不說教則滅壞教若滅壞誰有修行及得道者愚者不見此文一向謗佛經說故知若不說法十二部經於茲滅矣須知毀經像入魔鬼入心起大邪見當須善察勿同此謗○解孤山曰夫假像知眞因言體道於是嚴其像以生其敬寫其言以悟其心住持三寶理在於茲也苟生邪見豈達中庸唯自敬身輕毀經像邪風一扇愚者悅隨昔衛元嵩諫周武帝不造曲見伽藍以四海爲延平大寺和夫妻爲聖衆卽皇帝是如來樹令德爲綱維尊耆年爲上座而周武惑其言遂滅佛法凡此說者將非天魔外道入佛法中肆其姦謀傾毀我教耶

八頓獲輕安

又彼定中諸善男子見色陰銷受陰明白於精明中圓悟精理得大隨順其心忽生無量輕安已言成

聖得大自在跡精明中者即圓定寂照中也定中發慧與理暫契名圓悟精理理智相冥得無違拒故云隨順由隨順故身心調暢便謂成聖此名因慧獲諸輕清悟則無咎非爲聖證若作聖解則有一分好輕清魔入其心腑自謂滿足更不求進此等多作無聞比丘疑謗後生墮阿鼻獄失於正受當從淪墜自謂滿足更不求進者良以不學修禪次第不善通達禪支行相暫得輕安便謂成聖也無聞比丘獨處皆有世世輪轉熏識成因以類相從卒難曉悟○解私謂輕安者名雖同前其義則異以云因慧獲諸輕清故此由受陰於諸塵境無重濁之惑便言成聖得大自在也

九惧入空心

又彼定中諸善男子見色陰銷受陰明白於明悟中得虛明性其中忽然歸向永滅撥無因果一向入空空心現前乃至心生長斷滅解跡得虛明性者即依圓定發於空慧悟性空理依此起見成惡取空故撥無因果生斷滅解此即由無方便邪見忽發也悟則無咎非爲聖證若作聖解則有空魔入其心腑乃謗持戒名爲小乘菩薩悟空有何持犯其人常於信心檀越飲酒噉肉廣行婬穢因魔力故攝其前人不生疑謗鬼心久入或食屎尿與酒肉等一種俱空破佛律儀誤入人罪失於正受當從淪墜此內由邪見外引空魔也大般若云魔能入一切衆生心令歸依魔黨如膠如漆斷手截臂不以爲難魔力之故人皆信伏法華所謂深著虛妄法堅受不可捨乃謗持戒等者此之魔種代代有之南山云戒是小乘勸令捨之又不肯捨勸令持之又不肯持豈非與煩惱相應卒難諫曉魔力所惑誰能奈何○解資中曰此從邪見

十狂成貪欲

種生引此空魔入其心腑孤山曰嗟乎叔世尊合雜爲大道排持操爲小乘戒律軌儀棄爲他種畫魍魅以爲巧肩無檢以爲風及夫陰陽拘忌流俗妄說一皆信受畏若嚴刑未審戒律之教與陰陽之書孰愈流俗之說與如來之談孰優背正向邪顛亂之甚懷道大士一爲思之或爲宗師碩以訓衆斯乃震法雷於迷蟄耀慧燈於永夜夫如是則涅槃之囑斯經之誡得其人而其道舉矣又何待於四依出世乎

又彼定中諸善男子見色陰銷受陰明白味其虛明深入心骨其心忽有無限愛生愛極發狂便爲貪欲疏味其虛明者愛著禪中色陰盡處以爲勝境由此起愛無慧覺察引其貪欲種子而發遂成狂欲也此名定境安順入心無慧自持誤入諸欲悟則無咎非爲聖證若作聖解則有欲魔入其心腑一向說欲爲菩提道化諸白衣平等行欲其行婬者名持法子神鬼力故於末世中攝其凡愚其數至百如是乃至一百二百或五六百多滿千萬魔心生猒離其身體威德既無陷於王難疑誤衆生入無間獄失於正受當從淪墜此貪欲種如火遇薪忽然而發欲魔得便因此入心如林中比丘忽然欲發不避死馬因定引魔此之類也攝諸凡愚至千萬者欲本順貪因魔熾盛凡愚惑著何事不從又魔因妄起本性不常勢盡猒生去身留礙○解私謂此如天台止觀煩惱境欲發之相智者云生來欲色抑制可停今所發者其惑熾盛若見外境心狂眼暗如瞎師子觸之哮吼若不識者則能牽人作大重罪今文既云魔入其心則是煩惱與魔二境俱發

阿難如是十種禪那現境皆是受陰用心交互故現斯事衆生頑迷

後結勸弘宣

不自忖量逢此因緣迷不自識謂言登聖大妄語成墮無間獄汝等亦當將如來語於我滅後傳示末法遍令衆生開悟斯義無令天魔得其方便保持覆護成無上道疏受陰交互者不能定慧均平善巧安忍既失方便異念即生由此故有十種境界皆由內心交互外引諸魔苟能悟之不落邪見

首楞嚴經義海卷第二十六

音釋

凭皮冰切依几也　湣武粉切合也　坼恥格切裂也　慴質葉切讋怖也　眇亡沼切微細也　隳許規切壞也　劭寔照切　黯乙減切黑色也　漈　踞舉御切坐也　削息約切刮削也　浣胡管切濯垢也

三破想陰

初盡未盡相

初明區宇

首楞嚴經義海卷第二十七 經九之三

凡遇圓相即是標辭與疏同其上文

阿難彼善男子修三摩提受陰盡者雖未漏盡心離其形如鳥出籠已能成就從是凡身上歷菩薩六十聖位得意生身隨往無礙 疏觀中伏惑全未斷故名漏未盡心離形者受陰既破無執受故觀心自在如鳥出籠無有障礙已能成就上歷聖位者此是圓頓利根者得受陰破諸陰隨破於此凡身即能入位得意生身更無魔惑令其退也若鈍根者更須破下諸陰隨未盡處猶有魔事不得無礙今約利者說耳若最鈍者至識陰破得根互用方入乾慧若以前後比望中間合於想行盡處亦說入位是中根者令經不言文略故耳○解私謂雖未漏盡謂界外無明漏也六十聖位通途舉之別在意生身耳孤山曰始三漸次終乎妙覺其間有賢有聖皆是三世諸佛所歷之位故通稱聖位得意生身者即入相似聖位中也楞伽經大慧菩薩問佛何名意生佛言譬如意去速疾無礙此則從喻得名彼經又以兩義重釋初云如十萬由旬外憶先所見念念相續疾至於彼次云如幻三昧力憶本願故生諸聖中二義並約意憶故生也

譬如有人熟寐寱言是人雖則無別所知其言已成音韻倫次令不寐者咸悟其語此則名為想陰區宇 疏此喻鈍聖根觀力微弱雖受陰盡有成就聖位之分然未破想陰故如熟寐寱言也音韻倫次者如有成就聖位分也無別所知想陰蓋故不寐人者如證聖人則知此人已有昇進聖位之分般若云如來悉知悉見是人皆得成就阿耨菩提也問破色陰時已是成就觀行何故不說上歷聖位耶答色陰雖破未能破心故未成就上歷聖位以最麤故受陰既是四心初首故破受陰得說上歷六十聖位問若言破色是麤故不說者今破受陰望於想行亦即是麤何故得說上歷聖位耶答雖望餘陰亦即是麤然受等四陰同是心法故利根人若破受陰三蘊隨破不同破色鈍根之者未能破想觀力弱故故在區宇又解

此中不分別利鈍二別但都明此位得受盡者即能已具歷位昇進之分如人取仕既得及第即能具有官位之分然待爲政功德勝劣方序用耳

後明盡相

若動念盡浮想銷除於覺明心如去塵垢一倫生死首尾圓照名想陰盡想者取像謂要先安立境分劑相方能隨起種種名言念緣不息即名浮動念即想也浮想既除觀心轉淨故云如去塵垢一倫生死謂行陰倫類也首尾本末也以生行是遷流遷流即生滅今無想隔故本末皆現即生滅體露觀心明見故云圓照○解孤山曰覺明如鏡浮想如塵想盡心明猶居相似首尾猶云始終也若悟真常無始終生死之異故云圓照

次正明現境十

是人則能超煩惱濁觀其所由融通妄想以爲其本疏一切煩惱以想爲本擾惱身心汩亂真性故名爲濁卯前文云又汝今者憶念誦習性發知見容現六塵離塵無相離覺無性相織妄成名煩惱濁今想陰盡此濁亦超也融通妄想者想能融變身隨於心心想酢梅口中流水融通質礙故名融通

一貪求善巧二

初心愛忽生魔得其便

阿難彼善男子受陰虛妙不遭邪慮圓定發明三摩地中心愛圓明銳其精思貪求善巧爾時天魔候得其便飛精附人口說經法其人不覺是其魔著自言謂得無上涅槃來彼求巧善男子處敷座說法其形斯須或作比丘令彼人見或爲帝釋或爲婦女或比丘尼或寢暗室身有光明是人愚迷惑爲菩薩信其教化搖蕩其心破佛律儀潛行貪欲心愛生明精妙空寂也邪慮即是魔種心念也謂發悲生勇等愛圓明者著定境也銳利也淬利愛心令其精妙故貪善巧魔得便也既貪善巧異想紛然魔附他人來應求巧師資相誘憒亂其心破佛律儀故成魔業

後口說異端去身留難

一欲經歷二

口中好言災祥變異或言如來某處出世或言劫火或說刀兵恐怖於人令其家資無故耗散說異端也此名怪鬼年老成魔惱亂是人猒足心生去彼人體弟子與師俱陷王難致留難也汝當先覺不入輪迴迷惑不知墮無間獄勸先覺也下諸境皆倣此〇解私謂飛精附人斯必附其可附之人亦修定習慧者耳弟子與師即求巧之子說法之師下皆例此

忽愛發生魔得其便一

阿難又善男子受陰虛妙不遭邪慮圓定發明三摩地中心愛遊蕩飛其精思貪求經歷疏心愛生也經歷遊行也〇標觀中動掉舉種子故現此魔境爾時天魔候得其便飛精附人口說經法其人亦不覺知魔著亦言自得無上涅槃來彼求遊善男子處敷座說法自形無變其聽法者忽自見身坐寶蓮華全體化成紫金光聚一衆聽人各各如是得未曾有是人愚迷惑爲菩薩婬逸其心破佛律儀潛行貪欲疏若行住在定遊禮何妨若蕩逸周流隨情喪志魔得其便恣欲其心破佛律儀廣行魔業

啓說異端去身留難

口中好言諸佛應世某處某人當是某佛化身來此某人即是某菩薩等來化人間其人見故心生傾渴邪見密興種智銷滅此名魃鬼年老成魔惱亂是人猒足心生去彼人體弟子與師俱陷王難汝當先覺不入輪迴迷惑不知墮無間獄文顯可知〇標行人本修三昧內念潛生翻正爲邪

三顯契合二

初心愛發生魔得其便

又善男子受陰虛妙不遭邪慮圓定發明三摩地中心愛綿湣澄其精思貪求契合疏綿密也湣合也澄凝寂也精思即前愛心也夫忘機寂照想念不生理自冥會若希求湣合愛念潛增擬心即差遂招魔歘爾時天魔候得其便飛精附人口說經法其人實不覺知魔著亦言自得無上涅槃來彼求合善男子處敷座說法其形及彼聽法之人外無遷變令其聽者未聞法前心自開悟念念移易或得宿命或有他心或見地獄或知人間好惡諸事或口說偈或自誦經各各歡娛得未曾有是人愚迷惑為菩薩綿愛其心破佛律儀潛行貪欲心希契合令未聞法便自開悟乃至得通自誦經等頗合其心故多綿愛

後口說異端去身留難

口中好言佛有大小某佛先佛某佛後佛其中亦有真佛假佛男佛女佛菩薩亦然其人見故洗滌本心易入邪悟此名魅鬼年老成魔惱亂是人猒足心生去彼人體弟子與師俱陷王難汝當先覺不入輪迴迷惑不知墮無間獄男女佛者貴引行人行貪欲事無妨成佛洗滌本心者本心修行俾離貪欲今反行之本心遂去故云洗滌

四樂辯析二

初心愛急生魔得其便

又善男子受陰虛妙不遭邪慮圓定發明三摩地中心愛根本窮覽物化性之終始精爽其心貪求辯析根本者根尋本究物之元底也物化萬境也爽明也爾時天魔候得其便飛精附人口說經

法其人先不覺知魔著亦言自得無上涅槃來彼求元善男子處敷座說法身有威神摧伏求者令其座下雖未聞法自然心伏是諸人等將佛涅槃菩提法身即是現前我肉身上父父子子遞代相生即是法身常住不絕都指現在即爲佛國無別淨居及金色相其人信受忘失先心身命歸依得未曾有是等愚迷惑爲菩薩推究其心破佛律儀潛行貪欲心欲求元魔精附物說肉身爲三德之本指相生爲常住之因清淨之方只此穢境相好之體全是我身妄本既宣邪信便發魔力所制更不推移盡命歸心從邪敗正○標妄想根深愛染常附一念纔動無明大魔遂生

後口說異端去身留難

口中好言眼耳鼻舌皆爲淨土男女二根即是菩提涅槃眞處彼無知者信是穢言此名蠱毒魘勝惡鬼年老成魔惱亂是人猒足心生去彼人體弟子與師俱陷王難汝當先覺不入輪迴迷惑不知墮無間獄疏世有金剛禪二會子頗是此類斯皆魔著卒受王難○解私謂夫性海圓澄森羅自現苟偏求俗理則斷益漏心違本禪那邪鬼斯入

五希求冥感二

初心愛忽生魔得其便

又善男子受陰虛妙不遭邪慮圓定發明三摩地中心愛懸應周流精研貪求冥感疏功深行著感應自冥起念妄求魔精晴入爾時天魔候得其便飛精附人口說經法其人元不覺知魔著亦言自得無上涅槃來彼求應善男子處敷座說法能令聽衆暫見

後口說異端法身留難

其身如百千歲心生愛染不能捨離身爲奴僕四事供養不覺疲勞各各令其座下人心知是先師本善知識別生法愛黏如膠漆得未曾有是人愚迷惑爲菩薩親近其心破佛律儀潛行貪欲希求既起魔同便來影附他人爲善知識感心激切認是先師法愛倍生膠漆何異口中好言我於前世於某生中先度某人當時是我妻妾兄弟今來相度與汝相隨歸某世界供養某佛或言別有大光明天佛於中住一切如來所休居地彼無知者信是虛誑遺失本心此名癘鬼年老成魔惱亂是人猒足心生去彼人體弟子與師俱陷王難汝當先覺

六冀靜謐亍

不入輪迴迷惑不知墮無間獄休居地者涅槃處也眞實涅槃豈有處耶今指天爲圓寂之地非魔是何信則墮魔師弟俱墜○解懸應在聖寘感屬已於未證理前求其休驗

初愛忽生魔得其便

又善男子受陰虛妙不遭邪慮圓定發明三摩地中心愛深入剋己辛勤樂處陰寂貪求靜謐跡愛深爲眞修處故云深入夫心亡則境寂豈間塵喧念動則緣繁任居谷隱靜欲纔舉魔精即來東約身心故日剋己○標靜謐陰寂非貪求得未盡妄想隨照失宗爾時天魔候得其便飛精附人口說經法其人本不覺知魔著亦言自得無上涅槃來彼求陰善男子處敷座說法令其聽人各知本業或於其處語一人言汝今未死已作畜生勑使一人於後

蹋尾頓令其人起不能得於是一衆傾心欽伏有人起心已知其肇佛律儀外重加精苦誹謗比丘罵詈徒衆訐露人事不避譏嫌疏令知本業者宿命事也令蹋尾者現後報也起心知肇即他心也訐露人事天眼天耳也魔得邪定故有此通作此異端誰不信伏攻發私事曰訐○標天魔現此妖怪行人心動翻正爲邪若不先覺必入輪迴○解孤山曰夫忘懷去來者市朝亦江湖睠情生死者山林猶桎梏既於靜取著故魔得其便

後品說異端去身留難

口中好言未然禍福及至其時毫髮無失此大力鬼年老成魔惱亂是人猒足心生去彼人體弟子與師多陷王難汝當先覺不入輪迴迷惑不知墮無間獄疏未然者然生也預說凶吉應無毫差

七祈宿命二

恐愛忽生魔得其便

又善男子受陰虛妙不遭邪慮圓定發明三摩地中心愛知見勤苦研尋貪求宿命夫宿命等通禪者自有離欲靜慮任運現前若起念先求無功强取非唯喪本亦乃受魔○標宿命知見不可貪求知見立知即無明本爾時天魔候得其便飛精附人口說經法其人殊不覺知魔著亦言自得無上涅槃來彼求知善男子處敷座說法是人無端於說法處得大寶珠其魔或時化爲畜生口銜其珠及雜珍寶簡策符牘諸奇異物先授彼人後著其體或誘聽人藏於地下有明月珠照曜其處是諸聽者得未曾有多食藥草不餐嘉饌或時日餐一麻一麥其形肥充魔力持故誹

後說異端去身留難

謗比丘罵詈徒衆不避譏嫌疏簡策符牘皆國家奇要之物書大小之事合君臣之信故用之耳授此異物令心信伏後乃著之

○口中好言他方寶藏十方聖賢潛匿之處隨其後者往往見有奇異之人此名山林土地城隍川嶽鬼神年老成魔或有宣婬破佛戒律與承事者潛行五欲或有精進純食草木無定行事惱亂是人猒足心生去彼人體弟子與師多陷王難汝當先覺不入輪迴迷惑不知墮無間獄如文可見○解私謂宿命者六通之一也小乘修成大乘發得今進不待發退不從修作念求之故招魔事

八求神力亍

○又善男子受陰虛妙不遭邪慮圓定發明三摩地中心愛神通種種

恕愛忽生魔得其便

變化研究化元貪取神力疏化元謂神變之本此貪如意通○標愛涂忽生正見銷滅爾時天魔候得其便飛精附人口說經法其人誠不覺知魔著亦言自得無上涅槃來彼求通善男子處敷座說法是人或復手執火光手撮其光分於所聽四衆頭上是諸聽人頂上火光皆長數尺亦無熱性曾不焚燒或上水行如履平地或於空中安坐不動或入瓶內或處囊中越牖透垣曾無障礙唯於刀兵不得自在自言是佛身著白衣受比丘禮誹謗禪律罵詈徒衆訐露人事不避譏嫌疏神境之通離欲方得貪心強取即陷魔羅必若眞通刃豈能沮以斯取驗邪正可分身著白衣受比丘禮准

後說異端去身留難

仁王經白衣高座比丘地立佛法滅相菩薩戒中亦同此說○標天魔邪行得相似五通故附人中作怪

○口中常說神通自在或復令人傍見佛土鬼力惑人非有真實讚歎行婬不毀麤行將諸猥媟以為傳法此名天地大力山精海精風精河精土精一切草木積劫精魅或復龍魅或壽終仙再活為魅或仙期終計年應死其形不化他怪所附年老成魔惱亂是人厭足心生去彼人體弟子與師多陷王難汝當先覺不入輪迴迷惑不知墮無間獄疏猥媟麤穢事也餘如文○解孤山曰神力即身如意通猥者鄙也方言媟狎也郭璞云相親狎也

九愛深空二

怨愛怨生魔得其便

○又善男子受陰虛妙不遭邪慮圓定發明三摩地中心愛入滅研究化性貪求深空標即色明空是無上智求空滅色魔境隨生爾時天魔候得其便飛精附人口說經法其人終不覺知魔著亦言自得無上涅槃來彼求空善男子處敷座說法於大衆內其形忽空衆無所見還從虛空突然而出存沒自在或現其身洞如瑠璃或垂手足作栴檀氣或大小便如厚石蜜誹毀戒律輕賤出家疏夫真空不妨妙有有而性常自空所以具修萬行了無所著若欲杜絕衆行以為深空即同外道斷見撥無因果魔得其便從空出沒幻惑其心

後口說異端去身留難

○口中常說無因無果一死永滅無復後身及諸凡聖雖得空寂潛行貪欲受其欲者亦得空心撥無因

果此名日月薄蝕精氣金玉芝草麟鳳龜鶴經千萬年不死爲靈出生國土年老成魔惱亂是人猒足心生去彼人體弟子與師多陷王難汝當先覺不入輪迴迷惑不知墮無間獄口說空理無因無果蓋由心祈致招魔惑薄蝕精氣者此即惡星精曜能爲蝕神亦爲魔怪○解大論云諸佛說空法本爲破於有若有著空者諸佛所不化若了眞俗不二三諦互融有空空有曾無取著雖邪魔森列其如奈何日月薄蝕者經史皆作食說文作蝕京房易傳云日月赤黃爲薄或曰不交而食曰薄韋昭云氣往迫之爲薄虧毀曰蝕

十好永歲二

初愛怨生魔得其便

○又善男子受陰虛妙不遭邪慮圓定發明三摩地中心愛長壽辛苦研幾貪求永歲棄分段生頓希變易細相常住爾時天魔候得其便飛精附人口說經法其人竟不覺知魔著亦言自得無上涅槃來彼求生善男子處敷座說法好言他方往還無滯或經萬里瞬息再來皆於彼方取得其物或於一處在一宅中數步之間令其從東詣至西壁是人急行累年不到因此心信疑佛現前疏夫分段生死三界惑盡方始得離二乘無學登地菩薩皆得變易今未離染頓欲於此分段身上變麤爲細質易短命作長年過分希求故爲魔著細相常住者微細存想求久住世也○標內心既動迷惑不移

後口說異端去身留難

○口中常說十方衆生皆是吾子我生諸佛我出世界我是元佛出世自然不因修得此名住世自在天魔使其眷屬如遮文荼及四天王

毗舍童子未發心者利其虛明食彼精氣或不因師其修行人親自觀見稱執金剛與汝長命現美女身盛行貪欲未逾年歲肝腦枯竭口兼獨言聽若妖魅前人未詳多陷王難未及遇刑先已乾死惱亂彼人以至殂殞汝當先覺不入輪迴迷惑不知墮無間獄 疏遮文荼舊云嫉妬女又曰奴神即役使鬼也毗舍遮鬼也此云食精氣頻那夜迦亦此類也世人所事爲善知識皆六欲天魔以爲其主口獨言者即前美女也○解變易者斷見思盡生法性土故受變易今頻欲變麤身爲細質易短壽作長齡從此分段延入彼土也自在天即欲界第六天上別有魔王居處亦他化自在天攝

口後結勸弘宣四

一總結諸境

阿難當知是十種魔於末世時在我法中出家修道或附人體或自現形皆言已成正遍知覺讚歎婬欲破佛律儀先惡魔師與魔弟子婬婬相傳如是邪精魅其心腑近則九生多踰百世令眞修行總爲魔眷命終之後必爲魔民失正遍知墮無間獄 疏此文即同涅槃經云未來世中是魔波旬漸當壞亂我之正法乃至現比丘比丘尼及阿羅漢像非法說法誹謗戒律自言得聖惑亂世間以此二經鑑于世間稱聖毀戒者非魔而誰

二勅勸弘宣

汝今未須先取寂滅縱得無學留願入彼末法之中起大慈悲救度正心深信衆生令不著魔得正知見我今度汝已出生死汝遵佛語名報佛恩 大聖深慈勸不取滅般勤付囑正爲今時若以今文望前發願如一衆生未成佛終不於此取泥洹斯則師資相成

三重示迷因

悲救一揆四泒入滅一何現權○解此囑阿難未須取滅而付法藏傳云入風奮迅三昧四泒其身入滅度者將非感見不同乎

四再勗流布

阿難如是十種禪那現境皆是想陰用心交互故現斯事衆生頑迷不自忖量逢此因緣迷不自識謂言登聖大妄語成墮無間獄疏如文○標行人無漚和般若舉意便遭魔事

汝等必須將如來語於我滅後傳示末法遍令衆生開悟斯義無令天魔得其方便保持覆護成無上道疏據弘此經合魔宮震動凡夫不覺故也如說四安樂行正同此意故文殊問云於後惡世云何能說此經佛令住四安樂行廣說離識毀等緣豈非同此魔事耶

首楞嚴經義海卷第二十七

音釋

寐寱寐蜜二切卧也寱魚祭切寐中有言也　汩古沒切濁亂也　銳俞芮切　淬七內切堅刀刃也謂燒而納水中以堅之也　析先擊切分剖也　黏女廉切相著也　謐彌畢切安也　肇直紹切始也　訐居竭切攻發人陰私也　睠居倦切顧戀也　猥媟猥烏賄切鄙雜也媟先結切嫚也

○四破行陰三口

首楞嚴經義海卷第二十八經十之一

凡遇圖相即是標辭與疏同其上文

一盡未口盡相二

初明區宇二

初想盡益相

阿難彼善男子修三摩提想陰盡者是人平常夢想銷滅寤寐恒一疏想陰若存寤即想像寐即成夢今想陰盡即無有夢以想陰是夢之元故寤寐一者雖有寤寐以無想故寤亦如寐寐亦如寤故云恒一覺明虛靜猶如晴空無復麤重前塵影事圓明心體名爲覺明離想浮動故名虛靜空喻覺明晴喻離想麤重即煩惱也以想陰是煩惱濁故前塵影事即所想境能想既亡所想不立故云無復○解私謂準智論明阿羅漢有眠無夢驗今想盡即六想淨也以圓觀所破通別二惑猶如治鐵麤垢先除故云無復麤重等觀諸世間大地山河如鏡鑒明來無所黏過無蹤迹虛受照應疏觀緣也雖有根識緣諸境界而不想像繫念在意故如其鏡照物無迹但虛受虛照虛應而已亦可如鏡照於光明雖鑒無影故云虛受○標喻鏡有四種妙用虛者能含萬象受者物來不拒照者隨物大小顯形應者了妍醜無於取捨具此四德故罔陳習唯一精眞疏了畢也罔無也陳舊也習妄想也畢竟無有無始妄習唯有一靈眞如性也又了謂了別即諸識也罔謂罔象陳習謂無始種子也唯一精眞者唯一識陰也如下文云則湛了內罔象虛無微細精想以對行陰故云精眞也顯此行人得想陰盡唯識陰及行陰在今此行陰又現披露故名識陰爲精眞也○解虛受照應即受想二陰也受以虛明爲本想以取像爲義下文云種種取像心生形取等名爲融通妄想今覺明中觀諸世間如鏡照物即想陰也了罔陳習謂受之與想已無陳故習氣也

後行陰現相

○生滅根元從此披露見諸十方十二衆生畢殫其類雖未通其各命由緒見同生基猶如野馬熠熠清擾爲浮根塵究竟樞穴此則名爲行陰區宇疏行陰是生滅元以遷流造作故想盡行現故

云披露畢殫其類者殫盡也盡此十二類生皆從行出以行是業體故未通各命者雖已了知十二類生總從行出而未知衆生別種在識陰中此即本識業苦種子是衆生各別性命因由端緒也見同生基即行陰也十二品類同以行陰爲其基本猶野馬者塵類合陽氣鼓而爲之熠熠即光起閃爍喻生滅也清擾者即此行陰擾動生滅微細不停以無想陰塵垢故名清也爲浮根塵究竟樞穴者門巢曰樞門臼曰穴此皆動轉之要處也根塵生滅皆以行陰爲機紐處了知此者正在行陰故云區宇○解孤山曰下文云唯滅與生是行邊際十二類生皆從行出以行是業能招報故雖未能別相見彼衆生修因趣果因由端緒已能總相見彼生類俱由行起名此行陰爲同生基清擾即下文幽清擾動也

後明盡相

○若此清擾熠熠元性性入元澄一澄元習如波瀾滅化爲澄水名行陰盡是人則能超衆生濁觀其所由幽隱妄想以爲其本疏性入元澄者行陰

次正明現境十

若盡遷流性澄歸一藏識名入元澄經云藏識海常住也以觀行增勝能純生滅根元習氣令其不動歸一識陰如澄水也以行是衆生遷流業性故此若盡即超衆生濁也行陰生滅微細難覺故名幽隱○標名行陰盡湛入合湛也○解私謂性入元澄者性即生滅之性以旋復爲入也元即樞穴之元以精真爲澄也習謂習氣即通惑耳如波瀾滅喻意可知超衆生濁者行陰爲生滅根元衆生覽此生滅爲體其元既盡斯濁亦超

△一二無因論二

初標

○阿難當知是得正知奢摩他中諸善男子凝明正心十類天魔不得其便方得精研窮生類本於本類中生元露者觀彼幽清圓擾動元於圓元中起計度者是人墜入二無因論疏止觀增勝想念不起故云凝明正心欲界愛染不生故云魔不得便於此推窮生類之本唯一行陰幽隱清虛以爲一切生滅之元今既披露此外更無衆生之本便執世間無因而起以無

不知善惡因由差別種子在識陰故即外道論因此而有皆修行至此邪慧忽生名爲見發非是本來別有外道〇解私謂想陰既伏煩濁且澄故曰觀彼幽清殫見類生還流陰穴故曰圓擾動元

後釋二

初計本無因二

初正辨

一者是人見本無因何以故是人既得生機全破乘于眼根八百功德見八萬劫所有衆生業流灣環死此生彼秪見衆生輪迴其處八萬劫外冥無所觀便作是解此等世間十方衆生八萬劫來無因自有 疏生機全破行陰現也八百功德謂由定力發其眼根本分功德百倍謂勝乘此通力見八萬劫衆生死此生彼過此不知亦是行陰勢力盡處不知識陰生因種子無明所熏感果差別以不知故便執本來無因而有如見飛鳥遠不及處便謂爲無以眼根取塵本唯八百世間通力不越於此若出世通過此無礙〇解生機全破者機喻擾動即行陰也不爲想陰所覆故云全破眼根八百功德既約三世四方論之今見本無因即乘過去功德下見末無因即乘未來功德斯由定中發宿命通乃令眼根彰此力用業流灣環行塗流轉也冥無所觀外道冥諦也夫善惡業緣唯識變造是人八萬劫外尚不見行何況於識故從此來起無因計

後結成

由此計度亡正徧知墮落外道惑菩提性 疏如文

後計末無因二

初正辨

二者是人見末無因何以故是人於生既見其根知人生人悟鳥生鳥烏從來黑鵠從來白人天本竪畜生本横白非洗成黑非染造從八萬劫無復改移今盡此形亦復如是而我本來不見菩提云何更有成菩提事當知今日一切物象皆本無因 疏初二句標何以下出所以今盡下正顯末無因義以本無因故末亦無因八萬劫前不見菩提八萬劫後亦復如是

後結成

以見本無末亦無也知人生人等者人只生人無因生鳥鳥只生鳥無因生人此皆不知新造異業感異類生故成此執○解無復改移者此見一分人畜之類有經長時業果未轉故起期計如智論明舍利弗觀鴿子身前後皆八萬劫不改其報今行陰中既見此相乃執一切自然而然此即不知十二類生各命由緒也今盡此形等明未來無因亦應見八萬劫以外道通同聲聞故

由此計度亡正徧知墮落外道惑菩提性是則名爲第一外道立無因論

肇師云外道未伽黎謂衆生若樂不因行得皆自然耳前經云末伽黎等都言此身死後全滅今計無因雖不云死滅必至劫滿亦同其倫當知諸見不出四句謂斷常雙亦雙非也上二無因即斷見下四徧常及一分無常一分常乃至死後俱非即後三句餘之所計皆源流於此

△二四徧常論三

初標

阿難是三摩中諸善男子凝明正心魔不得便窮生類本觀彼幽清常擾動元於圓常中起計度者是人墜入四徧常論

疏常者行陰生滅相續不失故名常由計四種徧一切法故名圓也　標結前想陰已破唯一行陰以爲生死之元四種者一心境二四大三八識四行陰殊不知善惡好醜種子含藏在第八識修行至此邪慧忽生也

次釋四

一二萬劫常

一者是人窮心境性二處無因修習能知二萬劫中十方衆生所有生滅咸皆循環不曾散失計以爲常

疏於勝定中以心境二法爲所窮處由是觀成知二萬劫十方衆生生滅循環不曾散失如水爲冰冰還成水雖循環而體不失故名爲常○解眞際曰心境二處雖則無因二萬劫來生滅不斷故計爲常

二四萬劫常

二者是人窮四大元四性常住修習能知四萬劫中十方衆生所有生滅咸皆體恒不曾散失計以爲

常疏此人觀中以四大爲所觀處觀成能知四萬劫中衆生生滅咸皆體常以衆生皆以四大爲體四大既常衆生亦常故無散失○解孤山曰人之生滅不離四大大性不失於是計常

三八萬劫常

三者是人窮盡六根末那執受心意識中本元由處性常恒故修習能知八萬劫中一切衆生循環不失本來常住窮不失性計以爲常

疏梵云訖利瑟吒耶末那此云染汙意執受者即第八識窮此八識性元是常由是能知八萬劫中衆生生滅不斷不散以衆生無不具有八種識故八識既生滅不失衆生亦然故名常也○解資中曰此於六根及第七識并執受心本元由處性恒不失計以爲常眞際曰言六根者舉所依根顯能依識既云心意識中故知觀八識也私謂按楞伽云阿棃耶識除佛及八地菩薩諸餘二乘外道修行者皆不能知由是觀之今行陰未盡豈能於此計以爲常應知言心意識者遍舉八識也本元由處者別指行陰也良以首楞嚴定頓窮八識圓伏五住而於想陰盡處不了行陰微細生滅妄認爲常非謂定中已見第八憖師云若了八識何得異計斯言善焉

四不生滅常

四者是人既盡想元生理更無流止運轉生滅想心今已永滅理中自然成不生滅因心所度計以爲常

疏生理即行陰以見想盡想能運動今已息故運動既無不生滅理自然是行此於生滅計不生滅故執爲常○解私謂前指本元爲常即於生滅計不生滅如見細流謂之止水也今取理中爲常乃於生滅計不生滅如見虛空謂之常住也斯亦妄認行陰爲理耳

後結

由此計常亡正徧知墮落外道惑菩提性是則名爲第二外道立圓常論

疏正徧知即菩提性邪倒分別故失正唯局二四八萬劫中餘不能知故失徧正知徧知既亡故成外道耶論○標所執上四種徧一切名圓行陰相續名常○解此四徧常所窮之境從廣至俠而成次第初通五陰二局色陰三唯行陰四但是行陰不生滅理若

△三四一全常論三

言第三計八識第四復計行陰其義既失所次亦非

初標

又三摩中諸善男子堅凝正心魔不得便窮生類本觀彼幽清常擾動元於自他中起計度者是人墜入四顛倒見一分無常一分常論

䟽或執我能生他我常他無常或執我從他生他常我無常皆計一分無常一分常論

次釋四

一我常彼無常

一者是人觀妙明心徧十方界湛然以爲究竟神我從是則計我徧十方凝明不動一切衆生於我心中自生自死則我心性名之爲常彼生滅者眞無常性此人修定既未證眞有漏觀中觀妙明心徧十方界假想而見不知無明妄識變影似眞執此妄心徧十方界以爲眞我疑明不動定力持故見諸衆生於我心中自生自死即是無常我不動者即是常故○標此皆識心計度都無實義○解觀妙下重舉觀行湛然下正明起計亦由不了行陰生滅妄謂此處心性湛然以爲神我言神我者外道名主諦謂一切法皆是我所悉以此神而爲其主

二劫壞劫不壞

二者是人不觀其心徧觀十方恒沙國土見劫壞處名爲究竟無常種性劫不壞處名究竟常䟽此人定中乘通見十方界於中見界未壞便執爲常見已壞處執無常性此雖觀器必帶正報○標此相似通也○解三禪已下終爲三災所壞名無常種性四禪以上災不能壞名究竟常

三我如微塵轉

三者是人別觀我心精細微密猶如微塵流轉十方性無移改能令此身即生即滅其不壞性名我性常一切死生從我流出名無常性䟽我心如微塵者以心性微密難見故如微塵非謂其小也此執微細心性以之爲我我者自在主宰爲義故能流轉性無移改却能令

此麤蘊色身有生有滅以此麤蘊皆從我心所流出故所流出者名爲無常能流出者名爲常性○解我既微細生滅亦然故云即生即滅而此生滅從細至麤相續無間故云一切死生等

四行常餘無常

四者是人知想陰盡見行陰流行陰常流計爲常性色受想等今已滅盡名爲無常 疏行陰披露現見遷流故執爲常想等觀中暫伏不起故執無常是故此身一分無常一分常也○解前觀我心雖流轉十方性無移改不知我是行陰其體常流今雖見流仍未見識陰之相故對色受想等爲常無常也此四顛倒初觀神我及一切衆生即正報也次觀國土與劫即依報也此二對他明常無常三觀我心及身四計陰等此二約自色心明常無常亦從廣至狹也

後結

由此計度一分無常一分常故墮落外道惑菩提性是則名爲第三外道一分常論

四四有邊論三

初標

又三摩中諸善男子堅凝正心魔不得便窮生類本觀彼幽清常優動元於分位中生計度者是人墜入四有邊論 疏想陰盡處有四分位計此以爲有邊無邊○標行人到此邪見有無

次釋四

三世

一者是人心計生元流用不息計過未者名爲有邊計相續心名爲無邊 疏此人心計行陰現今流注不息名爲無邊過未不見名爲有邊此約流用生滅不息無有邊際說無邊耳○解孤山曰生元即行陰也過未不見故名有邊現在相續故爲無邊

二衆生

二者是人觀八萬劫則見衆生八萬劫前寂無聞見無聞見處名爲無邊有衆生處名爲有邊 疏雖八萬劫見於衆生然有分劑故曰有邊此外寂然不見有生別無分劑故執無邊○解私謂後八萬劫亦合如前今恐存略

三心性

三者是人計我徧知得無邊性彼一切人現我知中我曾不知彼之知性名彼不得無邊之心但有邊性疏我能徧知一切衆生一切衆生現爲我知故一我即得無邊心也我曾不知下彼一切人雖有於知此知且不現我知中以不現故即是有邊○解孤山曰我曾下謂但見彼人現我知中而不能知彼人性徧故計彼性以爲有邊

四生滅

四者是人窮行陰空以其所見心路籌度一切衆生一身之中計其咸皆半生半滅明其世界一切所有一半有邊一半無邊疏窮行陰空者想盡行露今於觀中研令取空也以研窮心計度行陰一切衆生一身之內即生即滅世界亦爾生處有邊滅處無邊生現見故滅不見故○解資中曰此計行陰滅處爲空故無邊以心籌度復見有生生故有邊世界所有義亦如是私謂此四有邊初唯約自二單約他三具

後結

自他四重計他一切依正斯則前狹後廣以成其次

由是計度有邊無邊墮落外道惑菩提性是則名爲第四外道立有邊論標外道所計不出有無

△五四不死矯亂三

初標

又三摩中諸善男子堅凝正心魔不得便窮生類本觀彼幽清常擾動元於知見中生計度者是人墜入四種顛倒不死矯亂徧計虛論疏此人於知見中不能決擇有人問者皆矯智亂答言不死者唯婆沙說外道計天常住名爲不死計不亂答得生彼天若實不知而輒答者恐成矯亂故有問時答言祕密不應皆說或不定答佛法呵云此眞矯亂

次釋四

一者是人觀變化元見遷流處名之爲變見相續處名之爲恒見所見處名之爲生不見見處名之爲

滅相續之因性不斷處名之爲增正相續中中所離處名之爲滅各各生處名之爲有互互亡處名之爲無以理都觀用心別見（別義觀行也於一生滅行陰分爲八義別見謂常變生滅增滅有無也不見見者見不見也滅處不可見故餘如文）

一八亦

有求法人來問其義答言我今亦生亦滅亦有亦無亦增亦滅於一切時皆亂其語令彼前人遺失章句（約義答問略舉六義以不能定其遺理但兩楹答故云亦生亦滅等令彼前人於章句中不得義理故云遺失章句）

二唯無

二者是人諦觀其心互互無處因無得證有人來問唯答一字但言其無除無之餘無所言說（念念滅處名互互無以心纔生即滅無體可得行既知是諸法亦然故云因無得證）

三只是

三者是人諦觀其心各各有處因有得證有人來問唯答一字但言其是除是之餘無所言說（念念生處名各各有因是得證一切皆有有人來問但答是者雖見其心念念有生意許皆有又見其滅不敢答有故但答是擬防其失○標此人落於常見外道）

四俱是

四者是人有無俱見其境枝故其心亦亂有人來問答言亦有即是亦無亦無之中不是亦有一切矯亂無容窮詰（此有無俱計也其境枝故其心不亂者以不定是一義故成亂也以前二論但偏證有無今此一論即有無俱計也亦有即是亦無者意許所有之中即有於無得成有無計也亦無之中不是亦有者雖於有中說無二相各別故云不是亦有無容窮詰者若詰有即是無又云無中不是亦有若詰無不是有又云亦

有即是亦無互相遮防故難窮詰○解私謂從二至四於前八中有無分出也二三單計第四兩亦有即是無如冰是水也無不是有如水非冰也四句之中但涉三句未見雙非其計猶麤

後結

由此計度矯亂虛無墮落外道惑菩提性是則名爲第五外道四顛倒性不死矯亂徧計虛論疏如是四論長阿含云一者若沙門婆羅門等作如是見云不知善惡有報耶若如是問我我不能答有愧有畏我當答云此事異此事不異此事非異非不異是爲初見二以他世有無問亦作此答三以何者爲善惡問亦作此答第四愚冥暗鈍若他有問俱隨言印可但云如是如有問云蘊有幾種彼反問云汝意謂幾他即答言我意謂五彼云如是或云此事異等

△六十六有相論三

初標

又三摩中諸善男子堅凝正心魔不得便窮生類本觀彼幽清常擾動元於無盡流生計度者是人墜入死後有相發心顛倒無盡流行陰也今見行遷却執於我死後有相者以行是我所有故行既遷流不息故我死後有相也○解資中曰由見無盡故言死後有相

次釋二

初本計

或自固身云色是我或見我圓含徧國土云我有色或彼前緣隨我迴復云色屬我或復我依行中相續云我在色皆計度言死後有相如是循環有十六相疏初約色蘊具出四句皆云死後有相如是循環例作後三陰十二句也固身者固堅也堅執現今形色是我本體色陰既爾受想行等例此而作成十六句問前三陰盡唯行識二陰何得更執前三又不言識答前之三陰觀中雖破但約觀法增勝不被陰迷善巧安忍不生過患豈可都無謂之破耶今觀行陰依止前三遷流相續故執三也不言識者行陰覆故由是通前而不言識也○標謂色是我四相受想行亦有四相一色是我二我有色三色屬我四我在色受想行亦同色之四執○解眞際曰

初計色四句謂色是我我有色色屬我我在色如是下例餘三陰各計四句故成十六構李曰不言識陰者所計之我即是識陰也私謂不爾外道六法我與識異今行陰未破識未當情故不言耳問前三陰既破何故與我復計四句耶答但破其計不破其法色等生滅念念不停即無盡流也然此行陰與常塗所辯麤細不同如百論家以識陰爲初想陰居次受陰第三三皆無計未能成業至於行陰方起煩惱造作諸業是則四陰之中行陰最麤此據平常未破時說也今觀行中已破受想須知行陰麤相亦盡唯細相在故通前三陰俱見還流幽隱之元其實難曉

後別計

從此或計畢竟煩惱畢竟菩提兩性並驅各不相觸疏既十六相皆死後有煩惱亦爾以是生死根故菩提亦爾以是覺元明故眞妄兩驅畢竟無改二皆有相也○標此皆妄分別有佛有世界○解上四陰與我既死後有相或復妄計煩惱菩提理亦如是以煩惱由陰而生菩提由我而證言畢竟者即兩性並驅入未來際也

後結

由此計度死後有故墮落外道惑菩提性是則名爲第六外道立五陰中死後有相心顛倒論標法華會上此諸外計云若有若無等依止此諸見具足六十二深著虛妄法○此解通結五陰正在前四又雖在前四義唯行陰耳

△七八無相論三

初標

又三摩中諸善男子堅凝正心魔不得便窮生類本觀彼幽清常擾動元於先除滅色受想中生度計者是人墜入死後無相發心顛倒疏見前三陰已滅當知行陰亦應還滅即計死後斷滅總名無相

次釋二

見其色滅形無所因觀其想滅心無所繫知其受滅無復連綴陰性銷散縱有生理而無受想與草木同此質現前猶不可得死後云何更有諸相因之勘校死後相無如

初本計

是循環有八無相此約四陰現在因亡未來果滅都成於八○解見其下明色受想三陰已滅由見先來三陰滅故乃計現未四陰俱無名八無相從陰性下明現前色陰盡也此質下以現前況死後也色陰既爾受想行亦然是故例云如是循環等

後別計

從此或計涅槃因果一切皆空徒有名字究竟斷滅疏陰既因果皆無涅槃因果亦皆斷滅斯則有為無為染淨諸法因果俱無故云一切皆空○解涅槃因果依現陰而修後陰而證陰既叵得修證何有耶

後結

由此計度死後無故墮落外道惑菩提性是則名為第七外道立五陰中死後無相心顛倒論標此毗羅外道

△八俱非論三

執死後斷滅

又三摩中諸善男子堅凝正心魔不得便窮生類本觀彼幽清常擾動元於行存中兼受想滅雙計有

初標

無自體相破是人墜入死後俱非起顛倒論疏此先將已滅三陰例現存行陰得四箇非有偏句又將行存一陰例前已滅二陰得四箇非無偏句前後相望每陰皆得非有非無成四俱非現在既爾死後亦然現在未來共成八也故云死後俱非也○解雙計有無至死後俱非者此有二義一亦有亦無二非有非無下文先計雙亦次計雙非

次釋二

初本計

色受想中見有非有行遷流內觀無不無如是循環窮盡陰界八俱非相隨得一緣皆言死後有相無相疏色等三陰先雖是有而今破盡故云非有例行亦爾此四非有也行遷流內觀無不無者若將行陰例前為無現且念念遷流不斷此又非無行既非無前三亦爾此四非無也如是循環窮盡陰界者現將四陰循歷相例一一皆見非有非無故云循環推至死後故云窮盡陰界隨得一緣者即此四陰隨舉一陰皆悉死後非有非無今言有無者有即非無無即非有也○解此計雙亦也見有非有謂

色受想無也觀無不無謂行陰有也如是循環等例立雙亦也謂三陰無亦如行陰之有行陰有亦如三陰之無四陰各二故名八俱非相言俱非者對前徧計有無得名文意且在雙計有無耳故總結云有相無相

後別計

又計諸行性遷訛故心發通悟有無俱非虛實失措疏此但現見行陰遷變生中有滅故非有滅中有生故非非無由是通悟一切皆是非有非無何啻於八虛實即有無也有不定有實何曾實無不定無虛何曾虛舉著皆非故云失措○標此執陰界非非有非非無故云失措○解比計雙非也色受想等皆名諸行悉有遷訛下文云甲長髮生氣銷容皺乃至念念不停即其相也於前四陰雙計有無亦有八俱非義此見既細所以的就行陰言之

後結

由此計度死後俱非後際昏瞢無可道故墮落外道惑菩提性是則名爲第八外道立五陰中死後俱非心顛倒論疏後際下釋死後非義無可道者言有不有言無不無有無二途俱道不得也現在尚爾豈況死後不覺不知而言有無耶故云昏瞢

△九七斷滅論三

初標

又三摩中諸善男子堅凝正心魔不得便窮生類本觀彼幽清常擾動元於後後無生計度者是人墜入七斷滅論是人見行陰念念滅處名後後無設生七處後皆斷滅故成此論○解孤山曰七斷滅者欲開人天色開四禪無色合一計此七處已不生之也

次釋

或計身滅或欲盡滅或苦盡滅或極樂滅或極捨滅如是循環窮盡七際現前銷滅滅已無復疏或計身滅即欲界人天也同界地故欲盡即初禪苦盡即二禪極樂即三禪極捨即四禪及無色界也現前銷滅者三陰已滅行陰亦爾也七處皆現斷滅死後不復生也○解身滅者欲界人天也欲盡滅初禪欲染已

盡故苦盡滅二禪極喜無憂苦故極樂滅三禪之樂極故極捨滅四禪捨覺觀喜樂故無色捨色礙故然則極捨之言含其二也

後結

由此計度死後斷滅墮落外道惑菩提性是則名爲第九外道立五陰中死後斷滅心顛倒論解私謂此計應從第七外道流出但前約横論今約竪論若攝横歸竪則前無相屬今身滅

△十五現涅槃論三

初標指

又三摩中諸善男子堅凝正心魔不得便窮生類本觀彼幽清常擾動元於後後有生計度者是人墜入五涅槃論跳行陰滅而復生故云後有也

或以欲界爲正轉依觀見圓明生愛慕故或以初禪性無憂故或以二禪心無苦故或以三禪極悅隨故或以四禪苦樂二亡不受輪迴生滅性故以欲界爲正轉依者因修觀行發欲界未至定於觀心中見圓明相不捨欲界即是涅槃爲正轉依或以初禪性無憂者已離欲染無復憂心得輕安樂故或以二禪心無苦者即是極喜也或以三禪極悅隨者即極樂也或以四禪苦樂二亡即捨受也

次釋

迷有漏天作無爲解五處安隱爲勝淨依如是循環五處究竟不識教相得此四禪及欲界定少分安樂便計涅槃執有漏天作無爲解者因修正定忽發此禪得少輕安非是究竟便妄計執以爲涅槃○標見取未亡以邪爲正

後結

由此計度五現涅槃墮落外道惑菩提性是則名爲第十外道立五陰中五現涅槃心顛倒論解私謂前標後結今結五現者影互其文也此計應從第六外道流出横竪攝屬亦如七九之類

□後結勸弘宣二

阿難如是十種禪那狂解皆是行

初結前諸境

陰用心交互故現斯悟衆生頑迷不自忖量逢此現前以迷爲解自言登聖大妄語成墮無間獄疏此十種境乃是邪見因修正定而忽發生故云狂解由三陰滅覺至行陰用心差異故云交互苟能深入禪定以慧照察惟心境界不取不著自然銷歇若以爲證即墮邪見成地獄因

後勅勸弘宣

汝等必須將如來語於我滅後傳示末法徧令衆生覺了斯義無令心魔自起深孽保持覆護消息邪見教其身心開覺眞義於無上道不遭枝岐勿令心祈得少爲足作大覺王清淨標指孽災也想陰未盡猶引外魔令想陰盡行陰明露但於所覺境界別生異見執此爲是故云心魔故令覺察善能消息不失正見能至無上故深付囑傳而示之俾修行者無入邪網失正覺路枝岐邪道也○解前色受想末皆云無令天魔得其方便令行陰後云心魔下識陰後云見魔心見不出見愛二惑即煩惱魔也於受陰中第五生無盡憂心不欲活猶死魔也並所觀五陰即陰魔四魔具矣

首楞嚴經義海卷第二十八

音釋

寤五故切覺也　殫都寒切盡也　熠羊入切熠熠閃鑠貌　擾而沼切攪動也　爍書藥切灼爍也　灣環灣烏關切環胡關切灣環猶流轉也　鵠胡沃切鳥名也　愨苦角切　詰苦吉切問也　綴知衛切聯綴也　皺側救切皺

首楞嚴經義海卷第二十九經十之二

凡遇圓相即是標辭與疏同其上文

五破三識陰

初盡未盡相二

初明區宇

初行盡益相

阿難彼善男子修三摩提行陰盡者諸世間性幽清等動同分生機倏然隳裂沈細綱紐補特伽羅酬業深脉感應懸絕

疏前三句標人諸世下正明行盡世間性者行陰即是世間體性世間有三義一有生滅二性有漏三可破壞既墮世間同以行陰生滅爲性也隱密故幽離想故清擾即是動同分生機前是基本今是機要忽爾而破故云倏然隳裂沈細下重釋盡義綱上大繩曰綱衣領結處曰紐皆喻其要也十二類生如綱如衣行陰貫通微細結要如綱如紐補特伽羅云數取趣即總指十二類也行陰能轉此類生故故云沈細綱紐綱紐是業因伽羅是果報業因亡則執爲引果果報息則誰作能酬因果既亡故絕感應深脉亦喻行陰幽隱也○解諸世間性即十二類生行陰體性也同分生機謂與諸類同其分齊生滅之機也倏然下明行陰盡相

後識陰現相

行是業性能持諸陰如羅網之有綱紐焉補特下明不牽來報應猶報也

於涅槃天將大明悟如雞後鳴瞻顧東方已有精色

疏涅槃名第一義天得名無生忍名大明悟明悟在近故名曰將將當也欲也如雞後鳴者雞第二鳴天將曉也五陰在如全夜陰都盡如大明色受二陰破如雞初鳴天全未變今想行又除唯有識陰明悟在即如雞後鳴天有精色若約位說此當第二漸次也彼文云禁戒成就則於世間永無相生相殺之業偷劫不行無相負累亦於世間不還宿債即是今文酬業深脉感應懸絕彼文又云是清淨人修三摩地父毋肉身不須天眼自然觀見十方世界等即此文云瞻顧東方已有精色此則正得以位相似通發也○解孤山曰三德涅槃名第一義天前受想盡似證尚遙如雞先鳴天色猶昧今行陰盡唯識陰在明悟非久如雞後鳴天有精色私謂五陰伏有次第斷無先後今取將破別惑爲後阞破通惑爲先斷伏頓漸如下所辯

六根虛靜無復馳逸內內湛明入

無所入疏由定所攝無行陰使雖存六根識不馳散故云虛靜無復馳逸唯專內境定心內照故云內內湛明又內內者深深寂照也窮到識陰更無所見名入無所入○解行陰既盡故虛靜識陰披露故湛明下文云又汝精明湛不搖處於身不出見聞覺知即其相也當知見聞等雖有內外以湛明故而無能入所入之異經或作內外湛明深達十方十二種類受命元由觀由執元諸類不召疏受命元由即是識陰今觀識陰既是類生種子元由不起煩惱不作新業由是執持不令趣果無受生分故云諸類不召於十方界已獲其同精色不沈發現幽祕此則名為識陰區宇既知識是生類元由故十方界依之與正皆識所變同一識體斯則三界唯心萬法唯識先雖信教今觀中明見也精色不沈所觀境現也由觀力故境界明白故云不沈發幽祕者似通發也未至此位諸根暗昧不能遠觀故云幽祕今由觀力六根清淨不由天眼徹見諸界等故云發現○解受命元由者識息煖三和合成命受生之際識陰為先也而此元由復是人法二執之本今觀中所見雖未銷盡且無行業招引來報故云諸類不召人見十方一切依正唯識所變故云已獲其同精色不沈即湛明也發現幽祕無所覆也

後明盡相

若於群召已獲同中銷磨六門合開成就見聞通鄰互用清淨疏初二句指在識陰中也若於此中以定慧力銷磨根隔令其開通合成一體則見聞覺知互相為用斯則明不循根寄根明發也故云互用清淨此識陰盡獲證是第三漸次證無生法忍也故文云如是清淨持禁戒人心無貪婬於外六塵不多流逸因不流逸旋源自歸塵既不緣根無所偶返流全一六用不行既云六用不行即是銷磨六門既云返流全一即是合開成就互用清淨也彼說由戒故與此異○解群召雖異識體是同若於同中銷磨六門見愛之惑則能合成一體開為六用六用不隔皆悉通鄰即法華所明六根清淨也

△次正明現境十

十方世界及與身心如吠瑠璃內外明

徹名識陰盡疏世界身心皆唯識現今識陰盡唯見覺體覺體明妙如淨瑠璃一無障礙名內外明徹身心爲內世界爲外俱無所得故云明徹前文云十方國土皎然清淨譬如瑠璃內懸寶月身心快然妙圓平等獲大安隱一切如來密圓淨妙皆現其中是人即獲無生法忍即知識陰盡者是人隨分覺也文殊亦云一處成休復六用皆不成塵垢應念銷成圓明淨妙是人則能超越命濁觀其所由罔象虛無顛倒妄想以爲其本命體即識陰也以命煖識三俱時而轉識既已離命煖隨亡故起命濁罔象虛無者此是覺明初起影象之相攬此妄想虛無影象以爲識體即業轉二相也○標前文云汝等見聞元無異性衆塵隔越無狀異生性中相知用中相背同異失準。相織妄成是第五重名爲命濁上之五重從三細六麤互爲形待混眞成濁止觀破五陰時從六麤至三細成大覺◎解孤山曰罔象亦做象皆不實貌

一因所因執二

阿難當知是善男子窮諸行空於識還元已滅生滅而於寂滅精妙未圓疏行陰雖盡已滅生滅返識循元未歸寂滅故云精妙未圓以識未破正在細生滅故精妙即精眞妙明也○解私謂識陰湛不搖處即是還元而此還元望前已滅行陰得名然於當體未證寂滅行能令已身根隔合開亦與十方諸類通覺覺知通溜能入圓元疏觀中暫爾也暫於觀中似開根隔未全互用也諸類通覺者於此觀中已見十方衆生及與我身同一覺性互相融合無知覺殊此即能入圓元也此之境界全是識影未爲寂滅故前文云而於寂滅精妙未圓○標行人於此無所得心定慧發明便入無生忍也○解此示觀中所發之相也非唯已身根隔合開亦見諸類同我識相覺知下重牒所發結歸陰元也斯亦功用暫得如是不生勝解名善境界由起邪執故墮下文外道種類

初約其所計

若於所歸立眞常因生勝解者疏正生計也於此所入通覺之境認爲眞常便立爲因能生一切即爲所歸究竟之處決定不謬故云勝解

後判屬邪徒

是人則墮因所因執娑毗迦羅所歸冥諦成其伴侶迷佛菩提亡失知見是名第一立所得心成所歸果違遠圓通背涅槃城生外道種

於所因識陰執爲真常是萬法之因故云因所因執萬法無因虛妄生滅今計有因是真常性即與外道所執冥諦是常能生一切無有差別此即計阿賴耶識未形兆前冥然之初爲冥諦也迷佛菩提者菩提云覺覺體離念離念相者等虛空界無所不徧法界一相今執有法從一因生能所差別故云迷也不如實知故云亡失知見所得心即識陰也因中爲所得果上爲所歸耳餘文可解問據下七段皆云能非能等獨有此文爲因所因耶答以一切諸法皆從識變正是所因以不了虛妄執爲實因故同外道下文直顯當體虛妄故云非能等也○標娑毗迦羅師事梵天計非色非空認藏識爲冥諦六師外道俱闍梨等皆是其黨○解資中曰因所因執者迷識陰爲冥諦執冥諦爲生因也真際曰認圓元爲真常計真常爲妄本也私謂兩

二能非能執二

說似同正取後義是則上因指體下因對用上云二因今復云果者因謂所依能生諸法故果謂所證計爲極理故蓋同實而殊號者也

初約其所計

阿難又善男子窮諸行空已滅生滅而於寂滅精妙未圓若於所歸覽爲自體盡虛空界十二類內所有衆生皆我身中一類流出生勝解者

疏前計雖執識陰爲真常因而未取爲自體今計即是我之自體一切衆生皆從我出我能生彼決定不謬也○標精妙未圓者識陰未盡也

後判屬邪徒

是人則墮能非能執摩醯首羅現無邊身成其伴侶迷佛菩提亡失知見是名第二立能爲心成能事果違遠圓通背涅槃城生大慢天我徧圓種

疏實非能生執以爲能名能非能摩醯首羅即大自在天三目八臂外道所宗爲能因也現無邊身者以執我能現

三常非常執二

起無量衆生也因既能爲果成能事因果相稱也○解孤山曰能非能執謂我是能生彼皆所生也資中曰如俱舍破能生世間有何義利等

初約其所計

又善男子窮諸行空已滅生滅而於寂滅精妙未圓若於所歸有所歸依自疑身心從彼流出十方虛空咸其生起即於都起所宣流地作眞常身無生滅解在生滅中早計常住既惑不生亦迷生滅安住沈迷生勝解者疏所歸即識陰前覽所歸爲自身今認所歸爲他體故疑自身及一切法從彼生起都宣流地即識陰也妄認爲他是眞是常是無生滅惑不生者本覺常住不生諸法迷而不解也亦迷生滅者妄認識陰爲眞常也二俱不識故曰沈迷堅執不轉故云安住

後判屬邪徒

○是人則墮常非常執計自在天成其伴侶迷佛菩提亡失知見是名第三立因依心成妄計果違遠圓通背涅槃城生倒圓種於無常處妄計爲常名常非常執自在天即首羅也前計他從我生今執我從他起故云計自在也因依心即識陰也立爲他體計能生我故同外道計彼爲常○解資中曰自在天與前不別此天現有生滅妄計爲常故云在生滅中早計常住私謂從彼流出者此指所歸識陰爲彼非指他人也以識陰圓元爲常自己身心及十方虛空爲非常非常即生滅也既見非常從常流出乃計生滅即是常住下文知無知執義例亦然

四知無知執二

初約其所計

又善男子窮諸行空已滅生滅而於寂滅精妙未圓若於所知知徧圓故因知立解十方草木皆稱有情與人無異草木爲人人死還成十方草樹無擇徧知生勝解者流所知即識陰也是彼觀行所知境故識陰能變一切諸法名知徧圓悟

此諸法從知變起以知爲體故云因知立解十方草木下即解之行相也既此依正皆從知有何得一知一無知耶故無揀擇一切皆知自謂決定不謬故云勝解

後判屬邪徒

是人則墮知無知執婆吒霰尼執一切覺成其伴侶迷佛菩提亡失知見是名第四計圓知心成虛謬果違遠圓通背涅槃城生倒知種

草木無知而執有知故云知無知執婆吒霰尼二外道也涅槃云婆私吒及先尼梵音小轉既執一切覺即草木有命也圓知即徧知也虛謬果者斥成妄想此即不了皆是妄想所變妄想凝結假立無情妄想流動假名有情如前文云想澄成國土知覺乃衆生以不善分虛妄識有內分外分故成計執〇解孤山曰知無知執者草木無知強謂有知也夫常住真心一體無二用諸妄想依正乃分是故衆生草樹悉如空華皆是有情自心所變執情不了以謂一一草木各各有知遂說木死爲人人死爲木未明一體謬計偏圓違遠圓通職由

五生無生執二

此夾婆吒霰尼兩外道號見涅槃經彼謂一切覺知乃云草木有命今所發見正與彼同

初約其所解

又善男子窮諸行空已滅生滅而於寂滅精妙未圓若於圓融根互用中已得隨順便於圓化一切發生求火光明樂水清淨愛風周流觀塵成就各各崇事以此群塵發作本因立常住解

疏根互用中得隨順者以於似觀暫得相應故云隨順便於圓化一切發生者一切諸法同名變化故云圓化皆可修習能成聖果故云一切發生以於一根暫得諸用由此例知一切亦爾皆可於無知見中修成知見取常住果故求火樂水愛風觀塵也〇標群塵即地水火風也

後判屬邪徒

是人則墮生無生執諸迦葉波并婆羅門勤心役身事火崇水求出生死成其伴侶迷佛菩提亡失知

見是名第五計著崇事迷心從物立妄求因求妄異果違遠圓通背涅槃城生顛化種

疏四大之性實不能生常住之果執爲能生故云生無生執迷心從物者迷失唯心所現而各隨順崇事以求常住因果俱妄故成妄求妄異也○解私謂圓化者謂觀中所見圓融變化唯識之境也一切發生即四大之相也觀塵成就別名地大以此群塵通指四大既見此等並由圓化乃計修因證果不出火之光明水之清淨等故曰發作本因立常住解生無生執者謂四大之生即常住之無生也迦葉波亦婆羅門別姓下所并者總攝其類

六歸無歸執二

初約其所解

文善男子窮諸行空已滅生滅而於寂滅精妙未圓若於圓明計明中虛非滅群化以永滅依爲所歸依生勝解者

疏明中虛者圓明之理即所觀識也已滅生滅故明中虛非即是滅故云非滅色受想行攝一切法名爲群化求滅依即明中虛也此計空爲所依歸處即涅槃也○標此計即認爲究竟涅槃也

後判屬邪徒

是人則墮歸無歸執無想天中諸舜若多成其伴侶迷佛菩提亡失知見是名第六圓虛無心成空亡果違遠圓通背涅槃城生斷滅種

疏此明中虛實非所歸而計於歸故云歸無歸執無想天五百大劫想心不行也舜若多四空處也圓虛無心斷滅因也空亡果斷滅果也○標受想於定中暫得不起四空觀中妄認究竟矣○解明中虛者前云同象虛無是也非滅群化非猶破也群化即四大等孤山曰歸於無歸故曰歸無歸執無想天滅心心所舜若多主空神也

七貪非貪執二

初約其所解

文善男子窮諸行空已滅生滅而於寂滅精妙未圓若於圓常固身常住同于精圓長不傾逝生勝解者

疏執識陰以爲圓常欲固此身亦同識陰故云同于精圓長不

傾逝

後判屬邪徒

是人則墮貪非貪執諸阿斯陀求長命者成其伴侶迷佛菩提亡失知見是名第七執著命元立固妄因趣長勞果違遠圓通背涅槃城生妄延種根身虛妄本是無常實不可貪以爲長久今堅貪著妄執長生故云貪非貪執阿斯陀者云無比即長壽仙也長勞果者勞即牢字聲之誤耳妄執延年故云妄延○解私謂識陰精明湛不搖處名之爲常今見其常乃執色身同此精圓也

八真非真執二

初約其所解

又善男子窮諸行空已滅生滅而於寂滅精妙未圓觀命互通却留塵勞恐其銷盡便於此際坐蓮華宮廣化七珍多增寶媛縱恣其心生勝解者疏觀識陰爲十方衆生之命元是十二類命之通要由是我命通彼彼命通我故云互通今觀識陰若盡十方衆生命即皆盡我命亦盡盡即教誰證真常理誰爲所化衆生徒有真常無證真者故留塵勞○却起貪欲化蓮華宮及諸欲境恣受欲樂圖命不滅俾要證真起用化物作此執計定不移轉故云勝解媛女寶也

後判屬邪徒

是人則墮真無真執吒枳迦羅成其伴侶迷佛菩提亡失知見是名第八發邪思因立熾塵果違遠圓通背涅槃城生天魔種起惑恣欲實非證真計此即能證真起用故云真非真執吒枳迦羅未見正譯此既能化欲境受用即是欲界自在天類也邪思因者既於定中發此邪念不能善察由此熾盛趣塵勞事故同天魔耳○解真際曰觀命互通下謂於群召已獲同中無彼召因恐亡其果故却留塵勞也孤山曰真無真執者將欲復真而反戀於俗也私謂此約在家修禪得通者說故有廣化七珍多增寶媛之事

九定性聲聞二

又善男子窮諸行空已滅生滅而

初約其所解

於寂滅精妙未圓於命明中分別精麤疏決眞僞因果相酬唯求感應背清淨道所謂見苦斷集證滅修道居滅已休更不前進生勝解者疏識陰露現故曰命明識旣含藏漏無漏種今於此中分別決擇苦集有漏名麤名僞道滅無漏名精名眞擇去麤僞苦集而留精眞道滅故云分別精麤等修道爲感證滅爲應但取於此故云唯求背清淨道者本修圓觀法界平等離二邊垢名清淨道今發小乘忻猒之解故名曰背所謂下釋前義也○標避喧求靜執爲究竟

後判屬邪徒

是人則墮定性聲聞諸無聞僧增上慢者成其伴侶迷佛菩提亡失知見是名第九圓精應心成趣寂果違遠圓通背涅槃城生纏空種定性者且就一期趣寂無改判爲定性實有劫數終迴上乘無聞僧者不了識陰迷爲涅槃故同此也圓謂周徧精謂非麤已離行陰爲

十定性本覺二

諸命元故曰圓精稱乎妄計故云應心○標未得謂得未證謂證沈空滯寂如焦穀芽不能發生隨入魔境也○解孤山曰命明識也謂此於識陰圓明之中忽發小解因此分別苦集是麤是僞滅道是精是眞也又知苦果酬集因滅果酬道因於是見苦斷集唯求道滅感應也旣發小解乃背圓融常樂我淨之道今於四德略舉其一所謂下釋成上意無聞僧者妄執小道以爲究竟故與夫謂四禪爲四果增上慢人爲害一揆

初約其所解

又善男子窮諸行空已滅生滅而於寂滅精妙未圓若於圓融清淨覺明發研深妙即立涅槃而不前進生勝解者疏本觀圓融清淨覺體今見識陰離行生滅謂深且妙立爲涅槃不知流注生故不前進○標行人定中觀十二緣生皆從識陰而起認此識陰便爲究竟

後判屬邪徒

是人則墮定性辟支諸緣獨倫不迴心者成其伴侶迷佛菩提亡失

知見是名第十圓覺涽心成湛明果違遠圓通背涅槃城生覺圓明不化圓種認識陰爲圓覺符妄計爲涅心寂爲不動非無覺了故云湛明證識覺之圓明無悲化之妙用故云不化圓種唯識論云聲聞畏苦障緣覺捨生障是此類也〇標定性有二類一定性緣覺依教觀緣但離緣生虛妄名爲解脫二定性獨覺不隨佛教修行出無佛時居山野觀四時榮枯即立究竟涅槃也〇解本覺識陰三諦圓融而偏著妙空遂生小解故即安立涅槃化城而不前進中道實所也諸緣獨倫者緣覺獨覺佛世滅後故有二焉資中曰耽寂滅果成捨生障是名不化圓種私謂化變也以定性不迴故云不化

△後結勸弘宣四

一結前斥失

阿難如是十種禪那中塗成狂因依迷惑於未足中生滿足證皆是識陰用心交互故生斯位衆生頑迷不自忖量逢此現前各以所愛先習迷心而自休息將爲畢竟所歸寧地自言滿足無上菩提大妄語成外道邪魔所感業終墮無間獄聲聞緣覺不成增進疏中途成狂者方在似覺未成不退邪慧發生故云成狂不察識陰微細生滅便謂已證故云因依迷惑等餘文可解〇標中途成狂等結前十中八種於未足中等結後定性二位也〇解大妄語者別指前八也前八通名外道邪魔亦可別指七是外道八是邪魔俱未斷惑故云墮獄二乘異此故云不進

二勑勸弘宣

汝等存心秉如來道將此法門於我滅後傳示末世普令衆生覺了斯義無令見魔自作深孽保綏哀救銷息邪緣令其身心入佛知見從始成就不遭岐路疏深勸後世令了識陰未盡有此十境發相知而覺察見魔自息迷而取著必落偏邪入佛知見證眞位也從始初修也成就果滿也不遭岐路中間更無委曲相

也即前十類耳〇解言見魔者見以違理爲名前八違眞中二理起界內邪見後二違中道理起界外邪見以二乘智即無明故又前八中七純是二見具見愛以留塵勞生勝解故問前受陰盡已超見濁何至行識二陰又發諸見耶答前約斷位得意生身者言之今在伏位於二陰區宇中發也此五陰文若迷斷伏之義雖有妙辯其何以銷之

三顯佛所乘

如是法門先過去世恒沙劫中微塵如來乘此心開得無上道疏無有一佛不破五陰而得菩提皆能覺了故免岐路〇標乘此法門一門超出妙莊嚴路前云過去諸如來斯門已成就〇解如是法門且指識陰禪那見相過去諸佛無不覺了入佛知見故曰乘此心開

四陰盡功用

識陰若盡則汝現前諸根互用從互用中能入菩薩金剛乾慧疏現前根互用者即前第三漸次證無生忍也前文已見從互用中入乾慧者即此互用便是已入乾慧地也互用即是自在位故如前文云返流全一六用不行乃至一切如來密圓淨妙皆現其中此人則獲法忍從是漸修隨所發行安立聖位是則名爲第三增進修行漸次斯則始從乾慧終至等覺俱不離此第三漸次而建立也今約從總入別故云從互用中入也言金者以此行人從始至終皆由修習金剛三昧而得成就故前文云是種種地皆以金剛觀察如幻十種深喻奢摩他中用諸如來毗婆舍那清淨修證漸次深入或可此約利根之者到乾慧地精心發化遂超因位直入妙覺故得別受金剛之號若鈍根者隨所發行歷諸位故不得受金剛之名但稱乾慧耳若將此位立在等覺後心其如前文何文云如來逆流如是菩薩順行而至覺際入交名爲等覺豈可於入交後更立乾慧地耶古人迷此於等覺後更立金剛乾慧一位圓誠誤後學理例俱無不敢聞命

四後結勸

圓明精心於中發化如淨瑠璃內含寶月解孤山曰諸根互用即圓教相似七信界內思惑已盡也能入金剛乾慧者從相似位超入等覺後心也天台明圓教利根一生有超登十地者與此符合圓明下示後心所證有法有喻有體有

用如是乃超十信十住十行十迴向四加行心菩薩所行金剛十地等覺圓明入於如來妙莊嚴海圓滿菩提歸無所得疏於乾慧心既證圓妙此之心性頓發諸行頓具諸德故云發化慧心如瑠璃因行如寶果德如月此喻一中現無量無量中現一因行果德一時具足無礙圓明故如瑠璃內含寶月超因入果由前發化因果具故乃得超也福足故名莊嚴海慧足故圓滿菩提理極故歸無所得即大涅槃常寂無得也此是圓頓下根又利者也由下品故至識陰盡方得入位由又利故於此發化乃超諸位問前受陰盡即云上歷菩薩六十聖位今識陰盡何故言超答前約上根稍鈍者說例今亦合有頓超者今約下根又利者說故得言超例前受破亦合有歷聖位者前後互現耳想行陰盡合是中根超歷之處略故不說○標得金剛如幻觀察三昧故云歸無所得○解金剛乾慧是妙覺無問道轉入解脫道即妙覺也故云入於如來等也妙莊嚴海是福究竟圓滿菩提是智究竟歸無所得是理究竟福即解脫智即般若理即法身不縱不橫三德祕藏於茲具顯遠討其因實由初心修習奢摩他三摩禪那三止之功也

一總指魔事

此是過去先佛世尊奢摩他中毗婆舍那覺明分析微細魔事疏覺明即觀慧也○標唯佛與佛乃能知之因位行人宜須先覺

二識即離邪

魔境現前汝能諳識心垢洗除不落邪見陰魔銷滅天魔摧碎大力鬼神褫魄逃逝魑魅魍魎無復出生直至菩提無諸少乏下劣增進於大涅槃心不迷悶褫撤去也鬼魄撤去而逃逝也○解奢摩他毗婆舍那者即定而慧也私謂微細魔事總括五陰所現之境也前結識陰云乘此心開今結五陰云覺明分析當知由分析故心開互現其文也大力鬼神等別指想陰中年老成魔之類褫驚也

三別顯呪能

若諸末世愚鈍衆生未識禪那不

四勸令欽奉

知說法樂修三昧汝恐同邪一心勸令持我佛頂陀羅尼咒若未能誦寫於禪堂或帶身上一切諸魔所不能動疏不別修習次第故云未識禪那未學智慧方便故云不知說法定慧不習而樂安禪魔境現前執分邪正當勸持呪安其正解防其邪處即不墮魔

汝當恭欽十方如來究竟修進最後垂範是諸如來究竟了義之說又是出世最後時說故云最後垂範也○標初阿難示遭魔嬈溺在愛見之坑佛勅文殊將呪往護提獎見佛恨無始來一向多聞未全道力殷勤啓請十方如來得成菩提妙奢摩他三摩禪那最初方便此阿難遶請也向下如來一一別答云有三摩提名大佛頂云云即許說成道妙行也七處徵心破執破疑八還四義也三因不生即信解眞正爲最初方便洎復請多聞無功如天王賜與華屋至圓通思修入三摩地生滅旣滅寂滅現前獲二種殊勝此顯行證爲最初方便及手將罷法座無問自說五十種魔事蓋修止觀之人破五陰時激動無始界中無明煩惱種子每一陰有十種若不先覺認邪爲正即墮地獄故佛大悲令行人辯識不遭邪魔故佛囑付阿難汝當恭欽此五陰中遠離魔境是十方如來修行究竟修進最後垂範者也○解夫返妄旋眞非行不克行之大略唯信法焉從聞法而入者曰信行從思惟而入者曰法行然其二行必假相資今云未識禪那即法行者未識五陰禪那而境也不知說法謂不知以信行而資法行也由是之故名爲愚鈍若於三昧好樂修習佛處斯人爲魔所惱故囑阿難勸持神呪也嘻出學大乘者孰不自謂得眞三昧以信法二行審之空空如也或讀此經安有自省愚純誦寫其呪而防諸魔事乎然則大明不能破長夜之昏慈母不能救亡子之苦悲夫孤山曰夏滿說經前春示滅滅在不久故云最後垂範

首楞嚴經義海卷第二十九

音釋

倏式竹切忽也　紐女久切　霰思見切　媛于眷切美女也　孽魚桀切怪孽也　褫丈爾切奪也

首楞嚴經義海卷第三十 經十之三

凡遇圓相即是標辭與疏同其上文

後阿難因聞請益二　初阿難問三　初欽奉許聞

阿難即從座起聞佛示誨頂禮欽奉憶持無失 標此結集者序致之辭

次正伸三問

於大衆中重復白佛如佛所言五陰相中五種虛妄爲本想心我等平常未蒙如來微細開示 疏問妄想也未聞五陰總是妄想而名有殊有本云微妙開示 又此五陰爲併銷除爲次第盡 問除斷頓漸也併即頓也 如是五重詣何爲界 問邊際也界分也

後祈爲開示

惟願如來發宣大慈爲此大衆清明心目以爲末世一切衆生作將來眼 眼目左右之言皆喻心也心明照了如目之見

後如來答二　初正答所問三

佛告阿難精眞妙明本覺圓淨非留死生及諸塵垢 精眞法身也妙明般若也圓淨解脫也三德圓融唯一本覺死生苦道也塵垢業煩惱也斯則妙性圓明離諸名相耳

初答妄想三　初總明二　初顯眞覺圓淨

乃至虛空皆因妄想之所生起斯元本覺妙明精眞妄以發生諸器世間如演若多迷頭認影 不更具敘色之與心三種相續故云乃至虛空無爲尚是妄生豈況有爲一切諸法狂凝故有故如認影○標一迷眞心認物爲已○解私謂精眞中道也妙明寂照也寂故即假照故即空三諦融通元無塵垢總名本覺圓淨此單論眞性也乃至下單論妄想生起諸法斯元下合明眞妄發生世間所以爾者無前單論則不知離義無後合明則不知即義 迷頭認影事匪係然

後明妄想發興三　初順敘妄起

次反破妄因三　初示無因

妄元無因於妄想中立因緣性 疏既稱爲妄云何有因若有所因不名爲妄故云無因自諸妄想展轉相因交妄發生遞相爲種故云於妄想中立因緣性

迷因緣者稱爲自然彼虛空性猶

次破妄執

實幻生因緣自然皆是衆生妄心說有因緣猶是妄執更認自然迷中倍者故云衆生妄心計度計度○標彼虛空幻生者前云當知虛空生汝心內猶如片雲點太清裏況諸世界在虛空耶○解立因緣性謂自他共性并下自然則四性備矣彼虛空性此指體性之性既由迷妄有虛空依空立世界空猶幻有世界可知故法華云知法常無性者是也衆生於無性中惑爲因緣及自然性皆是妄心分別計度

後總結斥

阿難知妄所起說妄因緣若妄元無說妄因緣元無所有何況不知推自然者若知妄起許說因緣妄元無生誰說因緣因緣妄

後結成虛妄

尚是妄中建立而況不知是妄推爲自然耶○標起信云衆生以不知真如法一故不覺動念現六塵境即是五陰妄想也○解據理合云不知妄所起說妄因緣反顯知妄則不說也故前文云既稱爲妄云何有因今言知妄而說因緣者縱而言之即以諸妄爲後妄之因也如前文云自諸妄想展轉相因若妄元無下奪而言之因緣尚無自然安在以勝況劣用遣執情耳

次別顯五

是故如來與汝發明五陰本因同是妄想疏五陰之因元妄所結此即於妄想中立因緣性也此因緣性妄中權立欲令了法元無所有是故同名一妄想耳○標但一虛妄更無由緒○解此結前所談亦生後所答

一色

汝體先因父母想生汝心非想則不能來想中傳命疏正指是想也攬父母遺體而合成此身遺體即是想愛流出故云父母想生汝之託陰亦是想愛而來以想遺體爲勝境故識即趣彼結成胎臟故云汝心非想不來傳命斯則二處妄想和合結成此體也○標前文云同業相纏合離成化見明色發明見想成異見成憎同想成愛流愛爲種納想爲胎交遘發生吸引同業故有因緣耳

如我先言心想酢味口中涎生心想登高足心酸起懸崖不有酢物未來汝體必非虛妄通倫口水如何因談酢出疏引

前釋成也即引破想陰文懸崖酢物俱不到身由汝所思便能生汝口足酸水若非妄想同類孰有水等生焉通倫猶同類也是故

當知汝現色身名為堅固第一妄想

結歸立名也以此驗之如何非想是故應知妄想凝結即成色陰故云堅固○標前文云譬如有人以清淨目觀晴明空唯一晴虛迴無所有其人無故不動目睛瞪以發勞則於虛空別有狂華復有一切狂亂非相色陰當知亦復如是○解汝體遺體也想謂欲想子在中陰時若無欲想則不能來父母欲想中受胎如我下引前破想陰喻顯此妄想

二受

即此所說臨高想心能令汝形真受酸澁由因受生能動色體汝今現前順益違損二現驅馳名為虛明第二妄想

疏前四句躡前色陰動身之想即明受陰是妄想也由因下正顯也因想梅等便有受領若非領納焉得水生此受亦是妄想轉變妄生領納也二驅馳者領此違順生苦樂法遂成損益為彼所使照境而領虛通無礙故曰虛明○標前文云譬如有人談說酢梅口中水出思蹋懸崖足心酸澁想陰當知亦復如是此喻在後耳○解由因受生者因想故受生也能動色體即形受酸澁也當知色受想三陰妄想相由而起必不相離故前文云汝體先因父母想生下文云種種取像心生形取皆同懸崖酢物之想由是明之此三妄想其體麤現非如行識幽微難見所以前三中所發天魔其相亦麤後二陰中所發心見二魔其相亦細汝今現前下正示受相也順益即樂受違損即苦受合有非違非順即不苦不樂受但是文略耳

三想

由汝念慮使汝色身身非念倫汝身何因隨念所使種種取像心生形取與念相應寤即想心寐為諸夢則汝想念搖動妄情名為融通第三妄想

疏初二句標念慮即想身之驅役皆想所為也身非下釋初三句反質若非想類何以隨念種種下五句正顯凡取

前境先須想像後身隨之想若是實何須形取形若非想自不能行二既相須豈非虛妄故云與念相應寤寐雖異皆是想爲寐既成夢夢非有實應知寤想豈是實耶則汝下結是知現今想像念慮正由妄情搖動故爾馬不是妄融色質通心念變境像成夢寐故云融通妄想○標前喻想陰屬此第三今受陰喻第二妄想文云譬如有人手足宴安百骸調適忽如忘生性無違順其人無故以二手掌於空相摩於二手中妄生澁滑冷熱諸相受陰當知亦復如是○解心生形取謂心念若生形質必取想高醎起取之驗也寤寐等由想成夢以顯妄念常無間然

四行

化理不住運運密移甲長髮生氣銷容皺日夜相代曾無覺悟疏顯行相也初二句標行陰遷流微細難覺故云不住密移也甲長下釋前二句釋不住後一句顯密移阿難此若非汝云何體遷如必是真汝何無覺標非汝又不可是汝又無憑則汝諸行念念不停名爲幽隱第四妄想疏示虛妄也真猶實也行陰若非汝身又若實是汝何得相代不停又若實是汝身何不知覺生滅非汝不可是汝無憑故知虛妄則汝下結想名密移難覺故云幽隱○標前文云譬如瀑流波浪相續前際後際不相踰越行陰當知亦復如是以還流生滅義爲

五識二

初正辨其相

文汝精明湛不搖處名恒常者於身不出見聞覺知疏牒指識體也初三句牒計也行人所認微細明了離生滅湛然不動目爲常住者即識陰也於身下指體也識陰豈越見聞覺知此約用指也○標知見立知即無明本若實精真不容習妄何因汝等曾於昔年覩一奇物經歷年歲憶忘俱無於後忽然覆覩前異記憶宛然曾不遺失則此精了湛不搖中念念受熏有何籌筭疏正顯虛妄也初二句反標若此湛明是真實性不合容受虛妄習氣習氣即種子也何

因下九句順釋憶忘俱無者初若有憶則有忘時元既無憶故不說忘覆覩者再見也再見既無所遺此則容受妄習故知虛妄非眞甚明則此下結示也受薰持種發起現行流注生滅不可計矣○標知見無見斯則涅槃無漏眞淨云何是中更容他物○解名恒常者諸解並謂識已離行無生滅故也今觀此中五陰次第應通二義一者如向觀行中次第所顯二者秖就阿難等現前而示若然則精明不搖亦未必已離行陰也眞際曰此陰通收八識用動體常見聞精明同一識陰私謂節公意以見聞爲用則動精明爲體則常而不知令文即以見聞爲精明動用爲常體何則識無所存偏在諸根根對境時雖涉於用用在無記未起善惡若指此無記名爲精明湛不搖處若

後重顯微細

約分齊明之五識五意識并第六心王皆是其處也佛恐衆生計此爲常故寄阿難先且定云名恒常者若實精眞不容習妄此破其常也精謂精明眞即恒常何因下示妄習相念念受薰者以昔覩奇物納種在識若不受薰覆覩前異必無記憶之相既不忘失則知中間常爲無明念念薰習薰習即妄何精眞之有乎

阿難當知此湛非眞如急流水望如恬靜流急不見非是無流若非想元寧受妄習非汝六根互用合開此之妄想無時得滅疏正顯微細也識陰離行故名爲湛不是常住故云非眞喻急流者凡夫二乘全不覺知十地已前雖覺未盡故云流急不見若非想元等者顯此正是妄想根本以第八識爲界趣生之本也非汝下四句明難斷互用合開者奇根明發故云互用開令無隔合爲一體也如前文云返流全一六用不行開即是合故無二別若非證眞此難滅矣○標微細生住異滅流注不息妙覺方盡故汝現在見聞覺知中串習幾則湛了內罔象虛無第五顛倒細微精想疏因細得名也此是諸識之中串習機要亦名精明湛不搖處故云湛了即本識也有而若無故云罔象罔無也象似也非有形質故日虛無望前行陰最爲其細再三示云細微精也○標前四謂之妄想此識陰名之精想蓋是識精元

明能生諸緣緣所遺者由諸有情遺此本明雖終日行而不自覺枉入諸趣前文云譬如有人取頻伽缾塞其兩孔滿中擎空千里遠行用餉他國識陰當知亦復如是○解六根互用等始破見思故妄想得滅即麤垢先落也問上文受薰約無明說今妄想滅何止見思耶答無明所薰亦見思種子故前指見物有憶有忘正是麤相合種現雖盡而根本猶存非謂六根得眞互用盡問此楞嚴體無不圓宗無不極至於破陰力用何短乎答非是力用不協體宗由辯魔中五十重境皆從分段五陰妄想中現今齊此論滅故且至六根互用若如前文反流全一六用不行即破根本無明有異此中顚倒妄想也往人未曉所說雷同叏請後賢精究斯義

後總結

阿難是五受陰五妄想成疏此五即是衆生所受報法故通名受亦曰五取蘊衆生取此爲自體故○標前阿難問云如佛所言五陰相中五種虛妄爲本想心我等平常未蒙如來微細開示故也若總明五陰本因同一妄想爲別顯成色受想行識五受陰妄想耳

次答邊際

汝今欲知因界淺深疏答詣何爲界也界即因義亦是分義因依界分際限別故故云因界唯色與空是色邊際色謂形色空謂顯色俱色蘊攝妄色妄空互形互顯故略舉色空攝一切盡○標前文云汝見虛空徧十方界空見不分有空無體有見無覺是色邊際○解孤山曰四大圍空而成色質唯觸及離是受邊際疏觸有違順即成苦樂二受離無違順但捨受也○標前文云汝身現摶四大爲體見聞覺知壅令留礙水火風土旋令覺知是受邊際○解資中曰觸有苦樂離即成捨俱名爲受唯記與忘是想邊際疏記憶忘失取像攀緣俱爲想陰之分齊耳○標前文云又汝心中憶識誦習性發知見容現六塵離塵無相離覺無性是想邊際唯滅與生是行邊際疏生滅遷流刹那四相但是生滅皆行分也○標前文云又汝朝夕生滅不停知見每欲流於世間業運每常遷於國土是行邊際○解私謂三相遷流俱屬行陰略舉生滅以攝於異湛入合湛歸識邊際疏湛前行

後答頓漸

陰合歸識陰見識不動認爲眞湛齊此名爲識陰邊際以見行陰是生滅法離生滅處必是湛寂就所認處即識分齊也○標前文云汝等見聞元無異性衆塵隔越無狀異生性中相知用中相背同異失準是識邊際○解湛生滅之際入精明之處方名合湛合同也以行相異而識體同故

此五陰元重疊生起生因識有滅從色除

疏答前爲頓銷除爲次第盡也生起則從細至麤從內感外一切諸法唯識變故故云生因識有除斷則先麤後細從外向內如浣衣磨鏡麤垢先落然生起時實非前後一念頓變以約麤細作此說耳圓頓觀法斷亦非次功行成時自然爾也○解孤山曰約生則由內造外從細至麤如著衣也故迷理則由外至內從麤至細如脫衣也故悟理色盡乃至識盡

理則頓悟乘悟併銷事非頓除因次第盡

疏前約生起除斷道理合然若定作此解焉知虛妄故須先理後事頓悟漸除方了修證之義耳理則頓悟者若約證悟圓理即一斷一切斷無前後也如前文云一根既返源六根成解脫塵垢應念銷成圓明淨妙解悟亦然圓覺云知幻即離離幻即覺亦無漸次以一切法皆從心起妄念而生念即無念一切頓盡由眞性中本無妄故故云乘悟併銷事非頓除因次第盡者五陰妄法名之曰事陰既麤細不同法爾麤者先去解行雖頓斷自有序曰出孩生皆喻此也

○解私謂此文總略不易甄明且約二義釋其大節一者以此四句俱就觀行位伏義釋之謂依理頓悟乘悟修觀用觀併銷而其五陰任運麤者先除細者後盡故曰事非頓除因次第盡前文所明五陰區宇次第而顯者即其義也二者以上二句約相似位說下二句約觀行位說觀行可見相似位者從入初信似證三諦名理則頓悟圓破五陰名乘悟併銷但此併銷有盡未盡盡在七信未在已前上文所明五陰若盡能超五濁者即其義也問孤山云色盡在觀行位受盡在初二兩信想盡在三四行盡在五六識盡入七信已去今何以總判五陰盡在七信將非好辯矯異先說乎答非好辯也誠有以也一按文二詳義且按文者前色陰盡見諸佛心如明鏡中顯現其像

受陰盡得意生身隨往無礙想陰盡虛受照應了罔陳習行陰盡於涅槃天將大明悟識陰盡即得現前諸根互用凡此五者豈非皆是六根清淨之明文乎二說義者如前說色陰妄想云汝體先因父母想生汝心非想則不能來想中傳命以此觀之色由想生色陰若云想陰必盡想陰若盡既無陳習豈非已斷思惟煩惱耶況想陰之前受陰盡時得意生身若不斷思出分段死安得意生乎受盡尚爾想行識盡不亦例然又則色陰盡者能超劫濁前明劫濁從見虛空徧十方界即名為濁是則劫濁盡時不應見空空見若除受等四陰復何所在故知五濁超必同時不可以常塗所談較其倫次也圓師所解恐非經意古云說經者傳先儒之言非從已出不得相讓讓之則其道不明余忝傳先佛之言果有以也亦何敢讓哉

我已示汝劫波巾結何所不明再此詢問

疏此引前說結責未解也如前文云巾體是同因結有異又云畢竟同中生畢竟異又云六結同體結不同時即結解時云何同除此皆理則頓悟事非頓除如何再問耶頓漸悟修如圓覺疏○解所指光說亦有頓漸二義巾體是一以揄真性悟則成頓也巾結有異以喻妄想除則成漸也原夫天巾由次第而結亦次第而解所譬六根及以五陰生之與滅一往相類再研有殊何者以六根義橫五陰義豎故直如六根迷真起妄因妄成根必無先眼次耳等異至於反妄歸貞亦無從麤至細之理豈非橫義耶前以結解次第為喻者但取六根差別及選擇圓通謂之次第也今明五陰亦迷真起妄因妄成陰既云生因識有滅從色除豈非豎義耶若以結解喻之則兩番次第宛有倫緒當知前文舉喻不可以喻難法此中引例不可以根難陰適時之說須曉大網又前示巾結難成次第至解縈之際一六同時蓋顯一根反源六根解脫今亦如是故相似位一陰若破五陰皆除向所以作兩義釋頓漸之文者亦順斯意也

後結勸弘宣

汝應將此妄想根元心得開通傳示將來末法之中諸修行者令識虛妄深厭自生知有涅槃不戀三界

疏如上五種妄想即是五陰根本五陰攝一切法故一切法皆

○後大文流通分二

初如來況顯經能二

初舉施福無邊二

初問多

妄想也如上文云娑婆世界并洎十方諸有漏國及諸衆生同是覺明無漏妙心見聞覺知虛妄病緣和合妄生和合妄死汝旣悟此故云心得開通亦令他解故云傳示令識若知依正自他俱一妄想即可厭患五蘊自體求趣涅槃常樂何三界之可戀乎故此獨勸弘宣自他俱益也○標令識虛妄者俾行人諳識五陰中五十種魔事同一虛妄也○解付囑流通唯行與教自辯魔來流通行也此下盡經流通教也

○阿難若復有人徧滿十方所有虛空盈滿七寶持以奉上微塵諸佛承事供養心無虛度於意云何是人以此施佛因緣得福多不疏此文校量文雖不多意巳周盡七寶財之勝也滿空多之勝也微塵諸佛福田勝也承事供養無虛度者心之勝也又虛空珍寶廣大心奉上諸佛承事供養第一心心無虛度長時心如是布施心境俱勝所獲福德其大矣哉

後答勝

後顯經益超勝二

初說著轉業顯福德門

○阿難答言虛空無盡珍寶無邊昔有衆生施佛七錢捨身猶獲轉輪王位況復現前虛空旣窮佛土充徧皆施珍寶窮劫思議尚不能及是福云何更有邊際施佛七錢獲輪王位顯福田中佛福爲勝輪王之福七寶具足千子圍繞況盡空珍寶以奉如來所施之物尚窮劫難思其所招福豈有邊際非一切智莫能知矣

○佛告阿難諸佛如來語無虛妄此告語不虛令深信佛所說眞實也標如來眞實如五語也若復有人身具四重十波羅夷瞬息即經此方他方阿鼻地獄乃至窮盡十方無間靡不經歷疏示人具極罪也波羅夷此云棄或云不可樂棄故即現無僧用不可樂即當入地獄小乘四棄大乘十重具犯此罪受報無窮故歷十方靡不皆至阿鼻五無間獄○標大乘十棄於殺盜婬妄外更加五酤酒六說在家出家人過

七自讚毀他八慳吝九瞋恚十自謗三寶不信因果能以一念將此法門於末劫中開示末學蹝顯弘經時少也一念心之邊際也夫弘經者時必長久豈有一念而宣說者今顯弘經力大故舉至少以顯殊勝是人罪障應念銷滅變其所受地獄苦因成安樂國滅罪勝也重罪之人一念弘經其力能翻極重苦報成極樂報得福超越前之施人百倍千倍千萬億倍如是乃至算數譬喻所不能及得福勝也前之施福已自難量今此復超千萬億倍喻所不及何奇之若此乎問極重罪人極少時分為人讀說未足可稱何以滅業得福如此殊勝耶答此有多義故獲勝報一所弘之經是佛極談教理行果皆不思議故謂顯如來藏心法法皆是有情無情有性無性齊成佛道此理不思議也佛頂心呪因人果人皆依此法滅惡生善入理化他防邪護正進行彌速能成菩提此教不思議也圓通行門二十五聖觀音為最此行不思議也六十聖位第三漸次便證無生復說乾慧能超因位直入果海此果不思議也二末世多障能於此時弘此極談信解真正實希有故三施福唯得生死之報仍但自利弘經法利能至無漏能令聞者信解無謬展轉利樂無窮盡故由是一念雖少其利博哉是故能勝前寶施福

後持者得果顯智慧門

阿難若有衆生能誦此經能持此呪如我廣說窮劫不盡依我教言如教行道直成菩提無復魔業廣說不盡者即前文云若我說是佛頂光聚悉怛多呪從旦至暮音聲相連字句中間亦不重疊經河沙劫終不能盡此顯經義及持者功德皆不可量也依我下以能得最極之果能離內外魔事用勸如說而行也斯則弘持經者所得所離唯佛與佛乃能知之○解私謂前利他得福此自利成道或以此義釋成上文謂開示未學得福斯勝者良由衆生於教誦持乃至成道所益大故

佛說此經已比丘比丘尼標出家二衆優婆塞優婆夷在家行淨行二衆一切世

間天人阿脩羅及諸他方菩薩二乘聖仙童子幷初發心大力鬼神皆大歡喜作禮而去疏二十五聖及妙吉祥雖各有說功歸於佛總名佛說三種世間故云一切器界所住境也菩薩二乘智正覺攝餘皆有情世間聖仙童子此仙衆之一也經中有後大衆欽聞禮退此眞言大歡喜者近得世間歡喜遠得出世初地由三義故歡喜一能說人清淨二所說法清淨三所得果清淨由斯義故皆大歡喜〇解初發心者圓教外凡或內凡也皆大歡喜通該凡聖孤山曰旣聞談常扶律即偏解圓同服醍醐咸霑妙益故大歡喜〇疏絶筆頌曰以此少分贊經力施他疏演無窮盡所獲利樂悉迴向菩提實際衆生界

首楞嚴經

唐廣州制止寺極量傳即譯經祖師也出大宋高僧傳

釋極量中印度人也梵名般剌蜜諦唐言極量懷道觀方隨緣濟物展轉游化漸達支那印度俗呼廣府爲支那名帝京爲摩訶支那也乃於廣州制止道場駐錫衆知博達祈請頗多量以利樂爲心因敷祕賾神龍元年乙巳五月二十三日於灌頂部中誦出一品名大佛頂如來密因修證了義諸菩薩萬行首楞嚴經譯成一部十卷烏萇國沙門彌伽釋迦釋迦稍訛正云鑠佉此翻日雲峯譯語菩薩戒弟子前正議大夫同中書門下平章事清河房融筆授循州羅浮山南樓寺沙門懷迪證譯量翻傳事畢會本國怒其擅出經本遣人追攝泛舶西歸後因南使入京經遂流布有唐惟慤法師資中沇公各著疏解之云

義疏跋

首楞嚴經是如來世尊最後之垂範也鞠其所指歸宿處在乎徵心辯見之兩門辯見則

恐人認妄覺所明便同吾不見處之眞見徵心則使渠離前塵影事見自巳性覺妙明之本心悟此心而山河大地咸是妙明眞心中所現物得眞見而父母生身猶彼十方虛空吹一微塵塵物直下兩亡心見自然雙泯無上寶覺圓明眞淨者蓋有在於是矣長水大法師璿公親蒙記莂以曩願力而來荷負教乘助佛轉輪妙堪遺囑住首楞嚴王三昧以金剛如幻力製撰大疏用以發揚乎吾佛無見頂法之深旨顯如來藏心明修行方便辯離魔業行示地位階差出聖教名殊辯趣生因異陳禪那現境以此七利括盡楞嚴大要其間或別列三科重論七大隨文疏決眞俗鎔融唐梵雙彰聖凡一致除疑破執會色明空宗趣了然教兼圓頓一多相即小大互陳行布圓融自在無礙俾學者披經覽疏即疏證經不遭枝岐違佛知見譬如得門而直入華屋豈不快哉蓋法師甞持經中清淨本然云何忽生山河大地一則語以問瑯琊廣照覺禪師覺依其言抗聲而答之遂領旨於言下載之禪書也是故悲願宏廣悟解詳明學海瀾翻辯詞鋒利所造大疏專於顯明佛意不事文言簡要不繁直截徑正明白顯露開人心眸是爲後世典刑所以前作盡廢後來雖有作者亦無過此但是於中採摭要義纂集別行政清涼所謂此等皆是支流或名流類蓋從大部中支出流派者也且夫大疏與楞嚴大經並行流通蕃衍於無窮者獨一長水耳佛不云乎四人出世爲四依菩薩非法師其誰歟咸輝夙福何厚獲此寶書敬寫雄

文以備修習庶幾憑仗法流洗滌無始微細沈惑普與法界衆生以此爲因地資糧期證如來七常住果積功累德而成無上寶王云

標指跋

首楞嚴標指要義之作始自皇宋熈寧間大禪師也禪師諱曉月字公晦得法於滁之瑯瑯廣照覺公住洪之泐潭寶峯精舍晚年謝院事引退于盧仙山之道濟庵庵居閑暇日與其徒論楞嚴旨訣就依長水璿師義疏科目掇其簡要之義于科文之下名其題曰標指要義急欲使世學佛之徒臨文得旨昭然如指諸掌也是時有開士曰應乾者密授智證于東林照覺從師游久即録而藏諸後出世開法繼踵前席乃出其文遺夫禪林中當世得之如居貧獲至寶似執熱濯清風競爲鏤板傳于江湖間故已久矣而兵革之後存其正文者蓋尠焉余數年求其文而不能得設得一二者亦殘卷廢軸也紹興乙丑始獲其全帙乃率同志書之庶得洗心易慮於其間終愧未指待别爲書也聊以弊文紀其歲月云云今既編入義海果符前言因以二文併附卷末識者毋致誚焉

義海絶筆偈

如來本爲大因緣　開悟群生佛知見
故使阿難助發機　示無眞定求方便
妙奢摩他爲初首　妙莊嚴路世希有
金剛如幻三昧門　衆經無有出其右
世尊頂相無能見　任待千頭并百面
無邊身者盡其機　到了不容通一線
三世諸佛同此門　戒定慧學無不圓

道場加行成聖位　破魔說法天人尊
偉哉此經何宗趣　凡聖平等無二路
勝淨明心觸處周　清淨本然法如故
吾不見處情難到　湛入合湛皆有過
三科七大盡破除　失脚蹋翻古皇道
此經大底符於律　四決定義烏可忽
吁嗟正性不能剗　古今那有魔成佛
五天譯罷來唐土　出自神僧并大士
潤文筆授遇其人　又得長水撰義疏
後來註釋非一家　義辭婉美猶貫華
雖然疏義兩並行　各隨部帙成等差
我今總已集其解　俾衆法流歸義海
浸潤法界無邊空　普使群靈同正解

首楞嚴經義海卷第三十

昔隋智者大師聞西竺國有性宗楞嚴晝夜西向作禮願早至此土與諸衆生開佛知見然竟不及見遂宗法華作止觀止觀即此經中妙奢摩他毗婆舍那一義耳竊惟此經旨趣淵賾深奧微妙實不可得而心思言議之在明悟而已矣故云此法亦緣非得法性又云如何以所知心測度如來無上菩提是皆離於見聞覺知絶乎修證行解逮將文殊稟命料揀圓通則曰此方真教體清淨在音聞信知此法還假聞思修三慧相須而作庶幾盡證反聞自聞之道善哉微塵諸佛涅槃妙門蓋有在於是矣經傳震旦自唐神龍洎宋乾道將五百年其弘揚詮解者無出乎此義海中諸聖師焉但就中有師承不同者以事

相觀之似乎互有得失以理性質之正是相與辯明華嚴文殊問明涅槃純陀答難皆此意也閱教之士當究六解一亡之義不可存結此結若存便見是非鋒起余乃宗徒而於此二初無適莫但欲發揚聖教而已故綜而收之輙於二十五圓通位各附之以贊辭仍以三頌釋其疑難總三十萬言分為三十卷手自書寫募緣入版流通恭請姑蘇神照講師校證其文於中諸師提撕未到處神照亦著語彰明之凡數段焉謂姑蘇曰者是也其他異說紛紜不能備載之耳若夫無見頂法妙蓮華王萬行因華密因了義縱以身為舌亦烏能言其萬萬之一耶儻能隨順章句得義遺言一念發真歸元見性覺妙明本覺明妙勝淨明心本周法界則五陰六入根塵陰處一切浮塵十方虛空當處出生隨處滅盡方知吾佛本不曾說諸師亦不曾詮余所集者亦復妄焉乾道丁亥夏至前一日福城靈鳳蘭若遺教比丘咸輝謹書

後序

清淨海眼照映千門妙蓮華王開敷萬行銷慶喜之愛習獲本妙心蕩滿慈之疑情合如來藏星羅衆義月滿一乘首楞嚴經者乃大覺能仁最後垂範示三觀妙門入如來性海謂妙奢摩他三摩禪那也然與諸教或名同而義異或名異而義同圓覺三觀靜幻寂者名同義異涅槃三相定慧捨者名異義同今經正顯心見性也至於二十五聖皆於此三單複圓修而已達磨西來直指人心見性成佛亦由是而已矣至乎玄沙地藏清涼法眼

瑯琊廣照皆得斯經深妙之旨而大振宗風是則禪教同歸定慧齊運者其惟此經焉大唐京都慤法師精鍊十載夢感文殊乘後覩入其口首解此經目爲玄贊文理幽賾盛行西北巨宋長水法師因見瑯琊廣照禪師問曰清淨本然云何忽生山河大地瑯琊抗聲云清淨本然云何忽生山河大地長水於言下大悟遂依賢首國師五教馬鳴起信五重而釋通之教徹終頓圓融法窮一心玄極而華嚴圓覺楞嚴起信一眞法界常住眞心一以貫之者也泐潭月禪師徧叅知識亦見瑯琊妙悟心宗觀長水義疏文廣乃略其要義名曰標指淨覺法師徧觀諸疏或筆或削目爲集解私有助釋之文符會宗教焉今福唐禪人輝公書記自幼獲斯經翫味欣躍久歷諸方窮究妙旨因觀衆解乃精金美玉共贊大猷集成義海三十卷會衆流而同歸大海耳使展卷明旨大義璨然深達一門超出妙莊嚴路妙契圓滿菩提歸無所得大矣哉不可得而思議也智彬嘉其運心廣大因爲校證其文而求後序自愧荒蕪聊爾隨喜時乾道三祀孟冬旣望平江府前住松江華嚴教院傳賢首祖教神照大師智彬於重玄古刹書偈一首

輝書記編集楞嚴諸家註解目曰義海住毗陵華藏比丘智先爲說此偈

衆生發妄遺本明　見聞不超聲色界
如來慈愍爲宣揚　七處徵求無影迹
乃知心目爲過咎　見與見緣如空華
忽然狂歇獲本頭　此頭亦非從外得
而斯清淨海眼經　流布眞丹五百載

中間作者互發明　得驪一毛龍片甲
道人刻意爲綸貫　令他末學見大全
集衆狐白以爲裘　導引百川而歸海
我今隨喜説伽陀　普勸諸檀續慧命
要令佛頂再光明　長作未來大圓鏡

首楞嚴經義海卷第三十

音釋

摶度官切聚也　諳烏甘切諳練也　賾鋤陌切深也　萇直良切　舶傍陌切大船也　沇余準切　莂并列切記莂謂授將來成佛之記劫國名號之莂也　摭之石切拾也　纂作管切編集也　滁直魚切郡名　泐盧則切泐潭寺名　掇都活切拾取也　鏤落候切刻鏤也　綜子宋切總括也

傳法正宗記

宋藤州東山沙門 釋 契嵩編修

清刻龍藏佛說法變相圖

傳法正宗記

上皇帝書

十二月日杭州靈隱永安蘭若傳法沙門賜紫臣僧契嵩謹昧死上書皇帝陛下臣聞事天者必因於山事地者必因於澤然其所因高深則其所事者易至也若陛下之崇高深明則與夫山澤相萬矣適人有從事其道者舍陛下而不即求之雖其渠渠終身絕世烏能得其志耶抑又聞佛經曰我法悉已付囑乎國王大臣者此正謂佛教損益弛張在陛下之明聖矣如此則佛之徒以其法欲有所云爲豈宜不賴陛下而自棄于草莽乎臣忝佛之徒實欲扶持其法今者起巖穴不遠千里抱其書而趨闕下願幸陛下大賜以成就其志也臣嘗謂能仁氏之垂教必以禪爲其

宗而佛爲其祖祖者乃其教之大範宗者乃其教之大統大統不明則天下學佛者不得一其所詣大範不正則不得質其所證夫古今二學輩競以其所學相勝者蓋宗不明祖不正而爲其患矣然非其祖宗素不明不正也特後世爲書者之悮傳耳又後世之學佛者不能盡考經論而校正之乃有束教者不信佛之微旨在乎言外語禪者不諒佛之能詮遺乎教内始草書即云佛之所詮槩見乎教内及寫奏時迺改曰佛之能詮遺乎教内意謂佛之善巧詮發此法之語存乎教部之内先爲學徒以始草者傳出遂與奏本有異然此二説其義皆可用他本或云所詮槩見乎教内者蓋兩出之也雖一圓顱方服之屬而紛然自相是非如此者古今何嘗稍息臣不自知量平生竊欲推一其宗祖與天下學佛輩息諍釋疑使百世而知其學有所統也山中嘗力探大藏或經或傳校驗其所謂禪宗者推正其所謂佛祖者其所見之書果謬雖古書必斥之其所見之書果詳雖古書必取之又其所出佛祖年世事迹之差訛者若傳燈録之類皆以衆家傳記與累代長曆校之修之編成其書垂十餘萬言命曰傳法正宗記其排布狀畫佛祖相承之像則曰傳法正宗定祖圖其推會祖宗之本末者則曰傳法正宗論總十有二卷又以吴縑繪畫其所謂定祖圖者一面在臣愚淺自謂吾佛垂教僅二千年其教被中國殆乎千歲禪宗傳于諸夏僅五百年而乃宗乃祖其事迹本末於此稍詳可傳以補先聖教法萬分之一耳適當陛下以至道慈德治天下天地萬物和平安裕而佛老之教得以毗贊大化陛下又垂神禪悦彌入其道妙雖古

之帝王百代未有如陛下窮理盡性之如此也是亦佛氏之徒際會遭遇陛下萬世之一時也臣所以拳拳懇懇不避其僭越冒犯之誅輙以其書與圖偕上進欲幸陛下垂于大藏與經律皆傳臣螻蟻之生已及遲暮於世固無所待其區區但欲教法不微不昧而流播無窮人得資之而務道爲善臣雖死之日猶生之年也非敢僥倖欲忝陛下雨露之渥澤耳其所證據明文皆出乎大經大論最詳於所謂傳法正宗論與其定祖圖者儻陛下天地垂察使其得與大賜頒如景德傳燈録玉英集例詔降傳法院編録入藏即臣死生之大幸耳抑亦天下教門之大幸也如陛下睿斷允臣所請乞以其書十有二卷者特降中書施行其傳法正宗記與其定祖圖兼臣舊著輔教編印本者一部三冊其書亦推會二教聖人之道同乎善世利人矣謹隨書上進干瀆冕旒臣不任激切屏營之至誠惶誠恐謹言

知開封府王侍讀所奏劄子

臣今有杭州靈隱寺僧契嵩經臣陳狀稱禪門傳法祖宗未甚分明教門淺學各執傳記古今多有諍競因討論大藏經論備得禪門祖宗所出本末因刪繁撮要撰成傳法正宗記一十二卷幷畫祖圖一面以正傳記謬誤兼舊著輔教編印本一部三冊上陛下書一封並不干求恩澤乞臣繳進臣於釋教粗曾留心觀其筆削著述固非臆說頗亦精微陛下萬機之暇深得法樂願賜聖覽如有可採乞降付中書看詳特與編入大藏目録取進

止

中書劄子許收入大藏

權知開封府王素奏杭州靈隱寺僧契嵩撰成傳法正宗記并畫圖乞編入大藏目録取

進止

輔教編三册（此是中書重批者蓋降劄子後數日又奉聖旨更與輔教總入藏批此）

右奉聖旨正宗記一十二卷宜令傳法院於藏經内收附劄付傳法院準此

嘉祐七年三月十七日（宰相押字）

中書劄子不許辭讓師號

杭州靈隱永安蘭若賜紫沙門契嵩狀今月二十二日伏蒙頒賜明教大師號勑牒一道伏念契嵩比以本教宗祖不明法道衰微不自度量輙著傳法正宗記輔教編等上進乞

賜編入大藏惟欲扶持其教法今沐聖朝特有此旌賜不唯非其素望亦乃道德虛薄實不勝任不敢當受其黄牒一道隨狀繳納申

聞事

右劄付左街僧録司告示不許更辭讓

準此

嘉祐七年四月五日（宰相押字）

契嵩嘉祐之辛丑歲十二月六日以此正宗記輔教編進明年三月十七日先皇帝

賜入大藏使與經律偕傳蓋留于政府七十一日丞相諸鉅公躬屈詳閱佛教光賁雖振古未有如此者也契嵩佛子輩豈不榮且幸宜何以報其大賜還吴之三年吴郡人有曰曹仲言弟玘仲彛者樂聞其勝事乃募工于其州之萬壽禪院施財鏤板

仰賛國家之鴻休也傳法覺初守堅知一
詳僧善慧宗遇較治平改元甲辰四月十
一日題

廣右藤之釋契嵩字仲靈少習儒業遊方入吳著書于錢塘之西湖嘉祐間以所業傳法正宗記定祖圖輔教編詣闕以文贄見韓魏王歐陽文忠公王冀公當時群巨公極可許之復表進仁宗皇帝御覽至爲道不爲名爲法不爲身之句嘉歎留禁中久之有旨宣賜入大藏建炎間兵火散失逮紹興庚辰秋福州太平寺正言長老因遊東山龍首澗得正宗記十二卷仍以輔教編三册增之重新校勘謂開元解空明禪師曰吾家之嵩輔教定慧操修冬夏唯一衲常坐不卧日止一食夜頂戴觀音像行道誦菩薩號十萬聲以爲常宋之高僧北斗以南一人而已雖殫竹帛不可紀其道行於是率諸禪同力刊板于福州開元寺大藏流傳利益無窮住壽山廣應禪寺嗣祖佛燈大師法珊跋教忠崇報禪寺住持嗣祖比丘道印校正

嵩明教之在釋氏扶持正宗排斥異說辟而闢之咸有援據所謂障百川而東之迴狂瀾於既倒者也諸老出力共廣此書皆湜籍輩用心也隨喜之緣有大於此者乎隆興甲申十一月既望左奉議郎前提舉福建路市舶
晋安林之奇書

傳法正宗記卷第一

宋藤州東山沙門釋契嵩編修

始祖釋迦如來表

天地更始而閻浮洲方有王者興曰大人大人者没後王因之繼作而不已古今殆不可勝數然其聖神而有異德者謂之轉輪王德不至者謂之粟散王既德有大小而其所治亦從之降殺自四天下減之至于三二至于一天下至于列國其所謂王者雖更萬億之世而釋氏一姓相襲不絶益後世有王者曰大善生大善生出懿師摩懿師摩出憂羅陀憂羅陀出瞿羅瞿羅出尼浮羅尼浮羅出師子頰師子頰出淨飯（亦曰浮飯）然此七世皆王獨懿師摩淨飯號爲聖王如來即出於淨飯聖王者也生於中天竺國釋迦其姓也牟尼尊稱也始如來以往世會然燈佛於蓮華大城因布髮席其所履以至敬然燈遂受之記曰汝後成佛如我其號釋迦牟尼後之更劫無數聖人皆積修勝德逮迦葉佛世廼以菩薩成道上生於覩史陀天應其補處號護明大士說法天上以度天衆及其應運適至廼會天人議所下生衆未有所定大士乃自以迦毗羅國處閻浮提之中白淨飯王者其家世世帝王聖德之至眞轉輪族宜因之以生於是示天衰相將欲下化然天衆皆泣願更留之大士乃爲說往生成佛之意以釋其攀緣大士即捐天壽示乘白象從日中降神于其母右脇淨飯之后摩耶氏是夕遽白王曰今我潔身請奉八關齋法王從之尋夢大士以所乘入其右脇而止諸天慕爲其屬同時生

於人間者無限其始在孕則毋體大寧自得禪樂及其將生摩耶乃意往園苑如宮監者即嚴寶輦王復廣詔侍衛以從之至園之無憂樹下其花方妍后欲取之舉手而聖子乃自其右脇而誕神龍即澍水以澡之地發金蓮以承之聖子乃四方各蹈七步以手上下指之曰四維上下唯我最尊如内謁者以喜入奏王聞以其無數貴屬偕至視之乃不勝大慶是時也天神地祇皆見而視之曰願大士速成正覺王尋持之與謁天廟天像起爲之致禮還宮大集賢者爲其名之衆乃上號曰薩婆悉達及募相者而仙人阿私陀應召方見聖子遽禮其足而泣曰此三界之至尊也年至十九當爲轉輪王不爾則出家成佛度人無量恨吾老矣不能見之王以仙人之言憂之益謹寶守稍長當命師傳教以世書聖子乃以其法問之而師皆不能對至於世所有藝天文地理射御百工之事皆不待教而能之未幾立爲太子而付之國寶然聖人已大潔清雖示同世娶而非有凡意以夙業緣乃指其妃之腹云却後六年汝當生男一旦命駕欲遊雖更出四門而皆有所遇終以其老病死與沙門者感之而出家之意愈篤既還乃以其志建白父王王以國無聖嗣乃執太子手泣之欲阻其心會淨居天人自天而至禮太子足曰大士夙務勝德出家今其時矣請宜往之太子曰如汝之言然宿衛甚嚴欲何以往天人乃以神通厭其守者皆昏睡不能覺太子遂密命御者車匿車匿控神驥揵陟來前然而馬悲御泣太子慰之明相

遽發光燭大千太子曰過去諸佛出家亦然於是諸天爲捧馬之足并接車匿自其城之北門超然陵虛而去太子復曰不斷八苦不轉法輪不成無上菩提終不還也天之衆稱善爲其誌之及至其山號旃特者初小息林間遂釋衣冠自以所佩寶劒絕其鬚髮誓曰願共一切斷此煩惱即以髮授之天帝當是淨居天化人以麤布（別本或云鹿布）僧伽梨請易太子寶衣因得法服服之益進其山之嘉處曰彌樓寶山居其阿藍伽藍其舊隱仙人見太子皆致敬讓坐與其論法及遣還車匿父王思甚必欲歸之雖諫者不聽卒詔迎之其臣屬來請者萬計雖諭勸懇至而確然益不迴其意乃留憍陳如等五人以充侍衛於此聖人乃習不用處定三年既而以其法非至捨之復進鬱頭藍處習非非想定三年（即調伏阿羅邏迦蘭二仙人處也）復以其法不至進象頭山雜外道輩爲之苦行日食麻麥居六載而外道亦化聖人乃自思之曰今此苦行非正解脫吾當受食而後成佛即沐浴於泥連河天爲之偃樹聖人援之而出受牧牛氏女所獻乳糜尋詣畢鉢樹下天帝化人擷瑞草以席其坐景雲祥風雜然交至天魔駭之帥其衆乃來作難聖人以指按地而地大震魔皆顛仆於是降之尋以二月七日之夕入正三昧八日明星出時示廓然大悟乃成等正覺是時大地震搖天地瑞事畢出而應之天者魔者人者神者交集以致敬及昇金剛座天帝師之請轉法輪先是憍陳如五人侍從於山中至此首與度之故入鹿野苑談四諦法然因是而

得道果者亦億計既而語諸比丘曰汝等皆可爲世福田宜其各往化物如來遂獨之摩竭提國其國先有奇人號優樓迦葉弟兄三人皆得仙術頗以其道自高有徒數千及如來至乃靡然從化與其徒皆得證道初瓶沙王有竹林園號爲美景王嘗心自計曰如來若先詣我我則捨此如來即知其意遂往止其園王喜聞遽大列導從不啻千萬來趨如來既見而衆或疑之如來即命迦葉爲之説法以解其惑王衆與無量天人遂得法眼乃施其園爲之精舍請如來館之居未幾會有比丘分衛於王舍城而舍利弗目揵連聞法於其人因得開悟遂與之返如來曰彼二來者當爲我上足弟子於是度之初大迦葉自去鬚髮入山習禪一旦空中有神告曰今佛出世汝盍師之以是亦趣竹林精舍既至如來起迎顧謂衆曰吾滅後而法被來世六萬歲者此人之力也是時如來成道已六載矣而與其父王未始相見王甚懷之侍臣優陀夷請往道王久别之意因請歸國陀夷既來如來慰之尋亦得道成第四果即遣還國告父王曰佛後七日乃來歸也至期王出其國四十里大羅儀仗以迎如來慶動天地王相見大喜因詔其族五百貴子從之出家及其還宮也羅睺羅禮之持聖人之衣而告之曰此正如來也用是爲毋釋其群疑然而福被無極生靈賴之家國遂大嚮其教化自是應機説法天上也人間也龍宫也他方也所至皆作大饒益然其聖神之所爲不可得而備紀其後以化期將近乃命摩訶迦葉曰吾以

清淨法眼涅槃妙心實相無相微妙正法今付於汝汝當護持并勑阿難副貳傳化無令斷絶而說偈曰

法本法無法　無法法亦法　今付無法時　法法何曾法

偈已復謂大迦葉曰吾將金縷僧伽梨衣亦付於汝汝其轉授補處慈氏佛（亦云彌勒佛）俟其出世宜謹守之大迦葉聞命禮足稱善敬奉佛勑一旦果往拘尸那城娑羅雙樹之間告其大衆欲般涅槃會長者純陀懇獻供養如來因之復大說法而後度須跋陀羅已而歷諸三昧起其座褰僧伽梨示紫金光體囑累大衆遂右脇而卧泊然大寂其時四部弟子億萬人天哀號追慕動大千界天花大雨而其地皆震及内之金棺待大迦葉而世火不能然迦葉適至其足自棺雙出慰其哀慕既而金棺自舉周尸那城却下以三昧火燔然自焚燼已而舍利光燭天地其會天者人者神者龍者皆分去塔之稽夫如來之生也當此周昭王之九年甲寅之四月八日其出家也當昭王之二十七年壬申之二月八日其成道也當昭王三十三年之戊寅其滅度也當穆王三十六年壬申之二月十五日化已凡一千一十七年以漢孝明之永平十年丁卯之歲而教被華夏嗚呼如來示同世壽凡七十九歲以正法持世方四十九年（舊譜云世尊十九出家六年雪山修行三十成道住世說法四十九年七十九歲滅度今以歲數推較若秖六年修行其成道則二十五歲若云三十則須并六年在二仙處學法方可合其元數）化度有情其不可勝數所說之法經者律者論者浩若百千大海探者隨力而淺深皆得

然其推於悠遠則極乎天地之終始指其眤近則盡乎髮膚之成壞幽則窮乎鬼神妙則通乎變化大必周於天人小不遺於昆蟲其天下禍福之端性命之本盡於是矣其爲道大至也其爲教廣被也自視鄙凡不足知之不敢讃之念有生人已來未有尊於聖人者也有聖人已來未有至於如來者也昔列禦寇謂孔子嘗語商太宰曰西方之人有聖者焉不治而不亂不言而自信不化而自行蕩蕩乎民無能名焉丘疑其爲聖弗知眞爲聖歟眞不聖歟太宰嘿然心計曰孔丘欺我哉以是驗之而列氏之言不爲誕也若如來之生與滅及其出家成道或當周昭王穆王之年然周自武王至厲王皆無年數及宣王方有之舊譜乃曰昭王九年二十七年三十三年穆王之三十六年或者頗不以爲然吾嘗辨之故考太史公三代世表視其叙曰余讀諜記黄帝以來皆有年數稽其曆譜諜終始五德之傳古文咸不同乖異夫子之弗論次其年月豈虚哉以此驗三代巳前非實無年數蓋太史公用孔子爲尚書之志故不書其年乃作世表疑則傳疑及後世學者之賢若皇甫謐輩復推而正之故爲釋氏之舊譜者因之以書此可詳也孰謂不然

評曰付法於大迦葉者其於何時必何以而明之耶曰昔涅槃會之初如來告諸比丘曰汝等不應作如是語我今所有無上正法悉已付囑摩訶迦葉是迦葉者當爲汝等作大依止此其明矣（見涅槃第二卷）然正宗者蓋聖人之密相傳受不可得必知其處與其時也以經

酌之則法華先而涅槃後也方說法華而大迦葉預焉及涅槃而不在其會吾謂付法之時其在二經之間耳或謂如來於靈山會中拈花示之而迦葉微笑即是而付法又曰如來以法付大迦葉於多子塔前而世皆以是爲傳受之實然此未始見其所出吾雖稍取亦不敢果以爲審也曰他書之端必列七佛而此無之豈七佛之偈非其舊譯乎曰不然夫正宗者必以親相師承爲其効也故此斷自釋迦如來已降吾所以不復列之耳吾考其寶林傳燈諸家之傳記皆祖述乎前魏支彊梁樓與東魏之那連耶舍此二梵僧之所譯也或其首列乎七佛之偈者蓋亦出於支彊耶舍之二譯耳豈謂非其舊本耶然寶林傳其端不列七佛猶吾書之意也

傳法正宗記卷第一

音釋

顱 龍都切 首骨也 殫 都寒切 竭也 確 克角切 堅也 擷 胡結切 擷取也 啻 施智切 不啻 不止如是也 譜諜 譜博古切 籍録也 諜達協切 與牒同 謚 音審

傳法正宗記卷第二

宋藤州東山沙門釋契嵩編修

天竺第一祖摩訶迦葉尊者傳

摩訶迦葉尊者摩竭陀國人也姓婆羅門其父號飲澤母號香志始生姿質美茂其體金色而照曜甚遠相者曰是子夙德清勝法當出家父母憂之乃相與謀曰必美婦可縻其心稍長苦爲擇娶而尊者辭不得已乃紿之曰非得女金色如我不可爲偶父母乃以婆羅門計鑄金人輦行其國因觀者求之果得金色女如迦葉者遂以室之先是毗婆尸佛滅後衆以其舍利建塔塔之像其面金色缺壞是時迦葉方爲鍜金師會有貧女持一金錢求治爲簿欲往補之迦葉聞且樂爲補已因相與願世世爲無姻夫妻以是報九十一劫體皆金色後生梵天天之壽盡乃出此婆羅門富家及是夫婦而其體復然故初名迦葉波此曰飲光蓋取其金色之義也內翻梵語義類通華言者如此迦葉波之類多有或訛然皆國本前錄已傳不敢輒以梵學較之也

清淨雖偶未嘗有男女意終亦懇求出家其父毋從之即爲沙門入山以杜多行自修會空中有告者曰佛巳出世請往師之尊者即趨於竹林精舍致禮勤敬如來乃分座命之坐而大衆皆驚謂其何以與此如來知之乃說其夙緣以斷群疑尋爲之說法而尊者即座成道然其積修勝德而智慧高遠故如來嘗曰我今所有大慈大悲四禪三昧無量功德以自莊嚴而迦葉比丘亦復如是一朝乃以正法付之囑其相傳無令斷絕復授金縷袈裟命之轉付彌勒及如來般大涅槃而尊者方在耆闍崛山是時地震光明照曜即以天眼知之乃謂衆曰佛涅槃矣嗟乎正法眼滅世間空虛與其徒即趍于拘尸那城既至乎雙樹之間而如來既化巳内於金棺尊者大慟遂感如來足出於棺以慰其哀慕尋致栴檀白氎以資其闍維既而尊者謂金剛舍利宜與人天爲其福田吾等比丘當務結集以惠來世爲其大明即以神通自昇須彌之頂而說偈曰

如來弟子　且莫涅槃　得神通者　當赴結集

遂擊金鍾其偈因鍾聲而普聞故五百應真一或云千皆會於畢鉢羅巖唯阿難以漏未盡不得即預宿戶外終夕思之及曉乃得正證遂以之叩戶相告尊者曰若然汝可以神通自戶鑰中入阿難如其言而至是時僉議三藏者宜何爲先尊者曰乃宜先修多羅因謂諸聖曰此阿難比丘總持第一而常侍如來其所聞法如水傳器無有遺餘宜命以集修多羅藏次命優波離以集毗尼藏復命阿難集

阿毘曇達磨藏（他部或云命迦旃延）已而尊者即入願智三昧觀其所集果無謬者然尊者處世方四十五年終以結集既畢而說法度人亦無量矣念自衰老宜入定於雞足山以待彌勒故命阿難曰昔如來將般涅槃預以正法眼付囑于我我將隱矣此復付汝汝善傳持無使斷絕乃說偈曰

法法本來法　無法無非法　何於一法中有法有非法

阿難於是作禮奉命復念如來舍利皆在諸天欲往辭之遽陵虛徧至塔廟禮已而還復以夙約必别於阿闍世王及至其門會王方寢因謂閽者曰摩訶迦葉將入定於雞足山故來相别王起奏之遂以此周孝王之世胥然入其山席草而坐自念今我被糞掃服持佛僧伽梨必經五十七俱胝六十百千歲至于彌勒出世終不致壞乃語山曰若阿闍世王與阿難偕來汝當爲開去已復合於是寂然乃入滅盡定是時大地爲之動而阿闍世王亦夢其殿梁忽折及覺而司門者果以尊者之語奏王聞泣下爲之歎息即詣竹林精舍拜阿難命之同往逮至雞足而其山果闢尊者定體而儼在其間王且哀且禮命香薪欲爲焚之阿難謂王曰未可燔也此大迦葉方以禪定持身而俟彌勒下生授佛僧伽梨乃般涅槃王聞此而敬之益勤及王與阿難引去而其山合如故

天竺第二祖阿難尊者傳

阿難尊者王舍城人也姓刹帝利斛飯王子而釋迦如來之從弟也始名阿難陀此云慶

喜亦云歡喜蓋當如來成道之夕而尊者乃生王之家大慶且喜以故名之然有奇相而聰明叡智不比凡者少時聞如來出世乃用世幻自感以如來初從釋氏而出家成大聖道因往求爲其弟子如來許爲之說法遂成須陁洹果方如來欲人參侍而尊者獨爲大衆所推其智慧善巧而知時所宜頗合聖意然其往世於佛有大功德故所聞法皆能記之若水傳器而無有失者故如來嘗稱其總持第一及如來垂般涅槃而尊者方在娑羅林外爲魔所亂如來即勑文殊師利將呪往解尊者因與文殊偕還而禮覲如來如來化已大迦葉會諸羅漢於畢鉢羅巖結集法藏獨以尊者大智多聞而常侍如來其聞法最詳乃白衆請之以集修多羅阿毘曇達磨藏尊者領命遂說偈曰

比丘諸眷屬　離佛不莊嚴　猶如虛空中
衆星之無月

尋作禮大衆乃升法座而曰如是我聞一時佛在某處說某經教乃至天人等信受奉行是時大迦葉復問衆曰阿難所言其錯謬乎皆曰無異世尊之所說者也及大迦葉將入定於雞足山乃以如來所授正法眼付之尊者使其傳之勿絕自是以法遊化諸方一日尊者至一竹林之間初聞比丘有悞誦偈曰若人生百歲不見水老鶴不如生一日而得覩見之尊者因之歎息曰如來乃世正法之眼何速寂滅使此群生失所依止而迷謬聖教乃語其人曰是非佛意不可依之汝應聽我演正偈云若人生百歲不解生滅法不如

生一日而得解了之是比丘乃以聞其師師反謂阿難衰老其言謬妄豈宜信乎汝可如前誦之尊者他日復聞誦其前偈問其何以然而不從所教是比丘者遂說其師之意尊者以其不重自語而益感之因入三昧欲求尊聖爲之證者然終不能得於是念之佛與衆聖皆已涅槃必何從而明之當是時也地爲之動少頃光明遽發俄然有一聖宿大士示現爲其說偈而證之曰

彼者諷念偈　實非諸佛語　今遇歡喜尊
而可依了之

彼師弟子視大士神奇乃稟其言即誦尊者所說遂以之得第二果尊者既得見證而益自警謂身危脆猶若聚沫況其衰老何堪久乎欲趣泥洹復以阿闍世王嘗慨不見如來迦葉二尊聖所般涅槃因約阿難若當寂滅願示其期而尊者故往告之及王之門而閽者詞之以王方寢不敢以聞然王於其夢適見一蓋七寶飾之千萬億衆繞而瞻之俄有風雨暴至遂吹折其柄寶皆委地王驚及寤會閽者以阿難事奏王聞之遂失聲號慟哀感天地即詣毘舍離城方見尊者坐恒河中流王遽禮之而說偈曰

稽首三界尊　棄我而至此　暫憑悲願力
且莫般涅槃

是時毘舍離王亦在河側復說偈曰

尊者一何速　而歸寂滅場　願住須臾間
而受於供養

尊者見二國王皆來勸請亦說偈曰

二王善嚴住　勿爲苦悲戀　涅槃當我淨

而無諸有故

尊者於是乃自念曰我若偏住一國而滅度之諸國必諍非其當也此應以平等而度諸有情遂即恒河之中流而欲涅槃其時大地六種皆震先有五百仙人棲於雪山及是相與乘空而來禮尊者足曰今我等定於長老當證佛法願乗見度尊者黙而許之即變殑伽河悉爲金地遂爲之說大法要尊者又念先時所度弟子宜當來集須臾五百羅漢自空而下爲其出家受戒仙者尋皆得四果然其仙衆之中有二羅漢一曰商那和修一曰末田底迦（亦云末田地）尊者知其皆大法器而命之曰昔如來以正法眼付大迦葉迦葉入定而付於我我今將滅用傳汝等汝受吾教當聽偈言

本來付有法　付了言無法　各各須自悟
悟了無無法

復謂商那和修曰汝善行化而護持正法無令斷絶謂末田底迦曰昔佛記云滅度五百歲中當汝於罽賓國敷宣大法後宜往之以興教化已而尊者超身虛空作一十八變入風輪奮迅三昧乃分身四分一惠忉利天一惠娑竭羅龍宮一惠阿闍世王一惠毘舍離王得者各建寶塔而供養之是時當此周夷王之世也

天竺第三祖商那和修尊者傳

商那和修尊者摩突羅國人也亦曰舍那婆斯姓毘舍多其父號林勝母號嬌奢耶處胎凡六載始生而身自有衣隨體而長梵曰商諾迦猶此曰自然服者始西域有瑞草常産

於勝地遇得道聖人出世其草則化爲九枝以應之及尊者之生而化草果然初事雪山仙者會其仙師從阿難求度而尊者皆預其出家尋成道爲阿羅漢至是其胎衣遂變爲九條法服先是如來行化嘗至摩突羅國見一茂林顧謂阿難曰此林其地名優留荼吾滅度後近百年當有比丘商那和修於此說法度人阿難滅後而尊者以其法遊化至是欲圖居之會有二火龍偕占其地遂暴作風雨以張其威尊者乃入慈三昧以降之因謂龍曰佛昔記此當爲伽藍汝宜見捨龍以佛記故喜捨之尊者遂以立精舍而說法廣度人天果符佛語久之尊者念欲付法因入三昧觀佛所記聖士爲其後者必在何國出定乃以神通獨之吒利國訪其長者首陀善意之舍善意相見禮已乃問其所以來尊者曰我生子然故來命侶善意曰我嗜世樂不暇相從俟有子當以奉法尊者即稱善去之其後善意果有子一曰優波吉羅二曰優波鍜摩及育其三者曰優波毱多尊者知必法器復詣善意而謂之曰此第三子者優波毱多適合佛記當襲我傳法汝宜捨之善意以佛記故不敢見拒於是毱多即從其出家尊者因問之曰汝年幾耶曰我年十七又曰汝身十七性十七耶毱多乃曰師髮已白爲髮白耶而心白耶尊者曰我但髮白非心白也毱多因曰我年十七性非十七耳尊者益器異之及其得戒成道乃命之曰昔如來以大法眼付囑大迦葉迦葉入定而付我大師慶喜以至於我我今以授於汝汝善傳之勿使其

絕聽吾偈曰

非法亦非心　無心亦無法　說是心法時

是法非心法

已而尊者往隱於罽賓之象白山欲以禪寂自居未幾會於定中乃見毱多五百弟子慢而不恭遂往正之既至會毱多不在即坐其座毱多之徒不測其何人皆憤然不伏遂馳報毱多毱多還見其師遽禮之而其徒慢意尚爾尊者乃以右手上指即有香乳自空而注遂問毱多曰汝識之乎曰不測毱多即入三昧觀之亦不能曉乃請之曰是瑞事果何三昧耶尊者曰是謂龍奮迅三昧如是五百三昧而汝皆未之知復謂毱多曰如來三昧辟支不識辟支三昧羅漢不識吾師阿難三昧而我不識今我三昧汝豈識乎是三昧者心不生滅住大慈力遮相恭敬其至此者乃可識之而毱多弟子既見其神奇皆伏而悔謝和修復爲說偈而教之曰

通達非彼此　至聖無長短　汝除輕慢意

疾得阿羅漢

毱多諸徒以是皆得證四果尊者尋超身虛空作一十八變以三昧火而自焚是時也當此周宣王之世也毱多乃以其舍利建寶塔於迦羅山勝處與人天共其供養

天竺第四祖優波毱多尊者傳

優波毱多尊者吒利國人也亦曰優波崛多亦曰鄔波毱多姓首陀氏父曰善意年始十七會尊者商那和修至其舍化導因從之出家至二十乃證道成阿羅漢遂廣遊化初至摩突羅國說法其衆翕然大集而所聞者皆

得證道方尊者說法之時諸天雨華地祇皆現雖魔宮亦爲之動而波旬憂之遂來作難以其魔力屢化花與玉女欲亂其聽法者尊者即入三昧察其所以魔乘其在定持瓔珞輙縻其頸尊者定起知魔所爲乃取人狗蛇三者之屍化爲花鬘命波旬以耎語慰之曰汝與我瓔珞甚爲珍惠吾有花鬘以相奉酬魔大喜乃引頸受之即復爲三者腐屍臭穢魔甚惡之詞於尊者曰何用屍而相加乎尊者曰汝以非法之物欲亂我道衆吾以是物應汝之意又何厭乎魔於是盡自神力而不能去之即昇六欲天告諸天主又詣梵王求其解免天各謂曰彼十力弟子所作神變豈我天屬而能去之波旬曰其將奈何梵王曰汝可歸心尊者必得除之乃爲說偈教其回向曰

若因地倒　還因地起　離地求起　終無其理

波旬禀其言下天復趨於尊者禮悔懇至尊者曰先聖命我降汝雖然汝以是還善乃得事佛不墮惡趣魔聞喜之曰尊者蓋爲我致大饒益願爲去此腐屍曰汝於正法不嬈害否波旬曰伏而奉教不敢爾也尊者即爲釋之因謂波旬曰汝嘗覩如來今可試現示我瞻之魔曰現固不憚願尊者不必致禮即入林間化爲如來而奇相儼如與其侍從自林而出尊者一見其心忻然若真覩大聖不覺體自投地乃即禮之魔不勝其禮戰掉自失及尊者拜起不復見適尊儀波旬自禮足尊者而說偈曰

稽首三昧尊　十力大慈足　我今願迴向

勿令有劣弱

後之四日波旬大領天衆復來作禮讚歎而去然尊者化導而後聖因其所證者最多初每度一人則以一籌置於石室其室縱十八肘廣十二肘而籌盈之昔如來嘗記尊者當爲傳法四世之祖謂其雖無相好而所化度如如來之日無異至是而大聖之言驗矣最後乃有長者子曰香衆從尊者固求出家尊者問之曰汝身出家心出家耶香衆曰我來出家非爲身心曰不爲身心復誰出家曰夫出家者無我我故無我我故即心不生滅心不生滅即是常道諸佛亦常心無形相其體亦然尊者曰汝當大悟心自通達宜依佛法僧紹隆聖種即爲披剃受具足戒仍告之曰汝父嘗夢金日而生汝以是可名提多迦尋謂之曰如來以大法眼藏次第傳受以至於今今復付汝聽吾偈曰

心自本來心　本心非有法　有法有本心
非心非本法

既而超身太虛示十八變復其座跏趺而化當此周平王之世也多迦乃以室籌而闍維之收其舍利建塔供養

評曰他書列毱多之事甚衆此何略乎曰此蓋務其付受之本末耳夫如來之後其化導得人唯毱多尊者最爲多矣然其事迹之繁吾恐雖竹帛不可勝載而孰能盡書若室籌者聊誌其得聖果者耳未必極其所化

天竺第五祖提多迦尊者傳

提多迦尊者摩伽陀國人也其姓未詳初名香衆少時會毱多尊者盛化於摩突羅國因

從其出家以應對詣理毱多器之則與落髮受具始尊者生時其父嘗夢金日自舍而出灼然照曜天地復有寶山與日相對而山之頂流泉四注至是毱多尊者乃爲解之曰寶山者吾身也流泉者法無盡也日從屋出者汝入道之相也其照曜天地者汝智慧之發暉也因易今之名梵語提多迦此曰通眞量蓋取其夢之義也然如來昔嘗記之及此皆驗尊者得其師之說忻然奉命遂禮之乃以偈讃曰

巍巍七寶山　常出智慧泉　迴爲眞法味
能度諸有緣

毱多尊者亦以偈而答曰

我法傳於汝　當現大智慧　金日從屋出
照曜於天地

既而尊者以法自務遊化尋至中印度會其國有大仙者八千人其首曰彌遮迦聞之遂帥衆詣尊者而禮之曰念昔與尊者同生梵天我遇阿私陀仙授之仙術而尊者證果乃得應眞自是分離巳更六劫尊者曰仙者所指誠如其言然汝之務仙終何所詣曰我雖未遇至聖然私陀尊仙嘗記之曰却後六劫當因同學得無漏果今之相遇豈不然耶尊者曰汝既知爾便可出家仙法小道非能致人解脫吾久於化導亦欲休之汝果趣大法豈宜自遲遮迦喜其言即求出家是時遮迦之衆見其尊仙如此皆慨之謂多迦何足師者而從之出家尊者遂知衆心齟齬欲其信之即放光明超步太虛而若履平地乃以所化寶蓋覆其仙衆復有香乳自其指端而注

乳間現蓮蓮間化佛仙衆視其神變非常遂率服皆求出家尊者受之因謂雖然汝屬宜正念依佛使僧威儀自然而成不須工爲仙衆如其言而鬚髮果自除去袈裟生體尋得戒皆成四果聖人尊者尋獨命遮迦曰昔如來以大法眼密付大迦葉展轉而至於我我今付汝汝當傳持勿絕聽吾偈曰

通達本心法　無法無非法　悟了同未悟
無心亦無法

偈已尊者起身太虛呈十八變用火光三昧而自焚之是時也當此周莊王之世也彌遮迦與衆收其舍利建塔於班荼山而供養之

天竺第六祖彌遮迦尊者傳

彌遮迦尊者中印土人也未詳姓氏既與其神仙之衆皆師提多迦尊者得度而證聖果遂以其所得之道遊化諸方一日至北天竺國俄見其城堞之上有瑞雲如金色乃顧謂左右曰此大乘氣也兹城當有至人與吾嗣法及入其國至市果有一人持酒器逆遮迦而問之曰尊者何方而來欲往何所答曰從自心來欲往無處又曰識我手中物否答曰此是觸器而負淨者又曰尊者其識我否答曰我即不識識即不我遮迦復謂之曰汝可自道姓氏吾則後示本因其人遂說偈而答之曰

我今生此國　復憶昔時日　本姓頗羅墮
名字婆須蜜

尊者聞之乃悟其緣謂婆須蜜曰吾師提多迦嘗言如來昔遊北天竺謂阿難曰此國吾滅後三百餘年當有聖人姓頗羅墮名婆須

蜜出爲禪祖當第七世斯如來記汝汝應出家其人遂置器禮於尊者傍立而言曰我思往劫嘗爲施者獻一如來寶座彼如來記我曰汝於賢劫當得佛法爲第七祖今之所會乃其縁也尊者大慈幸見度脫尊者即爲其剃度以圓戒德尋命之曰我方老邁將般涅槃如來正法眼藏今以付汝汝當傳之無使斷絶聽吾偈曰

無心無可得　說得不名法　若了心非心
始解心心法

偈已尊者即入師子奮迅三昧騰身太虛高七多羅樹却返其座化火自焚而天人悲慟哀感天地其時當此周襄王之世也婆須蜜乃收其舍利以七寶函貯之建塔寘其上層而供養之

天竺第七祖婆須蜜尊者傳

婆須蜜尊者北天竺國人也姓頗羅墮常衣淨衣持酒器遊處里巷而吟嘯自若人頗不測或謂其狂及遇彌遮迦尊者明其夙縁遂投器即從之出家尋得付法及遮迦滅已乃廣其教化至迦摩羅國方大爲勝事遽有一智士趨其座前自謂我名佛陀難提今與尊者論義須蜜曰仁者論即不義義即不論若擬論義終非義論難提以其義勝甘心服之遂告曰我願求道預甘露味尊者乃與度之特命四果聖人爲其受戒未幾乃命之曰如來正法眼藏今以付汝汝其傳之愼無斷絶聽吾偈曰

心同虛空界　示等虛空法　證得虛空時
無是無非法

已而須密超身呈十八變乃入慈三昧以趣寂定是時釋梵與諸天衆皆來作禮而說偈曰

賢劫聖衆祖　而當第七位　尊者哀念我

請爲宣佛地

須蜜定已七日以是乃出而示衆曰我所得法而非有故若識佛地離有無故語已復入寂定示涅槃相天衆聞法皆喜而禮之遂散其天花其時當此周定王之世也難提即其本座建寶塔以秘其全體

天竺第八祖佛陀難提尊者傳

佛陀難提尊者迦摩羅國人也姓瞿曇波氏生時頂有肉髻光彩外發性大聰明文字能一覽悉記年十四乃慕出家專以梵行自修及婆須蜜尊者來其國難提一旦就之發問遂伏其勝義則依之爲師尋得付法亦領徒廣務遊化初至提伽國先是其國有毗舍羅家生一子號伏駄蜜多年已五十而口未嘗言足未嘗履父母不測其何緣皆爲憂之或以問其國之習定業者定者不能決謂其父母曰將有大士傳佛心印非久至此汝可問之及尊者入國過毗舍羅之門俄見有白光發其舍上尊者指之謂其衆曰此家當有聖人口無言說眞大乘器不行四衢知所觸穢是必嗣吾大隆教化其所度者當有五百成聖果者又曰其光上貫者表其承我而得法其光下燭者表其所出得人然其所出之者號脇比丘心大如地當繼我爲第三世也於是毗舍家主遂出問其所來欲須何物尊者曰我來求人非須物也主曰我家豈有奇人

而可求耶然唯有一子不語不行年巳五十
尊者欲之固亦不悋難提曰汝之言者正吾
所求其父母即持子以與之及尊者携至精
舍忽自發語即履七步合掌説偈而相問曰
父母非我親　誰爲最親者　諸佛非我道
誰爲最道者
尊者即以偈答之曰
汝言與心親　父母非可比　汝行與道合
諸佛心即是　外求有相佛　與汝不相似
若識汝本心　非合亦非離
蜜多聞法甚喜乃慇懃致禮尊者遂與之出
家乃衆賢聖爲其受戒後乃命曰如來法眼
密傳至我我今以付囑汝汝其相傳勿令其
絶聽吾偈曰
虚空無内外　心法亦如此　若了虚空故
是達眞如理
蜜多幸得法偈即超身太虚散衆寶花説偈
而讃之曰
我師禪祖中　適當爲第八　法化衆無量
悉獲阿羅漢
尊者付其法已遽起本座卓然而立現大神
變自其腹發異光八道照曜大衆而被其照
者僅五百人獲第二果乃般涅槃其時當此
周景王之世也衆遂即其所建寶塔以閟其
全體
天竺第九祖伏馱蜜多尊者傳
伏馱蜜多尊者提伽國人也姓毗舍羅氏蜜
多父母既疑其平生及遇難提尊者説其夙
縁曰此子往世明達於佛法中欲爲大饒益
悲濟群生故嘗自願若我生處當不爲父母

恩愛所纏隨其善緣即得解脱其口不言者表道之空寂也其足不履者表法無去來也於是其父毋之疑涣然大釋遂樂以師於難提得法乃遊化至中印土先是其國有長者曰香蓋香蓋有子曰難生難生雖穀食而絶無滓穢至是香蓋携之來禮尊者且曰此子處胎凡一十六年及誕頗有奇夢亦嘗會仙者相曰此兒非凡器當遇菩薩見度適會尊者蓋其緣也願以之出家香蓋遂謂其子曰汝已出家無以我在兹而心喜我返家而生惱尊者即曰我今所在豈有彼此諸漏已盡安得生惱蜜多以故度之未幾遂以法付之曰如來大法眼藏今以付汝汝其傳之無使斷絶汝受吾教聽吾偈曰

真理本無名　因名顯眞理　受得眞實法　非眞亦非僞

尊者付其法已自念久於化導所化已辦當以滅盡三昧而自息之於是遂般涅槃諸天皆作樂供養沸涌於虚空是時也當此周敬王之世也脇比丘遂以香薪而闍維之斂其舍利建寶塔於那爛陀寺

天竺第十祖脇尊者傳

脇尊者中天竺國人也其姓未詳本名難生以其久處胎故也初尊者將生而其父香蓋遂夢一白象背負寶座座之上寘一明珠從其門而出至一法會其光照曜於衆既而忽然不見及誕果光燭於室體有奇香父異之以詣之道其所生之異求與出家蜜多許之成童會伏䭾蜜多尊者化於其國香蓋遂携會七阿羅漢爲受具戒方納戒乃於壇之上

現其瑞相空中復雨舍利三七粒然尊者修行精苦未嘗寢寐雖晝夜而脇不至席以故得號脇尊者既預付法乃遊化他土尋至花氏國而憩於樹下遽以右手指地而謂衆曰此地變金色當有聖者入會少頃其地果爲金色俄有一長者之子曰富那夜奢遽至其前合掌而立脇尊者遂問曰汝從何來夜奢曰我心非往尊者曰汝從何住曰我心非止尊者曰汝不定耶曰諸佛亦然尊者曰汝非諸佛曰諸佛亦非尊者因說偈曰

此地變金色　預知於聖至　當坐菩提樹
覺花而成已

夜奢亦說偈而酬之曰

師坐金色地　常說眞實義　迴光而照我
令入三摩諦

因告之曰我今願師尊者幸與出家脇尊者聽之即爲剃度命四果聖者與其受戒後乃命之曰如來大法眼藏今以付汝汝其流傳勿令之絕聽吾偈曰

眞體自然眞　因眞說有理　領得眞眞法
無行亦無止

既付其法即本座超身太虛而入涅槃以三昧火而自焚之其舍利自空而下不可勝數衆竟以衣裓接之是時當此周正定王之世也其衆尋建塔廟以祕舍利而諸天布寶蓋以覆之

天竺第十一祖富那夜奢尊者傳

富那夜奢尊者花氏國人也姓瞿曇氏其父曰寶身號爲長者初寶身有子七人各有所尚其一曰富那般多好學仙術次二曰富那

金子好常寂靜次三曰富那月光好角力相擊次四曰富那勝童好惠施念佛次五曰富那波亘好殺嗜酒次六曰富那吉丹躭於嗜欲次七即富那夜奢淡然無所好惡其心不靜不亂非凡非聖嘗曰若遇大士坐於道場我則至彼親近隨喜及脇尊者至其國方與佛事而尊者遂詣其會應對響捷言皆造理果於脇尊者得正法眼遂以之遊化道德所被不啻千萬之衆然其得聖果者盈五百人後至波羅奈國遂有一長者來趨其會尊者謂其衆曰汝等識此來者耶佛昔記云吾滅後將六百年當有聖者號馬鳴出於波羅奈國說法於花氏城摧伏異道度人無量今其人也然吾亦夜夢大海偏溢乎一隅方欲決之其水遂沛然流潤諸界今此來者蓋其大海者也將從吾出家以法濟人其流潤者也於是馬鳴致禮前而問曰我欲識佛何者即是尊者曰汝欲識佛不識者是曰佛既不識焉知是乎尊者曰既不識佛焉知不是曰此是鋸義尊者曰彼是木義却問鋸義者何馬鳴曰與師平出却問木義者何夜奢曰汝被我解馬鳴遂悟其勝義忻然即求出家夜奢乃爲度之以受具戒然其會中因之而證第四果者凡二百人其後命馬鳴曰汝當轉法輪爲十二世祖昔如來大法眼藏今以付汝汝其傳之聽吾偈曰

迷悟如隱顯　明暗不相離　今付隱顯法
非一亦非二

付法已尊者即逞神通爲一十八變却反其座泊然寂滅其時當此周安王之世也衆遂

建塔以闕其全體

評曰唐高僧神清不喜禪者自尊其宗乃著書而抑之曰其傳法賢聖間以聲聞如迦葉等雖則迴心尚爲小智豈能傳佛心印乎即引付法藏傳曰昔商那和修告優波毱多曰佛之三昧辟支不知辟支三昧聲聞不知諸大聲聞三昧餘聲聞不知阿難三昧我今不知我今三昧汝亦不知如是三昧皆隨吾滅又有七萬七千本生經一萬阿毘曇八萬清淨毘尼亦隨我滅固哉清也徒肆已所愛惡而不知大屈先聖吾始視清書見其較論三教雖文詞不嘉蓋以其善記經書亦别事之重輕不即非之及考其譏禪者之説問難凡數十端輙採流俗所尚及援書傳復不得其詳余初謂此非至論固不足注意徐思其所謂迦葉等豈能傳佛心印尤爲狂言恐其熒惑世俗以增後生末學之相訾不已乃與正之非好辯也大凡萬事理爲其本而迹爲末也通其本者故多得之束其末者故多失之若傳法者數十賢聖雖示同聲聞而豈宜以聲聞盡之哉經曰我今所有無上正法悉已付囑摩訶迦葉傳曰我今所有大慈大悲四禪三昧無量功德而自莊嚴而迦葉比丘亦復如是又謂毱多爲無相好佛又謂僧伽難提者乃過去娑羅王如來降迹爲祖如此之類甚衆是豈非聖人欲扶其法互相尊敬而示爲大小耶楞伽所謂三種阿羅漢者一曰得決定寂滅聲聞羅漢一曰曾修行菩薩行羅漢一曰應化佛所化羅漢此羅漢者以本願善根方便力故現諸佛土生大衆中莊嚴

諸佛大會衆故若大迦葉傳法數十賢聖者豈非應化佛所化之羅漢耶佛所化者宜其所有四禪三昧無量功德與如來不異也不異乎如來而傳佛心印孰謂其不然乎若商那曰阿難三昧而我不知我今三昧而汝不知云此恐其有所抑揚耳未可謂其必然經曰入遠行地巳得無量三昧夫入遠行地者蓋七地之菩薩也七地菩薩尚能得無量三昧而化佛豈盡不能得耶然佛之所傳心印與餘三昧宜異日而道哉夫心印者蓋大聖人種智之妙本也餘三昧者乃妙本所發之智慧也皆以三昧而稱之耳心印即經所謂三昧王之三昧者也如來所傳乃此三昧也清以謂餘三昧耶其所謂七萬七千本生經一萬阿毗曇八萬清淨毗尼亦隨我滅者此余未始見於他書獨付法藏傳云爾尚或疑之假令其書不謬恐非爲傳法賢聖不能任持而然也是必以後世群生機緣福力益弱不勝其教以故滅之方正像末法三者之存滅皆亦隨世而汙隆曷嘗爲其弘法賢聖而致正末者耶嗚呼學者不求經不窮理動謬聖人之意爲其説雖能編連萬世事亦何益乎書曰記誦之學不足爲人師清之謂歟

傳法正宗記卷第二

音釋

閽（呼昆切守門隸也） 罽（居例切） 毱（渠竹切） 翕（許及切盛也） 耎（乳究切柔也） 齟齬（齟壯所切齬偶許切齒不相值曰齟齬） 堞（徒協切城上垣也） 閟（兵媚切閉也） 愒（去例切息也）

傳法正宗記卷第三

宋藤州東山沙門釋契嵩編脩

天竺第十二祖馬鳴大士傳

馬鳴大士者波羅奈國人也未詳其姓氏亦名功勝蓋以其夙有功德殊勝而命之然初詣富那夜奢尊者以問答有所合乃慕其道遂從之出家受戒夜奢因謂之曰汝夙世以有所愛被降梵天生於毗舍離國然其國有上中下三類人其上之者身有光明其衣食自然從念而得中之者身無光明衣食求之乃得下之者祼形如馬汝憫此類嘗以神力分身爲蠶其人得以爲服由是功德汝得復生今之中國方汝捨彼國時其馬人衆感戀汝德皆共悲鳴汝亦以偈慰之曰

我昔生梵天　爲有小愛故　而墮毘離國
與汝同憂苦　我見汝無衣　心生保善護
示化於竆園　當得諸濟度

偈已汝即此生以故得今馬鳴之號也然汝當轉法輪爲第十二世祖師尋以大法眼付之已而大士以其法遊化至花氏國方大典佛事雖三乘學人皆能度之一旦遽有一老

叟陽爲疾者至其會前坐而什地大士因曰此非常也將有異相其人遂即不見俄而從地涌出爲一女子其狀端美絶如金色舉手指大士而説偈曰

稽首長老尊　當受如來記　今於此地上　而度生死衆

復瞥然不見大士曰此魔來欲與吾較有頃果風雨暴至天地忽冥復曰魔之信至矣吾當除之即以手揮空遂現一千尺金龍其威神奮張雖山丘爲之震蕩而魔事遂息後七日復有一小蟲狀類蟭螟潛其座下大士執之以示衆曰此魔之所變盜聽吾法尋縱之令其自爲終懼而不能動尋慰之曰吾非害汝汝但復其本形魔乃現其正體作禮而懺悔大士因問曰汝之名誰其眷屬幾何魔曰我名迦毘摩羅其屬三千曰汝盡神力能變幾何魔曰我化大海不爲難事曰汝化性海得耶魔茫然乃曰此言非我所知大士即爲説法曰此性海者山河大地皆依建立三昧六通由兹發現魔聞法大起信心遂與其三千徒屬皆求出家大士即爲剃度乃召五百應眞與之受戒謂之曰汝趣菩提當即成聖道摩羅果得戒體發光明而異香普薰大士因之乃大造論議尋而命之曰如來大法眼藏今以付汝傳之勿令斷絶汝聽吾偈曰

隱顯即本法　明暗元不二　今付悟了法　非取亦非棄

付法已即入龍奮迅三昧挺身空中如日輪相尋趣大寂是時也當此周顯聖王之世也四衆遂以其眞體閟之於龍龕

天竺第十三祖迦毘摩羅大士傳

迦毘摩羅者花氏國人也未詳其姓初為外道有大幻術因詣馬鳴大士較法不勝遂與其徒皆求出家既證聖道馬鳴即以大法眼付之已而遊化至西天竺會其國太子有曰雲自在者德於大士乃欲請往其宮中供養大士辭之曰佛制沙門不得親於王臣勢家此不敢從命太子曰然則吾國其城之北有一大山山有石窟清靜絶俗亦可禪棲雖龍蛇異物所護而尊者至德其必順化大士曰諾從之而往方至其山果有大蟒長可一里瞋目相視大士即直進不顧至山之南方坐於坦處蟒復盤繞其身亦不之顧蟒須臾遂去大士視其所隨之衆已皆逃散無一在者尋獨進將至其石窟俄然有一老人素服而出合掌致敬大士問曰汝何所居曰我昔甞為比丘甚好寂靜煩於初學所問因起瞋心以故命終墮為蟒身止於此窟今已千載適值尊者聖德故來敬之大士因問曰是山復有何人所居其務道乎汝示我知之老人曰此北去十里有巨樹焉能廕五百大龍其樹之王號龍樹者常為龍衆説法而我亦預聽大士又集其徒相將而前及至巨樹龍樹果出迎之忻然致禮而問之曰深山孤寂龍蛇所居大德至尊何屈至此大士曰吾非至尊來訪賢者龍樹即默而計之曰此尊者其得決定性明道眼耶是大聖人繼眞宗乎大士曰汝雖心念吾已意知但能出家何慮我之非聖龍樹於是悔謝大士即與度之未幾乃命之曰今以如來大法眼藏付囑汝傳之汝

聽吾偈曰
非隱非顯法　說是眞實際　悟此隱顯法
非愚亦非智
大士付法已遽起身太虚逞其神變乃趣寂
滅以化火自焚是時當此周赧王之世也龍
樹遂斂其五色舍利建寶塔以閟之
評曰寶林傳燈二書皆書天竺諸祖人滅之
時以合華夏周秦之歲甲然周自宣王已前
未始有年又支竺相遠數萬餘里其人化滅
或有更千餘歲者其事渺茫隔越吾恐以重
譯比校未易得其實輙略其年數甲子且從
而存其帝代耳唯釋迦文佛菩提達磨至乎
中國六世之祖其入滅年甲稍可以推校乃
備書也
天竺第十四祖龍樹大士傳
龍樹大士者西天竺國人也未詳其本姓或
曰出於梵志之族其性大聰晤才慧卓犖殆
非凡器少時已能誦四韋陀典稍長善天文
地理悉通百家藝術所知若神明始其國有
山號龍勝者素爲龍之所棲而山有巨樹能
蔭衆龍及大士有所感悟意欲出家遂入山
修行乃依其樹然而三藏奥義亦自洞曉已
能爲其龍衆說法以故得號龍樹及摩羅尊
者來其山相遇甚善大士乃與龍衆禮之爲
師方剃度時其國之君與帝釋梵王皆赴其
勝會受戒於大羅漢即成聖道得六神通摩
羅尋以大法眼付之已而遊化至南天竺國
先是其國之人好修福業洎大士至說正法
要乃遞相謂曰唯此興福最爲勝事佛性之
說何可見耶大士因語之曰汝衆欲見佛性

必除我慢乃可至之其人曰佛性大小曰非小非大非廣非狹無福無報不死不生其人衆以大士所説臻理皆喜好願學其法大士即於座上化其身如一月輪時衆雖聞説法而無覩其形適有長者之子曰迦那提婆在彼人之中視之獨能契悟遽謂其衆曰識此相乎衆曰非我等能辨提婆曰此蓋大士示現以表佛性欲我等詳之耳夫無相三昧形如滿月佛性之義廓然虚明語方已而輪相忽隱大士復儼然處其本座而説偈曰

身現圓月相　以表諸佛體　説法無其形

用辨非聲色

於是其人皆大感悟即求爲師而大士悉與度之會衆聖與其受戒而提婆爲之上首會有五千外道先於其國興大幻術王與國人皆靡然從之而佛道將塞當此大士感慨遂易其威儀白衣持幡伺王每出則趨其前行或隱或顯如此凡七載一旦王大異之以善辭命而致之問曰汝果何人而常吾前行追之不得縱之不去大士曰我是智人知一切事王復驚其語即欲驗之曰諸天今何所爲曰天今方與阿修羅戰王曰天事豈易明耶曰且待將有應効少頃俄有戈戟雜人手足紛然自空而下王見乃信遂加歎服命外道輩歸禮大士然外道皆求正其見大士遂因之造衆論議若智度者若中觀者若十二門者不啻其千萬偈悉皆方便開釋正法以應其機宜其後乃命迦那提婆曰如來以大法眼付囑迦葉乃至於我我今付汝聽吾偈曰

爲明隱顯法　方説解脱理　於法心不證

無瞋亦無喜

復謂提婆曰汝善傳持勿使斷絶當於未來之世大興佛事已而騰身太虛入月輪三昧大逞神變返其座即入寂定及後七日天雨舍利而大士復從定起以手指空謂其衆曰此舍利者蓋昔拘那含佛之弟子號摩訶迦尊者嘗發三願之所致也其一曰願我爲佛之時若有聖士化度於世者遇天澍雨至於其身即爲舍利其二曰願大地所生之物皆堪爲藥療衆生病其三曰願凡有智者皆得所知微妙以通宿命言已仍泊然大寂其時當此秦始皇帝之世也提婆與其四衆遂建塔以閟之

評曰正宗貴乎簡妙而龍樹大士以廣論發之何哉曰然簡妙常難其至之者方其人機器有上下此非以方便導之則淺信者安得其進嚮是故大士爲論務發彼一機者也涅槃豈不云乎汝慎勿爲利根之人廣說法語鈍根之人略說法也夫簡妙者要在其心有所到耳不必以其言不言爲之當否是故證之於簡妙也彌說而彌至不證於簡妙也彌說而彌遠

天竺第十五祖迦那提婆大士傳

迦那提婆者南天竺國人也姓毘舍羅天性才辯幼習其國風喜修福業及趣龍樹大士方至其門龍樹試之遣以滿鉢水先置其前大士即以一針投之而進相見忻然契會龍樹現月輪以表佛性衆皆罔測獨大士識之遂以諭其衆人尋亦相與師龍樹出家而提婆果爲其高足弟子及龍樹大士垂入泥洹

遂以大法眼傳之其後大士以其所證廣化乎他方先是迦毘羅國有富人曰梵摩淨德其國稱爲長者有二子長曰羅睺羅玹次曰羅睺羅多淨德好治園林種植嘉木一朝其園木無故忽然生耳如菌大於車輪其美味可食如此終年唯資淨德與其子羅睺羅多所噉餘家人輙欲取食其菌即隱然淨德疑之謂其子曰此木之耳唯我與汝得食必非常事何人能爲明之羅睺羅多遂說偈欲以他告曰

此木生奇耳　我食不枯槁　智者解此因　我迴向佛道

適會大士入國至其家而淨德父子喜得所遇致禮遂以其事問之大士乃與辨之曰昔汝二十之時嘗命一比丘於舍供養其比丘雖小有戒行而法眼未明心不詣理坐虛受汝惠然其能少修行不陷惡趣故報爲此木耳以償於汝初此比丘居汝舍時汝諸家人皆不喜之唯汝與其次子能以誠待故今耳菌獨汝父子得饗復問淨德曰汝年幾何答曰七十有九大士因說偈曰

入道不通理　復身還信施　汝年八十一　此木亦無耳

淨德聞其說心遽廓然益勤歎伏且曰我媿衰老雖欲出家豈堪事師今此次子素樂入道願捨以備給侍幸尊者容之大士謂曰昔如來記此子云後五百年中有大菩薩號羅睺羅多因木之耳出家成道遂問其子曰汝何名耶曰我名羅睺羅多大士曰此誠合佛所記汝今出家必成大果尋與剃度會聖衆

與受具戒遂專隨遊化一日大士復至巴連弗城俄聞外道相計欲掩抑佛法乃自持長幡往立其會所外道遽問曰汝何不前答曰汝何不後又曰汝似賤人答曰汝似良人又曰汝解何法答曰汝百不解又曰我欲得佛答曰我灼然得又曰汝不合得答曰元道我得汝實不得又曰汝既不得云何言得答曰汝有我故所以不得我無我故我當自得於是外道詞屈自相謂曰此必大聖宜皆歸之遂問曰汝名爲誰大士曰我名迦那提婆外道輩以夙聞其名於是服膺悔過其未即化者後發百千難問而大士恣其無礙之辯一一皆折之由是廣造論議若百論之類是也然其勝事既集終命羅睺羅多付之法眼其說偈曰

本對傳法人　爲說解脫理　於法實無證
無終亦無始

已而入奮迅三昧體放八光而趣寂滅其時當此前漢孝文帝之世也四衆營塔而梵天助飾共供養之

天竺第十六祖羅睺羅多大士傳

羅睺羅多者迦毗羅國人也姓梵摩氏既得明其家木耳之緣即從提婆大士出家隨侍往巴連弗城尋受付正法於彼城其後大士亦統徒廣行教化未幾至室羅筏城之南臨金水河遽謂其徒曰汝等知之乎適五佛影現於中流吾勺其水輙有異味此河之源凡五百里當有至人居之然如來昔已記曰後五百年中當有聖者號僧伽難提出於此處相繼以爲十七世祖遂將衆泝流而上既至

果見難提禪定於石窟中伺之凡三七日會其出定大士乃問之曰汝身定耶心定乎難提答曰我身心俱定又曰心身俱定何有出入答曰雖有出入不失定相如金在井金體常寂又曰若金在井若金出井金無動靜何物出入答曰言金動靜何物出入許金出入金非動靜又曰若金在井出者何物答曰金若出井在者非金金若在井出者非物又曰此義不然答曰彼理非著又曰此義當墮答曰彼義不成又曰彼義不成我義成矣答曰我義雖成法非我故又曰我義已成我無我故答曰我無我故復成何義又曰我無我故故成汝義難提乃曰仁者師於何聖得是無我大士曰我師迦那提婆大士證是無我曰稽首提婆師而出於仁者仁者無我故我欲師仁者大士曰我已無我故汝須見我我汝若師我故知我非我我難提心即廓然遂稽首而說偈曰

三界一明燈　迴光而照我　十方悉開朗
如日虛空住

偈已再禮必求見度大士曰汝心自在非繫我所何須依託而求解脫大士即以右手擎其金鉢舉至梵天取天香飯命衆共食而其大衆忽生厭惡皆不能饗大士曰讓而不能食非吾所恪汝業自然乃命難提分座同食衆復疑之意其師弟子混而無品大士知之曰汝不得食皆由此故令與吾分座之者乃過去娑羅王如來也應物降迹將爲第十七世祖師汝輩亦莊嚴劫中嘗趣三果而未純無漏適雖親我豈大見性正宜專意歸此仁

者然吾滅後即爲大衆上首復出一師號伽耶舍多亦宜知之衆曰大師神力不敢不信彼云過去佛者尚或疑之難提以其衆心未伏於已乃謂羅多曰世尊在日世界平正無有堆阜江河溝洫水皆甘美草木滋茂國土豐盈人無八苦而行十善及乎雙林示滅今將欲千年而世界丘墟樹木枯悴人寡至信正念輕微不務妙悟但樂神力然我自不爲爲亦何難即展右手入地至于金剛輪際取甘露水以瑠璃器持至會中分諸大衆然飲者其心益寧於是衆皆推伏作禮悔過大士後乃命之曰吾今老矣非久處世如來之大法眼用付於汝聽吾偈曰

於法實無證　不取亦不離　法非有無相　内外云何起

難提聞命敬奉勤至復説偈而讚之曰

善哉大聖者　心明逾日月　一光照世界　暗魔無不滅

羅多大士即其座上入滅是時也當此漢武帝之世也四衆建塔以閟全體

天竺第十七祖僧伽難提大士傳

僧伽難提者室羅伐國人也姓刹帝利父曰寶莊嚴實其國之王也大士生即能言與其母語唯稱佛事父母異之詔其國師問子所以然其國師異人也能知往事謂王曰此子乃昔娑羅王佛也欲有所化度故示生王家七歲當復入道出居于金河石窟其父母愛之常恐如其説及七歲大士果説偈告父母欲求出家曰

稽首大慈父　和南骨血母　我今欲出家

幸願哀愍故

初父母不從苦求方得其志王遂命沙門禪利多爲其落髮師留宫中九年始會勝僧與之受戒一夕大士乃自警曰我已具戒而尚處俗舍年復二十六矣何遇聖者而得聞道乎遽感天光下照俄見一坦路而前有大山大士即趣之以往至其山而天色亦曉自視已坐於石窟間及旦王以亡子求不能得遂擯去禪利多然大士於此修禪方且十年而徒稍歸之一日因見瑞氣忽謂之曰將有聖人爲我而來汝速潔前窟待之未幾羅睺羅多果至是時大士在定候七日會其起相與問答凡數百言而羅睺羅多義勝大士伏膺遂從其求道羅多曰如來記汝當爲十七世祖尋命之傳大法眼大士一旦謂其衆曰羅睺羅多大士嘗説摩提國當出聖士號伽耶舍多繼吾傳法今與汝等往訪其人行之無何有祥風自西而來清襲衆人大士曰此道德風也西之三千里必得聖者相會然是風不類天龍鬼神阿須倫之風者雖有吹揚而不損萬物病遇則愈學遇則通惡業遇之則無於是以神通攝衆少選偕至一山謂衆曰此山之頂有紫雲如蓋必聖人在兹衆四顧不遠果有山舍進之方及其門俄見一童子持鑑趨迎於前大士即問曰汝幾歲耶答曰百歲又曰汝方童幼何謂百歲答曰我不解理正若百歲又曰汝善機耶答曰佛偈豈不云若人生百歲不會諸佛機未若生一日而得決了之大士復問曰汝持圓鑑意欲何爲童子乃以偈答曰

諸佛大圓鑑　內外無瑕翳　兩人同得見
心眼皆相似

父母以其與大士應對有異遂使之出家難提受之携還精舍會衆與受具戒即命其名曰伽耶舍多他日風撼其殿之銅鈴鏜然發聲復問舍多曰鈴鳴乎風鳴耶答曰非風非鈴我心鳴耳又曰我心誰乎答曰俱寂靜故大士曰善哉妙會佛理宜說法要嗣吾道者非子而誰尋付大法眼乃說偈曰

心地本無生　因地從緣起　緣種不相妨
花果亦復爾

已而舉右手攀木而化其時當此漢孝昭帝之世也其衆議曰大士滅度於茂木之下其亦垂蔭於後裔乎或者欲遷於高原而闍維之雖盡力舉之終不能動遂即其處而焚之斂舍利復塔于彼

天竺第十八祖伽耶舍多大士傳

伽耶舍多者摩提國人也姓鬱頭藍氏父曰天蓋母曰方聖初方聖得孕之時夢有人持一寶鑑而嚮之曰我來也及寤覺體暢於平日然其室即有異香祥光數現方七日而誕大士其體瑩然若淨瑠璃生十二歲不浴而常潔每以閑寂自處或與人語言必高勝其家本居寶落迦山及生大士乃有紫雲蓋之初僧伽難提來其家相求大士因而師之尋得付法遂往化於月支國先是其國有婆羅門曰鳩摩羅多家有一犬而食息偏處其舍之簷下霖潦漬濕未始暫離如此十載雖苦驅亦不之去羅多疑訝欲得所決當時羅多年方三十意氣勇壯不顧有果報唯外道自

然之說樂聞而師之尋以問其所師梵志曰此犬者何以而然梵志曰犬之心自好而然非因缘也羅多復曰我夜嘗夢一金日其明赫然照曜天地而我與梵志方在暗室其日之光忽來燭之我之身即如瑠璃徐有無數螻蟻周而食之師之體則洗然無物斯何自而然幸師原之梵志亦以自然說之皆無所驗羅多疑既不決遂曰非適人意也皆謂自然何異夢而說夢若别遇智者能爲解釋我願師之即絶梵志而還當此大士俄見有異氣起即座而謂其衆曰今所見者大乘之氣也復釋之曰氣如金環其事必圓氣若玉瑺菩薩在旁今氣類瑺其下必有聖人焉然佛亦記曰吾滅之後後五百年間當有菩薩現月支國其後復出一大士於此天竺國繼世爲二十祖今之此瑞必其應也尋率衆往其氣所至是少頃果有婆羅門者狀類三十許人來問侍者曰此師何人侍者曰此佛弟子也婆羅門即返閉戶大士曰適氣乃驗在此家遂叩其扉内有應曰此舍無人大士曰答無者誰鳩摩羅多以外語有異疑必智者思求決前事乃開戶納之遜大士坐其主榻盛列供養因以犬事問之曰若智者所說解我疑心即師事之大士曰吾說若有所驗汝實如其言乎曰不妄大士遂爲辯之曰此犬者是汝之父以有微業乃墮畜中昔汝父先以黄金千鋌貯於器中而竊埋簷下及其死會汝不在未得所付今故戀此若汝取之是犬必去羅多命工發掘果然得金其犬即去羅多信之乃慕佛法復以昔夢聞之大士亦爲

原之曰汝夢日者蓋佛日也照曜天地者度二衆也二人處暗室者心未明了也日光照身者出無明宅也身如瑠璃者汝所清淨也彼體無物者自利一身非能度他也蟻食汝身者必衆知識之所湊泊食汝法味也羅多以二事皆決意大廓然益加歎伏遂師之出家揞專給侍然大士以其道力夙充雖列之弟子獨器異之故命聖衆與受具戒欲速其證果後果命曰昔如來以大法眼付之迦葉乃至於我我今用傳於汝汝受吾教聽是偈曰

有種生心地　因緣能發萌　於緣不相礙　當生生不生

鳩摩羅多敬奉其命拜受勤至大士即座超身作一十八變乃趣大寂用三昧火於空中而自焚之雨舍利繽紛而下四衆接之隨處各建窣堵波而供養之其時當此漢孝成帝之世也

天竺第十九祖鳩摩羅多大士傳

鳩摩羅多者月支國人也姓婆羅門氏往世嘗生於梵天泊以貪愛菩薩瓔珞乃墮于欲界他天於彼爲一天人說佛知見彼天人因之證遂成初果以故得其天衆尊爲導師其時適有天王女來禮其法會會之衆有千二百人未之成果輙起情愛故相牽累亦其紹祖之冥數適至復示今之所生然其天女亦墮偕生此國爲梵志氏初大士之家巨富金寶不可勝數而其父貪悋不知紀極會其國有羅漢曰海勝者往在彼天得大士說法乃證今果至此思報其往德恐大士汨沒於俗

富故從之乞金實欲導而出之遂至其家適見大士爲童即語之曰汝能施我之金當得福利大士曰我方十五未專家事雖父不在俟聞於母遂以告其母母從其所施大士遂以金一斤施之羅漢尋爲記曰更十五年汝當遇菩薩得證聖道然小有難亦折大業及其父還大士以此建白父怒笞之一百其父既死大士亦得決所疑於伽耶舍多即伏膺爲師尋預傳法後行教化至中天竺國會一智士曰闍夜多先此客遊輒來禮之而致問曰我家父母素敬三寶如法修行而乃多疾病所縈不遂我隣之人兇暴殺害作惡日甚而其身康寧所求如意善惡報應豈非虛說乎我甚惑此願仁者一爲決之大士曰佛說業通三世者蓋以前世所作善業而報在此生此生苟爲不善則應在來世故人有此生雖爲善而不得其福者前惡之報勝也今世雖作惡而不受其殃者前善之勝也苟以今生非得福報復務爲惡而來世益墮惡趣也苟以此世得其福報復務爲善而來世益得善趣也又前世爲善其德方半而改志爲惡及此生也先福而後禍此生爲惡其事方半而變行爲善及來世也先禍而後福適今汝父與汝之隣其善惡之應不以類至蓋先業而致然也豈可以一世求之耶夜多聞其說頓解所疑大士復曰汝雖已信三世之業而未明業從惑生惑因識有識依不覺不覺依心然心本清淨無生滅無造作無報應無勝負寂寂然靈靈然汝若入此法門可同諸佛一切善惡有爲無爲皆如夢幻夜多承其言

即發宿慧遂求出家大士曰汝何許人父母在乎誠欲入道可返汝國白之父母得志却來未晚夜多曰我國北印土也去之三千餘里豈宜却來願屈仁者就之供養因得度脫大士曰我往雖遠不難汝何以去夜多曰我有小術亦可從之少頃而至大士曰何術曰我兄闍夜摩先爲比丘於國嘗主俱那含佛塔得其塔前末訶木子然此神物用之塗足須臾可以致遠欲止則以其葉拭去塗油足乃不舉大士從用其法與之偕去詣禮其塔佛即放光遍照其衆夜多既聞父母即就剃度於佛塔之前會聖僧與之受戒大士乃爲說偈曰

此佛放光明　示度於汝相　汝已得解脫
諸衆亦當然

壽命夜多曰佛昔嘗記汝當爲二十世祖今如來大法眼藏乃以付汝汝善傳持聽吾偈曰

性上本無生　爲對求人說　於法既無得
何懷決不決

復曰此偈蓋妙音如來見性清淨之說汝宜受持夜多再禮奉教大士即其座上以指爪剺面如紅蓮開出大光明照曜四衆乃趣寂滅其時當此王莽新室之世也闍夜多即其處建塔而供養之

天竺第二十祖闍夜多大士傳

闍夜多者北天竺國人也未詳其姓氏素有道識慕通妙理初客遊中印土會鳩摩羅多大士化於其國以所疑報應問之羅多爲說業通三世其事既明因求之出家羅多不即

許與之歸本國使白其父母方度爲比丘羅多知其眞大法器復以佛所授記遂以法付之既而大士歷化諸國至羅閱城而其國素多道衆聞大士來皆趨從之先是其衆之首者曰婆修盤頭修行精至晝夜不卧六時禮佛糞衣一飡而淡然無所欲其徒甚以此尊之大士即謂彼衆曰汝此頭陀苦修梵行可得佛道乎曰是上人者如此精進豈不得道大士曰是人與道遠矣縱其苦行歷劫適資妄本豈能證耶曰仁者何蘊而相少吾師大士曰我不求道亦不顛倒我不禮佛亦不輕慢我不長坐亦不懈怠我不一食亦不雜食我不知足亦不貪欲盤頭聞其說忻然乃述偈而讚曰

稽首三昧尊　不求於佛道　不禮亦不慢
心不生顛倒　不坐不懈怠　但食無所好
雖緩而不遲　雖急而不躁　我今遇至尊
和南依佛教

大士復謂衆曰此頭陀者非汝輩所並彼於往劫修常不輕行而致然也適吾抑之蓋以其趣道心切恐其如絃甚急必絶故吾不即讚之欲其趣無所得住安樂地尋謂槃頭曰吾言相逆汝得不動心乎槃頭曰何敢動乎我念前之七世生安樂國以務道故嘗事智者月淨而其人謂我曰汝非久當證斯陀含果宜勤精進夫修行譬若昇天必慕漸上不可退之苟有所墮而復上益難其時我年已八十扶杖不能履適會大光明菩薩出世我欲禮之乃詣其精舍事已而月淨俄來相責曰咄哉汝何輕父而重子吾昨視汝將得證

果今已失之我時自以無咎不伏其語即問月淨示其所過月淨曰汝適禮大光安得以杖倚畫佛之面汝以坐此故退果位我熟思之實如其言此後凡有所聞不復不信縱彼惡語猶風度耳況今尊者以正法見教豈宜悔各大士尋命之曰如來大法眼藏今以付汝汝宜傳布勿令其絕聽吾偈曰

言下合無生　同於法界性　若能如是解

通達事理竟

婆修盤頭禮以受命大士於其座上即以首倒植象娑羅樹枝奄然而化衆欲正之爲其闍維雖百千人共舉終不能動又諸羅漢同以神力舉之亦不能動大衆遂炷香祝之其體乃自傾委焚已斂舍利衆建浮圖以供養之其時當此後漢孝明帝之世也

評曰是大士者反植而化何其異乎曰聖人逆順皆得故其神而爲之不可以常道求

傳法正宗記卷第三

音釋

赩許極切大赤也　蟭螟蟭音焦螟音冥蟭螟蟲名　蟒毋黨切大蛇也　赧乃版切　犖力角切犖超絕也　菌巨隕切地蕈也　鏜音湯鐘聲　鋌待鼎切金銀鋌也　務鄰知切分破也

傳法正宗記卷第四

宋藤州東山沙門釋契嵩編修

天竺第二十一祖婆修盤頭大士傳
天竺第二十二祖摩拏羅大士傳
天竺第二十三祖鶴勒那大士傳
天竺第二十四祖師子尊者傳
天竺第二十五祖婆舍斯多尊者傳

天竺第二十一祖婆修盤頭大士傳

婆修盤頭者羅閱國人也姓毗舍佉氏父曰光蓋母曰嚴一大士與其弟偕生俱有瑞事而大士尤勝初光蓋以家巨富而未始有嗣與妻嚴一謀偕往求子於城北佛塔既禱之其夕嚴一果夢二珠一長明一或明或晦皆得吞之即覺有娠後七日會有羅漢比丘賢衆者至其家曰我自他國尋異氣至此汝家謂誰光蓋即延之與其妻俱拜賢衆獨避嚴一而不當其禮夫竊恠曰鄙哉比丘禮不讓丈夫而恭女子佯施寶珠欲驗其識量賢衆皆受之亦不辭讓光蓋見其不動如初遂以實問之曰尊者不讓我丈夫之禮而避婦人何耶賢衆曰我以汝凡夫當汝之禮受其所施欲資汝福耳汝妻方孕菩薩乃上乘法器其將出世號婆修盤頭者其所度之人如我輩無量我故避之非重女人也光蓋即謝之曰尊者聖人也能知未然賢衆復曰復有一子與其同孕者夙曰芻尼嘗爲野鵲往於雪山巢如來頂尋以遇佛之縁生爲那提國王及如來至其國爲說夙因復記曰吾滅之後後五百年外汝却生羅閱城毗舍佉家與聖者婆修盤頭同胎彼聖者乃賢劫二十一世

之祖師也其人復出聖弟子號大力尊者那提王稱幸遂以寶蓋獻之佛復記曰汝後以會此菩薩得生忉利天也王乃說偈讚歎其後嚴一果誕二子而大士先之在襁褓令淑易育不類凡孺稍長其志超然高勝年十五求從光度羅漢出家毗婆訶菩薩爲之受戒乃慕飲光專以杜多行自修故時人高之號爲徧行頭陀尋會闍夜多大士激發大慧乃得付法因歷化諸方至那提國初其國素多惡象爲害而物不聊生及其王號常自在生二子長曰摩訶羅其年四十次曰摩拏羅其年三十當拏羅三十載而象害遂弭國人安之然皆不知其所賴至大士入其國王請供於宮中因問曰敝國風俗曷若羅閱城之淳美耶大士曰羅閱昔有三佛德庇而此國適有二賢福之王曰二賢誰耶曰昔佛記云吾滅後又後五百歲後那提國王姓刹帝利號多滿有子曰摩拏羅得大神力勝十那羅延此其一也其二則吾亦與焉未幾俄有使入奏曰有象巨萬將逼國城王憂之以問盤頭曰此何以禦之大士曰不須用兵但命王子拏羅當之其難自解王曰可乎曰此子非直威巨萬之象益多益可遂命拏羅出其城之南拏羅乃嚮象撫其腹發聲大喝雖城廬爲之動群象即仆地不能興少時皆馳去至是而國人方知三十年所安乃其庇也王以子道勝遂大奇之謂大士曰此子佛昔所記亦其神通之力非俗可留願尊者受之出家大士亦謂此非我爲師後莫能度者即命聖衆於王宮與摩拏羅落髮受戒拏羅得度忻然

乃以偈讚曰

爲摧百萬象　鼓腹作神通　一切諸宮殿
無不震動者　遇師方便力　而得度脫我
稽首辭父母　而出於愛火

大士將之他國乃告王曰我來所求法器耳今已度至人吾即往矣王不須留遂與摩拏羅去之後乃命摩拏羅曰如來大法眼今悉付汝汝其傳持聽吾偈曰

泡幻同無礙　云何不悟了　達法在其中
非今亦非古

大士付法已即座超身高半由旬凝然而居四衆遽告曰我輩欲奉舍利願尊者無爲神化乃頹然復其座而滅焚已衆斂舍利建寶塔而供養之其時當後漢孝安帝之世也

天竺第二十二祖摩拏羅大士傳

摩拏羅尊者那提國人也姓刹帝利父曰常自在其國之王也拏羅即其次子生有異迹父不敢以俗拘之遂命師盤頭出家戒已尋得付法遊化初至西天竺國其王曰瞿曇得度崇佛常自持金蓮花供養願遇聖人以知其前後世事七年行道於宮中一日俄有佛塔高一尺四寸出其行道之地其色青玄四面皆有像似前示尸毗王割股救鴿後示慈力王刺身然燈左示薩埵太子投崖飼虎右示月光王捐捨寶首得度異之即舉不動左右助之至命衆力士皆不能舉尋集其國之智者共辨欲圖遷之是時大士與會讓其國善呪者先之呪者作法即能起王鎮殿銀山次以法欲振其塔方三喝塔未稍摇而其體已損遽狂走雖力士不能駐大士出衆謂王

曰此不足驚徐臨其殿軒呼狂者曰汝住其人即趨大士自悔其過王見大士即止其狂遂問曰尊者何法乃能致然大士曰佛法也王曰願聞佛法其可學乎曰佛法者能具七事去三物乃可學之王曰事物何者耶曰一去貪二去愛三去癡一具大慈二具歡喜三具無我四具勇猛五具饒益六具降魔七具無證人所以得其明了不明了皆由有無此三七者也王今茍能去三具七於前後際如視諸掌成菩提登佛地豈遠乎哉王稱善必求聞佛塔之所以大士復讓大衆衆皆曰唯尊者言之不必遜也大士乃曰是塔蓋昔者阿育王所作八萬四千七寶之塔以祕我釋迦如來之舍利此其一也引阿育爲塔之故事云云備如諸經復謂王曰初每置一塔其地必賢聖成道入滅之所也今之宫苑蓋昔有比丘波羅迦者甞此證果故塔出之亦王修德之所致也王聞其事遂大感悟慨聞道之晚即命太子傳國乃求師大士出家大士以其勢不可沮即度之炷香祝曰今西印土天子從佛出家願衆聖幽賛使其速至聖道空中尋有報曰汝度是王不必慮也更後七日當得第四果如期初有風雨暴至宫殿肅然人皆恐引去王端坐至日停午恍然若夢俄見有人引手極長持異果與之啖及醒其心大明已成阿羅漢道即以三昧將去其宫乃謂大士曰我未證時自大此國豈信有佛土之廣今得大觀却視舊地曷異蟻垤之微然此閻浮提亦如一食器間耳雖有三千餘國而其品不等上國者若干中國者若干下

國者若干然其上之國復有三品而中下者亦如之若眞修行盡能隨心生之於是大士告別得度曰我將他適訪大法器得度曰尊者神通不測於此自可接之何必躬往大士即焚寶香玄語曰鶴勒那汝當證道其時適至汝知之乎初鶴勒那比丘於月支國九白棲一林間以誦大品般若爲業感群鶴依之適值其國王寶印命齋於宮中方坐俄有香煙飄然至前問王識乎王曰天香耶鶴勒曰不然此西印土摩拏羅尊者所示信也然是尊者乃那提王子昔爲娑羅樹王佛與釋迦如來所記於此賢劫當爲二十二世法祖其化人無量王宜相從西嚮禮之而大士即以手三點於地衆羅漢問其何以然曰適鶴勒那於月支王宮致禮此故答之遂謂衆曰吾即欲至彼汝得神通者悉宜從往遂與其衆乘虛趣月支國是時鶴勒那率其王各駕寶象列御仗遠出迎之尋與大士俱還其宮鶴勒先以其弟子龍子者問之曰此子才辯冠世我嘗以三昧觀其夙習而終不能見尊者以謂何如大士曰汝以三昧觀得幾劫鶴勒曰我止三世曰此子功德非唯三世第五減劫巳於妙喜國生婆羅門家時會其國有佛伽藍新成大鍾是子曾以栴檀爲椎助其聲擊彼爲鍾者巳得菩提而此報之聰明鶴勒敬其說即欲事之復問曰我雖感群鶴相依未始識其何緣大士曰汝昔第四劫時嘗爲比丘道德巳充凡有五百弟子每遇龍宮命汝供養汝以其皆未勝龍食常不與俱往彼弟子恠曰師說法則曰於食若等於法亦等

今乃獨往食耶及後命必從汝赴當時以汝德蔭無患及汝滅彼亦漸終坐是濫食皆報爲羽族然已五劫乃今轉受此鶴蓋昔師弟子縁之所牽故復此會鶴勒那大感遂曰此宜修何法資其復於人耶大士因告之曰我有無上法寶是如來藏世尊昔付大迦葉展轉至我我今付汝汝能傳之不絕彼鶴之衆亦資以解脫汝受吾教聽其偈曰

心隨萬境轉　轉處實能幽　隨流認得性
無喜復無憂

鶴勒那忻然敬奉傳法大士即騰身太虛呈一十八變返座指地發一神泉復說偈曰

心地清淨泉　能潤於一切　從地而涌出
偏濟十方世

已而泊然寂滅四衆闍維之斂舍利建塔供養是時當此後漢孝桓帝之世也

天竺第二十三祖鶴勒那大士傳

鶴勒那者月支國人也姓婆羅門氏父曰千勝母曰金光初千勝以未有嗣子詣其國之七佛眞幢求之還謂其婦曰我已求子於七佛幢也是夕金光遂夢有童子臨須彌山手持玉環謂金光曰我來也尋覺有娠他日忽有異僧來其舍謂金光曰護汝孕愼勿汙之金光曰潔身已十月矣因問僧曰此若生子有福德乎僧曰是當生男子也然其於第四劫時已能爲龍宮說法故佛嘗記之謂其將爲大法祖及誕大士天即雨華地出金錢國人瑞之以聞其王王乃取子使乳於宮中宮嬪百千爭欲育之子即能分身各爲其一子王神之然莫辨其正子遂語曰我無儲嗣育

汝欲以爲太子適變多身我甚惑之汝果得通當復神化未爾則終爲千子言已其子放光忽然失之尋見於父母家及七歲會其國人淫祀拘羅神爲之歎曰三界微劣寡得正法之人而邪魅恣作因詣之其廟貌即隳年二十遂從羅漢比丘出家受戒於其山初其師使專誦大品般若如此者三十年後棲月支之林間感群鶴依之以故加令之號晚遇摩拏羅於王宮得其付法始務遊化及至中天竺國會其國王曰無畏海者先夢月照其身臣爲原曰非久當有賢聖來應此夢王即以告四門及大士之至司門者奏之王遽以法仗出迎還宮禮於正殿方坐俄有二緋素衣人前拜鶴勒王黙駭此何人不挹主者大士知之謂王曰此日月天子非人也以吾至是故來致禮王曰何以識之曰吾往劫嘗與其說法因之得生於日月宮少頃其人忽隱唯異香久薰王因問曰若此日月國土凡有幾何大士曰忍土日月山王凡有百億而四天之下約有四千八國然其大小不等王曰是國土者一時有耶有前後乎曰此隨前後三劫而有無耳王曰三劫者依何所而有之曰三劫依六冥而有之王曰何爲六冥曰上下二氣四維相合謂之六冥六冥之間三劫相更其初乃有主其人者曰田主田主之後而國土益分然其生於六冥之間而壽亦有品有萬歲者有千歲者有百歲者有夭有不夭者報既不等而形類亦别雖儒童迦葉二菩薩亦不能悉知我適約說猶滿城芥子而方探一粒王聞益自小其見大士尋出王宮

始大士有弟子曰龍子者夭亡其父母與兄師子比丘皆來將遷殯其喪而衆舉不動兄恠之問大士曰衆盡力舉之何以不動曰過自汝也師子曰何過願聞其所以曰汝初師婆羅門僧出家以去汝弟二年日夜相憶乃欲營福資之遂告汝師塑一佛像久之工未加飾汝惡之遂投於地而復爲之汝今但去收其棄像此喪必舉師子如其言復來弟喪果舉及婆羅門師死師子以大士言驗復求師之初問曰我欲求道當何用心大士曰汝若求道無所用心曰既無用心爭作佛事曰汝若有用即非功德汝若無作即是佛事故經云我所作功德而無我所作師子聞法即解乃趨於弟子之列時其徒或從而問曰師以無我所修行而得此宿命是必知我之衆有無福業願聞其說大士即指東北謂之曰見此乎衆曰不見曰此麤相尚不能見況其微妙功德耶師子前之曰我適見矣大士曰汝何見耶曰我見異氣皎如白虹貫乎天地復有黑氣五路橫布其前類忉利天梯大士曰汝見是氣知其應乎曰所應未之知也唯師言之大士曰我滅之後五十年未難興于北天竺汝當知之師子因告曰我將遊方敢請教於尊者大士曰吾今老矣涅槃即至此如來大法眼藏悉以付汝汝往他國然其國有難而累在汝躬慎早付受無令斷絕聽吾偈曰

認得心性時　可說不思議　了了無可得
得時不說知

付法已大士即騰身太虛作一十八變復其

座寂然遷化四衆闍維已將分去其舍利務各塔之大士復現而說偈曰一法一切法　一法一切攝　吾身非有無何分一切塔衆即合一浮圖而供養之其時當此後漢孝獻帝之世也

天竺第二十四祖師子尊者傳

師子尊者中天竺國人也姓婆羅門氏素聰晤有出世智辯少依婆羅門僧出家習定晚師鶴勒那尋得付法往化於罽賓國初其國有沙門曰婆棃迦者專習小乘禪觀棃迦之後其徒承其法者遂分爲五家學有曰禪定者有曰知見者有曰執相者有曰捨相者有曰持不語者然競以其能相勝尊者皆往正之首謂持不語者曰佛教勤演般若孰爲不語而反佛說耶次謂捨相者曰佛教威儀具足梵行清白豈捨相耶次謂執相者曰佛土清淨自在無著何執相耶次謂知見者曰諸佛知見無所得故此法微妙覺聞不及無爲無相何知見耶然四者之衆皆服其教其五禪觀之衆爲其首者曰達磨達號有知識衆皆尊之以前四衆之屈憤然不甘遂造尊者欲相問難始至尊者問曰仁者習定何乃來此若此來也何嘗習定答曰我來此處心亦不亂定隨人習豈在處所又曰仁者之來其習亦至既無處所豈在人習答曰定習人故非人習定我雖去來其定常習又曰人非習定定習人故當自來去其定誰習答曰如淨明珠内外無翳定若通達乃當如此又曰定若通達必似明珠今見仁者非珠所類答曰

其珠明徹內外悉定我心不亂猶若是珠又曰其珠無內外仁者何能定穢物非動搖此定不是淨達磨達義屈遂禮之曰我於學道蓋虛勞耳非聞斯言幾不知至尊者當容我師之尊者固遜而其請不已乃謂之曰諸佛禪定無有所得諸佛覺道無有所證無得無證是眞解脫酬因答果世之業報而此法之中悉不如是汝若習定乃當然也達磨達忻然奉教未幾其國有一長者子曰斯多年僅二十其左手常若握物而未始輒開一夕其父夢神人令送師子醫之父明日遂携子從尊者求驗其夢然先自心計果得此子病愈當恣之出家而尊者方患久於是國而其法未得所傳一朝而長者父子偕至以其手與夢聞於尊者禮之願即受其出家尊者乃謂衆曰此子手所握者汝等知之乎衆皆罔測復曰此之所持乃一寶珠耳蓋我先世於一國土嘗爲比丘以誦龍王經爲業其時此子已從我出家號婆舍者一日會龍宮請我供之以珠爲嚫時此子從往因付其掌之及我終彼而生此其師資緣業未絕所以復有今會即命斯多展手其珠果爛然在掌於是尊者即爲剃度會聖衆與受具戒謂之曰汝之前身出家已號婆舍而今復然宜以兼之即名婆舍斯多適觀此國將加難於我然我衰老豈更苟免而我所傳如來之大法眼今以付汝汝宜奉之即去自務傳化或遇疑者即持我僧伽棃衣爲之信驗聽吾偈曰

正說知見時　知見俱是心　當心即知見
知見即于今

婆舍斯多奉命即日去之居無何其國果有兄弟二人者兄曰魔目多弟曰都落遮相與隱山學外道法一旦都落遮所學先成謂其兄曰我將竊入王宫作法殺王以奪其國兄曰汝無悮事致累吾族及落遮入宫遂易其徒皆爲僧形計其事集則自顯不爾則歸罪沙門既作其法無効爲國擒之兵者果以沙門奏之王大怒曰我素重佛其人何以爲此大逆遂斥教盡誅沙門尊者即謂其衆曰王令不利我等汝宜遠避其徒欲奉尊者隱之尊者曰吾見蘊空復何逃乎其王彌羅崛果仗劒毅然詣尊者而問曰師得無相法耶曰得王曰既得生死有懼乎答曰已離生死何有懼也王曰不懼可施我頭耶曰身非我有豈況於頭王即斬之尊者首墜其白乳湧高丈許然王之右臂即截然自絶尋病七日而死方王疾時其太子曰光首者憂之大募方士圖爲父悔謝俄有仙者自象白山至謂光首曰此夙對不必憂也太子前之曰願聞夙事仙者曰前今數世汝父嘗生此國爲白衣者然其爲人賢善好重佛道一日糺衆爲無遮齋時師子前身亦爲白衣來與其會當時師子聰明有辯博九與人論未始輙屈是日乃以佛法發問汝父白衣其白衣雖應對中理而師子白衣心欲勝之輙橫發難勢既紛紜其義遂屈以故憤恨尋竊使持毒藥以斃汝父白衣雖其先歷多世而冥數未至事故不作今其緣業相會汝父王所以横殺師子太子其憂稍解後乃塔師子比丘遺骸其被害時當此前魏廢帝齊王曹芳之世也

評曰預付法以何驗乎曰以聖人驗之唯聖人故能玄知令師子德能爲祖自謂則曰巳得蘊空此其爲聖人亦至矣豈無玄知乎又鶴勒那嘗以難語之勉其傳道此可不預付法乎他傳（付法藏傳也）能知其臨刑湧之白乳而乃曰相傳法人於此便絶何不思而妄書乎（其妄驗於禪經）

天竺第二十五祖婆舍斯多尊者傳

婆舍斯多者罽賓國人也姓婆羅門氏亦號婆羅多羅亦號婆羅多那父曰寂行母曰常安樂初常安樂夢人授之寶劒因孕尊者此後室有異香天數雨花其家及誕拳其左手常若握物至年十一有異僧來其舍謂寂行曰此子年至二十當得大法寶其手所握亦得發明言巳僧忽不見及尊者勝冠父寂行携詣師子尊者辨其夙緣即悉從師子出家因加今名既爲沙門而師子方老又其夙累密邇乃以法付之苦令其去國尊者從命即日去之初至中天竺國其王曰迦勝逆而禮之先是其國有爲外道者號無我恃其術頗訾佛法王常不平至此命尊者抑之及會外道者要之默論欲不以言尊者詆之曰若不以言爭辯勝負外道曰不爭勝負但取其義尊者曰何者名義外道曰無心爲義尊者曰汝既無心安得義乎外道曰我說無心當名非義尊者曰汝說非心當名無義我說非心當義非名外道復曰當義非名誰能辯義尊者曰汝當名非義此名何名外道曰爲辯非義是無名名尊者曰名既非名義亦非義辯者是誰當辯何物如此凡五十餘反外道詞

屈遂伏之時王宮殿俄有異香酷烈尊者肅然曰此吾師謝矣其信適至遂北面作禮尋謂王曰我始去師計往南印土今此久留豈辭師之意遽別王將去王曰尊者少留容有所請今余苑中有泉熱不可探其涯之石夜則發光雖甚恠之終不知其然願爲決之尊者曰此爲湯泉有三緣所致其一神業其二鬼業其三熱石熱石者其色如金其性常炎故其出泉如湯鬼業者謂其鬼方出罪所遊於人間以餘業力煎灼此泉以償其夙債神業者謂神不守其道妄作禍福以取饗祀惡業貫盈冥罰役之亦使煎灼此泉以償濫祭王曰幸尊者驗之三緣此果何者而致之尊者曰此神業所致也即命爇香臨泉爲其懺悔須臾瀕水現一長人前禮尊者曰我有微祐得遇尊者即生人中故來辭耳已而遂隱後七日其水果清冷如常泉時中印之人以其言有効乃以婆羅多那稱之及北天竺聞之復以婆羅多羅稱之然二國之所稱猶此曰別業泉衆也尊者終告往於南天竺王躬羅御仗以送之既至南印其王曰天德者亦逆而禮之初王有子奉佛頗如法爲其功德然病且經年王因以問尊者曰吾子奉佛作善而乃得久疾善惡報應將如之何尊者謂王曰王子之疾誠功德之所發也然此理幽遠王其善聽佛謂人有重業在躬猶内病已深藥不能攻將死其病益作病之在淺遇藥即動動而後較重業亦然雖有功德無如之何及其死矣業報益現業之輕也資於功德其報即現後乃清淨今王之子爲善久疾必

其所爲功德發此微業適雖小苦後當永寧經不云乎於三惡道中若應受業報願得今身償不入惡道受王何疑乎王信其說復爲營福其疾果愈然其國先有呪師曰靈通者王所信重及此乃嫉斯多謀以毒藥中之藥不能害復以術較術益不勝以是深銜之時尊者去王之宫化於他部已十六年會王天德崩後王德勝即位尤好呪者之說呪者因譏之謂其王曰婆舍斯多非師子弟子豈有道耶請王試之王從其言時王太子曰不如蜜多者知其構惡於尊者乃諍之曰婆舍斯多祖王所重前呪師不能害尋亦自斃其道甚至國家不須試之王怒謂太子黨於斯多遂囚之一日果召尊者御正殿而問之曰我國不容邪法師之所學乃是何宗斯多對曰我所學者佛法之正宗也王曰佛滅已過於千歲而汝安得之尊者曰自釋迦如來傳法更二十四世至于吾師師子我適所得蓋承於師子比丘也王曰師子戮死安得以法相傳果爾亦何以爲信尊者曰吾師授我傳法僧伽梨在焉即進於王王初不然遂命焚而驗之火方熾遽有異光自其衣而發掩於世火祥雲覆之天香馥郁及燼而僧伽梨如故王大信乃盡禮於尊者其僧伽梨衣王即請之遂詔出其太子初不如蜜多被囚左右不得以時進膳飢渴之甚方慮死在旦夕俄有白乳一道自空而來注其口中味若甘露形神即寧因有所感竊自謂曰我若脱此當求出家少頃而赦命至太子見王謝已遂稱疾請免儲副乞從出家王詳其志不可奪許之

太子即詣尊者致弟子禮尊者曰父王聽乎曰俞又曰汝欲出家當爲何事曰我爲佛事尊者以其懇至尋爲度之當此地動月於晝現舉國皆驚王恐其不祥尊者告曰此非不祥勿憂也王曰吾聞月晝出日夜現此陰陽相反安得祥乎尊者曰晝而見月表遇聖人夜而覩日表大暗皆明王憂遽解因謂尊者曰我亦夙有五疑今遇尊者聖智敢以問之一者往見地動或近或遠由何所致今日復爾同不同耶二者日月星宿何故隱現不時三者地産異物其應誰乎雲霓佳氣自地而作何人感召四者東西極望霞彩不定倐明倐滅與其五者天色青紺其孰使然尊者無專佛法而不言世諦願爲決之尊者曰三千大千百億日月皆佛境界而孰不可談豈有佛法世諦説不説耶王無爲是語然王之所疑皆有以也君其聽之夫世有佛出地則四震晝則現月夜則現日世有佛成道地則五震日月增明世有佛涅槃地則六震日月皆晦世有菩薩出者地則三震晝則現月世有菩薩成道地則四震夜則現日世有菩薩滅度地則五震天之明星皆即曖昧世有羅漢出者地則一震晝則星現世有羅漢證果地則三震夜星皆明世有羅漢寂滅地則四震夜星皆晦世有比丘二生不退學佛之道及其出世也地則一震若是比丘將證聖果地則二震若是比丘遷謝之時地則三震世有比丘三生不退學菩薩之道及其出世也地則半震此學比丘將證聖果地則一震此學比丘欲寂滅時地則二震世有比丘四生不

退學羅漢道者及其出世也衆星皆明此學比丘將證聖果地則半震此學比丘將入滅時地則一震世有人爲至孝者地則半震世有人作五逆者地亦半震是八者功德有大小而業有善惡隨其所感故地動有遠近日月隱顯東西霞氣不定其色者蓋須彌山之東西二面隨日蔽虧故衆寶之色明滅不一天色紺青者亦須彌山之南面以吠瑠璃所成及其晴映故有是色夫天地人三者之瑞各有上中下三品其應現不同王曰夫三品者何尊者曰感日上上瑞感月上中瑞感星上下瑞感其上上瑞者唯佛大聖人能之感其上中瑞者唯菩薩其次聖人能之感其上下瑞者唯阿羅漢又其次聖人能之雲氣虹霓起於地者亦有上中下之三品也虹霓之氣上上瑞也唯君有道故能感之景雲五色上中瑞也唯臣有德乃能感之彩雲如蓋上下瑞也唯人有善乃能感之禽獸之瑞亦有九品夫物有罕見於世而忽有之形非雌牝色如壁玉若麟龍之類者此上上瑞也物有本非白色而忽雪如若龜師子之類者此上中瑞也物有本非角者而忽角之色復如金此上下瑞也物有本非翼者而忽翼之色復如銀此中上瑞也物有本非鱗者而忽鱗之色復皎如此中中瑞也其中下一説元古本脫落物有本色非紫者而忽紫之此下上瑞也物有其色非青非黃復不雌牝此下中瑞也物有本色非黑而忽緇之不必雌雄此下下瑞也草木之瑞亦有九品夫草木有本性堅正而益其秀異本色非白而忽皎如此上上瑞也草木

有性稍堅正本色非紫而忽紫之此上中瑞也草木有本非標秀而忽秀之此上下瑞也草木有花而不實而忽實之此中上瑞也草木以異本相接而生者此中中瑞也草木有忽變而生異花者此中下瑞也草木有忽生人之象似者此下上瑞也草木有忽發光者此下中瑞也草木有忽生飛走之象者此下下瑞也夫釋迦佛化境若此祥瑞者無限殆不可紀然皆隨世福力大小感召而出之王得其異聞前而加禮尊者謂王曰王子出家其所感若是誠大士也宜其繼我紹隆法寶不如蜜多尋亦證果即與蜜多還其前之化所其後乃命曰吾老甚非久謝世昔如來大法眼藏今以付汝聽吾偈曰

聖人說知見　當境無是非　我今悟其性　無道亦無理

蜜多既受付法復告斯多曰尊者以祖師僧伽棃衣祕於王宮不蒙授之其何謂耶斯多曰我昔傳衣蓋先師遇難付法不顯用爲今之信驗汝適嗣我五天皆知何用衣爲但勤化導汝之已後者度人無量蜜多默然奉命已而尊者超身太虛作一十八變大放光明照耀天地即於空中化火自焚雖雨舍利而不墜于地大衆各以衣裓接之尋建浮圖合而祕之其時當此東晉明帝之世也

評曰謂衣不焚不亦太神乎曰寶劒出乎良冶尚能變化不測而光貫星斗方士資乎世術亦能入水不濡入火不焚況乎聖人之上衣大法之勝器此可然乎能無曜乎其言地動至乎雲日草木之祥瑞遠以業理求之至

哉宜異世俗五行之説

傳法正宗記卷第四

音釋

襁褓繈峯兩切褓博浩切繈褓小兒綳也　剜烏丸切刻削也　飼祥吏切餧也　梃待鼎切杖也　隳許規切毀也　斃毗祭切死也

傳法正宗記卷第五

宋藤州東山沙門釋契嵩編修

天竺第二十六祖不如蜜多尊者傳

天竺第二十七祖般若多羅尊者傳

天竺第二十八祖菩提達磨尊者傳上下

天竺第二十六祖不如蜜多尊者傳

不如蜜多尊者南天竺國人也姓刹帝利父曰德勝即其國之王蜜多蓋德勝之太子也誕時宫中有異香氤氳家人奇之然其天性淳懿少崇佛事初婆舍斯多道化其國尊者會事因稱疾乞免太子從斯多出家王聽斯多即宫中爲其剃度會勝僧受之具戒事見於斯多傳尋從斯多出宫乃得付法其後遊化至東天竺國先是其國王刹帝堅固信重長爪外道梵志者及尊者入境外道之徒患之以告其師曰適知不如蜜多入國其人道勝恐吾黨不如宜先謀斥之外道即請從其王登高因西望謂王曰西有妖氛必魔入境王見之乎王曰不見然則柰之何外道曰此魔所至家國必衰然爲王計者不如誅之王曰未見其罪豈忍爲乎外道復進其徒之善呪者曰其法能動天地此可以禦魔然尊者已知託以望氣先戒其衆曰我至此城必有小難汝輩勿驚及見王果詰曰師來何爲尊者曰我來欲度衆生曰當以何法度何類衆生曰隨其類而以法度之曰苟有術者師敢敵乎曰我佛法至正雖天魔不足降之安有妖術而不敢當耶外道輩聞其語益憤作法即化一大山凝空將壓尊者尊者遂以指按地地動五百外道皆不能立移山却臨其首

外道黨大懼尊者復按地地靜化山亦没外道皆羅禮悔過王亦謝之曰吾不識大士乃令螢火欲爭曜日月是時王新遷其都他日張大齋落之亦以慰外道欲尊者預會尊者初不奉命徐觀其地將陷即以神通往之王見曰師果來耶曰我非應供來欲有所救耳王曰何救曰此地巳爲龍之所有須臾當陷衆不便去必溺王恐急起其衆去之未遠至一高原反顧其地果陷淵然成湫王益敬蜜多即嚴象駕命尊者偕還其故城因曰余五日之前嘗夢空中墜一金鎖垂至于地我即舉之今日之事非其應乎尊者亦謂王曰吾昔將至此國嘗夢一奇童持寶蓋趨我之後此必聖人出王所治以相繼傳法王曰下國豈有至人耶曰王無謙是必應之先是其國有婆羅門子幼無父母子然放達自號瓔珞閭里不能測其爲人一日遽發隱語曰神人脚踏土會裏逢龍虎是日趣王來王便隨他去自是出處益不常及王與尊者駕至其舊城之東此子特來迎之禮於駕前尊者語王曰所謂王國之聖士此其人也尊者即謂瓔珞曰汝記往事乎瓔珞曰我念昔同法會尊者演摩訶般若波羅蜜而我轉甚深修多羅緣當復會故此相候蜜多謂王曰此子蓋大勢至菩薩降迹爲吾嗣法然其後復出二大士其一先化南天竺而後緣在震旦然其九年却返本國尊者即爲之剃度謂瓔珞曰以前吾談般若汝說脩多羅致今復會便宜以般若多羅爲汝之名當此不如蜜多化導於東天竺逾六十年矣一旦遂命般若多羅而

告曰昔如來付大法眼藏展轉至我我今用傳於汝汝宜流通勿令其絕聽吾偈曰

眞性心地藏　無頭亦無尾　應緣而化物
方便呼爲智

付法已尊者告王曰荷國恵施寧不感之但其化緣殆盡不能久戀仁德吾將往矣王善保之王泣下如喪所親尊者乃於王宫即座化形如日少頃復之呈一十八變以三昧火即自焚之雨金色舍利王後爲金塔以閟之其時當此東晉孝武帝之世也

天竺第二十七祖般若多羅尊者傳

般若多羅尊者東天竺國人也姓婆羅門氏幼喪父母子然匃食自養遊於閭里時人但以瓔珞童子號之有命之役者不辭勞不論直或問曰汝何姓曰我與汝同姓或曰汝行何急曰汝行何緩人皆不測其然會其國王堅固者與不如蜜多共駕還其故城尊者遂東出趣其駕前自說昔緣至是尊者之迹大顯蜜多即攜至王宫他日爲之出家會勝僧受之具戒而尊者之體即發異光未幾蜜多果以法眼付之縱其遊化及尊者至南天竺國其國王香至者詔禮於宫中以寶珠施之初王有三子而其志各有所修其長曰月淨多羅者好修念佛三昧其次曰功德多羅者好修福業其次曰菩提多羅者好通佛理以出世爲務至是香至皆命出禮尊者尊者以三子皆好善意欲驗其智之遠近即以王所施珠使各辨之曰世復有加此珠乎其一月淨多羅曰此寶珠最上世無有勝之者也非吾王家孰能致之其二功德多羅亦如其說

其三菩提多羅曰此珠世寶未足爲上夫諸寶之中法寶爲上此是世光諸光之中智光爲上此是世明諸明之中心明爲上然此珠光明不能自照要假智光明辨於此既明辨此即知是珠既知是珠即明其寶若明其寶寶不自寶若辨其珠珠不自珠珠不自珠者要假智珠而辨世珠寶不自寶者要假智寶而明法寶然則我師有道其寶即現衆生有道心寶亦然尊者嘉其才辨復問曰諸物之中何物無相曰於諸物中不起無相又問曰諸物之中何物最高曰於諸物中人我最高又問曰諸物之中何物最大曰於諸物中法性最大尊者默喜謂是大法器必爲己嗣其後會父病既亟輒以手覽空雖左右不能止菩提多羅因以問尊者曰吾父務善與福乎若未有如其爲心者今感疾恍惚手覽虚空恐非善終何其報之相反耶我甚惑此尊者果能釋之願從出家尊者曰此其業之所應也然物皆有業雖三乘聖人亦不能免之但其業有善惡耳佛謂人有爲善之至及其終也報當生天則天光下垂如引輕絲欲其終者覽之而神隨以上征其光或五色互發者蓋表其所嚮乃往天界也今汝父手有所覽是亦報生天上也亦其爲善之明効非不令終然當其大漸將有天樂異花應之尋如其言及王崩二子方甚號慟而菩提多羅獨於喪所端然默坐終朝不興其二兄怪之以問尊者尊者曰此子入定將有所觀七日當自起勿驚及菩提多羅定起謂二兄曰我欲觀父何往而他無所覩但見一日明照天地其

父殯已菩提多羅果告二兄求從尊者出家尊者知其道緣純熟勢不可沮遂當其師乃爲安其法名久之遂以法而付囑曰如來大法眼藏展轉而今付於汝汝善傳之無使斷絶聽吾偈曰

心地生諸種　因事復生理　果滿菩提圓
花開世界起

已而般若多羅於其座展左右手各放五色祥光七十餘道尋超身高七多羅樹即以化火自焚雨舍利不可勝數四衆歛之與其國之王月淨建浮圖而閟之是時當此宋孝武帝之世也（以達磨六十七年後方東來筭之當在宋孝建元年甲午也）

評曰出三藏記所謂不若多羅而此曰般若多羅又謂弗若蜜多而此曰不如蜜多何其異耶曰此但梵音小轉蓋譯有楚夏耳然般若多羅於諸祖獨多識語而後頗驗之豈非以法自其後而大盛於中國欲有所誌耶將示聖人之心其所知遠乎

天竺第二十八祖菩提達磨尊者傳上

菩提達磨尊者南天竺國人也姓刹帝利初名菩提多羅亦號達磨多羅父曰香至蓋其國之王達磨即王之第三子也生而天性高勝卓然不羣諸子雖處家已能趣佛理及般若多羅說法王宫乃得相見尋答般若問珠之義才辯清發稱有理趣般若奇之默許其法器及父歿代遂辭諸兄從般若出家曰我素不顧國位欲以法利物然未得其師久有所待今遇尊者出家決矣願悲智見容般若受其禮爲之剃度曰汝先入定蓋在日光三昧耳汝於諸法已得通量今宜以菩提達磨

爲汝之名會聖僧與受具戒當此其地三震月明晝現尊者尋亦成果自此其國俗因以達磨多羅稱之亦曰菩提王子遂事其師更四十餘載而般若乃以法付之並囑尊者曰汝且化此國後於震旦當有大因緣然須我滅後六十七載乃可東之汝若速往恐衰於日下尊者旣稟其命復問般若曰若我東往其國千載之下頗有難耶得大法器繼吾道乎般若多羅曰法之所往其趣法者繁若稻麻竹葦不可勝數然其國當我滅後六十餘載必有難作水中文布善自降之然汝至彼南方不可即住蓋其天王方好有爲恐不汝信聽吾偈曰

路行跨水復逢羊　獨自棲棲暗渡江
日下可憐雙象馬　二株嫩桂久昌昌

尊者又問曰過此巳往可得聞乎又曰吾滅之後一百五歲其復有小難又說偈曰

心中雖吉外頭凶　川下僧房名不中
爲遇毒龍生武子　忽逢小鼠寂無窮

又問曰此後復有事乎曰吾滅後一百六十年末復有小難蓋父子繼作其勢非久可三五稔耳又說偈曰

路上忽逢深處水　等閒見虎又逢猪
小小牛兒雖有角　青溪龍出總須輸

又問曰所謂法器菩薩此後出乎般若又說偈曰

震旦雖闊無別路　要假姪孫脚下行
金雞解銜一顆米　供養十方羅漢僧

復曰此吾滅後三百三十載乃應之也又問曰此後佛法中頗有明斯意而善分別者耶

曰吾滅後三百八十年間乃有比丘暗學而明用又說偈曰

八月商尊飛有聲　巨福來祥鳥不驚
懷抱一雞重赴會　手把龍蛇在兩楹

又偈曰

寄公席帽權時脫　文字之中暫小形
東海象歸披右服　二處蒙恩總不輕

又偈曰

日月並行君不動　郎無冠子上山行
更惠一峯添翠岫　王教人識始知名

復曰大器當現逢雲即登吾何憂乎尊者又問曰然此人之後復有難乎曰吾滅後四百六十年間會一無衣之人欲爲魔事又說偈曰

高嶺逢人又脫衣　小蛇雖毒不能爲
可中井底看天近　小小沙彌善大機

復曰汝記斯言將驗小難黑衣童子必善釋之尊者又問曰此後復有難乎曰吾滅後方六百年不生之樹當作留難然雖難與二人出現乃自寧靜又說偈曰

大浪雖高不足知　百年凡樹長乾枝
一鳥南飛却歸北　二人東往復還西

復曰白衣和尚說法無量若見此讖歸而不嚮又問曰此後復有難乎曰吾滅後二千八百年間當有四龍起此一難然非爲大也汝宜知之又說偈曰

可憐明月獨當天　四箇龍兒各自遷
東西南北奔波去　日頭平上照無邊

又偈曰

吾此讖詞　腰長脚短合掌向天　迴頭失伴

身著紅衣　又如素綃　立在目前　還若不見
好好思量　水清月現
尊者又問曰此後復有難乎般若多羅復曰吾滅後三千年間凡有一十二難其間有九大難此總以一偈記之偈曰
鳥來上高堂欲與　白雲入地色還清
天上金龍日月明　東陽海水清不清
手捧朱輪重復輕　雖無心眼轉惺惺
不具耳目善觀聽　身體元無空有形
不說姓字但驗名　意尋書卷錯開經
口談恩幸心無情　或去或來身不停
又曰後所有難悉存此一十二句雖復遠記非汝一世所覩然得眞天眼乃可即見般若多羅既滅尊者禀其言且留本國勉行教化尊者初與比丘號佛大先者俱出於般若多羅之門故二人每以伯仲之禮相遇當是皆盛揚其法時人美之謂開二甘露門方其國有僧曰佛大勝者輙離其所傳爲六宗分化諸處其一曰有相宗二曰無相宗三曰定慧宗四曰戒行宗五曰無得宗六曰寂靜宗然學者趨之甚多其徒各不下千百尊者常爲其太息曰國雖有是六衆然其道皆非大至微我正之其人安得解脫一旦遂以神通往之初一詣其有相宗所而問之曰一切諸相何名實相其衆之首曰薩婆羅者荅曰於諸相中不互諸相是名實相又問曰一切諸相而不互者若明實相當何定之荅曰於諸相中實無有定諸相即名爲實又問曰諸相不定即名實相汝今不定當何得之荅曰我言不定不定諸相當說諸相其義不然又問曰

汝言不定當爲實相定不定故即非實相答曰定既不定即非實相知我非故不定不變何名實相已變已往其義亦然答曰不變當在不在故故變實相以定其義又問曰實相不變變即非相於有無中何名實相於是薩婆羅心即縣解以手指空却問尊者曰此世有相亦能空故當此身力得似此耶尊者曰若解實相即見非實若了非故其色亦然當於色中不失色體在於非相不礙有故若能是解故名實相次二詣其無相宗所問之曰汝言無相當何證之其衆之首曰波羅提者前而答曰我名無相心不現故又問曰汝相不現當何明之答曰我明無相心不取捨當於明時亦無當者又問曰於諸有無心不取捨又無當者誰明無故答曰佛入三昧尚無所得何況無相而故知之又問曰相既不知誰云有無尚無所得何名三昧答曰我說不證證無所證非三昧故我說三昧又問曰非三昧者當何明之汝既不證非證何證波羅提於是妙悟遽起謝之尊者即爲授記曰汝證果非遠然國有魔與亦汝伏之次三詣其定慧宗所而問之曰汝學定慧爲一爲二其衆之首曰婆蘭陀者前而答曰我此定慧非一非二又問曰汝之定慧既非一二以何目之名爲定慧答曰在定非定處慧非慧一即非一二即不二又問曰當一不一當二不二既非定慧約何定慧答曰不一不二定慧能知非定非慧亦可然矣又問曰慧非定故然可知哉不一不二誰定誰慧波蘭陀即廓然開悟致禮伏膺次四詣其戒行宗所而問之

曰汝以何者爲戒云何名行而此戒行爲一爲二其衆之首者趍前而答曰一二二一皆彼所生依教無染此名戒行又問曰汝言依教即是有染一二俱此何言依教此二違背不及於行內外非明何名爲戒答曰我有內外彼以知竟既得通達即是戒行若說違背俱是俱非言及清淨即戒即行又問曰俱是俱非何言清淨既得通故何談內外其首者即自省其非拜謝稱幸次五詣其無得宗所而問之曰汝言無得無得何得既無所得亦無得得其衆之首曰寶淨者前而答曰我說無得非無得得當說得得無得亦得又問曰既得不得得亦非得既云得得得何得得答曰見得非得非得是得若見不得名爲得得又問曰得既非得非得無得既無所得當得何得寶淨於此乃昭然發悟次六詣其寂靜宗所而問之曰汝以何名寂云何能靜其衆之首者趍前而答曰此心不動是名爲寂於諸無染名之爲靜又問曰本心不寂要假寂寂今已寂故何用寂靜答曰諸法本空以空空故於彼空空故名寂靜又問曰空空以空諸法亦爾寂靜無相何靜何寂其首者義屈遂加敬之自是其六衆皆宗而師之尊者道聲益揚五天學者莫不沛然歸之尋會其國王曰異見者實前王月淨多羅之子而達磨之姪也輒發邪見毀呰佛法曰我之祖先皆惑於佛法非得其正今我所爲豈宜踵之遂於教大作患難尊者憫之曰孺子忝我宗社乃興惡意此何福家國當爲教之因念前無相宗有二賢者可使往化然一曰波羅提者

道力將充與王有緣二曰宗勝者雖能辯博而德業未臻方自裁所遣而六衆俄各念曰大師達磨素得聖智今法有難盍救之乎尊者即知乃彈指應之衆皆驚曰此吾大師之信也當共詣之得神通者各攝其衆少頃皆至列禮座下尊者曰今王致難於我雖如一微塵而起翳佛界然汝等孰能拂之宗勝俄先之曰我雖德寡願往解之尊者曰汝雖辯捷道力未勝恐不能伏王宗勝不奉其言必自往之見王初以真俗二諦與之辨論言皆不屈及王問曰汝今所解其法何在宗勝曰如王治化當合其道王所有道其道何在王曰我之有道將除邪法汝之有法當伏何物尊者縣知宗勝詞窮謂波羅提曰宗勝不顧吾言今必屈於王汝宜速往助之波羅提奉命以神力疾舉即詣王殿王與宗勝方復諍詰遽見波羅提乘雲而至王驚起遂問曰凌虛來者是邪是正波羅提答曰我非邪正而來正邪王心若正我無邪正王雖詞屈而很慠未已即擯宗勝於山波羅提謂曰王既有道何斥沙門我雖無解幸王見問王厲聲問曰何者是佛波羅提曰見性是佛王曰師見性耶答曰我見佛性王曰性在何處答曰性在作用王曰是何作用我今不見答曰今現在用王自不見王曰於我有否答曰王若作用無有不是王若不用體亦難見王曰若當用時幾處出現答曰若現於世當有其八王曰其八出現當爲我說波羅提即說偈曰

在胎爲身 處世爲人 在眼曰見 在耳曰聞

在鼻辨香 在口談論 在手執捉 在足運奔

徧現俱該沙界　收攝在一微塵
識者知是佛性　不識喚作精魂
王悟其説即悔謝前非遂翻然變志從波羅提求聞法要凡三月奉其討論方宗勝被擯山中乃自感曰我八十始得正見此二十年來修行僅至臨難復不能護法雖今百歲何爲不若死之遂頽然投身於高崖俄有神人舉一長手承之而置於石上其體無損宗勝曰我忝出家不能抑王邪意而護持大法死固宜然何神祐而致此耶幸一言以示其縁神人乃説偈曰
師壽於百歲　八十而造非　爲近至尊故
熏修而入道　雖具少智慧　而多有彼我
所見諸賢等　未嘗生珍敬　二十年功德
其心未恬静　聰明輕慢故　而致至於此
得王不敬者　乃感果如是　自今不踈怠
不久成奇智　諸聖悉存心　如來亦復爾
宗勝聞神之偈乃自責益欲精修誓終世不復出山是時王問波羅提曰尊者辯慧如是果師何人波羅提曰我所師出家者即娑羅寺烏沙婆三藏是也其得法出世師者即王叔菩提達磨是也王聞稱達磨遽大駭曰吾叔存耶噫我不克荷負妄抑聖教累吾尊叔詔即迎之尊者與使者尋至王宫王泣拜不能起尊者即爲其説法悔過王因遣使馳詔宗勝使者奏曰宗勝恥擯投崖死已久矣王愈憂之以問尊者曰宗勝之死蓋余之咎尊叔何方爲我免罪尊者曰宗勝非死適在巖石宴坐耳汝但往取必得之來使去果見道王已迎達磨之意宗勝辭不奉命尊者知之

謂王曰此未可起必再命乃至尊者辭王却返其所居曰王益宜興福非久恐有疾作尊者去方七日王果感重疾國醫不能治宗戚近臣以達磨所記有驗意其必能救王即遣使懇請尊者復來時宗勝被詔已至波羅提以王之疾亦來問之二沙門因請於尊者曰王疾已篤生耶死乎大師有何方便為其救之尊者即離座以手探王之體謂二沙門曰死則必陷惡趣二沙門曰此何以驗之曰吾適以俟五蘊法見之耳二沙門曰大師道力勝異可為其興何福業得免斯苦尊者即使太子與其權臣大赦囚徒廣放生靈尊者復命炷香為懺其罪少頃王疾果損稍辨人事謂左右曰我適夢一大蟒極長初吐火逼灼我體尋被一長人以左手持之投於曠地我即清涼遂得起馳出一鐵門於是遽醒王疾既平益得其叔當是達磨化導其國已六十餘載思遵其師之教謀欲東征即以神力往辭般若多羅塔廟復至宮掖告别其王尋知六衆之徒思欲來别尊者即各就其衆之所化坐寶蓮皆為說法以慰安之後謂王曰我於震旦其緣已稔今東去矣善將汝躬保爾家國王涕之曰余天何不祐使我尊叔去之王不能留即為其治裝載以大舶翼日王躬帥親戚臣屬送於海壖國人觀之者皆泣下

天竺第二十八祖菩提達磨尊者傳下

菩提達磨之東來也凡三載初至番禺實當梁武普通元年庚子九月之二十一日也或曰普通八年丁未之歲州刺史蕭昂以其事奏（傳燈録諸家舊說並云達磨來梁在普通八年今按史書普通秖至七年唯今王佑

長曆甲子數或有八歲可疑又皆稱蕭昻以達磨事奏及考昻傳不見其爲廣州刺史唯昻姪蕭勱當時嘗作此州刺史恐昔傳録者悞以勱爲昻耳前録國本者既是非不嫌今不敢輙削且存其闕疑也即詔赴京師其年十一月一日遂至建業法駕出迎之還宮因詔尊者陪坐正殿帝乃問曰朕嘗造寺寫經大度僧尼必有何功德尊者曰無功德帝曰何無功德對曰此但人天小果有漏之因如影隨形雖有非實帝曰如何是眞功德對曰淨智妙圓體自空寂如是功德不以世求帝復問曰如何是聖諦第一義對曰廓然無聖帝曰對朕者誰對曰不識帝不悟即罷去尊者知其機緣不契潛以十九日去梁渡江二十三日北趨魏境尋至雒邑實當後魏孝明正光之元年也初止嵩山少林寺終日唯面壁嘿坐衆皆不測其然俗輙以爲壁觀婆羅門僧未幾洛有沙門號神光者其爲人曠達混世世亦以爲不測之人及聞尊者風範尊嚴乃曰至人在兹吾往師之光雖事之盡禮尊者未始與語光因自感曰昔人求道乃忘其身今我豈有萬分之一其夕會雪大作光立於砌及曉而雪過其膝尊者顧光曰汝立雪中欲求何事神光泣而告曰惟願和尚以大悲智開甘露門廣度我輩尊者謂之曰諸佛無上妙道雖曠劫精勤能行難行能忍難忍尚不得至豈此微勞小効而輙求大法光聞誨乃潛以刃自斷左臂置之其前尊者復謂光曰諸佛最初求道爲法忘形汝今斷臂吾前求亦可在光復問曰我心未寧乞師與安尊者曰將心來與汝安曰覔心了不可得荅曰與汝安心竟光由是有所契悟尊者遂易其名曰慧

可此後學者乃信緇白之衆皆靡然趨於尊者然其聲既振遂聞於魏朝孝明帝嘗三詔不動帝亦高之遂就錫二摩納袈裟金銀器物若干等者皆讓去凡三返帝終授之居魏方九年尊者一旦遽謂其徒曰吾西返之時至矣汝輩宜各言所詣時有謂道副者先之曰如我所見不執文字不離文字而爲道用尊者曰汝得吾皮有謂尼總持者曰我今所解如慶喜見阿閦佛國一見更不再見尊者曰汝得吾肉有謂道育者曰四大本空五陰非有而我見處無一法可得言語道斷心行處滅尊者曰汝得吾骨及慧可者趨前拜已歸位而立尊者曰汝得吾髓尋命之曰昔如來以大法眼付囑摩訶迦葉而展轉至我我今以付於汝汝宜傳之無使其絶幷授汝此僧伽棃寶鉢以爲法信唯恐後世以汝於我異域之人不信其師承汝宜持此爲驗以定其宗趣然吾逝之後二百年後衣鉢止而不傳法亦大盛當是知道者多行道者少說理者多悟理者少雖然潛通密證千萬有餘汝勉顯揚勿輕未悟聽吾偈曰

吾本來茲土　傳法救迷情　一花開五葉
結果自然成

復謂慧可曰此有楞伽經四卷者蓋如來極談法要亦可以與世開示悟入今幷付汝然我於此屢爲藥害而不即死之者蓋以茲赤縣神州雖有大乘之氣而未得其應故久默待之今得付受其殆有終既而與其徒即往禹門千聖寺居無何會其城太守揚衒之者其人素喜佛事聞尊者至乃來禮之因問曰

西土五天竺國師承為祖其道如何尊者曰明佛心宗寸無差悞行解相應名之曰祖又問曰秖此一義為別有耶答曰須明他心知其古今不猒有無亦非取故不賢不愚無迷無悟若能是解亦名為祖衒之復曰弟子業在世俗罕遇知識小智所蔽不能見道願師教之使遵何道果以何心得近佛祖尊者為之說偈曰

亦不覩惡而生嫌　亦不觀善而勤措

亦不捨愚而近賢　亦不拋迷而就悟

達大道兮過量　通佛心兮出度

不與凡聖同纏　超然名之曰祖

衒之得教忻然禮之曰願師未即謝世益福群生尊者曰末世其斁惡者滋多我雖久存恐益致患難增他之罪衒之曰自師至此孰嘗見傷幸示其人即為辨之尊者曰言之則將有所損吾寧往矣豈忍殘人快已而衒之問之益懇曰非敢損人但欲知之耳尊者不得已遂說偈曰

江槎分玉浪　管炬開金鎖　五口相共行

九十無彼我

衒之聞偈再拜而去居未幾尊者乃奄然長逝其時必後魏幼主釗與孝莊帝廢立之際耳是歲乃當梁大通之二年也以其年葬於熊耳山魏遂以其喪告梁梁之武帝即賵寶帛悉詔宗子諸王以祭禮而供養之太子為之文其略曰洪惟聖胄大師荷十力之智印乘六通而泛海運悲智於梵方拯顛危於華土其後魏使宋雲者自西域返與達磨相遇於葱嶺見其獨攜隻履翛然而征雲嘗問曰

大師何往尊者曰西天去即謂雲曰汝主已崩雲聞茫然相别及復命明帝果已猒代雲尋以其事聞於後主孝莊帝帝令發其壙視之唯一革履在焉朝廷爲之驚歎尋詔取所遺之履於少林寺掌之至唐開元中爲好事者竊往五臺僧舍後亦亡之初梁武與尊者遇既機緣不合尋聞其道大顯於魏遂欲碑之尚未暇作及聞宋雲之事益加追慕即成其文其略曰爲玉氎久灰金言未剖誓傳法印化人天竺及乎杖錫來梁說無說法如暗室之揚炬若明月之開雲聲振華夏道邁古今帝后聞名欽若昊天又曰嗟乎見之不見逢之不逢今之古之悔之恨之朕雖一介凡夫敢師之於後其爲帝王仰慕之如此也

評曰佛法被震旦四百八十四年至乎達磨而聖人之教益驗其道益尊故曰菩提達磨之功德抑又至於摩騰法蘭曰何以然曰教雖開說者萬端要其所歸一涅槃妙心而已矣夫妙心者雖衆經必使離乎名字分别而爲之至然而後世未嘗有能如此而爲之者及達磨始不用文字不張門户直以是而傳之學者乃得以而頓至是不亦教之益驗乎其心既傳而天下知務正悟言性命者皆推能仁氏之所說爲之至當不亦其道益尊乎余嘗以是比夫孟子之有德於儒者夫孟子之前儒之教豈無道哉蓋其道蘊而未著及軻務專傳道而儒益尊顯或曰續僧傳以壁觀四行爲達磨之道是乎非耶曰壁觀婆羅門者蓋出於流俗之語也四行之說豈達磨道之極耶夫達磨之徒其最親者慧可也其

次道副道育古今禪者所傳可輩之言皆成書繁然盈天下而四行之云亦未始槩見獨曇琳序之耳然琳於禪者亦素無稱縱曇琳誠得於達磨亦恐祖師當時且隨其機而方便云耳若眞其道則何秖以慧可拜已歸位而立云汝得吾髓此驗四行之言非其道之極者也夫達磨之道者乃四禪中諸佛如來之禪者也經曰觀如來禪者謂如實入如來地故入內身聖智相三空三種樂行故成辦衆生所作不可思議若壁觀者豈傳佛心印之謂耶然達磨之道至乎隋唐已大著矣爲其傳者自可較其實而筆之安得輙從流俗而不求聖人之宗斯豈謂善爲傳乎曰傳謂達磨六被毒藥乃菩提流支之所致然乎曰見蓋爲寶林傳者未之思也楊衒之堅問祖師不已而爲其說偈事豈有先明言而後發識耶爲是說者蓋後世以流支甞屈論於達磨意其爲之假令少驗於讖亦恐當時黨流支者竊作昔刺客有爲北宗之徒而徃害六祖大鑒是豈秀師之意耶方之流支不亦顯乎吾故鄙而不取或曰子謂達磨四祖所見於僧祐三藏記者然祐死於天監之十七年而達磨當普通元年而方至於梁豈有其人未至先爲之書耶不然何其年祀前後之相反乎曰然實祐先爲之書而達磨後至也若達磨者得法化其天竺既已六十年矣乃東來東來三載方至乎梁是蓋西人傳其事先達磨而至祐之流得以爲書也祐既承其傳而爲之宜其書前而人後也

傳法正宗記卷第五

契嵩少聞耆宿云嘗見古祖圖引梁寶唱續法記所載達磨至梁當普通元年九月也而寶林傳云在普通八年丁未即其年過魏當明帝太和十年然太和非明帝年號又云達磨滅度亦在明帝太和十九年而明帝在位秖十二歲即無十九年又以丁未推之即是明帝末年神獸之歲其歲明帝已崩若果以普通八年丁未十二月過魏即達磨在魏九年默坐少林其歲數不登若以普通元年庚子推之即其事稍等今取元年庚子爲準其諸家所見八年丁未亦不敢即削且兩存之識者詳焉又以譯禪經之年筭達磨此時正年二十七歲其說禪經必在此二十七已前也從此筭來以合諸傳記所謂達磨既出家得法後尚隨侍其師四十餘年又依師所囑且在南天竺行化更六十七年又東來在路三年及到中國九年方化去恰是其壽一百五十歲如此則諸家所載達磨支竺兩處事跡稍不差也若以普通八年丁未至中國及寶林所載達磨四十年不受國位以待般若多羅而出家却計其在西隨師四十餘年及到中國已一百五十歲矣其在魏九年始化却成一百六十餘歲故知其云四十不受國位及普通八年到梁大差訛也不可爲準

音釋

壖 而宣切江河邊地也　衒 樊絹切　剈 之邊切　賵 孚鳳切以物贈死曰賵

傳法正宗記卷第六

宋藤州東山沙門釋契嵩編修

震旦第二十九祖慧可尊者傳
震旦第三十祖僧璨尊者傳
震旦第三十一祖道信尊者傳
震旦第三十二祖弘忍尊者傳
震旦第三十三祖慧能尊者傳

震旦第二十九祖慧可尊者傳

慧可尊者武牢人也姓姬氏毋始娠時有異光發其家及生以故名之尊者少嗜學世書無不闚者尤能言莊老年三十遽自感而歎曰老易世書非極大理乃探佛經遂遠遊求師至洛陽香山乃從禪師寶靜者出家尋得戒於永穆寺去務義學未幾而經論皆通三十二復歸其本師歸八年一夕有神人現謂尊者曰何久于此汝當得道宜即南之尊者以神遇遂加其名曰神光次夕其首忽痛殆不可忍師欲爲炙之俄聞空中有言曰此換骨非常痛也以告其師即罷不敢治及曉視其元骨果五處峯起其師曰異乎汝必有勝遇行矣無失其時然其爲人曠達有遠量雖有所出入而未嘗輙發混然自隱故久於京洛而世莫之知及會菩提達磨授道易名當爲法師宗學者乃知其有大德競歸如水沛然趨下一日俄有號居士者年四十許以疾狀趨其前不稱姓名謂尊者曰弟子久嬰業疾欲師爲之懺罪願從所請尊者曰將罪來爲汝懺其人良久曰覔罪不可得曰我與汝懺罪竟然汝宜依止乎佛法僧其人曰適今覩師已知僧矣不識何謂佛法答曰是心是

佛是心是法法佛無二汝知之乎其人遂曰今日乃知罪性不在内外中間如其心然誠佛法無二也尊者器之即爲其釋褐落髮曰此法寶也宜名之僧璨戒後二載乃命之曰昔佛傳大法眼轉至達磨達磨授我我今以付於汝幷其衣鉢汝專傳之無使輙絶聽我偈曰

本來緣有地　因地種花生　本來無有種
花亦不能生

既而復謂僧璨曰我有夙累在鄴將往償之然汝後自亦有難甚宜避之璨曰此實我師聖智先見然願聞難之所以答曰斯非獨我云亦前祖般若多羅讖之耳璨曰何讖答曰其所謂後之一百十五年而興者也偈不云乎心中雖吉外頭凶川下僧房名不中爲遇毒龍生武子忽逢小鼠寂無窮以數計之當在汝世汝益宜護法及可至鄴下說法人大化之凡三十四載一旦遽變節游息不復擇處或鄽或野雖屠門酒家皆一混之識者或規曰師高流豈宜此爲尊者曰我自調心何關汝事初鄴有僧曰辨和者方聚徒講涅槃經於莞城縣之匡救寺尊者每往其寺門與人演說適會正朝衆大從於可辨和之徒亦爲之遷辨和憤之尋謂其令翟仲侃曰慧可狂邪頗誑惑人衆此宜治之仲侃聽其言乃取加之酷刑尊者因是而化時世壽一百七歲士女哀之共收其遺骸葬於磁州滏陽之東當隋開皇癸丑之十三年也唐德宗賜諡曰大祖禪師武德中高僧法琳聞其風嘗爲碑之其略曰吁嗟彼禪師莫知其所以然唯

法斯在非用書誌則安知其道之尊其爲後賢之所企慕如是也

評曰唐僧傳謂可遭賊斷臂與予書云昌其異乎曰余考法琳碑曰師乃雪立數宵斷臂無顧投地碎身營求開示然爲唐傳者與琳同時琳之説與禪者書合而宣反之豈非其採聽之未至乎故其書不足爲詳

震旦第三十祖僧璨尊者傳

僧璨尊者不知其何許人也初以處士見慧可尊者不稱姓名因問答即有發悟乃師其出家可祖器之謂得法寶遂爲名之當後周之時乃受戒於光福寺戒後歸其師復二載乃得授法可祖甞規曰後必有難汝當遠引避之尊者從其言遂去隱於舒之皖公山所令（謂山谷山寺者）凡三十餘年其迹寖顯學者知求其道隋開皇間乃有沙彌曰道信者一旦來禮其座下問之曰乞大師發我解脱法門尊者曰誰縛汝曰無人縛又曰既無人縛汝即是解脱何須更求解脱道信即悟乃願以弟子禮事之久之信往求戒於廬陵既還尊者曰汝已戒道亦備矣吾即往之昔如來大法眼藏今以付汝并其衣鉢汝皆將之聽吾偈曰

花種雖因地　從地種花生　若無人下種

花地盡無生

復曰汝善傳之無使其絶吾往游羅浮非久乃還更二載遂復山谷月餘盛會州人與其説法已而立化於大樹之下當隋大業丙寅之二年也是時隋室方亂未遑塔之至唐天寶五載會趙郡李常移官於舒乃發壙焚之得舍利立窣堵波於其化所初璨尊者以風

疾出家及居山谷疾雖愈而其元無復黑髮故舒人號爲赤頭璨然其奇見異德誠不測人也先是其所居頗多蛇獸爲害及尊者至皆絕一日有神光遽發其寺甘露泫於山林時人怪之以而相問尊者曰此佛法將興舍利欲至之先兆耳其後京國大獲舍利遂須天下果置塔於山谷寺其感効皆此類也唐明皇謚曰鑒智禪師塔曰覺寂其後宰相房琯爲其碑序之甚詳

評曰璨尊者初雖不自道其姓族鄉邑後之於世復三十餘載豈絕口而不略云乎此可疑也曰余視房碑曰大師嘗謂道信云有人借問勿道於我處得法此明尊者自絕之甚也至人以物迹爲大道之累乃忘其心今正法之宗猶欲遺之況其姓族鄉國俗間之事肯以爲意耶

震旦第三十一祖道信尊者傳

道信尊者其先本居河内後遷於蘄陽之廣濟縣信生遂爲蘄人也姓司馬氏隋開皇壬子之十二載以沙彌叅見僧璨尊者即問答悟道遂北面師之凡九年乃得其付法授衣隋大業間尊者嘗南游至廬陵會賊黨曹武衛以兵圍其城七旬不解尊者因勸城中人皆念摩訶般若波羅蜜賊黨俄見城堞之上有人不翅千數皆長丈許其介胄金色赫赫曜日賊輩大駭相謂曰是城必有大福德人不可攻也即日引去至唐武德七年復北趨乃居蘄之破頭山（今所謂雙峯山者也）大揚其所得之法四方學士歸之猶日中趨市正觀中太宗聞其風嘗三詔尊者皆辭不起又詔太宗謂

使臣曰令復不從吾命即取首來詔至果逆上意尊者即引頸待刃使者還以此奏之太宗嘉其堅正慰諭甚盛至是尊者居山已二十載矣一日往黄梅縣途中遽見一兒好骨目可七歲許心奇之因問曰爾何姓對曰姓即有非常姓曰是何姓對曰是佛姓曰汝没姓耶對曰其姓空故尊者即顧從者曰此兒非凡之器後當大興佛事遂使持見其父母道兒應對之異欲命之出家父母從之兒偕僧既還尊者即爲剃度名之曰弘忍其後乃命曰昔如來傳正法眼轉至於我我今付汝并前祖信衣鉢汝皆將之勉其傳授無使斷絶聽吾偈曰

花種有生性　因地花生生　大緣與信合

當生生不生

復謂忍曰我昔武德中嘗遊廬岳昇其絶頂見此破頭山其上有紫雲如蓋下發白氣横分六道汝以爲何瑞忍曰是必和尚已後横出一枝佛法之先兆也尊者曰善哉汝能知之已而沐浴宴坐而化世壽七十有二是時實永徽二年辛亥九月四日也葬後三載其塔戶一日忽然自開而尊者眞體儼然若生大曆中代宗賜謚曰大醫禪師塔曰慈雲

震旦第三十二祖弘忍尊者傳

弘忍尊者蘄陽黄梅人也姓周氏其母孕時數數有祥光異香發其家及生性大聰明有所聞見無難易者一皆曉之風骨絶異有聖人之相有賢者嘗見忍於閭巷謂人曰此兒具大人相所不及如來者七種耳七歲遇道信尊者出家得戒尋受其法繼居於破頭山

而教化益盛是時天下慕其風學者不遠千里趨之咸亨中客有號盧居士者自稱慧能來法會致禮其前尊者問曰汝自何來對曰嶺南來曰欲求何事對曰唯求作佛曰嶺南人無佛性若爲得佛對曰人有南北佛性豈然尊者知其異人佯訶之曰著槽廠去慧能即退求處碓所盡力於臼杵間雖歷日月而未嘗告勞一日尊者以傳法時至乃謂其衆曰正法難解汝等宜各爲一偈以明汝見若眞有所至吾即付衣法時神秀比丘者號有博學衆方尊爲冠首莫敢先之者神秀自以爲衆所推一夕遂作偈書於寺廊之壁曰

身是菩提樹　心如明鏡臺　時時勤拂拭
莫使惹塵埃

尊者見賞之曰後世若依此修行亦得勝果勉衆誦之慧能適聞乃問其誦者曰此誰所爲曰此神秀上座之偈大師善之當得付法汝豈知乎能曰此言雖善而未了其流輩皆笑以能爲妄言能尋作偈和之其夕假筆於童子並秀偈而書之曰

菩提本無樹　明鏡亦非臺　本來無一物
何處有塵埃

及尊者見之默許不即顯稱恐嫉者相害乃佯抑之曰此誰所作亦未見性衆因是皆不顧能言中夜尊者遂潛命慧能入室而告曰諸佛出世唯爲一大事因緣以其機器有大小遂從而導之故有三乘十地頓漸衆說爲之教門獨以無上微妙眞實正法眼藏初付上首摩訶迦葉其後迭傳歷二十八世至乎達磨祖師乃以東來東之益傳適至於我我

今以是大法并其所受前祖僧伽棃衣寶鉢皆付於汝汝善保之無使法絕聽吾偈曰

有情來下種　因地果還生　無情既無種　無情亦無生

慧能居士既受法與其衣鉢作禮問曰法則聞命衣鉢復傳授乎尊者曰昔達磨以來自異域雖傳法於二祖恐世未信其所師承故以衣鉢爲驗今我宗天下聞之莫不信者則此衣鉢可止於汝然正法自汝益廣若必傳其衣恐起諍端故曰受衣之人命若懸絲汝即行矣汝宜且隱晦時而後化慧能復問曰令其當往何所尊者曰逢懷即止遇會且藏慧能稟教即夕去之此後尊者三日不復說法其衆皆疑因共請之尊者曰吾法已南行矣斯復何言衆復曰何人得之答曰能者得之衆乃悟盧居士傳其法也追之而慧能已亡此後四載尊者一日忽謂衆曰吾事已畢可以行矣即入室宴坐而滅實上元二年乙亥歲也其世壽七十有四四衆建浮圖於黃梅之東山代宗謚號曰大滿禪師塔曰法雨

震旦第三十三祖慧能尊者傳

慧能尊者姓盧氏其先本籍范陽父行瑫武德中謫官新州乃生能遂爲新興人也方三歲而父喪毋不復適人獨養尊者以終其身然其家貧毋子殆不能自存尊者遂鬻薪爲資一日至市逆旅聞客有誦經者輒問其人曰此何經耶客曰金剛經也曰君得之於何人客曰今第五祖弘忍大師出世於黃梅縣嘗謂人曰若持此經得速見性我故誦之尊者喜之爲毋備其歲儲因告往求法去之至

韶陽會居士劉志略者引尊者為善友初志略有姑為尼號無盡藏者方讀涅槃經為業尊者往聽其經未幾欲為尼釋之尼即推經於尊者尊者曰汝讀我不識文字尼曰字猶不識安解其義尊者曰諸佛妙理豈在文字尼異其語知必非常人遂以告其鄉里鄉人德之尋治寶林蘭若請尊者居之居未幾忍自感曰我始為法尋師何久滯此即去寶林稍進至韶之樂昌縣會高行沙門智遠尊者且依其處才十數朝智遠謂尊者曰觀子知識非凡者趣嚮吾道固不足相資黃梅忍禪師方當大法祖宜汝師也汝速詣之若得道南還無相忘也尊者遂北征是時年已三十有二及至東山忍祖默識其法器初示以言試之終乃付大法眼及尊者得法南歸而東山先進之徒皆不甘相與追之有曰慧明者相及於庾嶺尊者即置其衣鉢於盤石而自亡草間慧明舉其衣鉢不能動乃呼曰我以法來非為衣鉢法兄盍出之遂相見慧明與之語慧明即悟致師禮於尊者而返乃紿其後之追者曰其去已遠矣尊者之南還也晦迹於四會懷集之間混一流俗雖四載而莫有知者儀鳳元年之春乃抵南海息肩於法性寺會法師印宗於其寺講涅槃經初尊者寄室於廊廡間一夕風起刹幡飛揚俄有二僧室外議論一曰風動一曰幡動其問答如此者甚多皆非得理尊者聞輒出謂二僧曰可容俗士與議乎僧曰請聞子説尊者乃曰不是風動不是幡動仁者心動二僧翌日以其言告印宗印宗異之即引入室窮詰其義

尊者一以大理語之印宗於是益伏謂尊者曰居士誠非凡人師誰其何自而得道勿隱幸以相示尊者即以其得法本末告之印宗甚幸所遇即執弟子禮請學其法要遂謂其衆曰此盧居士者乃肉身菩薩也印宗一介凡夫豈意得與其會擇日乃會耆德比丘與之釋褐落髮又擇日嚴其寺戒壇命律師智光爲受具戒其壇蓋宋時求那跋摩三藏之經始也初跋摩記曰後當有肉身菩薩於此受戒及梁末眞諦三藏臨其壇手植二菩提樹亦記之曰後第四代當有上乘菩薩於此受戒其說法度人無量戒已衆即請尊者開演東山法門然跋摩眞諦雖素號爲得果聖士至此其人始驗明年尊者思返寶林精舍乃欲別衆即往印宗與道俗千餘人送之韶陽未幾韶之刺史韋據命居其州之大梵寺說法其時玄儒之士趨而問道者甚衆猶孔氏之在洙泗也其徒即集其說目曰壇經然其平居衆亦不下千數中宗聞其風神龍中乃下詔曰朕延安秀二師問道於宮中皆推曰南方有能禪師者躬受衣法於忍大師可當此問今遣內侍薛簡馳詔命師宜念之來副朕意尊者即上書稱疾不起薛簡因問尊者曰京國禪者每謂欲得會道必須坐禪非因禪定而得解脫未之有也此言何如尊者曰道由心悟豈在坐耶經云若言如來若來若去若坐若卧是人不解我所說義何以故如來者無所從來亦無所去故名如來夫無所從來故不生亦無所去故不滅若無生滅即是如來清淨之禪諸法空寂即是如來

清淨之坐究竟無得亦無所證何必坐耶薛簡曰簡歸皇帝必有顧問願大師示教法要庶得對敭然布諸京國使學者脩之猶以一燈而燃百千燈庶其冥者皆明而明終不盡尊者曰道無明暗明暗是代謝之義明明無盡亦是有盡蓋相待而立名故經云法無有比無相待故薛簡曰明譬智慧暗譬煩惱修道之人苟不以智慧而照破煩惱則無始生死何由而出離尊者曰若以智慧照煩惱者此是二乘小兒羊鹿等機上智大器皆不如是薛簡曰何謂大乘見解尊者曰明與無明其性無二無二之性即是實性實性者處凡愚而不減在賢聖而不增住煩惱而不亂居禪定而不寂不斷不常不來不去不在中間及其內外不生不滅性相如如常住不遷名之曰道薛簡曰大師所說不生不滅與夫外道之言何嘗異乎尊者曰外道之說不生不滅者蓋將滅止生以生顯滅滅猶不滅生說無生我說不生不滅者本自無生今亦無滅豈可同於外道乎仁者欲明心要但一切善惡都莫思量自然得入心體湛然常寂妙用恒沙薛簡由是發悟再拜而去歸朝果以其言奏天子嘉之復詔慰謝錫衲衣寶帛各有差勑改寶林爲中興寺明年命韶州刺史新之復改爲法泉寺以其新州舊居爲國恩寺尊者每謂衆曰諸善知識汝等各各淨心聽吾說法汝等諸人自心是佛更莫狐疑外無一法而能建立皆是自心生萬種法故經云心生則種種法生心滅則種種法滅若欲成就種智須達一相三昧一行三昧若於一切

處而不住相於彼相中不生憎愛不取不捨不念利益成壞等事安隱清淨此名一相三昧若一切處行住坐卧純一直心不動道場使成淨土此名一行三昧若人具二三昧如地有種能含藏長養成就其實一相一行亦復如是我今說法猶如時雨溥潤大地汝等佛性譬諸種子遇此霑洽悉得發生取吾語者決得菩提依吾行者定證佛果至先天元年一日忽謂衆曰吾忝於忍大師處受其法要并之衣鉢今雖說法而不傳衣鉢者蓋以汝等信心成熟無有疑者故不傳之聽吾偈曰

心地含諸種　普雨悉皆生　頓悟華情已　菩提果自成

復曰其法無二其心亦然其道清淨亦無諸相汝等慎勿觀淨及空其心此心本淨無可取捨各自努力隨緣好去尊者說法度人至是已四十載先此嘗命建浮圖於新州國恩寺及其年之六月六日復促其倩工疾成然國恩寺蓋其家之舊址也爲塔之意乃欲報其父母之德耳先天二年七月一日謂門人曰吾將返新州汝輩宜理舟檝其時大衆皆哀慕請留尊者曰諸佛出現猶示涅槃有來必去理之常耳吾此形骸歸必有所衆乃問曰師從此去早晚却迴曰葉落歸根來時無口又問曰師之法眼付授何人曰有道者得無心者通又問曰師之遺教頗有難乎曰吾滅之後方五六年必有一人來取吾首聽我偈曰

頭上養親　口裏須餐　遇滿之難　楊柳爲官

又曰吾往七十年有二菩薩之人自東方來其一出家其一在家共隆教化治我伽藍扶我宗旨已而即往新州尋於國恩寺沐浴訖安坐而化異香酷烈白虹屬地其時實先天二年癸丑八月之二日也當是新韶二郡各務建塔爭迎其眞體久不能決刺史乃與二郡之人焚香祝之曰香煙所向即得舉去俄而香煙倏發北趣韶境韶人乃得以十一月十三日歸塔於曹侯溪之濱今南華寺是也其世壽七十有六前刺史韋據碑之始尊者入塔時徒屬思其言將有人取吾首者遂以鐵鍱固護其項開元十年八月三日其夕之半俄聞塔間有若拽鐵索之聲主塔者驚起遽見一人狀類孝子此當日見一人著縗經而混言類孝子者蓋順乎祖師隱語之意耳自塔馳出尋視之其鐵鍱護處已有痕迹遂以賊事聞其州邑官嚴捕之他日於邑之石角村果得其賊吏鞫問賊自稱姓張名淨滿本汝州梁縣人適於洪州開元寺受新羅國僧金大悲者雇令取祖之首歸其國以事之吏欲以法坐之刺史以其情不惡乃問尊者弟子令韜禪師令韜復以佛法論欲吏原之刺史善韜之意亦從而恕之當其時州刺史曰柳無忝縣令曰楊侃賊曰張淨滿驗其讖語無少差謬上元中肅宗慕尊者之道嘗詔取其所傳衣鉢就内瞻禮肅宗崩代宗嗣位永泰元年五月之五日遂夢尊者請還其衣鉢天子益敬其法七日即詔使臣持還曹溪憲宗錫諡曰大鑒禪師塔曰元和靈照初大鑒示爲負薪之役混一凡輩自謂不識文字及其以道稍顯雖三藏教文俗間

書傳引於言論一一若素練習發演聖道解釋經義其無礙大辯灝若江海人不能得其涯涘昔唐相始興公張九齡方爲童其家人携乃拜大鑒大鑒撫其頂曰此奇童也必爲國器其先知遠見皆若此類孰謂其不識世俗文字乎識者曰此非不識文字也示不識耳正以其道非世俗文字語言之所及蓋有所表也然正法東傳自大鑒益廣承之者皆卓犖大士散布四海其道德利人人至于今賴之詳此豈眞樵者而初學道乎是乃聖人降迹示出於微者也其等覺乎妙覺耶不可得而必知

評曰聖人之法一也安用南北而分其宗乎曰然一國所歸有岐路焉不分何正一姓所出有的庶焉不分孰親傳者宋高僧傳也以方三力士共射一堅洛叉一曰摩健那雖中而不破二曰鉢羅塞建提破而不度三曰那羅延箭度而復穿他物非堅洛叉有强弱蓋射勢之不同耳南能可謂那羅延躬而獲賞其喻近之矣

傳法正宗記卷第六

音釋

闚缺規切規也　鄚魚怯切地名　莞古緩切　滏奉甫切滏陽縣名　皖華版切　鬻余六切賣也　洙泗洙音殊泗音四水名　櫼即涉切與楫同　鍱音葉　鞫居六切窮理罪人曰鞫　瑫他刀切　灝胡老切水勢遠也

傳法正宗記卷第七

宋藤州東山沙門釋契嵩編修

正宗分家略傳上 并序

序曰正宗至第六祖大鑒禪師其法益廣師弟子不復一一相傳故後世得各以爲家然承其家之風以爲學者又後世愈繁然周於天下其事之本末巳詳於傳燈廣燈二録宋高僧傳吾不復列之此而書者蓋次其所出之世系耳故分家傳起自大鑒而終於智達凡一千三百有四人也

大鑒所出法嗣凡四十三人其一曰西印度堀多三藏者一曰韶陽法海者一曰廬陵志誠者一曰匾檐山曉了者一曰河北智隍者一曰鍾陵法達者一曰壽州智通者一曰江西志徹者一曰信州智常者一曰廣州志道者一曰廣州印宗者一曰清源山行思者一曰南嶽懷讓（避諱）者一曰温州玄覺者一曰司空山本淨者一曰婺女玄策者一曰曹溪令韜者一曰西京光宅慧忠者一曰荷澤神會者一曰韶陽祇陀者一曰撫州淨安者一曰嵩山尋禪師者一曰羅浮定眞者一曰南嶽堅固者一曰制空山道進者一曰善快者一曰韶山緣素者一曰宗一者一曰秦望山善現者一曰南嶽梵行者一曰并州自在者一曰西京咸空者一曰峽山泰祥者一曰光州法淨者一曰清涼山辯才者一曰廣州吳頭陀者一曰道英者一曰智本者一曰清苑法眞者一曰玄楷者一曰曇璀者一曰韶州刺史韋據者一曰義興孫菩薩者

大鑒之二世曰清源行思禪師吉州安城人

也初於大鑒之衆最爲首冠大鑒甞謂之曰從上以衣與法偕傳蓋取信於後世耳今吾得人何患乎不信我受衣來常恐不免於難今復傳之慮起其諍衣鉢宜留鎮山門汝則以法分化一方無使其絶思尋歸其鄉邑居清源山之静居寺最爲學者所歸其法嗣一人曰南嶽石頭希遷者

大鑒之二世曰南嶽懷讓禪師金州人也初自嵩山安國師法會往叅六祖大鑒大鑒問曰什麼處來曰嵩山來大鑒曰什麼物恁麼來讓曰說似一物即不中大鑒曰還可修證否讓曰修證即不無汙染即不得大鑒曰秖此不汙染諸佛之所護念汝既如是吾亦如是昔般若多羅所讖蓋於汝足下出一馬駒蹋殺天下人病在汝心不須速説讓即豁然大悟事大鑒歷十五載尋往南嶽居般若精舍四方學者歸之故其所出法嗣凡九人一曰江西道一者一曰南嶽常浩者一曰智達者一曰坦然者一曰潮州神照者一曰揚州嚴峻者一曰新羅國本如者一曰玄晟者一曰東霧法空者

大鑒之二世曰羅浮定眞禪師其所出法嗣一人曰靈運者

大鑒之二世曰制空山道進禪師其所出法嗣一人曰荆州玄覺者

大鑒之二世曰韶州下回田善快禪師其所出法嗣一人曰善悟者

大鑒之二世曰司空山本淨禪師其所出法嗣一人曰中使楊光庭者

大鑒之二世曰縁素禪師其所出法嗣二人

一曰韶州小道進者一曰韶州遊寂者
大鑒之二世曰祇陀禪師其所出法嗣一人
曰衡州道倩者
大鑒之二世曰南陽慧忠國師越州諸曁人
也姓冉氏得法於大鑒尋隱於南陽白崖山
黨子谷凡四十餘年不出其山唐肅宗聞其
風上元二年乃使其臣孫朝進馳詔及忠至
京師賜肩輿上殿待以師禮然忠道力充甚
智辯絕世雖以道規教帝者而無所畏恧沮
折邪見輩雖難問萬端未甞少爲之屈其所
出法嗣五人一曰吉州躭源眞應者一曰鄧
州香嚴惟戒者一曰開府孫知右者
肅宗皇帝　代宗皇帝
大鑒之二世曰洛陽荷澤神會禪師初以沙
彌叅見大鑒因問答乃發大慧戒後會大鑒
入滅北秀之說浸盛會遂趨京師以天寶四
年獨斷祖道爲南北宗著書曰顯宗論大鑒
所傳自是遂尊於天下其所出法嗣一十八
人一曰黃州大石山福琳者一曰沂水蒙山
光寶者一曰磁州法如者一曰懷安郡西隱
山進平者一曰澧陽慧演者一曰河陽懷空
者一曰南陽圓震者一曰宜春廣敷者一曰
江陵行覺者一曰五臺山神英者一曰五臺
山無名者一曰南嶽皓玉者一曰宣州志滿
者一曰涪州朗禪師者一曰廣陵靈坦者一
曰寧州通隱者一曰益州南印者一曰河南
尹李常者
大鑒之三世曰南嶽石頭希遷禪師其所出
法嗣凡二十一人一曰荊州天皇道悟者一
曰京兆尸利者一曰丹霞天然者一曰潭州

招提慧朗者一曰長沙興國振朗者一曰澧州藥山惟儼者一曰潭州大川和尚者一曰汾州石樓和尚者一曰鳳翔法門佛陀和尚者一曰潭州華林和尚者一曰潮州大顛和尚者一曰潭州長髭曠禪師者一曰水空和尚者一曰寶通者一曰海陵大辯者一曰渚涇和尚者一曰衡州道詵者一曰漢州常清者一曰福州碎石和尚者一曰商州商嶺和尚者一曰常州義興和尚者

大鑒之三世曰道一禪師漢州什邡人也姓馬氏其形魁梧有異相出家初學律範禪定皆能專之晚至衡山會讓大師了大法要尋以其法歸天下之學佛者然當時之王侯大人慕其道者北面而趨於下風不可勝數前祖之讖至是一皆應之其所出法嗣者凡一百三十七人大鑒之後世能以法而得人者一最爲隆盛一曰越州大珠慧海者一曰百丈惟政者一曰泐潭法會者一曰杉山智堅者一曰泐潭惟建者一曰澧州茗溪道行者一曰石鞏慧藏者一曰紫玉山道通者一曰江西北蘭讓禪師者一曰洛京佛光如滿者一曰南源道明者一曰忻州酈村自滿者一曰鼎州中邑洪恩者一曰百丈懷海者一曰鎬英者一曰崇泰者一曰王姥山脩然者一曰華州策禪師者一曰澧州智聰者一曰雲秀山神鑒者一曰揚州智通者一曰杭州智藏者一曰京兆懷韜者一曰處州法藏者一曰河中府懷則者一曰常州明幹者一曰鄂州洪潭者一曰象原懷坦者一曰潞府元禮者一曰河中府保慶者一曰甘泉志賢者一

曰大會山道晤者一曰潞府法柔者一曰京兆覺平者一曰義興勝辨者一曰海陵慶雲者一曰洪州玄虛者一曰三角山總印者一曰魯祖山寶雲者一曰泐潭山常興者一曰處州西堂智藏者一曰京兆章敬懷暉者一曰栢巖明哲者一曰鵝湖大義者一曰伏牛山自在者一曰盤山寶積者一曰芙蓉山太毓者一曰麻谷山寶徹者一曰鹽官齊安者一曰五洩山靈默者一曰大梅山海常者一曰京兆惟寬者一曰湖南如會者一曰鄂州無等者一曰歸宗智常者一曰韶州清賀者一曰紫陰山惟建者一曰封山洪濬者一曰練山神翫者一曰崛山道圓者一曰王臺惟然者一曰池州灰山曇覬者一曰荆州寶積者一曰河中府法藏者一曰漢南良津者一曰京兆崇禪師者一曰南嶽智周者一曰白虎法宣者一曰金窟惟直者一曰台州栢巖常徹者一曰乾元暉禪師者一曰齊州道巖者一曰襄州常堅者一曰荆南寶正道本者一曰雲水靖宗者一曰荆州靈湍者一曰龍牙圓暢者一曰雙嶺道方者一曰羅浮山修廣者一曰峴山定慶者一曰越州惟獻者一曰光明普滿者一曰汾州無業者一曰澧州大同廣澄者一曰南泉普願者一曰五臺鄧隱峯者一曰佛嶼和尚者一曰烏臼和尚者一曰石霜大善者一曰石臼和尚者一曰本溪和尚者一曰石林和尚者一曰西山亮座主者一曰黑眼和尚者一曰米嶺和尚者一曰齊峯和尚者一曰大陽和尚者一曰紅螺山和尚者一曰龜洋無了者一曰利山和尚

者一曰乳原和尚者一曰松山和尚者一曰則川和尚者一曰西園曇藏者一曰百靈和尚者一曰金牛和尚者一曰洞安和尚者一曰忻州打地和尚者一曰秀溪和尚者一曰馬頭峯神藏者一曰華林善覺者一曰水塘和尚者一曰古寺和尚者一曰江西椑樹和尚者一曰京兆草堂和尚者一曰陽岐甄叔者一曰濛溪和尚者一曰黑澗和尚者一曰興平和尚者一曰逍遥和尚者一曰福溪和尚者一曰水老和尚者一曰浮盃和尚者一曰龍山和尚者一曰居士龐藴者一曰天目明覺者一曰王屋山行明者一曰京兆智藏者一曰大陽希項者一曰昆山定覺者一曰隨州洪山大師者一曰連州元堤者一曰泉州慧忠者一曰安豐山懷空者一曰羅浮山道行者一曰廬山法藏者一曰呂后山寧賁者

大鑒之三世曰下回田善悟禪師其所出法嗣一人曰潭州無學者

大鑒之三世曰衡州道倩禪師其所出法嗣一人曰湖南如寶者

大鑒之三世曰耽源山眞應禪師其所出法嗣一人曰吉州正邃者

大鑒之三世曰法如禪師其所出法嗣一人曰荆南惟忠者

大鑒之三世曰河陽懷空禪師其所出法嗣一人曰蔡州道明者

大鑒之三世曰烏牙山圓震禪師其所出法嗣二人一曰吳頭陀者一曰四面山法智者

大鑒之三世曰五臺山無名禪師其所出法

嗣一人曰五臺山華嚴澄觀者
大鑒之三世曰益州南印因禪師其所出法
嗣一人曰義俛者
大鑒之四世曰鄧州丹霞山天然禪師其所
出法嗣七人一曰京兆翠微無學者一曰丹
霞義安者一曰吉州性空者一曰本童和尚
者一曰米倉和尚者一曰揚州六合大隱者
一曰丹霞慧勤者
大鑒之四世曰藥山惟儼禪師其所出法嗣
九人一曰道吾圓智者一曰雲巖曇晟者一
曰華亭船子德誠者一曰宣州椑樹慧省者
一曰藥山高沙彌者一曰鄂州百顔明哲者
一曰郢州涇源光宓者一曰藥山䕫禪師者
一曰宣州落霞和尚者
大鑒之四世曰潭州長髭曠禪師其所出法
嗣一人曰潭州石室善道者
大鑒之四世曰潮州大巔和尚其所出法嗣
二人一曰漳州三平山義忠者一曰茱山和
尚者
大鑒之四世曰潭州大川禪師其所出法嗣
二人一曰僊天和尚者一曰福州普光和尚
者
大鑒之四世曰虔州西堂智藏禪師其所出
法嗣四人一曰虔州處微者一曰雞林道義
者一曰新羅國慧禪師者一曰新羅國洪直
者
大鑒之四世曰蒲州麻谷山寶徹禪師其所
出法嗣二人一曰壽州良遂者一曰新羅無
染者
大鑒之四世曰湖南東寺如會禪師其所出

法嗣四人一曰吉州茱山慧超者一曰舒州景諸者一曰莊嚴寺光肇者一曰潭州幕輔山昭禪師者

大鑒之四世曰京兆章敬寺懷暉禪師其所出法嗣凡十六人一曰京兆弘辯者一曰龜山智眞者一曰鼎州懷政者一曰金州操禪師者一曰鼎州古堤和尚者一曰河中府公畿和尚者一曰栢林閼雲者一曰宣州玄哲者一曰河中府寶堅者一曰西京道志者一曰絳州神祐者一曰西京智藏者一曰許州無迹者一曰壽山惟肅者一曰新羅玄昱者一曰新羅覺體者

大鑒之四世曰杭州鹽官齊安禪師其所出法嗣八人其一曰襄州關南道常者一曰洪州雙嶺玄眞者一曰徑山鑒宗者一曰白雲曇靖者一曰潞府文舉者一曰新羅品日者一曰壽州建宗者　唐宣宗皇帝

大鑒之四世曰婺州五洩山靈默禪師其所出法嗣四人一曰福州龜山正原者一曰甘泉寺曉方者一曰甘泉寺元遂者一曰明州棲心寺藏奐者

大鑒之四世曰洛京佛光寺如滿禪師其所出法嗣一人曰太子少傅白居易者

大鑒之四世曰明州大梅山法常禪師其所出法嗣三人其一曰新羅國迦智者一曰杭州天龍和尚者一曰新羅國忠彥者

大鑒之四世曰荊州永泰寺靈湍禪師其所出法嗣五人其一曰湖南上林成虛者一曰五臺祕魔和尚者一曰湖南祇林和尚者一曰呂后山文質者一曰蘇州法河者

大鑒之四世曰幽州盤山寶積禪師其所出法嗣二人一曰鎮府普化和尚者一曰鎮州上方和尚者

大鑒之四世曰京兆興善寺惟寬禪師其所出法嗣六人一曰京兆法智者一曰京兆慧建者一曰京兆無表者一曰京兆元淨者一曰京兆慧光者一曰京兆義宗者

大鑒之四世曰雲水靖宗禪師其所出法嗣二人一曰華州小馬神照者一曰華州道圓者

大鑒之四世曰潭州龍牙山圓暢禪師其所出法嗣二人一曰嘉禾藏廙者一曰羊腸藏樞者

大鑒之四世曰汾州無業大達國師其所出法嗣二人其一曰鎮州常正者一曰鎮州奉先義禪師者

大鑒之四世曰廬山歸宗寺法常（或作智常）禪師其所出法嗣六人一曰福州芙蓉山靈訓者一曰漢南穀城縣高亭和尚者一曰新羅大茅和尚者一曰五臺山智通者一曰洪州高安大愚者一曰江州刺史李渤者

大鑒之四世曰曾祖山寶雲禪師其所出法嗣一人曰雲水和尚者

大鑒之四世曰紫玉山道通禪師其所出法嗣一人曰山南道節度使于迪者

大鑒之四世曰華嚴寺智巖禪師其所出法嗣一人曰黄州齊安和尚者

大鑒之四世曰懷海禪師福州長樂人也初爲道一禪師於南康得大法要及居百丈山四方學士莫不歸之然海師尤有遠識嘗以

禪者所會未始有制度遂以其事宜折中於經律之規法遺於後世其所出法嗣凡三十人一曰潙山靈祐者一曰黃檗希運者一曰大慈山寰中者一曰天台普岸者一曰石霜性空者一曰筠州常觀者一曰福州大安者一曰古靈神贊者一曰廣州通禪師者一曰江州雲龍或作龍雲臺禪師者一曰洛京衛國道禪師者一曰鎮州萬歲和尚者一曰洪州東山和尚者一曰高安無畏者一曰東巖道曠者一曰刑州素禪師者一曰唐州大乘山吉本者一曰小乘山慧深者一曰揚州昭一者一曰羅浮鑒深者一曰洪州九僊山梵雲者一曰百丈涅槃和尚者一曰廬山操禪師者一曰越州契眞者一曰筠州包山天性者一曰大梅山彼岸者一曰遼山藏術者一曰祇闍山道方者一曰清田和尚者一曰大于和尚者

大鑒之四世曰荊南惟忠禪師其所出法嗣四人一曰道圓者一曰益州如一者一曰廬山東林雅禪師者一曰奉國臣照者

大鑒之四世曰吳頭陀其所出法嗣一人曰玄固者

大鑒之四世曰池州南泉普願禪師其所出法嗣凡十七人其一曰長沙景岑者一曰白馬曇照者一曰終南山師祖者一曰香嚴義端者一曰趙州從諗者一曰池州靈鷲閑禪師者一曰茱萸山和尚者一曰子湖利蹤者一曰嵩山和尚者一曰日子和尚者一曰蘇州西禪和尚者一曰池州白衣甘贄者一曰貧山存制者一曰江陵道弘者一曰宣州玄

極者一曰新羅道均者一曰宣州刺史陸亘者

大鑒之四世曰荆州天皇道悟禪師其所出法嗣一人曰澧州龍潭崇信者

大鑒之五世曰澧州龍潭崇信禪師其所出法嗣二人一曰德山宣鑒者一曰泐潭寶峯和尚者

大鑒之五世曰趙州東院從諗禪師其所出法嗣凡一十三人一曰洪州嚴陽尊者一曰揚州慧覺者一曰隴州奉禪師者一曰婺州從朗者一曰婺州新建禪師者一曰杭州多福和尚者一曰益州西睦和尚者一曰麻谷和尚者一曰觀音定鄂者一曰宣州茗萍和尚者一曰太原兑道者一曰幽州燕王者一曰鎮州趙王者

大鑒之五世曰衢州子湖巖利蹤禪師其所出法嗣四人一曰台州勝光和尚者一曰漳州浮石和尚者一曰紫桐和尚者一曰日容和尚者

大鑒之五世曰鄂州茱萸禪師其所出法嗣一人曰石梯和尚者

大鑒之五世曰長沙景岑禪師其所出法嗣二人一曰雪竇常通者一曰婺州嚴靈者

大鑒之五世曰白馬曇照禪師其所出法嗣一人曰晉州霍山無名者

大鑒之五世曰吉州性空禪師其所出法嗣二人一曰歙州務源和尚者一曰棗山光仁者

大鑒之五世曰京兆翠微無學禪師其所出法嗣五人一曰鄂州青平令遵者一曰投子

山大同者一曰湖州道場如訥者一曰建州白雲約禪師者一曰伏牛山元通者

大鑒之五世曰潭州道吾山圓智禪師其所出法嗣三人一曰石霜慶諸者一曰漸源仲興者一曰禄清和尚者

大鑒之五世曰潭州雲岩曇晟禪師其所出法嗣四人一曰筠州洞山良价者一曰涿州杏山鑒洪者一曰潭州神山僧密者一曰幽谿和尚者

大鑒之五世曰華亭船子德誠禪師其所出法嗣一人曰澧州夾山善會者

大鑒之五世曰襄州關南道常禪師其所出法嗣二人一曰關南道吾者一曰漳州羅漢者

大鑒之五世曰杭州徑山鑒宗大師其所出法嗣三人一曰天童咸啓者一曰背山行眞者一曰杭州大慈山行滿者

大鑒之五世曰天龍禪師其所出法嗣二人一曰婺州俱胝和尚者一曰新羅彦忠者

大鑒之五世曰高安大愚禪師其所出法嗣一人曰筠州末山尼了然者

大鑒之五世曰新羅洪直禪師其所出法嗣二人一曰興德大王者一曰宣康太子者

大鑒之五世曰許州無迹禪師其所出法嗣一人曰道遂者

大鑒之五世曰小馬神照禪師其所出法嗣一人曰縉雲郡有緣者

大鑒之五世曰福州長慶院大安禪師其所出法嗣凡一十人一曰大隨法眞者一曰靈樹如敏者一曰福州壽山師解者一曰饒州

嵬山和尚者一曰莆田崇福慧日者一曰台州浮江和尚者一曰潞州淥水和尚者一曰廣州圓(或作圓明)禪師者一曰温州靈陽禪師者一曰洪州紙衣和尚者

大鑒之五世曰洪州黄蘗山希運禪師其所出法嗣凡一十三人一曰臨濟義玄者一曰睦州陳尊宿者一曰杭州千頃山楚南者一曰福州烏石山靈觀者一曰杭州羅漢宗徹者一曰魏府大覺者一曰相國裴休者一曰揚州德元者一曰土門讃禪師者一曰襄州政禪師者一曰吴門山弘宣者一曰幽州超禪師者一曰蘇州憲禪師者

大鑒之五世曰潭州溈山靈祐禪師其所出法嗣凡四十二人一曰仰山慧寂者一曰香嚴智閑者一曰延慶法端者一曰徑山洪諲者一曰靈雲志勤者一曰益州應天和尚者一曰九峯慈慧者一曰京兆米和尚者一曰晉州霍山和尚者一曰襄州王敬初常侍者一曰長延圓鑒者一曰志和者一曰洪州道方者一曰溈山如真者一曰并州元順者一曰興元府崇皓者一曰鄂州全諗者一曰嵩山神劒者一曰許州弘進者一曰餘杭文立者一曰越州光相者一曰蘇州文約者一曰上元智滿者一曰金州法朗者一曰鄂州超達者一曰白鹿從約者一曰西堂復禪師者一曰温州靈空者一曰大溈簡禪師者一曰荆南智朗者一曰溈山普潤者一曰溈山法真者一曰黒山和尚者一曰滁州神英者一曰石(或無石字)霜山和尚者一曰南源和尚者一曰溈山沖逸者一曰溈山彦禪師者一曰三

角法遇者一曰鄧州志詮者一曰荆州弘珪者一曰巖背道曠者

大鑒之五世曰遂州道圓禪師其所出法嗣一人曰終南山圭峯宗密者

大鑒之五世曰奉國神照禪師其所出法嗣三人一曰鎮州常一者一曰滑州智遠者一曰鹿臺玄邃者

大鑒之六世曰筠州洞山良价禪師其所出法嗣凡二十六人一曰雲居道膺者一曰撫州本寂者一曰洞山道全者一曰龍牙居遁者一曰京兆休静者一曰京兆蜆子和尚者一曰筠州普滿者一曰台州道幽者一曰洞山師慶者一曰洛京遁儒者一曰越州乾峯和尚者一曰吉州禾山和尚者一曰天童咸啓者一曰潭州寳蓋山和尚者一曰益州通禪師者一曰高安白水本仁者一曰撫州踈山光仁者一曰澧州欽山文邃者一曰天童義禪師者一曰太原方禪師者一曰新羅金藏和尚者一曰益州白禪師者一曰潭州文殊和尚者一曰舒州白水和尚者一曰邵州西湖和尚者一曰青陽通玄和尚者

大鑒之六世曰鼎州德山宣鑒禪師其所出法嗣九人一曰巖頭全豁者一曰雪峯義存者一曰天台慧恭者一曰泉州瓦官者一曰高亭簡禪師者一曰洪州資國和尚者一曰德山紹奭者一曰鳳翔府無垢者一曰益州雙流尉遲者

大鑒之六世曰睦州陳尊宿其所出法嗣二人一曰睦州刺史陳操者一曰嚴陵釣臺和尚者

大鑒之六世曰鎮州臨濟義玄禪師曹州南華人也姓邢氏少有遠志戒後即務學宗乘及往黄檗法會其上座僧初勸禪師問法於黄檗曰如何是祖師西來的的意黄檗便打禪師凡三問黄檗皆三打之師以此乃告辭其上座僧上座遂謂黄檗曰義玄雖後生可教若辭去師宜多方接之明日義玄果辭黄檗遂謂汝可往大愚及玄至大愚因問曰什處來玄曰黄檗來大愚曰黄檗有何言教曰義玄嘗三問如何是西來的的意爲其三度被打不知過在何處大愚曰黄檗恁麽老婆爲汝得徹困猶覔過在玄於是大悟曰元來佛法無多子大愚遽搊玄曰汝適來道我不會而今又道無多子是汝見箇甚麽道理玄遂揮大愚肋下三拳大愚托開玄曰汝師黄檗非干我事玄却返黄檗黄檗問曰汝回何速玄曰秖爲老婆心切黄檗曰大愚遮老漢待見與打一頓玄曰説什麽待見即今便打遂鼓黄檗一掌黄檗吟吟大笑禪師後乃還趙趙人慕之遂命居臨濟學者聞風皆以遠近歸之其所出法嗣凡二十四人一曰鄂州灌谿志閑者一曰幽州譚空者一曰鎮州寶壽沼和尚者一曰鎮州三聖慧然者一曰魏府存奬者一曰定州善崔者一曰鎮州萬歲和尚者一曰雲山和尚者一曰桐峯庵主者一曰杉洋庵主者一曰涿州紙衣和尚者一曰虎谿庵主者一曰覆盆庵主者一曰襄州歷村和尚者一曰滄州米倉和尚者一曰齊聳者一曰涿州秀禪師者一曰善權徹禪師者一曰金沙禪師者一曰允誠禪師者一曰

新羅智異山和尚者一曰魏府大覺者一曰定上座者一曰巖上座者

大鑒之六世曰魏府大覺禪師其所出法嗣四人一曰廬州大覺者一曰廬州澄心旻德者一曰汝州南院和尚者一曰宋州法華和尚者

大鑒之六世曰圭峯宗密禪師其所出法嗣六人一曰圭峯温禪師者一曰慈恩太恭者一曰興善太錫者一曰萬乘宗禪師者一曰瑞聖覺禪師者一曰化度仁瑜者

大鑒之六世曰鹿臺玄邃禪師其所出法嗣一人曰龍興念禪師者

大鑒之六世曰滑州智遠禪師其所出法嗣四人一曰彭門審用者一曰圓紹者一曰上方眞禪師者一曰東京法志者

大鑒之六世曰揚州光孝院慧覺禪師其所出法嗣一人曰昇州長慶道巘者

大鑒之六世曰袁州仰山慧寂禪師其所出法嗣凡一十人一曰仰山光穆者一曰晉州景通者一曰杭州龍泉文喜者一曰新羅順支者一曰仰山南塔光涌者一曰仰山東塔和尚者一曰洪州觀音常蠲者一曰福州東禪慧茂者一曰福州明月山道崇者一曰處州遂昌者

大鑒之六世曰鄧州香嚴智閑禪師其所出法嗣凡一十二人一曰吉州止觀者一曰壽州紹宗者一曰襄州延慶法端者一曰益州無染者一曰益州長平山和尚者一曰益州演教大師者一曰安州清幹者一曰終南山豐德寺和尚者一曰均州武當山暉禪師者

一曰江州雙谿田道者一曰益州照覺和尚者一曰睦州東禪和尚者
大鑒之六世曰福州雙峯禪師其所出法嗣一人曰雙峯古禪師者
大鑒之六世曰杭州徑山洪諲禪師其所出法嗣四人一曰洪州来嶺和尚者一曰廬州寂禪師者一曰臨川義直者一曰杭州功臣令道者
大鑒之六世曰舒州投子山大同禪師其所出法嗣凡一十三人一曰第二世投子温禪師者一曰福州牛頭微禪師者一曰西川香山澄照者一曰陝府天福和尚者一曰濠州思明者一曰鳳翔招福者一曰興元中梁山遵古者一曰襄州谷隱和尚者一曰安州九嵕山和尚者一曰幽州盤山第二世和尚者一曰九嵕山敬慧者一曰東京觀音巖俊者一曰桂陽龍福眞禪師者
大鑒之六世曰鄂州清平山令遵禪師其所出法嗣一人曰蘄州三角山令珪者
大鑒之六世曰潭州石霜慶諸禪師其所出法嗣凡四十一人一曰南際山僧一者一曰大光山居誨者一曰廬山懐祐者一曰九峯道虔者一曰涌泉景欣者一曰雲蓋山志元者一曰藏禪師者一曰福州洪荐者一曰德山慧空者一曰吉州崇恩者一曰石霜輝禪師者一曰郢州芭蕉和尚者一曰潭州伏和尚者一曰鹿苑暉禪師者一曰寳蓋約禪師者一曰雲門海晏者一曰湖南文殊和尚者一曰石柱和尚者一曰中雲蓋和尚者一曰河中存壽者一曰南嶽玄泰者一曰杭州敬

禪師者一曰潞府宗海者一曰新羅欽忠者一曰新羅行寂者一曰洪州鹿源和尚者一曰大陽山和尚者一曰滑州觀音和尚者一曰鄆州正覺和尚者一曰商州髙明和尚者一曰許州慶壽和尚者一曰鎮州萬歲和尚者一曰鎮州靈壽和尚者一曰鎮州洪濟和尚者一曰吉州簡之者一曰大梁洪方者一曰邛州守閑者一曰新羅朗禪師者一曰新羅清靈者一曰汾州爽禪師者一曰餘杭通禪師者

大鑒之六世曰澧州夾山善會禪師其所出法嗣凡二十二人一曰樂普山元安者一曰洪州令超者一曰鄆州四禪和尚者一曰江西懷忠者一曰盤龍可文者一曰撫州月輪者一曰洛京寰普者一曰太原海湖和尚者一曰嘉州白水寺和尚者一曰鳳翔府幽禪師者一曰洪州同安和尚者一曰韶州曇普者一曰吉州僊居山和尚者一曰太原端禪師者一曰洪州延慶和尚者一曰越州越峯和尚者一曰鼎州祇闍山和尚者一曰益州棲穆和尚者一曰嵩山全禪師者一曰益州夾山院和尚者一曰西京雲巖和尚者一曰安福延慶休和尚者

大鑒之七世曰灌溪志閑禪師其所出法嗣一人曰池州魯祖山教和尚者

大鑒之七世曰魏府興化存奬禪師其所出法嗣二人一曰汝州寶應和尚者一曰天鉢和尚者

大鑒之七世曰鎮州寶壽沼禪師其所出法嗣二人一曰汝州西院思明者一曰西院第

二世實壽和尚者
大鑒之七世曰涿州紙衣和尚其所出法嗣一人曰鎮州譚空者
大鑒之七世曰鎮州三聖慧然禪師其所出法嗣二人一曰鎮州大悲和尚者一曰淄州水陸和尚者
大鑒之七世曰濠州思明禪師其所出法嗣一人曰襄州善本者
大鑒之七世曰潭州大光山居誨禪師其所出法嗣凡一十三人一曰潭州有緣者一曰龍興和尚者一曰潭州伏龍山第一世和尚者一曰潭州伏龍山第二世和尚者一曰京兆白雲善藏者一曰潭州伏龍山第三世和尚者一曰陜府龍峻山和尚者一曰大光山玄禪師者一曰漳州藤霞和尚者一曰宋州淨覺和尚者一曰華州證和尚者一曰鄂州永壽和尚者一曰鄂州靈竹和尚者
大鑒之七世曰筠州九峯道虔禪師其所出法嗣凡一十八人一曰新羅清院和尚者一曰洪州泐潭神黨者一曰吉州行修者一曰洪州明禪師者一曰吉州稔和尚者一曰洪州延茂和尚者一曰洪州同安常察者一曰洪州泐潭悟禪師者一曰吉州禾山無殷者一曰泐潭牟和尚者
大鑒之七世曰台州涌泉景欣禪師其所出法嗣一人曰台州六通紹禪師者
大鑒之七世曰潭州雲蓋山志元禪師其所出法嗣三人一曰雲蓋山志罕禪師者一曰新羅卧龍和尚者一曰彭州天台和尚者
大鑒之七世曰潭州谷山藏禪師其所出法

嗣三人一曰新羅瑞巖和尚者一曰新羅泊巖和尚者一曰新羅大嶺和尚者

大鑒之七世曰潭州中雲蓋山禪師其所出法嗣一人曰雲蓋山景和尚者

大鑒之七世曰河中府棲巖存壽禪師其所出法嗣一人曰道德者

大鑒之七世曰洪州雲居山道膺禪師其所出法嗣凡二十八人一曰杭州佛日和尚者一曰蘇州永光院真禪師者一曰洪州同安丕禪師者一曰歸宗澹權者一曰池州廣濟和尚者一曰潭州水西南臺和尚者一曰歙州朱谿謙禪師者一曰揚州豐化和尚者一曰雲居山道簡者一曰歸宗懷惲者一曰洪州大善慧海者一曰鼎州德山第七世和尚者一曰南嶽南臺和尚者一曰雲居山昌禪師者一曰池州嵇山章禪師者一曰晋州大梵和尚者一曰新羅雲柱和尚者一曰雲居山懷岳者一曰怜珏和尚者一曰潭州龍興寺悟空者一曰建州白雲減禪師者一曰潭州幕輔山和尚者一曰舒州白水山瑋禪師者一曰廬州治父山和尚者一曰南嶽法志者一曰新羅慶猷者一曰新羅慧禪師者一曰洪州鳳棲山慧志者

大鑒之七世曰撫州曹山本寂禪師其所出法嗣凡一十四人一曰撫州荷玉光慧者一曰筠州洞山道延者一曰衡州育王山弘通者一曰撫州金峯從志者一曰襄州鹿門處真者一曰撫州曹山慧霞者一曰衡州華光範禪師者一曰處州廣利容禪師者一曰泉州小谿院行傳者一曰西川布水巖和尚者

一曰蜀川西禪和尚者一曰華州草庵法義者一曰韶州華嚴和尚者一曰盧山羅漢池隆山主者

大鑒之七世曰潭州龍牙山居遁禪師其所出法嗣五人一曰潭州報慈藏嶼者一曰襄州含珠山審哲者一曰鳳翔白馬弘寂者一曰撫州崇壽院道欽者一曰楚州觀音院斌禪師者

大鑒之七世曰京兆華嚴寺體靜禪師其所出法嗣三人一曰鳳翔府紫陵匡一者一曰饒州北禪院惟直者一曰濰州化城和尚者

大鑒之七世曰筠州九峯普滿禪師其所出法嗣一人曰洪州同安威禪師者

大鑒之七世曰青林師虔禪師其所出法嗣六人一曰韶州龍光和尚者一曰襄州石門寺獻禪師者一曰襄州廣德和尚者一曰郢州芭蕉和尚者一曰定州石藏慧炬者一曰襄州延慶通性者

大鑒之七世曰洛京白馬遁儒禪師其所出法嗣二人一曰興元府青剉山和尚者一曰京兆保福和尚者

大鑒之七世曰益州北院通禪師其所出法嗣一人曰京兆香城和尚者

大鑒之七世曰高安白水本仁禪師其所出法嗣二人一曰京兆重雲智暉者一曰杭州瑞龍幼璋者

大鑒之七世曰撫州疎山匡仁禪師其所出法嗣凡二十人一曰疎山第二世證禪師者一曰洪州百丈安禪師者一曰筠州黄檗慧禪師者一曰隨城山護國守澄者一曰洛京

靈泉歸仁者一曰延州延慶奉璘者一曰安州大安山省禪師者一曰洪州百丈超禪師者一曰洪州天王院和尚者一曰常州正勤院藴禪師者一曰襄州洞山和尚者一曰京兆三相和尚者一曰筠州五峯山行繼者一曰商州高明和尚者一曰華州西谿道泰者一曰撫州踈山和尚者（其數七世）一曰筠州黃蘗山令約者一曰揚州祥光遠禪師者一曰安州大安山傳性者一曰筠州黃蘗贏禪師者

大鑒之七世曰澧州欽山文邃禪師其所出法嗣二人一曰洪州上藍自古者一曰澧州太守雷滿者

大鑒之七世曰樂普山元安禪師其所出法嗣十人一曰京兆永安善靜者一曰蘄州烏牙山彥賓者一曰鳳翔府青峯傳楚者一曰鄧州中度和尚者一曰嘉州洞谿和尚者一曰京兆卧龍和尚者一曰嘉州黑水慧通者一曰京兆盤龍和尚者一曰單州東禪和尚者一曰鄜州善雅者

大鑒之七世曰江西逍遥山懷忠禪師其所出法嗣二人一曰泉州福清師巍者一曰京兆白雲無休者

大鑒之七世曰袁州盤龍山可文禪師其所出法嗣五人一曰江州廬山永安淨悟者一曰袁州木平山善道者一曰陝府龍谿和尚者一曰桂陽志通者一曰廬州壽昌淨寂者

大鑒之七世曰撫州黃山月輪禪師其所出法嗣一人曰郢州桐泉山和尚者

大鑒之七世曰洛京韶山寰普禪師其所出法嗣二人一曰潭州文殊和尚者一曰祥州

大巖白和尚者
大鑒之七世曰洪州上藍令超禪師其所出法嗣二人一曰河東北院簡禪師者一曰洪州南平王鍾傳者
大鑒之七世曰袁州仰山南塔光涌禪師其所出法嗣五人一曰越州清化全付者一曰郢州芭蕉慧清者一曰韶州黄連山義初者一曰韶州慧林鴻究者一曰洪州黄龍和尚者
大鑒之七世曰袁州仰山西塔光穆禪師其所出法嗣一人曰吉州資福如寶者
大鑒之七世曰鄂州巖頭全豁禪師其所出法嗣九人一曰台州師彦者一曰懷州彦禪師者一曰吉州慧宗者一曰福州道閑者一曰福州從範者一曰福州嚴禪師者一曰洪州海一者一曰信州韶和尚者一曰洪州訥和尚者
大鑒之七世曰洪州感潭資國禪師其所出法嗣一人曰安州志圓者
大鑒之七世曰金陵道巘禪師其所出法嗣一人曰金陵廣化處微者
大鑒之七世曰福州雪峯義存禪師其所出法嗣五十六人一曰玄沙師備者一曰福州慧稜者一曰福州玄通者一曰杭州道怤者一曰福州長生山皎然者一曰鵝湖山智孚者一曰漳州報恩懷岳者一曰杭州西興化度者一曰福州鼓山神晏者一曰漳州隆壽紹卿者一曰福州僊宗行瑫者一曰福州蓮華山從弇者一曰杭州龍華寺靈照者一曰明州翠巖令參者一曰福州弘瑫者一曰潭

州雲蓋山歸本者一曰韶州林泉和尚者一曰洛京南院和尚者一曰越州洞巖可休者一曰定州法海行周者一曰杭州龍井通禪師者一曰漳州保福從展者一曰泉州瑞龍道溥者一曰杭州龍興寺宗靖者一曰福州南禪契璠者一曰越州越山師鼐者一曰南嶽金輪可觀者一曰泉州福清玄訥者一曰韶州雲門文偃者一曰衢州南臺仁禪師者一曰泉州東禪和尚者一曰餘杭大錢從襲者一曰福州永泰和尚者一曰池州和龍山守訥者一曰建州夢筆和尚者一曰福州古田極樂院允儼者一曰福州芙蓉山如體者一曰洛京憩鶴山和尚者一曰潭州溈山棲禪師者一曰吉州潮山延宗者一曰益州普通山普明者一曰隨州雙泉粱家庵永禪師者一曰漳州保福超悟者一曰太原孚上座者一曰南嶽惟勁者一曰台州十相審超者一曰江州廬山訥禪師者一曰新羅國大無爲禪師者一曰潞州玄暉者一曰湖州清淨和尚者一曰益州永安雪峯和尚者一曰廬僊德明禪師者一曰撫州明水懷忠者一曰益州懷果^(或作杲)者一曰杭州耳相行修者一曰嵩山安德者

大鑒之八世曰汝州南院禪師其所出法嗣一人曰汝州風穴延沼者

大鑒之七世曰汝州西院思明禪師其所出法嗣一人曰郢州興陽歸靜者

傳法正宗記卷第七

音釋

恧女六切慙也　邡音方什邡縣名　泐歷德切　鎬胡道切　潞魯故切州名　覬音翼　嶴烏到切　廙弋異二音　贄脂利切　歙失涉切　奭施隻切　嵕祖紅切　鄆王問切　邛渠容切　阾玨阾良郢切玨訖岳切　灉音惟　鄜芳無切　弇衣弇姑南二切

傳法正宗記卷第八

宋藤州東山沙門釋契嵩編修

正宗分家略傳下

大鑒之八世曰韶州雲門山文偃禪師蘇州嘉興人也姓張氏天性頴悟幼不類常童出家得戒學經律論未幾皆通及參訪善知識一見睦州陳尊宿大達宗旨尋印可於雪峯存禪師自是匿曜一混於衆因南游至韶陽靈樹敏禪師法會敏異人也號能懸知見偃特相器重遂命爲衆之第一座及逝因遺書薦於廣主劉氏命禪師繼領其所居其後劉氏復治雲門大伽藍遷偃居之其聲遂大聞四方學者歸之如水趨下然其風教峭迅趣道益至今天下尚之號爲雲門宗者也其所出法嗣凡八十八人一曰韶州白雲祥和尚者一曰德山緣密者一曰潭州南臺道遵者一曰韶州雙峯竟欽者一曰韶州資福和尚者一曰廣州廣雲元禪師者一曰廣州龍境倫禪師者一曰韶州雲門爽禪師者一曰韶州白雲聞禪師者一曰韶州披雲智寂者一曰韶州淨法章和尚者一曰韶州温門山滿禪師者一曰岳州巴陵顥鑒者一曰連州地藏慧慈者一曰英州大容諲和尚者一曰廣州羅山崇禪師者一曰韶州雲門寶禪師者一曰郢州臨谿竟脱者一曰廣州華嚴慧禪師者一曰韶州舜峯韶和尚者一曰英州觀音和尚者一曰韶州林泉和尚者一曰隨州雙泉師寬者一曰韶州雲門煦和尚者一曰益州香林澄遠者一曰南嶽般若啓柔者一曰筠州黄蘗法濟者一曰襄州洞山守初者

一曰信州康國耀和尚者一曰潭州谷山豐禪師者一曰顥羅漢匡果者一曰鼎州滄谿璘和尚者一曰筠州洞山清禀者一曰蘄州北禪寂和尚者一曰泐潭道謙者一曰廬州南天王永平者一曰湖南永安朗禪師者一曰湖南潭明和尚者一曰金陵清涼明禪師者一曰金陵奉先深禪師者一曰西川青城乘和尚者一曰潞府妙勝臻禪師者一曰興元普通封和尚者一曰韶州燈峯和尚者一曰韶州大梵圓和尚者一曰澧州藥山圓和尚者一曰信州鵝湖雲震和尚者一曰廬山開先清耀者一曰襄州奉國清海者一曰韶州慈光和尚者一曰潭州保安師密者一曰洪州雲居山融禪師者一曰衡州大聖寺守賢者一曰廬州北天王徽禪師者一曰郢州芭蕉山弘義者一曰眉州福化院光禪師者一曰廬州東天王廣慈者一曰信州西禪欽禪師者一曰江州慶雲眞禪師者一曰韶州雙峯慧眞者一曰雲門山法球者一曰韶州廣悟者一曰韶州長樂山政禪師者一曰韶州佛陀山遠禪師者一曰韶州鷲峯山韶禪師者一曰韶州淨源山眞禪師者一曰韶州月華山禪師者一曰韶州雙峯眞禪師者一曰隨州雙泉山郁禪師者一曰慈雲山深禪師者一曰廬州化城鑒禪師者一曰廬山護國禪師者一曰廬山慶雲禪師者一曰岳州永福朗禪師者一曰郢州趙橫山禪師者一曰郢州纂子山庵主者一曰廬州南天三海禪師者一曰桂州覺華普照者一曰益州鐵幢覺禪師者一曰新州延長山禪師者一曰

黄龍山禪師者一曰眉州西禪光禪師者一曰蘄州北禪悟同者一曰舒州天柱山禪師者一曰韶州龍光山禪師者一曰觀州水精院宫禪師者一曰隋州智門山法觀者一曰雲門山朗上座者

大鑒之八世曰福州玄沙備禪師其所出法嗣凡一十三人一曰漳州羅漢院桂琛者一曰福州安國慧球者一曰杭州天龍重機者一曰福州僊宗契符者一曰婺州國泰瑫禪師者一曰衡嶽南臺誠禪師者一曰福州白龍道希者一曰福州螺峯冲奥者一曰泉州睦龍和尚者一曰天台雲峯光緒者一曰福州大章山契如者一曰福州永興和尚者一曰天台國清師静者

大鑒之八世曰福州長慶稜禪師其所出法嗣凡二十六人一曰泉州招慶道匡者一曰杭州龍華彦球者一曰杭州保安連禪師者一曰福州報慈光雲者一曰廬山開先紹宗者一曰婺州報恩寳資者一曰杭州傾心法瑫者一曰福州水陸供儼者一曰杭州廣嚴咸澤者一曰福州報慈慧朗者一曰福州長慶常慧者一曰福州石佛静禪師者一曰處州翠峯從欣者一曰福州枕峯青換者一曰福州東禪契訥者一曰福州長慶弘辯者一曰福州東禪可隆者一曰福州僊宗守玭者一曰撫州永安懷烈者一曰福州閩山令含者一曰新羅龜山和尚者一曰吉州龍須山道殷者一曰福州祥光澄静者一曰襄州鷲嶺明遠者一曰杭州報慈從瓌者一曰杭州龍華契盈者

大鑒之八世曰杭州龍册寺道怤禪師其所出法嗣五人一曰越州清化山師訥者一曰衢州南禪遇緣者一曰復州資福智遠者一曰筠州洞山龜端者一曰温州景豐者

大鑒之八世曰信州鵝湖智孚禪師其所出法嗣一人曰法進禪師者

大鑒之八世曰漳州報恩懷嶽禪師其所出法嗣一人曰潭州妙濟師浩者

大鑒之八世曰福州鼓山神晏禪師其所出法嗣凡十一人一曰杭州天竺子儀者一曰建州白雲智作者一曰福州鼓山智嚴者一曰福州龍山智嵩者一曰泉州鳳凰山强禪師者一曰襄州定慧和尚者一曰福州鼓山清諤者一曰金陵淨德沖煦者一曰金陵報恩院清護者

大鑒之八世曰杭州龍華寺靈照禪師其所出法嗣七人一曰台州瑞巖師進者一曰台州六通院志球者一曰杭州雲龍歸禪師者一曰杭州功臣道閑者一曰衢州鎮境遇緣者一曰福州報國照禪師者一曰台州白雲迺禪師者

大鑒之八世曰明州翠巖令參禪師其所出法嗣二人一曰杭州龍册寺子興者一曰温州佛嶼知默者

大鑒之八世曰福州安國弘瑫禪師其所出法嗣九人一曰福州白鹿師貴者一曰福州羅山義聰者一曰福州安國從貴者一曰福州怡山藏用者一曰福州永隆彦端者一曰福州林陽志端者一曰福州興聖滿禪師者一曰福州僊宗明禪師者一曰福州安國祥

和尚者
大鑒之八世曰漳州保福院從展禪師其所出法嗣凡二十三人一曰泉州招慶省僜者一曰漳州保福可儔者一曰舒州白水如新者一曰洪州漳江慧廉者一曰福州報慈文欽者一曰泉州萬安清運者一曰福州報恩熙禪師者一曰泉州鳳凰山從琛者一曰福州永隆瀛和尚者一曰洪州清泉山守清者一曰漳州報恩院行崇者一曰潭州嶽麓和尚者一曰德山德海者一曰洪州建山澄禪師者一曰福州康山契穩者一曰潭州延壽慧輪者一曰泉州西明琛禪師者一曰福州升山柔禪師者一曰福州枕峯和尚者一曰鼎州法擽者一曰襄州鷲嶺和尚者一曰睦州敬連和尚者一曰潭州谷山句禪師者

大鑒之八世曰南嶽金輪觀禪師其所出法嗣一人曰衡嶽後金輪和尚者
大鑒之八世曰泉州睡龍山道溥禪師其所出法嗣一人曰漳州保福院清豁者
大鑒之八世曰隨州雙泉山永禪師其所出法嗣一人曰廣州大通和尚者
大鑒之八世曰台州瑞巖師彥禪師其所出法嗣二人一曰南嶽橫龍和尚者一曰溫州瑞峯神祿和尚者
大鑒之八世曰懷州玄泉彥禪師其所出法嗣五人一曰鄂州黄龍誨機者一曰洛京栢谷和尚者一曰池州和龍和尚者一曰懷州玄泉第二世和尚者一曰潞府妙勝玄密者
大鑒之八世曰福州羅山道閑禪師其所出法嗣十九人一曰洪州大寧隱微者一曰婺

州明招德謙者一曰衡州華光範禪師者一曰福州羅山招孜者一曰西川慧禪師者一曰建州白雲令弇者一曰處州天竺義證者一曰吉州清平惟曠者一曰婺州金柱義昭者一曰潭州谷山和尚者一曰湖南道吾山從盛者一曰福州羅山義因者一曰灌州靈巖和尚者一曰吉州匡山和尚者一曰福州興聖重滿者一曰潭州寶應清進者一曰漢州綿竹縣定慧者一曰潭州龍會山鑒禪師者一曰安州穆禪師者

大鑒之八世曰安州白兆山志圓禪師其所出法嗣凡十有三人一曰鼎州大龍山智洪者一曰襄州白馬山行靄者一曰郢州大陽山行沖者一曰安州白兆山懷楚者一曰四祖山清皎者一曰蘄州三角山志操者一曰晉州興教師普者一曰蘄州三角山眞鑒者一曰郢州興陽和尚者一曰郴州東禪玄偕者一曰新羅國慧雲者一曰安州慧日院玄諤者一曰京兆大秦寺彥賓者

大鑒之八世曰韶州慧林鴻究禪師其所出法嗣一人曰韶州靈瑞者

大鑒之八世曰郢州芭蕉山慧清禪師其所出法嗣四人一曰郢州興陽清讓者一曰洪州幽谷法滿者一曰郢州興陽義深者一曰芭蕉二世住遇者

大鑒之八世曰吉州資福如實禪師其所出法嗣四人一曰吉州資福貞邃者一曰吉州福壽和尚者一曰潭州鹿苑和尚者一曰潭州報慈德韶者

大鑒之八世曰汝州風穴延沼禪師其所出

法嗣四人一曰汝州廣慧眞禪師者一曰汝州首山省念者一曰鳳翔長興和尚者一曰潭州靈泉和尚者

大鑒之八世曰潭州藤霞禪師其所出法嗣二人一曰澧州藥山第七世和尚者一曰潭州雲蓋山和尚者

大鑒之八世曰洪州鳳棲山同安常察禪師其所出法嗣一人曰袁州仰山良供者

大鑒之八世曰吉州禾山無殷禪師其所出法嗣五人一曰廬山永安慧度者一曰撫州曹山義崇者一曰吉州禾山契雲者一曰漳州保福和尚者一曰洪州翠巖師陰者

大鑒之八世曰潭州雲蓋山景禪師其所出法嗣三人一曰衡嶽南臺藏禪師者一曰幽州拓水從實者一曰雲蓋山澄覺者

大鑒之八世曰廬山歸宗寺澹權禪師其所出法嗣二人一曰鄂州黄龍蘊和尚者一曰壽州泊山和尚者

大鑒之八世曰歸宗懷惲禪師其所出法嗣二人一曰歸宗第四世弘章者一曰歸宗巖容者

大鑒之八世曰池州嵇山章禪師其所出法嗣一人曰隨州雙泉山道虔者

大鑒之八世曰洪州雲居山懷岳禪師其所出法嗣五人一曰揚州風化院令崇者一曰澧州藥山忠彦者一曰梓州龍泉和尚者一曰雲居住緣者一曰雲居住滿者

大鑒之八世曰撫州荷玉山光慧禪師其所出法嗣一人曰荷玉山福禪師者

大鑒之八世曰筠州洞山道延禪師其所出

法嗣二人一曰洪州上藍慶禪師者一曰洞山敏禪師者
大鑒之八世曰撫州金峯從志禪師其所出法嗣二人一曰洪州大寧神降者一曰澧州藥山彦禪師者
大鑒之八世曰襄州鹿門山處眞禪師其所出法嗣六人一曰益州崇眞者一曰鹿門第二世譚和尚者一曰襄州谷隱智靜者一曰廬山佛手巖行因者一曰襄州靈谿山明禪師者一曰洪州大安寺眞上座者
大鑒之八世曰撫州曹山慧霞禪師其所出法嗣三人一曰嘉州東汀和尚者一曰雄州華嚴正慧者一曰泉州招慶院堅上座者
大鑒之八世曰華州草庵法義禪師其所出法嗣一人曰泉州龜洋慧忠者

大鑒之八世曰潭州報慈藏嶼禪師其所出法嗣一人曰益州聖興存和尚者
大鑒之八世曰襄州含珠山審哲禪師其所出法嗣六人一曰洋州龍穴山和尚者一曰唐州大乘山和尚者一曰襄州延慶歸曉者一曰襄州含珠山眞和尚者一曰含珠山璋禪師者一曰含珠山偃和尚者
大鑒之八世曰鳳翔府紫陵匡一禪師其所出法嗣三人一曰并州廣福道隱者一曰紫陵第二世微禪師者一曰興元府大浪和尚者
大鑒之八世曰洪州同安威禪師其所出法嗣二人一曰陳州石鏡和尚者一曰中同安志禪師者
大鑒之八世曰襄州石門山獻禪師其所出

法嗣一人曰石門山第二出慧徹者
大鑒之八世曰襄州廣德義和禪師其所出法嗣二人一曰襄州廣德第二世延和尚者一曰荆州上泉和尚者
大鑒之八世曰京兆香城禪師其所出法嗣一人曰鄧州羅紋和尚者
大鑒之八世曰杭州瑞龍院幼璋禪師其所出法嗣一人曰西川德言者
大鑒之八世曰隨州護國守澄禪師其所出法嗣八人一曰隨州智門守欽者一曰護國第二世知遠者一曰大安山能和尚者一曰潁州薦福院思禪師者一曰潭州延壽和尚者一曰護國第三世志朗者一曰舒州香鑪峯瓊和尚者一曰京兆盤龍山滿和尚者
大鑒之八世曰京兆永安院善靜禪師其所出法嗣一人曰大明山和尚者
大鑒之八世曰蘄州烏牙山彥賓禪師其所出法嗣三人一曰安州大安山興古者一曰蘄州烏牙山行朗者一曰虢州盧氏常禪師者
大鑒之八世曰鳳翔府青峯禪師其所出法嗣七人一曰西川靈龕和尚者一曰京兆紫閣山端巳者一曰房州開山懷晝者一曰幽州傳法和尚者一曰益州淨衆歸信者一曰青峯第二世清勉者一曰鳳翔府長平山滿禪師者
大鑒之八世曰梓州大巖白禪師其所出法嗣一人曰卭州碧雲和尚者
大鑒之九世曰汝州首山省念禪師其所出法嗣五人一曰汾州善昭者一曰襄州谷隱

蘊聰者一曰并州承天智嵩者一曰汝州廣
惠元璉者一曰汝州葉縣歸省者一曰智門
空和尚者
大鑒之九世曰漳州羅漢院桂琛禪師其所
出法嗣七人一曰金陵清涼文益者一曰襄
州清溪洪進者一曰金陵清涼休復者一曰
撫州龍濟紹修者一曰杭州天龍寺秀禪師
者一曰潞州延慶傳殷者一曰衡嶽南臺守
安者
大鑒之九世曰福州僊宗契符禪師其所出
法嗣二人一曰福州僊宗洞明者一曰泉州
福清行欽者
大鑒之九世曰杭州天龍重機禪師其所出
法嗣一人曰高麗雲嶽令光者
大鑒之九世曰婺州泰瑫禪師其所出法嗣
一人曰婺州齊雲寶勝者
大鑒之九世曰福州昇山白龍道希禪師其
所出法嗣五人一曰福州廣平玄旨者一曰
福州白龍清慕者一曰福州靈峯志恩者一
曰福州東禪玄亮者一曰漳州報劬玄應者
大鑒之九世曰泉州招慶法因禪師其所出
法嗣七人一曰泉州報恩宗顯者一曰金陵
龍光澄忋者一曰永興北院可休者一曰郴
州太平清海者一曰連州慈雲慧深者一曰
郢州興陽道欽者一曰漳州保福清溪者
大鑒之九世曰婺州報恩寶資禪師其所出
法嗣一人曰處州福林澄和尚者
大鑒之九世曰處州翠峯欣禪師其所出法
嗣一人曰處州報恩守真者
大鑒之九世曰襄州鷲嶺明遠禪師其所出

法嗣一人曰襄州鷲嶺第二世通和尚者
大鑑之九世曰杭州龍華彦球禪師其所出
法嗣一人曰仁王院俊禪師者
大鑑之九世曰漳州保福可儔禪師其所出
法嗣一人曰漳州隆壽無逸者
大鑑之九世曰潭州延壽寺慧輪禪師其所
出法嗣二人一曰廬山歸宗道詮者一曰潭
州龍興裕禪師者
大鑑之九世曰韶州白雲禪師其所出法嗣
六人一曰韶州大歷和尚者一曰連州寶華
和尚者一曰韶州月華和尚者一曰南雄州
地藏和尚者一曰英州樂淨含匡者一曰韶
州後白雲福禪師者
大鑑之九世曰鼎州德山緣密禪師其所出
法嗣凡十有六人一曰潭州鹿苑文襲者一
曰澧州藥山可瓊者一曰南嶽懃禪師者一
曰文殊應真者一曰德山柔禪師者一曰鼎
州德山紹晏者一曰鼎州寛禪師者一曰鼎
州道禪師者一曰巴陵普禪師者一曰郴州
乾明自興者一曰渝州進雲山禪師者一曰
岳州乾普禪師者一曰興元府崇禪師者一
曰郢州黄龍志愿者一曰莪嵋山承璟者一
曰益州東禪秀禪師者
大鑑之九世曰西川青城香林澄遠禪師其
所出法嗣三人一曰永康軍羅漢和尚者一
曰復州崇勝光祚者一曰永康軍青城香林
信禪師者
大鑑之九世曰襄州洞山守初禪師其所出
法嗣七人一曰潭州道崧者一曰南嶽雅禪
師者一曰岳州睦禪師者一曰鄧州同禪師

者一曰韶州洪教禪師者一曰安州處瓊者一曰潞州寶周者

大鑒之九世曰隨州龍居山明教寬禪師其所出法嗣凡十有三人一曰五祖師戒者一曰四祖山志謙者一曰蘄州廣教懷志者一曰襄州興化奉能者一曰唐州天睦山慧滿者一曰鄂州建福智同者一曰江陵府福昌重善者一曰舒州龍門山仁永者一曰襄州延慶本禪師者一曰唐州福安山惠珣者一曰鼎州大龍山炳賢者一曰雙泉山瓊禪師者一曰嵓自上座者

大鑒之九世曰韶州舜峯山韶禪師其所出法嗣四人一曰磁州桃園山曦朗者一曰安州法雲智善者一曰韶州鄧林善志者一曰韶州大歷志聰者

大鑒之九世曰隨州雙泉山郁禪師其所出法嗣二人一曰鼎州德山惠遠者一曰襄州含珠彬禪師者

大鑒之九世曰岳州巴陵鑒禪師其所出法嗣二人一曰襄州順禪師者一曰靈澄上座者

大鑒之九世曰金陵清涼山明禪師其所出法嗣二人一曰廬山崇勝御禪師者一曰吉州西峯豁禪師者

大鑒之九世曰雲居山深禪師其所出法嗣一人曰蓮華峯詳山主者

大鑒之九世曰潭州報慈歸眞大師德韶其所出法嗣二人一曰蘄州三角志謙者一曰郢州興陽詞鐸者

大鑒之九世曰鄂州黃龍誨機禪師其所出

法嗣九人一曰洛京紫蓋善沼者一曰眉州黃龍繼達者一曰棗木第二世和尚者一曰興元府玄都山澄和尚者一曰嘉州黑水和尚者一曰鄂州黃龍智顒者一曰眉州福昌達和尚者一曰常州慧山然和尚者一曰洪州雙嶺悟海者

大鑒之九世曰婺州明招德謙禪師其所出法嗣六人一曰處州報恩契從者一曰婺州普照瑜和尚者一曰婺州雙谿保初者一曰處州涌泉究和尚者一曰衢州羅漢義和尚者一曰福州興聖調和尚者

大鑒之九世曰鼎州大龍山智洪禪師其所出法嗣三人一曰大龍山景如者一曰大龍山楚勛者一曰興元府普通從善者

大鑒之九世曰襄州白馬行靄禪師其所出法嗣一人曰白馬智倫者

大鑒之九世曰安州白兆山懷楚禪師其所出法嗣三人一曰唐州保壽匡祐者一曰蘄州自南者一曰果州永慶繼勳者

大鑒之九世曰襄州谷隱智靜禪師其所出法嗣二人一曰谷隱知儼者一曰襄州普寧法顯者

大鑒之九世曰廬山歸宗弘章禪師其所出法嗣一人曰東京普淨常覺者

大鑒之九世曰鳳翔府紫陵微禪師其所出法嗣二人一曰鳳翔府大朗和尚者一曰潭州新開和尚者

大鑒之九世曰襄州石門山慧徹禪師其所出法嗣二人一曰石門紹遠者一曰郢州靈竹守珎者

大鑒之九世曰洪州同安志禪師其所出法嗣二人一曰鼎州梁山緣觀者一曰陳州靈通者

大鑒之九世曰襄州廣德延禪師其所出法嗣一人曰廣德周禪師者

大鑒之九世曰益州淨衆寺歸信禪師其所出法嗣一人曰漢州靈龕山和尚者

大鑒之九世曰隋州護國知遠禪師其所出法嗣一人曰東京開寶常普者

大鑒之九世曰鼎州梁山緣觀禪師其所出法嗣一人曰郢州大陽山警延者

大鑒之十世曰鼎州文殊山應眞禪師其所出法嗣一人曰筠州洞山曉聰者

大鑒之十世曰眉州黄龍繼達禪師其所出法嗣一人曰第二世黄龍和尚者

大鑒之十世金陵清涼文益禪師餘杭人也姓曾氏素有遠志戒後習毗尼於律師希覺傍探儒術而文藝可觀覺嘗目之曰此吾門之游夏也尋務宗乘遂詣福唐長慶法會居未幾已爲其衆所推晚復游方途中遇雨與其侶漸憩其州西之地藏院因叅琛禪師得了法要乃留庵於福之甘蔗洲後復爲其侶率游江表至臨川遂爲郡人命居崇壽精舍自是學輩浸盛江南國主李氏聞其風遂請入都使領清涼大伽藍其國禮之愈重四方之徒歸之愈多遠今其言布於天下號爲清涼之宗其所出法嗣凡六十三人一曰天台德韶國師者一曰杭州報恩寺慧明者一曰漳州羅漢智依者一曰金陵章義道欽者一曰金陵報恩匡逸者一曰金陵報慈文遂者

一曰漳州羅漢守仁者一曰杭州永明寺道潛者一曰撫州黄山良匡者一曰杭州靈隱清聳者一曰金陵報恩玄則者一曰金陵報慈行言者一曰金陵淨德智筠者一曰高麗道峯慧炬國師者一曰金陵清源泰欽者一曰杭州寶塔寺紹巖者一曰金陵報恩法安者一曰撫州崇壽契稠者一曰雲居清錫者一曰百丈道常者一曰天台般若敬遵者一曰歸宗策真者一曰洪州同安紹顯者一曰廬山棲賢慧圓者一曰洪州觀音從顯者一曰廬州長安延規者一曰常州正勤希奉者一曰洛京興善棲倫者一曰洪州西興齊禪師者一曰潤州慈雲匡達者一曰蘇州薦福紹明一曰澤州古賢謹禪師者一曰宣州興福可勳者一曰洪州上藍守訥者一曰撫州覆船和尚者一曰杭州奉先法瓌者一曰廬山化城慧朗者一曰杭州永明寺達鴻者一曰高麗靈鑒者一曰荆門上泉和尚者一曰廬山大林僧遁者一曰池州仁王緣勝者一曰歸宗義柔者一曰泉州上方慧英者一曰荆州護國遇禪師者一曰饒州芝嶺照禪師者一曰歸宗師慧者一曰歸宗省一者一曰襄州延慶通性者一曰歸宗夢欽者一曰洪州舍利玄闡者一曰洪州永安明禪師者一曰洪州禪谿可莊者一曰潭州石霜爽禪師者一曰江西靈山和尚者一曰廬山佛手巖因禪師者一曰金陵保安止和尚者一曰昇州華嚴幽和尚者一曰袁州木平道達者一曰洪州大寧道邁者一曰楚州龍興德賓者一曰鄂州黄龍仁禪師者一曰洪州西山道

聳者
大鑒之十世曰襄州清谿洪進禪師其所出法嗣二人一曰相州天平山從漪禪師者一曰廬山圓通德緣者
大鑒之十世曰金陵清源休復禪師其所出法嗣二人一曰金陵奉先慧同者一曰廬山寶慶庵道習者
大鑒之十世曰撫州龍濟山紹修禪師其所出法嗣一人曰河東廣原和尚者
大鑒之十世曰衡嶽南臺寺守安禪師其所出法嗣二人一曰襄州鷲嶺善美者一曰安州慧日明禪師者
大鑒之十世曰漳州報劬院玄應禪師其所出法嗣一人曰報劬第一世仁義者
大鑒之十世曰漳州隆壽無逸禪師其所出法嗣一人曰漳州龍壽法騫者
大鑒之十世曰廬山歸宗道詮禪師其所出法嗣一人曰筠州九峯山守詮者
大鑒之十一世曰天台山德韶國師其所出法嗣凡五十有一人一曰杭州永明寺延壽者一曰温州大寧可弘者一曰蘇州長壽朋彦者一曰杭州五雲山志逢者一曰杭州報恩法端者一曰杭州報恩紹安者一曰福州之廣平守威者一曰杭州報恩永安者一曰廣州光聖師護者一曰杭州奉先清昱者一曰天台普閒智勤者一曰温州鴈蕩願齊者一曰杭州普門希辯者一曰杭州光慶遇安者一曰天台般若友蟾者一曰婺州智者全肯者一曰福州玉泉義隆者一曰杭州龍册曉榮者一曰杭州功臣慶蕭者一曰越州稱

心敬璡者一曰福州嚴峯師术者一曰潞州華嚴慧達者一曰越州清泰道圓者一曰杭州九曲慶祥者一曰杭州開化行明者一曰越州開善義圓者一曰温州瑞鹿遇安者一曰杭州龍華慧居者一曰婺州齊雲遇臻者又一曰温州瑞鹿寺本先者一曰杭州報恩德謙者一曰杭州靈隱處先者一曰天台善建省義者一曰越州觀音安禪師者一曰婺州仁壽澤禪師者一曰越州雲門重曜者一曰越州大禹榮禪師者一曰越州地藏瓊禪師者一曰杭州靈隱紹光者一曰杭州龍華紹鑾者一曰越州碧泉行新者一曰越州象田默禪師者一曰潤州登雲從堅者一曰越州觀音朗禪師者一曰越州諸暨五峯和尚者一曰越州何山道孜者一曰越州大禹自廣者一曰筠州黄蘗師逸者一曰蘇州瑞光清表者一曰杭州興教寺洪壽者一曰蘇州承天道原者

大鑒之十一世曰杭州報恩寺慧明禪師其所出法嗣一人曰福州保明道誠者

大鑒之十一世曰金陵報慈道場文遂禪師其所出法嗣五人一曰常州齊雲慧禪師者一曰洪州雙嶺祥禪師者一曰洪州觀音眞禪師者一曰洪州龍沙茂禪師者一曰洪州大寧奬禪師者

大鑒之十一世曰杭州永明道潛禪師其所出法嗣三人一曰杭州千光王瓌省者一曰衢州鎮境志澄者一曰明州崇福慶祥者

大鑒之十一世曰杭州靈隱清聳禪師其所出法嗣九人一曰杭州功臣道慈者一曰秀

州羅漢願昭者一曰處州報恩師智者一曰衢州瀫寧可先者一曰杭州光孝道端者一曰杭州保清遇寧者一曰福州支提辨隆者一曰杭州瑞龍希圓者一曰杭州國泰德文者

大鑒之十一世曰洪州百丈山道常禪師其所出法嗣三人一曰廬山棲賢澄諟者一曰蘇州萬壽德興者一曰越州雲門永禪師者

大鑒之十一世曰廬山歸宗義柔禪師其所出法嗣二人曰廬山羅漢行林者一曰杭州功臣覺軻者

大鑒之十一世曰金陵報慈行言禪師其所出法嗣二人一曰洪州雲居義能者一曰饒州北禪清皎者

大鑒之十一世曰金陵報恩法安禪師其所出法嗣二人一曰廬山棲賢道堅者一曰歸宗慧誠者

大鑒之十一世曰廬州長安院延規禪師其所出法嗣二人一曰廬州長安辨實者一曰雲蓋山用清者

大鑒之十二世曰杭州永明延壽禪師其所出法嗣二人一曰杭州富陽子蒙者一曰杭州朝明院津禪師者

大鑒之十二世曰蘇州長壽院朋彥禪師其所出法嗣一人曰長壽第二世法齊者

大鑒之十二世曰杭州普門寺希辯禪師其所出法嗣二人一曰高麗國慧洪者一曰越州上林湖智者

大鑒之十二世曰雲居山眞如道齊禪師其所出法嗣九人一曰雲居契瓌者一曰杭州

靈隱文勝者一曰台州瑞巖義海者一曰大梅居煦者一曰大梅保福居素者一曰荆門清谿清禪師者一曰雲門居曜者一曰雲居慧震者一曰廬山慧日智達者

評曰正宗至大鑒傳既廣而學者遂各務其師之說天下於是異焉競自爲家故有溈仰云者有曹洞云者有臨濟云者有雲門云者有法眼云者若此不可悉數而雲門臨濟法眼三家之徒於今尤盛溈仰已熄而曹洞者僅存緜緜然猶大旱之引孤泉然其盛衰者豈法有强弱也蓋後世相承得人與不得人耳書不云乎苟非其人道不虛行

傳法正宗記卷第八

音釋

㤓音敷 諤逆各切 煦吁句切 惲委粉切 虢古伯切 郴丑林切 漪於宜切 諟上紙切 熄悉即切滅也 忋公在胡改二切

傳法正宗記卷第八

宋藤州東山沙門釋　契嵩　編修

旁出略傳二百五人

宗證略傳十一人

旁出略傳并序

序曰旁出善知識者已載於他書此復見之蓋以其皆出於正宗的庶雖異其法一也周封同姓之國以貴其宗親親之義則文武成康爲正方之大迦葉直下之相承者亦可知矣其傳起於末田底而止乎益州神會禪師者凡二百有五人

第二祖阿難尊者其旁出法嗣一人曰末田底迦者

第二十四祖師子尊者其旁出法嗣一人曰達磨達者

師子之二世曰達磨達尊者罽賓國人也不詳姓氏初師其國之波梨迦尊者出家頗聰敏有智辯而德冠諸應真之士及波梨迦之法離爲五家而尊者首冠於禪定宗晚與師子尊者辯論遂伏其道復宗之爲師及師子遇害達磨達乃與其二弟子隱於其國之象白山年壽甚高出于常數其所出法嗣二人一曰因陀羅者一曰瞿羅忌利婆者

評曰始愚未得證於出三藏記時有曰吾疑祖位至師子絶而其法普傳猶此六祖大鑒禪師不其然乎因嘗與其論曰夫祖位之絶蓋非常事前後賢聖亦當言之若此祖數止於大鑒者乃有般若多羅與夫達磨大士而預記之六祖雖各授其法亦有人焉若子所謂祖世絶於師子必何以證之其前祖孰嘗

記耶而分傳法者果何人將之東乎非人則其法安得至此雖其旁出達磨達者自爲枝泒其所出各不過四五人耳非普傳也亦未始聞其徒以法而東揚者茍以達磨達爲之普傳者則達磨達何乃獨指二十五祖曰我有同學號婆舍斯多先師預以法付之復授衣爲信已適南天竺也其他同學者曷棄而不言耶是不然也子宜以理求之不可恣其臆度曰若然則達磨達既宗師子安得不承之爲其正祖乃推於斯多乎曰此蓋聖人宜其機緣而命之祖矣亦以其悟之淺深而授之法印耳若五祖傳之大鑒而不付北秀不其然哉或者然之適得僧祐之書而吾言甚驗不欲棄之因系達磨達傳後

師子尊者之三世曰因陀羅其所出法嗣四人一曰達磨尸利帝者一曰那伽難提者一曰破樓求多羅者一曰婆羅婆提者

師子尊者之三世曰瞿羅忌利婆其所出法嗣二人一曰波羅跋摩者一曰僧伽羅叉者

師子尊者之四世曰達磨尸利帝其所出法嗣二人一曰摩帝隷披羅者一曰訶利跋茂者

師子尊者之四世曰破樓求多羅其所出法嗣三人一曰和修盤頭者一曰達摩訶帝者一曰旃陀羅多者

師子尊者之四世曰波羅跋摩其所出法嗣三人一曰勒那多羅者一曰盤頭多羅者一曰婆羅婆多者

師子尊者之四世曰僧伽羅叉其所出法嗣五人一曰毗舍也多羅者一曰毗樓羅多摩

者一曰毗栗芻多羅者一曰優波羶馱者一曰婆難提多者

二十八祖達磨尊者（此土之初祖也）旁出法嗣九人一曰有相宗首薩婆羅者一曰無相宗首波羅提者一曰定慧宗首婆蘭陀者一曰戒行宗首（名亡）一曰無得宗首寶靜者一曰寂靜宗首（名亡）一曰道育者一曰道副者一曰尼總持者

二十九祖慧可尊者（此土之二祖也）旁出法嗣三人曰僧那者一曰向居士者一曰相州慧滿者

二十九祖之二世曰相州慧滿禪師其所出法嗣六人一曰峴山神定者一曰寶月禪師者一曰華閑居士者一曰大士化公者一曰和公者一曰廖居士者

二十九祖之三世曰華閑居士其所出法嗣一人曰曇邃者

二十九祖之四世曰曇邃禪師其所出法嗣三人一曰延陵慧簡者一曰彭城慧瑳者一曰定林慧綱者

二十九祖之五世曰慧綱禪師其所出法嗣一人曰六合大覺者

二十九祖之六世曰大覺禪師其所出法嗣一人曰高郵曇影者

二十九祖之七世曰曇影禪師其所出法嗣一人曰泰山明練者

二十九祖之八世曰明練禪師其所出法嗣一人曰揚州靜泰者

三十一祖道信尊者（此土之四祖也）旁出法嗣一人曰牛頭法融者

三十一祖之二世曰金陵牛頭法融禪師其所出法嗣一人曰智巖者
三十一祖之三世曰智巖禪師其所出法嗣一人曰慧方者
三十一祖之四世曰慧方禪師其所出法嗣一人曰法持者
三十一祖之五世曰法持禪師其所出法嗣一人曰智威者
三十一祖之六世曰智威禪師其所出法嗣一人曰慧忠者
三十一祖之二世曰法融禪師旁出法嗣凡十人一曰金陵鍾山曇璀者一曰荆州大素者一曰幽棲月空者一曰白馬道演者一曰新安定莊者一曰彭城智瑳者一曰廣州道樹者一曰湖州智爽者一曰新州杜默者一曰上元智誠者
三十一祖之三世曰智巖禪師其旁出法嗣八人一曰東都鏡潭者一曰襄州志長者一曰益州端伏者一曰龍光龜仁者一曰襄陽辯才者一曰漢南法俊者一曰西川敏古者
三十一祖之三世曰智誠禪師其所出法嗣一人曰定眞者
三十一祖之四世曰定眞禪師其所出法嗣一人曰如度者
三十一祖之五世曰法持禪師其旁出法嗣二人一曰牛頭玄素者一曰天柱弘仁者
三十一祖之六世曰智威禪師其旁出法嗣三人一曰宣州安國玄挺者一曰潤州鶴林玄素者一曰舒州天柱崇慧者
三十一祖之七世曰慧忠禪師其所出法嗣

一人曰天台惟則者
三十一祖之七世曰玄素禪師其所出法嗣三人一曰徑山道欽者一曰金華曇益者一曰吴門圓鏡者
三十一祖之八世曰徑山國一禪師道欽其所出法嗣四人一曰鳥窠道林者一曰木渚山悟禪師者一曰青陽廣敷者一曰杭州巾子山崇慧者
三十一祖之八世曰天台佛窟岩惟則禪師其所出法嗣一人曰天台雲居智禪師者
三十一祖之九世曰杭州鳥窠道林禪師其所出法嗣二人一曰杭州招賢會通者一曰靈岩寶觀者
三十一祖之九世曰天台山雲居智禪師其所出法嗣凡三十三人一曰牛頭山道性者一曰江寧智燈者一曰解玄（解玄或山與寺名未詳）懷信者一曰鶴林全禪師者一曰北山懷古者一曰明州觀宗者一曰牛頭大智者一曰白馬善道者一曰牛頭智眞者一曰牛頭譚顒者一曰牛頭雲韜者一曰牛頭山凝禪師者一曰牛頭法梁者一曰江寧行應者一曰牛頭山惠良者一曰與善道融者一曰蔣山照明者一曰牛頭法燈者一曰牛頭定空者一曰牛頭山慧涉者一曰幽棲道遇者一曰牛頭山凝空者一曰蔣山道初者一曰幽棲藏禪師者一曰牛頭靈暉者一曰幽棲道顗者一曰牛頭巨英者一曰釋山法常者一曰龍門凝寂者一曰莊嚴遠禪師者一曰襄州道堅者一曰尼明悟者一曰居士殷淨者
三十一祖之十世曰慧涉禪師其所出法嗣

一人曰潤州棲霞清源者
第三十二祖弘忍尊者此土之五祖也旁出法嗣十有三人其一曰北宗神秀者一曰嵩嶽慧安者一曰蒙山道明者一曰揚州曇光者一曰隨州神慥者一曰金州法持者一曰資州智侁者一曰舒州法照者一曰越州義方者一曰枝江道俊者一曰常州玄賾者一曰越州僧達者一曰白松山劉主簿者
三十二祖之二世曰神秀禪師其所出法嗣凡十有九人一曰五臺山巨方者一曰河中智封者一曰兖州降魔藏禪師者一曰壽州道樹者一曰淮南全植者一曰荊州辭朗者一曰嵩山普寂者一曰大佛香育者一曰西京義福者一曰忽雷澄禪師者一曰東京日禪師者一曰太原徧淨者一曰南岳元觀者一曰汝南杜禪師者一曰嵩山敬禪師者一曰京兆小福禪師者一曰晉州霍山觀禪師者一曰潤洲崇珪者一曰安陸懷空者
三十二祖之二世曰嵩嶽慧安國師其所出法嗣六人一曰洛京福先仁儉者一曰嵩嶽破竈墮者一曰嵩嶽元珪者一曰常山坦然者一曰鄴都圓寂者一曰西京道亮者
三十二祖之二世曰蒙山道明禪師其所出法嗣三人一曰洪州崇寂者一曰江西環禪師者一曰撫州神正者
三十二祖之二世曰隨州神慥禪師其所出法嗣一人曰正壽者
三十二祖之二世曰資州智侁禪師其所出法嗣一人曰資州處寂者
三十二祖之二世曰玄賾禪師其所出法嗣

二人一曰義興神斐者一曰湖州暢禪師者
三十二祖之三世曰降魔藏禪師其所出法
嗣三人一曰西京寂滿者一曰西京定莊者
一曰南嶽慧隱者
三十二祖之三世曰荊州辭朗禪師其所出
法嗣三人一曰紫金玄宗者一曰大梅東禪
師者一曰塼界愼徽者
三十二祖之三世曰嵩山普寂禪師其所出
法嗣凡二十四人一曰終南山惟政者一曰
廣福慧空者一曰越州禪師者一曰襄州夾
石思禪師者一曰明瓚者一曰敬愛眞禪師
者一曰兖州守賢者一曰定州石藏者一曰
南嶽澄心者一曰南嶽日照者一曰洛京幹
禪師者一曰蘇州眞亮者一曰瓦官璿禪師
者一曰弋陽法融者一曰廣陵演禪師者一
曰陝州慧空者一曰洛京眞亮者一曰澤州
亘月者一曰亳州曇眞者一曰都梁山崇演
者一曰京兆澄禪師者一曰嵩陽寺一行者
一曰京兆融禪師者一曰曹州定陶丁居士
者
三十二祖之三世曰西京義福禪師其所出
法嗣八人一曰大雄猛禪師者一曰西京大
震動禪師者一曰神斐禪師者一曰西京大
悲光禪師者一曰西京大隱者一曰定境者
一曰道播者一曰玄證者
三十二祖之三世曰南嶽元觀禪師其所出
法嗣一人曰神照者
三十二祖之三世曰小福禪師其所出法嗣
三人一曰京兆藍田深寂者一曰太白雲禪
師者一曰東白山法超者

三十二祖之三世曰霍山觀禪師其所出法嗣一人曰峴山幽禪師者

三十二祖之三世曰西京道亮禪師其所出法嗣五人一曰揚州大總管李孝逸者一曰工部尚書張錫者一曰國子祭酒崔融者一曰祕書監賀知章者一曰睦州刺史康詵者

三十二祖之三世曰資州處寂禪師其所出法嗣四人一曰益州無相者一曰益州馬禪師者一曰超禪師者一曰梓州曉了者

三十二祖之三世曰義興裴禪師其所出法嗣二人一曰西京智游者一曰東都深智者

三十二祖之四世曰興善惟政禪師其所出法嗣二人一曰衡州定心禪師者一曰志真禪師者

三十二祖之四世曰敬愛寺志真禪師其所出法嗣一人曰嵩山照禪師者

三十二祖之四世曰塼界慎徽禪師其所出法嗣一人曰武誠禪師者

三十二祖之四世曰無相禪師其所出法嗣四人一曰益州無住者一曰荆州融禪師者一曰漢州王頭陀者一曰益州神會者

宗證略傳 并序

序曰涅槃曰復至他方有諸煩惱毒箭之處示現作祖爲其療治又曰我有無上正法悉已付囑摩訶迦葉是迦葉者當爲汝等作大依止此吾道之有祖宗尚矣但支笁相遠傳之者不眞致令聖人之德不甚明効加之暴君嫉善毀棄大教而佛子不善屬書妄謂其祖絶於二十四世乃生後世者之疑聖德益屈余嘗慨之適因治書乃得衆賢所道祖宗

之事凡十家故并其人列爲宗證傳云爾
月支國沙門竺大力者蓋第二十三祖鶴勒那之弟子也性素聰晤能通大小乘學其國號爲三藏以漢獻帝之世至乎雒邑嘗與沙門康孟詳譯正二本起經一日所館有白光一道忽發於前大力歛容曰此光乃我師鶴勒那入滅之相也衆異之遂以聞帝帝即命誌之其時已丑歲也尋遊江南適值孫權稱王於建康方嚮佛法乃置寺禮沙門康僧會於其國僧會初見大力甚不德之尋用問答遂相推重因曰仁者何師乃能如是大力曰我師鶴勒那故得此妙悟乃通他心僧會曰鶴勒之徒如師利智凡幾何人復有過之者乎大力曰似我之儔三千若其頴達離倫唯一上人耳號師子比丘其人密受正法與師繼世方揚化於北天竺國僧會遂引見於吳主稱道其異吳主乃問力曰孤忝此有土國祚其有幾何力遂說偈答之曰清宵喫飦雲間鬬走十四年末必逢猪口當時權不曉其言而亦甚禮之大力留吳久之及權死其子亮即位益相見問而言皆有効驗大力尋至孫休之世庚辰歲復還西域
中印度沙門曇摩迦羅者以魏黃初壬寅之三年至乎許昌初視僧威儀不整頗歎之謂其不識法律當時許昌有僧曰光璨者賢於其衆能善遇之乃禮而問迦羅曰師於西國所見何者勝師乃以何法住持幸以見教迦羅曰西土凡有二大勝僧一曰摩拏羅二曰鶴勒那我皆禮遇二大士者皆傳正法以法住持預其衆者寡不莊整然二大士俱得聖

道而異德皆不可測摩拏羅者始於那提國以神通力一鼓其腹乃能威伏百萬惡象及其出家教化於西印度於其國辨塔指泉皆有驗効（事具其本傳）鶴勒那乃其繼世之弟子也大興佛事於中天竺國及其寂滅四衆焚之將分去其舍利鶴勒那復能示現說偈誡之不容其分（偈亦具其本傳）光璨曰其滅度久耶近乎迦羅曰十二年矣光璨曰西國歲曆頗與此同乎迦羅曰號謂雖異而氣候不別也遂說五天竺之曆數云云迦羅尋亦西還光璨即傳其事後之爲僧傳者得以書之

中天竺國沙門支彊梁樓者實得果不測之人也方前魏陳留王曹奐之世至洛初館于白馬寺蓋景元二年之辛巳也是時魏室方危奐輩憂之聞支彊異僧數從問其國之盛衰支彊遂爲奐說偈曰二公賴虛位獼猴正當路五人抱一鷄鷄鳴猴不措及奐去支彊復說偈曰二人好好去兩兩歲平安女子生河內朱輪上進壇當時雖不曉其說而後皆驗之尋會曇諦康僧鎧曇松白延諸沙門翻譯衆經一曰支彊謂諸僧曰我在西時嘗往罽賓國至葱塗源入其象白山行之極遠俄見一茅菼居僧甚老有弟子事之我乃就而禮之因問之曰仁者居此幾久名字謂誰其僧曰我號達磨達者也本北天竺之人初從波梨迦比丘受學晚遇師子尊者爲之出世之師自彌羅崛王起難横害師子而我遂隱此久已謝絶人世豈意復得與汝相遇然我素聞其名及是益更敬之復問師子尊者誠知其無辜被害然其所傳之法爲何宗乘方

欲訪其端由而未嘗得之今幸遇仁者可得而聞乎達磨達曰昔如來用教乘而普傳衆聖獨以最上乘心印微妙正法付囑摩訶迦葉迭傳至我師子尊者然師子知其自不免難方其存時預以付我同學號婆舍斯多者復授衣爲信斯多當時遵師之命即往化於南天竺支彊然之曰我亦嘗會是師（婆舍斯多也）於南印土因以祖事與諸沙門譯之夫自七佛至乎二十五祖婆舍斯多乃此支彊梁樓之所譯也中天竺國沙門婆羅芬多者亦神異不測人也或謂其前身爲龍以聽經故得今所生齊王嘉平二年庚午至洛洛僧多從其重受大戒及晉武大始乙酉之元年會其弟子曰摩迦陀復來芬多因問曰汝在西時頗游北天竺耶或謂師子尊者無辜爲其國王所戮是乎今復有傳法者與其相繼耶摩迦陀曰然師子誅死今已二十三白有沙門號婆舍斯多者本罽賓國人先難得其付法授衣即日去之方於中天竺大隆佛事其國王迦勝甚器重之雖外道彊辯者皆亦屈伏與王辯其苑中業泉國人異之復號爲婆羅多那（事見其本傳）芬多謂其弟子曰我亦知之適驗汝說誠有所合當時好事者即書于白馬寺後有沙門號賢朗法師者得於其寺乃傳于世（以芬多到中國在齊王之世則當列支彊之前爲其始顯於晉太始中故次之也）

佛馱跋陀羅天竺人也此云覺賢本姓釋迦氏甘露飯王之後少時出家本國度爲沙彌受業於大禪師佛大先極聰明隷業習誦凡一日敵衆人一月所爲尤以禪業自任嘗與

僧伽達多共游罽賓國達多始未測其人一日達多禪坐於密室忽睹跋陀在前驚而問曰何來跋陀曰暫往兜率致敬彌勒即隱不見達多異之他日以是問之乃知其已得不還果會秦僧智嚴同在罽賓嚴因懇請跋陀偕來諸夏傳授禪法其師佛大先時亦在罽賓因謂智嚴曰弘持禪法跋陀其人也遂與智嚴東來初至長安與羅什相遇甚善嘗謂什公曰君所釋不出人意而特致高名何耶什曰吾年老故爾何必能稱美談跋陀議論多高簡頗爲什之徒所忌其後因自言玄見五舶自其國來其弟子復言自得阿那含果跋陀不即驗問以此致謗秦僧以跋陀爲誑衆遂擯之不容同處跋陀即日與其弟子慧觀等出關南適廬山而慧遠法師素聞其名見跋陀至待之甚善因致書秦王爲其解擯遂請跋陀出其禪經同譯譯成遠爲之序因問跋陀曰天竺傳法諸祖凡有幾何跋陀曰西土傳法祖師自大迦葉直下相承凡有二十七人其二十六祖近世滅度號不如密多者所出其繼世弟子曰般若多羅者方在南天竺盛行教化吾嘗遇之般若尚在達磨多羅未繼世作祖故未稱之寶林傳所稱跋陀說其祖事與此並同會其西之江陵遠公未及以之爲書跋陀後會劉太尉裕罷鎮荊州相將同還都下住道場寺卒於本寺當元嘉六年春秋七十有一

僧祐者本齊人歸梁以持律知名嘗著出三藏記其薩婆多部相承傳目錄曰婆羅多羅二十五祖弗若密多二十六祖不若多羅二十七祖達磨多羅二十八祖祐尋終於梁

罽賓沙門那連耶舍者以東魏孝靜之世至于鄴都專務翻譯及高氏更魏稱齊耶舍乃益譯出衆經初與處士萬天懿者共譯出尊勝菩薩無量門陀羅尼經天懿嘗問耶舍曰西土頗有大士奉此教乎耶舍曰西國諸祖二十七大士皆亦受持然其二十七祖號般若多羅所出繼世弟子曰達磨多羅者昔當此明帝正光元年至此雒陽其人亦善此經萬天懿曰然此大士我亦聞其當於祖位傳佛正法不悉其後復有繼之者乎耶舍遂說偈而答天懿曰尊勝今藏古無肱又有肱龍來方受寶奉物復嫌名天懿復問如前耶舍又說偈曰初首不稱名風狂又有聲人來不喜見白寶初平平天懿復問耶舍復說偈曰自起求無礙師傳我設繩路上逢僧禮脚下六支生天懿復問耶舍復說偈曰三四金無我隔水受心燈尊號過諸量徒瞋不起憎天懿復問耶舍復說偈曰奉物何曾奉言勤又不勤唯書四句偈將勸瑞田人天懿復問耶舍復說偈曰心裏能藏事說向漢江濱湖波探一月將照二三人天懿復問耶舍復說偈曰領得珍勤語離鄉日日敷米粱移近路餘筭脚天徒天懿復問耶舍曰前所記者將有國德間生吾不復語然其後之事爲汝并以六偈記之其一曰艮地生玄旨通尊媚亦尊比肩三九族足下一乇分其二曰靈集媿天恩生牙二六人法中無氣味石上有功勳其三曰本是大蟲男迴成師子談官家封馬嶺同詳三十三其四曰九女出人倫八箇絕婚姻朽床添六脚心祖衆中尊其五曰走戌與

潮隣媥烏子出身二天雖有感三化寂無塵其六曰說少何曾少言流又不流草若除其首三四繼門修復謂天懿曰吾滅度後凡二百八十年是國有大王者善治其民風俗安樂前之所記賢聖相次皆出大益群品然因一勝師始開其甘露門而致後如此萬天懿即從耶舍譯其讖偈耶舍復出其所謂二十七祖與般若多羅之繼世弟子二十八祖菩提達磨之事者與天懿正之（七當時為書之名）耶舍尋悠然獨往廬山遂入滅於山中其後梁簡文帝聞之因使臣劉懸運往齊取其書歸國詔沙門寶唱編入續法記（梁簡文當齊有國方一載餘即崩然其死既在賊臣暴亂之際乃暇求法事耶豈先此因使北聘已得是書乎又不見寶唱作續法記年月尚疑之但取其文字自北而傳南其來有因且從舊錄而筆之耳）然自七佛至乎二十八祖菩提達磨蓋此那連耶舍之所譯也西域沙門揵那者不知其果何國人亦不詳何時至於中國也唐天寶中會河南尹李常者得三祖璨大師舍利遂集沙門於其家置齋落之而揵那與焉李常因問揵那曰天竺禪門祖師多少揵那曰自迦葉直至般若多羅凡有二十七祖若敘師子尊者傍出達磨達之四世二十二人總有四十九祖若從七佛至此璨大師不括橫枝凡有三十七世常又問席間他僧曰余嘗見祖圖或引五十餘祖至其支派差殊宗族不定或但有空名此何以然適有六祖弟子曰智本禪師者對曰斯蓋後魏之世佛法毀廢當時沙門有曰曇曜者於倉卒間單錄諸祖名目不暇全寫懷之亡于山澤及魏之文成復教前後歷三十載至孝文帝之世曇曜乃進為

僧統尋出其事授衆沙門修之目爲付法藏
傳其差悮亡逸始自曇曜之所致也揵那後
不知所終
裴休字公美事唐會昌中以兵部侍郎御史
大夫同平章事號爲名相撰圭峯密師傳法
碑曰釋迦如來最後以法眼付大迦葉令祖
祖相傳別行於世非私於迦葉而外人天聲
聞菩薩也自大迦葉至於達磨凡二十八世
達磨傳可可傳璨璨傳信信傳忍忍傳能爲
六祖
劉昫字耀遠涿州歸義人也天祐中始以軍
事衙推仕及開運初授司空平章事又監修
國史故其撰唐書神秀傳曰昔後魏末有僧
達磨者本天竺國王子以護國出家入南海
得禪宗妙法自釋迦相傳有衣鉢爲記世相
付授初來至梁詣武帝帝問以有爲之事達
磨不悅乃之魏隱於嵩山少林寺而卒其年
魏使宋雲於葱嶺迴見之門徒發其墓但見
衣履而已達磨傳慧可慧可傳僧璨僧璨傳
道信道信傳弘忍弘忍傳慧能神秀昫卒於
宋太保

傳法正宗記卷第八

音釋

慥七到切　侁所臻切　賾士革切　亳音泊　雒歷各切與洛同　媥匹連切　昫吁句切

傳法正宗定祖圖序

宋鐔津東山沙門臣僧契嵩撰

原夫菩提達磨實佛氏一教之二十八祖也與乎大迦葉乃釋迦文如来直下之相承者也傳之中國年世積遠譜諜差謬而學者寡識不能推詳其本眞遂不諒紛然異論古今頗爾契嵩平生以此爲大患適考其是非正其宗祖其書垂出會頒祖師傳法授衣之圖布諸天下而學佛者雖皆榮之猶聽瑩未諭上意契嵩幸此竊謂識者曰吾佛以正法要爲一大教之宗以密傳受爲一大教之祖其宗乃聖賢之道源天地生靈之妙本也其祖乃萬世學戒定慧者之大範十二部說之眞驗也自書傳亂之暧昧漫漶天下疑之幾千百載矣今上大聖特頒圖以正其宗祖然聖人教道必聖人乃能正之是豈唯萬世佛氏之徒之大幸也亦天地生靈者之大幸也契嵩因不避其僭越愚妄之誅敢昧死引其舊事推衍上聖意仰箋乎祖圖亦先所頒祖師傳法授衣之謂也然其始亂吾宗祖熒惑天下學者莫若乎付法藏傳正其宗祖斷萬世之諍者莫若乎禪經禪經乃先乎付法傳六十二載始終備二十八祖已見於晉之世矣付法傳乃眞君廢教之後鈌然但謂二十四世方見乎魏之時耳適以禪經驗而付法藏傳果其謬也若如來獨以正法眼藏密付乎大迦葉者則現之涅槃經智度論禪經與其序也以意求之而佛之微旨存焉上睿性高妙獨得乎言謂之外是乃天資佛記也故其發揮禪祖雅與經合宜乎垂之萬世永爲定

斷三學佛子遵之仰之天下不復疑也其圖所列自釋迦文佛大迦葉至乎曹溪第六祖大鑒禪師凡三十四位又以儒釋之賢其言吾宗祖素有證據者十位列于諸祖之左謹隨其傳法正宗記詣闕上進塵黷宸眷不任惶恐震懼之至謹序

劉昫字耀遠涿州歸義人也天祐中始以軍事衙推仕及開運初授司空平章事又監修國史故其撰唐書神秀傳曰昔後魏末有僧達磨者本天竺國王子以護國出家入南海得禪宗妙法自釋迦相傳有衣鉢爲記世相付授初來至梁詣武帝帝問以有爲之事達磨不悅乃之魏隱於嵩山少林寺而卒其年魏使宋雲於葱嶺廻見之門徒發其墓但見衣履而已達磨傳慧可慧可傳僧璨僧璨傳道信道信傳弘忍弘忍傳慧能神秀昫卒於宋太保

始祖釋迦牟尼佛示生於中天竺國爲淨飯聖王之子尋捨轉輪聖王位出家成無上道轉大法輪其後七十九歲垂般涅槃乃以其大法印付其高足弟子摩訶迦葉并勑阿難副貳傳化

復以金縷僧伽梨衣令大迦葉轉付當來補處彌勒佛其說偈曰

法本法無法
無法法亦法
今付無法時
法法何曾法

第一祖摩訶迦葉本摩竭陀國人出於婆羅門氏其形金色先捨家入山以頭陀法自修及會佛出世遂歸之爲師佛般涅槃之後乃命衆阿

羅漢與結集法藏其後持佛衣將入定於雞足山以待彌勒下生乃以其法印傳之阿難說偈曰

法法本來法　無法無非法
何於一法中　有法有非法

第二祖阿難姓剎帝利斛飯王子釋迦如來之從弟慕佛出家爲佛侍者總持第一傳佛所說之法若水傳器未嘗忘遺及其欲趣滅度乃以法付其弟子商那和修又囑累乎末田底迦者說偈曰

本來付有法　付了言無法
各各須自悟　悟了無無法

第三祖商那和修亦曰舍那婆斯摩突羅國人姓毗舍多氏在母之胎六年生有自然之服隨身而長出家爲阿難之徒預受佛記居優留茶伽藍先伏其地之二火龍然後領衆處之及其將入涅槃乃以法付其弟子優波毱多說偈曰

非法亦非心　無心亦無法
說是心法時　是法非心法

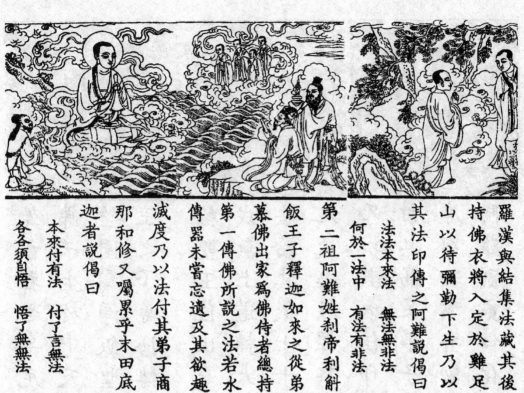

第四祖優波毱多吒利國人姓首陀氏師商那和修出家得道有異迹號爲無相好佛度人最衆所記其

人籌數盈溢石室將入滅遂以法付其弟子提多迦說偈曰

心自本來心　本心非有法
有法有本心　非心非本法

第五祖提多迦摩伽國人其姓則未詳初從毱多尊者出家行化至中印土會大仙者彌遮迦自說夙緣求爲其徒及將入滅乃以法付彌遮迦說偈曰

通達本心法　無法無非法
悟了同未悟　無心亦無法

第六祖彌遮迦中印土人姓則未詳初厭仙術求師提多迦出家學佛既而證果行化至北天竺得異人婆須蜜爲其說佛昔嘗記汝將紹祖位即攝受爲之弟子將般涅槃乃以法付婆須蜜說偈曰

無心無可得　說得不名法
若了心非心　始了心心法

第七祖婆須蜜北天竺國人姓頗羅惰氏始常服淨衣持一酒器神氣自若人皆不測及遇彌遮迦顯其夙因遂投器從之出家證道納戒行

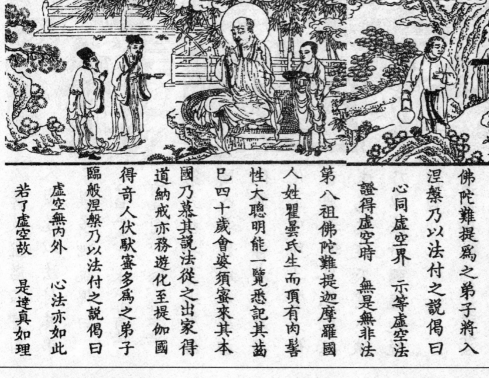

化至迦摩羅國以論議服
佛陀難提爲之弟子將入
涅槃乃以法付之說偈曰

心同虛空界　示等虛空法
證得虛空時　無是無非法

第八祖佛陀難提迦摩羅國
人姓瞿曇氏生而頂有肉髻
性大聰明能一覽悉記其齒
巳四十歲會婆須蜜來其本
國乃慕其說法從之出家得
道納戒亦務遊化至提伽國
得奇人伏䭾蜜多爲之弟子
臨般涅槃乃以法付之說偈曰

虛空無內外　心法亦如此
若了虛空故　是達真如理

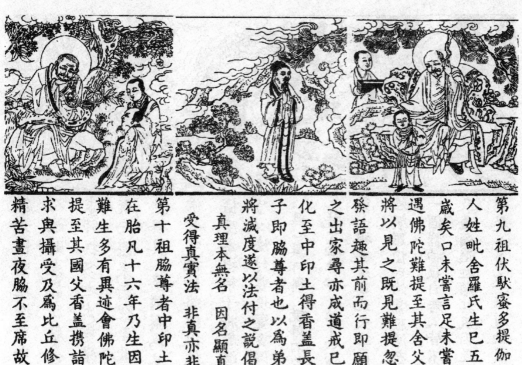

第九祖伏䭾蜜多提伽國
人姓毗舍羅氏生巳五十
歲矣口未嘗言足未嘗履
遇佛陀難提至其舍父母
將以見之既見難提忽自
發語趣其前而行即願師
之出家尋亦成道戒巳遊
化至中印土得香蓋長者
子即脇尊者也以爲弟子
將滅度遂以法付之說偈曰

真理本無名　因名顯真理
受得真實法　非真亦非僞

第十祖脇尊者中印土人
在胎凡十六年乃生因名
難生多有異迹會佛陀難
提至其國父香蓋携詣之
求與攝受及爲比丘修潔
精苦晝夜脇不至席故號

脇尊者遊化至花氏國先示瑞相後果得富那夜奢出家為之弟子及其垂滅乃以法付之說偈曰

真體自然真　因真說有理
領得真真法　無行亦無止

第十一祖富那夜奢花氏國人姓瞿曇氏生有道性自知當遇聖師及脇尊者至其國乃詣其法會語論相契即從之出家得道遊化至波羅奈國得馬鳴為之弟子然正合佛記及臨入滅乃以法付之說偈曰

迷悟如隱顯　明暗不相離
今付隱顯法　非一亦非二

第十二祖馬鳴波羅奈國人未詳其姓氏初從富那夜奢出家得戒其師為說夙緣曰汝昔嘗化彼一國之人裸形如馬而其人悲鳴戀汝之德因是號汝馬鳴也遊化至花氏國遂降迦毗摩羅大魔即攝伏為之弟子垂般涅槃乃以法付之說偈曰

隱顯即本法　明暗元不二
今付悟了法　非取亦非棄

第十三祖迦毗摩羅花氏國人未詳其姓氏初為外道有大幻術因詣馬鳴較法不勝遂為其徒得道戒已亦遊化至

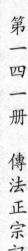

西天竺降大火龍因之
得龍樹爲之弟子將滅
乃以其法付之説偈曰

非隱非顯法　說是眞實際
悟此隱顯法　非愚亦非智

第十四祖龍樹西天竺國人未
詳其姓氏大聰敏世學無所不
通其國有山名龍勝其山先有
神龍所居有巨樹能蔭衆龍及
龍樹有所感悟意欲出家遂入
其山依樹修行已能爲群龍宣
說佛法迦毗摩羅知其名乃來
就見龍樹遂禮之爲師納戒遊
化至南天竺得迦那提婆垂滅
度以其法付之說偈曰

爲明隱顯法　方說解脫理
於法心不證　無嗔亦無喜

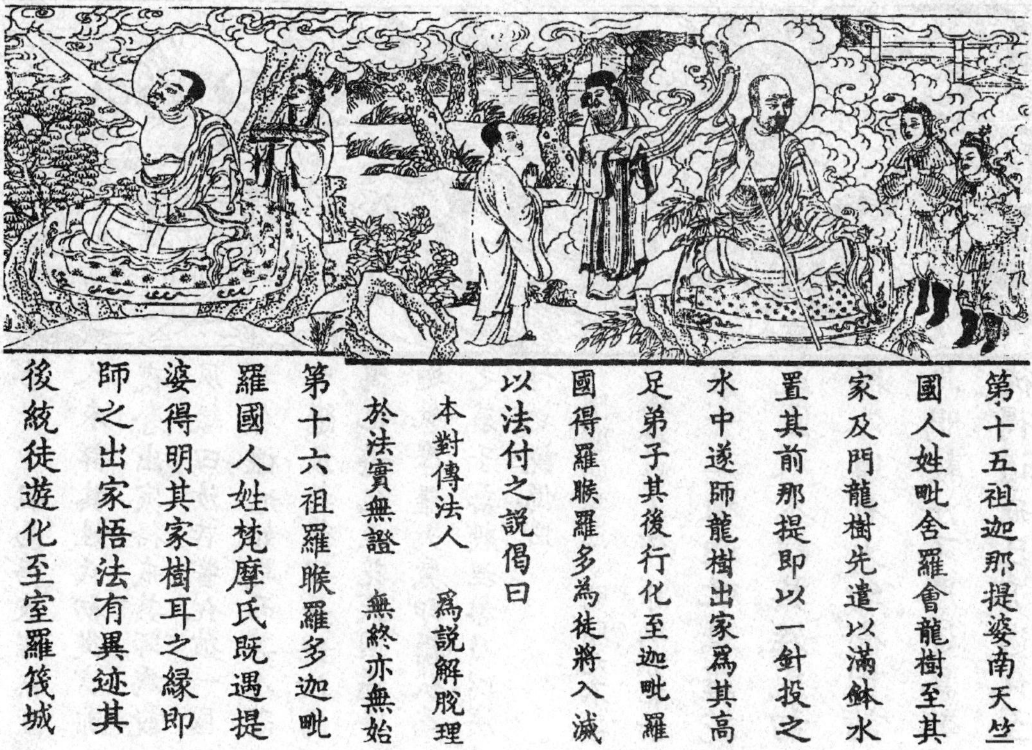

第十五祖迦那提婆南天竺
國人姓毗舍羅會龍樹至其
家及門龍樹先遣以滿鉢水
置其前那提即以一針投之
水中遂師龍樹出家爲其高
足弟子其後行化至迦毗羅
國得羅睺羅多爲徒將入滅
以法付之說偈曰

本對傳法人　爲說解脫理
於法實無證　無終亦無始

第十六祖羅睺羅多迦毗
羅國人姓梵摩氏既遇提
婆得明其家樹耳之緣即
師之出家悟法有異迹其
後統徒遊化至室羅筏城

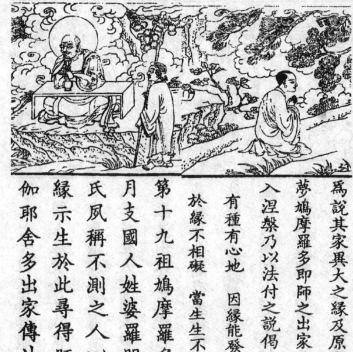

以佛記訪僧伽難提尋亦得其出家為弟子將般涅槃乃以法付之說偈曰

於法實無證　不取亦不離
法非有無相　內外云何起

第十七祖僧伽難提室羅筏國人姓剎帝利乃其國王之子謂是昔婆羅王佛也示生王家遂於王宮落髮受戒尋出其國之名山石室修禪會羅睺羅多至其禪所因伏膺益求法要羅多即以法傳之後徃摩提國尋羅多所記嗣法之者乃得伽耶舍多入滅以法付之說偈曰

心地本無生　因地從緣起
緣種不相妨　花果亦復爾

第十八祖伽耶舍多摩提國人姓鬱頭藍氏平生尤多奇迹會僧伽難提來其舍相求因師而出家納戒即得付法遊化至月支國遇鳩摩羅多為說其家異大之緣及原吉夢鳩摩羅多即師之出家將入涅槃乃以法付之說偈曰

有種有心地　因緣能發萌
於緣不相礙　當生生不生

第十九祖鳩摩羅多月支國人姓婆羅門氏夙稱不測之人以緣示生於此尋得師伽耶舍多出家傳法

行化至中天竺得闍夜多爲其弟子將滅乃以法付之說偈曰

性上本無生　爲對求人說
於法既無得　何懷決不決

第二十祖闍夜多北天竺人未詳其姓氏會鳩摩羅多至其本國聞其所說業通三世感悟從之出家得法乃遊化諸國至羅閱城得婆修槃頭比丘爲徒將滅以法付之說偈曰

言下合無生　同於法界性
若能如是解　通達事理竟

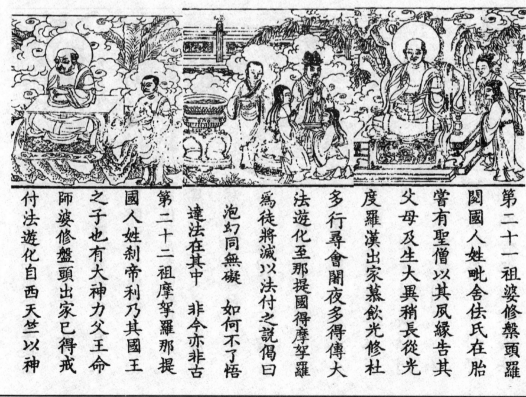

第二十一祖婆修槃頭羅閱國人姓毗舍佉氏在胎嘗有聖僧以其夙緣告其父母及生大異稍長從光度羅漢出家慕飲光修杜多行尋會闍夜多得傳大法遊化至那提國得摩拏羅爲徒將滅以法付之說偈曰

泡幻同無礙　如何不了悟
達法在其中　非今亦非古

第二十二祖摩拏羅那提國人姓刹帝利乃其國王之子也有大神力父王命師婆修盤頭出家已得戒付法遊化自西天竺以神

通自衆至月支國得鶴勒那比丘即以法付之尋般涅槃其付法偈曰

心隨萬境轉　轉處實能幽
隨流認得性　無喜復無憂

第二十三祖鶴勒那月支國人姓婆羅門氏在胎及生頗有異迹尋從羅漢比丘出家納戒常林棲誦經以夙因緣感群鶴依之故得其號晚因摩拏羅得法遊化至中天竺國得師子比丘爲其徒將滅以法付之復誡之曰汝往他國其國有難而累在汝躬慎早付授無令斷絶偈曰

認得心性時　可說不思議
了了無可得　得時不說知

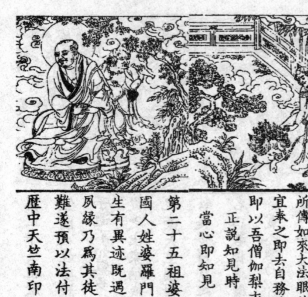

第二十四祖師子比丘中天竺國人姓婆羅門氏少已出家習定晚又師鶴勒那得付大法往化於罽賓國先化正他宗者如達磨達等甚衆後得長者子斯多決其握珠之緣遂受之出家以其夙緣特加其名曰婆舍斯多斯多戒已師子乃謂曰適觀此國將加難於我我豈苟免而吾所傳如來大法眼藏今付於汝汝宜奉之即去自務傳化或有疑者即以吾僧伽梨衣爲信說偈曰

正說知見時　知見俱是心
當心即知見　知見即于今

第二十五祖婆舍斯多罽賓國人姓婆羅門氏（以方言不同本傳凡三出其名）生有異迹既遇師子與辯其夙緣乃爲其徒師子知自有難遂預以法付之斯多即去歷中天竺南印土所化多有

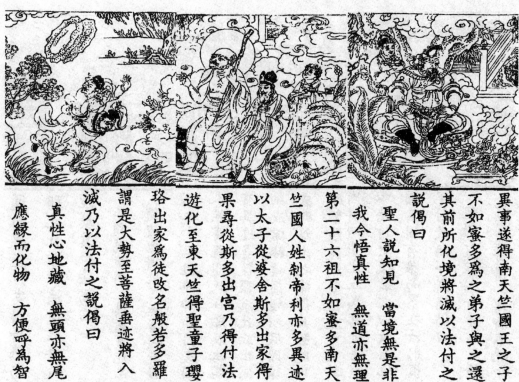

異事遂得南天竺國王之子不如蜜多爲之弟子與之還其前所化境將滅以法付之說偈曰

聖人說知見　當境無是非
我今悟真性　無道亦無理

第二十六祖不如蜜多南天竺國人姓剎帝利亦多異迹以太子從婆舍斯多出家得果尋從斯多出宮乃得付法遊化至東天竺得聖童子瓔珞出家爲徒改名般若多羅謂是大勢至菩薩垂迹將入滅乃以法付之說偈曰

真性心地藏　無頭亦無尾
應緣而化物　方便呼為智

第二十七祖般若多羅東天竺國人姓婆羅門氏初以童子遇不如蜜多其聖迹既顯遂從之出家納戒得傳法印遊化南天竺國得其國王之子菩提多羅為之弟子改其法名曰菩提達磨此後更四十餘載入滅乃以法付之說偈曰

心地生諸種　因事復生理
果滿菩提圓　花開世界起

第二十八祖菩提達磨（其名稱呼不同如達磨多羅之類凡三四說）南天竺國人姓剎帝利蓋其國王之子也從般若多羅出家得其付法謂是觀音菩薩之所垂迹其後六十七年乃以法東來震旦其所傳授直指人心見性成佛不資文字初至梁

以其機緣不契乃徃北魏止於嵩少九年方得慧可從其求道其後果以大法付慧可并衣鉢為信乃為此土傳法之初祖也後去少林而示滅度其傳法偈曰

吾本來茲土　傳法救迷情
一花開五葉　結果自然成

第二十九祖慧可武牢人姓姬氏三十捐世書出家尋得戒三十二以異夢辭其本師混迹於京洛遇達磨大師乃立雪斷臂懇求法印果得其傳授因為易名遂為衆之所歸尋得三祖僧璨為之弟子以法付之却徃鄴都償其夙累其傳法偈曰

本來緣有地　因地種花生
本來無有種　花亦不曾生

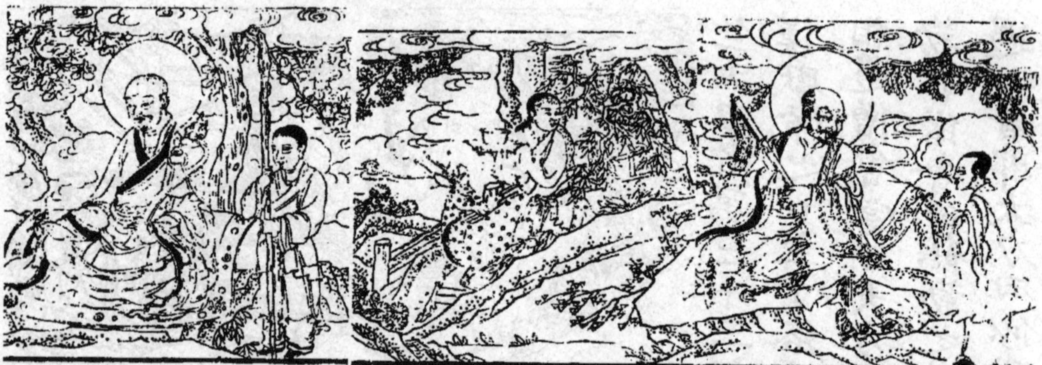

第三十祖僧璨不知其何許人初以處士見慧可尊者不稱姓名因問法發悟乃師之出家遂命今法名納戒可祖乃以法付之去隱舒州皖公山三十載方為衆所歸尋得道信以沙彌師之道信既納戒即以法付之其後子然乃南遊于羅浮山其傳法偈曰

花種雖因地　從地種花生
若無人下種　花地盡無生

第三十一祖道信蘄陽人姓司馬氏以穎悟得法於三祖至唐初乃居蘄之雙峯山途中得奇童度為弟子遂名之曰

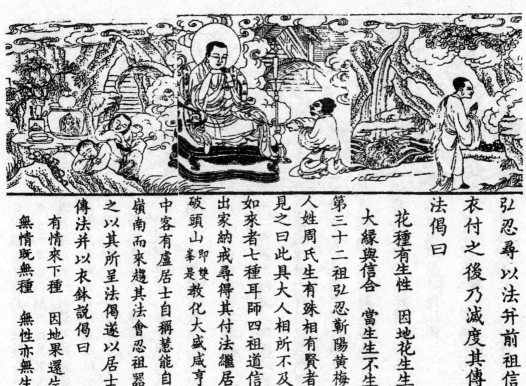

弘忍尋以法幷前祖信衣付之後乃滅度其傳法偈曰

花種有生性　因地花生生
大緣與信合　當生生不生

第三十二祖弘忍蘄陽黃梅人姓周氏生有殊相有賢者見之曰此具大人相所不及如來者七種耳師四祖道信出家納戒尋得其付法繼居破頭山（即雙峯是）教化大盛咸亨中客有盧居士自稱慧能自嶺南而來趨其法會忍祖器之以其所呈法偈遂以居士傳法幷以衣鉢說偈曰

有情來下種　因地果還生
無情既無種　無性亦無生

第三十三祖慧能新州新興人姓盧氏初以至孝事母家貧以鬻薪為資因聞商客誦經乃知五祖弘忍傳佛心印遂備資與母辭去就黃梅以求其法見五祖相契竊以居士受法南還廣州落髮於法性寺得具戒後居韶陽曹侯溪大為四衆所歸方以其法普傳前祖所授衣鉢則置之於其所居之寺其後說偈示徒以顯其法偈曰

心地含諸種　普雨悉皆生
頓悟花情已　菩提果自成

竺大力者第二十三祖鶴勒那之弟子也以漢獻帝之世至于洛邑後乃適吳與康僧會相遇僧會嘗問大力曰仁者師誰曰吾師鶴勒那僧會曰鶴勒之徒如仁者幾何人復有過之者耶大力曰似我者三千若其頴出但

一上人耳其號師子比丘其人容受正法與我師繼世方揚化於北天竺國佛馱跋陁天竺人也本姓釋迦氏甘露飯王之後也初會秦僧智嚴於罽賓國乃懇請跋陁偕來諸夏傳授禪法初至長安其後乃之廬山遂出其禪經與遠公同譯譯成遠公為之序嘗謂遠公曰西土傳法祖師自大迦葉直下相承凡有二十七人其二十六祖近世滅度名不如蜜多者所出其繼世弟子曰不若多羅者方在南天竺國行其教化（達磨未繼世作祖故未稱之）故其禪經曰佛滅度後尊者大迦葉尊者阿難（云云）乃至不如蜜多羅諸持法人以此慧燈次第相傳我今如其所明而說是義所聞者即達磨多羅也後為二十八祖故遠公序曰達磨多羅西域之儁禪訓之宗實林傳所謂跋陁嘗與遠公言其傳法諸祖世數固驗於禪經矣愚考其翻譯禪經之時乃先於付法藏傳六十二年而已有二十八祖而付傳輒出魏氏毀教之後但列二十四世妄斷其相付法人於此便絕反于禪經豈其欲有所欺乎愚正宗論嘗指其傳之非詳矣然其謬書可焚也

曇摩迦羅者中印土人以魏黃初壬寅三年至于許昌許昌僧光璨嘗問曰西國有何勝師以何法住持迦羅曰西土凡有二大士一曰摩拏羅（二十二祖也）一曰鶴勒那（二十三祖也）皆傳正法以法住持其一化西印土其一化中天竺國僧祐者本齊人歸梁以持律知名嘗著出三藏記其薩婆多部相承傳目錄曰婆羅多羅（二十五祖）弗若蜜多（二十六祖）不若多羅（二十七祖）達

磨多羅八祖二十祐尋終於梁也支強梁樓者中天竺國人也以前魏陳留王世至洛陽與曇諦康僧鎧輩譯經因謂諸僧曰我昔在西域嘗往罽賓國至葱塗源入其象白山見達磨達年壽甚髙謂其得法之師師子尊者嘗爲彌羅崛王起難横害先難預以其相承大迦葉所傳佛之心印妙法付其同學達磨達同學號婆舍斯多也二十五祖也復授衣爲信其時即遣往化於南天竺國支強自謂亦相識婆舍斯多然諸祖事迹自七佛以來至乎二十五祖婆舍斯多乃此支強之所譯也那連耶舍者罽賓國人也以東魏孝静之世至于鄴都初與處士萬天懿譯出尊勝陀羅尼後因謂天懿曰西國諸祖二十七大士亦受持此經然二十七祖號般若多羅其所出繼世弟子曰達磨多羅者昔當魏明帝世正光元年至于洛陽其人亦喜此經萬天懿曰然此大士我亦聞其當於祖位傳佛正法不悉其後復有繼之者乎耶舍遂以偈答之其說皆隱語凡自七佛至二十七祖與達磨二十八祖傳受之事蓋此耶舍之所譯也波羅芬多者中天竺人也以前魏廢帝齊王之嘉平二年來洛陽至晉太始三載其弟子摩伽陀復來芬多因問曰汝在西時頗遊北天竺耶或謂師子尊者無辜爲其國王所害是否今復有傳法者與其相繼耶摩伽陀曰然師子害死至今二十三白有沙門號婆舍斯多本罽賓國人先難得其付法授衣即日去之方於中天竺大隆佛事芬多謂其弟子曰我亦聞之汝言驗矣當時好事者即書留

于白馬寺後有玄朗法師者得於其寺乃傳於世

揵那者不知其西域何國人也未詳何時至諸夏唐天寶中與河南尹李常者相會常問曰天竺禪門祖師多少揵那曰自大迦葉直至般若多羅凡有二十七祖（不言達磨以其為此土初祖也若總以西土言之乃有二十八祖也）若敘師子尊者旁出達磨達四世二十二人總有四十九祖若從七佛至此璨大師（時慶三祖璨師舍利作齋）不括橫枝凡有三十一世常又問他僧曰余見祖圖或引五十餘祖至其枝派差殊宗族不定或但有空名此何以然時有六祖弟子曰智本禪師對曰斯蓋後魏之時佛法毀廢當時有僧曇曜於倉卒間單録諸祖名目不暇備寫懷之亡於山谷後三十餘年當其君孝文帝之世曜出之與衆絹綴爲付法藏傳其差悞亡失事實乃曇曜之所致也然愚嘗考曇曜輩所爲付法藏傳其文誠類單録自彌遮多迦至乎師子羅漢凡七祖師最缺殊無本末亦李常所謂祖圖但空有其名者此是也

裴休字公美自唐會昌中以兵部侍郎御史大夫同平章事號爲名相撰圭峯密師傳法碑曰釋迦如來最後以法眼付大迦葉令祖祖相傳別行於世非私於迦葉而外人天聲聞菩薩也自大迦葉至於達磨凡二十八世達磨傳可可傳璨璨傳信信傳忍忍傳能爲六祖

傳法正宗記定祖圖

音釋

瞹（於代切瞹昧不明也）漶（呼玩切漫漶不分別也）儁（祖峻切與俊同）鎧（口亥切）揵（巨焉切）

傳法正宗論

宋藤州東山沙門釋契嵩著

清刻龍藏佛說法變相圖

傳法正宗論卷上

宋藤州東山沙門釋契嵩著

第一篇

隋唐來達磨之宗大勸而義學者疑之頗執付法藏傳以相發難謂傳所列但二十四世至師子祖而已矣以達磨所承者非正出於師子尊者其所謂二十八祖者蓋後之人曲說禪者或引寶林傳證之然寶林亦禪者之書而難家益不取如此呶呶雖累世無以驗正吾甞病之因探二傳竊欲質其是非及觀所謂付法藏傳者蓋作於後魏出乎眞君毀佛之後梵僧吉迦夜所譯視其各傳品目而祖代若有次第及考其文則師資授受與其所出國土姓氏殊無本末其稍詳者乃其旋採於三藏諸部非其素爾也大凡欲爲書序

人世數前後必以其祖禰父子親相承襲爲之効又其人姓族州土與其事之所以然皆不失端倪使後世取信乃謂之史傳今其書則謂之傳其事則不詳若其序彌遮迦多佛陀難提比羅長老至于婆修槃陀摩拏羅鶴勒那夜奢與師子羅漢者七祖師皆無其師弟子親相付受之義而佛陀難提鶴勒那與師子三祖最闕前傳既不見所授而後之傳但曰次付次有復有某比丘云云付受果不分明詳備又何足爲之傳而示信於後世耶其傳師子比丘謂罽賓國王邪見因以利劒斬之頭中無血唯乳流出相付法人於此便絶吾謂此說大不然也甞試評之如其爲迦葉傳曰佛垂滅度告大迦葉云我將涅槃以此深法用囑累汝汝當於後敬順我意廣宣流布無令斷絶然則後世者既承佛而爲之祖可令其法絶乎又掬多傳謂其意欲涅槃特以提多迦未誕待其生付法方化其傳迦那提婆謂以法勝外道遂爲外道弟子所害提婆乃忍死說其夙報以法付羅睺羅方絶今師子既如掬多提婆爲之祖豈獨便死而不顧法耶夫承如來作出世之大祖非聖人不可預焉今師子預之是必聖人也安有聖人而不知死於夙報知其死又奚肯不預命而正傳其法使之相襲爲後世之師祖耶縱其傳法相承之緣止此聖人亦當預知以告其絶苟不知其死而失傳失告又何足列於祖而傳之乎與之作傳固宜思之假令梵本素爾自可疑之當留其闕以待來者烏得信筆遽爲是說起後世評端以屈先聖可不懼

乎傳燈録曰昔唐河南尹李常者甞得三祖璨師舍利一日飯沙門落之因問西域三藏僧揵那曰天竺禪門祖師幾何揵那曰自大迦葉至乎般若多羅凡有二十七祖若叙師子尊者傍出達磨達之四世自二十二人總有四十九祖若自七佛至此璨大師不括横枝凡三十七世常復問庴間耆德曰余甞視祖圖或引五十餘祖至于支泒差殊宗族不定或但空有其名者此何以驗之適有六祖弟子號智本禪師者對曰此因後魏毁教其時有僧曇曜於倉黄中單録乎諸祖名目持之亡於山野會文成帝復教前後更三十年當孝文帝之世曇曜遂進爲僧統乃出其所録諸沙門因之爲書命曰付法藏傳付法藏傳亦云曇曜所撰其所差逸不脩蓋自曇曜逃難巳來而致然也以吾前之所指其無本末者驗今智本之説誠類採拾殘墜所成之書又其品目曰某付某果所謂單録非其元全本者也若寳林傳者雖其文字鄙俗序致煩亂不類學者著書然其事有本末世數名氏亦有所以雖欲竊取之及原其所由或指世書則時所無有或指釋部又非藏經目録所存雖有稍合藏中之云者亦非他宗之爲余常疑其無證不敢輙論會於南屏藏中適得古書號出三藏記者凡十有五卷乃梁高僧僧祐之所爲也其篇曰薩婆多部相承傳目録記祐自序其端云唯薩婆多部偏行於齊土蓋源起天竺流化罽賔前聖後賢重明疊耀自大迦葉至乎達磨多羅凡歴二卷總百餘名從而推之有曰婆羅多羅者與乎二十五祖婆舍

斯多之別名同也（其義見於本傳）有曰弗若蜜多者與乎二十六祖不如蜜多同其名也有曰不若多羅者與乎二十七祖般若多羅同其名也有曰達磨多羅者與乎二十八祖菩提達磨法俗合名同也（其義見於本傳）其他祖同者若曰掬多堀或上字同而下異或下字異而上同或本名反而別名合者如商那和脩曰舍那婆斯之類是也此蓋前後所譯梵僧其方言各異而然也唯婆舍而下四祖師其同之尤詳其第一卷目錄所列凡五十三人而此四祖最相聯屬而達磨處其末此似示其最後世之付受者也其所列員數之多者蓋祐公前後所得諸家之目錄不較其同異一皆書之雜以阿難師子尊者所傍出諸徒故其繁也如祐序曰先傳同異並錄以廣聞後賢未絶製傳以補闕然其大略與寶林傳傳燈錄同也若祐公者以德高當時推爲律師學而有識而人至于今稱之然其人長於齊而老於梁所聞必詳今其爲書亦可信矣以之驗師子比丘雖死而其法果有所傳婆舍而下四祖其相承不謬不亦大明乎傳燈所載誠有據也嗚呼祐之書存于大藏周天下其幾百年也而未始得其所發將古人之不見乎而至人之德其晦明亦有數耶然吾考始譯斯事者前傳皆曰初由中天竺國沙門號支疆梁樓嘗往罽賓國於其國之象白山會達磨達比丘其人老壽出於常數乃師子祖傍出之徒支疆因以師子之後其法興衰問之達磨達曰如來之法傳大迦葉以至吾師子大師然吾師知自必遇害未死預以法正付

我同學南天竺沙門婆舍斯多亦名婆羅多那（寶林傳云北天竺則呼爲婆羅多羅與三藏記並同此云多那蓋譯有楚夏耳）復授衣爲信即遣之其國其人方大爲佛事于彼支疆曰然我識其人也支疆遂以前魏陳留王曹奐之世至于洛邑初館白馬寺時魏室方危奐憂之數從問其興亡支疆皆以隱語荅之因會沙門曇諦康僧鎧輩譯出衆經及諸祖付受事跡傳于中國以此驗知中國先有祖事非權輿於付法藏傳耳然支疆譯出其事至乎拓跋燾誅沙門歷百九十餘年矣而支疆之説固已傳於世也吾料其百九十餘年之間必復有傳其事而東來者祖數益添已不止於二十五世矣但不辯其傳來何人耳（吾近以禪經驗當時添祖數必矣）蓋吉迦夜曇曜當其毀教之後資舊本先爲其書雜衆經以其國勢揚之其時縱有私傳其事者固不如曇曜所發之顯著也後之人不能尋其所以徒見其不存於藏中即謂曲説又後世天下數更治亂雖復得之者或南北相絶或歲月益遠其書既素無題目或譯人之名亦亡以之爲書者復文詞鄙俚飾説過當故令學者愈不信之又云有罽賓沙門那連耶舍者以東魏孝靜之世至鄴而專務翻譯及高氏更魏稱齊乃益翻衆經初與處士萬天懿譯出尊勝菩薩無量門陀羅尼經因謂天懿曰西土二十七祖亦尊此經復指達磨其所承於般若多羅謂此土繼其後者法當大傳乃以讖記之復出已譯祖事與天懿正之而楊衒之名系集亦云耶舍嘗會此東僧曇啓者于西天竺共譯祖事爲漢文譯成而耶舍先持之

東來然與支疆之所譯者未嘗異也夫自七佛至乎二十五祖婆舍斯多者其出於支疆之所譯也益至乎二十七祖與二十八祖達磨多羅西域傳授之事迹者蓋出於耶舍之所譯也推寶林傳燈二書至於曇曜其始單録之者其本皆承述於支疆耶舍二家之說也但後世人人筆削異耳曰支疆何以得如此之詳耶曰支疆中天竺人也其去師子尊者之世至近而相見婆舍斯多又得與達磨達論之故其所知備也若出三藏記者蓋別得其傳於齊梁之間耳僧祐曰薩婆多部源起於天竺而流化於罽賓罽賓國者蓋師子祖所化之地亦其遇害于此祐之言詳也又曰此部偏行於齊土者祐齊人也是必西人先達磨東來而傳之於齊祐於其國遂得之爲書但亡其譯人之名耳不然則祐何從而傳耶苟謂震旦禪者爲之而祐之時何嘗稍有達磨之徒耶又何出乎薩婆多部而律者書之乎大凡辯事必以理推必以迹驗而然後議其當否反是雖有神明如蓍龜將如之何昔神清譏禪者迺曰達磨聞其二弟子被秦人擯之廬山乃自來梁梁既不信以望氣遂之于魏因引師子尊者死時當此齊世而達磨遣二弟子適屬乎晉遂以其年代相違而折之夫師子之死也乃當前魏廢帝齊王之世（以甲歷計之當在丁卯寶林傳悞云巳卯）齊王者亦魏王曹芳所封之號也清輙以爲後之南齊（注清之書亦曰南齊）其所謂被擯於秦人者蓋佛馱跋陀也跋陀誠達磨法門之猶子也謂聞其被擯遂自來梁夫祖師所來乃順大因縁以傳佛心印

豈獨以二弟子被擯而至耶此言非理清安可輒取以資其相非然斯不足裁也若清曰但祖師之門天下歸仁焉禪德自高寧俟傳法然後始爲宗教者歟清之言苟簡也昔如來將化謂大迦葉曰吾以正法眼付囑於汝汝宜傳之勿使斷絕然則大聖人欲其以正法相承自我爲萬世之宗以正衆證以别異道非小事也今曰寧俟傳法以爲宗教豈吾徒之謂乎而必執付法藏傳以辯二十八祖者謂後世之曲說又不能曉達磨多羅是其法俗合名以謂非今菩提達磨者何其未之思也夫讀書不能辯其道之真僞究其事之本末曷異乎市人鬻書雖更萬卷何益其所知清自謂能著書發明而學也如是之不詳豈謂高識乎若寶林傳其所載諸祖之傳受相承名氏異同與其所出之國土者大體與他書同果是也吾有取焉但其枝細他緣張皇過當或煩重事理相反或錯悞差舛殆不可按是必所承西僧泛傳不審而傳譯之者不能裁之吾適略而不取也亦禪者朴略學識不臻乃輒文之迂疎倒錯累乎先聖真迹不盡信於世其雖欲張之而反更弛之夫著書以垂法於無窮固亦聖賢之盛事也安可妄爲後世之徒好欲自名竊取古人之物而競爲其說如此者何限吾常爲之太息雖不能高文慊慨皆欲剗衆煩雜使大聖人之道廓然也適以禪律諸家之書探其事實修而正之其理不當而其言冗僞者則削之其舊雖見而不甚備者則採其所遺以廣之斷自釋迦如來至此第六祖大鑑禪師總三十四

聖者如來則爲之表次聖則爲之傳及大鑑之後法既廣傳則爲分家略傳諸祖或横出其徒者則爲旁出傳其人有論議正宗得其實者則爲之宗證傳與其前後所著之論凡四十餘篇并其祖圖勒爲十二卷命曰傳法正宗記

第二篇（此篇并後卷二篇是續作）

余昔引出三藏記所載四祖師者以質付法藏傳之謬遂爲書迨今七年矣然出三藏記所録者槩見耳猶恐其未能斷天下之苟諍適睹禪經及修行地不淨觀經序而傳法衆聖果二十八祖備矣婆舍斯多而下四祖師其名昭然若揭日月僧祐所録讖有根本而吉迦夜闕傳益不足考也學者相黨其訩訩亦可息矣夫禪經者蓋出於菩提達磨而佛馱跋陀羅所譯盧山慧遠法師序之（本經其序或亡出遠名進出三藏記見之最詳也）不淨觀經其序亦宋僧慧觀之所著達磨者如來直下之相承者也佛馱跋陀羅乃佛大先之弟子而達磨法門之猶子也慧遠法師蓋承於佛馱跋陀慧觀又跋陀之弟子者也其所說其祖與宗固宜詳而倫之也禪經曰佛滅度後尊者大迦葉尊者阿難尊者末田地尊者舍那婆斯（此即商那和修也）尊者優波崛（即掬多也）尊者婆須蜜尊者僧伽又（靈隱藏經於僧伽下寫爲又字初即取其又字之義後見他處經寫曰僧伽羅叉乃省前又字悞耳然僧伽羅叉即吾宗師子祖旁出之祖也辯在吾解誣之文内甚詳）尊者摩拏羅（吾嘗辯此當是稱二十五祖婆羅多羅其謂又尊者是必以二十五祖又承二十四祖師子其相繼未嘗絶也今其經本或云達磨多羅蓋後世傳寫之悞也若達磨多羅即是其說經之人乃不若多羅傳法之弟子也豈有弟子說法而先於其師自稱尊者邪寫爲達磨多羅者亦字與婆羅多羅相近致也古德亦有辯此謂是摩拏羅）

恐亦未然今且從先德耳乃至尊者不若蜜多羅但多蜜字與傳燈録諸說異耳諸持法者以此慧燈次第傳授我今如其所聞而說是義若夫禪經所稱尊者大迦葉者此吾正宗之第一祖者也其曰乃至尊者不若蜜多羅者此吾正宗之第二十七祖者也與其弟子說經之者達磨多羅者乃吾正宗之第二十八祖者也以寶林傳燈衆說所謂二十八祖者相與較其名數未曾差也禪經不以其次第而一一稱乎諸祖之名者必當時欲專說法略之而然也但示其首末之人則餘祖在乎其中可知也修行地不淨觀經序曰傳此法至罽賓罽賓即師子祖所化之國也轉至富若蜜多即不如蜜多也富若蜜多亦盡諸漏具足六通後至其弟子富若羅即般若多羅也亦得應真此二人於罽賓中爲第一教首按寶林傳燈云此二尊者感化東天竺南天竺此云爲罽賓教首必罽賓僧徒推仰其人爲承法之宗首也或恐二人亦嘗來徃罽賓國也富若蜜多去世已五十餘年弟子去世二十餘年慧觀乃跋陀弟子也此二人同終於宋今慧觀經序推其承法宗祖與跋陀盧山所譯並同但其經題目輒異又推富若蜜多富若羅二祖師入滅之年與寶林傳燈二書前後相差詳此或慧觀於跋陀之後重譯其經之文而自序之或承其泛傳謂富若羅入滅遂以書之或寶林慧觀所聞於西僧者其部類宗計各不同或五竺泛傳不的或傳至此土年代賒遠重經滅教而傳寫者悞致其差舛耶但取其承法宗祖眞正入滅之年雖稍差亦不甚妨如衆家說佛生日不等之豈可便謂非吾佛也按慧皎傳云跋陀終在元嘉六年而慧觀元嘉十三年方製勝鬘經序知慧觀沒在跋陀之後曇摩多羅菩薩即達磨多羅也與佛陀斯那即佛大先者也俱共諮得高勝宣行法本佛陀斯那化行罽賓爲第三訓首其序亦與遠公序皆見於出三藏記第九卷若慧觀所謂富若蜜多者亦吾正宗之二十六祖也所謂富若羅者亦吾正宗之二十七祖也所謂曇摩多羅菩薩者亦吾正宗之

二十八祖也所謂佛陀斯那者即菩提達磨同禀之佛大先者也其所謂傳此法至罽賓轉至富若蜜多者蓋謂二十四師子祖始傳至于罽賓而更自二十五祖婆舍斯多展轉而至乎二十六祖矣其不必皆列乎師子斯多二祖師之名者文欲略也但二書文字稍異或具或略與今宗門衆說小差蓋其譯有楚夏耳按慧皎高僧傳云佛馱跋陀羅受業於大禪師佛大先者也（傳或爲光字等悞也）始在罽賓以僧智嚴所請遂與之東來初詣羅什於長安每與什議論相得甚善嘗謂什曰君所釋不出人意而致高名何邪什曰吾年老故爾何必能稱美談尋爲秦僧以事茍排跋陀遂來廬山遠法師爲其致書解擯因從之譯出禪經僧祐出三藏記傳跋陀亦曰於廬山與遠公譯出禪數諸經今國朝印本禪經其端題曰東晉三藏佛馱跋陀羅譯此明其與遠公同譯是也所謂跋陀受業於大禪師佛大先者佛大先本二十七祖般若多羅受法之弟子與菩提達磨蓋同嗣之弟兄也故遠公序禪經曰今之所譯出自達磨多羅與佛大先其人西域之雋禪訓之宗實林傳曰佛大先乃跋陀之弟子菩提達磨始亦學小乘禪觀於跋陀後與大先皆禀法於般若多羅若夫大小乘互爲其師弟子如鳩摩羅什般頭達多之類西域多有豈達磨等始亦稍問禪觀於跋陀其後跋陀却悟大法於達磨耶而致二書之言如是也然彼雖小法亦恐聖人示必有師承耳若記傳謂達磨乃觀音垂跡方七歲即知四韋陀典五明集慕法遂博通

三藏尤工定業又何必資學於人耶夫寶林傳之說與禪經誠相近但其序致似倒耳或寶林西僧傳之者未精乎以禪經斷之理無師傳其弟子之經也今跋陀傳譯達磨禪經而跋陀乃達磨之徒吾固以慧皎遠公之言爲詳推此則跋陀果佛大先之弟子而達磨之法姪慧觀經序亦曰曇摩羅以是法要傳與婆陀羅也婆陀羅即跋陀羅也寶林傳但稱跋陀指般若多羅現在南天竺未見其傳法寶林未可爲據今佛馱跋陀傳其諸父之經列其祖師之名氏固亦親矣不謬也寶林傳曰佛馱跋陀甞謂遠法師云西土已有二十七祖而不若多羅方化于南天竺國者此其効也不若多羅尚在達磨未繼世作祖故未稱之佛馱跋陀傳云跋陀既爲秦僧所擯遂與其弟子慧觀等四十餘人俱發神智從容初無異色驗此則慧觀序述其宗祖抑亦得之於跋陀也詳其序意則不淨觀經宜與禪經一也但未見其元本不即裁之考跋陀譯經之時方在晉安義熙七八年之間而菩提達磨來梁適在普通之初其歲數相前後不啻百年是蓋達磨壽考出於常數而然也故梁武碑達磨曰厥壽百五十歲續高僧傳亦如此云梁帝蓋以人事而言之耳若其死葬而復提隻履西歸又安可以歲數而計其壽考邪吾甞推跋陀譯經之年而達磨當是方二十七歲耳酌其演說禪經固在其已前矣序曰西域之儁禪訓之宗者是必跋陀知其聖人與世有大因緣當襲禪祖預與遠公言之也然跋陀自亦不測之人宜其知達磨之聖人也若夫傳法衆聖其事迹始自支彊梁樓譯出爲書曰續法傳會拓跋

壽毀教支疆之書遂逸其後有曇曜吉迦夜輩復綴成書其所載或全或闕更後世周武唐武宗毀教其書又亡又後世者雖復採拾各以爲書而全闕益差古今辯此雖衆援引煩雜皆不足斷不若以今禪經與慧觀之序證之爲詳然世之所執以諍吾宗門者其最推付法藏傳耳今考其書蓋成於後魏延興之二年而佛馱跋陀所譯禪經乃出於晉安義熙七八年之間而義熙前於延興已六十二載矣譯禪經在義熙七八年蓋按僧祐出三藏記跋陀傳云至廬山自夏迄冬譯出禪經即以義熙八年遂適荊州慧皎高僧傳亦云跋陀至廬山停歲許復西適江陵付法藏傳後出於延興二年即見於其書之端如此則禪經誠先見於南朝而付法藏傳後出於北朝毀教之後耳今獨執其一方後出補亡之書以抗其先見之全本者可爲當乎說者曰支疆梁樓先作續法傳元有二十五祖至婆舍斯多謂傳法之人不自師子比丘即絕又曰吉弗煙與曇曜同時別修此爲五明集蓋賛手付法藏傳者也吉弗煙亦吉迦夜也亦謂有二十七世不止於師子祖而已矣其所以闕者蓋曇曜初遇魏武毀法之難倉卒單錄奔竄山澤而亡之也以今禪經與慧觀之序所備二十八祖驗其所謂元有之者果是而相傳不謬也其過誠由曇曜之所致也五明集亦不復見雖有稍得之者或別命其名目如寶林傳聖胄集之類又不列譯人之名氏後世復不能考其實但以曇曜先綴集者輒與吉迦夜兩出其名然迦夜之書非其正本固可見矣學者不識但視其書曰師子比丘爲罽賓國王邪見因以利劒斬之頭中無血唯乳流出相付法人於此便絕

乃以爲然殊不料昔之學輩黨宗故爲此説相蔑以起後世者不信假令其實無相付法之人而識者直筆但不書其承法之者而人亦自見其闕矣何必輒書其便絶耶然其言酷且俗誠滅教之後不逞者幸其前傳亡本因師子之事而妄爲之嗣託乎梵僧吉迦夜之名以行然吉迦夜亦名吉弗煙諸家謂其甞著五明集不止乎二十四世以此驗付法藏傳託之迦夜不其然乎縱曇曜當時不爲亦周武毀教之後而其人輒作必矣不爾則禪經與出三藏記皆偹而此何特無耶吾謂其謬書可焚也即付法藏傳

傳法正宗論卷上

傳法正宗論卷下

宋藤州東山沙門釋契嵩著

第三篇

客有謂余曰我聞正宗以心傳心而已矣而子必取乎禪經何謂也曰吾取禪經以其所出祖師名數備有微旨合吾正宗廬山大師祖述正宗尤詳而慧觀之序亦然吾書乃推以爲證耳吾非學禪經而専以爲意也客曰祖師之名數則見之矣而廬山祖述尤詳者何謂也曰按僧祐出三藏記所録曰廬山出修行方便禪經統序釋慧遠述及考其序求其統之之意者有曰夫三業之興以禪智爲宗有曰理玄數廣道隱於文則是阿難曲承音詔其經本或寫爲音詔蓋後世傳寫者之筆悞耳余考遠公匡山集見禪經統序實云旨詔圭峯普賢行願疏亦稱旨詔此必圭峯按周唐沙汰已前古本經序也旣言曲承旨詔曲則細密之謂也若云音詔則其義豈爲微密耶慧觀法師不淨觀經序亦云曲奉聖旨不淨觀經即禪經也愚初未敢輙改大藏國本之文此後乃取旨詔爲詳請爲百世之定準也遇非其人必藏之靈府何者心無常規其變多方數無定象待感而應是故化行天竺緘之有匠幽關莫闢罕闚其庭從此而觀理有行藏道不虛授良有以矣如來泥洹未久阿難傳其共行弟子末田地末田地傳舍那婆斯此三應眞咸乘至願冥契于昔功在言外經所不辯必闇軌元匠元匠諭佛也孱焉無差其後有優波崛弱而超悟智終世表才高應寡觸理從簡八萬法藏所存唯要五部之分始自於此因斯而推固知形運以廢興自兆神用則幽步無跡妙動難尋涉麤生異可不慎乎可不察乎自茲已來感於事變懷其舊典五部之學並有其人咸懼大法將頹

理深其慨遂各述讚禪經以隆其業（讚禪經非經之文乃其經之法要也）有曰尋條求根者衆統本運末者寡或將暨而不至或守方而未變有曰原夫聖旨非徒全其長亦所以救其短若然五部殊業存乎其人人不繼世道或隆替廢興有時則互相升降小大之目其可定乎又達節善變出處無際晦名寄跡無聞無示若斯人者復不可以名部分既非名部之所分亦不出乎其外別有宗明矣有曰今之所譯出自達磨多羅與佛大先其人西域之雋禪訓之宗捜集經要勸發大乘有曰非夫道冠三乘智通十地孰能洞玄根於法身歸宗一於無相靜無遺照動不離寂者哉今推此數端之說豈非以阿難掬多曲承旨詔待其人而密相傳受所謂功在言外經所不辯者統吾釋迦文佛之一大教其經者律者論者其人之學是三者莫不由此而爲之至也僧祐所謂統序者此其所以然也慧皎高僧傳謂佛馱跋陀去秦而會遠公於廬山譯出禪數諸經僧祐出三藏記傳跋陀亦曰嘗與遠公譯此禪經而遠公乃自跋陀傳其法要跋陀則受之於達磨故其序述乃如此之廣大微妙祕密者蓋發明其經主之心耳此所謂識吾正宗之詳者也大宋高僧傳論禪科曰夫法演漢庭極證之名未著風行廬阜禪那之學始萌佛馱什秦擯而來般若多晉朝而至時遠公也密傳坐法深斡玄機漸染施行依違祖述其所曰依者謂其依法要也違者謂其違教跡也驗此而遠公傳縣要於跋陀豈不果爾耶（傳家所用佛馱般若此二人似皆至廬山則遠公密傳者果得之於誰以僧祐

慧皎二傳所列亦不見有般若同至之說然傳家所引彼書恐未端審寧公亦少思之今以其譯經斷而遠公當傳於跋陀跋陀則得於達磨慧觀序明之詳然其般若多似與二十七祖名相近以傳記證則二十七祖未聞來晉亦只滅在天竺若其聖人忽來忽往果先曾以通而來為達磨禪宗張本此在聖人則不可測也不然則實自有一般若多或諸祖支派者先來露此禪旨也後或有以此事迹論請以吾注正之當遠公之時達磨未至密傳極證之說而華人未始稍聞廬山雖自得之輙發則駭衆而謗生料不可孤起會其出經遂因而發之然其說益玄與其經之文或不相類其意在其經之祕要耳不宜專求於區區三數萬文字之間而已矣若其曰阿難曲承旨詔不類其經而首稱大迦葉者是必特欲明阿難傳佛經教之外而別受此之玄旨也不爾則何輙與經相反耶慧觀之序其大槩雖與廬山之說同而其經題目與始說經之人曖昧不甚辯吾不盡推以為篤論但善慧觀備列祖師名數與吾正宗類又以其曰阿難曲奉聖旨流行千載又曰曇摩羅以此法要傳與浮陀羅浮陀羅與佛陀斯那慇此旃丹無真習可師遂流此法至東州此似最近吾宗也然當慧觀之時佛法入震旦已三百七十餘載矣其所傳來者洪經大論殆亦備矣何籍一不淨觀經而為之師耶其謂無真習可師正以中華未始真有極證祕密之法為此學教者之師軌耳曰何謂禪經有微旨合吾之正宗乎曰禪經曰佛言欲求阿鼻三摩耶元注云此是見道之名也當作達磨摩那斯伽邏常觀其實義以聖行刀斷除陰賊莫如劣夫不能報讎為彼所害乃至一切賢聖皆應勤修如是正觀為現法樂故為後世作大明故斷一切苦本故饒益衆生

故況於凡夫空無所得而自放逸不勤修習其下乃解曰達磨謂世間第一法也摩那斯伽邏謂一經心譯者義言思惟夫禪經凡二卷自初及終皆華言唯此見道與世第一法一經心者獨用梵語祕而不譯吾意經家如是乃含佛微旨特欲以祕密感悟超拔其循此而思惟道者耶故其次此即列佛勑曰常觀眞實義若其所謂當以聖行刀斷除陰賊者按智度論云十六聖行刀其義不離三解脫門也然三解脫門通大小乘但以其所緣爲優劣耳大乘之三解脫門者所緣諸法實相小乘則異於是今此果緣眞實義而使以聖行刀驗其所觀者誠大乘之妙微密法矣又其經之勝道決定分結句曰我以少慧力略說諸法性如其究竟義十力智境界又其下卷之末說偈曰方便治地行乃至究竟處無上法施主施是傳至今其結又曰惟彼已度者然後乃究竟此豈不謂其究竟處乃佛佛妙微密心不可以情識狀唯以此證者乃相應耳此其與吾正宗合者也昔涅槃經時諸比丘既聞其離四倒之說遂更求佛久住于世以爲其教導如來將正其知見乃曰我今所有無上正法悉巳付囑摩訶迦葉是迦葉者當爲汝等作大依止猶如如來爲諸衆生作依止處智度論曰佛將入涅槃北首卧時先告阿難若今現前若我過去後比丘當自依止法夫自依止法者謂內觀身常念一心智慧勤修精進云云蓋教不餘依止次謂以戒經爲師及其所集法寶藏之事（涅槃後分經亦然）夫涅槃所謂無上正法者乃是直指如來

所證法性已付大迦葉矣欲衆學法之者依以爲其所正之處耳然資其主教法於後世非付法印使持之則何以爲之主耶今其謂已付大迦葉者豈非使其以法而軌正印證乎奉教而修證者耶又其經曰四人出世護持法者應當證知而爲依止是人善解如來微密深奥藏又曰能解如來密語及能説故是豈不然哉大論先教依止法者其意與四依相近也禪經謂大迦葉相承吾佛佛滅後以此次第傳之固亦驗矣遠公曰曲承旨詔與夫所謂密語豈遠乎哉學者必以心通則其付無上正法之深旨可求也此固與其經他卷以法付于王臣四部之衆者事同而意異也又大論囑累品問曰更有何法甚深勝般若者而以般若囑累阿難而餘經囑累菩薩（餘經即其論前文云法華經諸餘方等經囑累喜王諸菩薩等）答曰般若波羅蜜非祕密法（此豈不謂祕密法乃勝乎般若耶比明龍本離經而又傳其祕密之旨必矣安可以教部論余奏記後蓋見其微意不敢輒改已奏之文更出此實欲學者省之耳）而法華等諸經説阿羅漢受決作佛大菩薩能受持用譬如大藥師能以毒爲藥若其論始尊大乎般若曰摩訶般若波羅蜜經諸經中第一大又曰般若波羅蜜名三世諸佛毋能示一切法實相又曰諸法實相即是般若波羅蜜又曰除諸法實相餘殘一切法相盡名爲魔又涅槃經曰摩訶般若成祕密藏今其於囑累乎聲聞菩薩衆經之後乃特曰般若波羅蜜非祕密法是豈非龍木（本字避御名其下倣此）承大迦葉阿難爲傳法大祖而經外又眞得其實相欲席此而稍發之耶不爾何輒以大般若而爲非祕密法乎吾研其

能以毒爲藥之喻者益見其玄旨有在此又未易以教部斷之其論又云以細微妙虛妄法治譬如有毒能治衆毒又古德云四教皆是權乃化物乃引經云空拳誑小兒爲證此可求其以毒爲藥之義也若遠公序曰阿難曲承旨詔遇非其人必藏之靈府又曰功在言外經所不辯是亦龍木之意耳曰子前謂涅槃付囑摩訶迦葉者乃傳其祕密之法與此囑累阿難不亦同矣何故涅槃之時不皆言耶曰阿難在弟子爲次又專傳佛經論苟越次顯稱阿難則不別乎經外而曲有所傳也指之迦葉乃專乎付長而所以尊其祕密心傳之謂也雖囑之阿難當此固亦存而不言耳傳燈録曰幷勑阿難副貳傳化豈非專在乎大迦葉耶然此大經大論與夫禪經所謂佛滅度後尊者大迦葉尊者阿難乃至尊者不若蜜多羅諸持法者以此慧燈次第傳受又與乎遠公慧觀二序曰阿難曲承旨詔藏之靈府遇其人而後傳者固亦同矣今以此五者之説而驗乎寳林傳燈所謂如來將化乃命摩訶迦葉云吾以清淨法眼涅槃妙心實相無相微妙正法今付於汝汝當護持幷勑阿難副貳傳化無令斷絶又近世李令公遵勗廣燈録稱大迦葉謂阿難曰婆伽婆未圓寂時多子塔前以正法眼藏密付於我我今傳付於汝而其本末何嘗異耶古今所謂言教之外其別傳正法者豈不灼然至是乎客曰子所推詳也且若禪經所見但三十七品四念處此皆小乘行相耳而子謂其出於菩提達磨豈其宜耶吾甚疑之何如曰夫三十七品四念處者固通乎大小乘子且善聽按智度論曰佛説四念

處乃至八聖道分是摩訶衍三藏中亦不說三十七品獨是小乘法又曰六波羅蜜三十七道法中生過去未來現在十方諸佛是故須菩提菩薩欲得阿耨多羅三藐三菩提佛世界成就衆生當學六波羅蜜三十七道法又曰佛告須菩提菩薩摩訶薩如是學爲學六波羅蜜爲學四念處如是學爲學盡諸學道如是學爲學佛所行處如是學爲開甘露門如是學爲示無爲性須菩提下劣之人不能作是學佛意其如此也孰謂三十七品四念處唯是小乘行相乎今菩提達磨方以大菩薩僧傳法爲祖演禪經行其大乘之法正其宜矣又何疑哉借令四念處唯是小乘之道而其論又曰須菩提菩薩如是學一切法中得清淨所謂聲聞辟支佛心又曰菩薩如是爲了知一切衆生心所趣向又曰三十七品是聲聞辟支佛涅槃道佛勸菩薩應行是道如此則菩薩亦得以聲聞法而進人明矣今禪經演之豈不奉佛意耶何爲而不可也況其末果以小乘而待人乎夫禪經乃達磨祖師初以方便教化乎三乘之修行者欲因其淺而導之深耳其經云如來境界不可思議此之例是也遠公序曰撮諸經要勸發大乘詳矣曰若爾則禪經首列乎傳法諸祖豈古諸祖亦傳乎經教耶曰是也古之傳法所以證其行教也而以教入道者必以祖師所傳爲之印正矣禪源詮謂傳法諸祖初以三藏教乘兼行後之祖師觀機乃特顯宗破執益更單傳其心印也客曰吾又聞般若多羅唯以大法藥付之達磨令其直接上機乃在

乎經教之外不立文字直指人心成究竟覺未聞其復循大小乘行相以爲其說乎曰然般若達磨之付受者此誠佛祖之正傳者也然學者亦當更求先聖囑累之本末究其行化機宜之意也不應臼執其一時之言而相發難夫以大法藥直接上機不立文字直指人心成究竟覺者此蓋般若多羅初誠達磨宜遊方觀機以行其正傳之法耳意謂須其滅度後(般若多羅滅度之後也)更六十七年震旦國始有上機者與達磨緣會其時乃當施大法藥直接此機之人也今禪經自達磨未入中華百餘載已前方在西域以其正傳之時未至上機者少且順彼人機方便傍大小乘而義說之耳(寳林傳亦云達磨先在南天竺以小乘法化道若干人)此亦達磨且行其前所謂菩薩爲盡諸學道爲了知一切衆生心所趣向者也而祖師之道非止乎是而已矣若其不立文字直指人心而接上機者禪經亦但蘊之而未始發及其時適至達磨乃翻然東來乘震旦有大乘氣所謂其正傳者遂大振於梁魏之世矣學者淺悟徒見其在文字談說三乘止觀即謂非菩提達磨之言何其易也若禪經其勝決定分結句云我以少慧力略說諸法性如其究竟義十力智境界此蓋祖師自謙意謂今經乃我聊略說此法性耳若其究竟之理則佛之境界祕密微妙非文字義說可宣必密傳妙證可以至矣又其經之末說偈曰方便治地行乃至究竟處最上法施主施是傳至今其結句又曰惟彼已度者然彼乃究竟其曰方便治地行者乃其且以義而演禪經之謂也其

曰乃至究竟處者蓋其正傳大法直接上機之謂也其曰最上法施主施是傳至今者乃達磨自謂其承佛所傳而迄至于今也其曰唯彼已度者然後乃究竟者蓋謂此法祕密無言無示難信難到唯是以此已證之者然後乃知其所以爲究竟也如此其意豈非經之外而自有旨哉豈非不假文字而待人直以心證乎洎乎遠公承達磨之徒而密傳之乃序禪經曰阿難曲承旨詔遇非其人必藏之靈府又曰功在言外經所不辯又曰若斯人也無聞無示別有宗明矣如此而遠公所得亦何嘗在乎經教語言文字之間耶嗚呼末學寡識安知古德先傳此禪經乃達磨正統之張本也得以爲吾宗衰微之明證乎曰他宗之師亦有名乎達磨多羅者今子謂達磨多羅即禪宗之菩提達磨何以爲之正耶曰吾前論以禪經二十八祖數證之已詳又遠公序曰達磨多羅西域之雋禪訓之宗此非吾祖師誰歟他宗之同名者安得輒預此耶然其發揮禪經者乃跋陀三藏與廬山大師而慧觀亦預焉此三人者皆謂其具大乘圓頓之意其言豈謬乎若遠公者乃古今天下所謂安遠者也吾佛教大盛於中國蓋自此二公之始尤大法師也吾嘗謂遠公識最高量最遠其爲釋子有文有質儀形僧寶而其風烈卓然乃爲儒之聖賢百世景伏在古今高僧遠公絕出是蓋不可測之人也跋陀尊者該通三藏尤彊記在西域謂博極其內外經書號爲異僧僧肇乃尊曰大乘禪師慧觀其義學才俊當時與生肇融叡等夷亦古

有名之法師也而其三人者如此皆尊夫禪要而達磨之道恐亦至矣吾又聞智度論曰禪最大如王言禪則一切皆攝佛菩薩諸三昧及佛得道捨壽如是等種種勝妙功德皆在禪中而他卷又謂此義曰解脫禪三昧皆名爲定定名爲心其所謂心者乃諸禪祖之所傳者也古者謂禪門爲宗門此亦龍木祖師之意耳亦謂吾宗門乃釋迦文一佛教之大宗正趣矣但其所謂宗門之意義者散在衆經隱覆古今未始章章見于天下也吾平日嘗考此斷自如來付法入滅而來所見於大藏之間者適且以遠公統序與禪經智度論涅槃經四者之說推其奥旨而驗覈之然斯佛法大事豈余下士而輙以臆裁幸且發乎前世賢聖之所蘊耳識者以謂何如若遠公曰夫三業之興以禪智爲宗是豈非謂禪爲經律論三學者之所宗乎又曰每慨此大教東流禪數尤寡三業無統斯道殆廢是豈非謂戒定慧必統於禪要乎又曰達節善變出處無際晦名寄跡無聞無示若斯人者不可以名部分既非名部之所分亦不出乎其外別有宗明矣是豈非謂聖乃達節變而通之純以密證妙用別爲衆部之宗乎又曰八萬法藏所存唯要是豈非謂雖佛八萬四千法聚莫不以此密傳極證爲之真要乎又曰尋條求根者衆統本運末者寡或將暨而未至或守方而未變是豈非謂其先末而後本惡夫學者之倒錯執方而不知圓變乎又曰原夫聖旨非徒全其長亦所以救其短是豈非謂佛之聖旨不唯全其妙本之優長亦乃

極救其徇末者之闇短乎又曰此三應眞咸冥契于昔功在言外經所不辯是豈非謂迦葉阿難與掬多者卻以迦葉掬多而釋乎三應眞者廣其冥契之意耳曲奉默傳皆契合乎吾佛昔之妙微密心而超然出乎經教之外耶禪經摩那斯伽邏一經心祕而不譯者其下曰乃至一切賢聖皆應勤修如是正觀是豈非謂大凡其人預吾教者盡當務此祕密極證乃爲之正見乎涅槃曰我今所有無上正法悉以付囑摩訶迦葉是迦葉能爲汝等作大依止是豈非謂而今而後皆可依止乎迦葉無上妙微密法而爲之正乎又曰四人出世護持法者應當證知而爲依止是四人即名如來何以故能解如來密語及能說故是豈非謂代代四依之人出世者乃據是妙心密語以爲後之明證乎若智度論曰般若波羅蜜非祕密法者其旨亦驗在禪中矣適且略之不復解也校此則大聖人遺意豈不果以妙微密清淨禪爲其教之人宗也欲世世三學之者資之以爲其入道之印驗標正耶古者命吾禪門謂之宗門而尊於教迹之外殊是也然此禪要旣是吾一佛教之宗則其傳法要者三十三祖自大迦葉至乎曹溪乃皆一釋教之祖也而淺識者妄分達磨曹溪獨爲禪門之祖不亦甚謬乎夫道固無外法與文字未始異也孰爲表裏但且略其言方語本十二部之云云者直截以全心性人蓋提本以正其迹示親以別其踈也使其即玆極證不復弊其毫髮迂曲矣然此末易以口舌辯未可以智解到猶圓覺曰但諸聲聞所圓境界身心語言悉

皆斷滅終不能至彼之親證所現涅槃豈不然哉昔馬鳴曰離念境界唯證相應故龍樹曰不可說者是實義可說者皆是名字斯亦二祖師尊其心證之親密以別其循迹而情解者也欲人軌此而爲之正矣隋智者稱如來嘗命諸弟子使各述其昔爲維摩詰所訶之言而佛乃默印正之然此固與淨名默印乎三十二大士之聖說法者同也按是則大聖人果以其正宗默證微密遺後世爲其標正印驗者固亦已見於佛之當時矣學者亦可尊而信之也嗚呼今吾輩比丘其所修戒定慧者孰不預釋迦文之教耶其所學經律論者孰不預夫八萬四千之法藏乎乃各私師習而黨其所學不顧法要不審求其大宗正趣反忽乎達磨祖師之所傳者謂不如吾師之道也是不唯違叛佛意亦乃自昧其道本可歎也夫若今禪者之所示或語或默或動用皆先佛之妙用也但不可輒見雖其本源有在吾省煩不復發之然此妙用恐聖意獨遺屬吾密傳之宗乃得發明耳何則以其相宜故也不然奚自達磨祖師已來而其風大振耶經曰正言似反誰其信者昔龍樹祖師大論所現曰持戒皮禪定肉智慧骨微妙善心髓夫微妙心者亦其承佛而密傳者也及達磨祖師品其弟子所證之淺深乃特引之曰汝得吾皮得吾肉得吾骨汝得吾髓於此而佛之心印益効也其不言戒定慧妙心與其義者此故略之而存其微旨耳其後垂百年隋之智者顗禪師因其申經乃更以義而分辯此四者之說至乎微妙善心髓謂是

諸佛行處言語道斷心行處滅不一不二微妙中道也然而龍樹達磨其道及智者論之而益尊且辯矣斯心微密眞所謂不可思議也非言非默識識所不及也智知所不到也吾少嘗傳聞於先善知識謂道育云四大本空五陰非有而我見處無一法可得言語道斷心行處滅而達磨曰汝得吾骨及二祖拜已歸位而立乃曰汝得吾髓旨乎其尤極矣祖師之言也茲所以爲縣學之宗也唐僧神清譏禪者輒曰其傳法賢聖間以聲聞如大迦葉雖即回心尚爲小智豈能傳佛心印乎清何其不思耶涅槃曰我今所有無上正法悉已付囑摩訶迦葉如清之言則大聖人乃妄付其法耳此吾記内拒之已詳不復多云驗神清淺謬不及智者之藩籬遠矣世稱神清善學豈然學所以求大道路所以通天下及其迷學而蔽道迷路而忘返夫學與路亦爲患矣故至人不貴多學不欲多岐也而後學之者愚陋或妄評乎達磨祖師所謂得吾髓者何其瀆亂夫智者之説耶

第四篇

客曰教既載道何必外教而傳道耶又聞夫圓頓教者教與證一也今乃教道相異豈爲圓乎哉曰子未心通宜善聽之古所謂教證一者蓋以文字之性亦有空分與正理貫耳非謂黄卷赤軸間言聲字色撥然之有狀者直與實相無相一也若夫十二部之教乃大聖人權巧應機垂跡而張本且假世名字語言發理以待人悟耳然理妙無所教雖説及而語終不極其所謂教外別傳者非果別於

佛教也正其教迹所不到者也猶大論曰言似言及而玄旨幽邃尋之雖深而失之愈遠其此謂也昔隋之智者顗公最爲知教者也豈不曰佛法至理不可以言宣豈存言方語本十二部乎按智度論曰諸佛斷法愛不立經書亦不莊嚴語言如此則大聖人其意何甞必在於教乎經曰我坐道場時不得一法實空拳誑小兒以度於一切是豈非大聖人以教爲權而不必專之乎又經云修多羅教如標月指若復見月了知所標畢竟非月是豈使人執其教迹耶又經曰始從鹿野苑終至跋提河中間五十年未曾說一字斯固其教外之謂也然此極且奥密雖載於經亦但說耳聖人驗此故命以心相傳而禪者所謂教外別傳乃此也當是可謂教證一乎非耶

圓哉非圓歟曰夫十二部者皆佛實語豈盡權而果可外乎曰汝悟乃自知之也曰若古之禪德者有盡措經像而不復務之何謂也曰此但毀相泯心者亦猶經曰唯除頓覺人并法不隨順吾前所謂初諸祖師亦兼經教而行之者佛子自宜以此兩端量力而處之可也若祖師以正宗而入震旦與乎義學之者息其爭鋒競銳之心者有之矣與乎學者直指其心而免其章句之勞者有之矣與夫學者他悟而正驗其是否者有之矣與其專以正宗而得法喜者五百餘載其人固不可勝數也而如來遺後世標正印驗其微旨不亦効乎祖師德被於世其亦至矣然正宗至微至密必得真道眼乃見苟以意解而强辯雖益辯益差也吾無如之何龍樹論曰若分

別憶想即是魔羅網不動不依止是則爲法印待子潔清其分別戲論之心始可信吾教外所傳乃眞佛法印也曰旣謂教外別傳則與教不相關也而子必引涅槃之言爲據豈其宜耶曰然其意雖教外別傳而其事必教内所指非指自佛教之内則何表乎佛於教外而別有所傳者耶故如來示其事於垂終之言亦謂其妙心吾已嘗傳之矣孰謂不與教相關耶而吾引涅槃不亦然乎遠公曰旣非名部之所分亦不出乎其外別有宗明矣此言可思也曰子謂必世世傳受心印永以爲標正印驗何古之相承者至乎曹溪而其祖遂絶耶曰祖豈果絶乎但正宗入震旦至曹溪歷年已久其人習知此法其機緣純熟者衆正宗得以而普傳雖其枝派益分而累累相承亦各爲其祖以法而遞相標正印驗何嘗闕然亦猶世俗百氏得姓各爲其家而子孫相承繼爲祖禰則未始無也但此承法雖有支祖而不如其正祖之盛也曰吾以教而亦能見道何必爾宗所傳乃以爲至乎曰子必以教而見道是見説也非見道也夫眞見道者所謂窮理者也窮則能變變則能通善爲變通乃爲見道也夫變而通之者其始發於吾之正宗耳佛子苟能變通即預乎吾宗矣何謂何必爾宗乃爲至耶況子輩未始知變豈爲見道乎遠公曰或將暨而不至或守方而未變蓋子之謂乎若其世世之帝王公侯卿士大夫儒者之聖賢服膺而推敬此宗門者不可殫紀其略如吾宋之太宗眞宗皆閟意最深而章聖皇帝爲之修心詩曰初

祖安禪在少林不傳經教但傳心後人若悟眞如性密印由來妙理深迄于今也而上留神益專以此爲偈爲頌方布滿天下又益爲祖師傳法授衣之圖以正其宗祖者也唐書曰（劉昫唐書也）達磨本以護國出家入南海得禪宗妙法自釋迦文佛相傳有衣鉢爲記以世相傳受裴相國休爲唐之圭峯傳法碑曰釋迦如來最後以法眼付大迦葉令祖祖相傳別行於世非私於迦葉而外人天聲聞菩薩也自迦葉至于達磨凡二十八祖達磨傳之又至于能爲六祖矣昔李華吏部嘗習知乎天台止觀及湛然禪師與諸僧命李爲左溪朗師之碑而其文首引菩提達磨謂二十九世相承大迦葉傳佛心法未聞有非之者而隋之智者顗公亦嘗引此禪經四隨之義以證其教之四悉檀者若智者特能區別四教乃不世之大法師也苟曇摩多羅其道不至其人非祖彼豈肯推其言而爲據乎永嘉大師玄覺本學天台三觀義解精修其殆異僧也（其學三觀所證見天台四教儀及永嘉集）及其著證道歌乃曰明明佛勑曹溪是清涼國師澄觀大法師也其嘗謂曰果海離念而心傳圭峯乃釋之曰此即達磨以心傳心不立文字之意也禪源詮祖圖云觀公嘗叅問大禪德曰浮盃或曰又學于五臺亡名禪師者故其言乃爾也維揚法慎大律師也亦曰天台止觀包一切經義東山法門是一切佛乘色空兩忘慧定雙照不可得而稱也苟吾正宗其道不大至而我朝之三大聖人豈肯從事如是之盛耶自昔預其從者若牛頭融祖若安公秀公一行

大師嵩山珪公若南陽國師江西大寂如此諸公不可勝數皆道風天下德貫神明雖萬乘拜伏師敬而不自喜巍巍乎柱礎佛氏萬世光賁大教是亦可以卜其法之如何耳而縱其道極玄彼學者不能見之胡不稍思今至聖天子與夫隋唐諸大義學之師其所爲意者以自警乎初宣律師以達磨預之習禪高僧而降之已甚復不列其承法師宗者蒙甞患其不公而吾宗贊寧僧錄繼宣爲傳其評三教乃曰心教義加(謂三乘經律論爲顯教謂瑜伽五部曼荼羅法爲密教謂禪宗直指人心見性成佛爲心教也)故其論習禪科尤尊乎達磨之宗曰如此修證是最上乘禪也又曰禪之爲物也其大矣哉諸佛得之昇等妙率由速疾之門無過此也及考寧所撰鷲峯聖賢錄者雖論傳法宗祖蓋亦傍乎寶林付法藏二傳矣非有異聞也然其所斷浮泛是非不明終不能深推大經大論而驗實佛意使後世學者益以相疑是亦二古之短也方今宗門雖衰師表者混濫鮮得其人而彼學之者有識自當尊奉先佛聖意豈宜卒其衰乘其無人不顧其大宗大祖而瀆亂乎法門事體是可謂有識乎世書曰賜也爾愛其羊我愛其禮是亦不忘其聖人之道者也彼學之者亦少宜思之始達磨道顯於魏而梁之武帝遺魏書曰共賴觀音分化又曰聖胄大師慧遠法師序其禪經曰非夫道冠三乘智通十地孰能洞玄根於法身歸宗一於無相如此則達磨果聖人也以梁武之尊遠公之賢聖其所稱之亦可信矣吾見其輙以達磨而爲戲者何其不知量也若達磨出於如

來之後世而乃稱禪經者蓋其採衆經始欲以佛言爲量以發後人之信心耳故遠公序曰撮諸經要勸發大乘此其證矣

傳法正宗論卷下

音釋

闚缺規切視也　闇烏紺切與暗同　孱鋤山切不肖也　雋祖峻切與儁同　曖於代切曖昧晻貌　邏郎佐切　顗語豈切　摐初江切　邃雖遂切深遠也　眗欣句切　礎初吕切柱礎也

萬善同歸集

妙圓正修智覺永明壽禪師述

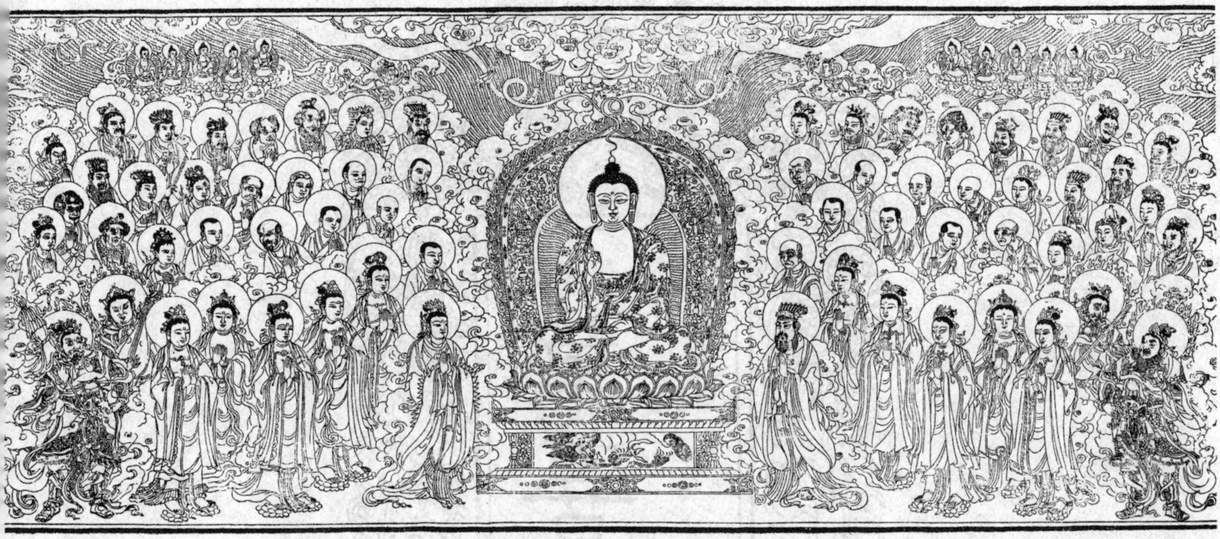

清刻龍藏佛說法變相圖

妙圓正脩智覺永明壽禪師萬善同歸集序

朕嘗謂佛法分大小乘乃是接引邊事其實小乘步步皆是大乘大乘的的不離小乘不明大乘則小乘原非究竟如彼淨空橫生雲翳不履小乘則亦未曾究竟大乘如人說食終不充饑蓋有以無故有無以有故無禪宗者得無所得故是爲實有教乘者得有所得故是爲實無實際理地徹底本無涅槃妙心恒沙顯有有無不可隔別宗教自必同途迷者迷有亦迷無達者達無即達有非證明顯有之一心何由履踐本無之萬善非履踐本無之萬善又何由圓滿顯有之一心乃從上古德惟以一音演唱宗旨直指向上其於教乘惟恐學者執着和合諸相不能了證自心多置之不論而專功教乘者著相執滯逐業

隨塵以諸法爲實有正如迷頭認影執指爲月所以同爲學佛之徒而叅禪之與持教若道不同不相爲謀者禪宗雖高出一籌若不能究竟翻成墮空蓋住相遺性固積諸雜染而同於具縛之凡夫離相求心亦沉於偏空而難免化城之中止依古宗徒皆以教乘譬楊葉之止啼而以性宗爲教外之別旨話成兩橛朕不謂然但朕雖具是見而歷代宗師未有闡揚是說者無徵不信亦不敢自以爲是近閱古錐言句至永明智覺大師觀其唯心訣心賦宗鏡録諸書其於宗旨如日月經天江河行地至高至明至廣至大超出歷代諸古德之上因加封號爲妙圓正脩智覺禪師其唱導之地在杭之淨慈特勅地方有司訪其有無支派擇人承接修葺塔院莊嚴法相令僧徒朝夕禮拜供養誠以六祖以後永明爲古今第一大善知識也乃閱至所作萬善同歸集與朕所見千百年前若合符節他善知識便作是說朕亦懷疑不敢深信今永明乃從來善知識中尤爲出類拔萃者其語既與朕心默相孚契朕可自信所見不謬而宗教之果爲一貫矣夫空有齊觀性行不二小善根力並是菩提資糧大地山河悉建真空寶剎是書也得其妙用自必心法雙忘涉其藩籬亦可智愚同濟心通上諦入教海而數沙足躡虛無依宗幢而進步從此入者不落空亡到彼岸者仍然如是誠得千佛諸祖之心誠爲應化含識之母實惟渡河之大象實乃如來之嫡宗歟朕既録其要語與宗鏡録等書選入禪師語録同諸大善知識言句

並爲刊布又重刊此集頒示天下叢林古刹常住道場欲使出家學佛者依此脩行張六波羅蜜之智帆渡一大乘教之覺海具足空華萬善刹刹塵塵往來隨喜真如層層級級飲功德水而一一同味截栴檀根而寸寸皆香薰已他薰利他自利遍虚空而無盡當來世而無窮無始無終不休不息此則朕與永明所爲弘正道而報佛恩者也夫達摩心傳本無一字而永明心賦乃有萬言不立一字該三藏而無遺演至萬言覔一字不可得故云假以詞句助顯真心雖挂文言妙旨斯在觀此萬言之頭頭是道可知萬善之法法隨根何妨藻采繽紛清辭絡繹多聞逾於海藏語妙比於天花寧非高建法幢即是深提寶印曾何絲毫之障礙轉增無量之光明在言詮而亦然豈行果之不樂爰附刊於此集之後俾學者合而觀之如寶珠網之重重交暎焉是爲序

雍正十一年癸丑夏四月望日

萬善同歸集卷第一

妙圓正修智覺永明壽禪師述

夫衆善所歸皆宗實相如空包納似地發生是以但契一如自含衆德然不動真際萬行常興不壞緣生法界恒現寂不閡用俗不違真有無齊觀一際平等是以萬法惟心應須廣行諸度不可守愚空坐以滯真修若欲萬行齊興畢竟須依理事理事無閡其道在中遂得自他兼利而圓同體之悲終始該羅以成無盡之行若論理事幽旨難明細而推之非一非異是以性實之理相虛之事力用交徹舒卷同時體全徧而不差跡能所而似別事因理立不隱理而成事理因事彰不壞事而顯理相資則各立相攝則俱空隱顯則互興無閡則齊現相非相奪則非有非空相即相成則非常非斷若離事而推理墮聲聞之愚若離理而行事同凡夫之執當知離理無事全水是波離事無理全波是水理即非事動濕不同事即非理能所各異非理非事真俗俱亡而理而事二諦恒立雙照即假宛爾幻存雙遮即空泯然夢寂非空非假中道常明不動因緣寧虧理體故菩薩以無所得而為方便涉有而不乖空依實際而起化門履真而不閡俗常然智炬不昧心光雲布慈門波騰行海遂得同塵無閡自在隨緣一切施為無非佛事故般若經云一心具足萬行華嚴經云解脫長者告善財言我若欲見安樂世界阿彌陁佛隨意即見乃至所見十方諸佛皆由自心善男子當知菩薩脩諸佛法淨諸佛剎積習妙行調伏衆生發大誓願如是

一切悉由自心是故善男子應以善法扶助自心應以法水潤澤自心應於境界淨治自心應以精進堅固自心應以智慧明利自心應以佛自在開發自心應以佛平等廣大自心應以佛十力照察自心古德釋云心該萬法謂非但一念觀佛由於自心菩薩萬行佛果體用亦不離心亦去妄執之失謂有計云萬法皆心任之是佛驅馳萬行豈不虛勞今明心雖即佛久翳塵勞故以萬行增修令其瑩徹但說萬行由心不說不修為是又萬法即心修何闕心問曰祖師云善惡都莫思量自然得入心體涅槃經云諸行無常是生滅法如何勸修故違祖教答祖意據宗教文破著若禪宗頓教泯相離緣空有俱亡體用雙寂若華嚴圓旨具德同時理行齊敷悲智交濟是以文殊以理印行差別之義不虧普賢以行嚴理根本之門靡廢本末一際凡聖同源不壞俗而標真不離真而立俗具智眼而不沒生死運悲心而不滯涅槃以三界之有為菩提之用處煩惱之海通涅槃之津夫萬善是菩薩入聖之資糧衆行乃諸佛助道之階漸若有目而無足豈到清涼之池得實而忘權奚昇自在之域是以方便般若常相輔翼真空妙有恒共成持法華會三歸一萬善悉向菩提大品一切無二衆行咸歸種智故華嚴經云第七遠行地當修十種方便慧殊勝道所謂雖善脩空無相無願三昧而慈悲不捨衆生雖得諸佛平等法而樂常供養佛雖入觀空智門而勤集福德雖遠離三界而莊嚴三界雖畢竟寂滅諸煩惱燄而能為一

切衆生起滅貪瞋癡煩惱燄雖知諸法如幻如夢如影如響如燄如化如水中月如鏡中像自性無二而隨心作業無量差別雖知一切國土猶如虛空而能以清淨妙行莊嚴佛土雖知諸佛法身本性無身而以相好莊嚴其身雖知諸佛音聲性空寂滅不可言說而能隨一切衆生出種種差別清淨音聲雖隨諸法了知三世惟是一念而隨衆生意解分別以種種相種種時種種劫數而脩諸行維摩經云菩薩雖行於空而植衆德本是菩薩行雖行無相而度衆生是菩薩行雖行無作而現受身是菩薩行雖行無起而起一切善行是菩薩行古德問云萬行統惟無念今見善見惡願離願成疲役身心豈當為道答此離念而求無念尚未得真無念況念無念而無閡乎又無念但是行之一豈知一念頓圓如上所引佛旨煥然何得空腹高心以少為足擬欲蛙嫵海量螢掩日光乎問泯絕無寄境智俱空是祖佛普歸聖賢要路若論有作心境宛然憑何教文廣陳萬善咨諸佛如來一代時教自古及今分宗甚衆撮其大約不出三宗一相宗二空宗三性宗若相宗多說是空宗多說非性宗惟論直指即同曹溪見性成佛也如今不論見性因識正宗多執是非紛然諍競皆不了祖佛審意但徇言詮如教中或說是者即依性說相或言非者是破相顯性惟性宗一門顯了直指不說是非如今多重非心非佛非理非事泯絕之言以為玄妙不知但是遮詮治病之文執此方便認為標的却不信表詮直指之教頓遺實地昧

却真心如楚國愚人認雞作鳳猶春池小果執石為珠但任淺近之情不探深密之旨迷空方便豈識真歸問諸佛如来三乘教典惟有一味鮮脫法門云何廣說世間生滅緣起擬心即失不順真如動念即乖違於法體答若論一相一味此乃三乘權教約理而言即以一切因緣而為過惡今所集者惟顯圓宗一一緣起皆是法界實德不成不破非斷非常乃至神變施為皆法如是故非假神力暫得如斯纔有一法緣生無非性起功德華嚴經云此華藏世界海中無問若山若河乃至樹林塵毛等處一一無不皆是稱真如法界具無邊德問經云但凡夫之人貪著其事又云取相凡夫隨宜為說若得理本萬行俱圓何須事跡而興造作乎答此是破貪著執取之文非干因緣事相之法淨名經云但除其病而不除法金剛三昧經云有二入一理入二行入以理導行以行圓理又菩提者以行入無行以行者緣一切善法無行者不得一切善法豈可滯理虧行執行違理祖師馬鳴大乘起信論云信成就發心有三一直心正念真如法故二深心樂集一切諸善行故三大悲心欲拔一切衆生苦故論問上說法界一相法體無二何故不惟念真如復假求學諸善法之行論答譬如大摩尼寶體性明淨而有鑛穢之垢若人雖念寶性不以方便種種磨治終無得淨如是衆生真如之法體性空淨而有無量煩惱垢染若人雖念真如不以方便種種熏脩亦無得淨以垢無量徧脩一切善行以為對治若人修行一切善法自

然歸順眞如法故略説方便有四種一者行根本方便謂觀一切法自性無生離於妄見不住生死觀一切法因緣和合業果不失起於大悲修諸福德攝化衆生不住涅槃以隨順法性無住故二者能止方便謂慙愧悔過能止一切惡法令不增長以隨順法性離諸過故三者發起善根增長方便謂勤脩供養禮拜三寶讃歎隨喜勸請諸佛以愛敬三寶淳厚心故信得增長乃能志求無上之道又因佛法僧力所護故能消業障善根不退以隨順法性離礙障故四者大願平等方便所謂發願盡於未來化度一切衆生使無有餘皆令究竟無餘涅槃以隨順法性無斷絶故法惟廣大徧一切衆生平等無二不念彼此究竟寂滅故牛頭融大師問諸法畢竟空有

菩薩行六度萬行否荅此是三乘二見心若觀心本空即是實慧即是見眞法身法身不住此空謂有運用覺知即是方便慧方便慧亦不可得即是實慧恒不相離前念後念皆由二慧發故云智度菩薩母方便以爲父一切衆導師無不由是生先德問云即心是佛何假脩行荅秖爲是故所以修行如鐵無金雖經鍛鍊不成金用賢首國師云今佛之三身十波羅蜜乃至菩薩利他等行並依首法融轉而行即衆生心中有眞如體大今日修行引出法身由心中有眞如相大今日修行引出報身由心中有眞如用大今日修行引出化身由心中有眞如法性自無慳貪今日修行順法性無慳引出檀波羅蜜等當知三祇修道不曾心外得一法行一行何以故但

是自心引出自淨行性而起修之故知摩尼沈泥不能雨寶古鏡積垢焉能鑑人雖心性圓明本來具足若不衆善顯發萬行磨治方便引出成其妙用則永翳客塵長淪識海成妄生死障淨菩提是以祖教分朗理事相即不可偏據而溺見河問善雖勝惡念即乖真約道而言俱非解脫何須廣勸滯正修行既涉因緣實妨於道荅世出世間以上善為本初即因善而趣入後即假善以助成實爲越生死海之舟航趣涅槃城之道路作人天之基陛為祖佛之垣牆在塵出塵不可暫廢十善何過弘在於人若貪著則果生有漏之天不執則位入無為之道運小心墮二乘之位發大意昇菩薩之階乃至究竟圓修終成佛果以知非關上善能為滯閡之因全在行人自成得失之咎故華嚴經云十不善業道是地獄畜生餓鬼受生之因十善業道是人天乃至有頂處受生之因又此上品十善業道以智慧修習心狹劣故怖三界故闕大悲故從他聞聲而了解故成聲聞乘又此上品十善業道修治清淨不從他教自覺悟故大悲方便不具足故悟解甚深因緣法故成獨覺乘又此上品十善業道修治清淨心廣無量故具足悲愍故方便所攝故發生大願故不捨衆生故希求諸佛大智故淨治菩薩諸地故淨脩一切諸度故成菩薩廣大行又此上上十善業道一切種清淨故乃至證十力四無畏故一切佛法皆得成就是故我今等行十善應令一切具足清淨乃至菩薩如是積集善根成就善根增長善根思惟善根繫念

善根分別善根愛樂善根修集善根安住善根菩薩摩訶薩如是積集諸善根已以此善根所得依果修菩薩行於念念中見無量佛如其所應承事供養又云雖無所作而恒住善根又云雖知諸法無有所依而說依善法而得出離大智度論云佛言我過去亦曾作惡人小蟲因積善故乃得成佛又如十八不共中有欲無減者佛知善法恩故常欲集諸善法故欲無減修集諸善法心無厭足故欲無減如一長老比丘目暗自縫僧伽棃衽脫語諸人言誰樂欲為福德者為我衽針爾時佛現其前語言我是樂欲福德無厭足人持汝針來是比丘裴亹見佛光明又識佛音聲白佛言佛無量功德海皆盡其邊底云何無厭足佛告比丘功德果報甚深無有如我知恩分者我雖復盡其邊底我本以欲心無厭足故得佛是故今猶不息雖更無功德可得我欲心亦不休諸天世人驚悟佛於功德尚無厭足何況餘人佛為比丘說法是時肉眼即明慧眼成就又云佛言若不成就眾生淨佛國土不能得無上道何以故因緣不具足則不能得阿耨多羅三藐三菩提因緣者所謂一切善法從初發意行檀波羅蜜乃至十八不共法於是行法中無憶想分別故問夫如來法身湛然清淨一切眾生秖為客塵所蔽不得現前如今但息攀緣定水澄清何須眾善向外紛馳反背真脩但成勞慮答無心寂現此是了因福德莊嚴須從緣起二因雙備佛體方成諸大乘經無不具載淨名經云佛身者即法身也從無量功德智慧生從慈

悲喜捨生從布施持戒忍辱柔和勤行精進禪定解脫三昧多聞智慧諸波羅蜜生乃至從斷一切不善法集一切善法生如來身又云具福德故不住無為具智慧故不盡有為大慈悲故不住無為滿本願故不盡有為此乃自背圓詮不遵佛語擬捉涅槃之縛欲沈解脫之坑栽蓮華於高原植甘種於空界欲求菩提華果何出得成所以云入無為正位者不生佛法耳乃至譬如不下巨海不能得無價寶珠　如是不入煩惱大海則不能得一切智寶問入法以無得為門履道以無為先導若與衆善起有得心一違正宗二虧實行答以無得故無所不得以無為故無所不為無為豈出為中無得非居得外得與無得既非全別為與無為亦非分同非別非同誰言一二而同而別不閡千差若迷同別兩門即落斷常二執所以華嚴離世間品云知一切法無相是相相是無相無分別是分別分別是無分別非有是有有是非有無作是作作是無作非說是說說是非說不可思議知心與菩提等知菩提與心等心及菩提與衆生等亦不生心顛倒想顛倒見顛倒不可思議於念念中入滅盡定盡一切漏而不證實際亦不盡有漏善根雖一切法無漏而知漏盡亦知漏滅雖知佛法即世間法世間法即佛法而不於佛法中分別世間法不於世間法中分別無法一切諸法悉入法界無所入故知一切法皆無二無變易不可思議問一切衆生不得解脫者皆為認其假名逐妄輪迴楞嚴經中唯令以湛旋其虛妄滅生伏還元

覺得元明覺無生滅性為因地心然後圓成果地修證云何一向狥斯假名論其散善轉增虛妄豈益初心答名字性空皆為實相但從緣起不落有無法句經云佛告寶明菩薩汝且觀是諸佛名字若是有說食與人應得充飢若名字無者定光如來不授我記及於汝名如無授者我不應得佛當知字句其巳久如以我如故備顯諸法名字性空不在有無華嚴經云譬如諸法不分別自性不分別音聲而自性不捨名字不滅菩薩亦復如是不捨於行隨世所作而於此二無執著是以不動實際建立行門不壞假名圓通自性問何以不任運騰騰無心合道豈須萬行動作闕心咎古德顯佛果有三一亡言絕行獨明法身無作果二從行漸修位滿三祇果三從初理智自在圓融果此是上上根人圓修圓證雖一念頓具不妨萬行施為雖萬行施為不離一念若亡情冥合各是一門遲速任機法無前後問觸目菩提舉足皆道何須別立事相道場役念勞形豈皆妙旨答道場有二一理道場二事道場理道場者周徧剎塵事道場者淨地嚴飾然因事顯理藉理成事事虛攬理無不理之事理實應緣無閡事之理故即事明理須假莊嚴從俗入真唯憑建立為歸敬之本作策發之門覩相嚴心自他兼利止觀云圓教初心理觀雖諦法忍未成須於淨地嚴建道場晝夜六時修行五懺悔六根罪入觀行即乘戒兼急理事無瑕諸佛威加真明頓發直至初住一生可階上都儀云夫歸命三寶者要指方立相住心取境不明

無相離念也佛懸知凡夫繫心尚乃不得況離相耶如無術通人居空造舍也依寶像等三觀必得不疑佛言我滅度後能觀像者與我無異大智論云菩薩唯以三事無厭一供養佛無厭二聞法無厭三供給僧無厭天台智者問云世間有空行人執其癡空不與修多羅合聞此觀心而作難言若觀心是法身等應觸處平等何故經像生敬紙木生慢敬慢異故則非平等非平等故法身義不成答我以凡夫位中觀如是相耳為欲開顯此實相恭敬經像令慧不縛使無量人崇善去惡令方便不縛豈與汝同耶乃至廣興法會建立壇儀手决加持嚴其勝事遂得道場現證諸佛威加皆是大聖垂慈示其要軌或覩香華之相戒德重清或見普賢之身罪源畢淨因茲法事圓備佛道遐隆現斯感通歸憑有據是以須遵徃聖事印典章不可憑虛出於胸臆毀德壞善翻墮邪輪撥有疑空枉投邪習問金剛般若經云若以色見我以音聲求我是人行邪道不能見如來如何立相標形而稱佛事荅息憑泯事此是破相宗直論顯理即是大乘始教未得有無齊行體用交徹若約圓門無閡性相融通舉一微塵該羅法界華嚴經云清淨慈門剎塵數共生如來一妙相一一諸相莫不然是故見者無厭足法華經云汝證一切智十力等佛法具三十二相乃是真實滅大涅槃經云非色者即是聲聞緣覺解脫色者即是諸佛如來解脫豈同凡夫橫執頑閡之境以為實色二乘偏證灰斷之質而作真形是以六根所對皆見如來

萬像齊觀圓明法界豈待消形滅影方成玄趣乎問即心是佛何須外求若認他塵自法即隱答諸佛法門亦不一向皆有自力他力自相共相十玄門之該攝六相義之融通隨緣似分約性常合從心現境境即是心攝所歸能他即是自古德云若執心境為二遮言不二以心外無別塵故若執爲一遮言不一以非無緣故淨名經云諸佛威神之所建立智者大師云夫一向無生觀人但信心益不信外佛威加益經云非內非外而內而外而內故諸佛解脫於心行中求而外故諸佛護念云何不信外益耶夫因緣之道道修之門皆衆緣所成無一獨立若自力充備即不假緣若自力未堪須憑他勢譬如世間之人在官難中若自無力得脫須假有力之人救拔又如牽拽重物自力不任須假衆他之力方能移動但可內量實德終不以自妨人又若執言內力即是自性若言外力即成他性若云機感相投即是共性若云非因非緣即無因性皆滯閡執未入圓成若了真心即無所住問經云觀身實相觀佛亦然一念不生天真頓朗何得唱他佛號廣誦餘經高下輪迴前後生滅既妨禪定但狥音聲水動珠昏寧當㝠合答夫聲為衆義之府言皆解脫之門一切趣聲聲爲法界經云一一諸法中皆含一切法故知一言音中包羅無閡十界具足三諦理圓何得非此重彼離相求真不窮動淨之源遂致語默之失故經云一念初起無有初相是真護念未必息念消聲方㝠實相是以莊嚴門內萬行無虧真如海中一毫不

捨且如課念尊號故有明文唱一聲而罪滅塵沙具十念而形棲淨土拯危拔難殄障消寃非但一期暫拔苦津託此因緣終投覺海故經云若人散亂心入於塔廟中一稱南無佛皆已成佛道又經云授持佛名者皆爲一切諸佛共所護念寶積經云高聲念佛魔軍退散文殊般若經云衆生愚鈍觀不能解但令念聲相續自得往生佛國智論云譬如有人初生墮地即能日行千里足一千年滿中七寶以用施佛不如有人於後惡世稱一佛聲其福過彼大品經云若人散心念佛乃至畢苦其福不盡增一阿含經云四事供養一閻浮提一切衆生功德無量若有衆生善心相續稱佛名號如一𤛓牛乳頃所得功德過上不可思議無能量者華嚴經云住自在心念佛門知隨自心所有欲樂一切諸佛現其像故飛錫和尚高聲念佛三昧寶王論云浴大海者已用於百川念佛名者必成於三昧亦猶清珠下於濁水濁水不得不清念佛投於亂心亂心不得不佛既契之後心佛雙亡雙亡定也雙照慧也定慧既均亦何心而不佛何佛而不心心佛既然則萬境萬緣無非三昧也誰復患之於起心動念高聲稱佛哉故業報差別經云高聲念佛誦經有十種功德一能排睡眠二天魔驚怖三聲徧十方四三塗息苦五外聲不入六令心不散七勇猛精進八諸佛歡喜九三昧現前十生於淨土群疑論云問名字性空不能詮說諸法教人專稱佛號何異說食充飢乎答若言名字無用不能詮諸法體亦應喚火水來故知筌蹄

不空魚兎斯得故使梵王啓請轉正法輪大聖應機弘宣妙旨人天凡聖咸禀正言五道四生並遵遺訓聽聞讀誦利益弘深稱念佛名往生淨土亦不得唯言名字虛假不有詮說者乎論云問何因一念佛之力能斷一切諸障答如一香栴檀改四十由旬伊蘭林悉香又譬如有人用師子筋以爲琴弦其聲一奏一切餘弦悉皆斷壞若人菩提心中行念佛三昧者一切煩惱一切諸障皆悉斷滅大集經云或一日夜或七日夜不作餘業志心念佛小念見小大念見大又般若經云文殊問佛云何速得阿耨菩提佛答有一行三昧欲入一行三昧者應須於空閑處捨諸亂意不取相貌繫念一佛專稱名字隨佛方所端身正向能於一佛念念相續即是念中能見過去未來現在諸佛晝夜常說智慧辯才終不斷絶是知佛力難思玄通罕測如石吸鐵似水投河慈善根力見如是事志心歸者靈感昭然問凡所有相皆是虛妄但有好境取即成魔何得著相與心而希冥感耶答修行力至聖境方明善緣所生法爾如是故將證十地相皆現前是以智切冥加道高魔盛或禪思入微而變異相或禮誦懇志暫覩嘉祥但了惟心見無所見若取之則心外有境便成魔事若捨之則撥善功能無門修進摩訶論云若真若偽惟自妄心現量境界無有其真實無所著故又若真若偽皆一真如皆一法身無有別異不斷除故智論云不捨者諸法中皆有助道力故不受者皆法實相畢竟空無所得故

萬善同歸集卷第一

萬善同歸集卷第二

台教云疑者言大乘平等何相可論今言不爾秖曰平等鏡淨故諸業像現今止觀研心心漸明淨照諸善惡如鏡被磨萬像自現是知不有而有無性緣生有而不成緣生無性常寘實際中道泠然欣慼不生分别情斷虛懷寂慮何得失之所惑乎又若諷誦遺典受持大乘功德幽深果報玄邈如經佛親比校譬如一人辯若文殊教化四天下人皆至一生補處格量功德不如香華供養方等經典得下等寶又阿難疑審七佛現身證明實有此事又如說脩行得上等寶受持讀誦得中等寶香華供養得下等寶法華經云供養四百萬億阿僧祇世界衆生乃至皆得阿羅漢道盡諸有漏於深禪定皆得自在具八解脫不如第五十人聞法華經一偈隨喜功德百千萬億分不及其一又經云若人讀誦經處其地皆為金剛但肉眼衆生不能見耳南山感通傳云七佛金塔中有銀印若誦大乘者以銀印印其口令無遺忘普賢觀經云若七衆犯戒欲一彈指頃除滅百千萬億阿僧祇劫生死之罪者乃至欲得文殊藥王諸大菩薩持香華住立空中侍奉者應當修習此法華經讀誦大乘念大乘事令此空慧與心相應大般若經云無諸惡獸巖穴寂淨而為居止所謂聞法晝夜六時勤加讚誦聲離高下心不緣外專心憶持賢愚經云行者欲成佛道當樂經法讀誦演說正使白衣說法諸天鬼神悉來聽受況出家人出家之人乃至行路誦經說偈常有諸天隨而聽之是故應勤

誦經説法已上皆是金口誠諦之言非是妄心孟浪之説是以志心誦者證驗非虛常為十方如来釋迦文佛審垂護念讚言善哉授手摩頭共宿衣覆攝受付囑隨喜威加乃至神王護持天仙給侍金剛擁從釋梵散華成就福因等法界虛空之際量校量功勝恒沙七寶之施縁乃至凡質通靈肉身不壞舌變紅蓮之色口騰紫檀之香聞一句而畢趣菩提誦半偈而功齊大覺書寫經卷報受欲天供養持人福過諸佛可謂法威德力不思議門萬端千靈因玆而感三賢十聖從此而生亘古該今從凡至聖三業供養十種受持盡禀真詮傳持不絶今何起謗而斷轉法輪乎

問經中秪讚如説修行深解義趣勤求無念默契玄根云何勸修廣興唱誦答若約上上圓根大機淳熟無諸遮障頓了頓脩若妄念不生何須助道大凡微細想念佛地方無故安般守意經序云彈指之間心九百六十轉一日一夕十三億意意有一身心不自知猶彼種夫也是知情塵障厚卒淨良難若非萬善助開自力恐成稽滯又若論福業徧行門中萬行莊嚴不捨一法皆能助道顯大菩提具足十種受持亦無所闕故法華經云爾時千世界微塵數菩薩摩訶薩從地涌出者皆於佛前一心合掌瞻仰尊顔而白佛言世尊我等於佛滅度後世尊分身所在國土滅度之處當廣説此經所以者何我等亦自欲得是真淨大法受持讀誦解説書寫而供養之以知登地菩薩非獨為他解説尚自發願誦持何況初心而不禀受但先求信解悟入後

即如說而行口演心思助開正慧若未窮宗旨且徇文言雖不親明亦熏善本般若威力初後冥資於正法中發一微心皆是初因終不孤棄問欲真持經應念實相既忘能所誦者何人若云心口所為求之了不可得究竟推檢理出何門答雖觀能念所誦皆空空非斷空不閡能誦所持為有有非實有不空不有中理皎然執無則墮其邪空沒有則成其偏假是以一心三觀三觀一心即一而三相不同即三而一體無異非合非散不縱不橫存泯莫覊是非焉局常冥三諦揔合一乘萬行度門咸歸實相又所難念誦有妨禪定者且禪定一法乃四辯六通之本是革凡蹈聖之因攝念少時故稱上善然須明沉掉消息之時經云如坐禪昏昧須起行道念佛或志誠洗懺以除重障策發身心不可確執一門以為究竟故慈愍三藏云聖教所說正禪定者制心一處念念相續離於昏掉平等持心若睡眠覆障即須策勤念佛誦經禮拜行道講經說法教化衆生萬行無廢所修行業回向往生西方淨土若能如是修習禪定者是佛禪定與聖教合是衆生眼目諸佛印可一切佛法等無差別皆乘一如成最正覺皆云念佛是菩提因何得妄生邪見故台教行四種三昧小乘具五觀對治亦有常行半行種種三昧終不一向而局坐禪金剛三昧經云不動不禪離生禪想法句經云若學諸三昧是動非是禪心隨境界生云何名爲定起信論云若人唯修於止則心沉沒或起懈怠不樂衆善遠離大悲乃至於一切時一切處所

有衆善隨已堪能不捨修學心無懈怠惟除坐時專念於止若除一切悉當觀察應作不應作若行若住若卧若起皆應止觀俱行是以若能通達定散俱得入道若生滯閡行坐皆即成非南岳法華懺云修習諸禪定得諸佛三昧六根性清淨菩薩學法華具足二種行一者有相行二者無相行無相安樂行甚深妙禪定觀察六情根有相安樂行此依勸發品散心誦法華不入禪三昧坐立行一心念法華文字行若成就者即見普賢身 是以智者修法華懺誦至藥王焚身品云是真精進是名真法供養如來頓悟靈山如同即席乃至密持神呪靈既昭然護正防邪降魔去外制重昏之巨障滅積劫之沉痾現不測之神通示難思之感應扶其廣業殄彼餘殃仰憑法力難思遂致安然入道是以或因念佛而證三昧或從坐禪而發慧門或專誦經而見法身或但行道而入聖境但以得道爲意終不取定一門惟憑專志之誠非信虛誕之說問行道禮拜未具眞脩祖立客春之懲佛有磨牛之誚故智論云須菩提於石室悟了法空得先禮佛四十二章經云心道若行何用行道豁然詮旨何故非違答若行道禮拜時不生殷重既無觀慧又不專精雖身在道場而心緣異境著有爲之相迷其性空起能作之心生諸我慢不了自他平等能所虛玄儻涉茲倫深當前責南泉大師云徹妙淨法身具相三十二秪是不許分劑心量若無如是心一切行處乃至彈指合掌皆是正因萬善皆同無漏始得自在百丈和尚云行道禮

拜慈悲喜捨是沙門本事究然依佛勑祗是不許執著法華懺云有二種脩一事中修若禮念行道悉皆一心無分散意二理中修所作之心心性不二觀見一切悉皆是心不得心相普賢觀經云若有晝夜六時禮十方佛誦大乘經思第一義甚深空法於一彈指頃除百萬億那由他恒河沙劫生死之罪行此法者真是佛子從諸佛生十方諸佛及諸菩薩為其和尚是名具足菩薩戒者不須羯磨自然成就應受一切人天供養且行道一法西天偏重繞百千帀方施一拜經云一日一夜行道志心報四恩如是等人得入道疾繞塔功德經云勇猛勤精進堅固不可壞所作速成就斯由右繞塔得妙紫金色相好莊嚴身現作天人師斯由右繞塔華嚴懺云行道步步過於無邊世界一一道場皆見我身南山行道儀云夫行道障盡爲期無定日限若論障盡佛地乃亡心灼灼如火然形翹翹如履刃儀云若從来不行道業相無因而現經云衆生如大富盲兒雖有種種寶物而不得見今行道用功垢除心淨如翳眼開明如水澄鏡淨衆像皆現亦如日照火珠於火便出問諸法實相無善惡相云何有現耶荅雖無我無造無受者善惡之業亦不亡諸法無相能示有相行者行道不念有相不念無相但念念功成其相自現猶如盆水處於密室雖無心分别衆像自現問相現之時真偽何辨云何分别而取捨耶荅若取如取虗空若捨如捨虗空問有人夂修不證者何耶荅經云衆生心如鏡鏡垢像不現問論云行道念佛

與坐念佛功德如何荅譬如逆水張帆猶云得往更若張帆順水速疾可知坐念一口尚乃八十億劫罪消行念功德豈知其量故偈云行道五百遍念佛一千聲事業常如此西方佛自成若禮拜則屈伏無明深投覺地致敬之極如樹倒山崩業報差別經云禮佛一拜從其膝下至金剛際一塵一轉輪王位獲十種功德一者得妙色身二出言人信三處衆無畏四諸佛護念五具大威儀六衆人親附七諸天愛敬八具大福報九命終往生十速證涅槃三藏勒那云發智清淨禮者良由達佛境界慧心明利了知法界本無有閡由我無始順於凡俗非有有想非閡閡想今達自心虛通無碍故行禮佛隨心現量禮於一佛即禮一切佛禮一切佛即是禮一佛以佛法身體用融通故禮一拜遍通法界如是香華種種供養例同於此六道四生同作佛想文殊云心不生滅故敬禮無所觀內行平等外順修敬內外冥合名平等禮法華懺云當禮拜時雖不得能禮所禮然影現法界一一佛前皆見自身禮拜略引祖教理事分明不可滅佛意而毀金文據偏見而傷圓旨問文殊云心同虛空故敬禮無所觀甚深修多羅不聞不受持如何執相稱禮佛徇文云誦經違大士之誠言失諸佛之深旨荅此雖約理而述且無事而不顯從事而施又無理而不圓理事相成方顯斯旨失言心同虛空故敬禮無所觀者此是破其能所之是何者心同虛空不見能禮無有所觀則無所禮如是禮時非對一佛二佛心等太虛身徧法界不聞

不受持者不聞則無法義可觀不受持則非文字可記如是持經有何間斷亦是說者無示聽者無得然雖約理非為事外之理既不離事即是理中之事此乃正禮時無禮當持時不持不可依語而不依義而興斷滅偏枯之見乎問六念法門十種觀相雖稱助道狥想緣塵瞥起乖真何如淨念荅無念一法衆行之宗微細俱亡唯佛能淨故經云三賢十聖住果報唯佛一人居淨土況居凡地又在初心若無助道之門正道無由獨顯且六念之法能消魔幻增進功德扶策善根十觀之門善離貪著潛清濁念密契真源皆入道之要津盡脩禪之妙軌似杖有扶危之力如舩獲到岸之功力備功終船杖俱捨問首楞嚴經云持犯但束身非身無所束法句經云戒性如虛空持者為迷倒何苦堅執事相局念拘身奚不放曠縱橫虛懷履道荅此破執情非祛戒德若見自持他犯起譏毀心戒為防非因防增過如斯之類實為迷倒淨名經云非淨行非垢行是菩薩行故不著持犯二邊是真持戒大般若經云持戒比丘不昇天堂破戒比丘不墮地獄何以故法界中無持犯故此亦破著了諸法空事理雙持身心俱淨又若論縱橫自在唯佛一人持淨戒其餘皆名破戒者帶習尚被境牽現行豈逃緣縛三業難護放逸根深猶醉象無鈎癡猿得樹奔波乍擁生鳥被籠若無定水戒香慧炬無由照寂是以菩薩禀戒為師明遵佛勑雖行小罪由懷大懼謹潔無犯輕重等持息世譏嫌恐生疑謗夫戒為萬善之基出必由戶若無

此戒諸善功德皆不得生華嚴經云戒能開發菩提心學是勤修功德地於戒及學常順行一切如来所稱美薩遮尼乾子經云若不持戒乃至不得疥癩野干身何況當得功德法身月燈三昧經云雖有色族及多聞若無戒智猶禽獸雖處卑下少聞見能持淨戒名勝士智論云若人棄捨此戒雖山居苦行食果服藥與禽獸無異若有雖處高堂大殿好衣美食而能行此戒者得生好處及得道果又大惡病中戒為良藥大怖畏中戒為守護死闇冥中戒為明燈於惡道中戒為橋梁死海水中戒為大船又如今末代宗門中學大乘人多輕戒律稱是執持小行失於戒急所以大涅槃經佛臨涅槃時扶律談常則乘戒俱急故號此經為贖常住命之重寶何以故

若無此教但取口解脫全不修行則乘戒俱失故經云尸羅不清淨三昧不現前從定發慧因事顯理若闕三昧慧何由成是知因戒得定因定得慧故云贖常住命之重寶何得滅佛壽命壞正律儀為和合海內之死屍作長者園中之毒樹衆聖所責諸天所訶善神不親惡鬼削跡居國王之地生作賊身處闍羅之鄉死爲獄卒諸有智者宜暫思焉問空即罪性業本真如取相增瑕如何懺悔荅若煩惱道理遣合宜苦業二道須行事懺投身歸命雨淚翹誠感佛威加善根頓發似池華得日敷榮若塵鏡遇磨光耀三障除而十二緣滅衆罪消而五陰舍空最勝王經云求一切智淨智不思議智不動智三藐三菩提正偏知者亦應懺悔滅除業障何以故一切諸

法從因緣生故又經云前心起罪如雲覆空後心滅罪如炬破暗須知炬滅暗生要須常然懺炬彌勒所問本願經云彌勒大士善權方便安樂之行得致無上正真之道晝夜六時正衣束體下膝著地向於十方說此偈言我悔一切過勸助衆道德歸命禮諸佛令得無上慧大集經云百年垢衣可於一日浣令鮮淨如是百劫中所集諸不善業以佛法力故善順思惟可於一日一時盡能消滅又經云然諸福中懺悔為最除大障故獲大善故論云菩薩懺悔銜悲滿目況不蒙大聖立斯赦法抱罪守死長劫受殃婆沙論云若人於一時對十方佛前代為一切衆生修行五悔其功德若有形量者三千大千世界著不盡高僧傳曇策於道場中行懺見七佛告曰汝罪已滅於賢劫中號普明佛思大禪師行方等懺夢梵僧四十九人命重受戒倍加精苦了見三生智者大師於大蘇山修法華懺證旋陀羅尼辯沙門道超於道場中修懺獨言笑曰無價寶珠我今得矣東都英法師講華嚴經入善導道場便遊三昧悲泣歎曰自恨多年虛廢光陰勞身心耳高僧慧成學窮三藏被思大禪師訶曰君一生學問與吾炙手猶未得暖虛喪功夫示入觀音道場證解衆生語言三昧經云晝夜六時行上法者如持七寶滿閻浮提供養於佛比前功德出過其上

經云不能生難遭之想今生末世但見遺形理宜端肅涕零寓淚欷歔咎躬如入廟堂不見嚴父故思大禪師行方等而了見三生高

僧曇策入道場而親蒙十號智者證旋陀羅尼辯道超獲無價寶珠此皆投身懺門歸命佛語致茲玄感頓躡聖階是以懺悔躋至等覺謂有一分無明猶如微煙故須洗滌又法身菩薩尚勤懺悔豈況業繫之身而無重垢所以十八不共法中三業清淨唯佛一人南岳大師云修六根懺名有相安樂行直觀法空名無相安樂行妙證之時二行俱捨問結業即解脫真源罪垢不住三際何不了無生而直滅隨有作而勞功乎答夫罪性無體業道從緣不染而染習垢非無染而不染本來常淨業性如是去取尤難一切衆生業通三世真慧不發被二障之所纏妙定不成為五蓋之所覆唯圓乘佛旨須於淨處嚴建道場苦到懇誠普代有情勤行懺法内則唯憑自力外則全仰佛加遂得障盡智明雲開月朗是以非内非外能悔所懺俱空而内而外性罪遮愆宛爾故菩薩皆遵至教說悔先罪而不說入過失且登地入位尚洗垢以除瑕毛道散心却談虛而拱手問淨名經云罪性不在内外中間豈是虛誑何堅不信謗正法輪執有所作罪根實乃重增其病吝佛語成諦理事分明能拔深疑善開重惑若深信者一聞千悟稱說而行既蕩前非不形後過步步觀照念念無差此乃宿習輕微善根深厚乘戒俱急理行相從斯即深達教門堅持佛語何須事懺過自不生如若垢重障深智荒德薄但空念一切罪性不在内外中間觀其三業現行全沒根塵法内如說美食終不充飢似念藥方焉能治病若令但求其語而得罪

消則一切業繫之人故應易脫何乃積劫生死如旋火輪以知業海渺茫非般若之舟罕渡障山孤峻匪金剛之慧難傾然後身心一如理事雙運方萎苦種永斷業繩所以祖師云將虛空之心合虛空之理亦無虛空之量始得報不相酬又教云淨意如空此有二義一者離虛妄取如彼淨空無有雲翳二者觸境無滯如彼淨空不生障閡既廓心境罪垢何生若能如是名為依教尚不見無罪豈況有愆耶又罪性本淨是體性淨契理無緣是方便淨因方便淨顯體性淨因體性淨成方便淨方便淨者力行熏治體性淨者一念圓照本末相應內外更資故須理事相扶成其二淨正助兼懺證此一心設但念空言實難違教不信之謗非比誰耶南山四分鈔問有人言罪不罪不可得名戒者何耶鈔答非謂邪見麤心言無罪也若深入諸法相行空三昧慧眼觀故言罪不可得若肉眼所見與牛羊無異誦大乘語者何足據焉是以理觀若諦事行須扶如風送船疾有所至猶膏助火轉益光明豈同但保空言全無兌證誑他陷己果沒阿鼻捨生受身神投業網問唯心淨土周遍十方何得托質蓮臺寄形安養而興取捨之念豈達無生之門欣厭情生何成平等答唯心佛土者了心方生如來不思議境界經云三世一切諸佛皆無所有唯依自心菩薩若能了知諸佛及一切法皆唯心量得隨順忍或入初地捨身速生妙喜世界或生極樂淨佛土中故知識心方生唯心淨土著境祇墮所緣境中既明因果無差乃知心外

無法又平等之門無生之旨雖即仰教生信其宗力量未充觀淺心浮境強習重須生佛國以仗勝緣忍力易成速行菩薩道起信論云衆生初學是法欲求正信其心怯弱以住於此娑婆世界自畏不能常值諸佛親承供養懼謂信心難可成就意欲退者當知如來有勝方便攝護信心謂以專意念佛因緣隨願得生他方佛土常見於佛永離惡道如修多羅說若人專念西方極樂世界阿彌陀佛所修善根迴向願求生彼世界即得往生常見佛故終無有退若生彼佛真如法身常勤修習畢竟得生住正定故往生論云遊戲地獄門者生彼國土得無生忍已還入生死國教化地獄救苦衆生以此因緣求生淨土十疑論云智者熾然求生淨土達生體不可得即真無生此謂心淨故即佛土淨愚者爲生所縛聞生即作生解聞無生即作無生解不知生即無生無生即生不達此理橫相是非此是謗法邪見人也群疑論問云諸佛國土亦復皆空觀衆生如第五大何得取着有相捨此生彼答諸佛說法不離二諦以真統俗無俗不真以俗會真萬法宛爾經云成就一切法而離諸法相成就一切法者世諦諸法也而離諸法者第一義諦無相也又經云雖知諸佛國及與衆生空常修淨土行教化諸群生汝但見說圓成實性無相之教破徧計所執畢竟空無之文不信說依他起性因緣之教即是不信因果之人說於諸法斷滅相者摩訶衍云菩薩不離諸佛者而作是言我於因地遇惡知識毀謗般若墮於惡道經無

量劫雖未得出復於一時依善知識教行念佛三昧其時即能併遣諸障方得解脫有斯大益故不願離佛故華嚴偈云寧於無量劫具受一切苦終不遠如來不覩自在力問一生習惡積累因深如何臨終十念頓遣答那先經云國王問那先沙門言人在世間作惡至百歲臨終時念佛死後得生佛國我不信是語那先言如持百枚大石置船上因船故不沒人雖有本惡一時念佛不入泥犁中其小石沒者如人作惡不知念佛便入泥犁中又智度論問云臨死時少許時心云何能勝終身行力荅是心雖時頃少而心力猛利如火如毒雖少能作大事是垂死時心決定勇健故勝百歲行力是後心名為大心及諸根事急如人入陣不惜身命名為健故知善惡無定因緣體空跡有昇沉事分優劣真金一兩勝百兩之疊華爝火微光爇萬仞之積草問心外無法佛不去來何有見佛及來迎之事荅唯心念佛以唯心觀徧該萬法既了境唯心了心即佛故隨所念無非佛矣般舟三昧經云如人夢見七寶親屬歡喜覺已追念不知在何處如是念佛此喻唯心所作即有而空故無來去又如幻非實則心佛兩亡而不無幻相則不壞心佛空有無閡即無去來不妨普見見即無見常契中道是以佛實不來心亦不去感應道交唯心自見如造罪衆生感地獄相唯識論云一切如地獄問見獄卒等能為逼害事故四義皆成四義者如地獄中亦有時定處定身不定作用不定皆是唯識罪人惡業心現並無心外實銅狗鐵虵

等事世間一切事法亦復如是然遮那佛土匪局東西若正解了然習累俱殄理量雙備親證無生既歷聖階位居不退即不厭生死苦六道化群生如信心初具忍力未圓欲拯沉淪實難俱濟無船救溺翅弱高飛卧沉痾而欲離良醫處襁褓而擬拋慈母久遭沉墜必死無疑但得陷已之虞未明利他之分故智論云譬如嬰兒若不近父母或墮坑落井水火等難乏乳而死須常近父母養育長大方能紹繼家業初心菩薩多願生淨土親近諸佛增長法身方能繼佛家業十方濟運有斯益故多願往生又按諸經云生安養者緣強地勝福備壽長蓮華化生佛親迎接便登菩薩之位頓生如來之家永處跋致之門盡受菩提之記身具光明妙相跡踐寶樹香臺獻供十方寧神三昧觸耳常聞大乘之法差肩皆隣補處之人念念虛玄心心靜慮煩惱焰滅愛欲泉枯尚無惡趣之名豈有輪迴之事安國鈔云所言極樂者有二十四種樂一欄楯遮防樂二寶網羅空樂三樹陰通衢樂四七寶浴池樂五八水澄漪樂六下見金沙樂七階際光明樂八樓臺陵空樂九四蓮華香樂十黃金爲地樂十一八音常奏樂十二晝夜雨華樂十三清晨策勵樂十四嚴持沙華樂十五供養他方樂十六經行本國樂十七衆鳥和鳴樂十八六時聞法樂十九存念三寶樂二十無三惡道樂二十一有佛變化樂二十二樹摇羅網樂二十三千國同聲樂二十四聲聞發心樂群疑論云西方淨土有三十種益一受用清淨佛土益二得大法樂

益三親近佛壽益四遊歷十方供佛益五於諸佛所聞授記益六福慧資粮疾得圓滿益七速證無上正等菩提益八諸大人等同集一會益九常無退轉益十無量行願念念增進益十一鸚鵡舍利宣揚法音益十二清風動樹如衆樂益十三摩尼水旋宣說苦空益十四諸樂音聲奏衆妙音益十五四十八願永絕三塗益十六真金色身益十七形無醜陋益十八具足五通益十九常住定聚益二十無諸不善益二十一壽命長遠益二十二衣食自然益二十三唯受衆樂益二十四三十二相益二十五無實女人益二十六無有小乘益二十七離於八難益二十八得三法忍益二十九身有常光益三十得那羅延身益

如上略述法利無邊聖境非虛真談匪謬何乃愛河浪底沉溺無憂火宅焰中焚燒不懼密織癡網淺智之刃莫能揮深種疑根汎信之力焉能拔遂即甘心伏意幸禍樂灾却非清淨之邦顧戀恐畏之世燋蛾爛蠶自處餘殃籠鳥鼎魚翻稱快樂故知佛力不如業力邪因難趣正因且未脫業身終縈三障既不愛蓮臺化質應須胎藏稟形若受肉身全身是苦既沉三界寧免輪迴令於八苦之中略標生死二苦一生苦者攬精血爲體處生熟藏中四十二變而成幻質上壓穢食下薰臭坑飲冷若冰河吞熱如爐炭宛轉迷悶不可具言及至生時衆苦無量觸手墮地如活剥牛皮逼窄艱難似生脫龜殻銜冤抱恨擬害母身纔觸熱風苦緣頓忘嬰孩癡騃水火橫

亡脫得成人有營身種業曰既熟愛水頻滋無明發生苦芽增長膠粘七識籠罩九居如旋火輪循環莫已二死苦者風刀解身火大燒體聲虛內顫息悸寃驚極苦併生惡業頓現千愁欝悒萬怖慞惶乃至命謝氣終穽然孤逝幽途黯黯冥路茫茫與昔冤酬皎然相對號天扣地求脫無門隨業淺深而歷諸趣或倒生地獄或陰受鬼形忍饑渴而長劫號咷受罪苦而遍身焦爛未脫二十五有善惡之業靡亡追身受報未曾遺失生死海潤業道難窮聲聞尚昧出胎菩薩猶昏隔陰況具縛生死底下凡夫寧不被生苦所羈死魔所繫故目連所問經云佛告目連譬如萬川長注有浮草木前不顧後後不顧前都會大海世間亦爾雖有豪貴富樂自在悉不得免生老病死祇由不信佛經後世爲人更甚困劇不能得生千佛國土是故我說無量壽佛國易往易取而人不能修行往生反事九十六種邪道我說是人名無眼人名無耳人大集月藏經云我末法時中億億衆生起行修道未有一得者當今末法現是五濁惡世唯有淨土一門可通入路當知自行難圓他力易就如劣士附輪王之勢飛遊四天凡質假仙藥之功昇騰三島實爲易行之道疾得相應慈旨叮嚀須銘肌骨問龐居士云事上說佛國去此十萬里大海渺無邊動即黑風起往者雖千萬達者無一二忽遇本來人不在因緣裏如何通會而證往生荅若提宗考本尚不說有佛有土豈言達之不達乎所以天真自具不涉因緣匪動絲毫常寘真體若約事

論故非一等九品往生上下俱達或遊化國見佛應身或生報土覩佛真體或一夕而便登上地或經劫而方證小乘或利根鈍根或定意散意或悟遲速根機不同或華開早晚時根有異今古具載凡聖俱生行相昭然明證自驗故釋迦世尊親記文殊當生阿彌陀佛土位登初地大集經彌勒菩薩問佛未知此界有幾許不退菩薩得生彼國佛言此娑婆世界有六十七億不退菩薩皆當往生智者大師一生修西方業所行福智二嚴悉皆迴向臨終令門人唱起十六觀名乃合掌讚云四十八願莊嚴淨土香臺寶樹易到無人火車相現一念改悔者尚乃往生況戒定慧薰修行道力終不唐捐佛梵音聲終不誑人稱讚淨土經云十方恒河沙諸佛出廣長舌相徧覆大千證得往生豈虛構哉問維摩經云成就八法於此世界行無瘡疣生于淨土何等為八饒益衆生而不望報代一切衆生受諸苦惱所作功德盡以施之等心衆生謙下無閡於諸菩薩視之如佛所未聞經聞之不疑不與聲聞而相違背不嫉彼供不高己利而於其中調伏其心常省己過不訟彼短恒以一心求諸功德如何劣行微善而得往生荅理須具足此屬大根八法無瑕成就上品如其中下但具一法決志無移亦得下品問觀經明十六觀門皆是攝心修定觀佛相好諦了圓明方階淨域如何散心而能化往荅九品經文自有昇降上下該攝不出二心一定心如修定習觀上品往生二專心但念名號衆善資薰迴向發願得成末品仍須一

生歸命盡報精修坐卧之間常面西向當行道禮敬之際念佛發願之時懇苦翹誠無諸異念如就刑戮若在狴牢怨賊所追水火所逼一心求救願脫苦輪速證無生廣度含識紹隆三寶誓報四恩如斯志誠必不虛棄如或言行不稱信力輕微無念念相續之心有數數間斷之意恃此懈怠臨終望往但為業障所遮恐難值其善友風火逼迫正念不成何以故如今是因臨終是果應須因實果則不虛聲和則響順形直則影端故也如要臨終十念成就但預辦津梁合集功德迴向此時念念不虧却無慮矣夫善惡二輪苦樂二報皆三業所造四緣所生六因所成五果所攝若一念心瞋恚邪婬即地獄業慳貪不實即餓鬼業愚癡暗蔽即畜生業我慢貢高即修羅業堅持五戒即人業精修十善即天業證悟人空即聲聞業知緣性離即緣覺業六度齊修即菩薩業真慈平等即佛業若心淨即香臺寶樹淨刹化生心垢則丘陵坑坎穢土稟質皆是等倫之果能感增上之緣是以離自心源更無別體維摩經云欲得淨土但淨其心隨其心淨即佛土淨又經云心垢即衆生垢心淨故衆生淨華嚴經云譬如心王寶隨心見衆色衆生心淨故得見清淨刹大集經云欲淨汝界但淨汝心故知一切歸心萬法由我欲得淨果但行淨因如水性趣下火性騰上勢數如是何足疑焉

萬善同歸集卷第二

音釋

凝魚膺切堅也㝅古侯切取乳也

徇似閏切順也𠐊音功貺許誑切賜也黯烏感切黑也漪於宜切波動見

萬善同歸集卷第三

妙圓正修智覺永明壽禪師述

夫性起菩提真如萬行終日作而無作雖無行而徧行若云有作即同魔事或執無行還歸斷滅故知自心之外無法建立十身具足四土圓收雖揔包含不壞内外皆稱法界豈隔有無空中具方便之慧不著於有有中運殊勝之行不墮於無是以即理之事行成無閡即事之理行順真如相用無虧體性斯在夫化他妙行不出十度四攝之門利己真修無先七覺八正之道攝四念歸於一實揔四勤不出一心嚴淨五根成就五力若論施則内外咸捨言戒則大小兼持修進則身心並行具忍則生法俱備般若則境智無二禪定則動寂皆平方便則普照塵勞發願則徧含法界具力則精通十力了智則種智圓成愛語則俯順機宜同事則能隨行業運慈則究親普救説法則利鈍齊收七覺則沈掉靡生八正則邪倒不起乃至備脩三堅之妙行具足七聖之法財秉持三聚之律門圓滿七淨之真要悟天行契自然之本理脩梵行斷塵習之根源現病行愍聲聞於化城示兒行引凡夫於天界歷五位菩提之道入三德涅槃之城練三業而成三輪離三受而圓三念因從三觀薰發果具五眼圓明方能遊戲神通出入百千三昧淨佛國土履踐無閡道場然後普應諸方現十身之妙相徧照法界然四智之明燈感應道交任他根量不動本際跡應方圓凡有見聞皆能獲益云云自彼於我何為斯皆積善之所熏成此無緣之大化還

源觀云用則波騰海沸全真體以運行體則鏡淨水澄舉隨緣而會寂肇師云統萬行則以權智為主樹德本則以六度為根濟蒙惑則以慈悲為首語宗極則以不二為言此皆不思議之本也至若借座燈王請飯香土室包乾象手接大千皆不思議之迹也然幽開雖啓聖應不同非本無以垂迹非迹無以顯本本迹雖殊而不思議一也問身為道本縛是脫因何得然指燒身背道修道高僧傳內小乘律中貶斥分明奚為聖典咨亡身沒命為法酧恩冥契大乘深諧正教大乘梵網經云若佛子應行好心先學大乘威儀經律廣開解義味見後新學菩薩有從百里千里来求大乘經律應如法為說一切苦行若燒身燒臂燒指若不燒身臂指供養諸佛非出家菩薩乃至餓虎狼師子一切餓鬼悉應捨身肉手足而供養之然後一一次第為說正法使心開意解若不如是犯輕垢罪大乘首楞嚴經云佛告阿難若我滅後其有比丘發心決定脩三摩地能於如来形像之前身然一燈燒一指節及於身上爇一香炷我說是人無始宿債一時酧畢長揖世間永脫諸漏雖未即明無上覺路是人於法已決定心若不為此捨身微因縱成無為必還生人酬其宿債如我馬麥正等無異所以小乘執相制而不開大教圓通本無定法菩薩善戒經云聲聞戒急菩薩戒緩聲聞戒塞菩薩戒開又經云聲聞持戒是菩薩破戒此之謂也若依了義經諸佛悦可執隨宜說衆聖悲嗟秖可歎大褒圓自他兼利豈容執權滯小本跡雙迷

問五熱炙身投崖赴火九十六種千聖同訶幸有正科何投邪轍答智論云佛法有二種道一畢竟空道二分别好惡道若畢竟空道者凡夫如即漏盡觧脫如如来語即提婆達多語無二無别一道一源是以地獄起妙覺之心佛果現涅槃之界若捨邪趣正邪正俱非離惡著善善惡咸失若分别好惡道者愚智不等真俗條然玉石須分金鍮可辨且約脩行門内昇降位中自有内外宗徒邪正因果善須甄别不可雷同且教申毀讚之文的有抑揚之旨執即成滯了無不通四悉對治縱奪料簡若云揔是涅乾成正真之道諸佛錯訶若說俱非藥王堕顛倒之愆諸佛錯讚是以興邪則成無益之行廢正則斷方便之門須曉開遮寧無去取且内有外人遺身各有二意内教二者一明自他性空無法我二執不見所供之境亦無能燒之心二惟供三寶深報四恩以助無上菩提不希人天果報外道二者一身見不亡轉增我慢迷無作之智眼起有得之能心二惟貪現在名聞秪規後世福利或願作剎利之王或求生廣果之天所以台教釋藥王焚身品云境智不二能所斯亡以不二觀觀不二境成不二行會不二空作是觀時若為法界見聞者益故曰乘乘所以投岩無掐外行之論赴火不為内衆之譏良由内有理觀外曉期心故勝熱息善財之疑尼乾生嚴熾之鮮篤論其道行方有尅心正行正智邪事邪行不可廢智不可忘後學之徒無失法利文殊問經云菩薩捨身非是無記惟得福德是煩惱身滅故得清淨

身譬如垢衣以灰汁浣濯垢滅衣在若得圓吉明斷皎然請鑒斯文以為龜鏡問住相布施果結無常增有為之心背無為之道爭如理觀福等虛空故經云佛言非我而能順理何堅執事緣塵而不觀心達道乎荅若約觀心寓目皆是既云達道舉足寧非菩薩萬行齊興四攝廣被不可執空害有守一疑諸華嚴經云受一非餘魔所攝持是以捨邊趣中還成邪見不可攄宗攄令認妙認玄識相施為陰界造作應須隨機遮照任智卷舒於空有二門不出不在真俗二諦非即非離動止何乖圓融無閡大凡諸佛菩薩修進之門有正有助有實有權理事齊修乘戒兼急悲智雙運內外相資若定立一宗是魔王之種或亡泯一切成巳見之愚故大集經云有二行緣空直入名為慧行帶事兼脩是行行菩提論有二道一方便道知諸善法二智慧道不得諸法又經云二如因中如如而無染果中如如而無垢又二心自性清淨心本有之義離垢清淨心究竟之義起信論立二相一同相平等性義二異相幻左別義台教有二善達餘所空名止善方便勸修名行善問祖佛法要惟立一乘或云十方薄伽梵一路涅槃門或云一切無閡人一道出生死如何廣陳差別立二法門惑亂正宗起諸邪見荅諸佛法門雖成一種約用分二其體常同如一心法立真如生滅二門則是二諦一乘之道今古恒然無有增減是以摠別互顯本末相資非摠無以出別非別無以成摠非本無以垂末非末無以顯本故知隻翼難冲孤輪匪運

惟真不立單妄不成約體則差而無差就用則不別而別一二無閡方入不二之門空有不乖始蹈真空之境問事則分位差別理惟一味湛然性相不同云何無閡答能依之事從理而成所依之理隨事而現如千波不閡一濕猶衆器匪隔一金體用相收卷舒一際若約圓旨不惟理事相即要理理相即亦得事事相即亦得理事不即亦得故稱隨緣自在無閡法門又且諸佛化門檀施一法為十度之首乃萬行之先入道之初因攝生之要執大論云檀爲寶藏常隨逐人檀爲破苦能與人樂檀為善御開示天道檀爲善府攝諸善人檀爲安隱臨命終時心不怖畏檀爲慈相能濟一切檀爲集樂能破苦賊檀爲大將能伏慳敵檀爲淨道賢聖所由檀爲積善福德之門檀能全獲福樂之果檀爲涅槃之初緣入善人衆中之要法稱譽讚歎之淵府處衆無難之功德心不悔恨之窟宅善法道行之根本種種歡樂之林藪富貴安隱之福田得道涅槃之津濟六行集云若凡夫施時起慢心成罪行起敬心成福行若二乘施時惟觀塵動轉小菩薩施時念色體空大菩薩施時知心妄見若佛謂證惟心離念常淨是知一布施門六行成別豈可甯同一時該下亦有內施外施理檀事檀體用更資本末互顯攝理泯斷執事墮常理事融通方超二患且諸佛聖旨校量施中理檀爲先內施偏重故法華經云佛言若有發心欲得阿耨多羅三藐三菩提能然手指乃至足一指供養佛塔勝以國城妻子及三千大千國土山林河池

諸珎寶物而供養者智論云若人捨身勝過
閻浮提滿中珎寶則知利口輕言易述全身
重寶難傾保命情深好生意切直得三輪體
寂猶爲通教所收況乃耻捨情生豈得成其
淨施且圓教施門徧含法界乃何事而不備
何理而不圓菩薩照理而不却事鑒事而不
捐理弘之在人㕘滯於法若離理有事事成
定性之愚若離事有理理成斷滅之執若著
事而迷理則報在輪迴若體理而得事則果
成究竟故法華經云又見菩薩頭目身體欣
樂施與求佛智慧若捨身是邪何成佛慧故
知毫善趣果弘深以此度門標因匪棄如釋
迦佛捨身命時度度皆證法門或得柔順忍
或入無生法忍等大凡菩薩所作皆了無我
無性涉事見理遇境知空不同凡夫造其罪

福不觧因果善惡無性是爲迷事取性常繫
三有問經云以三恒河沙身命布施不如受
持四句偈故知般若功深施門力劣何得違
宗越理枉力勞神可謂期悟遭迷求昇反墜
矣荅得理則萬行方成知宗乃千途不滯不
可去彼取此執是排非湏覆無閡之門善入
徧行之道是以過去諸佛本師釋迦從無量
劫来捨無數身命或爲求法則出髓而剜身
或爲行慈則施鷹而飼虎般若論云如来無
量劫来捨身命財爲攝持正法正法無有邊
際即無窮之因得無窮之果果即三身也乃
至西天此土菩薩高僧自古及今遺身不少
皆遵釋迦之正典盡效藥王之遺風高僧傳
藹法師入南山自剜身肉布於石上引腸掛
樹捧心而卒書偈於石云願捨此身已早令

身自在法身自在已在在諸趣中隨有利益處護法救衆生又復業應盡有為法皆然三界皆無常時来不自在他殺及自死終歸如是處智者所不樂業盡於今日又僧崖菩薩燒身云代一切衆生苦先燒其手衆人問曰菩薩自燒衆生罪熟各自受苦何由可代荅曰猶如燒手一念善根即能滅惡豈非代耶又告衆曰我滅度後好供養病人並難可測其本多是諸佛聖人乗權應化自非大心平等何能恭敬此是實行也天台宗滿禪師一生講誦蓮經感神人現身正定經呪文字後焚身供養法華經又智者門人淨辯禪師於懺堂前焚身供養普賢菩薩雙林傅大士欲焚身救衆生苦門人等前後四十八人代師焚身請師住世教化有情傳記廣明不能備

引若云諸聖境界示現施為則聖有誑凡之愆凡無即聖之分教網虛設方便則空本為接後逗前令凡實證設是示現權施亦令後人倣傚不可將邪倒之法賺人施行大聖真慈終不虛誑是以八萬法門無非解脫一念微善皆趣真如自有初心後心生忍法忍未必將高斥下以下凌高善須知時自量根力不可評他美惡強立是非言是禍胎自招来業且如得忍菩薩雖證生法二空為利他故破慳貪垢尚乃燒臂焚身如藥王菩薩僧崖之類若未具忍者雖知以智慧火焚煩惱薪了達二空不生身見其或現行障重未得相應起勇猛心運真實行酬恩供佛代苦行慈欲成助道之門不起希求之想若不欺誑事不唐捐脫或智眼未明猶生我執但求因果

志不堅牢疑傚先宗不在此限夫衆生根機不同所尚各異故經云佛言若衆生以虛妄而得度者我亦妄語是知事出千巧理歸一源皆是大慈善權方便或因捨身命而頓入法忍或一心禪定而豁悟無生或了本清淨而證實相門或作不淨觀而登遠離道或住七寶房舍而階聖果或處塜間樹下而趣涅槃是以塵沙度門入皆觧脫無邊教網了即歸真大聖垂言終不虛設譬如涉遠以到爲期不取途中强論難易故知醫不專散天不長晴應須丸散調停陰陽兼濟遂得衆疾同愈萬物齊榮皆是權施實無定法隨其樂欲逗其便宜惟取證道爲心不揀入門麁細若於圓教四門生著猶爲藏教初門所治故菩薩所行檀度之門如囚因厠孔而得出似病服不淨而獲痊非觀無以拔三毒之病根非行無以超三界之有獄書云獲鳥者羅之一目不可以一目爲羅治國者功在一人不可以一人爲國是以衆行俱備萬善齊脩一行歸源千門自正經明十二因緣是一法以四等觀者得四種菩提若惟取上上根人則中下絶分故弘半教有成滿之功至寶所因化城之力豈可捨此取彼執實謗權頓棄機緣滅佛方便故云縱實分權權是實權開權顯實實是權實如迷權實二門則智不自在大論云衆生種種因緣得度不同有禪定得度者有持戒說法得度者有光明觸身得度者譬如城有多門入處各別至處不異所言般若功深者然般若孕聖弘賢含靈蘊妙標之則爲宗為首爲導為依融之則觸境該空無

非般若故經云色無邊故般若無邊肇論云三毒四倒皆悉清淨何獨尊淨於般若今何取捨而欲逃空避影淨且諸佛密意詮旨難裁空拳誑小兒誘度於一切無有决定法故號大善提不知般若有破著之功教中偏讃却乃隨語生見是以依方故迷故般若能導萬行若無萬行般若何施偏噉醬而飲醎失味致患專抱空而執斷喪智成癡智論云帝釋意念若般若是究竟法者行人但行般若何用餘法佛答善薩六波羅蜜以般若波羅蜜用無所得法和合故此即是般若波羅蜜若但行般若不行餘法則功德不具足不美不妙譬如愚人不識飯食種具聞醬是衆味主便純飲醬失味致患行者亦如是欲除著心故但行般若反墜邪見不能增進善法若與五波羅蜜和合則功德具足義味調適楞伽山頂經云菩薩速疾道有二一方便道者能爲因緣二般若道者能至寂滅是以般若無方便溺無爲之坑方便無般若陷幻化之網二輪不滯一道無虧權實雙行正宗方顯住無所住佛事所以兼修得無所得智心所以恒寂問教秖令觀身無我了本無生既達性空何存身見而欲妄想仍須捨乎答理中非有事上非無從緣幻生雖無作者善惡無性業果宛然從無始際喪無數身但續俱生無利而死今捨父母遺體豈是已身若一念圓脩戒定慧等微妙善心方真已體今所捨者乃是緣生然於事中且爲利益而死況正當無明煩惱三障二死所纏何乃說空誰當信受是以佛法貴在行持不取一期口辯如

蟲食木偶得成文似鳥言空全無其旨煩惱不減我慢翻增是惡取邪空非善達正法須親見諦言行相應但縱妄語麁心豈察潛行審用古德云行取千尺萬尺説取一寸半寸又經云言雖説空行在其中寶積經云佛言若不修行得菩提者音聲言説亦應證得無上菩提作如是言我當作佛我當作佛以此語故無邊衆生應成正覺故知行在言前道非心外又經云佛言學我法者惟證乃知是以剗惡不如徵善多虛不如少實但能行者不棄於小心縱空説者徒標於大意若未契真如之用順法性而行惟得上慢之心自招誣罔之咎是以仁王列五忍之位智者備六即之文行位分明豈可叨濫何不入平等觀起隨喜心積衆善之根成大慈之種經云然一指節爇一炷香尚滅積劫之僁瑕或散一花暫稱一佛畢至究竟之果位首楞嚴經云菩薩同事尚作奸偷屠販淫女寡婦靡所不爲無生義云離相無住行人不住涅槃能普現色身在有爲中能貴能賤能凡能聖行仁義之道悲濟十方盡未來際又云凡地修聖行果地習凡因未具佛法亦不滅受而取證也明知真是俗真俗是真俗執即塵勞通爲佛事入法性三昧無一法可嫌證無邊定門無一法可棄勝負既失取捨全乖不可障他善提滅自善本又縱了非身深窮實相不滯心境決定無疑雖知一切有爲猶如空中鳥跡尚須地地觀練對治習氣非無況堅執四倒之愚深陷八邪之網持此穢質廣作貪淫被幻網所籠爲情色所醉泊沒生死沉淪苦

輪者歟所以大覺深嗟廣垂毀擯諸聖捨身之際無不先訶如以毒藥而換醍醐似將瓦器而易珍寶故寶積經云觀身有四十種過患或云貪欲之獄恒爲煩惱之所繫纏臭穢之坑常被諸蟲之所唼食似行廁而五種不淨若漏囊而九孔常穿瞋恚毒虵起害心而傷殘慧命愚癡羅刹執我見而吞噉智身猶惡賊而舉世皆嫌類死狗而諸賢並棄不堅如芭蕉水沫無常似燄影電光雖灌啖而反作究讎每將養而罔知恩報廣誚非一難可具言若不審此深僣遂乃廣興惡業迷斯爲是而不進脩則智行兩虧理事俱失須先猒患若切對治知非而欲火潛消了本而真源自現故法華經云猶如三界火宅所燒何由能解佛之智慧問身雖虛假衆患所纏然因此幻形能成道果經云不入煩惱大海不得無價寶珠若欲捨之恐成後悔答夫生必滅有相皆空若於三寶中志誠歸向起一捨心猶勝世間虛生浪死則能以無常體得金剛體以不堅身易堅固身取捨二途須憑智照問安心入道須順真空起行度生全歸世諦但了法性以辯正宗何乃斥實憑虛喪本趣末有爲擾動造作紛紜汩亂真源昏濁心水答第一義中真亦不立平等法界無佛衆生俗諦門中不捨一法凡與有作佛事門收是以諸佛常依二諦說法若不得世諦不得第一義諦唯識論云撥無二諦是惡取空諸佛說不可治者金剛經云發阿耨菩提心者於法不說斷滅相賢首國師云真空不壞緣起業果是故尊卑宛然金剛三昧論云真俗無

二而不守一由無二故則是一心不守一故舉體爲二華嚴經云譬如虛空於十方中若去來今求不可得然非無虛空菩薩如是觀一切法皆不可得然非無一切法如實無異不失所作普示修行菩薩諸行不捨大願調伏衆生轉正法輪不壞因果又云菩薩摩訶薩了達自身及以衆生本來寂滅不驚不怖而勤修福智無有厭足雖知一切法無有造作而亦不捨諸法自相雖於諸境界永離貪欲而常樂瞻奉諸佛色身雖知不由他悟入於法而種種方便求一切智雖知諸佛國土皆如虛空而常樂莊嚴一切佛刹雖恒觀察無人無我而教化衆生無有疲厭雖於法界本來不動而以神通智力現衆變化雖已成就一切智智而脩菩薩行無有休息雖知諸法不可言說而轉淨法輪令衆生喜雖能示現諸佛神力而不厭捨菩薩之身雖現入於大涅槃而一切處示現受生能作如是權實雙行法是佛業是以若撥果排因即空見外道據體絶用是趣寂聲聞又若立正宗何法非宗既論法性何物非性從迷破執則權立是非從悟辯同實無取捨今所論者不同凡夫所執事相又非三藏菩薩偏假離真及通教聲聞但空滅相若離空之有乃妄色之因若離有之空歸灰斷之果今則性即相之性故不闕繁興相即性之相故無虧湛寂境是不思議境空是第一義空舒卷同時即空而常有存泯不壞即有而常空故台教云如鏡有像无礙不現中具諸相但空即無微妙淨法身具相三十二清涼國師云凡聖交徹即

凡心而見佛心理事雙修依本智而求佛智古德釋云禪宗失意之徒執理迷事云性本具足何假修求但要亡情即真佛自現學法之輩執事迷理何須孜孜修習理法合之雙美離之兩傷理事雙修以彰圓妙休心絕念名理行興功涉有名事行依本智者本覺智此是因智此虛明不昧名智成前理行亡情顯理求佛智者即無障閡解脫智此是果智約圓明決斷爲智成前事行以起行成果故此則體性同故所以依之相用異故所以求之但求相用不求體性前亡情理行即是除染緣起以顯體性與功事行即是發淨緣起以成相用無相宗云如上所說相用可然但依本智情亡則相用自須以本具故何須特爾起於事行圓宗云性詮本具亡情之時但除染分相用自顯真體若無事行彼起淨分相用無因得生如金中雖有衆器除礦但能顯金若不施功造作無因得成其器豈金出礦已不造不作自然得成於器若亡情則不假事行佛令具修豈不虛勞學者是以八地已能離念佛勸方令起於事行知由離念不了所以文云法性真常離心念二乘於此亦能得不以此故爲世尊但以甚深無閡智七勸皆是事行故是之果佛須性相具足因行必須事理雙修依本智如得金修理行如去礦修事行如造作求佛智如成器也慈愍三藏録云若言世尊說諸有爲定如空華無有一物名虛妄者虛妄無形非解脫因如何世尊勑諸弟子勤修六度萬行妙因當證菩提涅槃之果豈有智者讚乾闥婆城堅實高妙

復勸諸人以兎角爲梯而可登陟乎由此理故雖是凡夫菩提心行菩薩行雖然有漏修習是實是正有體虛妄非如龜毛空無一物說爲虛妄皆是依他緣生幻有不同無而妄計若如是解者常行於相相不能閡速得解脫迷情局執於教不通雖求離相恒被相拘無有解脫又云若三世佛行執爲妄想憑何修學而得解脫不依佛行別有所宗皆外道行古德云若一向拱手自取安隱不行仁義道即闕莊嚴多刼亦不成但實際不受一塵佛事不捨一法還源觀云真該妄本行無不修妄徹真源相無不寂又云真如之性法爾隨緣萬法俱興法爾歸性祖師傳法偈云心地隨時說菩提亦秖寧事理俱無閡當生即不生故知真不守性順寂而萬有恒興緣不失體任動而一空恒寂問思益經云入正位者不從一地至十地楞伽經云寂滅真如有何次第古德云寧可永刼沉淪終不求諸聖解脫又云任汝千聖現我有天真佛何乃揑目生華強分行位答若心冥性佛理括真源豈假他緣尚猶忘巳若隨智區分於無次第中而立次第雖似昇降本位不動夫聖人大寶曰位若無行位則是天魔外道若約圓融門則順法界性本自清淨若約行布門則隨世諦相前後淺深今圓融不礙行布頓成諸行一地即一切地故若行布不礙圓融偏成諸行增進諸位功德故顯空論位常居中道不有而有階降歷然有而不有泯然虛靜故般若經云須菩提問佛若諸法畢竟無所有云何說有一地乃至十地佛言以諸法畢

竟無所有故則有菩薩初地至十地若諸法有決定性者則無一地乃至十地是以三十七品菩薩履踐之門五十二位古佛修行之路從初念處一念圓修迄至十八不共練磨三業究竟清淨問真源自性本自圓成何藉修行廣興動作經云見苦斷集證滅修道名爲戲論若起妄修行何當契本答起信論云以有妄想心故能知名義爲說真覺亦因真如内熏令此無明而有淨用復因諸佛言教力内外相資令此妄身自信已身有真如性能起種種方便修諸對治此能修行則是信有真如由未證真不名無漏妄念若淨真性自顯又雖修無性不閡真修從妄顯真因識成智猶如影像能表鏡明若無塵勞佛道不立古德云真妄二法同是一心妄攬真成無別妄故真隨妄現無別真故又真外有妄理不徧故妄外有真事無依故又若執本淨是自性癡若假外修是他性癡若内外相資是共性癡若本末俱遣是無因癡長者論云若一槩皆平則無心修道應須策修以至無修方知萬法無修寶積經云若無正修者猶兎等亦合成佛以無正修故台教云行能成智行滿智圓智能顯理理窮智寂相須之道興廢不無因權顯實實立權亡約妄明真真成妄泯權妄既寂真實亦空非妄非權何真何實牛頭融大師云若言修生則造作非真若言本有則萬行虛設問一切凡夫常在於定何須數息入觀而無繩自縛乎答若法性三昧何人不且若論究竟定門惟佛方備等覺菩薩尚乃不知散心凡夫豈容測度故文殊

云譬如人學射從麤至細後乃所發皆中我亦如是初學三昧諦緣一境後入無心三昧始一切時中常與定俱所以不淨假觀數息妙門是入甘露之津出生死之徑故龍樹祖師云觀佛十力中二力最大因業力故入生死因定力故出生死正法念經云救四天下人命不如一食頃端心正意是以在纏真如昬散皆具出纏真如定慧方明揔別條然前後無濫何專理是寧斥是非問菩薩大業以攝化爲基何乃獨宿孤峯入深蘭若既違本願何成利人答菩薩本為度他是以先修定慧空閑靜處禪觀易成少欲頭陁能入聖道法華經云又見菩薩勇猛精進入於深山思惟佛道問多聞廣讀習學記持狥義窮文何當見性答若隨語生見齊文作解執詮忘旨逐教迷心指月不分即難見性若因言悟道藉教明宗諦入圓詮深探佛意即多聞而成寶藏積學以為智海從凡入聖皆因玄學之力居危獲安盡資妙智之功言為入道之階梯教是辯正之繩墨華嚴經云欲度衆生令住涅槃不離無障閡解脫智無障閡解脫智不離一切法如實覺一切法如實覺不離無行無生行慧光無行無生行慧光不離禪善巧決定觀察智禪善巧決定觀察智不離善巧多聞菩薩如是觀察了知已倍故正法勤求修習日夜惟願聞法喜法樂法依法隨法解法順法到法住法行法菩薩如是勤求佛法所有珎財皆無悋惜不見有物難得可重但於能說佛法之人生難遭想法華經云若有利根智慧明了多聞強識乃可爲說論云

有慧無多聞是不知實相譬如大暗中有目無所見多聞無智慧亦不知實相譬如大明中有燈而無目多聞利智慧是所說應受無聞無智慧是名人身牛故圓教二品方許兼讀誦位居不退始聞法無厭聞有助觀之力學成種智之功不可作牛羊之眼罔辨方隅處愚戇之心不分菽麥乎問靈知不昧妙性常圓何假叅尋徧求知識荅一切衆生悟裏生迷真中起妄秖為不覺須假發揚法華經云佛曾親近百千萬億無數諸佛盡行諸佛無量道法勇猛精進名稱普聞又云善知識者是大因緣所謂令得見佛發阿耨多羅三藐三菩提心華嚴經云譬如暗中寶無燈不可見佛法無人說雖智不能了又云不要三千大千世界滿中珍寶惟願樂聞一句未聞佛法又云雖知諸法不由他悟而常尊敬諸善知識起信論云又諸佛法有因有緣因緣具足乃得成辦如木中火性是火正因若無人知不假方便能自燒人無有是處衆生亦爾雖有正因熏習之力若不遇諸佛菩薩善知識等以之為緣能自斷煩惱入涅槃者則無是處法句經云如裹香之紙繫魚之索佛語諸比丘夫物本淨皆由因緣以興罪福近賢明則道義隆友愚闇則殃禍集譬如紙索近香則香繫魚則臭漸染翫習各不自覺頌曰鄙夫染人如近臭物漸迷習非不覺成惡賢夫染人如附香熏進智習善行成芳潔首楞嚴經云佛告阿難一切衆生從無始來種種顛倒業種自然如惡叉聚諸修行人不能得成無上菩提乃至別成聲聞緣覺及成外

道諸天魔王及魔眷屬皆由不知二種根本錯亂修習猶如煮炒欲成嘉饌縱經塵刼終不能成是知初心須親道友以辨邪正方契真修或涉權門日劫相倍若得圓旨不枉功程直至道場永無疑悔及生自悟之時惟證無師自然之智決定不從人得問說法爲人雖成大業未齊極地恐損自行登地菩薩尚被佛訶未證凡夫如何開演答台教初品即是凡夫若信入圓門亦可說法以凡夫心同佛所知用所生眼齊如來見般若經中校量正憶念自修行般若之福不如廣爲人天巧說譬喻令前人易解般若其福最勝經云其人戒足雖羸劣善能說法利多人若有供養是人者則爲供養十方佛未曾有經云說法有二大因緣一者開化天人福無量故二者爲報施食恩故豈得不說又財施如燈但明小室法施若日遠照天下大方廣揔持經云佛言善男子佛滅度後若有法師善隨樂欲爲人說法能令菩薩學大乘者及諸大衆有發一毛歡喜之心乃至暫下一滴淚者當知皆是佛之神力但見解不謬冥契佛心雖爲他人亦乃化功歸已既能助道又報佛恩儻不涉名聞實一毫不棄至於傳持法寶講唱大乘制論釋經著文解義拔不信之疑箭照愚暗之智光建法垣墻續佛壽命或取經西土求法遐方或翻譯大乘潤文至教或廣行經呪徧施受持開法施之門續傳燈之燄能將甘露沃枯渴之心善使金錍扶癡盲之眼經云假使頂戴經塵刼身為牀座徧三千若不傳法度衆生決定無能報恩者問何不一

法頓悟萬行自圓而迂迴漸徑勤勞小善乎禪宗一念不生一塵不現若爭馳燄水兢執空華以幻修幻終無得理答諸佛了幻方能度幻衆生菩薩明空是以從空建立涅槃經云佛言一切諸法皆如幻相如来在中以方便力無所染者何以故諸佛法爾中論云以有空義故一切法得成是以頓如種子已包漸似芽莖旋發又如見九層之臺則可頓見要須躡階而後得昇頓了心性即心是佛無性不具而須積功徧修萬行又如磨鏡一時徧磨明淨有漸萬行須修悟則漸勝此名圓漸非是漸圓亦是無位中位無行中得是以徹果該因從微至著皆須慈善根力乃能自利利他故九層之臺成於始簣千里之程託於初步滔滔之水起於濫觴森森之樹生於毫末道不遺於小行暗弗拒於初明故一句染神歷劫不朽一善入心萬世匪忘涅槃經云佛說脩一善心破百種惡如少金剛能壞須彌亦如少火能燒一切如少毒藥能害衆生少善亦爾能破大惡日摩尼寶經云佛告迦葉菩薩我觀衆生雖復數千巨億萬劫在欲愛中爲罪所覆若聞佛經一反念善罪即消盡大智度論云如来成道時有十種微笑而觀世間有小因大果小緣大報如求佛道讚一偈一稱南無佛燒一捻香必得作佛何況聞知諸法實相不生不滅不不生不不滅而行因緣業亦不失以是故笑古德問云達磨不與梁帝說功德因緣而云無耶菩薩捨國城建塔廟豈虛設乎答大師此說不壞福德因果武帝不達有爲功德而有限劑空無

相福不可思量破他貪著如不貪著盡是無為善薩亦作輪王如是福報因果歷然可是無耶若達理者處之與法界同量無有竭盡若不達理即是有爲輪廻之報不應貪著忠國師云諸佛菩薩皆具福智二嚴豈是撥無因果但勿以理滯事以事妨理終日行而不乖於無行也生法師問云何彈指合掌無非佛因耶答一切法皆無定性而所適隨緣若以貪爲緣即適人天之報若廻向菩提爲緣即成佛果之報真如尚不守自性而況此微善乎

萬善同歸集卷第三

音釋

撥補末切治也　閡五載切止也　簣其貴切土籠也

萬善同歸集卷第四

又云萬善理同無漏者夫萬善本有皆資理發理既無異善豈容二本如来藏性為萬善之因亦名正因親生萬善台教云如輕小善不成佛是滅世間佛種又云善機有二一感人天華報二感佛道果報若以佛眼圓照衆生萬善究竟得佛一大事出世之正意荆溪尊者云一毫之善本趣菩提如操刀執炬得其要柄若以相心如把刃抱火法華經中明散心念佛小音讚歎指甲畫像聚沙成塔漸積功德皆成佛道大悲經云佛告阿難若有衆生於諸佛所一發信心種少善根終不敗亡假使久遠百千萬億那由他刧彼一善根必得涅槃如一滴水投大海中雖經久遠終不虧損是以大聖順機曲應大小不忘接後逗前半滿豈廢或讚小而引歸深極或訶半而恐滯初門黄葉寧金空拳豈實皆是抑揚之意權施誘度之恩而不得教旨者但執方便之言互相是非確定取捨或執小滯大違失本宗或擴大妨小而虧權慧又雖然宗大大旨焉明徒云斥小小行空失運意則承虛託假出語則越分過頭斷正法輪謗大般若深愆極過莫越於斯歷刧何窮長淪無間淨名經云無方便慧縛有方便慧解無慧方便縛有慧方便解豈可執權謗實害有賓無但大小雙弘空有俱運一心三觀即無過矣是以順法體則纖毫不立隨智用則大業恒興體不離用故寂而常照用不離體故照而常寂是以常體常用恒照恒寂若會旨歸宗則體用俱離何照何寂曷乃擴體而碍用執性

而壞緣理事不融真俗成隔則同體之悲絕運無緣之慈靡成善惡既不同觀究親何能普救過之甚矣失莫大焉又先德云夫善知識者雖明見佛性與佛同等若論其功未齊諸聖須從今日步步資熏又古德云葷子比丘還債雖不得理猶有行門今時多有學人二事俱失故知見性未諦但是隨語依通及撿時中正助皆喪是以先聖終不浪階撫臆捫心豈可容易是以六即揀濫十地辨功若以即故何凡何聖若論六故凡聖夫隔又若論其理初地即具足一切地若言其行後地則倍倍超前秖如纔登八地一念利生下地多刼不及問善惡同源是非一旨云何棄惡崇善而違法性乎答若以性善性惡凡聖不移諸佛不斷性惡能現地獄之身闡提不斷性善常具佛果之體若以修善修惡就是即殊因果不同愚智有別修一念善遠階覺地起一念惡長沒苦輪若以性從緣雖同而異若泯緣從性雖異而同故禪門秘要經云佛言善惡業緣本無有異雖復不異不共俱止華嚴經云如相與無相生死及涅槃分別各不同智無智如是故知教旨如鏡何所疑焉問若分修性則善惡二途乖平等之慈失徧行之德答自行須離約法即分化他等觀在人何別是以初心自利則損益兩陳究竟利他則善惡同化如夜行險道以惡人執燭豈可以人惡故而不隨其照菩薩得般若之光終不捨惡華嚴經云捨惡性人遠懈怠者輕慢亂意譏嫌惡慧是為魔業台教云惡是善資無惡亦無善法華經云惡鬼入其身罵詈

毀辱我我等念佛故皆當忍是事惡不來加不得用念用念由於惡加又威音王佛所著法之衆聞不輕言罵詈捶打由惡業故還值不輕不輕教化皆得不退又提婆達多是善知識書云善者是惡人之師惡者是善人之資故知惡能資善非能通正豈有一法而可捨乎問無緣不強化機熟自相應若愚惡不信之人如何誘度答捨愚從智平等理乖棄惡歸善同體悲廢衆生本妙不可度量忽遇因緣機發不定設未得度亦得度緣以此而推應須等化問若修衆善之門須興樂欲之念憎愛二苦能障寂滅菩提取捨兩情豈成無閡解脱答涅槃經云一切衆生有二種愛一者善愛二者不善愛不善愛者惟愚求之善法愛者諸菩薩求華嚴經云廣大智所説欲為諸法本應起勝希望志求無上覺又云斷善法欲是菩薩魔事是以入道之初欲爲道本至其極位法愛須忘階降宛然初後不濫問人法本空身心自離既無能作誰行衆善乎答涅槃經云雖本自空亦由菩薩修空見空又師子吼菩薩言世尊衆生五陰空無所有誰有受教修習道者佛言善男子一切衆生皆有念心慧心發心勤精進心信心定心如是等法雖念念滅猶故相似相續不斷故名修道乃至如燈雖念念滅而有光明除破暗冥念等諸法亦復如是如衆生食雖念念滅亦能令飢者而得飽滿譬如上藥雖念念滅亦能愈病日月光明雖念念滅亦能增長草木樹林善男子汝言念念滅云何增長者心不斷故名為增長問所行衆善福德竟

何所歸若云自度還同二乘之心若云度他即立衆生之相答菩薩所作福德皆爲成熟衆生空有圓融自他無滯觀世若幻豈違實相之門度生同空寧虧方便之道般若經云菩薩成就二法魔不能壞一者觀諸法空二者不捨一切衆生論釋云以日月因緣故萬法潤生但有月而無日則萬物濕壞但有日而無月則萬物燋爛日月和合故萬物成就菩薩亦如是有二道一者悲二者空佛說二事兼用雖觀一切空而不捨衆生雖憐愍衆生不捨一切空觀一切法空空亦空故不著空是故不妨憐愍衆生雖憐愍衆生亦不著衆生亦不取衆生相但憐愍衆生引導入空故問經云佛不得佛道亦不度衆生若見衆生苦即是受苦者云何修習福德而度衆生乎荅約真即無隨俗即有論云佛荅須菩提若一切衆生自知諸法自性空者菩薩不發阿耨多羅三藐三菩提意亦不於六道中拔出衆生何以故衆生自知諸法性空則無所度譬如無病則不須藥無暗則不須燈今衆生實不知自相空法故隨心取相生著以著故染染故隨於五欲隨五欲故爲貪所覆貪因緣故乃至作生死業無復窮已是知因凡立聖凡聖皆空從惡得善善惡無性以無性故萬善常興以皆空故一真恒寂問衆生之界如二頭三手若實見度者何異撈水月而捉鏡像則鳥跡而植焦芽未審究竟以何爲衆生而興濟度荅夫衆生者即是自身日夜所起無量妄念之心大集經云汝日夜念念常起無量百千衆生淨度三昧經云一念受

一身善念生天上人中身惡念受三惡道身百念受百身千念受千身一日一夜種生死根後當受八億五千萬雜類之身乃至百年之中種後世身體骨皮毛徧大千剎土地間無空處若一念不生恬然反本故云度妄衆生了念即空無有起處復云不見衆生可度亦云度盡一切衆生方成正覺即斯旨也華嚴經云身爲正法藏心爲無閡燈照了諸法空名曰度衆生既自行已立還說示人普令觀心還依是學是爲真實之慈究竟之度矣

夫從凡入聖萬善之門先發菩提心最爲第一乃衆行之首履道之初終始該羅不可暫廢梵網經云若佛子常起大悲心乃至若見牛馬猪羊一切畜生應心念口言汝是畜生發菩提心而菩薩入一切處山林川野皆使一切衆生發菩提心若菩薩不發教化衆生心者犯輕垢罪華嚴經云欲見十方一切佛欲施無盡功德藏欲滅衆生諸苦惱宜應速發菩提心又云菩提心者猶如種子能生一切諸佛法故菩提心者猶如良田能長衆生白淨法故菩提心者猶如大地能持一切諸世間故菩提心者猶如淨水能洗一切煩惱垢故菩提心者猶如大風普於世間無所閡故菩提心者猶如盛火能燒一切諸見薪故

問菩提理本性自周圓何假發心故興妄念

荅般若經云若菩薩知心性即是菩提而能發起大菩提心是名菩薩又上首菩薩云吾於無所求中而故求之又無所發菩薩云知一切法皆無所發而發菩提心然於所證真如如外無智能發妙智智外無如雙照雙遮

不存不泯不二而二理智似分二而不二能所俱寂次即歸命三寶無上福田起堅固心具不壞信離五怖畏成三菩提最初之因緣攝一切善法大報恩經云如阿闍世王雖有逆罪應入阿鼻獄以誠心向佛故滅阿鼻罪是謂三寶救護力也又如在山林曠野恐怖之處若念佛功德恐怖即滅是故歸憑三寶救護不虛古德云山有玉則草木潤泉有龍則水不竭住處有三寶則善根增長謂三寶救護力也法句經云帝釋命終入驢母腹中因歸命三寶驢韁解走破壞坏器其主打之尋時傷胎其神却復天身佛為說偈帝釋聞之達罪福之變解興衰之本遵寂滅之行得須陀洹道木槵子經云時有難國王名波金璃白佛言我國邊小頻歲賊寇五穀勇貴疾病疢行人民困苦我恒不安法藏深廣不得修行惟願垂矜賜我法要佛告王言若欲滅煩惱障者當穿木槵子一百八箇常以自隨志心無散稱南無佛陀南無達摩南無僧伽乃至能滿百萬徧者當斷百八結業獲無上果王聞歡喜我當奉行佛告王言有莎升比丘誦三寶名經歷十歲得成斯陀含果漸次修行今在普香世界作辟支佛王聞是已倍復修行問志公云苦哉哀哉怨枉棄却真佛造像香華供養求福不免六賊枷杖此意如何以契今說答此是古人破凡夫不識自佛一向外求住相迷真分別他境不為助道但求福門似箭射空如人入暗果招生滅寧越心塵若達惟心所見一切皆是心之相分終不執為外來然不壞因緣理事無閡故神鍇

和尚云緣衆生空不捨於大慈觀如來寂不失於敬養談實相不壞於假名論差別不破於平等又華嚴經八地菩薩親證無生法忍入無功用道了一切法如虛空性乃至涅槃心猶不現前方始見無量佛熾然供養又云若彼常於三寶中恭敬供養無疲厭則能超出四魔境速成無上佛菩提賢愚經云舍衛國有長者生一男兒當爾之時天雨七寶因字寶天後值佛出家得道佛言毘婆尸佛出現於世有一貧人雖懷喜心無供養具以一把白石擬珠用散衆僧今此寶天比丘是乃至受無量福衣食自然今遭我世得道果證又真覺大師云深信正法勤行六度讀誦大乘行道禮拜妙味香華音聲讚唄燈燭臺觀山海泉林空中平地世間所有微塵已上悉持供養合集功德迴助菩提以知秪破凡夫心外所執或是貪利供養瞋心持戒憍慢作福勝他布施無殷重心非廣大意若如是行難招淨業不可錯會聖意斷自凡情起斷滅心滅菩提種首楞嚴經云若彼定中諸善男子見色陰消受陰明白自謂已足忽有無端大我慢起如是乃至慢與過慢及慢過慢或增上慢或卑劣慢一時俱發心中尚輕十方如來何況下位聲聞緣覺此名見勝無慧自救悟則無咎非爲聖證若作聖解則有一分大我慢魔入其心不禮塔廟摧毀經像謂檀越言此是金銅或是土木經是樹葉或是疊華肉身真常不自恭敬却崇土木實為顛倒其深信者從其毀碎埋棄地中疑悞衆生入無間獄失於正受當從淪墜但所作之時

一切無著歡喜慶幸竭力盡誠迴向無上菩提普施法界含識則一毫之善皆是圓因終不墮落人天因果又福業弘深凡聖俱濟福是安樂之本智為觧脱之門以此二輪不可暫失乃成佛之正轍實拔苦之深因恭惟無上寶王十方慈父作大福聚具功德身尚乃親對大衆起禮骨塔躬為弟子不棄穿針豈況下劣凡形薄福尠德闡提不信我慢貢高取作低心頓遺小善像法决疑經云佛言若復有人見他修福及施貧窮譏毀之言此邪命人求覔名利出家之人何用布施但修禪定智慧之業何用紛動無益之事作是念者是魔眷屬其人命終墮大地獄經歷受苦從地獄出墮餓鬼中於五百身墮在狗中從狗出已五百世中常生貧賤受種種苦何以故由於前世見他施時不隨喜故論云福德是菩薩摩訶薩根本能滿願一切聖人所共讃歎無智人所毀呰智人所行處無智人所遠離是福德因緣故作人王轉輪聖王天王阿羅漢辟支佛諸佛世尊大慈大悲十力四無所畏一切種智自在無閡皆從福德中生又云須菩提問以畢竟空中無有福與非福何故但以福德而得佛答以世諦中有福故得須菩提爲衆生著無所有故問佛以不著有故荅所謂精進修福尚不可得何況不修福德如受乞食道人至一聚落從一家至一家乞食不得見一餓狗飢卧以杖打之言汝畜生無智我種種因縁家家求食尚不得何況汝卧而望得耶至於寶炬蘇燈續明供佛遂乃恒增智燄常耀身光因正果圓行成業就

故賊人偶挑殘燄天眼常明貧女因獻微燈佛皆遥記華嚴經云又放光明名照耀映蔽一切諸天光所有暗障靡不除普為衆生作饒益此光覺悟一切衆令執燈明供養佛以燈供養諸佛故得成世中無上燈然諸油燈及蘇燈亦然種種諸明炬衆香妙藥上寶燭以是供養獲此光普廣經云然燈供養照諸幽冥苦痛衆生蒙此光明得互相見緣此福德拔彼衆生悉得休息施燈功德經云佛告舍利弗若人於塔廟施燈明已臨命終時得見四種光明一者臨終見於日輪圓滿涌出二者見淨月輪圓滿涌出三者見諸天衆一處而坐四者見於如來正徧知坐菩提樹垂得菩提自見己身尊重如來合十指掌恭敬而住或散花供養嚴飾道場盡作菩提之緣因成佛之正行法華經云若人散亂心乃至以一華供養於畫像漸見無數佛大思惟經云若不散花獻佛雖得往生而依報不具賢愚經云舍衛國内有豪富長者生一男兒面首端正天雨衆華積滿舍内即字華天乃至出家得阿羅漢阿難白佛華天何福而得如是佛言過去有佛名毘婆尸有一貧人見僧歡喜即於野澤採衆草華用散大衆爾時貧人今華天比丘是散花之德九十一劫身體端正意有所須如念而至經云若以一華散虛空中供養十方佛乃至畢苦其福無盡論云億耳阿羅漢昔以一華施於佛塔九十一劫人天中受樂餘福力得阿羅漢或燒香塗香莊嚴佛事焚一捻而位期妙果塗故塔而身出栴檀昔佛在世時有長者名栴檀香昔

曾以香泥塗故塔從是以來九十一刼身諸
毛孔出栴檀香從其口出優鉢華香或懸幡
塔廟寶蓋聖儀標心而雖為他緣獲福而惟
成自果故佛在世時有婆多迦過去曾作一
長幡懸毘婆尸佛塔上從是以來九十一刼
天上人中常有大幡覆蔭其上受福快樂後
出家得道又經云若人懸幡風吹一轉受一
輪王位乃至爛壞為塵一塵一小王位百縁
經云有一寶蓋長者過去曾持一摩尼寶珠
蓋毘婆尸佛舍利塔頭從是以來九十一刼
天上人中常有自然寶蓋覆其頂上乃至遇
佛出家皆成佛果或稱揚佛德讃歎大乘勝
報無邊殊因最大讃一偈有超刼成佛之功
頌一言獲舌相妙音之報觀佛三昧經云昔
過去久遠無量世時有佛出世號寶威德上
王時有比丘與九弟子往詣佛塔禮拜佛像
見一寶像嚴顯可觀禮已諦觀說偈讃歎後
時命終悉生東方寶威德上王佛國大蓮華
中忽然化生從此以來恒得值佛得念佛三
昧佛為授記於十方面各得成佛法華經云
譬如優曇華一切皆愛樂天人所希有時時
乃一出聞法歡喜讃乃至發一言則為已供
養十方三世佛是人甚希有過於優曇華華
嚴經云又放光明名妙音此光開悟諸菩薩
能令三界所有聲聞者皆是如來音以大音
聲稱讃佛及施鈴鐸諸音樂普使世間聞佛
音是故得成此光明至於諷詠唱唄妙梵謌
揚昔婆提颰唄清響徹於淨居釋尊入定琴
謌震於石室園林樓觀入法界之法門音聲
語言成佛宗之佛事毘尼母經云佛告諸比

丘聽汝等唄唄者即言說之辭十誦律云爲諸天聞唄心喜或音樂舞妓螺鈸簫韶發歡喜心種種供養法華經云若使人作樂擊鼓吹角貝簫笛琴箜篌琵琶鐃銅鈸如是衆妙音盡持以供養或以歡喜心謌唄誦佛德乃至一小音皆已成佛道或勸請諸佛初轉法輪不般涅槃悲濟含識智論問云菩薩法爾六時勸請十方佛者若於目前面請諸佛則可令十方無量佛亦不目見云何可請荅如慈心念衆生令得快樂衆生雖無所得念者大得其福請佛說法亦復如是又雖衆生不面請佛佛常見其心亦聞彼請或隨喜讚善助他勝緣如觀買香傍染香氣雖不親作得同善根論云有人作功德見者心隨喜讚言善哉在無常世界中爲癡冥所蔽能弘大心

建此福德菩薩但以隨喜心過於二乘人上何況自行又菩薩晝夜六時常行三事一禮十方佛懺三世罪二隨喜十方三世諸佛所行功德三勸請諸佛初轉法輪及久住世間行此三事功德無量轉近得佛若作諸善悉皆迴向成就菩提免墜生滅如微聲入角遂致遠聞似滴水投河即同廣潤以少善而至極果運微意而成大心或發大願者萬行之因能長慈悲不斷佛種大事成辦所作尅終成道利生皆因弘誓是以有行無願其行必孤有願無行其願必虛行願相從自他兼利華嚴經云不發大願魔所攝持樂處寂滅斷除煩惱魔所攝持永斷生死魔所攝持捨菩薩行魔所攝持不化衆生魔所攝持智論云作福無願無所樹立願爲道師能有所成譬

如銷金隨師所作金無定也菩薩亦爾脩淨土願然後得之以是故知因願獲果又云若能一發心言願我當作佛滅一切衆生若雖未斷煩惱未行難事以心口重故勝一切衆生大莊嚴論云佛國事大獨行功德不能成就要須願力如牛雖力挽車要須御者能有所致淨佛國土由願引成以願力故福德增長不失不壞常見佛故或造新修故立像圖真興建伽藍莊嚴福地法華經云若人為佛故建立諸形像刻雕成衆相皆已成佛道或以七寶成鍮鉐赤白銅白鑞及鉛錫鐵木及與泥或以膠漆布嚴飾作佛像如是諸人等皆已成佛道彩畫作佛像百福莊嚴相自作若使人皆已成佛道作佛形像經云優填王來至佛所白佛言世尊若佛滅後其有衆生作佛形像當得何福佛告王言若當有人作佛形像功德無量不可稱計天上人中受諸快樂身體常作紫磨金色若生人中常生帝王大臣長者賢善家子乃至若作帝王王中特尊或作轉輪聖王王四天下七寶自然千子具足乃至若生天上作六欲天主若生梵天作大梵王後皆得生無量壽國作大菩薩畢當成佛入泥洹道若當有人作佛形像獲福如是華首經云佛告舍利弗菩薩有四法終不退轉無上菩提何等爲四一者若見塔廟毀壞當加修治若泥乃至一磚二者若於四衢道中多人觀處起塔造像爲作念佛善福之緣三者若見比丘僧二部諍訟勤求方便令其和合四者若見佛法欲壞能讀誦說乃至一偈令使不絶為護法故敬養法師專

心護法不惜身命菩薩若成就是四法者世世當作轉輪聖王得大力身如那羅延捨四天下而行出家能得隨意修四梵行命終生天作大梵王乃至究竟成無上道是故獼猴戲造石塔尚乃生天樵人悞唱佛聲猶云得度何況志誠寧無勝報或興崇寶塔鑄瀉洪鍾乃至大如母指天界福生或復暫擊一聲幽途苦息無上依經云佛告阿難如帝釋天宮住處有大飛閣名常勝殿種種寶莊各八萬四千若有清信男子女人造作如是常勝寶殿百千拘胝施與四方衆僧若復有人如來般涅槃後取舍利如芥子大造塔如阿摩羅子大戴刹如針大露盤如棗葉大造佛形像如麥子大此功德勝前所說百分不及一千萬億分乃至阿僧祇數分所不及一何以故如來無量功德故涅槃經云善守佛僧物塗掃佛僧地造塔如母指常生歡喜心亦生不動國此即淨土常嚴不爲三災所動也或書寫大藏啓發真詮或刻石銷金剥皮刺血令見聞隨喜十種傳通誓報四恩明遵慈勅是以佛智讚而不及天福報而無窮齊善逝之功作如來之使法華經云若人得聞此法華經若自書若使人書所得功德以佛智慧籌量多少不得其邊或興崇三寶廣扇慈風或墻塹釋門威力外護遂令正法久住佛道常隆外感則雨順風調家寧國泰内報則道生垢滅果滿因圓能遵付囑之恩不失善提之記或釋其拘縶放人出家或廣度僧尼紹隆佛種開出離之道施引接之門格量勝因群經具讚出家功德經云若放男女奴婢人

民出家功德無量本緣經云以一日一夜出家故二十刧不墮三惡道僧祇律云以一日一夜出家修梵行者離六百六千六十歲三塗苦乃至醉中剃髮戲裏披衣一緉時間當期道果何況割慈捨愛具足正因成菩薩僧福何邊際或忘身為法禁絕邪師建正法幢斷魔罥索朗慧日於無明暗室廕慈雲於煩惱稠林使信邪者趣三脫之門俾執見者裂八倒之網或成他大業助發菩提作增上之緣為不請之友涅槃經云助人發菩提心者許破五戒故知損已為他是大士之行或飯僧設供資備修行開大施之門建無遮之會是以減一匙之飯七返生天施一團之麨現登王位或造經房禪室或施華果園林供給所須助成道業昔支辨安禪道侶致天樂自然日給誦經沙彌獲捴持第一大報恩經云若以飯食瓔珞施人除去瞋心以是因緣獲得二相一者金色二者常光乃至掃塔塗地給侍衆僧起恭敬心成慇重業發一念之微善成無邊之淨緣菩薩本行經云昔佛在世時有阿羅漢婆多竭梨觀因地曾洒掃定光佛古塔誅伐草木嚴淨已訖踊躍歡喜繞之八帀作禮而去命終之後生光音天盡其天壽乃至百返作轉輪聖王顏容端正見者歡喜欲行之時道路自淨九十刧中天上人間富貴尊榮快樂無極今最後身值釋迦佛捨豪出家得阿羅漢若有人能於佛法僧少作徹善如毫髮許所生之處受報弘大無有窮盡正法念經云若有衆生淨心供養衆生掃如來塔命終生意樂天身無骨肉亦無汙垢

香氣能熏一百由旬其身淨潔猶如明鏡付法傳云有一比丘毱多觀其無福不能得道令教化供僧便證阿羅漢果又有羅漢名祇夜多具三明六通觀見前生曾作狗身未曾暫得一飽常忍飢渴遂每躬自執爨供給衆僧大報恩經云思惟諸法甚深之義樂修善法供養父母和尚師長有德之人若行道路佛塔僧房除去磚石荆棘不淨以是因緣得三十二相中一一毛右旋相乃至看病浴僧義井圊廁扶危拯急濟用備時皆大菩薩之心成不思議之行利他既重得果偏深或永受堅固不壞之形或常得清淨相好之體或往生佛國甘露之界或頓獲輕安自在之身皆三十二相之殊因八十種好之妙果大方便佛報恩經云三業清淨瞻病施樂破除憍慢飲食知足以是因緣得三十二相中平立相福田經云佛告天帝我昔於波羅奈國安設圊廁緣此功德世世清淨累劫行道穢染不汙金色晃昱塵垢不著食自消化無便利之患百緣經云孫陀利比丘過去作長者因備辦香水澡浴衆生復以珍寶投之水中令所生之時舍内自然有一涌泉香求冷美有諸珍寶充滿其中端正殊妙後出家得道賢愚經云昔有五百賈客入海採寶請一五戒優婆塞用作導師海神取水一掬而問之曰掬中水多海水多耶賢者答曰掬中水多海水雖多劫欲盡時必有枯竭若復有人能以一掬水供養三寶或奉父母或句貧窮給與禽獸此之功德歷劫不盡以此言之知海水少掬水多海神歡喜即以珎寶用贈賢者以

知一切萬物惟應濟急利時如若不用雖多無益經云若種樹園林造井厠橋梁是人所爲福晝夜常增長高僧傳云道安法師感聖僧語曰汝行鮮過人秖緣少福能浴衆僧所願必果或平治坑塹開通道路或造立船筏興置橋梁或於要道建造亭臺或在路傍栽植華果濟往來之疲乏備人畜之所行六度門中深發弘揚之志八福田内普運慈濟之心一念善因能招二報一者華報受人天之快樂二者果報證祖佛之真源或施食給漿病緣湯藥住處衣服一切所須安樂有情是諸佛之家業撫綏沉溺乃大士之常儀遂使施一訶梨受九十劫之福樂分一口食得千倍之資持經云施食得五種利益一者施命二者施色三者施力四者施安五者施辨智

度論云鬼神得人一口之食而千萬倍出華嚴經云又放光明名安隱此光能照疾病者令除一切諸苦痛悉得正定三昧樂施以良藥救衆患妙寶延命香塗體蘇油乳蜜充飲食以是得成此光明或施無畏善和諍訟哀愍孤露救援艱危福受梵天行齊大覺因強果勝德厚報深華嚴經云又放光明名無畏此光照觸恐怖者非人所持諸毒害一切皆令疾除滅能於衆生施無畏遇有惱害皆勸止拯濟危難孤窮者以是得成此光明又慈悲喜捨種種利益度貧代苦軫念垂哀乃施畜生一摶之食皆是佛業無緣慈因法句經云行慈有十一種利佛說偈言履行仁慈博愛濟衆有十一譽福常隨身卧安覺安不見惡夢天護人愛不毒不兵水火不喪在所得

利死昇梵天是為十一故經云一切聲聞緣覺菩薩諸佛所有善根慈為根本毘沙論云若修慈者火不能燒刀不能傷毒不能害水不能漂他不能殺所以然者慈心定是不害法故有大威勢諸天擁護害不能害像法決疑經云佛言若人於阿僧祇劫以身供養十方諸佛幷諸菩薩及聲聞衆不如有人施與畜生一口之食其施勝彼百千萬倍無量無邊丈夫論云悲心施一人功德如大地爲已施一切得報如芥子救一厄難人勝 如一切施衆生雖有光不如一月明華嚴經云菩薩乃至施與畜生之食一摶一粒成作是願當令此等捨畜生道利益安樂究竟觧脫永度苦海永滅苦受永除苦蘊永斷苦覺苦聚苦行苦因苦本及諸苦處願彼衆生皆得捨離

菩薩如是專心繫念一切衆生以彼善根而為上首爲其迴向一切種智大涅槃經云佛過去惟修一慈經此劫世七返成壞不來生此世界壞時生光音天世界成時生梵天中作天梵王三十六反為天帝釋無量百千世作轉輪聖王乃至成佛又師子現指醉象禮足慈母遇子盲賊得明城變金璃石舉空界釋女瘡合調達病痊皆是本師積劫熏修慈善根力能令若者見如是事今既承紹合履玄蹤乃至放生贖命止殺興哀斷燒煮之殃釋籠罩之縶續壽量之海成慧命之因遂得水陸全形息陷網吞鈎之苦飛沉任性脫焚林竭澤之憂免使穴羅新胎巢無舊卵胎消鼎鑊肉碎刀砧梵網經云若佛子以慈心故行放生業一切男子是我父一切女人是我

母我生生無不從之受生故六道衆生皆是我父母而殺食者即殺我父母亦殺我故身一切地水是我先身一切火風是我本體故常行放生乃至若不爾者犯輕垢罪故知有情無情不可傷害華嚴經云佛子菩薩摩訶薩作大國王於法自在普行教命令除殺業閻浮提内城邑聚落一切屠殺皆令禁斷無足二足多足種種生類普施無畏無欺奪心廣修一切諸行仁慈莅物不行侵惱發妙寶心安隱衆生於諸佛所立深志樂常自安住三種淨戒亦令衆生皆如是住菩薩摩訶薩令諸衆生住於五戒永斷殺業以此善根如是迴向所謂願一切衆生發菩薩心具足智慧永保壽命無有終盡乃至見衆生心懷殘忍損諸人畜所有男形令身缺減受諸楚毒見是事已起大慈悲而哀救之令閻浮提一切人民皆捨此業涅槃經云一切惜身命無不畏刀杖恕己以為喻勿殺勿行杖昔有禪僧鄧隱峯未出家時曾射一猿子墮地而終須臾猿母亦墮而死因剖腹開見肝腸寸寸而斷遂捨其射業因此出家是知人形獸質受報千差愛結情根其類一等所以失林窮虎乃委命於廬中鎩翮驚禽遂投身於案側至於楊生養雀寧有意於玉環孔氏放龜本無情於金印命既無於大小罪豈隔於賢愚三業施為切宜兢慎悞傷悞殺尚吝餘殃故作故為寧逃業迹或受一日戒或持八關齋或不敢有情或永斷葷血不值三灾之地能昇六欲之天既爲長壽之緣又積大慈之種經云昔有迦羅越興設大檀請佛及僧時有

一人賣酪主人駐食勸令持齋聽經至冥乃歸婦語之言我朝來不食相待至今遂破夫齋半齋之福猶生天上七世人間常得自然衣食一日持齋得六十萬歲自然之粮又有五福一者少病二者身意安隱三者少婬四者少睡卧五者命終之後神得生天常識宿命或懷慚抱愧常生慶幸之心識分之恩恒起報酬之想雜阿含經云爾時世尊告諸比丘有二淨法能護世間何等爲二所謂慚愧假使世間無此二淨法者世間亦不知有父母兄弟姉妹妻子宗親師長尊卑之緒顛倒混亂如畜生趣即說偈言世間若無有慚愧二法者違越清淨道向生老病死世間若成就慚愧二法者增長清淨道永關生死門或代誅贖罪沒命救人或釋放狴牢赦宥刑罰或歸復遷客招召逋民或停罷關防放諸商稅或給濟貧病撫恤孤惸常以仁恕居懷恒將恵愛爲念若覺若夢不忘慈心乃至蠕動蜎飛普皆覆護華嚴經云佛子菩薩摩訶薩見有獄囚五處被縛受諸苦毒防衛驅迫將之死地欲断其命乃至自捨身命受諸苦毒菩薩爾時語主者言我願捨身以代彼命如此等苦可以與我如彼人隨意皆作設過彼苦阿僧祇倍我亦當受令其解脫我若見彼將被殺害不捨身命救贖其苦則不名爲住菩薩心何以故我爲救護一切衆生發一切智菩提心故正法念經云造一所寺不如救一人命墮藍本經校量衆福揔不如慈心愍傷一切蠢動含識之類其福最勝或盡忠立孝濟國治家行謙讓之風履溫恭之道敬養

父母成第一之福田承事尊賢開生天之淨路賢愚經云佛語阿難出家在家慈心孝順供養父母計其功德殊勝難量所以者何我自憶念過去世時慈心孝順供養父母乃至身肉濟活父母危急之厄以是功德上為天帝下為聖王乃至成佛三界特尊皆由斯福或稱揚彼德開舉善之門或讚歎其名發薦賢之路成人之美助發勇心喜他之榮同與好事削嫉妬之蘲刺息忿恨之毒風起四無量之心攝物同己成四安樂之行利益有情是以諸大菩薩皆思往世波騰苦海作諸不利益事捐功喪力惟長業芽今省前非頓行佛道擐精進甲發金剛心衆善普行廣興法利入世間三昧現功巧神通和光同塵潛行容用滅無明火摧憍慢幢曲順機宜和顏誘誨愛語攝受慈眼顧瞻開諭愚盲安慰驚恐懸照世之日耀破暗之燈揭有獄之重關沃火宅之熾燄滿求者之願若如意之珠拔病者之根猶善見之藥乾欲海而成悲海碎苦輪而成智輪變貧窮濟作福德之津轉生死野合菩提之道諸佛法内靡所不為衆生界中無所不濟如地所載如橋所昇如風所持如水所潤如火所熱如春所生如空所容如雲所覆遂令聞名脫苦蹈影獲安觸光而身垢輕清憶念而心猿調伏皆是從微至著漸積善根行滿功圓成其大事何乃毀善業道開惡趣門成就魔緣斷滅佛種

萬善同歸集卷第四

音釋

韁居羊切馬紲　鍇器駭古諧二切　蠁許兩切少時也　匃古曷古害二切乞也取也　逋補胡切逃亡也　惸葵營切單也

萬善同歸集卷第五

妙圓正修智覺永明壽禪師述

夫一念頓圓三德悉備未有一法能越心源設脩萬行皆從真法界之所成或治習氣而用佛知見之所斷所為無成之成何妨妙行不斷之斷豈閡圓修極惡違境尚為助發知識美德嘉善寧非進趣道乎問何不直明本際則本立而道生若廣述行門恐生迂滯答理為道本行為道跡因本垂跡無本跡何所施因跡顯本無跡本奚獨立故云本跡雖殊不思議一也是知先明其宗方能進道若一向逐末實有所妨經云非不了真如而能成其行猶如幻事等佀有而非真且圓根頓受之人則遮照而無滯即遮而照故雙非即是雙行即照而遮故雙行即是雙遣不壞本而常末萬行紛然不壞末而常本一心恒寂問法句經云若能心不起精進無有涯何故立事與心而乖無作道乎荅即心無心事不妨理作而無作性不閡緣故賢首國師云緣起體寂起恒不起達體隨緣不起恒起大集經云佛言精進有二種一始發精進二終成精進菩薩以始發精進習成一切善法以終成精進分別一切法不得自性金光明經中雖得佛果精進不休故於衆中起禮身骨況餘凡下端拱成耶故十八不共法中精進無減大論云菩薩知一切精進皆是虛妄而常成就不退是名真實精進問一切法空悉宗無相何陳衆善起有相之心耶荅以諸法畢竟無所有故則有萬善施為若諸法有決定性者則一切不立故般若經云若諸法不空即

無道無果法句經云菩薩於畢竟空中熾然建立金剛三昧經云若說法有一是相如毛輪如焰水迷倒為諸虛妄故若見於法無是法同虛空如盲無目倒說法如龜毛又經云寧可謗有如須彌不可謗無如芥子論云諸法實相中決定相不可得故名無所得非無有福德智慧增益善根又云邪見人破諸法令空觀空人知諸法真空不破不壞譬如田舍人初不識鹽見貴人以鹽著種種肉菜中而食問言何以故爾語言此鹽能令諸物味美故此人便念此鹽能令諸物美自味必多便空抄鹽滿口食之醎苦傷口而問言汝何以言鹽能作美貴人語言癡人此當籌量多少和之令美云何純食鹽無智人聞空解脫門不行諸功德但欲得空是為邪見斷諸善根廬山遠大師釋涅槃經問云若無所得云何作善佛荅明諸衆生現有佛性當必因果如子在胎定生不久理須修善又問我今不知所趣入處云何作善佛荅有如來藏可以趣入宜修善業弘明集云或有惡趣於空以生斷見說之於口若同用之於心則異正法以空去其貪邪說以空資其愛大士體空而進德小人說空而退善良由反用正言以生邪執矣不觀空以遣累但取空而廢善又善惡諸法等空無相而善法助道惡法生障故知萬法真性同一如矣無妨因緣法中有萬殊矣故經云深信因果不謗大乘三世因果佛不誑欺十力勸誡聞當不疑而謂善惡都空無損益乎夫法眼明了無法不悉舌相廣長言無不實其析有也則一毫為萬其等空

也則萬像皆一防斷常之生尤兼空有而除疾非聖者必凶順道者終吉勿謂不信有如皎日故中論云諸佛說空法為始於有故若復著於空諸佛所不化金剛三昧經云若離無取有破有取空此偽妄空而非真無今雖離有而不存空如是乃得諸法真無故肇論云若以有為有則以無為無有佛不有則無無也夫不存無以觀法者可謂見法實性矣何得以空害有以有害空乖一味之源成二見之垢乎並是依語失義遺智存情雖言破有未達有源強復執空罔窮空旨今畧辨之以消邪滯夫有是不有之有非實有空是不空之空非斷空若決定為有非是幻有而生隔閡若虛豁為空即同太虛而無妙用所以從緣而有無性故空無性之空空不閡有從緣之有有不妨空有因空立成緣智而萬行沸騰空從空生起妙慧而一真虛寂豈同執但空而生斷見福海傾消撥實有而起常心慢山高峙是以諸佛說空為空無明而成福業破偏計而了圓成愚人說空即生妄解而謗佛意增空見而滅善因又斷滅空則無善無惡無因無果第一義空有業有報不見作者問何不深入無生自然合道有為多過豈益初心荅因世慈而入真慈從生忍而具法忍學分初後位豈濫陳又生即無生豈越性空之地無為即為寧逃實相之源但取捨情亡即真俗理見故經云菩薩不盡有為不住無為肇法師云有為雖偽捨之則大業不成無為雖實住之則慧心不朗華嚴經云解如來身非如虛空一切功德無量妙法所圓滿

故大集經云捨離大慈而觀無生是為魔業厭離有為功德是為魔業問無漏性德本自具足何假外修而斷內善答自有修性二德內外二緣若性德本具如木中火不成事用須假修德如遇因緣方能顯現是以因修顯性以性成修若本無性修亦不成修性無二和合方備又內有本覺常熏聖種外仗善緣助開覺智有內闕外菩提不圓華嚴經云法如是故內因有本佛神力故外緣所加是以若修萬善則順法性以淨奪染性德方起凡夫雖具以造惡違性本性不顯不成妙用問忘緣頓入教有明文今何所非而逐因緣法乎答頓教一門亦是上根所受忘緣淨意真為如實修行今所該者爲著法之人而生偏見一向毀事不了圓宗但析妄情豈除教道秪如見佛一法自有五等教人一小乘人見佛身即是父母生身從心外来有相好分濟意識所熏有所分別不知唯識義故見從外来二大乘初教見佛但是現化非有相好然其實體空無所有故云若以三十二相觀如来者轉輪聖王即是如来三大乘終教見佛相好光明一一悉同真性身即非身非身即身理事無閡四頓教見佛無有始末之異何有現應之差亦無相好可立一切分別非真理故此離念之真名為見佛五一乘圓教見佛即此離念之真非但不生彼相之理而乃不閡萬像繁興具足依正該攝理事人法等圓明一事徧於十方一切世界無不同時影現猶如帝網又緣起一門若是頓教不說緣起即是事相令真理不現要由相盡乃是實

性若說緣起如以翳眼而見空華若是圓教法界起必一多互攝有力無力方得成立一多無閡攝入同時名入大緣起如是五門皆是入路尚不訶小恐廢權門何乃斥圓而防實德台教云如大乘師不弘小教則失佛方便秖如古德設有邊辟之言皆是為物遣執今時但效其言罔知其旨又全未入於頓門但妄生譏謗所失太過故今愍之故圓教華嚴經離世間品云佛子菩薩摩訶薩又作是念阿耨多羅三藐三菩提以心為本心若清淨則能圓滿一切善根於佛菩提必得自在欲成阿耨多羅三藐三菩提隨意即成若欲除斷一切取緣住一向道我亦能得而我不斷為欲究竟佛菩提故亦不即證無上菩提何以故為滿本願盡一切世界行菩薩行化衆生故是為如金剛大乘誓願心是以驟緣遺性積雜染而為凡離緣求證沈偏空而成小緣性無閡即大菩提不離塵勞門能成無為種不溺實際海能隨有作波真俗鎔融有無不滯可謂履非道而達正道即世法而具佛法矣問萬善威儀聲聞劣行迂滯化壘跧伏草庵豈稱大心何成圓頓答三乘初學不愚於法所以法華經云若有比丘實得阿羅漢若不信此法無有是處又云汝等所行是菩薩道漸漸脩學悉當成佛皆是中途取證起住著心是以諸佛所訶勸令起行且二乘之人皆登聖位超九地之煩惱斷三界之業身同坐解脫之牀已具神通之慧豈比博地具縛凡夫惟向依通全無修證故真覺大師云二乘何咎而欲不脩教中或毀或讚抑揚

當時耳凡夫不了預畏被訶寧知見愛尚存去小乘而甚遠雖復言其修道惑使之所不除非惟身口未端亦乃心由邪曲見生自意觧背真詮聖教之所不依明師未曾承受根緣非為宿習見解未預生知而能世智辯聰談論以之終日時復牽於經語曲會私心縱邪說以誑愚人撥因果而排罪福順情則熈怡生喜逆意則忺慉懷瞋三受之狀固然稱位乃儔菩薩初篇之非未免過人之疊又縈大乘之所不脩而復譏於小學恣一時之強口謗說之患鏗然三途苦輪報之長刧書云古人當言而懼發言而憂又云止沸莫若去薪息過莫若無語又如經說凡夫有漏散心一稱南無佛乃至小低頭以此因緣尚成佛道何況二乘無漏聖心永斷後有身親證人空慧所習諸行而不登正位乎問有功之功皆歸敗壞無功之功至功常存何乃棄不遷之旨而述有作之行乎答肇論云如來功流萬世而常存道通百刧而彌固經云三災彌綸而行業湛然今信之矣故知一毫之善雖是有為若助菩提直至成佛而不隳壞任大刧火競起終不燒虗空縱生死浪無邊實不沉真善問諸法無體從緣幻生衆緣無依還從法起緣法無性必竟俱虗無主無人無生無滅如何廣輪無常之事相復說虗妄之果報乎答以真心不守自性隨緣成諸有雖佀有即空乃體虗成事猶如樹影雖虚而有陰覆之義還同昏夢不實亦生憂喜之情雖無作者之能為不失因緣之果報故淨名經云無我無造無受者善惡之業亦不亡又教所

明空以不可得故無實性故不是斷滅之無何起龜毛兎角之心作虵足鹽香之見問初心入道言行相扶萬善資勲不無其理果地究竟大事已終境智虛閑何須衆行乎答果得佛位畢竟無為若無邊行門入相成道皆是佛後普賢行收任運常然盡未來際維摩經云雖得佛道轉于法輪入於涅槃而不捨於菩薩之道是菩薩行華嚴經云了知法界無有邊際一切諸法一相無相是則說名究竟法界不捨菩薩道雖知法界無有邊際而知一切種種異相起大悲心度諸衆生盡未來際無有疲厭是則說名普賢菩薩問五度如盲般若如導今則偏讚衆行廣明散善乎答今所論衆善者秖為成就般若故教中或訶有為但是破其貪執如若取捨不生一切

無閡若未明般若以萬行為助緣法華經云佛名聞十方廣饒益衆生一切具善根以助無上心華嚴經云譬如一切法衆緣故生起見佛亦復然必假衆善業若已明般若用衆行為嚴飾法華經云其車高廣衆寶裝校乃至又多僕從而侍衛之故云萬善同歸集離般若外更無一法如衆川投滄海皆同一味雜鳥近妙高更無異色或不謂般若但習有為秖成生死之因豈得涅槃之果若布施無般若惟得一世榮後受餘殃債若持戒無般若暫生上欲界還墮泥犁中若忍辱無般若報得端正形不證寂滅忍若精進無般若徒興生滅功不趣真常海若禪定無般若但行色界禪不入金剛定若萬善無般若空成有漏因不契無為果故知般若是險惡徑中之

導師迷闇室中之明炬生死海中之智楫煩惱病中之良醫碎邪山之大風破魔軍之猛将照幽途之赫日驚昏識之迅雷抉愚盲之金錍沃渴愛之甘露截癡網之慧刃給貧乏之寶珠若般若不明萬行虚設祖師云不識玄旨徒勞念靜不可刹那忘照率爾相違乃至成佛究竟位中定慧力莊嚴以此度含識故佛云我於一夜中間常說般若問諸法寂滅相不可以言宣何不直指其事而廣涉因縁興諸問荅乎荅楞伽經云佛告大慧若不說一切法者教法則壞教法壞者則無諸佛菩薩圓覺聲聞若無者誰說為誰是故大慧菩薩摩訶薩莫著言說隨宜方便廣演諸法故知捴持無文字文字顯捴持離理無說離說無理以真性普徧故不可說不異可說以縁修無性故可說不異不可說若說四實性及諸法自相皆不可說若依四悉檀及諸法共相皆是可說是以諸佛常依二諦說法但得圓旨說即無過若一向無言何由悟解令尋言求理而之理圓但為言偏故云言說不及不說無言又性雖離言不可說要以言說方會不可說也若夫履踐道源紹諸佛種先明般若以辨真心般若乃萬行之師千聖之母真心是群生之本衆法之源若般若未通真心由昧應須皈命一體三寶懺悔三世愆瑕以尸羅而檢過防非用禪定而除昏攝亂親近善友讀誦大乘萬善熏治多聞修習助顯真性直至菩提障盡而妙定自明慧發而真心豁淨既能自利復愍未聞廣作福因具行諸度紹佛家業建大法幢注一味之法雨

蕩諸惑塵然無作之智燈照開迷闇是以功德萬行初後並興於諸佛教中法爾如是故華嚴經云菩薩摩訶薩不作逼惱衆生物但說利益世間事法華經云若人受持讀誦是經爲他人說若自書若教人書復能起塔及造僧房供養讚歎聲聞衆僧亦以百千萬億讚歎之法讚歎菩薩功德又爲他人種種因緣隨宜解說此法華經復能清淨持戒與柔和者而共同止忍辱無瞋志念堅固常貴坐禪得諸深定精進勇猛攝諸善法利根智慧善荅問難乃至是人若坐若立若行處此中便應起塔一切天人皆應供養如佛之塔大凡善法略有四種一自性善無貪癡瞋等三善根二相應善善心起時心王心所一時俱起三發起善發身語業表內心所思四第一義善體性清淨又略有二種一理善即第一義二事善即六度萬行今時多據理善若是理善闡提亦具何不成佛是以須行事善莊嚴顯理積大福德方成妙身如鑛藏金佀山藏王若石藴火猶地生泉未遇因緣不成濟用雖然本具有亦同無衆生三因亦復如是凡曰有心正因悉具未得緣了法身不成了因智慧莊嚴正解觀察緣因福德莊嚴妙行資發三因具足十號昭然自利利他理窮於此故法華經云我以相嚴身光明照世間一切衆所尊爲說實相印又薄德少福人不堪受此法夫善根易失惡業難除涅槃經云譬如畫石其文常在畫水速滅勢不久住瞋如畫石諸善根本如彼畫水是故此心難得調伏故知善事易忘人身難得不可因循剎那

異世提謂經云如有一人在須彌山上以纖縷下之一人在下持針迎之中有旋嵐猛風吹縷難入針孔人身難得甚過於是又菩薩處胎經云盲龜浮木孔時時猶可值人一失命根億刼復難是海水深廣大三百三十六一針沒海底求之尚可得又云吾從無數刼往來生死道捨身復受身不離胞胎法計我所經歷記一不記餘純作白狗身積骨億須彌以利針地種無不值我體何况雜色狗其數不可量吾故攝其心不貪著放逸是以暫得人身於十二時中不可頃刻忘善剎那長惡此便難逢豈容空過又無常迅速念念遷移石火風燈逝波殘照露華電影不足為喻法句經云佛告梵志世有四事不可得久一者有常必無常二者富貴必貧賤三者合會必別離四者強健必當死又經云非空非海中非入山石間無有地方所脫之不受死如上所明萬德衆善菩提資粮惟除二法能成障閡一者不信二者瞋恚不信障未行善欲行善瞋恚滅已行善現行善以不信故如同敗種永斷善根瞋壞正宗增長邪見以瞋恚故焚燒功德遮障菩提開惡趣門閉人天路又不瞋從慈而起大信因智而成智刃纔揮疑根頓斷慈雲既潤瞋火潛消是以因智度苦海之津因信入菩提之戶因慈住大覺之室因忍披如來之衣華嚴經云信為道元功德母長養一切諸善法信能增長智功德信能必到如來地信令諸根明淨利信力堅固無能壞信能永滅煩惱本信能專向佛功德信為功德不壞種信能生長菩提樹信能增

益最勝智信能示現一切佛大莊嚴法門經云瞋恨者能滅百刼所作善業華嚴經云菩薩起一瞋心能生百萬障門又經云刼功德賊無過瞋恚又意地起瞋大道寃賊問凡脩萬善皆助菩提云何有稽滯不成復云何速得圓滿荅因放逸懈怠故無成因勇猛精進故速辦譬喻經云有一比丘飽食入室閉戸靜眠受身快樂却後七日其命將終佛愍傷之告比丘言汝維衛佛時曾得出家不念經戒飽食却眠命終魂神生蜈蚣蟲中積五萬歲壽盡復為螺蜯之蟲樹中蠹蟲各五萬歲此四品蟲生在冥中貪身愛念樂處幽隱為家不喜光明一眠之時百歲乃覺纏綿罪網不求出要今始罪畢得為沙門如何睡眠不知厭足比丘聞已慙怖自責五蓋即除成阿羅漢大寶積經云佛言譬如縑帛繫在頭上火来燒縑帛無暇救火何以故究實理急此上一一親明教旨豈敢造次輙有浪陳顧遵懇苦之言不違究竟之說問慈悲萬善深知佛業祖教或毀或讚所以生疑上雖廣明猶懷餘惑未審佛旨究竟所歸更希指南永祛積滯荅祖立言詮佛垂教跡但破徧計所執不壞緣起法門徧計性者情有理無如繩上生蛇杌中見鬼無而橫計脫體全空依他性者即是因緣若隨淨緣即得成聖若隨染緣即乃為凡是以從緣無性故號圓成法華經云諸佛兩足尊知法常無性佛種從緣起是故說一乘論云若見因緣法則名為見佛故知無有一塵不合理事未有一法非是佛乘皆是不了萬法之初源一塵之自性遂生情

執滯相迷名妄分自他強生離合致令理事水火競生各據二邊不成一味自翳眼見明珠有類以執心觀萬善生瑕媱怒癡性邪見非道尚為觧脫之門尊崇三寶利他衆信豈成障閡之事是以達之則瓦礫為金取之則妙藥成毒故經云虛妄是實語除邪執故實語成虛妄生語見故但除去取之情盡履玄通之道見網既裂惟一真心塵翳若除無非佛國故大般若經云佛言我以諸法無所執故即名般若波羅蜜多我等住此無所執故便能獲得真金色身常光一尋若欲無過但理事融通行願相從悲智兼濟

萬善同歸集卷第五

萬善同歸集卷第六

故華嚴經云偏修理則滯寂偏修智則無悲偏修悲則染習便增但發願則有為情起故菩薩以法融通不去不取圭峯禪師云師資傳授須識藥病承上方便皆須先開示本性方令依性修禪性不易悟多由執相故欲顯性先須破執破執方便須凡聖俱泯功業齊祛使心無所著方可修禪後學淺識便執此言為究竟道又以修習之門人多放逸故後廣說欣厭毀責貪瞋讚歎勤苦調身調息入道次第後人聞此又迷本覺之用便一向執相滯教違宗又學淺之人或秖知離垢清淨離障解脫故毀禪門即心是佛或秖知自性清淨性淨解脫故輕於教相持律坐禪調伏等行不知必須頓悟自性清淨性淨解脫漸脩令得圓滿清淨究竟解脫若身若心無所擁滯又云空宗但迷遮詮非凡非聖一切不可得等性宗有遮有表今時人皆謂遮言為深表言為淺故惟重非心非佛良由以遮非之辭為妙不欲親證自法體故如此也如上所引祖教了然但以所非者破其執離性之相而生常見離相之性成其斷滅或有所讚者乃是了即相之性用不離體即性之相體不離用故知相是性之用性是相之體若欲讚性即是讚相若欲毀相秖是毀性云何妄起取捨之心而生異見若入一際法門則毀讚都息問如上問意秖據今時多取理通少從事習皆稱玄學離物超塵佛果尚鄙而不修片善豈宗而當作未審上古事捴如然請更決疑免墜邪網答前賢往聖志大心淳究

理而晷刻不忘潛行而神靈罔測時夕如臨深履薄尅證自然足救頭重實而不重虛貴行而不貴說涉有而不住有行空而不證空從小善而積殊功仗微因而成大果今時則刧濁時訛志微根鈍我慢垢重懈怠障深一行無成百非恒習乘戒俱喪理事雙亡墮無知坑坐黑暗獄不達即事即理之旨空念破執破病之言智者深嗟愚人傚傚既成途轍頓奪尤難是以廣引祖佛之深心備彰經論之大意希悛舊執庶改前非同躡先聖之遺蹤共稟覺王之慈勅無虧本志免負四恩齊登解脫之門咸闡離生之道成諸佛業滿大菩提塞邪徑而闢正途堅信根而拔疑刺備波羅蜜之智楫駕大般若之慈航越三有之苦津入普賢之願海度法界之飄溺置涅槃之大城往返塵勞周旋五趣不休不息無始無終未來窮而不窮虛空盡而無盡仰惟佛眼證此微誠普為群靈敬述茲集問上上根人頓悟自心還假萬行助道熏脩不荅圭峯禪師有四句料簡一漸修頓悟如伐樹片片漸斫一時頓倒二頓修漸悟如人學射頓者箭箭直注意在的漸者久久方中三漸修漸悟如登九層之臺足履漸高所見漸遠四頓悟頓修如染一綟絲萬條頓色上四句多約證悟惟頓悟漸修此約解悟如日頓出霜露漸消華嚴經說初發心時便成正覺然後登地次第修證若未悟而修非真修也惟此頓悟漸修既合佛乘不違圓旨如頓悟頓修亦是多生漸修今生頓熟此在當人時中自驗若所言如所行所行如所言量窮法界之邊

心合虛空之理八風不動三受寂然種現雙消根隨俱盡若約自利則何假萬行勳修無病不應服藥若約利他亦不可廢若不自作爭勸他人故經云若自持戒勸他持戒若自坐禪勸他坐禪智論云如百歲翁翁舞為教授兒孫故先以欲鈎牽後令入佛智如或現行未斷煩惱習氣又濃寓目生情觸塵成滯雖了無生之義其力未充不可執云我已悟了煩惱性空若起心修却為顛倒然則煩惱性雖空能令受業業果無性亦作苦因苦痛雖虛秪麼難忍如遭重病病亦全空何求醫人徧服藥餌故知言行相違虛實可驗但量根力不可自謾察念防非切宜仔細問老子亦演行門仲尼大興善誘云何徧讚佛教而稱獨美乎荅老子則絕聖棄智抱一守雌以清虛澹泊為生務善嫉惡為教報應在一生之內保守惟一身之命此並寰中之近唱非象外之遐談義乖兼濟之道而無惠利也仲尼則行忠立孝闡德垂仁惟敷世善未能忘言神解故非大覺也是以仲尼荅季路曰生與人事汝尚未知死與鬼神余焉能事此上二教並未逾俗柱猶局塵籠豈能洞法界之玄宗運無邊之妙行乎問佛行無上眾哲所尊儒道二教既盡欽風云何後代之中而有毀謗不信者何荅儒道仙宗皆是菩薩示助揚化同讚佛乘老子云吾師號佛覺一切民也西昇經云吾師化遊天竺善入泥洹符子云老氏之師名釋迦文列子云商太宰嚭問孔丘曰夫子聖人歟孔子對曰丘博識強記非聖人也又問三王聖人歟對曰三王善用

智勇非聖人也又問五帝聖人歟對曰五帝善用仁義亦非丘所知又問三皇聖人歟對曰三皇善任因時亦非丘所知太宰嚭大駭曰然則孰為聖人夫子動容有言曰丘聞西方聖者焉不治而不亂不言而自信不化而自行蕩蕩乎民無能名焉吳書云吳主孫權問尚書令闞澤曰孔丘老子得與佛比對以不闞澤曰若招孔老二家比校遠方佛法遠則遠矣所以言者孔老設教法天制用不敢違天諸佛設教諸天奉行不敢違佛以此言之實非比對明矣吳主大悅用闞澤為太子大傅起世界經云佛言我遣二聖者往震旦行化一者老子是迦葉菩薩二者孔子是儒童菩薩明知自古及今但有利益於人間者皆是賓化菩薩惟大士之所明非常情之所測遂使寡聞淺識起謗如煙並是不了本宗妄生愚執事老君者則飛符走印煉石燒金施醮祭之鯹羶習神仙之誑誕入孔門者志乖淳朴意尚浮華騁鸚鵡之狂才擅蜘蛛之小巧此皆違背先德自失本宗斯人不謗焉顯其深下士不笑寧成其道是以佛法如海無所不包至理猶空何門不入衆哲冥會千聖交歸真俗齊行愚智一照開俗諦也則勸臣以忠勸子以孝勸國以紹勸家以和弘善示天堂之樂懲非顯地獄之苦不惟一字以為褒豈止五刑而作戒敷真諦也則是非雙泯能所俱空收萬像為一真會三乘歸圓極非二諦之所齊豈百家之所及問道無不在真性未移有佛無佛性相常住此即一體三寶常現世間何用金檀刻像竹帛書經剃髮

出塵以為三寶答上根玄解何假相施中下鈍機須憑事發不現正相但染邪風秖如此土像教未來惟與外道囙知真僞莫辨靈蹤伏自漢明夢現金身吴帝瑞彰舍利爾後國王長者方知歸敬之門哲士明人頓曉棲神之地是知迹能顯本相可通真因筌得魚理事無廢是以木母變色金像舒光道藉人弘物由情感能生淨種敬假像而開心不結信緣遇真儀而不見是以迷之則本末咸喪了之則真假俱通若驗斯文奚生取捨或廣興供養發大志誠意業功深修因力大是以貧女獻潘澱而位登支佛童子進土麨而福受輪王問因緣義空自他無性涅槃生死一體無殊如何行慈廣垂攝化答雖人法本空彼我虚寂而衆生迷如夢所得都不覺知菩薩興悲而示真實大般若經云佛告善現應知有情雖自性空遠離衆相而有雜染清淨可得起信論云雖念諸法自性不生而復不生因緣和合善惡之業苦樂等報不失不壞雖念因緣善惡業報而亦即念性不可得是以觀緣起而不住涅槃了性空而不住生死問西天九十六種外道各立修行之門勤苦兢兢非無善業云何報盡還入輪迴不得解脱答未達無生正理惟修生滅有因起貪著之心懷希望之意以苦捨苦從迷積迷輸匐昇沉輪迴莫已蒸砂之喻是可明之問非惟外道修善不得解脱依內教修亦有不得道者何耶答皆為有我故不得斷結凡作之時皆云我能作隨境所得住著因果若了二無我理證解一心不動塵勞當處解脱問正作之

時云何了無我荅所作之時從縁而起以有施為而無主宰所出音聲猶如風鐸隨機轉動惟似木人但依業力所為而無我性可得四大聚散生滅隨縁乃至六趣受身亦復如是實無有人而能來往華嚴經云如機關木人能出種種聲彼無我非我業性亦如是論云因縁故生天因縁故墮地獄若言是我非因縁者作惡何不生天乃墮地獄耶我豈愛彼地獄受苦耶我既作惡而不受樂者故知善惡感報惟是因縁非是我也而衆生於無我無作之中妄認我作強為其主不知是識所為决定無有作者外道皆稱執作悉有神我若無神我誰為所作智論破云心是識相故自能使身不待神也如火性能燒物不假人唯識論云諸所執實有我體為有思慮為無思慮有思慮應是無常非一切時有思慮故無思慮如虛空不能作業亦不受果故所執我理俱不成由此故知定無實我但有諸識無始時来前滅後生因果相續由妄熏習似我相現愚者於中妄執為我又無我者即是無性性即是體體是生質義凡有一法皆從衆縁所成實無本體以無體故空是以衆生於性空中執為實有内則為我所羈外則為塵所局所以修行不出心境及至得果不離所因昇降雖殊常繫諸有互為高下終始輪迴衆患所生我為其本問既萬法無體本来自空云何復有諸法建立荅秖為空無體性而從縁生若有自體即不假縁生既不從縁生即萬法有其定體若立定相即成常過善惡不可改移因果遂成錯亂為惡應生天

為善應沉淵以無因故作善應無福作惡應無罪以無果故是以萬法無體無定但從緣現以緣生故無性諸法皆空以無性故緣生諸法建立故華嚴經明菩薩於無自性中建立一切佛事是以因空立有有無自名從有辯空空無自體問現見諸法發生云何無性答即生無生所以無性若云有生為復自生爲他生為共生為無因生若云自生譬如自身若非父母云何得生故云此身即父母之遺體以過去業為內因託父母體爲外緣內外因緣和合而有即非自生或云他生者若無宿業自因終不託胎皆從自業而有譬如外具水土若無種子決定不生若共生者因假緣成何有自體之用緣從因起而無外助之能因緣各無和合豈有如一砂無油和衆砂而非有一盲不見聚群盲而豈觀若無因生者即石女生兒龜毛作拂有因尚無無因豈有又從有因而立無因有因既無無因亦絕但了自他兩句無生則四句皆破既無自他將誰作和合及以無因有四句自然宴寂是知無生之生幻相宛爾生之無生真性湛然故金剛三昧經云因緣所生義是義滅非生滅諸生滅義是義生非滅問既一切諸法無性無生云何衆生執著境緣而受實報答秖為不了無性迷為實有所以受其實報如達其性空即不生貪著既不躭著任運施爲不住其因終不受果故經云心生種種法生又云一切惟心造若心不起外境常虛了境性空其心自寂妄心既寂幻相何生心境俱寘自然合道華嚴經云眼耳鼻舌身心意諸

情根一切空無性妄心分別有又云世間一切法但以心為主隨解取衆相顛倒不如實問既受實報云何言一切空荅分明云衆生自妄認為實其性常空雖受苦樂厭愛情生人法俱空一無所得猶如夢見好惡欣慼盈懷及至覺來豁然無事覺來非有夢裏非無既習顛倒之因不無虛妄之果問妄心幻境為復本無從今日無荅心境本無問既是本無衆生云何不得解脫荅本來無縛云何稱解秖為不達本無妄生今有從無始際熏習之力不覺不知隨業而轉雖在業拘性常清淨問如何得究竟清淨荅此有二義一者了其本無得自性清淨二者淨其妄染得離垢清淨本性既淨妄念不生二障雙消三輪廓徹契本明源種現俱寂問佛道遐昌凡聖同禀何乃興替不定而有隳壞者乎荅夫萬物有還三寶常住寂然不動感通而化非初誕於王宫不長逝於雙樹若衆生福薄則佛事氷消若國土緣深則梵刹雲聳在人自生得丧非法而有盛衰故法華經云衆生見刧盡大火所燒時我此土安隱天人常充滿問既讃衆善報應非虛云何有勤苦求者全無尅證荅修善之人自有明顯二益法華玄義四句料簡一冥機冥應若過去善修三業現在未運心口藉往善力此名為冥機雖不見靈應而密為法身所益不見不聞非覺非知是名冥益應身應是顯應法身應是冥應二冥機顯益過去植善而冥機已成便得值佛聞法現前獲利是為顯益如初佛出世最初得度之人現在何曾修行諸佛照其宿機自往

度之三顯機顯益現在身口精勤不懈而能感降道場禮懺能感靈瑞四顯機冥益如人雖一世勤苦現善濃積而不顯感冥有其利若解四意一切低頭舉手福不虛棄終日無感終日無悔矣問或有一生修善現縈惡報終日造惡目覩吉昌者何荅業通三世生熟不定又通三報厚薄相傾西天第十九祖師鳩摩羅多云前生修功德而致強半功有少破壞故廻心修惡行罪業少功德亦死先受福正受快活時心佀得安樂忽降諸衰惱其家漸殘破承彼先惡業相續致於此非是今修福而招斯惡報又曰前世作惡業其罪強半功忽遇一智者而教修福德福德雖修已其善未過彼功德少於罪亦死生貧窮心不敬信佛亦不重三寶如是過半已其家漸富有資生多財帛承彼先善業相續致於此非是今作惡而招斯善報論云今我疾苦皆由過去今生修福報在當來若見喜殺長壽好施貧窮能信斯言不生邪見若不解此憂悔失理為徒功喪計善惡無徵但修善之時一心不退既不間斷福果長新秖慮中途自生遮障識達賢士曉斯旨焉問惡能掩善則禍起而福傾善能排惡則障消而道現何乃或有從生積善反受其殃及蕭梁武帝歸憑三寶一朝困斃全無靈祐者何舉世咸疑請消餘滯荅前明業通三世事已昭然今重決疑有其三義一者是諸佛菩薩示現施為隨順世間同其苦樂千變萬化誘引勞生或居安而忽危示物極即反或處榮而頓弊現盛必有衰令耽榮者悟世無常使恃祿者知生有

限潛消貪垢巧洗情塵示正示邪或逆或順斯乃密化之秘術非凡小之所知二者善惡無定果報從緣業力難思勢不可遏故涅槃經云業有三報一現報現作善惡現受苦樂二生報今生作業來生受果三後報或今生作業過百千生方受其報又經云有業現苦有苦報有業現苦有樂報有樂現樂有樂報有業現有樂有苦報或餘福未盡惡不即加或宿殃尚在善緣便發又若善多惡少則先受樂而後受苦則福盡禍生或善少惡多則先受苦而後受樂則災消慶集此皆並是後報善惡業熟今生善力難排斷結證聖尚還宿債如師子比丘一行禪師等豈況業繫凡夫寧逃此患三者或善根深厚修進堅牢決志無疑誓過金石則現受輕報能斷深愆故

經云今生作惡少為善多則迴地獄重而現世輕或作善少為惡多則迴現世輕而地獄重乃至純善修行之人現世暫時頭痛則滅百千萬劫地獄之苦是以菩薩發願云願得今生償不入惡道受苦作惡之人雖現安樂果在阿鼻積劫燒然受苦無間又復修行力至將出輪迴臨終之時雖受微苦無始惡業一時還盡如唐三藏法師九世支那為僧福德智慧常稱第一大弘聖教廣演佛乘利濟無邊殊功罕測及至遷化之時卧疾房中瞻病僧明藏禪師見有二人各長一丈共捧一白蓮華至法師前云師從無始已來所有損惱有情諸有惡業因今小疾並得消殄應生欣慶法師顧視合掌遂右脇而卧弟子問云和尚決定得生彌勒內院不報云得生言訖

氣息漸微奄然神逝若明如上三義方為知因識果之人或昧斯文終生疑謗問夫修善應純云何造惡既能造惡何用善乎若善惡齊行恐虛功力荅若出家菩薩無諸障閡應純修善直至菩提如在家菩薩事業所拘未得純淨傍興善道以為對治夫業難頓移惡非全斷漸積功德以趣菩提若更積惡不修惡無有盡須行善業以奪惡因譬喻經云昔有國王出射獵還過寺繞塔爲沙門作禮群臣共笑之王乃覺知問群臣曰有金在釜釜中湯沸以手取金可得不荅曰不可得王言以冷水投中可取得不臣白王言可得也王言我行王事射獵所作如湯沸燒香然燈繞塔如持冷水投沸湯中夫王作有善惡之行何故但有惡無善乎問在家菩薩亦許純修善不荅若志若心堅一向歸命如鹿在網若火燒頭惟求出離之門不顧人間之事自古及今亦多此等譬喻經云昔有國王大好道德常行繞塔百帀未竟邊國王来征伐欲奪其國傍臣大恐怖即白王言置斯旋塔以禳重寇王言聽使兵来我終不止心意如故繞塔未竟兵散罷去夫人有一心定意無所不消也是以河岳不靈惟人所感但能志到無往不從至於氷池躍鱗寒林抽笋故非神力之所為也問若廣修萬善皆奉慈門但稟真詮有妨世諦則處國廢其治國在家闕於成家雖稱利人未得全美荅佛法衆善普潤無邊力濟存亡道含真俗於國有善則國霸於家有善則家肥所利弘多爲益不少所以書云積善之家必有餘慶積惡之家必有餘殃

又云行善降之百祥為惡降之百殃宋典文帝以元嘉中問何侍中曰范泰謝靈運云六經本是濟俗若性靈真要則以佛經為指南如其率土之濱皆純此化則吾坐致太平也侍中對曰夫百家之鄉十人持五戒則十人淳謹千室之邑百人修十善則百人和厚傳此風訓已遍宇内編戶千萬則仁人百萬夫能行一善則去一惡去一惡則息一刑一刑息於家萬刑息於國陛下所謂坐致太平也是以包羅法界徧滿虛空一善所行無往不利則是立身輔化匡國保家之要軌矣若以此立身無身不立以此匡國無國不匡近福人天遠階佛果問所修萬善以何為根本乎荅一切理事以心為本約理者經云觀一切法即心自性成就慧身不由他悟此以真如觀真實心為本約事者經云心如工畫師能畫諸世間五蘊悉從生無法而不造此以心識觀緣慮心為本真實心為體緣慮心為用用即心生滅門體即心真如門約體用分二惟是一心即體之用用不離體即用之體體不離用開合雖殊真性不動心能作佛心作衆生心作天堂心作地獄心異則千差競起心平則法界坦然心凡則三毒縈纏心聖則六通自在心空則一道清淨心有則萬境縱橫如谷應聲語高而響大似鏡鑑像形曲而影邪以萬行由心一切在我内虛外終不實内細外終不麤善因終值善緣惡行難逃惡境蹈雲霞而飮甘露非他所披卧煙燄而噉膿血皆自所為非天之所生非地之所出秪在最初一念致此昇沉欲外安和但内寧靜

心虛境寂念起法生水濁波昏潭清月朗修行之要靡出於斯可謂衆妙之門群靈之府昇降之本禍福之源但正自心何疑別境經云為善福隨履惡禍追響之應聲善惡如音非天龍鬼神所授非先禰後裔所為造之者惟心成者身口矣佛說偈曰心為法本心尊心使中者念惡即言即行罪苦自追車轢于轍心為法本心尊心使中心念善即言即行福樂自追如影隨形華嚴經云智首菩薩問文殊師利云何得無過失身口意業乃至為上為無上為等為無等等文殊師利荅言佛子若諸菩薩善用其心則獲一切勝妙功德密嚴經云如地無分別庶物依以生藏識亦如是衆境之依處如人以巳手還自摩捫身亦如象以鼻取水自沽沐復以諸嬰兒以口含其指如是自心內現境還自緣是心之境界普徧於三有久修觀行者而能善通達內外諸世間一切惟心現以此之言豈止萬善之本乃至有情無情凡聖境界虛空萬像悉為其本亦云無住為本本利道生斯之謂矣問萬行之源以心為本助道門內何法為先荅以其真實正直為先慈悲攝化為道以正直故果無迂曲行順真如以慈悲故不墮小乘功齊大覺以此二門自他兼利問前明先知正宗徧行助道今萬行門中以消疑滯未審以何為宗旨荅佛法本無定止但隨入處明見心性權名為宗問以何方便而得悟入荅有方便門應須自入問豈無指示荅見性無方云何所指實非見聞覺知境界問既無所指明見之時見何物荅見無物問無物如

何見荅無物即無見無見是真見有見即隨塵問若然如是教中佛云何亦說見荅佛隨世法即是不見見非同凡夫執為實見究竟而論見性非屬有無湛然常寂問畢竟如何荅須親省察問前云心外無法云何稱有見即隨塵荅一切色境皆是第八識親相分現量所得實無外法眼見色時未生分別剎那轉入明了意識分別形像作外量解遂執成塵境問此境何識所現荅塵以識所現內識變起似塵而現如鏡中見自面像非他影現唯識論云內識轉似外境我法分別熏習力故諸識生時變自我法此我法相雖在內識而由分別似外境現諸有情類無始時來緣此執為實我實法如幻夢者幻夢力故心佀種種外境相現內識所變佀我似法雖有而非實經云由自心執著心似外境轉彼所見非有是故說惟心此由約事而論說為識變若深達真如一切諸法本來不動即心自性亦非待變問此塵與識從何而立荅謂由名言熏習種子而得建立實無其體而似有義相貌顯現如幻物等因名立法因法建名名中無法法中無名無體互成有相俱寂問此識既不立何識為宗荅諸識亦無畢竟所歸約極權論惟一真性此亂識為遣境故立境消識謝能所俱亡惟一真識即是實性三無性論云先以亂識遣於外境次阿摩羅識遣於亂識究竟惟一淨識問理事無閡萬事圓修何教所宗何諦所攝荅法性融通隨緣自在隨舉一法萬行圓收即華嚴所宗圓教所攝若六度萬行成佛度生雖淨緣起皆是諦

所收若發明本宗深窮果海則理智俱亡言心路絶問此集所陳有何名目荅若問假名數乃恒沙今畧而言之揔名萬善同歸别開十義一名理事無閡二名權實雙行三名二諦並陳四名性相融即五名體用自在六名空有相成七名正助兼修八名同異一際九名修性不二十名因果無差問名因義立義假名詮既立假名其義何述荅第一理事無閡者理則無為事則有為終日為而未甞有為終日不為而未甞無為為與無為非一非異同法性源等虛空界若云是一仁王經說諸菩薩有為功德無為功德皆悉成就若但是一不應說有二種功德若云是異般若經云不得離有為說無為不得離無為說有為是以理事相即非斷非常起滅同時無閡雙現第二權實雙行者實則真際權則化門從真際而起化實外無權因事跡而得本權外無實常冥一旨無閡雙行遮照同時理量齊現第三二諦並陳者諸佛常依二諦說法何以故俗是真詮了俗無性即是真諦故云若不得俗諦不得第一義所以真不待立而常現俗不待違而自空二諦雙存如同波水水窮波末波水同時波徹水源動濕一際第四性相融即者無量義經云無量義者從一法生所言法者即是真心從一真心具不變隨緣二義不變是性隨緣是相性是相之體相是性之用以不了根源則妄生諍論如今毀相者是不識心之用毀性者是不識心之體若能融通取捨俱息第五體用自在者體即法性之理用乃智應之事舉體全用用即非

一舉用全體體即非異即體之用不閡用即用之體不失體所以一味雙分自在無閡第六空有相成者且夫一切萬法本無定相互成互壞相攝相資空因有立緣生故性空有假空成無性故緣起因義顯別隨見成差迷之則萬狀不同悟之則三乘不異何者且如有之一法小乘見是實色初教觀為幻有終教則色空無閡以空不守自性隨緣成諸有故頓教見一切色法無非真性圓教見是無盡法界若如是融通即成真空妙有有能顯萬德空能成一切第七正助兼修者正即是主助即是伴因伴成主無助即正終不圓從主得伴無正則助無由立是以主伴相成正助兼備亦是止觀雙運隱顯互興內外更資乘戒兼急第八同異一際者同則攄理不變異則約事隨緣所以不變故乃能隨緣隨緣故所以不變秖為不異而成異事不同而立同門若異則壞於異以失體故若同則不成同以無用故所以同無同而異異無異而同各執即落斷常雙融即成佛法故經云奇哉世尊於無異法中而說諸法異第九修性不二者本有曰性非從觀成今顯曰修因智而現由修顯本有之性因性發今日之修全性成修全修成性修性無二因緣似分第十因果無差者因從果起果滿則乃成因果逐因生因圓則能立果事分前後理即同時相助相酬業用無失問此集所申當何等機但何等利益自他兼利頓漸俱收自利者助道之圓門脩行之玄鏡利他者滯真之皎日二見之良醫頓行者不違性起之門能成法界之

行漸進者免纔方便之教終歸究竟之乘若信之者則稟佛言若毀之者則謗佛意信毀交報因果歷然略述教海之一塵普施法界之含識願弘正道用報佛恩頌曰

菩提無發而發　佛道無求而求　妙用無行而行
真智無作而作　興悲悟而同體　行慈深入無緣
無所捨而行檀　無所持而具戒　脩進了無所起
習忍達無所傷　般若悟境無生　禪定知心無住
鑒無身而具相　證無說而談詮　建立水月道場
莊嚴性空世界　羅列幻化供具　供養影響如來
懺悔罪性本空　勸請法身常住　迴向了無所得
隨喜福等真如　讚歎彼我虛玄　發願能所平等
禮拜影現法會　行道足躡真空　焚香妙達無生
誦經深通實相　散華顯諸無著　彈指以表去塵
施為谷響度門　修習空華萬行　深入緣生性海
常遊如幻法門　誓斷無染塵勞　願生惟心淨土
履踐實際理地　出入無得觀門　降伏鏡像魔軍
大作夢中佛事　廣度如化含識　同證寂滅菩提

萬善同歸集卷第六

清刻龍藏佛說法變相圖

智覺禪師定慧相資歌

祖教宗中有二門十度萬行稱爲尊初名止觀助新學後成定慧菩提根唯一法似雙分法性寂然體真止寂而常照妙觀存定爲父慧爲母能孕千聖之門戶增長根力養聖胎念念出生成佛祖定爲將慧爲相能弼心王成無上永作群生證道門即是古佛菩提樣定如月光爍外道邪星滅能挑智炬轉分明滋潤道芽除愛結慧如日照破無明之暗室能令邪見愚夫禪盡成般若波羅蜜少時默剎那靜漸漸增脩成正定諸聖較最功不多終見靈臺之妙性暫聞法繞歷耳能熏識藏覺種起一念回光正智開須臾成佛法如是禪定力不思議變凡爲聖剎那時無邊生死根由斷積劫塵勞巢穴隳湛心水淨意珠光

吞萬像爍千途抉開巳眼無瑕翳三界元無一法拘覺觀賊應時剋攀緣病倏然淨蕩念垢兮洗惑塵顯法身兮堅慧命如斷山若停海天翻地覆終無改瑩似琉璃含寶月倏然無寄而無待般若慧莫能量自然隨處現心光萬行門中爲導首一切時中稱法王竭苦海碎邪山妄雲卷盡片時間貧女室中金頓現壯士額上珠潛還斬癡網截欲流大雄威猛更無儔能令鐵牀銅柱冷頓使魔怨業果休和諍訟成孝義普現群生諸佛智邊邪惡慧盡朝宗螻蟻鯤鵬齊受記偏脩定純陰爛物剗正命若將正慧照禪那自然萬法明如鏡偏脩慧純陽枯物成透滯須憑妙定助觀門如月分明除霧翳勸等學莫偏脩從來一體無二頭似禽兩翼飛空界如車二輪乘白牛即向凡途登覺岸便於業海泛慈舟或事定制之一處無不竟或理定唯當直下觀心性或事觀明諸法相生籌筭或理觀頓了無一無那畔定即慧非一非二非心計慧即定不同不別絕觀聽或雙運即寂而照通真訓或俱泯非定非慧超常準一塵入定衆塵起般若門中成法爾童子身中三昧時老人身分談真軌能觀一境萬境同近塵遠剎無不通真如路上論生死無明海裏演圓宗眼根能作鼻佛事色塵入定香塵起心境常同見自差誰言不信波元水非寂非照絕言思而寂而照功無比權實雙行闡正途體用更資含妙旨勸諸子勿虛棄光陰如箭如流水散亂全因缺定門愚盲秖爲虧真智真實言須入耳千經萬論同標記定慧全功不暫忘一

念頓歸真覺地定須習慧須聞勿使靈臺一
點昬合抱之樹生毫末積漸之功成寶尊獼
猴學定生天界女子繞思入道門自利利他
因果備若除定慧莫能論

智覺禪師定慧相資歌

清刻龍藏佛說法變相圖

警世

夫不體道本沒溺生死處胎卵濕化橫竪飛沉之類於中失人身者如大地之土得人身者如爪上之塵於人身中多生邊夷下賤及處中國或受女身若爲男子癃殘百疾設得丈夫十相具足者處恐畏世生五濁時以肉爲身以氣爲命一報之內如石火風燈逝波殘照瞬息而已於中少夭非横殂者不計其數或有得天年壽極耳順萬中無一脱得知命之歲除童稚無知至三十豪四十富且約其間三十年於中有疾病灾禍愁憂苦惱居強半矣所以昔人有言浮生一月之中可開口而笑只四五日矣故知憂長喜促樂少苦多如在萬仞之危峯似處千尋之滄海縱得少樂畢慮漂沉且夫有生勞我處胎有老奪

我壯色有病損我形貌有死壞我神靈有榮縱我驕奢有辱敗我意氣有貴使我憍倨有賤挫我行蔵有富恣我貪婪有貧乏我依報有樂動我情地有苦痛我精神有讃起我高心有毀滅我聲價乃至寒則逼切我體熱則煩悶我襟渇則乾我喉饑則羸我腹驚則懾我魄懼則喪我魂憂則撓我神惱則敗我志順則長我愛逆則起我憎親則牽我情踈則生我恨害則殞我體愁則結我腸乃至遇境生心隨塵動念或美或惡俱不稱懐皆長業輪晝喪道本其或更詭於君悖於父傲其物趨其時獸其心狐其意苟其利徇其名誑其人諂其行附其勢欺其孤淵其殃崇其業扇其火吹其風驟其塵背其覺邪其種睽其真但顧前非慮後只謀去靡思回唯求生焉知

滅則念念燒煮步步溝隍矣如今或得剎那在世須蘊仁慈行善脩心除非去惡書云作善降之百祥作不善降之百殃是以世間逆順種種因縁空受身心妄苦皆爲不知三界唯是一心以前五識眼耳鼻舌身乃第八識皆是現量所得無心外法以第六明了意識比量計度而成外境全是想生隨念而至若無想念萬法無形故經云想滅閒靜識停無爲又云諸法不牢固唯立在於念善解見空者一切無想念若了一心之旨心外自然無法可陳豈有欣戚闗懐是非干念佛頌云未達境唯心起種種分別達境唯心已分別即不生既了境唯心便捨外塵相從此息分別悟平等真空故起信論云一切境界唯心妄動心若不起一切境界相滅唯一真心徧一

切處是故三界虛僞唯心所作離心即無六塵境界乃至一切分別即分別自心心不見心無相可得先德云心外有法生死輪迴心外無法生死永弃經云諸法所生唯心所現論云三界無別法但是一心作既信一心須以禪定冥合如經云若能教三千大千世界衆生令行十善不如一食頃一心靜處入一相法門若能諦了自心以此定慧相應則能不動塵勞便成正覺平生所遇莫越於斯普勸後賢可書紳耳

音釋

嚭疋鄙切大也　隳許規切毀也

永明心賦註

妙圓正修智覺永明壽禪師述

清刻龍藏佛說法變相圖

永明心賦註卷一

妙圓正修智覺永明壽禪師述

覺王同稟

註曰楞伽經佛語心爲宗無門爲法門又經頌云如世有良醫以妙藥救病諸佛亦如是爲物說唯心爲宗無門爲法門既稱心賦便是標宗何假廣用文言仍繁註解且凡論宗旨唯逗頓機如日出照高山駛馬見鞭影所以丹霞和尚云相逢不擎出舉意便知有首楞嚴經云圓明了知不因心念揚眉動目早是周遮如先德頌云便是猶倍句動目即差違若問曹溪旨不更待揚眉答今爲樂佛乘人實未薦者假以詞句助顯眞心雖挂文言妙旨斯在俯收中下盡羣機但任當人各資已利百川雖潤何妨大海廣含五嶽自高不礙太陽普照根機莫等樂欲匪同於四門入處雖殊在一眞見時無別如獲鳥者羅之一目不可以一目爲羅治國者功在一人不可以一人爲國如內德論云夫一水無以和羹一木無以建室一衣不稱衆體一藥不療殊疾一彩無以爲文繡一聲無以諧琴瑟一言無以勸衆善一戒無以防多失何得怪漸頓之異令法門之專一故云如爲一人衆多亦然如爲衆多一人亦然豈同劣解凡情而生局見我此無礙廣大法門如虛空非相不拒諸相發揮似法性無身匪礙諸身頓現所以藏法師云自有衆生尋教得眞會理無礙常觀理而不礙持教恒誦習而不礙觀空則理教俱融合

成一觀方爲究竟博通耳斯乃教觀一如詮旨同原矣**祖亂親傳**註曰此土初祖達摩大師云以心傳心不立文字又云直指人心見性成佛亦云默傳心印代代相承迮至今日**大開眞俗之本**註曰如大乘起信論云有摩訶衍能發起一切衆生大乘信根所言摩訶衍者此云大乘又大乘者是衆生心心體周遍故名爲大心能運載故名爲乘立心眞如門心生滅門論云摩訶衍者總說有二種一者法二者義所言法者謂衆生心是心則攝一切世間出世間法依於此心顯示摩訶衍義何以故是心眞如相即示摩訶衍體故是心生滅因緣相能示摩訶衍自體相用故所言義者則有三種一者體大謂一切法眞如平等不增減故二者相大謂如來藏具足無漏性功德故三者用大能生一切世間出世間善因果故一切諸佛本所乘故一切菩薩皆乘此法到如來地故是知一心是諸佛本所乘菩薩因乘此心法皆到如來地故離此一心外別無殊勝故今賦詠志在於此藏法師云眞俗雙泯二諦恒存空有兩亡一味常現所以華嚴疏云眞俗雖相即而各不壞其相謂即有之空方是眞空即空之有方爲妙有空有不二兩相歷然如波即水而恒動俗即眞而俗相立如水即波而恒濕眞即俗而眞體存已上皆況心之體用非一非異又云不壞生滅門說眞如門不隱眞如門說生滅門良以二門唯一心故所以十方諸佛常依二諦說法若不得俗諦不得第一義諦以俗諦無有自體

即第一義諦故**獨標天地之先**註曰傅大士頌云有物先天地無形本寂寥能爲萬象主不逐四時彫老子云有物渾成先天地生寂兮寥兮獨立而不改周行而不始可以爲天下母吾不知其名字之曰道強之曰大寶藏論云空可空非眞空色可色非眞色眞色無形眞空無名無名名之父無色色之母作萬法之根源爲天地之太祖上施元象下列冥庭元氣含於大象大象隱於無形爲識物之靈靈中有神神中有身無爲變化各稟乎自然**常爲諸佛之師能含衆妙**註曰諸佛以法爲師起信論云所言法者衆生心是又知之一字衆妙之門禪源集云夫言心者是心之名言知者是心之體能含衆妙者一心杳冥之內衆妙存焉清淨法界杳杳冥冥以爲能含恒沙妙德微妙相大以爲所含相依乎性性無不包故稱爲含又云妄念本寂塵境本空空寂之心靈知不昧即此空寂之知是前達摩所傳清淨心也任迷任悟心本自知不藉緣生不因境起迷時煩惱知非煩惱悟時神變知非神變然由迷此知即起我相若了此知刹那成佛故心要牋云一心法本乎無住無住心體靈知不昧又況如一摩尼珠一靈心也唯圓明淨空寂知也都無一切差別色相以體明故對外物時能現一切差別色相色相自有差別明珠不曾變易且如珠現黑時但云黑等是珠如洪州馬大師云起心動念彈指瞬目所作所爲皆是佛性此是即妄明眞或揀離黑覓珠如北宗秀大師云衆生

本有覺性如鏡有明性煩惱覆之不見如鏡有塵闇妄念盡則心明昏塵滅則鏡朗此是雖妄明真或云明黑都無者如牛頭融大師云諸法如夢本來無事心境本寂非今始空宜喪已忘情情忘即絶此是真妄俱無初一皆真次一皆妄後一即皆無皆是未見珠也如荷澤和尚於空無相處指示知見了了常知不昧心性見珠黑之時但見珠體明白不觀黑色及青黃等雜色既不即黑亦不離黑亦不黑白俱拂了了見心性之時不即不離無住無著非一非異不取不捨又異心本體有二種用一者自性本有一者隨緣應用猶如銅鏡銅之質是自性體銅之明是自性用明所現影是隨緣用影即對緣方現現有千差明即光明明唯一味以喻心常寂是自性體心常知是自性用今洪州指示能語言分別等但是隨緣用闕自性用也又顯教有比量顯現量顯洪州云心不可指示但以能語言等驗之知有佛性是比量顯也荷澤直云心體能知知即是心不約知以顯心是現量顯洪州闕此又不變是體隨緣是用又荷澤所宗空寂知者空寂即是無相以神解之性雖無形相而靈知不昧故云寂知亦云寂照亦云無相之知亦云無知之知如肇論云放光般若云般若無所有相無生滅相道行般若云般若無所知無所見此辯智照之用而曰無相無知者何耶果有無相之知不知之照明矣何者夫有所知則有所不知以聖心無知故無所不知不知之知乃曰一切知故經云聖心無知無所不知信矣空寂即是無相即是無知論云無所不知又云乃曰一切知者此知即是真知爲一切衆生自心之體眞性靈知湛然恒照亦云無念之知若有念而知凡夫境界故云知覺乃衆生若無念無知二乘境界若無念而知諸佛境界空寂即是無念亦云無住之知若有所住如人入闇則無所見若無所住如日月光明照見種種色華嚴錦冠云含衆妙而有餘者謂一切事皆不改本相不離本位法法皆能爲大爲小爲一爲多爲主爲伴即此即彼即隱即顯即延即促互相攝入重重無盡如帝網天珠以要言之隨一一事念念皆具十元之義同時具足無有前後如海一滴即具百川滴滴皆爾故名爲妙

恒作羣賢之母

可謂幽元

註曰夫般若者是諸佛之母故淨名經頌云智度菩薩母能生一切導師所言般若者即一切衆生自心靈知之性耳如實藏論云夫天地之內宇宙之間中有一寶秘在形山識物靈照內外空然寂寞難見其謂元元巧出於紫微之表用在於虛無之間端化不動獨而無雙聲出妙響色吐華容窮覩無所寄號空空唯留其聲不見其形唯留其功不見其容幽顯朗照物理虛通森羅寶印萬象眞宗其爲也形其寂也冥本淨非瑩法爾圓成光超日月德越太清萬物無作一切無名能轉變天地自在縱橫恒沙妙用混沖而成誰聞不喜誰聞不驚如何以無價之寶隱於陰入之坑哀哉哀哉其謂自輕悲哉悲哉晦何由明其寶也煥煥煌煌朗照十方闃寂無物圓應堂堂應聲應色應陰

應陽奇特無根妙用常存瞬目不見側耳不聞其本也冥其化也形其爲也聖其用也靈可謂大道之眞精其精甚靈萬有之因凝然常住與道同倫故經云隨其心淨則佛土淨任用森羅其名曰聖又若證此一心則解一切法門如止觀云譬如良醫有一秘方總攝諸方阿伽陀藥功兼諸藥如食乳糜更無所須一切具足如如意珠乃至此一心是大中大上中上圓中圓滿中滿實中實眞中眞了義中了義元中元妙中妙不可思議中不可思議若能如此簡非顯是體權實而發心者是一切諸佛種譬如金剛從金性生佛菩提心從大悲起是諸行先如服阿婆羅藥先用清水諸行中最如諸根中命根爲最佛正法正行中此心爲最如太子生具王儀相大臣恭敬有大聲名如迦陵頻伽鳥殼中鳴聲已勝諸鳥此菩提心有大勢力如師子筋絃如師子乳如金剛鎚如那羅延箭具足衆寶能除貧苦如如意珠雖小懈怠小失威儀猶勝二乘功德舉要言之此心即具一切菩薩功德能成三世無上正覺

靈性有殊該通匪一

註曰此一心靈臺之性最靈最妙作萬法之王爲尊有之體豎徹三世橫亘十方大智度論云在有情數中爲佛性在無情數中爲法性所以華嚴經頌云法性遍在一切處一切衆生及國土三世悉在無有餘亦無形相而可得如肇論離微體淨品云夫性離微者則非取非捨非修非學非本無今有非本有今無乃至一法不生一法不滅非三界所攝非六趣所變非愚智所攺非眞妄所轉平等普遍一切圓滿總爲一大法界幻化靈宅迷之者歷劫浪修悟之者當體凝寂

千途盡向於彼生萬象皆從於此出

註曰淨名經云一切法以無住爲本無住者一切衆生第八識心此心無住無本故云從無住本立一切法如華嚴經云不離於心所見清淨又云不離於心無處所是知心生一切法如地出水如谷孕風如石生雲如木出火是知離心無法離法無心如長者論云若直說第八種子識爲如來藏者即業種恒眞生怖難信以法如是之力何一含識而不具神通承本覺性之功豈一剎塵而靡含道跡故華嚴經云法如是力者本合如然又云佛神力者應眞日神所以古德云自力與佛力無別自智與佛智無差又云一身即以法界爲量自他之境都亡法界即自身遍周能所之情見絕如大海之渧渧渧之中皆得大海比衆生之心心心皆含佛智

事廓恒沙理標精實吞滄溟於毛孔唯是自因卷法界於塵中匪求他術

註曰首楞嚴經云衆生迷悶背覺合塵故發塵勞有世間相我以妙明不生不滅合如來藏而如來藏唯妙覺明圓照法界是故於中一爲無量無量爲一小中現大大中現小不動道場現十方界身含十方無盡虛空於一毛端現寶王剎坐微塵裏轉大法輪是知背境觀心自然大明相含不爲物礙亦如芥納須彌等百門義海云且如見山高廣是自心現作

大今見塵小時亦是自心現作小今由見塵全以見山高之心而今現塵也是故即小容大如云萬象如須彌淨心如芥子故云森羅及萬象一法之所印即是萬法一心一心萬法故稱毛吞巨海芥納須彌非干神通變化之力真心具德法性如是如華嚴記云如經一毛端中一一切世界差別性者謂一毛端性即是一切世界差別性今一切世界即事隨其法性即一毛端以性即毛端諸界即性故

任機啓號應物成名

註曰一切法本無名但是心為名故般若經云六塵鈍故不自名不自立皆是因心立名故云萬法本閑而人自閙又云三阿僧祇名字皆是心之異號如天台淨名疏云一法異名者諸經異名說真性實相或言一實諦或言自性清淨心或言如來藏或言如如或言實際或言實相般若或言一乘或言即是首楞嚴或言法性或言法身或言中道或言畢竟空或言正因佛性性淨涅槃如是等種種異名此皆是實相之異稱故大智論偈言般若是一法佛說種種名隨諸衆生類為之立異字大涅槃經云如天帝釋有千種名解說亦爾多諸名字又云佛性者有五種名故皆是赴機利物為立異名也而法體是一未曾有異如帝釋千名名雖不同終是目於天主豈有閻異名故而言非實相理如人供養帝釋毀憍尸迦供養憍尸迦毀於帝釋如此供養未必得福來代執法者亦爾或信賴耶自性清淨心而毀畢竟空或信畢竟空無所有毀賴耶識自性清淨心或言般若明實相法華明一乘皆非佛性此之求福豈不慮禍若知名異體一則隨喜之善遍於法界何所諍乎又諸經內逗緣稱機更有多名隨處安立以廣大義邊目之為海以圓明理顯稱之曰珠以萬法所宗號之曰王以能生一切詺之日母但是無義之真義多亦不多無心之真心一亦不一故華嚴私記云取決斷義以智言之取能生長以地言之取其高顯以山言之取其深廣以海言之取其圓淨以珠言之此上約有名尚乃無數更有無名豈可測量如大法炬陀羅尼經云佛告諸菩薩汝等勿謂天定天人定人也餓鬼定餓鬼也乃至如一事有種種名如一人有種種名如一天乃至餓鬼畜生有種種名亦復如是亦有多餓鬼全無名字於一彈指頃轉變身體作種種形如是衆生於一時間現無量色身云何可得呼其名也若餓鬼等有生處名字受食名字及壽命名字若地獄衆生無有名字生處者則其形亦無定彼中惡業因緣未盡故於一念中種種變身釋曰如地獄中一日一夜之中萬生萬死豈可名其名字耶又無間獄中一一身無間各各盡遍八萬四千由旬地獄之量不相障礙是知業果不可思議非獨聖果如云清淨妙法身湛然應一切今時人將謂說佛法身能分能遍不信衆生亦一身無量身以衆生業果不可思議故是以經云佛界不可思議衆生界亦不可思議

大士修之而行立

註云菩薩所行十波羅蜜四攝萬行皆從真慈悲心起故金剛三昧經云空心不動具足六波羅蜜

又般若經云一心具足萬行十波羅蜜者檀因心捨經云無可與者名爲布施是名真施若心外有法即名住相布施如人入闇即無所見戒因心持經云戒性如虛空持者爲迷倒自性之律豈執事相妄分持犯耶忍因心受經云云何菩薩能行忍辱佛言見心相念念滅豈可將心對治前境爲忍受耶進因心作經云若能心不起精進無有涯畔著有爲妄興勞慮耶禪因心發經云能觀心性名爲上定豈避喧雜而守靜塵耶般若從心起經云不求諸法性相因緣是名正慧寧外狗文言强生知解耶方便從心生經云菩薩以無所得而爲方便則心外無法方能行菩薩之道力從心運四大之力皆不如心心無形故力最無上神通變化入不思議心之力也願從心布一切意願盡從心生一切行門皆從願起智從心達如來靈智是衆生心此心念念具是十波羅蜜乃至八萬四千法門皆從心出如衆生心中有體大今日修行引出法身心中有相大今日修行引出報身心中有用大今日修行引出化身故知三身四智皆自心中出心外更無一事一法而能建立如還源觀云一體起二用一者海印森羅常住用海印者真如本覺也妄盡心澄萬象齊現猶如大海因風起浪若風止息海水澄清無像而不現故云森羅及萬象一法之所印一法者所謂一心是心則攝一切世間出世間法則是一法界大總相法門體唯是一依妄念而有差別若離妄念唯一真如故云海印三昧二者法界圓明自在用是華嚴三昧也

謂廣修萬行稱理成德普同法界而證菩提良以非真流之行無以契真何有歸真之行不從真起此則真該妄末行無不修妄徹真源相無不寂**覺帝體之而圓成**註日諸佛了一切法皆是真心圓成實性衆生迷於自心但是遍計所執性情有理無如還源觀云良以法無分劑起必同時真理不礙萬差顯應一際用即波騰海沸全真體以運行體即鏡淨水澄舉隨緣而會寂若曦光之流彩無心而朗十方如明鏡之端形不動而呈萬象**聲聞證之爲四諦**註日聲聞不了自心但見人空證作苦諦集諦滅諦道諦生滅四諦爲灰斷之果不違一心圓教無作四諦具廣大神通所以舍利弗於法華會中得見心性親受佛記後方懺悔云同共一法中而不得此事**支佛悟之諸緣生**註日辟支佛但於自心境內見因緣性離證十二因緣法門亦成灰斷之果皆不能一心圓具十法界之體用**天女之華無著**註日淨名經中天女散華於菩薩身上即無著於聲聞身上即華著身大凡一切菩薩施爲皆是自心作用以心無著故華亦無著是以聲聞執爲心外之華妄起厭離云不如法乃隨佛隨生故知萬法隨自心生隨自心滅**海慧之水澄清**註日大集經中海慧菩薩初來之時不見四衆盡見爲水以法外無法故**執謬解而外道**註日西天九十六種外道皆不達自心唯苦其身行投巖**門開邊邪網密**

赴火無益苦行但心外見法理外別求皆是外道盡成邪見如蠶網自圍不能得出三界

役妄念而凡途業起生死波橫註曰一切諸業皆從有心起無心即無業故經頌云諸法不牢固但立在於念善解見空者一切無想念又云一念中有九十刹那一刹那中有九百生滅故知生死即念念即生死所以經頌云有念即生死無念即泥洹

括古搜今深含獨占註曰此一心法諸教同詮無不指歸佛通於此如大乘本生心地觀經觀心品云爾時文殊師利菩薩摩訶薩白佛言世尊如佛所說告妙德等五百長者我為汝等敷演心地微妙法門我今為是啓問如來云何為心云何為地乃至薄伽梵告諸佛母無垢大聖文殊師利菩薩摩訶薩言大善男子此法名為十方如來最勝秘密心地法門此法名為一切凡夫入如來地頓悟法門此法名為一切菩薩趣大菩提真實正路此法名為三世諸佛自受法樂微妙寶宮此法名為一切饒益有情無盡寶藏此法能引諸菩薩眾到色究竟自在智處此法能引諸菩提樹後身菩薩真實導師此法能雨世出世財如摩尼寶滿眾生願此法能生十方三世一切諸佛功德本原此法能消一切眾生諸惡業果此法能與一切眾生所求願印此法能度一切眾生生死險難此法能息一切眾生苦海波浪此法能救苦惱眾生而作思難此法能竭一切眾生老病死海此法善能出生諸佛因緣種子此法能與生死長夜為大智炬此法能破四魔兵眾而作甲冑此法即是正勇猛軍戰勝於旗此法即是一切諸佛無上法輪此法即是最勝法幢此法即是擊大法鼓此法即是吹大法螺此法即是大師子王此法即是大師子吼此法猶如國大聖王善能正法若順王化獲大安樂若違王化尋被誅滅善男子三界之中以心為主能觀心者究竟解脫不能觀者究竟沉淪眾生之心猶如大地五穀五菓從大地生如是心法生世出世善惡五趣有學無學獨覺菩薩及於如來以是因緣三界唯心心名為地一切凡夫親近善友聞心地法如理觀察如說修行自利教他讚勵慶慰如是之人能斷二障速圓眾行疾得阿耨多羅三藐三菩提

五乘道鍊出於沖襟註曰五乘者一持五戒得人乘二行十善得天乘三修四諦得聲聞乘四悟十二因緣法得緣覺乘五具六度行得菩薩乘此五乘法皆從一念善心熏鍊而出

十法界孕成於初念註曰十法界者一天法界修十善業二人法界持五戒業三修羅法界行懈慢業四地獄法界造十惡業五餓鬼法界造慳貪業六畜生法界造愚癡業七聲聞法界證四諦法八緣覺法界悟十二因緣法九菩薩法界行六度門十佛法界行平等一乘法已上凡聖共成十法界雖殊皆從最初一念發起爾後念念相續成事善因樂果惡因苦果前後相酬未會遺失故經云心能天堂心能地獄且約地獄界法華中十如唯心上九界亦然如觀音元義云地獄界具十如

性相體力作因緣果報本末究竟等一如是地獄性者性名不改如竹中有火性若其無者不應從竹求火從地求水從扇求風心有地獄界性亦復如是二地獄相者攬而可別名之爲相善觀心者即識地獄之相如善相師占相無謬三地獄體者以心爲體心覺苦樂故以當體譬如釵鐺環釧之殊終以銀爲體質六道之色雖異祇是約心故心爲體也四地獄力者運御名力緣刀山入火聚皆是其心力也五地獄作者發動日作既能有力即有所作或作善作惡皆是心作也六地獄因者業是心因也七地獄緣者緣者假藉爲緣也如貪愛潤業即因緣會合也八地獄果者習果也如地獄人前世多婬生地獄中還約多婬見可愛境即往覩附如見美女近前抱之即是銅柱名習果也九地獄報者報者果也昔有婬罪今墮地獄受燒炙之苦昔行婬罪名爲慾火後受其報即受火車鐵床之苦初後相等報應無差名爲報果也十本末者地獄本者性德法也地獄末者修德法也究竟等者覺修德即等有性德覺性德即具有修德初後相在故言等也餘九法界亦然雖逐界行相各別都不出一心如性相體力作因緣果報本末等十界十如皆從心體而起先因心造作善惡等業因緣後受凡聖苦樂等果報初後是心本末皆等故云本末究竟等

虛聲頓息法空之正信旋生

註日高僧傳云法空禪師初棲蘭若每至中宵庵外常有清聲所召屢呼空禪及至開閣又無蹤跡後乃悟云乃是自心境界爾後其聲永絕

猛燄俄消靈潤之真誠立驗

註日高僧傳云釋靈潤常與四僧共遊山谷忽遇野火四合三僧迸走其靈潤獨不動乃日心外無火火是自心爲火可逃焉能免火言訖火至身自斂

陞沉表用體具靈知

註日此知是一切衆生心體不同虛空性自神解亦不作意任運而知禪源集云此言知者不是證知意說真性不同木石故云知也非如緣境分別之識非如照體了達之智直是真如之性自然常知又不同虛空者靈然覺知覺知即神解義陰陽不測謂之神解即是智智即是知知即一心也故祖師云空寂體上自有本智能知於一切染淨法中有真實之體了然鑒覺目之爲心如是無漏無明種種業幻皆同真如性相益爲真如隨緣成於一切一切不離真如以理融之唯是一味此是通相相即無相若約別顯染淨施爲造作即是真心不守自性隨緣之相用隱顯不定陞降一差

惺惺不昧了了何虧湛爾而無依無住

註日一切法依虛空虛空無所依一切法依真智真智無所依

蕭然而非合非離

註日祖師偈云汝言與心親父母非可比汝行與道合諸佛心即是外求有相佛與汝不相似欲識汝本心非合亦非離

一字寶王演出難思之法海

註日心爲一字中王經云一句能訓誨八萬四千之國邑又一切法中心最爲勝萬象含於一字千訓備於一

言如云休境教理行果五唯識中一明境唯識捨離心外無境一切境不離心故二教唯識成論本教釋後唯識說故三理唯識成立本教所說之理分別唯識性相義故四行唯識明五位修唯識行故五果唯唯識求大果亦證唯識性故

羣生慈父訓成莫測之宗師

註曰淨名經頌云方便以爲父一切諸聖皆從一心方便門入得成祖佛爲人天之師故華嚴經云以少方便疾得菩提以即心是故所以疾證又般若經云以無所得爲方便心外無法豈有得耶是以菩薩親證自心方能入世間幻化之網自利利他無有斷絕是知十方如來皆悟心成佛故華嚴經頌曰若人欲了知三世一切佛應觀法界性一切唯心造是以經中所說西方阿彌陀等諸佛皆是釋迦如古釋云以理推之結成正義皆我本師海印頓現且法華分身有多淨土如來何不指已淨土而令別往彌陀妙喜思之故知賢首彌陀等佛皆本師矣復何怪哉言賢首者即壽量品中過百萬阿僧祇剎最後勝蓮華世界之如來也經中偈云或見蓮華勝妙剎賢首如來住其中若此不是歎本師者說他如來在他國土爲何用耶且如總持教中亦說三十七尊皆遮那一佛所現謂毘盧遮那如來內心證自受用成於五智從四智流出四方四如來謂大圓鏡智流出東方阿閦如來平等性智流出南方寶生如來妙觀察智流出西方無量壽如來成所作智流出北方不空成就如來法界清淨智即自當毘盧遮那如來言三十七者五方如來各有四大菩薩在於左右復成二十謂中方毘盧遮那如來四大菩薩者一金剛波羅蜜菩薩二寶波羅蜜菩薩三法波羅蜜菩薩四羯磨波羅蜜菩薩東方阿閦如來四菩薩者一金剛埵菩薩二金剛王菩薩三金剛愛菩薩四金剛善哉菩薩南方寶生如來四菩薩者一金剛寶菩薩二金剛威光菩薩三金剛幢菩薩四金剛笑菩薩西方無量壽如來亦名觀自在王如來四菩薩者一金剛法菩薩二金剛劍菩薩三金剛因菩薩四金剛利菩薩北方不空成就如來四菩薩者一金剛業菩薩二金剛法菩薩三金剛藥义菩薩四金剛拳菩薩已具二十五及四攝八供養故成三十七言四攝者即鈎索鎖鈴八供養者即燒散燈塗華鬘歌舞皆上有金剛下有菩薩然此三十七尊各有種子皆是本師智用流出與今經中海印頓現大意同也問若依此義豈不違於平等意趣平等意趣云定即我者依於平等意趣而說非即我身如何皆說爲本師耶答中平等之定乃是一義唯識尚說一切衆生中有多屬多佛多佛共化以爲一佛佛一能示現以爲多身十方如來一一皆爾今正一佛能爲多身依此而讚本師又本師者即我心耳我攝歸自心無法不備豈止佛耶

任性卷舒隨緣出沒挺一眞之元始總萬有之綱骨

註曰原始該終唯一心道大教至理皆同所詮如華嚴經云佛子諸菩薩初住地時應善觀察隨其所有一切法門隨其所有甚深智慧隨所

修因隨所得果隨其境界隨其力用隨其示現隨其分別隨其所得悉善觀察知一切法皆是自心而無所著如是知已入菩薩地能善安住

十二因緣之大樹

産自元根

註曰此十二因緣法皆從衆生心中建立云何稱樹若衆生界中即以無明爲根愛水溉注抽名色芽開有漏華結生死果生住異滅四相常遷無有斷絕若諸聖界中發正覺芽開萬行華成菩提果盡未來際供佛利生無有休息並從一心十二因緣大樹生起故云十二因緣即是佛性又一心十二因緣者如眼見色時心不了名無明心於色生愛惡名行是中心意名識色共識行即名色眼與色等六處生貪名六入色與眼作對名觸心見色時領納名受心於色纏綿不斷名愛心想像色相名取念色心起名有一念心生名生一念心滅名滅如華嚴經云三界所有唯是一心如來於此分別演說十二有支皆依一心如是而立又頌云了達三界依心有十二因緣亦復然生死皆由心所作心若滅者生死盡

五千教典之圓詮終歸理窟

註曰諸佛案一切衆生心宣說諸法華嚴經頌云諸佛不說法佛於何有說但隨其自心爲說如是法如普賢行願疏云指其源也情塵有經智海無外妄惑非取重元不空四句之火莫焚萬法之門皆入真二際而不一動千變而非多事理交徹而兩亡性相融通而無盡若秦鏡之互照猶帝珠之相含重重交光歷歷齊現故得圓至功於頃刻見佛境於塵毛

諸佛心內衆生新新作佛衆生心中諸佛念念證眞

孤標寂寂獨立堂堂若華中之靈瑞

註曰此華三千年一現當佛出世表說圓教一心法門時難聞難遇

猶照內之神光

註曰於衆光中神光爲最祖師云衆明之中心明爲上

截瓊枝而寸寸是寶析栴檀而片片皆香

註曰此明法法是心塵塵合道

尅從凡夫之身便登覺位類在白衣之地直坐龍牀

註曰若信入華嚴一心無盡宗趣長者論云如將實位直授凡庸似夜夢千秋覺已隨滅華嚴疏云頓教之人一念不生即是佛者即一切衆生心本是佛體妄念起故爲衆生一念妄心不生何爲不得名佛故華嚴經頌云法性本空寂無取亦無見性空即是佛不可得思量又頌云法性如虛空諸佛於中住又般若經云以本性空爲佛眼若論性空皆是凡聖之體祇爲不覺忽起妄念隨境流轉所以云法身流轉五道號曰衆生設一念起時亦是佛以妄念無體不出性空故但要直下信解圓明不在更思量推度也華嚴疏云衆生心中佛爲佛心中衆生說法此明衆生稱性普周而佛不壞相在衆生心內又佛心稱性普周而衆生不壞相在佛心內喻如水乳和同一處而互爲能和所和且約說聽解釋以能和爲說所和爲聽且將水喻於佛乳喻衆生應言乳中之水和水中之乳水中之乳受乳中之水雖一味能所宛然

雖能所究然而互相在相遍相攝聽而不聞觀之莫見註曰法身無像眞聽無聲常在而莫更推尋本瑩而何勞熏鍊三界之門無體谷裏傳聲註曰首楞嚴經云三界之法捏所成故是知無體猶如谷響皆是我聲長者論云一切法如谷響以表萬法唯心故華嚴經云一念之間悉包法界又云一念三世畢無餘又云一念現於無盡相六塵之境本空鏡中寫面註曰六塵之境皆從妄念而生如人照鏡自見其面非有別影寂寞虛冲無事不融彌勒閣而普現註曰華嚴經云善財童子入彌勒閣時見其樓閣廣博無量同於虛空阿僧祇寶以爲其地乃至見彌勒菩薩初發心行菩薩道八相成佛三生之事耳摩耶腹而無窮註曰華嚴經云摩耶夫人腹中悉現三千大千世界一切形像其百億閻浮提內各有都邑各有園林名號不同皆有摩耶夫人於中止住天衆圍繞爲顯現菩薩將生不可思議神變之相又廣大如法界究竟若虛空是處胎義文殊寶冠之內註曰文殊般泥洹經云文殊身如紫金山等其文殊冠毘楞伽寶之所嚴飾有五百種色一一色中日月星辰諸天龍宮世間衆生所希有事皆於中現淨名方丈之中註曰淨名經云東方度三十六恒河沙國有世界名須彌相其佛號須彌燈王今現在彼佛身

長八萬四千由旬其師子座高八萬四千由旬嚴飾第一於是長者維摩詰現神通力即時彼佛遣三萬二千師子座高廣嚴淨來入維摩詰室乃至其室廣博悉包容三萬二千師子座無所妨礙芥子針鋒而不窄註曰淨名經云以須彌之高廣納芥子中而不迫窄涅槃經云於針鋒上立無邊身菩薩等近塵遠剎而全通註曰華嚴經頌云一一微塵中能證一切法如是無所礙周行十方國又云於一微塵中一切國土曠然安住古德云一切不思議事於一切處悉能普現其唯一毘盧清淨法身之應用耳此法身者即是心也心是法家之身所以言若能諦觀心不二方見毘盧清淨身一念起惡法身亦隨現一念起善法身亦隨現名爲處處互現乃至一色處現空處現自在無礙更莫遠推諸佛唯一念空心是華嚴疏云猶如海印頓現經云一念現故謂無前後如印頓成又常現非如明鏡有現不現時又非現現如明鏡對至方現以不待對是故常現該三際故已上俱是一眞心寂照普現之義耳靡減靡增綿綿而常凝妙體非成非壞續續而不墜元風註曰亘古亘今通凡徹聖更無異法唯是一心得時不增失時不減陞時不成墜時不壞如華嚴錦冠云大方廣佛華嚴經者大者即是心體心體無邊故名爲大方是心相心具德相之法故名爲方廣是心用心有稱體之用故名爲廣佛是心果心解脫處名之爲佛

華是心因心所行行喻之以華嚴是心之功用心能善巧嚴飾目之爲嚴經是心教心起名言詮顯於此故名爲經斯即大等七字並不離心然心之一字非體非用非因非果非義非教雖非一切能爲一切何以故謂一法界心是體若能依此悟解一念念即是華嚴法界念念即是毘盧法身如華嚴經云若與如是觀行相應於諸法中不生二解一切佛法疾得現前初發心時即成正覺得阿耨多羅三藐三菩提

大業機關金輪種族註曰釋迦佛是金輪王之種一鉢和尚詩云萬代金輪聖王子秖這真如靈覺是所以祖代相傳但示即心是佛纔生信解即紹祖位矣

如頻伽鳥而韻壓羣音註曰頻伽鳥未出殼時於殼中發聲已勝衆鳥之音此況一切生死最初際底下凡夫未脫煩惱殼便能識心

我猶好當作佛已超過一切聲聞辟支佛上

堅樹而高陞衆木註曰西天有好堅樹出土便高百尺超過羣木之上此況圓教之人知心即具法界圓解圓修出過二乘藏通別教修行之人若論功程日劫相倍

一豎初起繽紛而華影駢空瞥念纔興縱橫而森羅滿目註曰首楞嚴經云由汝無始心性狂亂知見妄發發妄不息勞見發塵如勞目睛則有狂華於湛精明無因亂起一切世間山河大地生死涅槃皆即狂勞顛倒華相是知萬法因想而生隨念而至故瓔珞經云佛言我從本來不得一法究竟定意如今始知所謂無念若得無念者觀一切法悉皆無形因此得成無上正真之道又如起信論云是故三界虛僞唯心所作離心即無六塵境界此義云何以一切法皆從心起妄念而生一切分別即分別自心心不見心無相可得當知世間一切境界皆依衆生無明妄念而得住持是故一切法如鏡中像無體可得唯心虛妄以心生則種種法生心滅則種種法滅故又云一切境界唯心妄動心若不動則一切境相滅唯一真心遍一切處是知心外見有境界皆自妄念情想而生故云情生智隔想變體殊情生智隔者失正智而成妄想故想變體殊者迷真如以成名相故還源觀云真空滯於心首恒爲緣慮之場實際居在目前翻成名相之境唯識樞要云起自心相有二一者影像相萬法是心之影像二者所執相諸境無體隨執而生因自心生還與心爲相

道絕浮言至妙難論出生死而無別路登涅槃而唯一門註曰華嚴經云一切無礙人一道出生死首楞嚴經云十方薄伽梵一路涅槃門此二教惟宗一心法而求出離是以既了一心而出亦不住生死涅槃謂大悲故常處生死謂大智故常處涅槃是俱住義二大悲故不住涅槃大智故不住生死即二俱不住又一明俱不住者有二義故不住生死一見生死過患故不可住二由見生死本空故無可住上二皆約智故不住有二義故不住涅槃一見涅槃本自有故不住二由不異生死故不

可住

須臾而即俗歸眞莫傳茲旨頃刻而從凡入聖難報斯恩

註曰禪宗門下從上已來但了即心是佛便入祖位即坐道場但信之凡聖不隔一念若不信天地懸殊如經頌云諸佛從心得解脫心者清淨名無垢五道鮮潔不受染有解此者成大道直饒未信自心是佛雖淪五道心性常淨染不能染故云五道鮮潔不受染以衆生法身即諸佛法身不增不減雖隨流返流其性不改是以隨流作衆生時不減返流成佛時不增以一切衆生垢深障重設遇善友開發亦不信受唯逐情生不見自性故先德云妄情牽引何年了辜負靈臺一點光

羣籍共推窮逾深理吞蛇得病而皆是疑生

註曰晉書樂廣傳廣有親客久隔闊不復來廣問其故荅曰前在坐蒙賜酒見盃中有蛇意甚惡之既飲而疾于時河南聽事壁上有角弓畫作蛇廣意盃中蛇即角影也復置酒前處客見如初豁然意解沉痾頓愈

懸砂止饑而悉從思起

註曰如律中四食章云思食者如饑饉之歲小兒從母求食啼而不止母遂懸砂囊誑云此是飯兒七日諦視其囊特爲是食其母七日後解下示之其兒見是砂絶望因此命終方驗生老病死皆是自心地水火風終無別體

乃至笋抜寒林

註曰孟宗父病冬中索笋宗遂抱竹而泣笋乃隨生

魚跳氷沚

註曰晉王祥至孝早喪所親後母朱氏喜食生魚時寒祥乃解衣氷上氷忽自釋雙鯉踊出時人以爲孝感

酒變河中

註曰越王單醪投河三軍告醉

箭穿石裏

註曰李廣少失父問母父安在母云汝父早被虎所傷廣遂携弓捉虎至山向晚見石似虎挽弓射之沒羽近前觀看乃知是石

非麴蘖之所成豈功力之能恃

註曰上四事皆從孝心及平等心所感

無纖塵而不因識變道理昭然

註曰此八識心有四分一見分二相分三自證分四證自證分華嚴記云如契經說一切唯有覺所覺義皆無能覺所覺分各自然而轉釋曰此即華嚴經上半明無外境下半明有見相二分各各自從因緣所生名自然而轉下結正義論云達無離識所緣境者則所變相分是所緣見分名自行相相見所依自體名事即自證分釋曰此中雖是立二分家義已有三故次論云若無自證分此者應不自憶心所法如不曾更境必不能憶故釋曰此明有自證分意云相離於見無別自體但二功能故應別有一所依體若無自證應不自憶心心所法如不曾更境必不能憶謂如見分不更相分之境則不能憶要會更之方能憶之若無自證已滅心所則不能憶以會不爲自證緣故則如見分不曾更憶今能憶之明先有自證已曾緣故如於見分憶會更境故次下立三分論云然心心所一一生時以理推微各有三分所量能量量果別故相見必有所依體故釋曰所量是相分能量是見分

量果是自證分自證分與相見爲所依故論如集量論伽陀中說似境相所量能取相自證即能量及果此三體無別釋曰所量如絹能量如人量果如解數智果是何義成滿因義言無別體者唯一識故則離心無境次立四分論云又心心所若細分別應有四分見分相分自證分如前第四證自證分若無此者誰證第三心分既同應皆證故釋曰見諸分是心分說有自證分自證分應無有果諸能量者皆有果故釋曰見分是能量須有自證量見分說有第四果恐彼救云却用見分爲第三果故次論云不應見分是第三果見分或則非量攝故四此見分不證第三證自體者必現量故釋曰意明見分通於三量三量者謂現量比量非量即明見緣相時或量非量不可非量法爲現量果或見緣相是於比量及緣自證復是現量故自證是心體得與比量非量而爲果見分非心體不得與自證而爲其量果故不得見分證於第三證自體者必現量故第三四分既是現量故得相證無窮過矣意云若以見分爲能量但用三分亦得足矣若以見分爲所量必須第四爲量果若通作喻者絹如所量尺如能量智所量果量自證分若人爲所使智爲能使何物用智即是於人如證自證分人能用智智能使人故能更證亦如明鏡鏡像爲相分鏡明爲見分鏡面如自證分鏡背如證自證分面依於背背復依面故得互證亦可以銅爲證自證分鏡依於銅銅依於鏡

非一種而罔賴心成言思絕矣

註曰心識變者如密嚴經頌云汝等諸佛子云何不見聞藏識體清淨衆或所依止或具三十二佛相及輪王或爲種種形世間皆悉見譬如淨空月衆星所環遶諸識阿賴耶如是身中住譬如欲天主侍衛遊寶宮江海等諸神水中而自在藏識處於世當知亦復然如地生衆物是心多所現譬如日天子赫奕乘寶宮旋遶須彌山周流照天下諸天世人等見之而禮敬藏識佛地中其相亦如是十地行衆行顯發大乘法普與衆生樂常讚於如來在於菩薩身是即名菩薩佛與諸菩薩皆是賴耶名佛及諸佛子已受當受記廣大阿賴耶而成於正覺密嚴諸定者與妙定相應能於阿賴耶明了而觀見佛及辟支佛聲聞諸異道見理無怯人所觀皆此識種種諸識境皆從心所變瓶衣等衆物如是性皆無悉依阿賴耶衆生迷惑見以諸習氣故所取能取轉此性非如幻陽燄及毛輪非生非不生非空亦非有譬如長短等離一即皆無智者觀幻事此皆唯幻術未曾有一物與幻而同起幻燄毛輪等在在諸物相此皆心變異無體亦無名世中迷惑人其心不自在妄說有能幻幻成種種名去來皆非實如鐵因磁石所向而轉移藏識亦如是隨於分別轉一切諸世間無處不周遍如日摩尼寶無思及分別此識遍諸處見之謂流轉不死亦不生本非流轉決定者勤觀察生死猶如夢是時即轉依說名爲解脫此即是諸佛最上之教理審量一切法如秤如明鏡若以此一心爲一切法之定量者如秤稱物斤兩無差

似鏡照像妍醜皆現又心成者古釋一心有四一紇利陀耶此云肉團心身中五藏心也如黃庭經所明二緣慮心此是八識俱能緣慮自分境故色是眼識境根身種子器世界阿賴耶識之境各緣一分故云自分三質多耶此云集起心唯第八識積集種子生起現行四乾栗陀耶此云堅實心亦云貞實心此是眞心也故祖佛法中皆以心爲印措定萬法故若能決定信入請各收疑離此別無奇特故云言思絕矣

動靜之境皆我緣持如雲駛而月運似舟行而岸移

註曰圓覺經云佛言善男子一切世界始終生滅前後有無聚散起止念念相續循環往復種種取捨皆是輪迴未出輪迴而辯圓覺彼圓覺性即同流轉若免輪迴無有是處譬如動目能搖湛水又如定眼猶迴轉火雲駛月運舟行岸移亦復如是善男子諸旋未息彼物先住尚不可得何況輪轉生死垢心曾未清淨觀佛圓覺而不旋復譬如動目能搖湛水者古釋云以眼勞觀水見水有動眼若不瞬池水則不搖妄見若除亦無草木成壞之相若非眼見色由有色陰舉身受苦樂由有受陰染心即亂由有想陰舉眼見生滅由有行陰精明湛不搖處即識陰又若以遍身針刺俱知不帶分別則是識陰若次第分別則餘識陰故知一念纔起五陰俱生微識未亡六塵不滅若唯識之義燈常照妄何由生一心之智鏡恒明旨終不昧又如定眼猶迴轉火者如定目看旋火輪之時眼亦迴轉前因眼動而水動即是因心動而境動後因火動而眼動即是因境動而心動故知心即是境境即是心能所雖分一體常現故華嚴疏云往復無際動靜一源雲駛月運舟行岸移者亦復如是故知眞心不動妄念成差如起信論云復次顯示從生滅門即入眞如門所謂推求五陰色之與心六塵境界畢竟無念以心無形相十方求之終不可得如人迷故謂東爲西方實不轉衆生亦爾無明迷故謂心爲念心實不動若能觀察知心無念即得隨順入眞如門欲

魚母憶而魚子長

註曰如魚散子魚母不憶持其子即爛壞魚母若憶子即生長如獨影境過去等諸法心若不緣境不現前一切諸法皆是心緣識變若無心即無法

蜂王起而蜂衆隨

註曰大智度論云諸法入佛心中唯一寂滅三昧門攝無量三昧如牽衣一角舉衣皆得亦如得蜜蜂王餘蜂盡攝心王若起從心所有善惡等法悉皆隨起況如王出百司盡隨

印前後而無差諸賢共仰指初終而不謬千聖同推

註曰如王寶印其文頓現無前後際又印定天下如佛法中若無心印不成佛法是知前亦是心後亦是心古亦是心今亦是心故云非古盛而今衰匪愚亡而智現又云萬法不出一心矣華嚴經頌云衆生心行無有量能令平等入一心以智慧門悉開悟於所修行不退轉又云如是一切人中主隨其所有諸境界於一念中皆了悟而亦不捨菩提行又云諸佛隨宜所

作業無量無邊等法界智者能以一方便一切了知無不盡**是以朕迹纔生皆從此建快馬見鞭而鷲子先知**註曰經云外道問佛不問有語不問無言時如何佛默然而坐外道讚曰快哉瞿曇開我迷雲令我得入禮拜而出後阿難問佛外道得何道理而稱讚之佛言如快馬見鞭影疾入正道鷲子先知者舍利弗亦名鷲子於法華會上初周法說最先領解前得授記**香象迴旋而龍女親獻**註曰象王迴旋者文殊師利於覺城東畔如象王迴顧示四衆最初善財童子得入法華會上龍女獻珠此是實報當生女以不得人身是戒緩得悟大乘心宗是乘急如淨名經云於念知一切法是道場成就一切智故又處胎經云釋梵女皆不受身不捨身皆現身成佛又偈云法性如大海不說有是非凡愚賢聖人平等無高下唯在心垢滅取證如返掌**得果而榮枯已定盡合前因舉念而苦樂隨生悉諸初願**註曰唯識變定豈徐由心飲啄有分追身受報未曾遺失不唯人間報應隨心一切出世功德皆在初心圓滿如華嚴演義記云初發心時得如來一身無量身則法身開顯得究竟智慧得一切智慧光明則般若開顯以心離妄取寂照雙流故解脫開顯故此心中無德不攝因該果海並在初心從初發心時便成正覺即梵行品又言初後圓融者以初是即後之初後是即初之後以緣起法離初無後離後無初故舉初攝後若約法性融通一一切因果不離心性契同心性無德不收以一切法隨所依住皆於初心頓圓滿故如梵行品云若諸菩薩能與如是觀行相應於諸法中不生二解一切佛法疾得現前初發心時即得阿耨多羅三藐三菩提知一切法即心自性成就慧身不由他悟十善業道經云爾時世尊告龍王言一切衆生心想異故造業亦異由是故有諸趣輪轉龍王汝見此會及大海中形色種類各別不耶如是一切靡不由心造乃至又觀此諸大菩薩妙色嚴淨一切皆由修集善業福德而生又諸天龍八部衆等大威勢者亦因善業福德所生今大海中所有衆生形色麤鄙或大或小皆由自心種種想念作身語意諸不善業是故隨業各自受報是知境隨業識轉是故說唯心不淨之財變爲膿血非分之寶化作毒蛇如昔有娼姬捨錢造普光王寺主者不受遂令埋於寺東北上遍後尋掘悉變爲血近亦有屠羊之人聚錢於竹筒之內死後母開之亦成赤血如古德云衆生世界海依住形相苦樂淨穢皆是衆生自業果報之所莊嚴不從他有諸佛菩薩世界海皆依大願力自體清淨法性力大慈悲智力不思議變化力之所成就故知染淨緣起不出自心世界果成更無別體如經頌云或從心海生隨心所解住如幻無處所一切是分別又頌云始從一念終成劫悉依衆生心想生一切剎海劫無邊以一方便皆清淨又唯識變定報應無差千駟一歟各任其分朱門華戶盡逐其

緣隨善惡現行之心感豐儉等流之境如前
定録云韓晉公在中書因召一吏不時而至
公怒將撻之吏曰某有所屬不得遽至乞宥
其罪晉公曰宰相之吏更屬何人吏曰某不
幸兼屬陰司晉公以爲不誠怒曰既屬陰司
有何所綰吏曰某主三品已上食料晉公曰
若然某明日當以何食吏曰此非細事不可
顯之請疏於紙過後爲驗乃如之而繫其吏
明旦遽有詔命既對適遇大官進食有餻糜
一器上以一半賜晉公食之美又以賜之既
而腹脹歸私第召醫者視之曰食物所擁宜
服少橘皮湯至夜可啗漿水粥明日愈思前
夕吏言召之視其書則皆如其説公固復問
人間之食皆有籍也答曰三品已上日支五
品已上而有權位者旬支凡六品者季支其
有不食祿者歲支又云京兆府趙郡李敏求
應進士入就禮部試不利太和元年秋旅居
宣平里日晚擁膝愁坐忽如沉醉俄而精魂
去身約行六七十里至一城門之外有數百
千人忽有一人出拜之敏求曰何人也答曰
某李岸也敏求曰汝前年隨吾旅遊卒於涇
州何得在此對曰某自離二十二郎後事柳
十八郎職甚雄盛二十二郎既至此亦須一
見遂於稠人中引人通見入門兩廊多有衣
冠或有愁立者或白衣者或簡板者或有將
通狀者其服率多黲紫或緑色既至廳柳揖
坐與之言曰公何爲到此得非爲他物所誘
乎某力及公宜速去非久駐之所也敏求具
如此答柳命吏送出將去懇求知將來之事
柳曰人生在世一食一宿無不前定所不欲

人知慮君子不進德修業小人情於農耳君
固欲見亦不難爾乃命一吏引敏求至東院
約有屋一百餘間從地至屋書架滿文簿籤
帖一一可觀吏取一卷出三行第一行云太
和二年罷舉第二行云其年得伊宰宅錢二
十萬其第三行云受官於張平子餘不復見
敏求既觧具書於標帙之間明年客遊西京
過時不赴舉明年遂取韋氏韋氏之外祖伊
宰將潞別第召敏求而售之敏求因訪所親
得價錢二百萬伊宰乃以二十萬貺敏求既
而當用之券頭以四萬爲貨時敏求與萬年
尉戶曹善因請之九十君用所資伊亦貺馬
累爲二十四萬明年以陰調授河北縣有
張平子某時說者失其縣名以俟知者

美

惡無體因念所持註曰一切萬法因第八識之所持一切好惡是第六意識分別之所起

聲響冥合形影相隨註曰心直事直心邪法邪一一法但隨心開合更無別旨或正殺悞殺
實報虛報絲毫匪濫晷刻不移既自心口所
爲還自心口所受如自鏡録云昔月氏國城
西有大山是離越辟支佛住處去此不遠有
人失牛尋到此山值此辟支燃火染衣宿業
力故當於爾時鉢變爲牛頭法衣變爲牛皮
染汁變爲血染滓變爲肉柴變爲骨其迹既
爾遂爲牛主執入獄中弟子推覓莫知所在
從是荏苒經十二年後遇因緣知在獄中便
向王說我師在獄願王放赦王問獄典有僧
否典曰無僧白王願與獄中沙門者出我師
自出獄典尋喚辟支佛即出此辟支佛在獄

既久髮長衣壞沙門形滅請弟子等禮而問日師何在此師於爾時答以上事弟子復問宿世造何因今令致此師答曰我於昔時謗他人偷牛致使如此耳故經云假使百千劫所作業不忘因緣會遇時果報還自受

本性希奇莫可思議似服伽陀之藥如餐眞乳之糜

註曰經云阿伽陀藥功兼諸藥能治一切病又經云如食乳糜更無所須況了心之人一切悉皆具足

同如意樹雨無盡之寶

註曰此如意樹隨一切衆生心所念悉皆雨寶心亦如是隨念出生萬法無有窮盡

類水清珠澄衆濁之池

註曰大水清珠能清濁水如悟一心能破一切塵勞境界

陞第一義天正會大仙之日登普光明殿當朝法界之時

註曰教中有第一義天故號佛爲天中天又號佛爲大仙普光明殿者華嚴經中佛登普光明殿說華嚴經華嚴經以法界爲宗如法華經云以禪定智慧力得法國土王於三界又普光明智者若說等覺說妙覺是約位普光明智不屬因果該通因果其由自覺聖智超絕因果故七卷楞伽妙覺位外更立自覺聖智之位亦猶佛性有因有果有因因有果果以因取之是因佛性以果取之是果佛性然則佛性非因非果普光明智亦復如是體絕因果爲因果依果方究竟故云如來普光明智

冥眞寂照含虛吐耀

註曰肇論云元道在乎妙悟妙悟在乎即眞即眞則有無齊觀有無齊觀則彼已莫二所以天地與我同根萬物與我一體同我則非復有無異我則乖於會通所以不出不在而道存乎其中又云至人虛心冥照理無不統懷六合於胸中而靈鑒有餘鏡萬有於方寸而其神常虛

罔象兮獲明珠

註曰黃帝於赤水求元珠有臣離婁百步能觀毫末求之不得乃罔象而得之罔象即無心也故弄珠吟云罔象無心却得珠能見能聞是虛僞

希夷兮宗法要

註曰眼不見謂之希耳不聞謂之夷故云無心道現又眞心無形非見聞覺知之所能解

恩覆羣生而無得不作不爲

註曰肇論云夫聖人功高二儀而不仁明踰日月而彌昏註云是以聖人不仁以百姓爲芻狗天地不仁以萬物爲芻狗芻狗者無吠守之功也不仁者施恩不望報彌昏者照而無照也即無心矣

光含萬象而絕思忘知忘照

註曰永嘉集云若以知知寂此非無緣知如手執如意非無如意手若以自知知亦非無緣知如手自作拳非是不拳手亦不知知寂亦不自知知不可爲無知以性了然故不同於木石如手不執物亦不自作拳不可爲無手以手安然故不同於兎角斯爲禪宗之妙故今用之而復小異以彼但顯無緣眞智以爲眞道若奪之者但顯本心不隨妄心未有智慧照了心原故云直須能所平等等不失照爲無知之知此知知於空寂無生如來藏性方爲妙

耳

如是則塵成佛國念契圓音 註曰心要牋云心心作佛無一心而非佛心處處道成無一塵而非佛國又唯心訣云巖樹庭莎各挺無邊之妙相猿吟鳥噪皆談不二之圓音又佛以一音演說法衆生隨類各得解猶如滿月唯一圓形隨器差別而現多影謂多即是一若多不即一則非一音一復即多若一不即多即非圓音矣

但顯金色之世界 註曰華嚴經云一切處文殊師利從金色世界來金色者即一切衆生日心白淨之色文殊者即信自心無依住性妙慧解脫是自文殊若人若法皆是自心所表之法如法華經云入如來室者即衆生々慈悲心是豈可入於有相屋宅乎所以牛頭第一祖融大師天台智者大師所釋佛經皆作觀心之釋如是即深契祖佛之本懷矣

唯聞薝蔔之園林 註曰如淨名經云方丈之內唯談大乘一心之旨故云唯聞薝蔔之香不聞餘香三乘之氣

莫比商人之寶 註曰任商人採寶設獲驪珠皆是世珍徒勞功力如管子云利之所在雖千仞之山無所不上深源之下無所不入商人通賈倍道兼行夜以續日千里不遠利在前也漁人入海海水百仞衝波逆流宿夜不出利在水也此乃世間勤苦求利之耳如或堅求志道曉夕忘疲不向外求虛襟澄慮寂室靜坐端拱寧神利在心也如利之所在求無不獲況道之在心信無不得矣故知訓格之言不得暫捨可以鏤於骨書於紳染於神熏於識所以楚莊輕千乘之國而重申叔一言范獻賤萬畝之田以貴舟人片說此乃成家立國尚輕珍重言況稱揚心地法門諸佛秘密言下契無生聞之成大道寧容輕慢乎

寧齊樵客之金 註曰如採樵人負薪而歸路逢黃金即棄薪拾金價逾萬倍況拾僞歸真不依權漸不了義教直入一心實教之門則所學功程日劫相倍如孫寂吟云不迷須有不迷心看時淺淺用時深此箇真珠若採得豈同樵客負黃金黃金烹鍊轉爲新此珠含光未示人了則毛端吞巨海始知大地一微塵一滴一塵並舉喻一心包含廣大矣豈比人間之寶此乃出世之珍標萬化之原繞一真之本隨緣應用猶如意珠對物現形若大圓鏡是以能包萬象是大法藏出生無盡是無盡藏妙慧無窮是大智藏法法恒如是如來藏本性無形是淨法身體合真空是虛空身相好虛元是妙色身妙辯無窮是智慧身隱顯無礙是應化身萬行莊嚴是功德身念念無滯是入解脫法門心心寥廓是入空寂法門六根自在是入無礙法門一念不生是入無相法門又此中旨趣若相資則唯廣唯大演之無際若相奪則唯微唯細究之無蹤斯乃離有無而不壞有無摽一異而非一異則四邊之火莫能燒百非之垢焉能染但隨緣顯現如空谷響故大涅槃經云譬如一人多有所能若其走時則名走者若收刈時復名刈者若作飲食名作食者若治材木則名工匠鍛金銀時言金銀師如是一人有多名字法亦如是其實是一而有多名故知

約用分多體恒寘一廬山遠大師云唯一知心隨用分多非全心外別有諸數譬如一金作種種器非是金外別有器體**厭異忻同而情自隔**註曰摩訶衍釋論云厭異捨別唯一眞如譬如有人避影畏空終不得離任九十六種外道常合圓宗縱八萬四千塵勞恒當正位以各不離心故**捨此取彼而理恒任**註曰任背覺合塵遺心聚境且一心眞如之理未嘗移易如釋摩訶衍論云一心眞如體大通於五人平等平等無差別故云何名爲五種假人一者凡夫二者聲聞三者緣覺四者菩薩五者如來是名爲五如是五人名自是五眞自唯一所以者何眞如自體無有增減亦無大小亦無有無亦無中邊亦無去來從本已來一自成一同自作同厭異捨別唯一眞如是故諸法眞如一相三昧契經中作如是說譬如金剛作五趣像五人平等亦復如是於諸人中無有增減故起信云心眞如者即是一法界大總相法門體所謂心性不生不滅相一切諸法皆由妄念而有差別若離妄念別無一切境界差別之相**繩上生蛇而驚悸**註曰論頌云白日看繩繩是麻夜裏看繩繩是蛇麻上生繩猶是妄豈堪繩上更生蛇此況迷心作境之人如繩上生蛇若麻上生繩是依他起性若繩上生蛇是遍計所執性無名無體情有理無例觀萬境亦復如是悉落周遍計度之心**杌中見鬼而沉吟**註曰如夜看杌疑爲是鬼雖無眞實而起怖心亦如夢中所見以萬法體虛成事此亦喻迷心作境自起怖心若了一心無境作對自然忻厭不生**癡猿捉月而費力渴鹿逐燄而虛尋**註曰並喻心外取法無有得理故證道歌云不離當處常湛然覓即知君不可見寶藏論云察察精勤徒興夢慮遑遑外覓轉失元路**飲狂藥而情隨轉日食蒗蕩而眼布華針**註曰大涅槃經云如人醉時見有轉日此況妄心繞動幻境旋生又經云如人眼蒗蕩子眼見針華並況不達一心妄生境界**皆自想生萬品而始終常寂盡因念起一眞而境界恒深**註曰經云一切國土皆想持之若無想即無法又一切境界隨念而至若無念諸境不生如還源觀云攝境歸心眞空觀者謂三界所有法唯是一心心外更無一法可得故曰歸心謂一切分別但由自心曾無心外境能與心爲緣何以故由心不起外境本空論云由依唯識故境本無體眞空義成故以塵無有故本識即不生**法內規模人間軌則**註曰此一心法門可謂盡善盡美何者體含虛寂不能讚其美理絕見聞不能書其過降茲已下皆隨形名則難逃毀讚矣如昔人云夫大道混然無形寂爾無聲視之不見聽之不聞非可以影響知不得以毀譽稱也降此以往則事不雙美名不並盛矣雖天地之大三光之明聖賢之智猶未免於毀譽也故天有拆之象地有裂之形日月

有讒蝕之變五星有勃彗之妖堯有不慈之誹舜有諂父之謗湯主有放君之稱武王有弑主之譏齊桓有貪婬之目晉文有不臣之辟伊尹有誣君之迹管仲有僭上之名以夫二儀七曜之靈不能無虧彌堯舜湯武之聖也不能免嫌謗桓文伊管之賢也不能遺纖過由此觀之宇宙膚流奚能得免怨謗而無悔恡也若以心智通靈成無爲之化則萬累不能干矣又真俗二諦並從心起第八識心是持種依真如心是迷悟依如華嚴記云依生滅八識辯二所由顯法相但是心境依持而即如來藏辯其二所以於中先總後以會緣入實下別示二相即以起信真如生滅二門爲二義耳存壞不二唯一緣起結歸華嚴會緣入實言二門無礙唯是一心者結歸起信依一心法立二種門故須具足二義方名具分唯識問唯識第九亦說其所轉依有其二種一持種依謂第八識二迷悟依謂即真如何以說言然依生滅八識唯有心境依持答彼雖說迷悟依非即心境依持以真如不變不隨於心變萬境故但是所迷耳後還淨時非是攝相即真如故但是所悟耳今乃心境依持即是真妄非有二體故說一約義不同分成兩義說二門別設論云然此二門皆各總攝一切法以此二門不相離故

願無不從信無不尅見萬像於掌中收十方於座側

註曰華嚴策林云全色爲眼恒見色而無緣者色是所緣之境眼是能緣之根今即是眼故無緣也言全眼爲色恒稱見而非我者眼是我能見今全爲色正見之時即非我也非我離於情想無緣絶於貪求收萬像於目前全十方於眼際是以緣義無盡隨見見而不窮物性叵思應法法而難准法普即眼普義通乃見通體之自隱隱而照之遂重重然後窮十方於眼際鏡空有而皎明收萬像以成身顯事理而通徵

感現而唯徇吾心美惡而咸歸我識

註曰此明具分唯識者以不生滅與生滅和合非一非異名阿賴耶識即是具分以具有生滅不生滅故不生滅即如來藏即通真心也若不全依真心事不依理故唯約生滅便非具分有云影外有質爲半頭唯識質影俱影爲具分者此乃唯識宗中之具分耳又三界唯心萬法唯識唯心法總有四義一是事隨境分別見聞覺知二是法論體唯是生滅法數此二義論俗故有約真無三是理窮法之空寂四是實論其本性唯是真實如來藏法又如進趣大乘方便經云佛言一實境界者謂衆生心體從本已來不生不滅乃至一切衆生心一切二乘心一切菩薩心一切諸佛心皆同不生不滅真如相故乃至盡於十方虛空一切世界求心形狀無一區分而可得者但以衆生無明癡闇熏習因緣現妄境界令生念著所謂此心不能自知妄自謂有起覺知想計我我所而實無有覺知之相以此妄心畢竟無體不可見故若無覺知能分別者則無十方三世一切境界差別之相以一切法皆不能自有恒依妄心分別故有所謂一切境界各各不自念爲有知

此爲自知彼爲他是故一切法不能自有則無別異唯依妄心不了不知內自無故爲有前外所知境界妄生種種法想謂有謂無謂好謂惡謂是謂非謂得謂失乃至生於無量無邊法想當知如是知一切諸法皆從妄想生依妄心爲本然此妄心無自相故亦依境界而有所謂緣念覺知前境界故說名爲心又此妄心與前境界雖俱相依起無前後而此妄心能爲一切境界原主所以者何謂依妄心不了法界一相故說心有無明依無明力因故現妄境界亦依無明滅故一切境界滅非依一切境界自不了故說境界有無明亦非依境界故生於無明以一切諸佛於一切境界不生無明故又復不依境界滅故無明心滅以一切境界從本已來體性自滅未曾有故因如此義是故但說一切諸法依心爲本當知一切諸法悉名爲心以義體不異爲心所攝故又一切諸法從心所起與心作相和合而有共生共滅同無有住以一切境界但隨心所緣念念相續故而得住持暫時而有

手出金毛師子皆籍善根城變七寶華池盡承慈力

註曰大涅槃經云阿闍世王欲害如來放護財狂醉之象佛即舒手示之即於五指出五師子是象見已投地敬禮佛言我於爾時手五指頭實無師子乃是修慈善根力故令彼見如斯事又云南天竺國有一大城名首波羅城中有一長者名曰盧至爲衆導首佛欲至彼城邑化度彼人彼衆凡乾聞佛欲至遂破壞林泉堅閉城壁各嚴器仗防護固守設彼來者莫令得前佛言我於爾時至彼城已不見一切樹木叢林唯見諸人莊嚴器仗當壁自守見是事已尋生憐愍慈心向之所有樹木還生如本河池泉井清淨盈滿如清淨池生衆雜華變其城壁爲紺瑠璃我於爾時實不化作種種樹木清淨華池當知皆是慈善根力能令彼見如是事故知凡有一切苦樂境界仗佛力爲增上緣但是自心感現例見目前實境悉是想生心外實無一法但從識變耳

卷舒不定隱顯千端或闃爾無跡或爛然可觀處繁而不亂履險而常安

註曰心境諸法互奪互資相泯相入若相資相入則性相俱存爛然可見若互奪互泯則理事俱空闃爾無跡以萬法從心隨緣建立以無性從緣故有以從緣無性故空如寶印重元序云蘊大千之經卷不出情塵布極淨之身雲常居纖土會寂滅於因緣之際得圓常於生死之輪理事雙現而兩亡性相共成而互奪一眞湛爾而非寂萬化紛然而匪繁頓虛諸相而不空遍興多事而非有不得一法而密傳心要不演一字而恒轉圓音一體遍多猶朗月而影分千水多身入一若明鏡而光寫萬形

醍醐之海泓深橫吞衆派法性之山挺出高落羣巒

註曰法華經云譬如一切川流江河諸水之中海爲第一此法華經亦復如是於諸如來所說經中最爲深大又云及十寶山衆山之中須彌山爲第一

此法華經亦復如是於諸經中最爲其上此經是醍醐之教爲第一心宗故經云十方諸國土唯有一乘法

理體融通芳名震烈瞻時而別相難窮入處而一門深徹

註曰若以事相觀一隨差別而迷旨若以一心照隨平等而歸根所以首楞嚴經云但於一門深入則大知根一時清淨又云入一無妄李長者論云一入全眞如新豐和尚悟道頌云向前物物上求通祇爲從前不悟宗如今悟了渾無事方知萬法本來空

服善見王之藥餌衆病咸消奏師子筋之琴絃羣音頓絶

註曰善見王藥能治衆病心之妙藥亦復如是能治諸法故偈云一乞療萬病不假藥方多又云以師子筋爲琴絃其音一奏羣音斷絶況說一心能收萬法

爾乃明逾皎日德越太清隨機起用順物無生

註曰問初心學人悟入此宗信解圓通有何勝力答若正解圓明決定信入有超劫之功獲頓成之力雖在生死常入涅槃恒處塵勞長居淨刹現具肉眼而開慧眼之光明匪易凡心便同佛心之知見則煩惱塵勞不待斷而自滅菩提妙果弗假修而自圓乃至等究親和諍論齊凡聖泯自他一去來印同興融延促混中邊世出世間不可稱不可量不可說不可說之力莫能過者亦名佛力亦名般若力亦名大乘力亦名法力亦名無住力所以先德釋云無住力持者則大劫不離一念又云色平等是佛力色既平等則唯心義成故知觀心之門理無過者最尊最貴絶妙絶倫刹那成佛之功頓截苦輪之力大涅槃經云譬如藥樹名曰藥王於諸藥中最爲殊勝能滅諸病樹不作念若取枝葉及皮身等雖不作念能愈諸病涅槃亦爾是以若於一心有圓信圓修乃至見聞隨喜一念發心者無不除八萬塵勞三障二死之病大品經云如摩尼珠所在住處一切非人不得其便以珠著身闇中得明熱時得涼寒時得溫若在水中隨物現色即況識此自心如意靈珠圓信堅固一切時處不爲無明塵勞非人之所侵害則處繁不亂履險恒安高而不危滿而不溢

非異非同盈刹而坦然平現不大不小遍空而法爾圓成

註曰此一心法是大眞理不假有緣生亦非無緣生以法體故爲萬法之性遍一切處隨人所感應現無盡異而非異同而非同大而非大小而非小如華嚴經頌云一一微塵中能證一切法一切衆生心普在三世中如來於一念一切悉明達

神靈之臺秘密之府

註曰此一心法是神解之性能通靈通聖故曰靈臺又萬法之指歸千途之通體故云秘府

病遇良醫民逢聖主

註曰法華經云如商人得主如子得母如渡得船如病得醫如暗得燈如貧得寶如民得土如賈客得海此況人間所遇若於佛法中直了心人可以永脫塵勞長居聖地治煩惱之重病成無上之法王校量得

失天地懸殊矣**以本攝末駕智海之津梁**註曰一心爲本諸法爲末欲渡生死海應以心智而度之**舉一蔽諸關元關之規矩**註曰舉一心法攝盡無餘此一心門能建立凡聖境界攝生化門六度萬行無不具足如還源觀云從一心體出生二用三遍四德五止六觀一體者即自性清淨圓明體即通爲十定之體言二用者一海印森羅常住用即海印三昧二法界圓明自在用即華嚴三昧言三遍者一者一塵普周法界遍二一塵出生無盡遍三一塵含容空有遍此三並是因陁羅網三昧門言四德者一隨緣妙用無方德二威儀住持有則德三柔和質直攝生德四普代衆生受苦德言五止者一照法清虛離緣止二觀人寂泊絶欲止三性起繁興法爾止四定光顯現無念止五事理元通非相止言六觀者一攝境歸心眞空觀二從心現境妙有觀三心境秘密圓融觀四智身影現衆緣觀五多身入一鏡像觀六主伴互現帝網觀上之止觀並是寂用無涯三昧門也**匡時龜鏡爲物權衡**註曰此一心法能考古推今窮凡達聖如秤知輕重似鏡鑒妍媸但了一心無不知諸法根源巨細矣**相奪則境智互泯相資則彼我俱生**註曰以境奪智則智泯以智奪境則境亡以彼資我則我立以我資彼則彼生**無明樹上而覺華頓發八苦海內而一味恒清**註曰經云

煩惱大海中有圓滿如來宣說實相常住之理本覺實性中有無明衆生起無量無邊煩惱之波論云唯眞不立單妄不成眞妄相成方能建立如水因風而起波風水不相捨離故**全體現前豈用更思於妙悟本來具足何須苦待於功成**註曰諸佛將衆生心爲佛衆生將佛心爲衆生一體無差但隔迷悟以即心是佛故雖分三身之異終無別體故云法身相好一際無差又古德云新佛舊成曾無二體以報身就法身如出模之像像木舊成故無二體新成舊佛法報似分以法身就報身如金成像金像似分以有未成像金故今成像貴似分於二諸佛如巳成像之金衆生如未成像之金成與未成似分前後則金體始終更無別異**顯異標奇精明究竟如舒杲日之光似布勾芒之令**註曰此一心法如日照天下無法而不明猶春遍寰中無物而不發**三毒四倒而非凡八解六通而非聖**註曰在凡非凡處聖非聖以但是自心故終無別理寶藏論云於實際中無毫氂凡聖可得**至寶居懷兮終不他求靈珠在握兮應須自慶**註曰肇論云聖遠乎哉體之即神何者爲衆生自心皆是般若但能體悟至理即心是佛即今日靈覺之眞性即是般若聖智也此明眞智斯乃悟理之聖非神通果證也又所云般若聖智者若正智

即觀照般若如如即實相般若此正智如如即是圓成實性圓成實性即是如來藏心如來藏心即是衆生靈覺之性衆生靈覺之性即是般若眞智

愍同體兮起無緣

註曰菩薩觀一切衆生同一體性愍彼不違而行大悲無緣者即無緣慈如石吸鐵任運吸取一切衆生而無度想

溢法財兮資慧命

註曰法財者有七一聞二信三戒四定五進六捨七慚愧慧命者即自心無盡眞如之性此七種法財乃至恒沙智德皆是心所有法悟入之者資益無窮

履得一之旨豁爾消疑

註曰天得一以清地得一以寧人得一而道成經云若得一萬邪滅矣又云若得一萬事畢若了一眞心何理而不圓何事而不畢也如古德問云所言心性是一者何得衆生界見有種種答以眞如心性是一隨緣生滅而成種種又第八識正是所熏心體含多種子熏成種種即是眞如隨緣義又心性是一者古釋有二義一者妄心之性成心之性以性相不同故眞心之性眞心即性故二者通成謂此二性別明二藏前之二性皆具二藏但爲妄覆名如來藏直語藏體即自性心故此自性清淨眞心不與妄合名爲空藏具恒沙德名不空藏前明即離此明空有故重出也言皆平等無二者上二即離不同由心之性故不即由心即性故不離不即不離爲心之性後二即空之實爲不空即實之空爲空藏空有不二爲心之性然空有無二之性即是不即不離之性故但云一也

入不二之門廓然無諍

註曰心外有法即見有二便有對治即乃成諍若了境即心能所冥一即無諍矣既不涉能所即非情無情但直論見性之門匪落是非之道是以能所不同不可執一心境一味不可稱異若以性從緣則情非情異爲性亦殊若泯緣從性則非覺不覺若二性互融則無非覺悟華嚴經云眞如無少分非覺悟者則眞如遍一切有情無情之處若無少分非覺悟者豈無性非佛性乎又經意但除執瓦礫無情之見非除佛性則性無不在量出虛空寧可除乎又古德云覺性是理覺了屬事如無情中但有覺性而無覺了如木中但有火性亦無火照今言性者但據理本誰論枝末又覺智緣慮名情自性不改名性愚人迷性生情故境智不一智者了情成性故物我無二

大理齊平不虧不盈道性如是無送無迎千潯海底而孤峻萬仞峰頭而坦平

註曰傳大士行路易云須彌芥子父芥子須彌爺山海坦然平敲冰來煮茶

竹祖搖風而自長桐孫向日而潛榮數朶之青山長在一片之閒雲忽生

註曰丹霞和尚忘己吟云青山不用白雲朝白雲不用青山管雲常在山山在雲青山自閒雲自緩皆比一心之道性智境閒閒

意地頓空如兎角之銛利解心全息猶淡水之澄清

註曰新豐和尚頌云井底㸑塵生高山起波浪石女生得兒龜毛長數大若欲學菩提應須看此樣大建法幢深提寶印居下恒高處違常順註曰此一心法門是高建法幢又是佛祖之心印乃平等門爲一際地高下自相傾順逆自違諍苦入眞智必無差別如華嚴經云智入三世悉皆平等此明俗體本眞故云平等以六相該之即總而全別即別而全總即同而俱異即異而恒同即成而俱壞即壞而俱成握王庫刀之眞形撫修羅琴之正韻註曰涅槃經中況衆生佛性昧者不見如王庫中有眞寶刀羣臣無能識者又經云阿修羅王琴不撫而韻此況衆生心恒轉根本法輪未嘗間斷如華嚴經云刹說衆生說三世一時說得趣而幽途大闢胡用多求了一而萬事齊休但生深信註曰信心銘云一即一切一切即一若能如是何慮不異華嚴經頌云種種變化無量身一切世界微塵等欲悉了達從心起菩薩以此初發心自在無礙超古絕倫荆棘變爲行樹梟獍啼成梵輪註曰高僧傳云釋智通云若夫尋近火東修正觀者察微塵之本際識一念之初原便可荆棘播無常之音梟獍說甚深之法十方淨土未必過此矣凡言唯心淨土者則一淨一切淨可謂即塵勞而成佛國也似毛端之頭含於寶

月註曰龐居士偈云毛頭含寶月微底見眞源如瑠璃之內現出金身註曰法華經偈云如淨瑠璃中內現眞金像若暢斯宗發明妙慧剔摩訶衍之骨髓摘優曇華之根蔕註曰摩訶衍即大乘心優曇華是靈瑞華表說心時難遇難解任聚須彌之筆未寫纖毫縱饒樂說之門難敷一偈註曰華嚴經云聚須彌山爲筆未寫普眼經之一句一偈印同異泯中邊等來去絕偏圓註曰以自心之體非同異中邊之見如太虛空更無異相故經云菩薩知一切法即心自性成就慧身不由他悟又起信論云復次眞如自體相者一切凡夫聲聞緣覺菩薩佛無有增減非前際生非後際滅畢竟常恒無始已來本性具足一切功德所謂自體有大智慧光明義遍照法界義眞實識知義自性清淨心義常樂我淨義清涼不變自在義水朝東而星拱北註曰水朝東者尚書云江漢朝宗于海宗者尊也有似於朝如心爲萬法宗未有一法而不歸心者星拱北者論語云子曰爲政以德譬如北辰居其所而衆星拱之爲政以德者無爲之德也猶北辰之不移而衆星拱之如一心不動衆行歸之谷孕風而海納川註曰斯皆法爾如是道性自然如寶藏論云谷風無絕泉水無竭亦比道性無有間絕則道不離心心不離道故先

德云至妙靈通目之曰道又楞嚴經云汝之心靈一切明了豈非眞道耶寂爾無聲衆響羣音而吼地蕩然無相奇形異狀而叅天註曰即相無相無相即相以是一心之境界故如華嚴經中境界重重佛身無盡互相徹入能局能別全異全同淨穢國土無障無礙不論有情無情之異皆爲一心眞智之境界約理而分稱眞而說蜜齊海內之甜火均天下之熱註曰一蜜甜遍天下之蜜皆甜一火熱盡寰中之火皆熱此況若此一法是心則世出世間一切諸法皆即是心矣當正位之發揚因法性之施設註曰此心賦者有二觀一唯心識觀二眞如實觀先觀唯心次入眞如楞伽經云自覺聖智者令覺自心耳攝論云通達唯是意言分別無有實法即爲入唯識方便不取外相即入唯心占察經云一唯心識觀二眞如實觀唯心觀淺眞如觀深能入法性法性即眞如異名如起信論云心若馳散即當攝來令住正念其正念者當知唯心無外境界此即唯心識觀次云即復此心亦無自相念念不可得此即眞如實觀若了唯心成唯心識觀若了無性成眞如實觀心境兩亡則成無分別智弗從事而失體非一非多不守已而任緣亦同亦別註曰如前云正位發揚者未曾有一法出心之正位如法華經云是法住法位世間相常住又前云法性施設者般若經云未曾有一法而出於法性眞如一心不守自性隨事建立故云亦同亦別雖隨事建立不失自體故云非一非多本迹雙舉權實俱存註曰肇論云非本無以垂末非末無以顯本本迹雖殊不思議一也心即是本法即是末言中而盡提綱要指下而全見根源註曰萬法雖殊一言而無不該盡千月不等一指而各見根源如錦冠云一一事中皆具如是無盡之德如海一滴即具百川又一一事不壞本相不離本位而圓融即入謂欲言相用即同體寂欲謂之寂相用紛然故華嚴疏序云超言思而逈出匪但超言思抑亦出於超言思超與不超俱出華嚴經云雖復不依言語道亦復不著無言說但即言亡言即思忘思以契超出之旨如一金分衆器之形不變隨緣之道猶千波含溼性之理隨緣不變之門註曰金是不變器是隨緣波是隨緣溼是不變則一心門具隨緣不變二義如演義記云由隨緣即不變故奪差別令體空則末寂也由體空差別故奪不變令隨緣故本寂也以全本爲末故本使隱全末爲本故末便亡也是則眞如隨緣成衆生時未曾失於眞體故令衆生非衆生也衆生體空即法身時未曾無衆生故令法身非法身也故二雙絕二既互絕則眞妄平等無可異也若達斯宗無在不在註曰淨名經云佛說一切

法皆無在無不在約理實而隱云無在約相虛而現云無不在斯即一心隱顯無礙自在也入聖體而靡高居凡身而弗改即狹而廣毫端遍於十方以短攝長刹那包於劫海註曰先德云塵含法界無虧人小念包九世延促同時即是一心開合以彰殊勝如朝菌之類夕死之徒豈等大椿之歲耶此是世間人物延促情之見耳如華嚴經明毘目仙人執善財手時經多劫處歷無邊故不可以長短思也若顯超勝一生頓圓若約甚深多劫莫究延促不可定執貴在入元即權機淺學罔測津涯矣如華嚴經頌云始從一念終成劫悉依衆生心想生一切刹海劫無邊以一方便皆清淨釋曰一方便者即是自心延促由心定量若了一心長短之劫自盡故云皆清淨華嚴經頌云有數無數一切劫菩薩了知即一念於此善入菩提行常勤修習不退轉一葉落時天下秋一塵起處厚地收向空門而及第註曰龐居士偈云十方同聚會箇箇學無爲此是選佛場心空及第歸於禪苑而封侯註曰世間以成功立德以爲封侯出世悟心得記以爲封侯敵生死軍之甲冑戰煩惱陣之戈矛註曰唯識疏云心外有法生死輪迴心外無法生死永絕得大摠持可作超塵之本註曰心是摠持都院無法不收具

王三昧堪爲入道之由註曰能觀心性名爲上定此心是真如三昧一切三昧之根本故心爲三昧之王名王三昧是以悟心成道萬行俱成夫若了即心是佛者自然謙下何以故信自心故知一切衆生皆有心悉即是佛故既不自憍慢亦不輕慢他以知一心平等故經云柔和之行以順法界謙下是忍辱之本周易云謙亨君子有終彖曰謙亨天道下濟而光明地道卑而上行天道虧盈而益謙地道變盈而流謙鬼神害盈而福謙人道惡盈而好謙是以於自於他不讚不毀若自讚非大人之相是衒惑人若自毀是妖諂之人若毀他是讒賊之人若讚他是諂諛之人是以傅大士云見好見惡但低頭有底罒緣得成病故知得地萬物皆生得理萬行皆成唯心之理不可忘也迨至成佛無有增減學問宗師菩提牓樣功德叢林真如庫藏註曰一切衆生第八識心名含藏識亦名宅識如華嚴經云菩薩摩訶薩知善巧說法示現涅槃君度衆生所有方便一切皆是心想建立非是顛倒亦非虛誑何以故菩薩了知一切諸法三世平等如如不動實際無住不見有一衆生已受化今受化當受化亦自了知無所修行無有少法若生若滅而可得者而依於一切法令所願不空是爲第九如實住縱橫幻境在一性而融虛寂滅靈空寄千門而顯相註曰一性是萬法之性千門是萬法之相性相分二

融之歸一如涅槃經云佛性者名第一義空第一義空名爲智慧此二不二以爲佛性然第一義空是佛性名爲智慧即佛性相第一義空不在智慧但名法性由在智慧故名佛性以性從相則唯衆生得有佛性有智慧故墻壁瓦礫無有智慧故無佛性若以相從性第一義空無所不在則墻壁等皆是第一義空如何非性故經云知一切法即心自性論云以色性即智性故色體無形說名智身以智性即色故說名法身遍一切處其體本均今分性相故分二義

妙跡無等寰中最親

註曰天下最親莫過心也以一切法從心所生離心則無一法所以華嚴經云以從波羅蜜所生一切實蓋於一切佛境界清淨解所生一切華帳無生法忍所生一切衣入金剛法無礙心所生一切鈴網解一切法如幻心所生一切堅固香周遍一切佛境界如來座心所生一切佛衆寶妙座供養佛不懈心所生一切寶幢解諸法如夢歡喜心所生佛所住一切寶宮殿無著善根所生一切寶蓮華雲等

小器出無邊之嘉饌

註曰華嚴經云有具足優婆夷得菩薩無盡福德藏解脫門能於小器中隨諸衆生種種欲樂出生種種美味飲食悉令充滿以此小器能於天中充足天食乃至人中充足人食諸佛聲聞羅漢及遍鬼趣等乃至云善男子且待須臾汝當自見說是語時善財則見無量衆生從四門入皆是優婆夷本願所請既來集已敷座令坐隨其所須給施飲食悉皆充足於小器中者即是心器心爲無盡藏隨念出生一切世出世間珍寶法門有何窮盡

仰空雨莫測之殊珍

註曰華嚴經中明智居士云我得隨意出生福德藏解脫門凡有所須悉滿其願所謂衣服瓔珞象馬車乘華香幢蓋飲食湯藥等乃至爾時居士知會衆普集須臾繫念仰視虛空如其所須悉從空下一切衆會普皆滿足然後爲說種種法所謂爲得美食而充足者與說種種集福德行等釋曰空中雨物者一是居士心中出故云隨意出生又云須臾繫念二是所化衆生自心感現機應冥合非一非異成就斯事仰視虛空者即是法空中現故法句經云菩薩於畢竟空中熾然建立

仙人執手之時動經塵劫

註曰如華嚴經中毘目仙人執善財手即時善財自見其身往十方十佛剎微塵數世界中到十佛剎微塵數諸佛所見彼佛剎及其衆會諸佛相好種種莊嚴乃至經百千億不可說不可說佛剎微塵數劫乃至時彼仙人放善財手善財童子即自見身還在本處是知不動本位之地身遍十方未離一念之中時經塵劫古釋云善財隨事差別皆入法界若圓融門纔舉一門即融諸門然以理融事令事如理以理顯事今理如事故云理非無分謂理即事事既有分理亦有分不爾眞理不即事故理既如事隨舉一法即一法界若舉多法即多法界如善財親證暫時執手便經多劫明一切時圓融後入樓閣普見無邊明一切處圓融是以善財一生能辦多劫之行者既善友力增

息之間或有佛所見經不可說不可說佛剎微塵數劫修行何得一生不經多劫仙人之力長短自在故如世王質遇仙之碁令斧柯爛三世尚謂食頃既然以長爲短亦能以短爲長如周穆隨於幻人雖經多年實唯瞬息故結云不應以長短之時廣狹之處定其旨也

童子登樓之日倏見前因 註曰善財童子登彌勒樓閣見彌勒三生之事

成現而雖圓至道弘闡而全在當人 註曰人能弘道非道弘人十方三世諸佛皆是了心成佛心即是法法即是心所以由人信故乃能弘之又人即是法法即是人離人無有法離法無有人故云此法先佛已說後佛隨順不加一字故云佛以法爲師如燕公張悅問水南善知識云法在前耶佛在前耶答云法在前諸佛所師所謂法故便被難云若爾最初成佛前無佛說何由悟法答云自然而悟如月令中獺乃祭天豈有人教燕公大伏也

殊功警世大用通神樂蘊奇音指妙而宮商應節心懷覺性智巧而動用冥眞 註曰首楞嚴經云譬如琴瑟箜篌琵琶雖有妙音若無妙指終不能發汝與衆生亦復如是寶覺眞心各各圓滿如我按指海印發光汝暫舉心塵勞先起是知指不妙故五音不成智不巧故一心不現如藏教是拙度通教是巧度又但了諸法實相不須勤苦而修是名巧度

十力功高上賢能踐日月潛光山川迴轉 註曰龐居士偈云劫火燃天天不熱嵐風吹動不聞聲百川競注海不溢五嶽名山不見形澄清靜慮無縱跡千逸盡總入無生故知無有一法不入一心無生之旨

摧慢峰兮涸愛河拆疑城兮截魔罥 註曰若了一心悟法空理則入平等際住實相門乃能倒慢山拔愛箭裂疑網究魔罥何者以達魔界即佛界歸一實心故如論有喻云譬如蝇能緣一切物唯不能緣火燄緣火燄即爲燒故魔亦如是能緣一切法唯不能緣諸法實相若入實相魔即實相何所惑耶故論云魔界如佛界如一如無二如皆法界印豈以法界印更壞法界印又論云絕見解般若菩薩如捕魚人見一大魚入深大水鉤網所不及則絕望憂愁以離六十二見故

明之而法法在我巨嶽可移昧之而事事隨他纖毫莫辯 註曰還源觀云明者德臨於即日昧者望絕於多生又李長者論云迷之者歷劫浪修悟之者當體凝寂皆是一心迷悟致茲得失之

法無難易轉變由人 註曰迷時人逐法悟了法由人迷時執心爲境被境所轉悟時了境即心一切由我

促多生於一念化寒谷爲芳春 註曰一念證眞功超累劫如寒谷遇春萌芽頓發故華嚴論云不如一念緣起無生超彼三乘權學等見如華嚴策林問云成功立德三教修同如何此經讚無功用答緣修積行

即說立功造極體眞須忘功用無功即功流未來際無用之用用周十方無功之功日眞功矣如乘舟入海頻息萬橈而舉帆隨風萬里非遠功用行息是止萬橈無相智圓即鎔帆高舉無依無住既無功用則處法流長遊智海

秉大炬而燭幽關炳然見旨駕迅航而渡深濟倐爾登眞

註曰若直了一心菩提易辨如登車立届於退方似乘船坐至於千里

生如來家之要

註曰若心外行法是生世俗家若了心即佛是生如來家此一心法諸佛本宗語默卷舒常順一眞之道治生產業不違實相之門運用施爲念念而未離法界行住坐卧步步而常在其中若不信之人對面千里如寒山子詩云可貴天然物獨一無伴侶促之在方寸延之一切處汝若不信受相逢不相遇如明達之者寓目關懷悉能先覺若未遇之子可以事知舉動施爲未嘗間斷如蔡順字君仲順少孤養母常出求薪有客卒至母望順不還乃嚙其指順即心動棄薪馳歸跪問其故母曰有急客來吾嚙指以悟汝耳又唐裴敬彝父爲陳王典所殺敬彝時在城忽自覺流涕不食謂人曰我大人凡有痛處吾即不安今日心痛手足皆發事在不測遂乃歸覲父果已死又唐張志安居鄉閭稱孝差爲里尹在縣忽稱母疾急縣令問志安曰母有疾志安亦病志安適患心痛是以知母有疾令因之差人覈之果如所說尋奏高表門閭拜爲散騎常侍

行菩薩道之因

註曰法華經云若未聞法華經者當知是人未善行菩薩道若有得聞是經典者乃能善行菩薩之道又菩薩所修萬行皆是不空如來藏眞心不變性起功德如起信論云復次眞如依言說分別有二種義云何爲二一者如實空以能究竟顯實故二者如實不空以有自體具足無漏性功德故華嚴記云自性清淨心不與妄合則名爲空性具萬德即名不空若離妄心實無可空則顯空藏圓妄而顯不空藏要由翻染方顯不空如本有檀德今爲慳貪本有尸德今隨五欲本有寂定今爲亂想本有大智今爲愚癡是則慳藏於施乃至愚藏於慧故論云以知法性無慳貪故隨順修行檀波羅蜜等萬行例然故本有眞實識知義云若心有動非眞識知明妄心之動藏其眞如是以即妄之空藏不空之萬德故經云知妄本自眞見佛則清淨以能究竟顯實故名爲空故知空藏能藏不空能藏既空則顯不空藏之本來具矣又普賢行遊入十方略有十門一入世界法界緣起于即入故二入衆生界生界佛界無二體故三供養一一供具皆稱眞故四明請法窮法界智無時不請諸佛無時不雨法故五大智攝生了生迷倒而無衆生不礙化故六明現遍十方塵刹乎入重重震動現相而無息故七常寂定未曾一念有起動故八廣出生念念毛孔出現諸境無窮盡故九者說法念念常雨無邊法雨雨一切故十明總說上之九義舉一全收無前後故

萬別千差靡出虛空之性尊高卑

下難逃平等之津註曰一切法性即是衆生心性衆生心性即是虛空性問眞妄相乖其猶水火云何此二得交徹答眞妄二法同一心故而得交徹若演若達多狂故失頭却復本心頭不曾失設爾狂時頭亦不失狂情纔歇歇即菩提性淨明心不從人得如迷眞執妄迷情纔悟即復眞心設正迷時眞亦不失**剪惑裁疑標眞顯正使佛法之穹崇致宗門之昌盛類秋江萬影而交羅**註曰經明十喻中一如影喻一喻體虛無實二喻有用能廕覆義故華嚴記云如明淨物得日光曜於屋壁上有光影現如來應機現身亦爾謂日喻如來身樹等質以喻衆生日無異體質有萬差樹側影邪形端影正影不現於日內但有質邊弄影多端隨心萬品**狀寒室千燈而互映**註曰一室千燈光光涉入二心萬境萬境一心如光無礙**若鳥戞漢以翱翔似魚沉淵而游泳**註曰入楞伽經云若一切唯心世間何處住去來依何法云何見地中如鳥虛空中依心風而去不住不覩察於地上而去如是諸衆生依分別心動自心中來去如空中飛鳥見是資生器佛說心如是故知舉足下足不離自心如鳥若離空何以審者魚若離水豈得浮沉故祖師彌遮迦問祖師婆須蜜曰何方而來復往何許答曰從自心來復往無處**啼笑而佛慧分明行坐而覺源清淨**註曰長者論云不乖當念蘊功即佛都無時分遷轉之相應眞自性常轉法輪又云纖塵不隔於十方毛孔詎妨於剎海又云三世一念古今咸即過去未來無盡之劫同時無礙一念成正覺時也三賢菩薩念念入法流水中任運至佛初水後水一性水故因佛果佛一性佛故於其中間無初中後不隔念故依本法故無念可隔因果便終一念相應一念佛不論相好及與神通相好神通從此正覺中得若證正覺即不著諸相但以覺道相應故神通相好不求自至又云明衆生世間即法界故衆生性即不思議故衆生分別即如來智故又如來根本智是衆生分別心契同無二故法界自在**妙解而唯應我是列祖襟喉**註曰此心賦者但說眞心不言妄識以眞心妄心各有性相且眞心以靈知寂照爲心不空無住爲體實相爲相妄心以六塵緣影爲心無性爲體攀緣思慮爲相此緣慮覺了能知之妄心而無自體但是前塵隨境有無境來即生境去即滅因境而起全境是心又因心照境全心是境各無自性唯是因緣故法句經云燄光無水但陽氣耳陰中無色但緣氣耳以熱時炎氣因日光爍遠看似水但從想生唯陽氣耳此虛妄色心亦復如是以自業爲因父母外塵爲緣和合似現色心唯緣氣耳故圓覺經云妄認六塵緣影爲自心性故知此能推之心若無因緣即不生起但從緣生緣生之法皆是無常如鏡裏之形無體而全因外境似水中之月不實而虛現空

輪認此爲眞愚之甚矣所以慶喜執而無據七處茫然二祖了而不生一言契道則二祖求此緣慮不安之心不得即知眞心遍一切處悟此爲宗遂乃最初紹於祖位阿難因如來推破妄心乃至於五陰六入十二處十八界七大性一一微細窮詰徹底唯空皆無自性既非因緣自他和合而有又非自然無因而生悉是意言識想分別因茲豁悟妙明眞心廣大含容徧一切處即與六衆俱達此心同聲讃佛云妙湛總持不動尊首楞嚴王世希有消我億劫顛倒想不歷僧祇獲法身即同初祖直指人心見性成佛此一眞心則列祖之襟喉也

通心而莫更餘思羣賢性命註曰如不增不滅經云甚深義者即第一義諦第一義諦者即衆生界衆生界者即如來藏如來藏者即法身釋曰夫心者爲諸法總持之門作萬有眞實之性故稱第一義諦雜雜心念故號衆生是心之界即衆生界從眞如性起名曰如來無所缺減乃目爲藏能積聚恒沙功德故名法身是以仁王經云最初一念具足八萬四千波羅蜜諸身分中命根爲上諸法門中心爲其上

永明心賦註卷一

音釋

粤音日語辭也　治直之反　恢枯迴反　鍵渠演反門鍵　爝音雀
炬火也　逗都后反住也止也　罩即教反　迄許訖反至也　殆徒解
反近也　瞬舒閏反目動也　㲉若角反鳥卵　筋音斤筋骨也　憍舉喬
反逸怒也　旍子盈反旍旗也　攬盧減反　謬靡幼反訛也　炙之石反
閦初六切　挺徒遲反出也　該古來反咸也備也　漑古代反灌也
壓烏甲反鎮也降也　這音者　繽疋賓反繽紛也　駢部田反　瞥篇滅
反　樞昌朱反本也　饉渠刃反饑也　跳徒聊反躍也　醪音勞濁酒
也　蘖魚列反由蘖　恃音市依也　磁疾之反　紇呼吃反又胡吉反
駛踈事反疾也　剌盧達反僻也　揩苦皆反摩揩也　鄙邦美反陋也
餮他結反貪食也　姬與之反王妻別名又居夷反　駟音四　瓢皮霄反
蓽音必　遽其據反急疾也　撻他達反打也　怒乃故反嗔也　綰烏板
反繫也　餻音羔　脹音帳腹滿也　啗徒濫反噉也食也　籤七廉反
黲倉敢反　揖衣入反讓也　褾方小反袖端　鬻音育賣也　噪思号
反呼噪也　齅許救反以鼻取氣　仞而振反七尺曰仞　賈音古商賈也

格古伯反式也　紳音申帶也　烹鋪庚反　鍛都換切鍊也　刈魚計反獲也取也　繩音乘索也　悸其季反心悸也　杌吳鶻反木杌也　摸莫胡反規也　譎陟革反　蝕音食日月蝕　蒭測隅反　訣音決別也　勃蒲沒反星名　彗祥衛反星名　訩音凶謗也　弑施侍反臣殺君日弑　譏居依反排也　誣音無枉也　僭子僉反天命不僭也　沴郎計反妖氣　膚甫無反皮也　閉音蔽　險和儉反嶮也　派疋賣反分派也　泓烏橫反水深也　坦他但反平也　闢皮益反啓也　蔽必袂反掩也　媸初之反妍媸也　杲古老反日出明白也　芒武芳反草端麥芒　釐里之反理也　溢盈說反滿也　礫盧的反瓦礫也　潯徐林反傍水涯也　敲苦交反擊也　緩胡管反舒也　銛息廉反利也　闃苦臭切寂靜也　梟古堯切鳥名　獍君命反獸名　剔湯力反解骨也　摘陟革反手取也　蒂音帝草木根也　抑於棘反屈也按也　濕失入反水沾也　狹胡甲反　菌渠殞反又求免反　胄直佑反介胄也　矛音牟戈矛也　倨居於反傲也　彖通貫反　衒音縣自媒也　諂丑琰反諂傷也　倏音叔走疾也　爛盧旦反　獺他達反水中獸名　涸移各反水竭也　罥姑泫反掛也　蠅余凌反青虫也

捕皮布反　槁枯老反　撓奴巧反亂也　炳兵永反炳與明也　囓魚列反　卒麤鶻反暴也　彝以脂反常也法也　戞居轄反　淵於元反深也　泳為命反潛行水中　騫音牽　詎音巨豈也　爍書樂反灼爍也

永明心賦註卷二

妙圓正修智覺永明壽禪師述

逆順同歸行住不離雨寶而摩尼絕意演教而天鼓無私 註曰摩尼天鼓皆無功用無私成事並況真心寂用無滯也如還源觀云定光顯現無念止者謂一乘教中白淨寶網萬字輪王之寶珠此珠體性明徹十方齊照無私成事念者皆從離現奇功心無念慮若人入此大妙止觀門中無思念慮任運成事如彼寶珠遠近齊照分明顯現廓徹虛空如華嚴經云時天鼓中出聲告言諸天子菩薩摩訶薩非此命終而生彼間但以神通隨諸衆生心之所宜令其得見諸天子如我今者非眼所見而能出聲如普賢行願序云圓音非扣而長演果海離念而心傳萬行忘照而齊修漸頓無礙而雙入

重重而理事相須恒體恒用一一而有空齊現常寂常知 註曰理因心成事從理顯體真於理用興於事即體之用體不失即用之體用不亡故云恒體恒用又有從心作空從心現空故常寂有故常知即寂而知知不失寂即知而寂寂不失知故云常寂常知所以云有爲法從心生無爲法從心現

迎之弗前隨之不後匿纖芥而非無展十方而曷有旋轉陀羅之內常當大士之心 註曰法華經云爾時受持讀誦轉復精進以見我故即得三昧名爲旋陀羅尼百千萬億旋陀羅尼此法華經是爲一大事因緣出現於世直於衆生心中開佛知見佛知見者即是一切衆生真心若持此經即大心皆菩薩故云常當大士之心

嚬呻三昧之中不墮二乘之手 註曰師子嚬呻三昧者此明如來以即用之體無非法界即體之用緣起萬差其理事皆無障礙名師子嚬呻如華嚴經云爾時世尊知諸菩薩心之所念大悲爲首入師子嚬呻三昧時逝多林菩薩大衆悉見一切盡法界虛空界一切佛剎乃至或入佛所住三昧無差別大神變即頓證逝多林中而諸聲聞等不知不見如聾如盲

一理當鋒萬境皆融囊括智源之底冠擎法海之宗 註曰諦了一心無事不達無理不通該古括今收無不盡如寶藏論中本際虛元品云經云佛性平等廣大難量凡聖不二一切圓滿咸備草木周遍螻蟻乃至微塵毛髮莫不含一而有故云能了知一萬事畢也是以一切衆生皆乘一而生故爲一乘若迷則異覺故則一故云前念是凡後念即聖又云一念知一切法也是以一即一切一切即一故知以一知法功成萬像故經云一切若有心即迷一一切若無心即遍十方故真一萬差萬差真一譬如海涌千波千波即海一切皆無有異也夫言一者對彼異情情既非異一亦非

一非一不一假號眞一夫言一者非名字所統也是以一非見一若有所見則有二也不得名爲眞一也如覩鏡中現千重之影像猶窺牖隙見無際之虛空註曰此並況一心具斯大用如見波詣海見土知山萬彙雖分還歸一總註曰此一心法舒遍法界卷入一塵則心賦指歸至萬法源底一切智慧之本無邊行願之宗不達斯文無路成佛出必由戶斯之謂歟諸大乘詮證明非一皆云鏡一心之元極囊萬法之根由如華嚴經云菩薩知一切法皆是自心又云解了世間皆如變化明達衆生唯是一法又頌云有數無數一切劫菩薩了知即一念於此善入善提行常動修習不退轉又頌云諸佛隨宜所作業無量無邊等法界智者能以一方便一切了知無不盡渤澥之潤同濫觴十方之空齊芥孔註曰濕性與空性俱無大小盡況平等眞心無有勝劣其猶今古之日照無異明仍伴過現之風鼓無二動註曰日光無私動性不二皆表眞心之德也履實際地沖涅槃天掘衆生之乾土涌善逝之智泉註曰法華經云譬如有人渴乏須水於彼高原穿鑿求之猶見乾土知水尚遠施功不已轉見濕土遂漸至泥其心決定知水必近衆生如乾土聲聞如濕土菩薩如泥諸佛如水聲聞之焦

芽莖綻註曰淨名經云二乘如焦芽敗種不能發無上道心後於法華會中深入一乘得受眞記重發圓信之芽結菩提之果華王之極果功圓註曰衆生之心是諸佛果源故華嚴疏云十方諸佛證衆生之體用衆生之用又經云十方諸佛於一小衆生心念中念念成正覺轉法輪而衆生不覺不知如得返魂之香枯荄再發似服還丹之藥寒骸重燃註曰如返魂之香力善起死屍猶還丹之藥功能換凡骨況一心之功力處凡身而成聖體即生死而入涅槃亦如枯樹生華寒灰發燄矣如聲聞於法華會上見如來性得受佛記則如焦殺生芽育華視聽死屍再起寒骸重燃了達無疑何勞科判駕牛車而立至祇林乘慈舟而坐昇彼岸註曰但信自心他疑頓斷故信心銘云狐疑淨盡正信調直又若信心即不信一切法如古德云謂自心智信還信自心的非心外別有能信之者又信若不信自心不名正信心即體也此則體信不二故起信論云自信已心知心妄動修遠離法是知所說一切理智等事並不離心是故我等悉皆有分千年闇室而破在一燈無始樊籠而唯憑妙觀註曰千年闇室一燈能破無始結業實觀能消實觀者即是正觀正觀者即是觀心故云若自觀者名爲正觀若他觀者名爲邪觀臨法國

土無小境而不降靜佛邊疆豈一塵而作亂註曰華嚴經云三界唯心三世唯心則豈有一境一塵而相違背又如華嚴經頌云覺悟法主眞實法於中無著亦無縛如是自在心無礙未曾見有一法起超情絕解對此無言旨冥真極道契元源註曰夫眞了一心非眞非妄不即不離何者眞妄無性常契一源豈有二心而互相即以性源無染妄不可得如勻刀不能斫石若霧不能染空爲不了一心之人所以說即如台教問云無明即法性無復無明與誰相即答爲不識水人指水是水指水是氷但有名字寧復有二物相即耶是知時節有異融結隨緣濕性常在未曾變動乃至即凡即聖亦復如是凡聖但名一體無異故先德釋華嚴經云一世界盡法界亦如是者知一眼如一切眼如皆然舉譬如一人身有手足一切人皆有手足是知不了此一心皆成二見若凡夫執著此心造輪迴業二乘厭棄此心求灰斷果又凡夫無眼將菩提智照成煩惱火燒如大富盲兒坐寶藏中舉動罣礙爲寶所傷二乘將如來四德秘藏爲無常五陰謂是賊虎龍蛇怕怖馳走縛脫雖殊取捨俱失若諦了通達之者不起不滅無得無生了此妄心念念無體從何起執念念自離不須斷滅尚不得一何況二乎故知諸法順如證圓成而情無理有拳情違旨執遍計而情有理無順常在違一道而何曾失體情不乖理千途而未暫分岐洞之而情理絕名了之而順違無地是以法法盡台無言之道念念皆歸無得之宗天眞自然非干造作二諦推而莫知理中第一三際求而罔得法內稱尊註曰此一心法非俗不離俗非眞不離眞又離非眞非俗而能眞能俗即不可以俗諦求眞諦取故云二諦推而莫知又此一心非過去法不住前際非未來法不住後際非現在法不住中際故云三際求而罔得若不信心萬行虛設故大智度論云若不知諸法無差別相至於三歸五戒亦不成就爲不了諸行根本故不知諸法體性故不明諸境眞實故是以先德云菩薩初悟一切法自性平等云何平等入於諸法眞實性故謂眞實性中無差別相無種種相無無量相萬法一如何有不等此眞實性依何立故復次明證無依法所謂不依於色不依於空若萬法依空空無所依今萬法依眞眞無所依即無依印法門故捨離世間世間即有種種差別斯則性常不立何況於相亦不依空立色亦不依色立空亦無異無不異無即無不即斯見即絕強名內證所以華嚴頌云設於念念中供養無量佛未知眞實法不名爲供養文頌云雖盡未來際遍遊諸佛剎不求此妙法終不成菩提又頌云設於無數劫財寶施於佛不知佛實相此亦不名施故知六度萬行若不直了一心無一行門而得成就覺樹根株教門頭首註曰此一心法諸佛成道之本菩薩悟入之初如大集經云佛告賢護我念往昔有佛世尊號

須波日時有一人行值曠野饑渴困苦遂即睡眠夢中具得諸種上妙美食食之既飽無復饑虛從是寤已還復饑渴是人因此即自思惟如是諸法皆空無實猶夢所見本自非真如是觀時悟無生忍得不退轉於阿耨多羅三藐三菩提又如人以寶倚瑠璃上影現其中亦如比丘觀骨起種種光此無持來者無有是骨是意作耳又大方等大集經云復次賢護譬如比丘修不淨觀見新死屍形色始變或青或黃或黑或赤乃至觀骨離散而彼骨散無所從來亦無所去唯心所作還見自心又如鏡中像不外來不中生以鏡淨故自見其形行人色清淨所見者清淨欲見佛即見佛見即問問即報聞經大歡喜自念佛從何所來我亦無所至我所念即見心作佛心自見心見佛心是佛心是我心不自知心心不自見心心有想為癡心無想是泥洹是法無可示者皆念所為設有其念亦了無所有空耳 是名佛印

安詳作象王之行決定成師子之吼

註曰象王行威義安詳表普賢之行師子吼者師子吼有四義一百獸腦裂喻菩薩說法百法俱破二香象降伏喻菩薩說法天魔降伏三飛鳥墮落喻外道邪見墮落四水族潛藏喻煩惱潛藏又涅槃經云師子吼者決定說一切衆生有佛性又云但有心者皆得成佛又云有所得野干鳴無所得師子吼以心外無法即無所得

欲薦默傳之法合在言前將陳祕密之門寧思機後

註曰達摩西來默傳心印唯默知之一字若機緣不逗終不顯揚直候親承爾乃印可此是自證法門如人飲水冷暖自知不可言說

圓宗又悟落第二頭機前無教教後無實矣

餤火手觸應難

註曰論云般若波羅蜜猶如大火聚四面不可觸觸即燒手若說有說無說亦有亦無說非有非無四句乃至復四句具足四句及絕言等皆謗般若如觸火四邊皆燒著手故云離四句絕百非若得四悉檀意了之如清涼池四門可入皆總得道

驅四句於虛無之外殄百非於寂寞之間

註曰墮落四句皆成邊見若見一法盡處百非若能頓了心宗兀網自然迥出隨處得道舉念皆宗故云一色一香無非中道華嚴經云遠離二邊契於中道古釋云二邊有四一染淨二約惑縛脫通惑業三有無通事理四一異約心境何以有此謂成菩提既離細念妄惑盡已顯現法身智慧純淨若為是見未免是邊故經云若有見正覺解脫離諸漏不著一切世此非證道眼今了於惑體無本空後無所淨故離二邊又染淨交徹故無住著是曰離邊縛脫者謂昔常被惑業繫縛流轉無窮今得菩提釋然解脫若謂此見即是住邊菩薩智了本自無縛於何有解無縛無解則無著故得離耳有無通事理者若昔謂或有今了或空二謂以空今知妙有又真樂本有失而不知妄若本空得而不覺今日始知若如是知並未離邊又煩惱業苦本有今無菩提佛身本無今有等皆三世有法著

提之性不屬三世故三世有無皆是邊攝眞智契理絕於三世故離有無之二邊等一異有二一者心境不了則二契合則一亦成於邊二者生佛有異今了一性亦名爲邊今正覺了此中有無無二無二亦復無大智善見者如理安住故離此邊而言昔者謂斷常來去生滅依正雖是二法皆攝爲邊又二與不二亦名爲邊今一契菩提一切都寂故云遠離

如那羅箭之功勢穿鐵鼓註曰那羅延箭能穿鐵鼓似金剛鎚之力擬碎邪山註曰金剛之鎚能碎金山成七辯才註曰有七辯才者一捷疾辯卒答不思二利辯音聲清巧三無盡辯問答無窮四無斷辯流注相續五隨應辯對機授藥六第一義辯善說實相七世間最上辯起出羣類已上七辯皆從心慧而發具四無畏註曰四無畏者一一切智無畏二漏盡無畏三說障道無畏四說盡苦道無畏華嚴經頌云一中解無量無量中解一了彼互生起當成無所畏即是了心成佛心外無法對待故一切處無畏人中日用之韜鈴世上時機之經綸註曰衆生日用而不知如魚在水不見水若森羅之吐爭總攝地輪註曰鳥處空不見空人在道不識道一切萬物從大地而生一切萬法從心地而出猶萬物之發生皆含一氣註曰易鉤命訣云天地未分之前謂之一氣於中則有太易太初太始太素太極爲五運也運即是運數謂時改易初取易義也元氣始散謂之太初氣形之端謂之太始形變有質謂之太素質形已具謂之轉變五氣故稱五運皆是天道已分也元邈甚深力自堪任註曰一切衆生皆自有眞心之力如起信論云從本已來性自滿足一切功德所謂自體有大智慧光明義故等也月渚湮林而常談妙旨雲臺寶網而盡演圓音註曰華嚴經云大光明網雲臺中而說頌言佛無等等如盡空十方無量勝功德人間最勝世中上釋師子法加於彼又云一切供養具雲中自然出音而說頌曰神通力用不可量願隨衆生心樂說又云佛光明中於一切菩薩衆會之前而說頌言神通自在無邊量一念皆令得解脫長者論問曰大衆何不以言自問因何默念致疑何不自以言讚勸請云何供具雲出音請佛答日明佛得法界心與一切衆生同心故以心不異故知彼心疑供具說頌者明一切法總法界體也法界不思議一切法不思議故明聖衆心境無二故凡夫迷法界自見心境有二故顛倒生也餐香積之厨眞堪入律註曰淨名經云香積世界彼國菩薩聞香入律即獲一切功德藏三昧若從香入法界者自身即是香衆世界自心即是香積如來無量功德一心圓滿悟入此者何假外求香界既然十八界亦爾盡是棲神之地皆爲得道之場聽風柯之響密可傳心註曰阿彌陀經

云水鳥樹林皆悉念佛念法念僧是知境是即心之境心是即境之心能所自分一體無異若能見境識心便是密傳之旨終無一法與人

莫尚他宗須導此

令出世之大事功終入禪之本參學竟

註曰釋迦出世爲一大事因緣開衆生心中佛之知見達摩西來唯以心傳心今但悟一心自覺覺他已諳本願如高僧釋曇遂每言三界虛妄但是一心追求外境未曾難息又高僧解脫和尚依華嚴作佛光觀於清宵月夜光中忽見化佛說偈云諸佛祕密甚深法曠劫修行今乃得若人開明此法門一切諸佛皆隨喜解脫和尚乃禮拜問云此法門如何開示於人化佛遂隱身不現空中偈答云方便智爲熔照見心境界欲知眞實法一切無所見

直言不謬指南之車轍非虛

註曰若以心示人皆歸正法不落邪見如指南之車皆歸正道

的示無疑鷄犀之枕紋常正

註曰有駭鷄犀枕四面觀之其形常正正法觀心之人一切皆正如云邪人觀正法正法亦隨邪正人觀邪法邪法亦隨正有學人問新豐价和尚如何是佛法大意答云大似駭鷄犀

絕待英靈一念齊成轉變天地撼動神明孰見不喜誰聞弗驚普現心光標人間之萬號

註曰萬法無體因心得名乃至觀於他心微細可鑒皆是以心知心似分能所四祖云一切神通作用皆是自心所以經云諸佛於不二法中現大神變華嚴記云釋他心通者攝境從心不壞境者即不心境有無護法云若得本質恐壞唯心既不壞境得之何妨壞有何失以無心於萬物萬物未嘗無此得在於神靜失在於物虛謂物實有故若唯心壞境則得在於境空失在於心有故以境由心變故說唯心所變不無何必須壞若以緣生無性則心境兩亡故云借心以遣境而心亡非獨存心與二云能所兩亡不獨存故者上不壞境且遣懼質之病令遣空有之理故心境並許存亡心境相藉故空相依緣主故有有即存也空即亡也空有交徹存亡兩全第一義唯心非一非異者正出具分唯心之理雖有唯心之義尚通生滅唯心雖兩亡不羇而未言心境相攝今分明具唯識故故云第一義唯心同第一義故非異不壞能所故非一非一故有能所緣他義成矣非異故能所平等唯心義成矣云正緣他時即是自故者結成得於本質無心外過以即自故不失唯識是以即佛心之衆生心下第二正示法性他心之相此有兩對語前對明所緣後對明能緣今初言即佛心即衆生心者此明所緣衆生心即是佛心此明不異次云非即衆生心之佛心者此句明衆生心與佛心非即非即故有所緣非異故不壞唯心義言爲所緣者結成所緣簡非能緣也次下辯能緣云以即衆生心之佛心者此句明能緣佛心即是衆生心明非異次云非即佛心之衆生心者此明佛心與衆生心有非一義非一故爲

能緣非異故不壞唯識之義言爲能緣者結成能緣非簡非所緣也更以喻況如水和乳乳爲所和喻衆生心是所緣水爲能和喻佛心爲能緣以此二和合如似一味鵝王唼之乳盡水存則知非一然此水名即乳之水此乳名即水之乳二雖相似而有不一之義故應喻之以即水之乳非即乳之水爲所和以即乳之水非即水之乳爲能和義可知矣

遍該識性猶帝釋之千名註曰天帝釋有千種名一名帝釋二名喬尸迦等如云菩提涅槃眞如解脱元珠靈性等皆是心之別稱**妙覺非遥當人不遠**註曰心證菩提即心而已離心無佛離佛無心了識心惺惺見佛如大集經云復次賢護如人盛壯容貌端嚴欲觀已形美惡好醜即便取器盛彼清池或持淨水或取水精或執明鏡用是四物觀已面像善惡姸醜顯現分明賢護於意云何彼所見像於此池水水精明鏡四處現時是爲先有耶賢護答言不也曰是豈本無耶答言不也曰是爲在內耶答言不也曰是豈在外耶答言不也世尊唯彼池水水精鏡諸物清朗無濁無滓其形在前彼像隨現而彼現像不從四物出亦非餘處來非自然有非人造作當知彼像無所從來亦無所去無生無滅無有住所時彼賢護如是答已佛言賢護如是如是如汝所說諸物清淨彼色明朗影像自現不用多功菩薩亦爾一心善思見諸如來見已即住住已問義解釋歡喜即復思惟今此佛者從何所來而我是身復從何出觀彼如來竟無來處及以去處我身亦爾本無出趣豈有轉還彼復應作如是思惟今此三界惟自心有何以故隨彼心念還自見心今我從心見佛我心作佛我心是佛我心是如來我心是我身我心見佛心不知心心不見心心有想念則成生死心無想念即是涅槃諸法不眞思想緣起所思旣寂能想亦空賢護當知諸菩薩等因此三昧證大菩提

隨法性而雲散晴空任智用而華開媚苑註曰長者論云隨法性則萬法俱寂隨智用則萬法俱生不離一眞化儀百變**攀覺樹而不榮陷鐵圍而非損冒境而朝宗悟旨諸佛果源撥目而得意通眞羣生理本**註曰眞俗之法邪正之門皆是一心以爲根本如安心法門云迷時人逐法解時法逐人解則識攝色迷則色攝識但有心分別計校自心現量者悉皆是夢若識心寂滅無一動念處是名正覺問云何自心現答見一切法有有自不有自心計作有見一切法無無自不無自心計作無又若人造一切罪自見己之法王即得解脱若從事上得解者氣力壯從事中見法者即處處不失念從文字解者氣力弱即事即法者深從汝種種運爲跳踉顛蹶悉不出法界亦不入法界若以界入界即是癡人凡有所施爲終不出法界心何以故心體是法界故又非獨羣生理本亦是山河大地之本我衆生之本如宗密禪師原人論明窮人之人本原如儒

宗命由於天闡於時運道教生於元氣小乘教我爲其本權教但說空爲本儒道二教原人之本人畜等類皆是虛無天道生成養育謂道法自然生於元氣元氣生天地天地生萬物故愚智皆稟於天由於時命故死後却歸天地復其虛無若佛權教說如中觀論云未曾有一法不從因緣生是故一切法無不是空者若約此原身心境皆空身原是空空即是本者若心境皆無知無者誰又若都無實法依何現諸虛妄且現見世間虛妄之物未有不依實法而能起者如無溼性不變之水何有假相虛妄之波若無淨明不變之鏡何有青黃長短之影故知空教但破執情如法鼓經云一切空經是有餘說有餘者餘義未了也大品經云空是大乘之初門未是究竟之說今依性教佛了義經說直顯真源一切有情皆有本覺真心無始已來常住清淨昭昭不昧了了能知亦名佛性亦名如來藏從無始際妄想翳之不自覺知但認凡質故躭著結業受生死苦大覺愍之說一切皆空又開示靈覺真心清淨全同諸佛故華嚴經云佛于無一衆生而不具有如來智慧但以妄想執著而不證得若離妄想一切智自然智無礙智即得現前便舉一塵含大千經卷之喻塵況衆生經况佛智次後又云爾時如來曾觀法界一切衆生而作是言奇哉奇哉此諸衆生云何具有如來智慧迷惑不見我當教以聖道令其永離妄想自於身中得見如來廣大智慧與佛無異評曰我等多劫未遇真宗不解反自原身但執虛妄之相甘認

凡下或畜或人令約至教原之方覺本來是佛故須行依佛行心契佛心反本還源斷除凡習損之又損以至無爲自然應用恒沙名之曰佛當知迷悟同一真心大哉妙門原人至此今會通本末者且真心之性雖爲身本生起蓋有因由但緣前宗未了所以破之今將本末會通乃至儒道亦是何者總不出一心故謂初唯是一心真靈之性不生不滅衆生迷睽不自覺知由隱覆故名如來藏依如來藏故有生滅心相所謂不生滅真心與生滅妄想和合非一非異名爲阿賴耶識此識有覺不覺二義依不覺故最初動念名爲業相又不覺此念本無故轉成能見之識及所見境界相現又不覺此境從自心妄現執爲定有名爲法執執此等故遂見自他之殊便成我執執我相故違順情生憎愛業起隨善惡業運於中陰入母胎中稟氣受質此會儒道說以氣爲本氣則頓具四大漸成諸根心則頓具四蘊漸成諸識十月滿足生來名人即我等身心是也然所稟之氣展轉推本即混一之元氣也所起之心展轉窮源即真一之靈心也究實言之心外的無別法元氣亦從心之所變屬前轉識所見之境是阿賴耶相分所攝從初一念業相分爲心境之二心既從細至麤展轉妄計乃至造業成六麤之相受苦無窮境亦從微至著展轉變起乃至天地成住壞空周而復始又業既成熟即從父母稟受二氣與業識和合成就人身據此則心識所變之境乃成二分一分却與心識和合成人一分不與心合即是天地山河國

邑三才中唯人靈者由與心神合也佛說內四大與外四大不同正是此也但能反照心源靈性顯現無法不達名法報身自然應現無窮名化身佛是知若了一心三身頓現故般若吟云悟則三身佛迷疑萬卷經即知三教皆一真心爲原人之本

祖佛不道父母非親

註曰第八祖佛陀難提問佛馱者諸佛非我道誰爲最道者偈答云汝言與心親父母非可比汝行與道合諸佛心即是外求有相佛與汝不相似欲識汝本心非合亦非離

知三有異我而明佛性

註曰大涅槃經云迦葉菩薩問二十五有有我不答曰有我即佛性此是真我具八大自在義即是常樂我淨四德涅槃非外道凡夫即執之我如華嚴記云佛性之體體非因果因中取之名爲因果性中取之名爲果性非是佛性分成因果如瓶空取空是瓶中空世界取空是世界中空空無有異故言衆生智慧是佛性因菩提涅槃是佛性果非是佛性分成因果故結示云然則佛性非因非果若以無障礙法界爲宗則法性即佛性知一切法即心自性若以心性爲佛性者無法非心性則不屬內外而體非內外內外屬相性不同相何有內外然迷一性而變成外外既唯心何有非佛所變無實故說墻壁言無佛性以性該相無非性矣如烟因火烟即是火而烟彰火依性起相相歸於性如即水成波波即是水境因心變境不異心心若有性境寧非有況心與境皆即真性真性不二心境豈乖若以性從相不妨內外境而例於心令有覺知修行作佛即是邪見外道之法故須常照不即不離不一不異無所惑矣故云則非內非外隨物迷悟強說昇沉入華嚴策林問衆生與佛迷悟不同衆生則六道循環佛則萬德圓滿如何有即衆生即佛二乎相收混亂因緣全乖法界答夫真元莫二妙旨常均持由迷悟不同遂有衆生與佛迷真起妄假號衆生體妄即真故稱爲佛則全迷真理離真無迷悟即迷本是真非是新有迷因横起若執東爲西悟解理生如東本不易執相假稱生佛約體故得相收不見此源迷由未醒了斯元妙成佛須臾經云法界衆生界究竟無差別一切悉了知此是如來境如來纔成正覺普見衆生已成正覺衆生向佛心中自受其苦冀希元之士無捨妄以求真

會萬物爲己而成聖人

註曰肇法師云會萬物爲自己者其唯聖人乎又云聖遠乎哉體之即神道遠乎哉觸事而真夫云聖人者聖即正也了心悟道即是正人迷心背道即是邪人邪正由心淨穢在我

一兩真金勝疊花千斤之價值

註曰高僧釋道世云勤勇懺悔者雖知依理須知心妄動如經云譬如疊花千斤不如真金一兩若真悟心遠離前境者如經云譬如疊花千斤不如真金一兩喻能觀心勝即滅罪強又華嚴策問二障塵沙尚非所斷阿僧祇劫未得斷名十地聖人分分漸損如何一斷一切斷耶既越常規難以取信答惑本無從迷真忽起迷而不返瀰漫無涯若纖雲布空其來

無所須臾彌滿六合黯然長風忽來倏爾雲盡千里無黯萬像歷然方便風生照惑無性本空顯現衆德本圓八萬塵勞皆波羅蜜恒沙惑障並是眞源眼翳未除空華亂起但淨法眼何惑不除滯執堅牢居然多劫半株檀樹改伊蘭四十之由旬註曰經云一株檀樹能改四十由旬之伊蘭林況一眞心法能破一切染法如台教立無生一法爲破一切法遍上上眞機滔滔法海墮無明而不可隳縱神力而焉能改註曰此一心法是普眼門唯對上機方能信入倫五趣而不墜登一相而非昇以是不變易之法故設戴角披毛之者本性非殊任形消骨散之人至靈常在註曰如般若吟云百骸雖潰散一物鎮長靈又首楞嚴經云縱汝形銷命光遷謝此性云何爲汝銷滅等覺不遷隨物周旋註曰經云不動等覺而建立諸法不壞假名而談實相若等覺之心即不動以染淨之覺隨緣而作諸法亦不壞諸法而談實相以諸法無體不可壞若壞即失諸法本空故爲出世眞慈之父作歸宗所敬之天註曰如宗鏡錄中立眞心爲宗祖佛同證即不立衆生緣慮妄心此心無體諸經所破然此妄心無體即眞故不用破以衆生執實故須破之宗鏡錄云心有二種一隨染緣所起妄心而無自體但是前塵逐境有無隨塵

生滅唯破此心雖法可破而無所破以無性故百論破情品云譬如愚人見熱時燄妄生水想逐之疲勞智者告言此非水也爲斷彼想不爲破水如是諸法自性空衆生取相故著爲破是顛倒故言破實無所破二常住眞心無有變異即立此心以爲宗鏡識論云心有二種一相應心謂無常妄識虛妄分別與煩惱結使相應二不相應心所謂常住第一義諦古今一相自性清淨心今言成者是相應心不相應心立爲宗本一雨無私羣木而自分甘苦太虛絕量衆器而各現方圓註曰法華經明三草二木一雨而受潤不同楞嚴經明方現方空圓現圓空若除黑方圓則空無所在既在正觀須當神聽註曰上士神聽中士心聽下士耳聽神聽入元能契心性扣寂寂之元門躡如如之道徑若玻璃隨物而現色於自體而匪亡註曰如玻璃珠雖現外色青黄赤白不失珠體猶金剛對日而分形逐前塵而不定註曰如金剛珠於日中而色不定此皆表心隨緣不變不變隨緣雖不守自性亦不失自性不守性是隨緣不失性是不變菩提窟宅解脫叢林澹泊而慧眼何見杳靄而大智難尋五嶽崢嶸而不峻四溟浩渺而非深註曰一心高廣

橫竪難量山末爲高海末爲深又遍界盈空無法可現山非是山海非是海以唯心故如華嚴經頌云了知非一二非染亦非淨亦復無雜亂皆從自想起

輪王坐妙寶床時方能入定註曰輪王坐妙寶床時入四禪而心離五欲**菩薩戴法性冠處始得明心**註曰菩薩著法性冠處見一切法悉現在心**滯念纔通幽襟頓適成現而可以坐參周遍而徒煩遊歷**註曰此一心成現法門不用一點身心之力坦然明白先德云沙門採寶不動神情其寶自現又云虛明自照不勞心力又云不離當處常湛然見即知君不可見如瑜伽儀軌釋云夫欲頓入三業修習毘盧遮那法身觀瑜伽儀軌釋如來法身觀者先觀發起普賢菩薩微妙行願復應以三密加持身心則能入文殊師利大智慧海然修行最初於空閒處攝念安心閉目端身結跏趺坐運心普緣無邊剎海諦觀三世一切如來遍於一一佛菩薩前殷勤恭敬禮拜旋繞又以種種供具雲海奉獻如是等一切聖衆廣大供養已復應觀自心心本不生自性成就光明遍照猶如虛空復應深起悲念哀愍衆生不悟自心輪迴諸趣我當普化拔濟令其開悟盡無有餘復應觀察自心諸衆生心及諸佛心本無有異平等一相成大菩提心瑩徹清淨廓然周遍圓明皎潔成大月輪量等虛空無有邊際**達無不是統法界以爲家**

註曰心爲法界之家亦爲涅槃之宅如法集經云能知一切唯是一心名爲心自在於其掌中出諸珍寶亦以虛空而爲庫藏名爲物自在一切身口意業以智爲本名智自在又云觀世音白佛言菩薩若受持一法一切諸佛法自然如在掌中何者是一法所謂大悲釋曰此是同體大悲此悲性遍一切衆生界故能一雨普潤蘭艾齊榮一念咸牧邪正俱濟寶雲經云一切諸法心爲上首若知於心則能得知一切諸法大灌頂經云禪思比丘無他想念唯守一法然後見眞釋曰一法爲宗諸塵無寄他緣自絕妙性顯然志當歸一而何智不明尋流得源而何疑不釋振要之旨斯莫大焉又如世尊最後垂示應盡還原品三告之文經云爾時世尊如是逆順入諸禪已普告大衆我以甚深般若遍觀三界一切六道諸山大海大地含生如是三界根本性離畢竟寂滅同虛空相無名無識永斷諸有本來平等無高下想無見無聞無覺無知不可繫縛不可解脫無衆生無壽命不生不起不盡不滅非世間非非世間涅槃生死皆不可得二除平等等諸法故閑居靜住無所施爲究竟安置必不可得從無住法法性施爲斷一切相一無所有法相如是其知是者名出世人是事不知名生死始汝等大衆應斷無明滅生死始又復告大衆我以摩訶般若遍觀三界有情無情一切人法悉皆究竟無繫縛者無解脫者無主無依不可攝持不出三界不入諸有本來清淨無垢無煩惱與虛空等不平等非不平等盡諸動念思想心

息如是法相名大涅槃真見此法名爲解脫凡夫不知名曰無明作是語已復入起禪從初禪出乃至入滅盡定從滅盡定出乃至入初禪如是逆順入起禪已復告大衆我以佛眼遍觀三界一切諸法無明本際性本解脫於十方求了不能得根本無故所因枝葉皆悉解脫無明解脫故乃至老死皆得解脫以是因緣我今安住常寂滅光名大涅槃如上真實慈父廣大悲心不可思議三告之文或有偶斯教者可以析骨爲筆剥皮爲紙刺血爲墨而書寫之不可項尅暫忘刹那失照**用而靡虛將大地爲標的**註曰如與大地爲的所射無不中者如觀心人所見無不是心終無一塵有隔如入楞伽經偈云無地及諸諦無國土及化佛辟支聲聞唯是心分別人體及五陰諸緣及微塵勝人自在作唯是心分別心遍一切處一切處皆心以心不善觀心性無諸相**至道無隔唯理堪親**註曰若洞達一心能通萬彙如牖隙之內觀無際之空似徑尺鏡中見千里之影**抉目而金鎞快利**註曰大涅槃經云初一說名一指示中間重說名二指示經末復說名三指示下合中末未見佛性並如於盲華嚴疏釋以三諦爲指指爲首趣義甚分明一時橫觀皆觀三諦竪亘十地亦證三諦第一指者即示俗諦言凡是有心定當作佛皆有佛性二者示真諦爲第二指云佛性者名第一義空三示中道爲三指經云佛性即是無上菩提道種子故非有如虛空非無如兔角故知三諦喻於三指**霔頂而甘露光新**註曰頓悟一心之時如醍醐入心甘露霔頂**寂默無言因居士而薦旨**註曰文殊問維摩居士如何是真入不二法門居士默然斯乃顯一心不二之妙旨**虛空絕相化闍王而悟真**註曰文殊菩薩化阿闍世土王以袈裟親自挂文殊身上而不見丈殊身及挂大衆亦不見身返挂日身亦不見身及衣但見虛空相因兹悟道**慧日晶明信心調直被大乘衣而坐正覺牀飲菩提漿而餐禪悅食**註曰大涅槃經云汝等雖染衣出家未拔如來大乘法衣法華經云如來座者一切法空是夫出家人識心達本故號沙門舉足下足乃至著僧伽梨念念皆與摩訶衍相應飲正法味飡涅槃食所以阿難爲不了心宗懺悔云我身雖出家心不入道如黄蘗和尚云達摩西來唯傳一心法直下指一切衆生心本來是佛不假修行但令識取自心見自本性莫別求法云何識自心即如今言語者是汝心若不言語又不作用心體猶如虛空相似實無相貌亦無方所亦不一向是無祇是有而不見又云但悟一心更無少法可得此即真佛佛與衆生一心更無有異不如言下自認取本法此法即心心外無法此心即法法外無心又仰山和尚云頓悟自心無相猶若虛空寄根發明即本心具恒沙妙用無別所持無別安立即本心地即本土**善財**

知見舉目而皆入法門華藏山河立相而無非具德註曰善財童子登山入閣皆證法門以真心遍一切處故隨處發明咸得見道所以還源觀云華藏海內其中莫問若山若河皆具如來智德羣蒙盡正一槩齊平迹分塵界而不濁性合真空而靡清體凝一味而匪縮用周萬物而非盈註曰此一心法湛然不動雖隨事開合任物卷舒其體未曾增減設對機說法廣畧開遮不可執方便之言迷於宗旨如華嚴經頌云言詞所說法小智妄分別是故生障礙不了於自心不能了自心云何知正道彼由顛倒慧增長一切惡似天中意樹之林常隨天轉註曰天中有如意樹常隨諸天意轉若人間心想之處還逐人成註曰一切境界因想而生故經云一切國土唯想持之華嚴經頌云一切諸國土想網之所現幻網方便故一念悉能入又論云離人無有法離法無有人貧濟驪珠幽明玉燭如來寶眼而自絕纖毫註曰佛眼無外豈立纖毫金沙大河而更無迴曲註曰金沙大河直入大海以表正見直入心海若海中之鹹味物物圓通猶色裏之膠青門門具足註曰如傅大士心王銘云無形無相

有大神力能滅千災成就萬德體性雖空能施法則觀之無形呼之有聲爲大法將持戒傳經水中鹽味色裏膠青決定是有不見其形心王亦爾身內居停面門出入應物隨情自在無礙所作皆成色裏膠青者書云青出於藍而青於藍氷結於水而寒於水又一切法中皆有安樂性則是色總持門如大般若經云一切法趣色色尚不可得云何當有趣非趣如是具歷諸法皆然般若意似當諸法之性不異色性故皆趣色色不可得當法性空既無所趣安有能趣若智者意一切法趣色假觀色尚不可得空觀云何當有趣非趣即中道觀今但要初句以取色性爲諸法依以性普收故皆趣色則一色中具一切法是事事無礙之義故隨一法皆收法界故孤高獨步瑩徹攄情意根淨而寶坊淨註曰淨名經云心淨即佛土淨又云心淨故衆生淨心垢故衆生垢如一切垢淨世界及合教四土祇是一自性清淨心此心若淨一切佛土皆悉淨也如鏡明則照遠鈴響則聲高是以華嚴經頌云佛刹無分別無憎無有愛但隨衆生心如是見有殊又攝論云一切淨土是諸佛及菩薩唯識智爲體即金剛般若論云智習唯識通如是取淨土若佛地論以佛自在無漏心爲體非離佛淨心外別有實等淨心色也又云色等即是佛淨心所感離佛自心之外別無能感如是假實之色皆不離佛淨心即此淨心能顯假實之色故經云青色青光黃色黃光等是也心地平而世

界平註曰首楞嚴經云毗舍如來摩持地菩薩頂言當平心地則世界地一切皆平若拂霧以披天神襟頓爽似撥雲而見日法眼恒清註曰悟心之時頓消積滯如彌勒成道偈云久欲度衆生欲拔無由脫今日證菩提豁然無所有一道逍遙羣心仰慕保證而猶玉璽之眞文註曰一切萬法皆爲心之所印如王寶印無前後際故法句經云森羅及萬象一法之所印云何一法中而見有種種矣包藏而若瓊林之寶庫註曰第八識包含猶如庫藏含藏十法界種子無法不足久行方了具遍吉之明宗註曰遍吉是普賢菩薩首楞嚴經頌云心聞洞十方生於大因力初心不能入云何獲圓通初學易親成慈氏之入路註曰首楞嚴經云彌勒菩薩云得成無上妙圓識心三昧乃至盡如來國土淨穢有無皆是我心變化所現我了如是唯心識故識性流出無量如來正念纔發狐疑自惺匪五目之可鑒豈二耳之能聽註曰五眼者肉眼天眼慧眼法眼佛眼佛言我以五眼尚不見云何無目凡夫而稱見乎二耳者一凡耳二天耳道書云上士神聽中士心聽下士耳聽非有而非空故稱卓絕不出而不在實謂通靈註曰首楞嚴經云汝之心

靈一切明了是知性自神解寂照泠然如靈辯和尚云夫一心不思議妙義無定相應時而用不可定執經云一切賢聖皆以無爲法而有差別用有差別隨處得名究竟不離自心此心能壞一切能成一切故云一切法皆是佛法心作天心作人心作鬼神畜生地獄皆心所爲好惡皆由一心要生亦得要不生亦得即是無礙義秖今一切施爲行住坐臥即是心相心相無相故名實相體無變動亦名如來如來者不變不異也無中現有有中現無亦名神變亦曰神通總是一心之用隨處差別即多義一中解無量無量中解一了彼乎生起當成無所畏又東方入正定西方從定出若了心外無法一切唯心即無一法當情無有好惡是非即不怖生死一切處皆是故云當成無所畏無所畏即佛佛具四無畏也塵思俱逃煩機頓洗註曰未悟道時多與妄慮纏了心日想念不生故經云識停閒靜想滅無爲又首楞嚴經云想相爲塵識情爲垢二俱遠離則汝法眼應時清明云何不成無上知覺又大乘理觀不念諸佛即是念覺故昔人云眞如無念非念法能階實相無生豈生心能至無念念者則念眞如無生生者生乎實相故起信云若知離念無有能念所念是名隨順若離於念名爲得入淨名云常求無念實相智慧故般若云若一念一切法不念般若波羅蜜不念一切法則念般若波羅蜜逈超萬行之先深微法源之底月光大士變清水於自

心 註曰首楞嚴經云月光童子初習水定弟子窺隱觀室唯見清水取一瓦礫投於水內出定之後頓覺心痛故知定果色皆是定中意識所變 空藏高人現太虛於本體 註曰首楞嚴經云虛空藏菩薩云我得無邊身爾時手執四大寶珠照明十方微塵佛刹化成虛空又於自心現大圓鏡內放十種微妙寶光流灌十方盡虛空際 甄明暢志悟入怡神若旱天而遍霈甘澤猶萎草而頓遇陽春 註曰涅槃經云純陀白佛言世尊唯願世尊霔甘露雨灑我心田又如大地得遇春雨草木潰發故云萬物得地而生萬行得理而成所以般若經云一心具足萬行 翠羽紅鱗普現色身之三昧霞峯霧泣同轉根本之法輪 註曰一切聲是佛聲一切色是佛色又山河大地一一皆宗 智朗昏衢夢驚長夜 註曰識論云一切衆生以第七識爲長夜如夢時不知是夢覺時方悟如迷時不了自心是佛悟時方知覺故經云佛者覺也如睡夢覺如蓮華開 如貧室之金藏全開 註曰大涅槃經云如貧女人舍內多眞金之藏家人大小無有知者時有異人善知方便乃至即於其家掘出眞金之藏女人見已心生歡喜生奇特想衆生佛性亦復如是若遇善友開發明見佛性心開意解生大歡喜 啖宅之牛車盡駕 註曰法華經明等賜一大車而出火宅若了一切處唯是一心實相之旨即是出宅義 紛然起作冥冥而弗改眞如豁爾虛凝歷歷而常隨物化 註曰肇論云旋嵐偃嶽而常靜江河競注而不流野馬飄鼓而不動日月歷天而不周此四不遷即萬物皆不遷矣則離動而無靜離靜而無動以一心動靜豈有離也 大象無形洪音絕聲三光匿曜河嶽齊平 註曰肇論云大象隱於無形大音匿於希聲此一心光橫吞萬象更無纖毫於中發現故傳大士頌曰須彌芥子父芥子須彌爺山海坦然平敲氷來煑茶故知萬法盡入不二法門一際平等更不侯夷嶽盈壑續鳧截鶴然後方平 向九居六合之中隨作色空明闇之體 註曰六合者四維上下九居者一欲界天二初禪天三二禪天四三禪天五四禪天六空處天七識處天八無所有處天九非想非非想天廣則二十五有四十二居處並是有情受生居住之處此皆因情想結成生死之身業繫二十五有之處悉從心出所以楞伽經云三界上下法我說皆是心又云心遍一切處一切處遍心法華經云三方及四維上下亦復爾如首楞嚴經云妙覺明心先非水火乃至汝以空明則有空現地水火風各各發明則各各現若俱發明則有俱現故知萬法但心爲體循業發現所見不同隨自想念而生差別故云如來藏隨爲色空周遍法界是以離自眞心

更無一法所有境界皆是心光

於七大四微之內分爲色香味觸之名

註曰七大者一地大二水大三火大四風大五空大六見大七識大如首楞嚴經云汝元不知如來藏中性色眞空性空眞色清淨本然周遍法界乃至推七大皆無自性他性共性無因性所以佛告阿難若汝識性生於見中如無明闇及與色空四種必無元無汝見見性尚無從何發識若汝識性生於相中不從見生既不見明亦不見聞明闇不矚即無色空彼相尚無識從何發若生於空非相非見非見無辯自不能知明闇色空非相滅緣見聞覺知無處安立處此二非空則同無有非同物縱發汝識欲何分別若無所因突然而出何不日中別識明月汝更細詳微細詳審見託汝晴相推前境可狀成有不相成無如是識緣因何所出識動見澄非和非合聞聽覺知亦復如是不應識緣無從自出若此識心本無所從當知了別見聞覺知圓滿湛然性非從所兼彼虛空地水火風均名七大性眞圓融皆如來藏本無生滅阿難汝心麤浮不悟見聞發明了知本如來藏汝應觀此六處識心爲同爲異爲空爲有爲非同異爲非空有汝元不知如來藏中性識明知覺明眞識妙覺湛然周遍法界含吐十虛寧有方所循業發現世間無知惑爲因緣及自然性皆是識心分別計度但有言說都無實義又本是一眞心分成六和合如眼見之爲色耳聞之爲聲鼻齅之爲香舌嘗之爲味身受之爲觸意知之爲法又祖師云處胎曰身出世爲人在眼曰見在耳曰聞在鼻曰齅香在舌曰談論在手曰執捉在脚曰運奔變現俱該法界收攝不出微塵識者與作佛性不識者與作精魂故云一色一香無非中道

德禦神州威靈法宇通智海之宏津立吾宗之正主

註曰心爲萬法之宗宗者尊也主也如楞伽經中佛語心爲宗無門爲法門不退轉法輪經云善知一切衆生無相悉同法界非見非不見何以故法界即是一切衆生心界是名信行南嶽思大和尚云若學者先須通心心若得通一切法一時盡通

違情難信如藕絲懸須彌之山

註曰涅槃經云佛言若有人能以藕絲懸須彌山可思議不不也世尊佛言菩薩能以一念稱量生死有不可思議理而但仰信而巳不能一念即如來藏故非圓意

入悟能談似一手接四天之雨

註曰如佛藏經云無名相中假名相說皆是如來不思議力譬如有人嚼須彌山飛行虛空石筏渡海負四天下及須彌山蚊脚爲梯登至梵宮劫盡燒時一唾劫火即滅一吹世界即成以藕絲懸須彌山手接四天下雨如來所說一切諸法無相無爲無生無滅令人信解甚爲難有甚爲希有又經云奇哉世尊於無異法中而說諸法異故云說法是大神變無中說有有中說無豈非神變耶

居混沌之始出恍惚之間

註曰混沌之始者以不知無始無明最初一念

不覺而起第八識一半不執受爲無情世間山河大地等一半有執受爲有情世間衆生五陰身等皆從一心所造不達此理者此間周禮或稱混沌西天外道或說冥初老子云杳杳冥冥其中有精恍恍惚惚其中有物

法雷震四生之幽蟄慧日燭三界之重關

註曰此一心宗當悟之時如迅雷震於長空似千日照於曠野能令墮業繫之人出三界之牢獄溺生死之者脫六趣之樊籠

不世之珍抱元門而寂寂非常之道任法性以閒閒

註曰不世之珍者以此心寶非世之珍非常之道者此一心大道非常情之所解

發覺根苗亂靈筋骨

註曰因心悟道發心之初即坐道場便登祖位

若谷神之安靜似幻雲之出沒

註曰肇論云法身無像應物以形般若無知對緣而照萬機頓赴而不撓其神千難殊對而不干其慮動若行雲止猶谷神豈有心於彼此情繫於動靜者乎註云法身無形能現衆像聖智無知能照萬機無心應物雖戀而不撓其神有難皆通雖通而不干其慮無心而動動若行雲心無定方猶谷神之不死絕彼此動靜之心也老聃曰谷神不死是謂元牝元牝之門是謂天地之根註云谷者養也人能養神則不死神即五藏之神也若五藏盡傷則五神去矣是謂元牝者註云元者天也牝者地也主出入於鼻與天通故鼻爲元也主出入於口與地通故口爲牝也元牝之門是謂天地之根者根者元也言鼻口之門是乃通天地之元氣

事因理顯猶金烏照萬里之程

註曰華嚴疏云理隨事變一多緣起之無邊事得理融千差涉入而無礙

用就體施如玉兎攝千江之月

註曰證道歌云一月普現一切水一切水月一月攝一法遍含一切法我性常與如來合

非相非名孤寂幽清一言無不畧盡殊說更非異盈

註曰一言者約畧說約理說殊說者約廣說約事說故不動一心而演諸義不壞諸義而顯一心即卷常舒舒如來於一言語中演說無邊契經海即舒常卷一切法門無盡海同會一法道場中如草木四微從地而生還歸地滅猶波浪鼓動依水而起還復水源如法從心生還歸心滅故經云當處生當處滅又華嚴經頌云佛智通達淨無礙一念普知三世法皆從心識因緣起生滅無常無自性所以清涼疏云華嚴經者統唯一眞法界謂總該萬有即是一心也

呑苦霧而浸邪峯須澄性海

註曰性海泓澄湛然明淨當悟心之時能盡苦源頓消邪見故般若心經云行深般若之時照見五蘊皆空度一切苦厄

降四魔而夷六賊應固心城

註曰四魔者一天魔二陰魔三死魔四煩惱魔首楞嚴經云六爲賊媒自劫家寶心城者華嚴經入法界品中寶眼主城神爲善財言應守護心城謂畢竟斷

除慳嫉諂誑應清涼心城謂思惟一切諸法實性應增長心城謂成辦一切助道之法應嚴飾心城謂造立諸禪解脫宫殿應照耀心城謂普入一切諸佛道場聽受般若波羅蜜法應增益心城謂普攝一切佛方便道應堅固心城謂恒勤修習普賢行願應防護心城謂常專禦扞惡友魔軍應廓徹心城謂開引一切諸佛智光明應善補心城謂聽受一切佛所說法應扶助心城謂深信一切佛功德海釋曰夫城者能防外寇護國安人堅密牢强即無衆患况心城須護密守關津無令外緣六塵魔賊所侵内結煩惱奸臣所亂防非禁惡常施瑩淨之功立德運慈廣備莊嚴之事遂得四門無滯一道常通力敵大千威臨法界可以撫提羸弱攝化無遺伏外降魔永固眞基者矣

廣演元風長施法利

註曰沙門唯以弘教說法能報佛恩首楞嚴經頌云將此深心奉塵刹是則名爲報佛恩又證道謌云默時說說時默大施門開無擁塞

諸聖不改其儀

註曰此一心法是古今千聖不易之道

萬邪莫廻其致

註曰邪不干正天魔不能壞外道不能亂故云天魔外道皆法印魔界即佛界外道經書皆是佛說既同輪並駕焉能壞乎

十軍三惑消影響於幻場

註曰十軍者佛偈云欲是汝初軍憂愁爲第二飢渴第三軍渴愛爲第四第五睡眠軍怖畏爲第六疑爲第七軍含毒爲第八第九利養軍著虛狂名聞第十軍自高輕慢出家人諸天世間人無能破之者我以智慧力摧伏汝軍衆汝雖不欲放到汝不到處是知戰魔軍者即是自心魔終無心外境能與心爲緣但是自心生還以心爲相三惑者一見思惑二塵沙惑三無明惑若直了心者不唯十軍三惑乃至八萬四千塵勞門悉皆殞滅故偈云到汝不到處消影響於幻場者如實積經云爾時世尊告幻師言一切衆生及諸資具皆是幻化謂由於業之所幻故諸此五衆亦是幻化謂由於法之所幻故我身亦幻智所幻故三千太千一切世界亦皆是幻一切衆生共所幻故凡所有法無非是幻因緣和合之所幻故但了一心諸幻自息故寶藏論云一切皆幻其幻不實知幻是幻守眞抱一

智刃慧刃利鋒芒於實地

註曰以智慧劍殺煩惱賊

一言合理天下同歸

註曰一言契理天下知音故云名無翼而長飛道無根而永固

體標奇而顯妙用含虛而洞微可謂鎮敵國之寶珠千金罕易挺驚人之法將萬古傳輝

註曰敵國之寶珠者此心或爲無價之寶或在輪王頂上或處貧子衣中龍女親獻而成佛刹那善友求之而利濟無盡驚人之法將者說心地法門之時天魔膽落外道魂驚如舍利弗智慧第一爲釋迦右面弟子稱爲法將

動而無爲寂而常照立佛道之垣墻樹修行之大要

註曰大約修行不出定慧一心眞如

妙性寂然名止寂而常照名觀非能所觀而分二法 畫出山河國土意筆縱橫分開赤白青黃心燈照耀 註曰華嚴經頌云心如工畫師能畫諸世間五陰悉從生無法而不造心光照耀者大般若經云若幽冥世界及於一一世界中間日月等光所不照處爲作光明應學般若般若者即心智之光華嚴論云光明覺品者爲令信心自以自心光明覺照一切世間無盡世界總佛境界自亦同等以心隨光一一照之 性自神解不同虛空或垂本以顯跡或居邊而即中猶師子就人之機理標徑直 註曰癡狗逐塊師子就人此喻上機聞法直了心宗不隨問答逐語生解 如王索一鎚之器言下全通 註曰王索寶器須是一鎚便成第二第三鎚成皆不中進此喻一言之下便契無生不須再問落於陰界 慧海關防靈園苗裔遍滋廣攝而不揀高低竪徹橫該而混同麤細 註曰一心廣備不擇上中下機以是一際平等法門故竪徹三際橫亘十方覽而不遺收無不盡麤處麤現細處細現麤細隨緣法體恒寂唯心之旨常無變 作一種之光輝爲萬途之津濟 註曰大莊嚴經易論說求唯識人須云能取及所取此二唯心光貪光及信光二光無二體釋曰求唯識人應知能取所取此之二種唯是心光如是貪等煩惱光及信等善法光如是二光亦無染淨二法何以故不離心光別有貪等信等染淨法故二光亦無相偈曰種種心光起如是種種相光體非體故不得彼法實釋曰種種心光即是種種事相或異時起或同時起異時起者謂貪光瞋光等同時起者謂信光進光等光體非體等者如是染位心數淨位心數唯有光相而無光體是故或世尊不說彼爲眞實之法 闇鬼沒於明燈 註曰如人闇中疑鬼以燭照之豁然疑解況心外見法了心即無境 毛輪消於厚瞖 註曰如人目有瞖空中見毛輪況不識心人妄見心外之境如密嚴經頌云幻事毛輪等在在諸物相此皆心變異無體亦無名 確乎不拔高超變易之門 註曰萬法不還一心常住但當見性自斷狐疑余曾親推似見斯旨如宗鏡中引不遷論云旋嵐偃嶽而常靜江河競注而不流野馬飄鼓而不動日月歷天而不周疏云前風非後風故偃嶽而常靜前水非後水故競注而不流前氣非後氣故飄鼓而不動前日非後日故歷天而不周鈔云然自體念念不同則初一念起時非第二念時乃至最後吹著山時非初起時則無前念風體定從彼來吹其山也且山從初動時以至倒臥地時其山自體念念不同則初動一念動時非第二念動時乃至最後著地時非初動時則無初動山體定從彼來至著地時斯旨風不至山嶽不著地雖旋嵐偃嶽未曾動也以

此四物世爲遷動然雖則倒嶽歷天皆不相知各不相到念念自住各各不遷且如世間稱大莫過四大四大中動莫越風輪以性推之本實不動如義海云鑒動寂者爲塵隨風飄颺是動寂然不起是靜而今靜時由動不滅即全以動成靜也今動時由靜不滅即全以靜成動也由全體相成是故動時正靜靜時正動亦如風本不動能動諸物若先有動則失自體不復更動今觀此風周遍法界湛然不動寂爾無形推此動由皆從緣起且如密室之中若云有風風何不動若云無風遇緣即起或遍法界拂則滿法界生故知風大不動動屬諸緣若於外十方虛空中設不因人拂或自起時亦是能飛鬼神所作以鬼神屬陰至晚則風多故乃至劫初劫末成壞之風並因衆生業感世間無有一法不從緣生緣會則生緣散則滅若執自然生者祇合常生何得緊緩不定動靜無恒故知悉從緣起又推諸緣和合成事各各不有和合亦無緣緣之中俱無自性但是心動反推自心心亦不動以心無形故起處不可得即知皆從真性起真性即不起方見心性遍四大性體合真空性無動靜以因相彰動因動對靜動相既無靜塵亦滅故首楞嚴經云性風真空性空真風即斯旨矣

湛爾唯堅永出輪迴之際

註曰此心前際不生中際不住後際不滅故法華經云是法住法位世間相常住世間相者即衆生五陰心離五陰無世間何者無情世間即衆生心變既從心變一一隨心常住真如之法位

妙極衆象理統諸方如積海而含萬水猶聚日而放千光

註曰此一點靈臺自性光明遍照法界無法不收故首楞嚴經云諸法所生唯心所現現處即心更無別體如圓覺疏序云夫血氣之屬必有知凡有知者必同體所謂真淨明妙虛徹靈通卓然而獨存者也衆生之本原故曰心地諸佛之所得故曰菩提交徹融攝故曰法界寂靜常樂故曰涅槃不濁不漏故曰清淨不妄不變故曰真如離過絕非故曰佛性護善遮惡故曰總持隱覆含攝故曰如來藏超越元秘故曰密嚴國統衆德而大備爍羣昏而獨照故曰圓覺其實皆一心也背之則凡順之則聖迷之則生死始悟之則輪迴息親而求之則止觀定慧推而廣之則六度萬行引而爲智然後爲正智依而爲因然後爲正因其實皆一法也終日圓覺而未嘗圓覺者凡夫也欲證圓覺而未極圓覺者菩薩也住持圓覺而具足圓覺者如來也離圓覺無六道捨圓覺無三乘非圓覺無如來泯圓覺無真法其實皆一道也三世諸佛之所證蓋證此也如來爲一大事出現蓋爲此事也三藏十二部一切修多羅蓋詮此也釋曰心之一法名爲普法欲照此心應須普眼虛鑒寂照靈知非偏小而可窮以圓滿而能覺故曰圓覺此約能證也真如妙性寂滅無爲具足周遍無有缺減故曰圓覺此約所證也能所冥合唯是一心此一心能爲一切萬法之性又能現三乘六道之相攝相歸性曾無異轍則世間出世間昇

降雖殊凡有種種施爲莫不皆爲此也離此則上無三寶一乘下無四生九有

文圓義圓言將發而詞喪清神靜思意欲緣而慮亡註曰言將發而詞喪者首楞嚴經云用世語言入佛知見如將手掌捉摩虛空徒益自勞虛空云何隨汝執捉意欲緣而慮亡者般若經云如蚊蚋蟲處處能泊而不能泊火燄之上如意根遍緣一切境而不能緣般若以心智路絕故

處衆不羣居尊匪獨註曰志公和尚謌云處衆不見諠譁獨自亦無寂寞

闡大道之基坰布教海之漩澓了辯乳之真機註曰大涅槃經云如盲問乳不知乳之正色如無已眼隨他問答不達自心若上上機人一聞千悟獲大總持

達觀象之明目註曰大涅槃經明衆盲摸象各說異端不見象之真體亦況錯會般若之人依通見解說相似般若九十六種外道及三乘學者禪宗不得旨人並是不見象之真體唯直下見心性之人如畫見色分明無惑具已眼者可相應矣

躡薩雲路兮非近非遠詣清涼池兮不遲不速註曰薩雲路者即衆生心了之即是非論近遠清涼池者即一心圓明無塵垢熱惱故云清涼智論云有目無足不到清涼池有足無目亦不到清涼池目足更資方能得到頓悟自心爲目如說修行爲足故須理事齊運定慧雙修方入一心之智海也

出一語兮海竭山崩提妙旨兮天翻地覆舉圓宗兮敷至理法界橫關括衆義兮掩羣詮禪門鞀鐵註曰宗門中有鞀鐵句不通問答

念念而靈山出世步步而兜率下生註曰華嚴論云一念相應一念佛大集經云貪瞋癡出即是佛出又如來藏經云我以佛眼觀一切衆生貪欲恚癡諸煩惱中有如來智如來眼如來結加趺坐儼然不動善男子一切衆生雖在諸趣煩惱身中有如來藏常無染污德相備足如我無異及經頌云我今解了如來性如來今在我身中我與如來無差別如來即是我真如又成佛之義隨門不同古釋有四一約性即一真法界二約相即無盡事法三性相交徹顯此二門不即不離四以性融相德用重重初約體門者問體是佛不答是約無礙應成四句一是佛法性身無所不至故經云性空即是佛故二非佛絕能所覺爲其性平等真法界非佛非衆生故三亦佛亦非佛以法性無自性故四雙非性與無性雙泯絕故經云無中無有二無二亦復無三世一切空是則諸佛見二就相門有二一情二非情真心隨緣變能所故然此二門各皆染淨謂無明熏真如成染緣起真如熏無明成淨緣起染成萬類淨至成佛以修淨緣斷彼染緣方得成佛依此二義則生佛不同於淨緣中復有因有果有純有雜一若約純門隨一菩薩盡未來際唯修一行一一皆然若約雜門

萬行齊修盡未來際若約因門盡未來際常是菩薩若約果門盡未來際常是如來經云爲衆生故念念新新成等正覺若雙辯門盡未來際修因得果若約雙非盡未來際非因非果便同眞性今正約以性融相一成一切成成與不成情與無情無二性故法界無限故佛體普周故色空無二故法無定性故十身圓融故緣起相由故生界無盡故因果一周遍故遠離斷常故萬法虛融故說一成一切成也非謂無情亦有覺性同情成佛若許成佛此成則能修因無情變情情變無情便同邪見又此衆生乃是像上之摸者以見自成即見他成如云自心念念常有佛成正覺此有二意一云同一無性故得現成者謂旣無二性佛證一性得成佛故生隨一性皆成佛矣二云妄性本虛生元是佛者生自有妄見生非佛佛了妄虛生何非佛三眞性叵得非今始成者若有可得今得成佛證性叵得佛非始成佛本是佛佛之本佛何異生佛是故一成一切皆成亦可說言若一不成一切不成同一性故今是成佛門故故一切皆成佛也

娑婆現華藏之海

註曰還源觀云是以大智圓明覩纖塵而觀性海眞源朗現一塵之處現全身萬法顯必同時一際理無前後華藏記云華藏淨緣熟娑婆為華藏娑婆染緣熟華藏現娑婆此皆轉名不轉體但隨心現如法華經三變淨土祇變心耳又云華藏世界海者以無盡大願風輪持大悲水生無邊行華以法性虛空能容萬境重疊無礙於其水上生一大蓮華周法空界名種種藥香幢明根本智起差別智行差別行名藥如經頌云譬如心王寶隨心現衆色衆生心淨故得見清淨刹又云譬如衆繢像畫師之所作如是一切刹心畫師所成又云無量諸刹種隨衆生心起又云一一心念中出生無量刹

園林爲王舍之城見聞覺知運普賢無盡之行周旋俯仰具文殊本智之名

註曰先德云文殊即是衆生現行分別心普賢即是衆生塵勞業惑行又普賢身同虛空性一切衆生以爲生死是以能對現色身以同是虛空性故又云六根三業並是文殊實相體周萬象森羅無非般若何有一處非文殊普賢耶

從實分權

註曰從一乘實分出三乘權從三乘權會歸一乘實即是從心而開三從心而合一又即一而三相不同即三而一體無別

因別顯總

擲大千於方外吸海水於毛孔

註曰因別顯總者以用彰體因境識心非總無以出別非別無以顯總如淨名經云擲娑婆於界外移妙喜於此方者是明即近即遠即穢即淨不出一心矣又云海水入毛孔者台教云識得海水眞性即是毛孔眞性故云海水入毛孔又云芥納須彌者一切衆生無明心即是佛心是名須彌入芥設有無邊不可思議神變之事皆同此釋華嚴記云佛智平等如虛空則衆生之界皆是如來智中之物二者智能包納猶是智頰今毛孔頓現則細巨頓收良以色性融無

礙故以性融相爲本眞心之力也

妙位初成之際天雨四華　無明欲破之時地搖六動

註曰天雨四華者台教云表菩薩四位一十住位二十行位三十迴向位四十地位華是柔軟義亦表於行亦表於善根菩薩以行入位故天雨華然皆是心華般若經云此非天華亦非意樹華乃是無生華地搖六動者是破無明動六根之堅執執從心生亦是動於心地

理事無礙

註曰理能成事事能顯理有理事無礙有事事無礙華嚴記云周遍含容觀中有事事無礙者菩薩雖復看事即是觀理然說此事爲不即理者以事虛無體而不壞相所以觀衆生見諸佛觀生死見涅槃以全理之事恒常顯現是以事既全理故不即理若也即理是不全矣如金鑄十法界像一一像全體是金不可更言即金也

本末同岐

註曰因本示末末還歸本如心無自性因境而生境無自性因心而現能所平成一體無異如百門義海云若以塵唯心現則外塵都絕若以心全現塵則內心都泯泯者泯其體外之見存者存具全理之事即泯常存即存常泯

橫吞五乘之粹

註曰五乘者一人乘二天乘三聲聞乘四緣覺乘五菩薩乘持五戒得人乘持十善得天乘修四諦法得聲聞乘修十二因緣法得緣覺乘修六度行得菩薩乘乃至三乘四乘一乘皆從一心而出所以楞伽經頌云諸天及人乘聲聞緣覺乘諸佛如來乘我說此諸乘乃至有心轉諸乘非究竟若彼心滅盡無乘及乘者故知三乘五性皆自心生若無於心既無能乘之人亦無所乘之法故云無乘及乘者也

圓舒八藏之奇

註曰八藏者一漸教二頓教三不定教四秘密教五藏教六通教七別教八圓教如經云十二分教於眞如法界流出以心爲體演出無窮何者若心空演出聲聞藏若心假演出菩薩藏若心中演出佛藏

從心而出心猶蘭生蘭葉因意而發意以檀孕檀枝

註曰境從心變變是自心從心現心更無異物如實積經偈云如鑽木出火要假衆緣力若緣不和合火終不得生是不悅意聲畢竟無所有知聲性空故瞋亦不復生瞋不在於聲亦不身中住因緣和合起離緣緣不生如因乳等緣和合生酥酪瞋自性無起因於麤惡事愚者不能了熱惱自燒燃應當如是知究竟無所有瞋性本寂靜但有於假名瞋恚即實際以依眞如起了知如法界是名瞋三昧又偈云是大夜叉身從於自心起是中無有實妄生於恐怖亦無有怖心而生於怖畏觀法非實故無相無所得空無寂靜處現此夜叉身如是知虛妄是夜叉三昧且夜叉一身於外相分甚爲麤惡令人怖畏瞋之門是根本煩惱最能煩亂此內外二法尚成三昧舉一例諸可爲一心龜鏡則若境若心皆成正受如華嚴經偈云禪定持心常一緣智慧了境同三昧

不空之空非有之有

註曰心空則無性而空空而不空心有則無性而有有而不有

不有之有有顯一如不空之空空成萬德可謂摧萬有於性空蕩一無於畢竟矣則張心無心外之境張境無境外之心若乎奪兩亡心境俱泯若相資並立心境宛然又二而不二心境寘一不二而二心境歷然又如外無心外無境故難入境外無心故甚深

智而可知智外無如而可守

註曰華嚴經云智外無如爲智所入如外無智能證於如智即是如如即是智法界寂然曰如寂而常照曰智豈離寂外別有智耶若智外有如智則收法不盡若如外有智眞如則不遍智中舉一全收不容相並如經云無有少法與法同住則顯法性無容並眞二既不存一亦奚立如斯斷證唯實教宗又如是所證智是能證能所寘合心境一如

帝網而重重交暎非一非多

註曰此是十元門中第七因陀羅網境界門如天帝殿珠網覆上一明珠內萬象俱現諸珠盡然又互相現影影復現影重重無盡故千光萬色雖重重交暎而歷歷區分亦如兩鏡互照重重涉入傳輝相寫遞出無窮此況一心眞如無盡之性流出萬法影現法界無盡無窮

芥瓶而歷歷分明不前不後

註曰華嚴疏云炳然齊現猶彼芥瓶即十元門中第三微細相容安立門一能含多即曰相容一多不雜故云安立炳者明也一者是所合微細如瑠璃瓶盛多芥子炳然齊現不相妨礙非前非後此況一心能含萬法性相歷然

永明心賦註卷二

音釋

嚬蒲眞反笑也　呻音申呻吟也　隙祛力反壁縫也　諳於含反　激蒲鶻反　觴式羊反　侔音牟等也均也　荄音皆草根也　驅匡愚反　殄徒演反滅也　捷慈葉反　緯移貴反經緯也　猗於離反長也倚也　洹胡端反　撼呼感反　唼所甲反　拶資轄反逼拶也　踉音良跳踉也　癲都連反　蹶居月反失脚又走也　潰魂對反散也亂也　躡尼輒反履也　牖胡柳反　鎞邊兮反　晶音精光也　槩古代反平斗斛槩　縮所六反斂也退也　櫖良據反木名又初離反　璽斯氏反王印曰璽　甄居延反又側鄰反　萎於爲反蔫也　怡與之反和也悅也　濆扶沸反水溢也　偃於碾反偃仰也　鳧音符野鴨也　循音廵　突徒鶻反　禦魚舉反禁也　恍火廣反　惚呼骨切　蟄直立反　牝扶履反又毘忍反　浸資任切　扞音翰以手扞物　滋子之反水名　確口角反堅固也　圃音布園圃也　蚨音太　蛛音未　齧魚列反　鏃作木反箭鏃　繢胡對反畫繢也　淳之淳反又是倫反沃也清也

永明心賦註卷三

妙圓正修智覺永明壽禪師述

忘心而照無念而知若瑞草生於嘉運如林華結於盛時註曰忘心而照者寶藏論云唯道無根蠹固常存唯道無體微妙恒真唯道無事古今同貴唯道無心萬物圓備無念而知者衆生有念而知聲聞無念無知菩薩無念而知如書云天何言哉四時行焉春生夏長應不失時頓息疑情現額珠於明鏡註曰大涅槃經云王家有力士眉間有金剛珠因鬬而沒後有良醫執鏡以照其額珠陷入膚中分明顯現此況一切衆生身中佛性無智照之力隱而不現後遇善友得悟心鏡了了見性亦復如是余曾集心鏡錄一百卷以心爲鏡性洞徹十方一法相宗以第八識爲鏡二法性宗以如來藏性爲鏡如楞伽經云譬如明鏡現衆色像現識處現亦復如是言如來藏爲鏡者起信論云復次覺體相者有四種大義與虛空等猶如淨鏡云何爲四一者如實空鏡遠離一切境界相無法可現非覺照義故二者因熏習鏡謂如實不空一切世間境界悉於中現不出不入不失不壞常住一心以一切法卽真實性故又一切染法所不能染智體不動具足無漏熏衆生故三者法出離鏡謂不空法出煩惱礙離和合相純淨明故四者緣熏習鏡謂依法出離故遍照衆生之心令修善根隨念示現故釋曰四鏡之名者一空鏡謂離一切外物之體二不空鏡謂體不無能現萬像故三淨鏡謂已磨治離塵垢故四受用鏡謂置之高堂須者受用四中前二自性淨後二離垢淨又初二就因隱時說後二就果顯時說又前二約空不空爲二後二約體用爲二又前二體後二相全澄亂想獲真寶於春池註曰大涅槃經云如人遊春池失瑠璃寶諍競入水取丸礫而歸有一智人安徐入水乃獲真寶故云探珠宜靜浪動水取應難定水澄清心珠自現又莊嚴經論說有人見雹謂是瑠璃收之瓶內皆悉成水後見真瑠璃亦謂爲雹棄而不取世人皆是不應取而取應取而不取也不應取而取者如但隨外境不向內觀應取而不取者如不信自心反求他學體廣用深註曰如能以一滴水可浸陵谷人以一爐火可夷阿房皆是現前唯心所變日用而不知者自稱眇劣不逮聖人一何悲哉志公和尚偈云法性量同太虛衆生發心自小文豐理詣攀覺樹以分枝受輪王之解髻註曰法華經云譬如強力轉輪聖王兵戰有功賞賜諸物如有勇健能爲難事王解髻中明珠賜之能戰心魔心珠自現故融大師云若能強戰有功勳髻中明珠終不惜初終交徹卽凡心而見佛心理事該羅當世諦而明真諦註曰卽凡心而見佛心者如華嚴經頌云若以威德

色種族而見人中調御師是爲病眼顛倒見彼不能知最勝法又頌云假使百千劫常見於如來不依眞實義而觀救世者是人取諸相增長癡惑網繫縛生死獄盲瞑不見佛云何不見佛一爲不識自心二爲不明隱顯何者衆生之因隱於本覺諸佛之果顯於法身因隱之本覺是果顯之法身果能成因則佛之衆生果顯之法身是因隱之本覺因能辦果則衆生之佛故云凡聖交徹理事相含矣又華嚴演義云謂眞該妄末妄徹眞源如波與濕無有不濕之波無有不波之濕其眞妄所以交徹者不離一心故妄攬眞成無別妄故眞隨事顯無別眞故眞妄名異無二體故眞外有妄理不遍故妄外有眞事無依故若約涅槃生死說者生死卽涅槃妄徹眞也如波徹水源涅槃卽生死眞徹妄也如水窮波末故中論云生死實際卽涅槃際涅槃實際卽生死際如是二際者無毫釐差別卽是交徹也生死涅槃際既爾乃至心境能所染淨自他一切萬法皆同一際一際者卽無際也實際也一切諸法皆與實際爲定量今古凡聖不可易也所以云道俗之不夷二際之不泯菩薩之憂也又一切法皆如豈妄外有眞又眞如遍一切處豈眞外有妄是知眞妄常交徹亦不壞眞妄之相則該妄之眞眞非眞而湛寂徹眞之妄妄非妄而雲興故云當世諦而明眞諦也**龍宮詮奧海藏抽奇空裏披文之際**註曰寶性論云有一智人恐如來敎法將滅遂仰書一藏經文於空中莫有知者況心中具一切法門此約空門顯心**塵中剖卷之時**註曰華嚴經云一微塵中有大千經卷有一明眼人破塵出經卷亦況衆生情塵中具無量敎法此約有門顯心如台敎云破塵出卷者恒沙法門一心中曉**覺華枝秀忍草苗垂臨太華之猶低機前鵬翥**註曰大鵬翼翥九萬九千里豈黃雀能及乎此況直了自心圓信成就豈小機劣解而能逮乎機前者本心成現意在言前不涉迷悟不待問答經云圓明了知不因心念又祖師云虛明自照不勞心力**比毗嵐之未速言外鷹馳**註曰目擊道存不待言說如法華經云其疾如風又云疾走往捉又云乘此寶乘直至道場等皆喻識心見道疾矣祖師云卽心是者疾發心行者遲也**身泛禪河手開元鑰執石爲珍**註曰阿那律執瓦礫皆變珠珍又如福德人捉石成金如了妄心無體卽是眞心達煩惱性空成菩提大道如執毒成藥變石爲金矣**攬草成藥**註曰耆婆攬草無非是藥達士見境無非是心**傳智燄兮胡假世燈**註曰經云有光能照法界豈須寘處燃燈以智慧光破愚癡睛此心燈者亦云無盡燈有何盡耶**受佛職兮寧齊天爵**註曰十地菩薩示受佛職位如來十號是佛職不讀華嚴經焉知佛富貴此一眞心可謂富貴可謂尊極故云無等等天爵者卽仁義也**貿內珠而自**

省不探驪龍註曰法華經云譬如有人至親友家醉酒而臥是時親友官事當行以無價寶珠繫其衣裏其人醉臥都不覺知乃至親友會遇見之示以寶珠汝今可以此寶貿易所須常可如意故劍南和尚訶云自從識得此明珠釋梵輪王俱不要受密印而明知靡求乾鵲註曰佛佛授手祖祖相傳皆黙傳心印又華嚴經說海印三昧印即是喻香海澄渟湛然不動四天下中色身形像皆於其中而有印文如印印物亦猶澄波萬頃晴天無雲一列宿星月朗然齊現無來無去非有非無不一不異當知如來智海亦復如是識浪不生至明至靜無心頓現一切衆生心念根本並在智中如海含像如經頌云如海普現衆生身以此說名爲大海菩提普印諸心行是故正覺名無量靡求乾鵲者書云張顥因覩墮鵲視衆人爭取之乃化爲石鎚破其文有印云張顥忠孝侯印後顥乃仕晉封侯此是世間行忠孝獲斯符印豈同祖佛所傳心印耶迷時徒昧諦處非難念想而如山不動襟懷而似海常安註曰迷時心外見境寓目生情取捨萬端無時暫暇若知心是境見無心外法逢緣自寂身心坦然實際無差與三世佛而一時成道真空平等共十類生而同日涅槃註曰如合敎云如過去有佛號住無住發願使巳圓衆生同日同時成佛即日涅槃又賓劫前

有佛號平等亦願巳國及十方衆生亦同日成佛即日滅度故淨名經云觀一切衆生即菩提相不復更得一切衆生即涅槃相不復更滅華嚴經云如來初成止覺時於自身中見一切衆生巳成佛竟巳涅槃竟皆同一性所謂無性以無性故悉皆平等隨染緣時成衆生亦無性隨淨緣時成佛亦無性以皆從緣生故無性理同故云實際無差真空平等者經中須云未達境唯心起種種分別達境唯心巳分別則不生既達境唯心便捨外塵相從此息分別悟平等真空問如上所說一切衆生巳成佛竟巳涅槃竟則何用諸佛出世答爲劣解衆生毋胎出現上上根人諸佛不出不沒又爲一切衆生不知如是事故諸佛出世說此實法如淨名云說衆生空是真實慈又約化門說成佛度衆生之義即化辯真亦非二見如有難云諸佛有誓願度盡一切衆生方成正覺如今衆生未度何得先成有違本願如古師云如實義者諸佛皆有悲智二門以大悲故窮未來際無成佛時故菩薩闡提不成佛也以大智故念念速成又欲化盡諸衆生界自須速成方能廣化不懼遲昔度盡誠言又了衆生之本如故化而無化是則常成亦常不成亦常化生而無化悲智自在何局執耶心若不分法終無咎是之而六蔭七情非之而二頭三手註曰於一心真境之上說是說非皆是情生意解無有實義故信心銘云纔有是非紛然失心如大集經云如第五大如第七情如十九

界無出無入無生無滅無有造作無心意識乃名無過從因緣而生起註曰三教所宗儒則宗於五常道宗自然佛宗因緣然老子雖云道生一一生二二生三三生萬物似有因緣而非正因緣言道生一者道即虛無自然故彼又云人法地地法天天法道道法自然謂虛通曰道即自然而然是天雖有因緣亦成自然之義耳佛法雖有無師智自然智而是常住真理要假緣顯則亦因緣矣故教說三世修因契果非無善因惡因故楞伽經大慧白佛佛說常不思議彼諸外道亦有常不思議以無因故我說常不思議有因因於內證豈得同耶是則真常亦因緣顯淨名云說法不有亦不無以因緣故諸法生法華云諸佛兩足尊知法常無性佛種從緣起是故說一乘經云一切諸法因緣為本中論云未曾有一法不從因緣生是故一切法無不是空者則真空中道亦因緣矣若爾涅槃十六云我觀諸行悉皆無常云何知耶以因緣故若一切法從緣生者則知無常是諸外道無有一法不從緣生是故無常則外道有因緣矣釋曰此明外道在因緣內執於緣相以為常住是故破之言無常耳今明教詮因緣妙理具常無常豈得同耶況復宗者從多分說所以因緣是所宗尚不應致疑不同兔角之無向正法而施為豈類乾城之有註曰真空是不空之空空該有表妙有是不有之有有徹真源一切正法從因緣而生是依他起性不同兔角斷滅之無乾闥婆城日光暫現是衆生遍計性所執之有夫有無難解多落斷常如華嚴記云一者或說妄空真有如涅槃經云空者所謂生死不空者所謂大衆涅槃二者妄有真空真空即是性俗有即是相三者俱空相待無性故四者俱有性相不壞故於諦常自二於解常自一故德業無盡至理難論恒一恒異常泯常存註曰此一心法是無盡之藏大法之源若悟入之人功齊妙覺不可以一異斷常情見之解矣說證說知背天真而永沈有海無照無悟失圓修而常鎖空門註曰若於真心執有修有證違背天真之佛故若執無修無照又失圓修李長者論云策修而至無修方知萬法無修又云忻寂不當放逸還非以有作者故所以若執有滯空皆不達自心一色一香中道之旨如華嚴疏云事理雙修依本智而求佛智者若執禪者則依本智性無作無修鏡常自明不拂不瑩若執法者須起事行當求如來依他勝緣以成已德並為偏執故辯雙行若言依本智者約理無偏智性本具足故若言而求佛智者約事無所求中吾故求之所以心鏡本自久翳塵勞恒沙性德並埋煩惱是故須隨順法性修證波羅密以助顯故諸佛已證我未證故又理不礙事不妙理故事不礙理求即無求故若此之修修即無修為真修矣大體焉分隨機自別萬派而豈有殊源千車而終

無異轍註曰心爲萬法根源如六妙門云此爲大根人善識法要不由次第懸照諸法之原所謂衆生心也一切法由心而起若能反觀心性不得心原即知萬法皆無根本**不隱不顯四聽而莫認真歸**註曰四聽而莫認真歸者絕觀論云夫道者若言一人得之道即不遍若言衆人得之道即有窮若言各各有之道即有數若言總共有之方便即空若言修行得之造作非真若言本來有之萬行虛設何以故非限量之所分別故**無性無形**註曰無性無形者華嚴經云一切空無性妄心分別有又云以佛眼觀見一切衆生已成佛竟已涅槃竟皆同一性所謂無性乃至大悲之體故得起悲二由衆生不知無性佛證無性故化令得知如淨名云說衆生空是真實慈**妙辯而難窮實說**註曰肇論云釋迦掩室於摩竭淨名杜口於毗耶須菩提唱無說而顯道釋梵絕聽而雨華此則理爲神禦口以之默豈曰無辯辯而不能言也**冥心合道意解難明了達而尚非於智叅詳而豈在於情**註曰此一心法門是諸佛秘藏不可以智知不可以識識唯應親省莫能知之故祖師傳法偈云認得心性時可說不思議了了無所得得時不說知如般若無知論云直言以真諦之所徵求般若之智即般若之智非是有知何者爲真諦之緣唯是中道第一義空無相之理所知之緣既是無相能知之智安得有知耶故不然也惑人皆緣色生識者當對色時率爾眼識同時意識剎那起時見色此色即是第八識中相分依他似有境之色此色當現時未有一切相由此色境爲緣引生第二念尋求心此尋求心即是第六意識故云緣色生識是名見色者由有尋求心生故即此尋求心緣本色境不著便即變影而緣即變出一切森羅萬像之相遂於此影像相上起其現量之心不了本空執爲實有取色分劑計從外來故云是識見色此即惑境有相惑智有知也反此真智即不緣者此明悟人不緣色生識也何者由其悟之人達其諸法本體皆空猶如幻夢無有真實但從自識所變畢竟無前境界可得故起信云一切諸法唯依妄念而有差別若離心念即無一切境界之相是故一切諸法從本已來離言說相離名字相離心緣相畢竟平等無有變異不可破壞唯是一心故名爲真如以一切言說假名無實但隨妄念不可得故當知萬法唯是自心現量見妄計爲有若能心無妄念了法本空即無一切境界之相何有於色可緣既無有色可緣即不緣色生識故即無取相無色可緣故即無有相既無有相之惑境即是無相之真境既無取相之惑智即是無知之真智此乃真境無相真智無知爲斯義故以緣求智智即非知也**化人舞而幻士謳誰當斷送木馬奔而泥牛鬬孰定輸贏**註曰有學人問新豐价和尚得何道理便住此山答曰見兩泥牛鬬入海直至如今

無消息木馬泥牛此非心識思量之境界**故知唯識唯心無二無別**註曰般若經云一切智智清淨乃至一切法清淨無二無二分無別無斷故是知諸法與心全同非分同體用無別相連不斷似分能所徹底無差**一旨而已絕詮量**註曰萬法浩然皆宗無相舉一例諸言思頓絕**萬法而但空施設**註曰諸法無體但空生空滅設標名立體皆是衆生想成故經云若知一切國土皆想持之如是得名初發心菩薩何者悟心爲入道之始又融大師云擾擾萬物空生死如先德云安立水月道場修習空華萬行降伏鏡像魔軍成就夢中佛事**虛生虛滅唯情想而成持**註曰首楞嚴經云想相爲塵識情爲垢二俱遠離則汝法眼應時清明云何不成無土知覺是知一切生死皆從情想而生情想若無心道自現故經云識停閒靜想滅無爲**似義似名但意言而分別**註曰如金剛三昧經云佛言善不善法從心化生一切境界意言分別制之一處衆緣斷滅何以故一本不起三用無施住於如理六道門杜又攝論云從願樂位乃至究竟位若欲入唯識觀修如行緣何境界緣意言分別爲境離此無別外境何以故此意言分別似文字言說及義顯現唯有意言分別無別有名言菩薩能通達名無所有則離外塵邪執又此義依名言唯意言分別前以遺名此下依名遺義義者郎六職所緣境離名無別此境名言既唯意分別故義亦無別體菩薩通達無所有亦離外塵邪執又此名義自性差別唯假說爲量前已遣名義名義既無自性及差別云何可立若離假說無別名義自性及名義差別由證見此二法不可得故名爲通達又六行集引識論云凡夫從本來意言分別有二種一似名二似義名義攝一切法皆盡此名義俱是意言分別所作離此無別餘法以此文證故知凡夫妄見境界或名或義皆是當時意言分別如食浪蕩妄見針火據彼妄情意謂是實不知妄見謂有外火據實唯是意作火解火則唯是意言分別謂有火名名是意言謂有火事事是意言衆生妄見自身他身地水火風等皆亦似彼雖復就實唯識無外據凡妄情謂有能所如古德云謂色等五塵界是現量境五識親證都無塵相如來藏中頓現身器無塵相六七妄想謂有我法想所現相是分別變分別變相但可爲境而無實用如日發燄帶微塵而共紅非實紅也如水澄清含輕雲而俱綠非實綠也如觀知畫像而非真若了藏性了塵境而爲妄故經云非不證真如而能了諸行皆如幻事等似有而非真**於一圓湛拆出根塵外摶地水而成境內聚風火而爲身**註曰首楞嚴經云元於一精明分成六和合內外四大合成其身衆生第八藏識相分之中半爲外器不執受故半爲內身執爲自性生覺受故如來藏識何緣如此法如是故行業引故如云想澄成國土知覺乃衆生楞嚴經

鈔云且妄見心動故外感風輪由愛心發故外感水輪由堅執心故外感地輪由研求慄心故外感火輪由四大故起六根起六根故見六塵故知三界離有情心更無別體若了無明根本一念妄心無體則知從心所生三界畢竟無有**持種之門**註曰第八識亦名本識一切有爲法種子所依止亦名宅識一切種子之所棲處亦名藏識一切種子隱伏之處**作生死之元始**註曰顯揚論云阿賴耶識者謂先世所作增上業煩惱爲緣無始時來戲論熏習爲因所生一切種子異熟爲體此識能執受了別色根根所依處及戲論熏習於一切時一類生死不可了知**總報之主**註曰第八識爲一切衆生總報之主此識相及境不可分報一體無異此識能生一切煩惱業果報事又總報業者如受戒招得人身是總報業由於因中有嗔有忍等於八總報中而有妍醜名別報業**爲涅槃之正因**註曰阿毘達經頌云無始時來界一切法等依由此有諸趣及涅槃證得**標實慧宗**註曰法華經云於衆生心中開佛知見古釋云佛知見者卽衆生真心此心亦名實慧亦名佛慧**成真性軌**註曰台教於一心說三軌一真性軌二觀照軌三資成軌卽是一心二德以真性軌爲一乘體卽是法身觀照軌爲般若祇點真性寂而常照名爲報身以資成軌爲解脫祇點真性法界含藏無量衆善名爲應身**具體而有法皆宗**註曰真心爲湛

然常住不空之體與萬法爲宗故首楞嚴經云諸法所生唯心所現**絕待而無塵可比**註曰神性獨立絕待無比**高高法座非聲聞雖短之能昇**註曰淨名經云須彌燈王師子座高八萬四千由旬入居士室諸新發意菩薩及大弟子皆不能昇況悟一乘圓教非淺根所解**赫赫日輪豈外道嬰兒之所視**註曰經云如朝日初生七日嬰兒若視卽失眼光況外道無目不能見如來智日失正見之光**無偏無黨至極至尊總千岐而得旨搜一切而歸根**註曰絕觀論云云何爲宗答心爲宗云何爲本答心爲本云何爲體云何爲用答虛空爲法體森羅爲法用如頓教五位門云第一識心者語是心見是心聞是心覺是心知是心此是第一悟一一能知如許多心皆是一心一心能遍一切處第二知身同無情身不知痛痒好惡一切皆是心不干身事心能作人心能作畜心能作魚心能作鳥第三破四大身身卽是空空卽是無生空無內外中間離一切相第四破五陰色陰若有四陰不虛色陰若無四陰何有第五見性成佛湛然常住**眼底放光照破十方之刹土**註曰法華經云放一淨光照無量國心光普照寧有邊耶**意根演教破開一代之法門**註曰如來一代時教並按衆生心說離心更無一字可說故金剛經云無法可說是

名說法

觸目相應盈懷周匝清白混同水乳無雜理從事變存泯而盡逐緣分事得理融一多而常隨性合意網彌布心輪遍生

註曰意網彌布者一切諸法從意生形則知意如密網一切眾生不能出故如經頌云諸法不牢固但立在於念善解見空者一切無想念若了法空意地亦寂則妄心幻境既虛一道真心自現心輪遍生者上座部師立九心輪一有分二能引發三見四等尋求五等觀徹六安立七勢用八返緣九有分然實但有八心以周匝而言總說有九故成九心輪一且如初受生時未能分別心但任運緣於境轉名有分二心若有境至心欲緣時便生警覺名能引發三其心覺已於此境上轉見照矚彼四既見彼已便等尋求其善惡五既察彼已遂等觀徹六識其善惡而安立心起語分別語其善惡七隨其善惡便有動作勢用心生八動作既興善惡而廢遂更返緣前所作事九既返緣已退歸有分任運緣故名為九心方成輪義

與羣徒而作體向萬物以安名初居圓成現量之中浮塵未起

註曰前五轉識及第八識俱在現量現量者得法自性不帶名言無籌度心是圓成語不作外解不落比非之量媚慈又論云五識現量總無二種顛倒猶如明鏡現眾色相第七染識有想倒見倒第六意識具有三倒取我法相名為想倒於想愛樂復名心倒於想計著建立名見倒

復落明了意根之地外狀潛呈

註曰眼識與同時明了意識緣時起分別心作外量解便成比量則心外見法

原夫業識之宗何成教訓能所不分是非焉運

註曰三細識中第一業識未分能所智解不生如起信論云第一業識以最微細作諸識本故如是業識一見相未分然諸菩薩知心妄動無前境界了一切法唯是識量捨前外執順業識義設名業識心不見心無相可得者是明諸法非有之義又楞伽經偈云身資生住持若如夢中生應有二種心而心無二相如刀不自割如指不自觸如心不自見其事亦如是若如夢中所見諸事是實有者即有能見所見二相而其夢中實無二法三界諸心皆如此夢離心之外無可分別故言一切分別即分別自心而就自心不能自見如刀指等故言心不見心既無他可見亦不能自見所見無故能見不成能所二相皆無所得故言無相可得

因依轉相之內倐起見心

註曰於此第二轉識中初起見分

俄關現識之間忽陳相分

註曰至第三現識便立相分如鏡現像諸師所明一心法中總有四分義一相分二見分三自證分四證自證分相分有四一實相名相體即真如是真實相故二境相名相為能與根心而為境故三相狀名相唯有相為法有相狀故通影及質唯是識之所變四

義相名相即能詮下所詮義相分是於上四種相中唯取後三相而爲相分相又相分有二一識所頓變即是本質二識等緣境唯變影緣不得本質二見分者准識論云於目所緣有了別用此見分有五類一證見名見即三根本智見分是一照燭名見此通根心俱有照燭義故三能緣名見即通内三分俱能緣故四念解名見以念解所詮義故五推度名見即比量心推度一切境故於此五種見中除五色根及内二分餘皆見分所攝三自證分爲能親證自見分緣相分不謬能作證故四證自證分謂能親證第三自證分緣見分不謬故從所證處得名此四分義總以鏡喻鏡如自證分鏡明如見分鏡像如相分鏡後弝如證自證分故云四分成心

光消積曀影射重昏註曰今所悟者頓豁自心方省其所知境各從心現者如瞖目見明珠有類今淨眼觀瑩淨無瑕美惡唯自見珠珠體本末如一當悟之時如開藏取寶剖蚌得珠光發襟懷影含法界

徹古而真源不散該今而妙用常存八萬四千之教乘苗抽性地三十七品之道樹果秀靈根註曰三十七品法者四念處四正勤四神足五根五力七覺支八正道此是一切菩薩助道之法一一修習並從心起何者夫身受心法俱無自性了不可得即四念處觀善不善法從心化生即四正勤心性靈通隱顯自在即四神足信心堅固湛若虛空即五根五力覺心不起即七覺支直了心性邪正不干即八正道不唯三十七品助道之法塵沙佛法悉從心起如入楞伽經偈云爾時佛神力復化作山城所有諸衆等皆悉見自身入化楞伽中如來神力作亦同彼楞伽諸山及園林寶莊嚴亦爾一一山中佛皆有大慧問如來悉爲說内身所證法出百千妙聲説此經法已佛及諸佛子一切隱不現羅婆那夜叉忽然見自身在已本宮殿更不見餘物而作是思惟向見者誰作説法者爲誰是誰而聽聞我所見何法而有此等事彼諸佛國土及諸如來身如此諸妙事今皆何處去爲是夢所憶爲是幻所作爲是實城邑爲乾闥婆城爲是瞖妄見爲是陽焰起爲夢石女生爲我見火輪爲見火輪烟我所見云何復自深思惟諸法體如是唯自心境界内心能證知而諸凡夫等無明所覆障虛妄心分別而不能覺知能見及所見一切不可得説者及所説如是等亦無佛法真實體非有亦非無法相恒如是唯自心分別

出迷之津履元之始註曰因心而迷因心而悟因心而生因心而滅如因地而倒因地而起不唯迷悟之始自行化他須明此旨如古德云求大乘者所疑有二夫大乘法體爲一爲多如其是一即無異法無異法故無諸衆生菩薩爲誰發弘誓願若是多法即非一體非一體故物我各別如何得起同體大悲由是疑惑不能發心今爲遣此二疑立一心法者遣彼初疑明大乘法唯有一心一心之外更無別法但有無明迷自一心起諸波浪流

轉六道雖起六道之浪不出一心之海良由一心動作六道故得發弘誓之願六道不出一心故能起同體大悲如是依於一心能遣二疑得發大心具足佛道**義似華開行同雲起**註曰一心無盡之義如華開錦上一心眞如之行循雲起長空如華嚴錦冠云法界功德大悲雲者法喻雙舉也然大悲十義故同於雲一從法性起如雲起於空二感應而生如龍吟雲起三性相體離如雲無心四充法界如雲滿空五用無盡如雲不竭六能密祐如雲高覆七動地警物如雲震雷八放光明如雲發電若以三吐爲雷智慧爲電亦得九普宣大法如雲注雨十用罷卽寂如雲無依具此十義故喻於雲**當覆一簣之日山聳千尋元行初步之時程通萬里**註曰百尺之山起於累土千里之程起於初步合抱之樹生於毫末滔滔之水起於濫觴如一念心生若善若惡善則遠期佛果惡則永劫沈淪應須護於初念**眞俗無礙其道在中非卽非離常泯常通應用恒沙求之而奚窮秘跡含容百巧窺之而靡衒殊功**註曰維摩經云夫求法者應無所求以足跡不可尋又一心具足若向外求卽內不足也此一心妙道是無功之功非有爲所作故不可誇衒其功矣**易辯邪途難探正穴聽之者無得無聞演之者**

非示非說註曰諸佛無有色聲功德唯有如如及如如智獨存凡有見聞皆是衆生自心影像則說唯心說聽唯心聽離心之外何處有法古德云如來演出八辨洪音聞者託起自心所現如依狀貌起毫端本質已無影像如在羣賢結集自隨見聞依所聞見結集自語良以離自心原無有外境離境亦無內心可得諸傳法者非授與他但爲勝緣令自得法自解未起無以悟他自解不從他來他解寧非自起是故結集及傳授者皆得影像不得本質無有自心得他境故是知結集乃是自心所變之經至傳授者傳授自心所變之法得影非質思而可知若能常善分別自心所現能知一切外性非性此人知見可與佛同所說之法與佛無異悟入自覺信智樂故**妙峰聳於性地仰之彌高**註曰華嚴經云善財南行向勝樂國登妙峰山參德雲比丘妙峰者心爲絕待之妙高顯如山故稱妙峰德雲語善財言我住自在心念佛門知隨自心所有欲樂一切諸佛現其像故**法水湧於眞源酌而何竭**註曰此一心常住之法用而無盡體不可窮一得永得盡未來際**包空而遍匝界而周是以大忘天下方能萬事無求火災欲壞之時一吹頓滅**註曰般若經云三千大千世界劫火洞然時菩薩能與一氣欲令頓滅應學般若**世界將成之際舉念全收**註曰

問三界初因四生元始莫窮本末罔辯根四莊老指之爲自然周孔詺之爲渾沌最初起處如何指南答欲知有情身土眞實端由無先我心更無餘法謂心法剎那自類相續無始時界展轉流來不斷不常憑緣憑對非氣非稟唯識唯心肇論鈔云老子云無名天地始有名萬物母若佛教意則以如來藏性轉變爲識藏從識藏變出根身器世間一切種子推其化本卽以如來藏性爲物始也無生無始物之性也生始不能動於性卽法性也南齊沈約均聖論云然則有此天地以來猶一念也融大師問云三界四生以何爲道本以何爲法用答虛空爲道本森羅爲法用問於中誰爲造作者答此中實無造作者法界性自然生可謂總持之門萬法之都矣光未發處尚無其名念欲生時似分其影初因强覺漸起了知見相纔分心境頓現首楞嚴經云皆是覺明明了知性因了發相從妄見生山河大地諸有爲相次第遷流因此虛妄終而復始釋曰此皆最初因迷一法界故不覺念起念起卽是動相動相卽是第一業識未分能所乃覺明之咎也從此變作能緣流成了相卽明了知性爲第二見分轉識後因見分而生相分卽因了發相爲第三相分現識能所纔分相盡成虛妄何者見分生於腎眼分現於幻形於是密對根塵堅生情執從此隔開眞性分出湛圓於內執受知覺作有識之身於外離執想澄成無情之土遂使鏡中之形影滅而又生夢裏之山河終而復始但以本源性海不從能所而生湛爾圓明照而

常寂祇爲衆生違性不了背本圓明執有所明成於妄見因明立所觀之境因所起能觀之心能所相生心境對待隨緣失性莫反初原不覺不知以歷塵劫所以首楞嚴經云佛言富樓那如汝所言清淨本然云何忽生山河大地汝常不聞如來宣說性覺妙明本覺明妙富樓那言唯然世尊我常聞佛宣說斯義佛言汝稱覺明爲復性明稱名爲覺爲覺不明稱爲明覺富樓那言若此不明名爲覺者則無所明佛言若無所明則無明覺有所非覺無所非明無明又非覺湛明性性覺必明妄爲明覺覺非所明因明立所所旣妄立生汝妄能無同異中熾然成異異彼所異因異立同同異發明因此復立無同無異如是擾亂相待生勞勞久發塵自相渾濁由是引起塵勞煩惱起爲世界靜成虛空虛空爲同世界爲異彼無同異眞有爲法覺明空昧相待成搖故有風輪執持世界因空生搖堅明立礙彼金寶者明覺立堅故有金輪保持國土堅覺寶成搖明風出風金相摩故有火光爲變化性寶明生潤火光上蒸故有水輪含十方界火騰水降交發立堅溼爲巨海乾爲洲潬以是義故彼大海中火光常起彼洲潬中江河常注水勢劣火結爲高山是故山石擊則成燄融則成水土勢劣水抽爲草木是故林藪遇燒成土因絞成水交妄發生遞相爲種以是因緣世界相續釋曰此二覺義幽旨難明若欲指陳須分皂白大約經論有二種覺一性覺二本覺有二種般若一本覺般若二始覺般若有二種心一自性清淨心二

離垢清淨心有二種眞如一在纒眞如二出纒眞如比八種名隨義分異體卽常同今一切衆生祇具性覺本覺般若自性清淨心在纒眞如等於清淨本然中妄忽生於山河大地以在纒未離障故未得出纒眞如等若十方諸佛二覺俱圓已具出纒眞如等無有妄想塵勞永合清淨本然則不更生山河大地諸有爲相如金出礦終不更染塵泥似木成灰豈有再生枝葉將此二覺已豁疑情如疏釋云世界相續文中有三一先辯二眞二明其三相三明其四輪且第一先辯二眞者經曰佛言富樓那如汝所言清淨本然云何忽生山河大地汝常不聞如來宣說性覺妙明本覺明妙富樓那言唯然世尊我常聞佛宣說斯義釋曰言二眞者一性覺妙明二本覺明妙也性覺妙明者是自性清淨心卽如來藏性在纒眞如等本性清淨不爲煩惱所染名爲性覺本覺明妙者出纒眞如也從無分別智覺盡無始妄念名究竟覺始覺卽本覺悟本之覺名爲本覺故起信論於眞如門名爲性覺於生滅門名爲本覺由迷此性覺而有妄念妄念若盡而立本覺以性覺不從能所而生非假修證而得本自妙而常明以眞如之性性自了故故云性覺妙明以始覺般若明性覺之妙故云本覺明妙又以始覺之智了本性故則本覺明妙故經中常說眞如爲迷悟依故言我常聞佛宣說斯義以本性清淨是性覺義但以性中說覺如木中火性非是悟已而更起迷故悟時始立本覺之號悟本覺已更不復迷故將二覺之名以答富

樓那難詰上來雖於迷悟二門說二覺相而未廣辯起妄因由先眞後妄故次下明卽當第二明三相門文分爲二初立因相次立果根卽起信論三細義初立因相文又分三第一總問覺明之號第二別答能所斯分第三同異發明結成三相且初總問覺明之號者經曰佛言汝稱覺明爲復性明稱名爲覺爲覺不明稱爲明覺釋曰何故作此問耶謂前標二覺之號性體卽是覺明妄起必託於眞故使依眞起問且佛問意汝稱覺明爲復覺性自明名爲覺明爲復覺體不明能覺於明故稱覺明是明之覺第二別答能所斯分者經曰富樓那言若此不明名爲覺者則無所明釋曰准富樓那答意必有所明當情爲其所覺若無覺之明則無覺明之號但可稱覺而無所明故云則無所明據佛本意性覺體性自明不因能覺所明方稱覺明以眞如自體有大智慧光明義故祇緣迷一法界强分能所故成於妄第三同異發明結成三相者經曰佛言若無所明則無明覺有所非覺無所非明無明又非覺湛明性性覺必明妄爲明覺覺非所明因明立所所旣妄立生汝妄能無同異中熾然成異異彼所異因異立同同異發明因此復立無同無異釋曰此文正釋迷眞起妄之相也若無所明則無明覺者牒富樓那語也有所非覺無所非明者此破也若要因所明方稱覺明者此乃因他而立非自性覺故言有所非覺如緣塵分別而有妄心離塵則無有體豈成眞覺又釋若以不明名爲覺者則無所明者故知覺體本無明

相佛證眞際實不見明若見於明卽是所明旣立所明便有能覺但除能所之明方稱妙明此妙之明是不明之明不同所明故華嚴經云無見卽是見能見一切法肇論云般若無知無所不知矣若因明起照則隨照失宗此則元因覺明起照生所所立照性遂亡則是識精元明能生諸緣緣所遺者乃是但隨所緣之相覆眞唯識性一向能所相生如風鼓水波浪相續澄湛之性隱而不現後此迷妄生虛空之相復因虛空成立世界之形於

眞空一心畢竟無同異中熾然建立成諸法究竟之異皆因情想擾亂勞發世界之塵迷妄昏沉引起虛空之界分世界差別爲異立虛空清淨爲同於分別識中又立無同無異皆是有爲之法盡成生滅之緣未洞本心終成戲論無所非明者若能覺之體要因所明方稱覺明者若無所覺之明則能覺之體便非是明故云無所非明故知覺之與明互相假立本無自體豈成自性覺故云有所非覺無所非明此文雖簡約道理昭然無明又非

覺湛明性者縱破也顯妄覺之體無湛明之用若言但覺於明何須覺體自明者則自性非明便無覺湛之用故云無明又非覺湛明性性覺必明妄爲明覺者釋妄覺託眞之相也何以得知妄覺初起有覺明之相耶祇緣性覺必有眞明所以妄覺託此性明而起影明之覺執影像之明起攀緣之覺迷眞認影見相二分自此而生覺明之號因茲而立問曰此之妄覺爲見性明而起爲不見明而起若見眞明不合成妄若不見眞則不名爲覺

明荅曰本性眞明非妄所見妄心想像變影而緣不了從自影生妄謂見明之覺以初無別相唯有眞明妄心想像此明故有覺明之號覺非所明因明立所者次下正明三相相因而起也夫一眞之覺體性雖明不分能所故云覺非所明由影明起覺能所卽分故云因明立所所旣妄立生汝妄能無同異中熾然戚異者最初立異相也卽如起信云由不如實知眞如法一故不覺心起而有其念名爲動相卽是業相旣云不了一法界相不覺

而起卽是無同異中熾然成異異彼所異因異立同者卽轉相也異彼動相故云異彼所異初之動相異一眞故此之同相異動相故因異立同者前之初起名之爲動動必有靜相形而立故云因異立同靜相似眞故名同相同異發明因此復立無同無異者卽現相也形前二相而立故云同異發明非前二相故云因此復立無同無異起信卽云業相轉相現相此經卽云異相同相無同異相此爲無明強覺能所初分展轉相形立此三相以

剎那生住異滅體雖總是賴耶約生滅相熏有其因種因必有果約當現行所感位別至果相中當廣料簡第二果相者經曰如是擾亂相待成勞勞久發塵自相渾濁由是引起塵勞煩惱起爲世界靜成虛空虛空爲同世界爲異彼無同異眞有爲法釋曰彼前三相互相形待剎那剎那生住異滅動息不住相待成勞勞久發塵自相渾濁者勞是勞累塵是塵垢旣迷清淨之體亂成塵想塵想相渾能覆眞性故名爲濁由是引起塵勞煩惱者

覺明熏習積妄成塵擾惱相熏故名煩惱起爲世界靜爲虛空者果相現前也起是動相起動即是風四風動搖積成世界故云起爲世界動息之處即名爲靜是前同相結成虛空故云虛空爲同世界爲異彼無同異眞有爲法者彼前無同異相結成有情含藏識也此之識體無分別性故云無同無異而能變起一切之相故云眞有爲法自後一切諸塵境界能熏所熏隨所發現皆從此識而生故起信論名爲現識能現六塵境界故問曰起信三相總是賴耶何故此中別配現識答曰此之三相總是無明前後相熏分能立所起信攬前因種總是賴耶此經以果相現行分能變所變即世界爲所變現識爲能變能變既是賴耶故配現識又起信論云不生滅與生滅和合非一非異名阿梨耶識即此經無同無異相名阿賴耶識起信舉初攝後此經舉後攝初因門果門體亦不別第三明四輪成世界即承前三相起爲世界靜爲虛空彼無同異眞有爲法既言世界虛空及有情相世界即地水火風四輪次第從何妄想變此不同有情即內根外塵四生業果受報輪迴此之分位即有衆生相續業果相續自此已下一一廣明今此且辯四輪世界文又分二初明四輪成界後辯草木山川且四輪成界者經曰覺明空昧相待成搖故有風輪執持世界因空生搖堅明立礙彼金寶者明覺立堅故有金輪保持國土堅覺寶成搖明風出風金相摩故有火光爲變化性寶明生潤火光上蒸故有水輪含十方界釋曰覺明空昧

相待成搖者釋風輪及空界相也由初妄覺影明不了遂成空昧如障明生暗二相相形覺明即是動相空昧即是靜相一明一昧一動一靜剎那相生如風激浪相待不息於內初起即名爲搖於外即成風輪世界是故世界之初風輪爲始空昧即是虛空既無形相不名世界因空生搖堅明立礙者釋地相也因空異明相待成搖搖堅能明以成於礙如胎遇風即成堅礙亦是執明生礙我於內即是覺明堅執於外即成金寶故云彼金寶者明覺立堅故知寶性因覺明有是故衆寶皆有光明小乘但知業感而不知是何因種堅覺寶成搖明風出風金相摩故有火光爲變化性者釋火性也堅執覺性即成於寶搖動所明即出於風動靜不息即是風金相摩於外即成火光能成熱萬物故言爲變化性寶明生潤火光上蒸故有水輪含十方界者釋水輪也寶明之體性有光潤爲火熱蒸水便流出又覺明生愛愛即是潤於內即是愛明於外即成寶潤火性上蒸融愛成水一切業種非愛不生一切世間一非水不攝故四大性互相因籍體不相離同一妄心所變起故如虛空花不離心故愚人不了心外執法顛倒見故文下辯草木山川之異者經曰火騰水降交發立堅濕爲巨海乾爲洲渾以是義故大海之中火光常起彼洲渾中江河常注水勢劣火結爲高山是故山石擊則成炎融則成水土勢劣水抽爲草木是故林藪遇燒成土因絞成水交妄發生遞相爲種以是因緣世界相續釋曰妄性不恒前後變異所感外

相優劣不同愛心多者卽成巨海執心多者卽成洲渾風性生慢火性生嗔於色起愛渾中流水違愛生嗔海中火起水邊平地曰渾慢增愛劣結爲高山愛增慢輕抽爲草木或嗔愛慢三互相滋蔓異類成形草木山川千差萬品先從妄想結成四大從四大性愛慢滋生離有情心更無別體故云交妄發生遞相爲種以是因緣世界相續是以賦云世界欲成之際舉念全收非唯世界但有成壞萬法悉從心生故經云成劫之風壞劫之風皆是衆生共業所感業由心造豈非心耶

乘急戒圓

註曰乘急者於一心大乘種性志力淳熟解心明利戒圓者於大乘戒法堅持無犯故瓔珞經云一切戒以心爲體心無盡故戒亦無盡

因成果滿

註曰初發菩提心爲因後究竟心爲果故云初與實相爲因後以實相爲果

該括有空

註曰有徹空源空居有表如波徹水源水窮波末皆是一心體用交徹如色空章十門止觀第一會相歸性門於中有二種一於所緣境會事歸理一於能緣心攝散歸止也第二依理起事門者亦有二種一者所歸之理非斷空故不礙事相宛然現前二由所入之止不滯寂故復有隨事起於妙觀也第三理事無礙門者亦有二種一由習前理事融通交徹令無二雙現前故遂使止觀同於一念頓照也第四理事雙絶門者由理事雙現互相形奪故遂使兩相俱盡非理非事寂然而絶是故令止觀雙泯迥然無寄也第五心境融通門者卽彼絶理事之無礙境與彼泯止觀之無礙心二而不二故不礙心境而冥然一味不二而二故不壞一味而心境兩分也第六事事相在門者由理帶諸事全遍一事是故以卽止之觀於一事中見一切法而心無散動如一事一切亦爾第七彼此相是門者由諸事悉不異於理復不異於一事是故以不異止之觀見於一事卽是一切而念不亂如一事一切亦爾第八卽入無礙門者由交參非一與相含非異體無二故是故以止觀無二之智頓見卽入三門同一法界而心無散動也第九帝網重現門者如於一事中具一切故此一切內復各具一切如是重重不可窮盡如一事旣爾餘一切事亦然以止觀心境不異之智頓見一一切各各重重悉無窮盡普眼所矚朗然現前而無分別亦無散動第十主伴圓備門者一菩薩以普門之智頓照於此普門法界然舉一門爲主必攝一切爲伴一切亦爾是故主伴伴主皆悉無盡不可稱說菩薩三昧海門皆此安立自在無礙然無異念也

交參主伴

註曰以一心爲主萬法爲伴或萬法爲主一心爲伴互爲主伴性相該通如云此土文殊說則十方國土文殊一時同說

十元門之資攝無盡無窮

註曰十元門者一同時具足相應門此約諸法相應無前後說如海一滴含百川味二一多相容不同門此門約理說如一室千燈光光涉入三諸法相卽自在門此門約用說就三世間圓融卽入而成無盡如金金色二不相離四隱顯秘密俱成門此門約緣說如片月澄空晦

明相並五微細相容安立門此門約相說即一時齊現似東箭齊頭如瑠璃瓶盛多芥子六因陁羅網境界門此門約譬喻說約法相即互照重現無盡門如兩鏡互照傳輝相寫遞出無窮七諸藏純雜具德門此門約諸行說亦名廣狹門亦名主伴門如北辰所居衆星拱之八十世隔法異成門此門約三世說如一夕之夢翱翔百年九唯心迴轉善成門此門約心說如經尺之鏡見千里之像十託事顯法生解門此門約智說如立像豎臂觸目皆道此十元門法法皆具悉入一心無盡之旨如海涌羣波羣波即海金成衆器衆器皆金若以平等心是一義差別心是多義以一心即一切心是相即義是同時相應義以一切心入一心是相入義以一心攝一切心是隱義以一切心資一心是顯義以不壞差別心而現平等心是多中一義以不隱平等心而現差別心是一中多義又微細心不礙廣大心廣大心不礙微細心是一多不同義亦是相容義以一心為主一切心為伴是主伴義以一實心是純義差別心是雜義差別心即一實心雜恒純一實心即差別心純恒雜即諸藏純雜義以一心帶一切心還入一心是帝網義因心現境見境識心是託事顯法義長劫短劫延促時量皆從積念而成一心所現是十世義因一心止義演難思法門究竟指歸言亡慮絕即唯心迴轉義自心既爾彼心亦然涉入交羅重重無盡矣

六相義之融通不常不斷

註曰夫一切字一切法皆有此六相若善見者得智無礙總持門於諸法不滯有無斷常等見此六字義一即理智不圓此是初地位中觀通世間一切法門故不可廢一取一雙立雙亡雖總同時繁興不有縱各具別冥寂非無不可以有心知不可以無心會此六相義於一一法上皆具今於一心上具者心是總相能生世間出世間一切法故於一心中起善惡心是別相心王心所皆同真性同一聚法是同相念念互起各各差別是異相諸法由心迴轉心生則種種法生則是成相心心不可得是壞相

鷲山正脉鹿苑鴻基真風長扇慧範恒施

註曰此一心法是十方三世諸佛得道之場說法之本原始要終不離此法該今括古豈越斯門如百門義海云遠近世界佛及衆生一切事物莫不於一念中現何以故一切事法依心而現念既無礙法亦隨融是故一念即見三世一切事物顯現故知萬法不出一心矣夫心法者大約有三一者四分成心二者心法四緣生三者三量明心四分成心者一自證分是心體二見分是心用三相分是心相四證自證分是心後邊為量果八識心王各各具四分義心法四緣生者一是因緣從種子而生二是所緣緣境牽生心用三是等無間緣念念相續四是增上緣不相障礙若闕一緣心法即不生三量明心者一是現量得法自性不帶名言二是比量比度而知三是非量境不現前且山河大地是第八阿賴耶識相分與眼識於第八識相分上又變起一重相分同與明了意

識初念中率爾心緣時是現量後落第二念意識作解之時便成比量若境不現前緣過去獨影境中是非量凡一代時教說心地法門不出四分三量料簡廣說在宗鏡錄中又約妄心有五種心一率爾心謂聞法創初遇境便起二尋求心於境未達方有尋求三決定心審知法體而起決定四染淨心法詮欣厭而起染淨五等流心念念緣境前後等故又約境有三一性境是現量心得二帶質境是比量心現三獨影境是非量心緣

隱顯無際而晦明相並

註曰百門義海云若心攝一切法即彼隱而此顯若一切法攝心即彼顯而此隱由顯時全隱而成顯亦全顯而成隱相由成立是故隱時正顯顯時正隱如合日月晦明相並又十元門中祕密隱顯俱成門者謂諸法相攝之時能攝則現名之爲顯所攝不顯名之爲隱即隱常顯即顯常隱名曰俱成常情不知名爲祕密次辯相者且約一多相攝以明隱顯有其六句一一顯多隱一攝多故二多顯一隱多攝一故三俱上二句同時無障礙故四泯約相形奪俱不立故五具上四是解境故六絕上五是行境故然一顯與多顯不俱一隱與多隱不並隱顯同時無礙三昧章云又事相隨理存亡自在亦融成十義一以事全理故事泯也二以理全事故事存也三以前二不相離故亦存亦泯也四以二相奪故非存非泯也五以舉體全理事相方成故即泯而存也六以舉體全成無不蕩盡故即存而泯也七以二義相順故即存即泯俱存八以相奪故即存即泯俱泯也九以前八義同一事法存亡自在無礙俱現十以同時相奪義故無不盡圓融超絕逈出情表亦深思可見

念劫融通而延促同時

註曰百門義海云融念劫者如見塵之時是一念心所現此一念之時全是百千大劫大劫何以故以百千大劫由本一念方成大劫既相成立俱無體性由一念無體即通大劫大劫無體即該一念由念劫無體長短之相自融然亦不壞長短之相故云塵含法界無虧大小念包九世延促同時九世者過去世中有現在未來世未來世中有過去現在現在世中有過去未來三三成九世

微妙之境幽深非從像設

太元之鄉綿邈莫可心知卓爾不羣湛然純一天成神授而挺生萬德千珍而共出

註曰一切衆生心本具無漏功德念念內熏及至成佛時便爲性起功德如懶瓚和尚偈云我有一語無過直與細於毫末大無方所本自圓成不勞機抒又古德云至妙靈通目之曰道若不鏡方寸則虛負性靈矣

衆義咸歸於此宗百華同成於一蜜獨超紫微之表教海宏樞細開虛寂之閒禪扃正律

註曰問衆義咸同成一蜜者即成佛本理但是一心云何更立文殊普賢行位之因釋迦彌勒名號之果乃至十方諸佛國土神通變現種種法門等答

此是無名位之名位無因果之因果是心作因是心成米是心標名是心立位釋論云初觀實相名因觀成名果故知初後皆心因果同證祇爲根機莫等所見不同若以一法逗機終不齊成解脫須各各示現引物歸心雖開種種之名皆是一心之義若違自心取外佛相勝妙之境則是顛倒所以華嚴頌云若以威德色種族而見人中調御師是爲病眼顛倒見彼不能知最勝法又頌云假使百千劫常見於如來不依眞實義而觀救世者是人取諸相增長癡惑網繫縛生死獄盲冥不見佛云何不見佛一者爲不識自心二者爲不明隱顯何者眾生之因隱於本覺諸佛之果顯於法身因隱之本覺是果顯之法身故云凡聖交徹理事相含矣所云釋迦牟尼者釋迦此云能仁牟尼此云寂默能仁者卽心性無邊含容一切寂默者卽心體本寂動靜不干故號釋迦牟尼覺此名佛彌勒者此云慈氏卽是一心眞實之慈以心不守自性任物卷舒應現無方成無緣化故稱慈氏阿彌陀者此云無量壽卽如理爲命以一心眞如性無盡故乃曰無量壽阿閦者此云不動卽一心妙性湛然不動妙覺位不能增無明地不能滅文殊卽是自心無性之本理普賢卽是自心無盡之妙行觀音是自心之大悲勢至是自心之大智乃至神通變化皆卽一心矣故般若經云一心具足萬行卽斯旨也

唯自不動於彼云云

註曰肇論云旣無心於動靜亦無像於去來去來不以像故無器而不形動靜不以心故無感而不應然則心生於有心像出於有像詳云月若入器則一器有而眾器無良由月體不不入器中故則能千器萬器一時遍應聖人不以像應物則塵剎普現其身動靜不應其心心故有感皆通周易云寂然不動感而遂通心生於有心像出於有像者一切聖心及佛像皆是眾生有心中而現聖且無心無像但本願力故爲增上緣各令機熟眾生自見如是事

道在心而不在事法由我而不由君

註曰萬法唯識者總有四種意識一者明了意識境現在前二者獨散意識境不在前獨頭而起如緣過去境等又不在定但是散心所緣故云獨散意識三夢中意識此三種意識皆是眾生自心業之影像色四定中意識所現境界卽是坐禪人定中所現名定果色如攝論云如觀行人定中所見色相境界識所顯現定無境界此於九想中所變青黃等色相是定境非所憶持識憶持識有染汚此境現前所見分明清淨則唯識之旨於此彌彰如依鏡面但有自面無有別影何以故諸法和合道理難可思議不可見法而令得見定心亦爾定心有二分一分似識一分似塵此二種實唯是識若憶持識是過去色此定中色若在散心五識可言緣現在外塵起若散意識緣過去塵起若在觀中必不得緣外色爲境色在現前又非緣過去境當知定心所緣色卽見自心不見別境以定中色此定外色應知亦無別境是知一心卽萬法萬法卽一心何者以一心不動舉體爲萬法故如起信鈔云

舉體者謂真如舉體成生滅生滅無性即是真如不曾有真如處不生滅未曾有生滅處不真如唯我不動於彼云云者如長者論云以一切衆生根器爲明鏡佛於一切衆生心海任物自見各得自法皆令向善及得菩提

眞性與緣起同壽不思議而可思議有量共無量平運居見聞而非見聞註曰一切染淨諸法是眞性中緣起一心是緣起中眞性眞性則不思議無量緣起則可思議有量以皆是一心同時故不思議即可思議無量即有量究竟論之二俱寂滅如華嚴經頌云菩薩入是不思議於中思議不可盡入是不可思議處思與非思俱寂滅又云所思不可思是名爲難思

物外祥雲法中閒氣奇絕而異代殊珍廣大而宗徒富貴註曰古云不讀華嚴經焉知佛富貴者以華嚴以心爲宗故稱無盡宗趣如經云知一切法在一念又如大莊嚴法門經云復次長者子菩薩不應覺於餘事但覺自心何以故覺自心者即覺一切衆生心故若自心清淨即是一切衆生心清淨故如自心體性即是一切衆生心體性如自心離垢即是一切衆生心離垢如自心離貪即是一切衆生心離貪如自心離瞋即是一切衆生心離瞋如自心離癡即是一切衆生心離癡如自心離煩惱即是一切衆生心離煩惱作此覺者名一切智知覺又華嚴經頌云心集無邊業莊嚴諸世間了世皆是心現身等衆生

得初而即得後猶圓珠無間隔之方了一而便了餘似海滴總江河之味註曰一是多一能遍於多多是一多能遍於一亦如毛孔是小剎土是大毛因悟顯剎遂迷生迷則有分限悟則無邊際又若具諸剎毛孔皆有稱性及不壞相義令毛上取稱性義故如法性之無外剎上取不壞相故不遍稱性之毛又內外緣起非即離故者亦有二義一約內外共爲緣起由不即故有能所入由不離故故得相入二約內外緣起與眞法性不即不離此復二義一由內外不即法性有能所入不離法性故毛能包剎遍入二者毛約不離法性如理而包剎約不即法性不遍毛孔思之成觀

一法纔徹萬彙皆通直論入道之處靡離淨意之中註曰經頌云迷時三界有悟即十方空欲知成道處祇在淨心中

諸佛不證眞門悟時無得異生弗沈死海迷處全空註曰以凡聖一如本無迷悟但了佛是心萬法如鏡是以思益經云思益菩薩放右掌寶光一切四衆皆如佛相各坐寶蓮華座下方四菩薩踊出欲禮世尊乃發願言今此衆會其色無異當知一切諸法亦復如是此語不虛願釋迦如來現異相令我禮敬即時釋迦如來踊起七多羅樹坐師子座

幽旨罕窮淺根難信情見不到而理深智解莫

明而機峻業果隳於淨地苦海收波罪華籍於慈風刀山落刃註曰業由心造罪是心生若了自他唯心卽無逆順對治無復結業如阿闍世王及央掘魔羅比丘等遇佛悟罪性空得入聖位故云得道業亡又云心生卽是罪生時今若悟境是心心卽不起心滅卽是罪消時自然罪山摧而業海枯鑊湯息而銅柱冷矣旨不可見義不可尋理短而甘鞭屍吼石註曰鞭屍者佛滅後八百年有如意論師出世善能談論王禮爲師後遂召外道令如意論師立義論師立先因後果集苦道滅集是有漏因苦是有漏果道是無漏因滅是無漏果外道遂來出過外道云汝師出世說苦集滅道四諦何以弟子說集苦道滅有違師教過如意救云我不違師教佛在世日說先果後因者爲對不信因果有情先說苦果後說集因我今順因果說亦不相違此時外道朋黨熾盛衆中無證義人王賜外道金七十兩封外道論爲金七十論如意此時墮負嚼舌而終至佛滅後九百年世親出世披尋外道邪論果見如意屈負遂造論軌論式等上王救如意論師王加敬仰賜世親金七十兩封爲勝金七十論王令縛草鞭屍表外道邪宗鞭草屍血出所以云世親有鞭屍之德故知說須逗機無證便墮古人嚼舌可謂爲法忘軀矣鞭草出血者是知理爲神禦邪法難扶無情出血表心境一如矣吼石者昔劫初之時有外道名伽毘羅修道得五通造[illegible]數論知世無常身不久住恐後有人破我所造之論遂欲駐身拒來破者便往自在天所求延壽法天云我今變汝爲一物最爲長壽其仙人遍報門徒我今化爲石若有異宗來難我法者但教書於石上我自荅通天遂變仙人爲一方石可長一丈餘在頻陁餘柑林中後陳那造因明論成以宗因喻三支比量破其數論弟子莫能通荅將陳那比量往餘柑林書於石上尋書出荅後又書比量於石與弟子同封記之至明旦往看石上書荅訖如是陳那又書比量於石上難彼外道至二三日方荅得陳那復書至七日後方荅如是又書其石並不書出荅詞被陳那難詰其石汗出大吼振破昇在空中所以世云陳那有吼石之能也變身爲石而能形文對荅者可謂心境同原自他一際有情無情同一體性如瀿濵頌云若人欲識眞空理心內眞如還遍外情與無情同一體處處爲眞法界又首楞嚴經云根塵同原縛脫無二識情虛妄猶若空華知見立知卽無明本知見無見斯卽涅槃無漏眞淨云何是中更容他物石吼振破者是知妙理難虧眞心莫易可以摧邪轉正去僞存眞且如金石至堅尚能隳壞豈況浮言況解而能移易乎請說而願捧足傾心註曰西天有陳那菩薩世稱命世賢劫千佛之佛也山神捧菩薩足高數百尺唱言佛說因明元妙難究如來滅後大義淪絕今幸福智攸邃深達聖旨因明論道願請重弘因許所請遂造因明正理門論又如釋迦如來初得道時

梵王請轉法輪亦如舍利弗請佛說法華經等皆是傾心瀝懇三請方說**廣長舌之敷揚**註曰佛說法華經出舌至梵天說阿彌陀佛經時舌覆大千世界以凡夫人舌過鼻尖表三生不妄語聖人出舌至髮際以佛說法華一乘等心地法門時舌出過凡聖之上以表所說心法眞實起衆生信故**暫披而即能熏種**註日法華經云須臾聞之即得阿耨菩提又云一句染神歷劫不忘如華嚴策林問罪有淺深位有階降阿鼻地獄極惡罪人如何頓超便階十地若言經力或推佛光何不獄中談經何借光明常照仰申所以用顯大違答圓頓教海德用難思諸佛威神利樂巨測然其化物要在有緣地獄罪人昔聞圓法具金剛種得遇佛光光流成道之時則是根機已熟冥機叩聖感應道交亦似萌芽久含陽氣東風一拂頓示抽條位雖頓圓久因積善若非其器亦不過斯光諸地久修果無頓得其由影隨質妙響逐聲倫理數而然亦何致惑善惡之法皆是熏成矣**五實語之剖析**註曰五語者金剛經云一眞語二實語三如語四不誑語五不異語此表所說一心金剛般若之法不虛以金剛是不可壞義般若即無二之旨**一覽而須納千金**註曰因明鈔云元鑒居士是護法菩薩門徒護法造得唯識藁本一百卷臨入滅時將付元鑒居士云支那菩薩到爲將分付此土如有人借看但見取金一百兩可借與看一遍三藏於居士處得此藁本歸翻

爲十卷即成唯識論是也又天親菩薩造唯識三十頌付一居士亦囑云若有要看者索金一兩還後門庭來求觀者輸金如市是知古人重教輕珍敬人愛法況聞之入道便爲出世之人豈世間珍寶而爲酬比耶故法華經偈云若有聞法者無一不成佛**舉止施爲現大神變**註曰證道謌云三身四智體中圓八解六通心地印如今衆生身中三身者寂是法身智是報身用是化身四智者前眼等五識是成所作智第六意識是妙觀察智第七末那識是平等性智第八阿賴耶識是大圓鏡智在衆生時智劣識強但名爲識當佛地時智強識劣但名爲智祇轉其名不轉其體又謌云六般神用空不空一顆圓光色非色又志公和尚謌云運用元來聲色中凡夫不了爭爲計**理不偏而事不孤行常順而道常遍即多用之一體同時頓具而非分於一體之多門前後交羅而齊現**註曰出世之道理由心成處世之門事由心造若以唯心之事一法即一切法舒之無邊以唯心之理一切法即一法卷之無跡因卷而說一此法未曾一因舒而說多此法未曾多則非一非多有而不有而多而一無而不無華嚴記云一多十門分別者一孤標獨立者即頌云多中無一性一亦無有多二法互奪故故得獨立亦一即多而唯多多即一而唯一發已同他故云獨立二雙現同時即頌云知以一故衆知以衆

故一無一卽無多無多卽無一故二雙現更無前後如牛二角三兩相俱亡卽前二俱捨也四自在無礙者欲一卽一不壞相故欲多卽多一卽多故一旣如此多亦准之常一常多常卽故云自在五去來不動者一入多而一在多入一而多存若兩鏡相入而不動本相相卽亦然六無力相持者因一有多多無力而持一因多有一一無力持多七彼此無知者二互相依皆無體性故不相知覺首云諸法無作用亦無有體性是故以一切各各不相知八力用交徹者卽頌云一中解無量無量中解一義九自性非有者互爲因起舉體性空十究竟離言者不可言一不可言非一不可言亦一亦非一不可言非一非非一不可言相卽以相入故不可言相入以相卽故不可言卽入不壞相故不可言不卽入互交徹故口欲言而辭喪心將緣而慮亡唯證智知同果海故言一多旣爾染淨等無不皆然又如善財遍求遍事此一一乃卽多之一故至普賢一時頓圓則是卽一之多一多無礙故曰難思又三昧章云一一諸門融合圓明頓現具足一切也二隨舉一門亦具一切三隨舉一義亦具一切四隨舉一句亦具一切五以此圓分俱是總相是故融攝一切六俱是別相莫不皆是所攝一切七俱是同相能所攝義齊均同故八俱是異相義各別不相離故九俱是成相緣起義門正立俱現故十俱是壞相緣起無作同一味故

美惡無體唯想任持聲響冥合形影相隨

註曰夫十惡業因從心生果還心受於生報後報現報總三報之中生後二報事在隔生於現報之中見聞親驗此是增上業果於總別報中現身便變如自鏡錄云新羅國大興輪寺第一老僧厥名道安自小出家卽住茲寺又薄解經論爲少長所宗然於飲食偏好簡擇一味乖心杖楚交至朝夕汲汲略無暇日衆雖患之莫能救止後因抱疾更劇由來罵詈嗔打揮擲器物内外親隣不敢瞻視經數日遂生變作蛇身長百餘尺號吼出房徑趍林野道俗見聞莫不傷心而誠矣此卽嗔火從自心而發還燒自身嗔之一法旣然八萬四千煩惱亦爾

胎獄華池受報而自分優劣瓊林棘樹稟生而各具榮衰

註曰淨名經云心淨故衆生淨心垢故衆生垢起信論云染淨諸法皆相待而成故知垢淨由心更無別體莊嚴論云諸行剎那增上者如佛說心將世間去心牽世間來由心自在世間隨轉識緣名色此說亦爾故知諸行是心果又隨淨者淨是禪定人心彼人諸行隨淨心轉修禪比丘具足神通心得自在若欲令木爲金則得隨意故知諸行皆是心果如作罪衆生可得外物一切下劣作福衆生可得外物一切妙好故知諸行皆是心果當知一切萬法旣以心爲因亦以心爲果雖然淨穢顯現不同於心鏡中如光影了不可得如

明斷由人斯言可聽運意而須契正宗舉步而莫行他徑

註曰心鏡錄中問眞心魔易妙

性無生凡聖同倫云何說妄答本心湛寂絶相離言性雖自爾以不守性故隨緣染淨且如一水若珠入則清塵雜則濁又如一空若雲遮則昏月現則淨故大智度論云譬如清淨池水狂象入中令其渾濁若清水珠入水卽清淨不得言水外無象無珠心亦如是煩惱入故能令心濁諸慈悲等善法入心令心清淨然垢淨不定眞妄從緣若昧之則念念輪迴遺失眞性若照之則心心寂滅圓證涅槃故知眞妄無因空有言說約眞無說約說無眞皆是狂迷情想建立千途竟起空迷演若之頭一法纔生唯現闥婆之影如急湍之水逐南北而分流註曰人性如急湍水決東卽東決西卽西方圓任器曲直隨形心之性柔亦復如是似蚇蠖之身食青黃而不定註曰如蚇蠖蟲食蒼而身蒼食黃而身黃如云心大般若大心小般若小則轉變由心矣如來之藏萬德之林湛然無際曷用推尋木母變色之時生於孝意註曰如丁蘭至孝刻木爲母晨昏敬養形喜慍之色土木不變唯心感耳亦如世間致生祠堂有政德及民往往有遺愛去思爲立祠宇中塑像以四時饗之其人當饗祭日則酒氣腹飽金像舒光之日起自誠心註曰或志心供養尊像而放光明者皆是志誠所感如經云一切化佛從敬心起又書云河嶽不靈唯人所感引喻何窮證明非一理理而悉具圓常事事而皆談眞實註曰如法華經云唯此一事實餘二卽非眞以一心是萬法之實性故又頌云雖說種種道其實爲一乘是以釋摩訶衍論云一切諸法一心量無心外法以無心外法故豈一心法與一心法作障礙事亦一心法與一心法作解脫事無有障礙無有解脫一心之法一卽是心心卽是一一無一別心無心別一一切諸法平等一味一相無相作一種光明心地之海似幻師觀技而無著了是心生如調馬見影而弗驚知從身出註曰幻師幻出男女之形而心不著知是自幻術心生如調馬見影不驚知影從我形出則心不見心無相可得諸塵不隔此旨堪遵變化莫測綿密難論如善財不出道場徧歷百城之法註曰李長者論云善財遍遊諸友歷一百十城之法不出娑羅之林慈氏受一生成佛之功不出一念無生性海猶海幢常冥寂定廣開佛事之門註曰華嚴經云海幢比丘結跏趺坐入于三昧離出入息無別思覺身安不動從其足下出無數百千億長者居士婆羅門衆皆以種種諸莊嚴具莊嚴其身悉著寶冠頂繫明珠普往十方一切世界雨一切寶一切瓔珞一切衣服一切飲食如法上味一切華一切鬘一切香一切塗香一切欲樂資生之具於一切處救

攝一切貧窮衆生安慰一切苦惱衆生皆令歡喜心意清淨成就無上菩提之道如金剛三昧經云空心不動足具六波羅蜜**最上之宗第一之說大悟而豈假他求內證而應須自決似冰含水融通而豈有等倫**註曰冬則結水成冰春則釋冰成水時節有異濕性不動衆生佛性亦爾在凡身如結冰居聖體如釋水但隔迷悟之時一心不動**如金與鐶展轉而更無差別**註曰密嚴經頌云如來清淨藏世間阿賴耶如金與指鐶展轉無差別以如來藏不守自性隨緣六道如金逐工匠之緣造作瓶盤衆器雖隨緣轉而不失金體如來藏亦復如是雖隨染緣作衆生是隨緣義而不失自體是不變義

永明心賦註卷三

音釋

闘 都豆反闘競也
爐 疾刃反燭爐也
眇 亡沼反
逮 音代及也
奧 烏到反深也藏也
翥 章恕反舉也飛也
鑰 音藥闗也
貿 莫候反交易市賣
顥 音皓大也
懆 七到反持也志也
⿰火坐 昨禾反⿰火坐短也
痒 音養皮痒也
弝 音霸弓弝也
瞖 於計反陰也
纇 郎對反纇絲也
剖 普后反判也破也
蚌 蒲螃反
簣 求位反土簣也
探 他含反取也
潬 大亶反水中沙堆
藪 思侯反
絞 古巧反
蔓 音萬
脉 牟伯反
籔 抶減反
趠 勅角反遺也
瓚 才但反又才口反
扃 抓榮反
閦 初六反
瘀 依倨反血瘀也
彙 音謂類也
柑 音甘木名
汎 數陷反
攸 音由
藁 呼勞反
厥 居月反其也
湍 他端反水湍也
蚇 音尺
蠖 烏鑊反
慍 於閏反惄也

永明心賦註卷四

妙圓正修智覺永明壽禪師述

若空孕色猶藍出青馬鳴因茲而製論

註曰馬鳴菩薩是西天第十二祖師造一千部論數內有一心遍滿論乃至諸論皆研心起離衆生心無一字可說故云無法可說是名說法又如天親菩薩造頌及論成立佛經令諸學者了知萬法皆不離心故云自心起信還信自心

釋迦由此而弘經

註曰諸佛證心成佛從心演教因心度人若離於心亦無三寶四諦世出世間等法如肇論云爲莫之大故乃反於小成施莫大廣故乃歸於無名何謂小成通百千恒沙之法門在毛頭之心地何謂無名形教遍於三千無名相之可得故以唯是一心故如傳大士行路難云君不見心相微細最奇精非因非緣非色名雖復恬然非有相若凡若聖已之靈此靈無形而常應雖復常應實無形心性無來亦無去流轉六趣實無停正覺覺此眞常覺方便鹿苑制尊經

外道打髑髏之時察吉凶之往事

註曰增一阿含經云佛與鹿頭梵志俱行至大畏林取人髑髏授與鹿頭此外道善解諸聲問云此是何人髑髏鹿頭打作一聲答云此是男子因百節酸疼故命終今生三惡道又打一髑髏云被人害死此人持十善今得生天佛一一問之皆答不謬是以聲中本具諸法衆生日用不知故知聲處全耳法法皆心故

相者占人面之際辯貴賤之殊形

註曰定慧論云如人面色具諸休否若言有相問者不知若言無相占者淵解當隨善相者信人面上具一切相也心亦如是具一切相衆生相隱彌勒相顯如來善知故遠近皆記不善觀者不信心具一切相當隨如實觀者信心具一切相也又如彌勒相骨經云一念見色有三百億五陰生滅一一五陰即是衆生

大體平分元基高峙十心九識之宗

註曰十心者華嚴疏云此一心約性相體用本末即入等義有十心門一假說一心則二乘人謂實有外法但由心變動故說一心二相見俱存故說一心此通八識及諸心所并所變相分本影具足由有支等熏習力故變現三界依正等報二攝相歸見故說一心亦通王數但所變相分無別種生能見識生帶彼影起四攝數歸王故說一心唯通八識以彼心所依王無體亦心變故五以末歸本說一心謂七轉識皆是本識差別功能無別體故經偈云譬如巨海浪無有若干相諸識心如是異亦不可得六攝相歸性說一心謂此八識皆無自體唯如來藏平等顯現餘相皆盡一切衆生即涅槃相經云不壞相有八無相亦無相七性相俱融說一心謂如來藏舉體隨緣成辦諸事而其自性本不生滅即此理事混融無礙是故一心二諦皆無障礙八融事相入說一心謂由心性圓融無礙以性成事事亦鎔融不相障礙

一入一切一一塵內各見法界天人修羅等不離一塵九令事相即說一心謂依性之事事無別事心性既無彼此之異事亦一切即一如經偈云一即是多多即一等十帝網無礙說一心謂一中有一切彼一切中復有一切重重無盡皆以心諦如來藏性圓融無盡以真如性畢竟無盡故觀一切法即真如故一切時處皆帝網故九識者一眼識二耳識三鼻識四舌識五身識六意識七末那識八阿賴耶識九真識九識者以第八染淨別開爲二以有漏爲染無漏爲淨前七識不分染淨以俱是轉識攝故第八既非轉識獨開爲二謂染與淨合前七種故成九識又第九識亦名阿陁那識密嚴經說九識爲純淨無染識如瀑流水生多波浪諸波浪等以水爲依五六七八等皆以阿陁那識爲依故

三細六麤之旨

註曰三細者一者業相即無明業相以依不覺故心動說名爲業覺則不動動則有苦果不離因故二者轉相即能見相以依動故能見不動則無見三者現相即境界相以依能見故境界妄現離見則無境界第一業相未分能所第二轉相漸立見分第三現相頓現相分論云不覺故心動者動爲業識理極微細謂本覺心因無明風舉體微動微動之相未能外緣即不覺故爲精動隱流之義精者細也隱者密也即是細動密流難覺故所以云不覺謂從本覺有不覺生即爲業相喻如海微波從靜微動而未從此轉移本處轉相者假無明力資助業相轉成能緣有能見用向外回起即名轉相雖有轉相而未能現五塵所緣境相喻如海波浪假於風力兼資微動從此擊波轉移而起現相者從轉相而成現相方有色塵山河大地器世間等如仁王經云初剎那識異於木石者有說初識隨於何趣續生位中最初剎那第八識也識有緣慮異於木石有說初識如楞伽經云諸識有三種相謂轉相業相真相言真相者本覺真心不藉妄緣名自真相業相者根本無明起靜令動動爲業識極微細故轉相者是能見相依前業相轉成能緣雖有能緣而未能顯所緣境故現相者即境界相依前轉相能現境故又云頓分別知自心及身安立受用境界如次即是根身外器色等五境以一切時任運現故此是三細即本識故最初業識即爲初依生起門爲次第故又遠劫來時無初始過未無體熏習唯心妄念爲初違真起故又從靜起動名之爲業從內趣外名之爲轉真如之性不可增減名爲真相亦名真識此真識即業轉現等三性即神解性不同虛空通名識亦名自相不藉他成故亦名智相覺照性故所以云本覺真心不藉妄緣以真心之體即是本覺非動轉相是覺性故又釋云初剎那識異於木石者謂一念識有覺受故異於木石即顯前念中有末心所見赤白二機即同外器木石種類此識生時攬彼爲身故異木石問遠劫無始名初識耶答過去未來無體剎那熏習唯屬現在現在正起妄念之時妄念違真名爲初識非是過去有識創起名爲初識也應知橫該一切處豎通無量時皆是即今現在

一心決無別法所以法華經云我觀久遠猶若今日則三世情消契無時之正執一真道現證唯識之圓宗已上釋三細相訖次解六麁相者論云後以有境界緣故復生六種相故名麁六麁者一起計一者智相依於境界心起分別愛與不愛故二生愛二者相續相依於智故生其苦樂覺心起念相應不斷故三取著三者執取相依於相續緣念境界住持苦樂心起著故四立名四者計名字相依於妄執分別假名言相故五造業五者起業相依於名字尋名取著造種種業故六受報六者業繫苦相以住業受報果不自在故上三細六麁惣攝一切染法皆因根本無明不了真如一心而起

根身國土因本識而先生

註曰根身器世間從第八識而建立如唯識論云一切三界但唯有識識有二種一顯識卽是本識此本識轉作五塵四大等二分別識卽是意識於顯識中分別作人天長短六小男女諸物等分別一切法譬如依鏡影色得起如是緣顯識分別識得起又轉識能迴轉造作無量識法或轉作根或轉作塵轉作我轉作識如此種種不同唯識所作或於自於他互相隨逐於自則轉爲五陰於他則轉爲怨親中人一一識中皆具能所能分別是識所分別是境能卽依他性所卽分別性由如此義離識之外更無別境但唯有識又轉識論明所緣識轉有二種一轉爲衆生二轉爲法一切所緣不出此二此二實無但是識轉作二相貌也又論云雖非無色而是識變謂識生時內因緣力變似眼等色等相現卽以此相爲所依緣然眼等根非現量得以能發識比知是有此但功能非外所造外有對色理既不成故應但是內識變現釋云眼等雖有所依所緣之色而是識所變現非是心外別有極微以成根境但八識生時內因緣種子力等第八識變似五根五塵眼等五識依彼所變根緣彼本質塵境雖親不得要託彼生實於本識色塵之上變作五塵相現卽以彼五根爲所依以彼及此二種五塵爲所緣緣五識若不託第八所變便無所緣緣所緣緣中有親疎故然眼等根非現量者色等五塵世間共見現量所得眼等五根非現量得除第八識緣及如來等緣是現量得世不共信餘散心中無現量得此但能有發識之用比知是有此但有功能非是心外別有大種所造之色此功能言卽是發生五識作用觀用知體如觀生芽比知種體是有所以密嚴經偈云眼色等爲緣而得生於識猶火因薪熾識起亦復然境轉隨妄心猶鐵逐磁石如乾城陽燄愚渴之所取中無能造物但隨心變異復如乾城人往來皆不實衆生身亦爾進止悉非真亦如夢中見寤後卽非有妄見蘊等法覺已本寂然四大微塵聚離心無所得

妍醜高低從分別而潛起

註曰凡分別屬第六意識分別有三一自性分別二隨念分別三計度分別如祖師偈曰境緣無好醜好醜起於心心若不強名妄心從何起妄心既不起真心任遍知

矗然端直靡歷光陰德用之

道恢廓善巧之門甚深註曰若不先了真如一心爲自行化他之本爲能酬本願起化輪垂善巧權門備無邊德用如十住經序云以靈照故統名一心以所緣故總號一法若夫名隨數變則浩然無際統以心法則未始非一又十二門論序云論之者欲以窮其心源盡其至理也若一理之不盡則衆異紛然有惑趣之乖一源之不窮則衆途扶踈有殊致之迹殊致之不夷乖趣之不泯大士之憂也金地酥河匪出化源之意註云百法鈔云十地菩薩所變大地爲黃金攪長河爲酥酪化肉山魚米等事令衆生得實用此皆不離大菩薩之心然地種不動但令所度衆生自心感見乃是菩薩本願力爲增上緣令衆生見如是事人波鬼火寧離業識之心註曰唯識論云且如一水四見成差天見是寶嚴地人見是水餓鬼見是火魚見是窟宅故知前塵無定相轉變由人如云境隨業識轉是故說唯心識論云身不定如鬼者或見猛火或見膿河等實是清河無外異境然諸餓鬼悉皆同見膿滿河而流乃至慳悋業熟同見此若由昔同業各熏自體此時異熟皆並現前彼多有情同見斯事實無外境爲思憶故准其道理世間亦然共同造作所有熏習成熟之時更無別相色等相分從識而生是故定知不由外境識方得起現見有良家賤室貧富等異如是便成見其色等應有差別同彼餓鬼見成非等然諸餓鬼雖同一趣見亦差別由業異故所見亦然彼或有見大熱鐵圍融責迸潰或時見有尿尿橫流非相似故或有雖同人趣薄福之人金帶現時見爲鐵鏁或見是蛇吐其毒火是故定知雖在人趣亦非同見但唯識變法無差別如先德云人水鬼火豈在異方毛海芥山誰論巨細一塵一識萬境萬心矣又襄邑縣有賴鄉鄉中有廟廟有九井若齋潔入祠者汲水則溫清若濫濁入祠者汲水則混濁又漢時鄭弘夜宿郊外一川澤忽逢故友四顧荒榛沽酒無處因投錢一水中各飲水而醉故知境隨業識而轉物逐情感而生若離於心萬法何有跡現多門光韜實地不用天眼而十方洞明註曰華嚴疏云菩薩悟普法故名爲普眼眼外無法故名普眼既心眼之外無纖毫之法卽知心遍一切處故楞嚴經云十方虛空生汝心中猶如片雲點太清裏豈空中十方國土而不明見乎所以志公和尚偈云大士肉眼圓通二乘天眼有瞖又淨名經云不以二相見名真天眼以了一心無相可得由無相卽無有二是名真天眼豈運神通而千界飛至註曰不動一心恒遍十方剎海無來去之相是神足通故經云諸佛菩薩於無二法中現大神變矣未離兜率雙林而已般涅槃註曰華嚴論明如來八相成道釋天猶未下母胎猶未出雙林而已般涅槃不出一剎那際三昧當知降生時卽是說法時卽是涅槃時以不出一心故爾肇論涅槃論云至人空洞無像而物無

非我會萬物以爲已者其唯聖人乎何則非理不聖非聖不理理而爲聖者聖不異理也故天帝曰般若當於何求善吉曰般若不可於色中求亦不可離色中求又曰見因緣起爲見法見法爲見佛斯則物我不異之教所以至人戢元機於未兆藏冥運於卽化總六合以鏡心一去來以成體古今通始終同窮本極末莫之與二浩然大均乃曰涅槃**不起樹王六欲而早昇忉利**註曰華嚴經云不離覺樹而昇釋天古釋云若約處相入門以一處中有一切處故是此天宮等本在樹下故不須起然是彼用故說昇也若約相入門以一處入一切處故樹遍天中亦不須起欲用天宮表法昇進故云昇也然佛體無不遍周但隨眾生心想故見如不思議經云以一切佛一切諸法平等平等皆同一理如陽歛等一切眾生及諸如來一切佛土皆不離想乃至若我分別佛卽現前若無分別都無所見想能作佛離想無有如是三界一切諸法皆不離心**堅貞難竝泡沫非同立絕相之相**註曰金剛經云若見諸相非相則見如來以心無形相故號無相法門亦名無相道場若於一切相見無相之理卽見唯心如來**運無功之功**註曰向心外有作皆是有功若諦了一心本來具足無漏性起功德則是無功之功故云有功之功功歸敗壞無功之功功不虛棄**慈勑分明始因四念之處**註曰大涅槃經最後垂示總前敎迹同此指歸

以四念處卽是心賦所明一切眾生身受心法如經云佛告阿難如汝所問佛涅槃後依何住者阿難依四念處嚴心而住觀身性相同於虛空名身念處觀受不在內外不住中間名受念處觀心但有名字名字性離名心念處觀法不得善法不得不善法名法念處阿難一切行者應當依此四念處住又云譬如國王安住已界身心安樂若在他界則得眾苦一切眾生亦復如是若能自住於已境界則得安樂若至他界則遇惡魔受諸苦惱自境界者謂心四念處他境界者謂五欲也華手經云佛告跋陀婆羅於爾時世一切善人應作是念我等當自依四念處者於聖法中一切諸法皆名念處何以故一切諸法常住自性無能壞故一切諸法皆名念處者故知卽法是心卽心是法皆同一性豈能壞乎若有二法則有相壞大寶積經偈云得無動處者常住於無處無動處者則自心境界此境界卽無所如金剛三昧經云心無邊際不見處所論釋云心無邊際者歸一心原心體周遍適十方故無邊周三世故無際雖周三世而無古今之殊雖遍十方而無此彼之處故言不見處所大法炬陀羅尼經云夫念處者云何念義當知是念無有違諍隨順如法趣向平等離諸邪念無有移轉及諸別異唯是一心**教文審的終歸三點之中**註曰三點者如世伊字三點不縱不橫不並不別所謂解脫法身般若夫法身卽是人人須有靈智故名般若若得般若則一切處無著不爲境縛卽是解脫

又若顯法身而得解脫則功全由般若非唯此二法一切萬行皆因般若成立故五度如盲般若如導若布施無般若唯得一世榮後受餘殃債若持戒無般若暫生上欲界還墮泥犁中若忍辱無般若報得端正形不證寂滅忍若精進無般若徒興生滅功不趣真常海若禪定無般若但行色界禪不入金剛定若萬善無般若空成有漏因不契無為果故知般若是險惡徑中之導師迷闇室中之明炬生死海中之智檝煩惱病中之良醫碎邪山之大風破魔軍之猛將照幽途之赫日警昏識之迅雷抉愚盲之金鎞沃渴愛之甘露截癡網之慧刃給貧乏之寶珠若般若不明萬行虛設祖師云不識元旨徒勞念淨不可剎那忘照率爾相違以此三法不縱不橫非一非異能成涅槃秘藏如大涅槃經云佛言我今當令一切衆生及以我子四部之衆悉皆安住秘密藏中我亦復當安住是中入於涅槃何等名為秘密之藏猶如伊字三點若並則不成伊縱不成伊如摩醯首羅面上三目乃得成伊三點若別亦不得成我亦如是解脫之法亦非涅槃如來之身亦非涅槃摩訶般若亦非涅槃三法各異亦非涅槃我今安住如是三法為衆生故名入涅槃所以云法身常種智圓解脫具一切皆是佛法無有優劣故不縱三德相冥同一法界出法界外何處別有法故不橫能種種建立故不一同歸第一義故不異雖三而一雖一而三一則壞於三諦異則迷於一實在境則三諦圓融在心則三觀俱運在因則三道相續在果則三德周圓如是本末相收方入大涅槃秘密之藏古德云此之三德不離一如德用分異即寂之照為般若即照之寂為解脫寂照之體為法身如一明淨圓珠明即般若淨即解脫圓體即法身約用不同體不相離故此三法不縱不橫不並不別如天之目似世之伊名秘密藏為大涅槃又台教類通三軌以法真性軌二觀照軌三資成軌即是三德以真性軌為一乘體此為法身一切衆生悉一乘故以觀照軌為般若祇點真性寂而常照便是觀照第一義空以資成軌為解脫祇點真性法界含藏諸行無量衆善即如來藏三法不一不異如意珠中論光論寶光寶不與珠一不與珠異不縱不橫三法亦如是

性非造作註曰性地圓成非干意造故圖教立無作四諦**理實鎔融**註曰鎔者銷也融者和也理能銷萬事和百法終歸一道**明之而心何曾動昧之而路自迷東**註曰起信論云復次顯示從生滅門即入真如門所謂推求五陰色之與心六塵境界畢竟無念以心無形相十方求之終不可得如人迷故謂東為西方實不轉衆生亦爾無明迷故謂心為心心實不動若能觀察知心無念即得隨順入真如門故**任竭海移山未是無為之力縱躡虛履水皆為有漏之通**註曰法華經頌云若接須彌擲置他方無數佛土亦未為難若以足指動大千界遠擲他國亦未為難乃至若佛滅後於惡世

中能說此經是則爲難又西天外道以持咒力能移山塞海及得五神通皆不免生死但能覺了即心是佛復能開示自覺覺他紹隆佛種此難信之法淺機難解故云能說此經是則爲難是以寶藏論云通有五種一曰道通二曰神通三曰依通四曰報通五曰妖通妖通者狐狸老變木石精化附傍人神聰慧奇異此謂妖通何謂報通鬼神逆知諸天變化中陰了生神龍隱變此謂報通何謂依通約法而知緣身而用乘符往來藥餌靈變此謂依通何謂神通靜心照物宿命記持種種分別皆隨定力此謂神通何謂道通無心應物緣化萬有水月空華影像無主此謂道通矣

辨玉須眞探珠宜靜但向境外而求心焉知圓光而在眚

註曰眚者目病首楞嚴經云如世間人目有赤眚夜見燈光別有圓影五色重疊此況迷心爲境之人不知境是自心如燈上圓光認爲他境

捏目之處飛三有之虛華

註曰首楞嚴經云三界有法捏所成故於欲界色界無色界中所有之法皆是捏出本無來處徹底唯空又如捏目生華有何眞實唯有眞心遍一切處有佛無佛性相常住故經云眼病見空華除瞖不除華妄心執有法遺執不遺法又一切國上皆想持之取像曰想若無想則無境如盛熱時地蒸炎氣日光爍之遠望似水但是心想世間所見皆如燄水無有眞實如華嚴經頌云勇猛諸佛子隨順入妙法善觀一切想心想方世間衆想如陽燄令衆生倒解菩薩善知想捨離一切倒衆生各別異形類非一種了達皆是想一切無眞實十方諸衆生皆爲想所覆若捨顚倒見則滅世間想世間如陽燄以想有差別知世住於想遠離三顚倒譬如熱時燄世見謂爲水水實無所有智者不應求衆三亦復然世趣皆無有如燄住於想無礙心境界

迷頭之時認六塵之幻影

註曰首楞嚴經云佛言富樓那汝豈不聞室羅城中演若達多忽於晨朝以鏡照面愛鏡中頭眉目可見嗔責已頭不見面目以爲魑魅無狀狂走此人何因無故狂走富樓那言是人心狂更無他故是以三界之中見有見無盡是心狂終無外境

順法界性合眞如心智必資理而成照理不待發而自深意絕思惟鑒徹十方之際佛不說法聞通無盡之音

註曰意絕思惟者賣兩經云如理思惟是名供養一切如來如理思惟者即是絕一切思惟如六祖云善惡都莫思量自然得入心體佛不說法者大涅槃經云若知如來常不說法是名具足多聞所以法華元義云手不執卷常讀是經口無言音遍誦衆典佛不說法恒聞梵音心不思惟普照法界故知不動眞心獲如是功德

莫摘枝苗須搜祖禰豁爾而無明頓開湛然而情塵自洗惡從心起如鐵孕垢而自毀鐵形

善逐情生猶珠現光而還照珠體註曰猶珠現光而還照珠體者如古釋云止觀無所現有二義者一照無心現約止二所現空約觀三無別體約止觀契合又一約心二約境三心境兩冥又一約智二約理三理智冥契就第三義中就先正釋後自體顯照故名為覺者通妙謂有離言若無別體何能普現衆生心行故答云自體顯現如珠有光自照珠體珠體喻心光喻於智心之體性即諸法性照諸法時是自照故引起信文甚分明然論問曰虛空無邊故世界無邊世界無邊故衆生無邊衆生無邊故心行差別亦復如是境界不可分劑難知難解若無明斷無有心想云何能了名一切種智答曰一切境界本來一心離於想念以衆生妄見境界故心有分劑以妄起想念不稱法性故不能決了諸佛如來離於見想無所不遍心真實故即是諸法之性自體顯照一切妄法有大智用無量方便隨諸衆生所觀得解皆能開示種種法義是故得名一切種智鵲林大意須歸准憑註曰法華經頌云世尊法久後要當說真實形端影直風靜波澄辯偽識真如試金之美石除昏鑒物猶照世之明燈註曰密嚴經頌云照耀如明燈又如試金石正道之標相遠離於斷滅夫世間出世間一切萬法但以一心驗之自無差別似燈破闇如石試金悉皆去偽辯真破邪歸正故頌云正道之標相自然不落斷常有無之見故頌云遠離於斷滅事絕纖毫本無稱謂因用之而不窮從讚之而成貴註曰心本無名體亦寂滅因用則無窮因讚則成德此皆為傳布故隨順於世間矣義天行布重重之星象璨然法海圓融浩浩之波瀾一味註曰華嚴有二門一行布門二圓融門若行布則一中無量若圓融則無量中一如經云一中解無量無量中解一了彼互生起當成無所畏又約事行布約理圓融皆不出心了之成佛故云當成無所畏根塵泯合能所雙銷了了而如同眼見一一而盡是心標說曰若決定信入此唯識正理速至菩提如登車而立至遐方猶乘舟而坐昇彼岸如經所說言大乘者謂是菩提薩埵所行之路及佛勝果為得此故修唯識觀是無邊失方便正路為此類故願彼方便於諸經中種種行相而廣宣說如地水火風并所持物品類難悉方處無邊由此審知自心相現遂於諸處捨其外相遠離欣感復觀有海喧靜無差棄彼小途絕大乘望及於諸有就著之類觀若險崖深生怖畏正趣中道若知但是自心所作無邊資糧易為積集不待多時如少用功能成大事善遊行處猶若掌中由斯理故所有願求當能圓滿隨意而轉以了此界一法是心則此知無邊法界皆是我心故云善遊行處猶若掌中又入楞伽經偈云不生現於生

不退常現退同時如水月萬億國土見一身及無量身火及霆雨心心體不異故說但是心心中但是心心無心而生種種色形相所見唯是心佛及聲聞身辟支佛身等復種種色身但說是內心又肇論云淨名曰不離煩惱而得涅槃天女曰不出魔界而入佛界然則元道在於妙悟妙悟在於卽眞卽眞則有無齊觀有無齊觀則彼已莫二所以天地與我同根萬物與我一體澄觀和尚云實相心界者依此心所生諸刹譬如大海所生諸物皆無不海一切諸法皆從實相心所生皆無不心是故當知眼中所見色耳中所聞聲皆眞法也以一切法唯一法故如經云一切法唯一相故於諸法中若了觀心如同眼見

照燭森羅隨念而未曾暫歇飛穿石壁舉意而頃尅非遥

註曰此眞心體寂而常照猶如鏡光無有斷絕如高成和尚詞云應眼時若千日萬象不能逃影質凡夫祇是未嘗觀何得退輕而自屈應耳時若幽谷大小音聲無不足十方鐘鼓一時鳴靈光運運常相續應意時絕分別照燭森羅終不歇透過山河石壁間要且照時常寂滅

絕觀通人破塵上將作智海之健舟爲法筵之極唱

註曰絕觀通人者若云菩提涅槃眞如解脫皆是住觀之語若親證一心諸觀並息又說此唯心法門時法華經云是第一之說金剛經云爲最上乘者說華嚴經云不思議說故云法筵之極唱

如蚉附翔鸞之尾迥登丹漢之程猶聲入畫角之中出透重霄之上

註曰如法性論云問本際可得聞乎答理妙難觀故有不知之說旨微罕見故發幢英之問有天名曰幢英問文殊師利所言本際爲何謂乎文殊答曰衆生之原名曰本際又問衆生之原爲何謂乎答曰生死之本爲衆生原又問於彼何謂爲生死本答曰虛空之本爲生死原幢英於是抱元旨而輟問如悟不住之本若然則因緣之始可聞而不可明可存而不可論問虛空有本乎答無問若無有本何故云虛空之本爲生死原答此猶本際之本耳則於虛空無本爲衆本之宗化表無化爲萬化之府矣故知人心爲凡聖之本則凡亦是心聖亦是心以所習處下不能自弘諸佛將衆生心登妙覺衆生將佛心溺塵勞若以心託事則狹劣若以事從心則廣大凡世入多外重其事而內不曉其心是以所作皆非究竟以所附處卑故耳如搏牛之蚉飛極百步若附鸞尾則一翥萬里非其翼正所託迅也亦如墻頭之草角裏之聲皆能致其高遠者所託之勝也如入心法中一一附於自心則能毛呑巨海塵含十方豈非深廣乎

言言合道法法隨根對大心之高士談普眼之法門

註曰心本無法名爲普眼華嚴經云海雲比丘語善財言如來爲我演說普眼法門假使有人以大海量墨須彌聚筆書寫於此普眼法門一品中一門一門中一法一法中一義

一義中一句不得少分何況能盡厚地金剛穿之而始終不壞註曰大涅槃經云譬如有人善知伏藏即取利钁斫地直下盤石沙礫直過無難唯有金剛不能穿徹此況心性堅牢不從前際生不於中際住不隨後際滅不變不異性相常存雪山正味流之而今古恒存註曰大涅槃經云雪山萹中藥味常正此況一切衆生一眞之心隨染緣時流轉五道其性不減乃至隨淨緣時成就佛身性亦不增隨緣而不失自性故云一切衆生一時成佛佛界不增衆生界不減佛界即衆生界故又同一性故一際無差隨緣自結曠代無滅十方咸說如天寶器任福而飯色不同註曰如三十三天共食寶器隨其福德飯色有異似一無爲隨證而三乘有別註曰金剛經云一切賢聖皆以無爲法而有差別此一心法隨三賢十聖約智淺深證時各別如大涅槃經云十二因緣是一法隨智證成四種菩提上上智觀得諸佛菩提上智觀得菩薩菩提中智觀得緣覺菩提下智觀得聲聞菩提譬如黃石有金上上福人烹出金上福人烹出銀中福人烹出銅下福人烹出鐵萬法萬形皆逐心成孤光一照衆慮俱清如瓶貯醍醐隨諸器而不等猶水分江海逐流處而得名

註曰此一心法是一際門如醍醐一味無差諸器自分大小猶水一味不別江海自分異名直了無疑襟懷自豁非劣解情當乃上根機奪猶如庭雀焉攀鴻鵠之心還似井蛙豈測滄溟之潤註曰夫眞如一心圓信難解且如在家凡失出家外道皆是背覺合塵不識自心境界故云海枯終見底人死不知心若是聲聞緣覺但證生空亦執心外有其實境若藏通二教菩薩設識自心皆是緣生無性徹底滄空若大乘別教菩薩雖知常住不空之心能含十法界性即今未具直待熏修次第生起若圓教菩薩知自心即具十法界一念圓足則悟心大士方了圓宗高翥義天深遊性海豈凡小權漸之所遠乎又滄溟者即況如來智海如華嚴經云佛子此閻浮提有二千五百河流入大海乃至如是大海其水無量衆寶無量衆生無量所依大地亦復無量佛子於汝意云何彼大海爲無量不答言實爲無量不可爲喻佛子此大海無量比如來智海無量百分不及一千分不及一乃至優波尼沙陀分不及其一但隨衆生心爲作譬喻而佛境界非譬所及佛子菩薩摩訶薩應知如來智海無量從初發心修一切菩薩行不斷故應知所住衆生無量一切學無學聲聞獨覺所受用故應知住地無量從初歡喜地乃至究竟無障礙地諸菩薩所居故群經之府衆義之都寫西來之的意脫

出世之真模或徇他求如鑽冰而覓火但歸已解猶向乳以生酥註曰鑽冰見火者達法忄故如心外求道從乳求酥者順法性故似背境觀心如還源觀云明者德隆於卽日昧者望絕於多生會旨者山岳易移乖宗者錙銖難入又普賢行願疏云契文殊之妙智宛是初心入普賢之元門曾無別體失其旨也徒修因於曠劫得其門也等諸佛於一朝正業常新恒居本位統一心之高廣註曰法華經云其車高廣高則豎徹三際廣則橫亘十方攝法無遺包藏無外凡有所見皆是自心如華嚴經云如有人將欲命終見隨其業所受報相行惡業者見於地獄畜生餓鬼所有一切衆苦境界或嗔或罵囚執將去亦聞嘷叫悲歎之聲或見灰河或見鑊湯或見刀山或見劍樹種種逼迫受諸苦惱作善業者卽見一切諸天宮殿無量天衆天諸綵女種種衣服具足莊嚴宮殿園林盡皆妙好身雖未死而諸業力見如是事善財童子亦復如是以菩薩業不思議力得見一切莊嚴境界燭微言之周備註曰如首楞嚴經云諸法所生唯心所現十地論云三界無別法但是一心造則一言無不略盡殊說更無異盈了宗之際頌十方之虛空註曰首楞嚴經云若一人發真歸源此十方虛空皆悉消殞懺罪之時翻無邊之大地註曰修一心無生懺如翻大地

亦云若欲懺悔者端坐念實相實相者卽無相也亦云實地故法華經云唯此一事實餘二卽非真一華開而海內春一理現而法界真註曰如陽和發生無處不春心為法界之體無法不心故經云平等真法界無佛無衆生如二乘之蒙佛記註曰台教云八千聲聞於法華會上見如來性得受佛記如秋收冬藏更無所作如來性者卽是自心性也若識心人萬緣皆辦故云已事已辦梵行已立似窮子之付家珍註云一念纔起五陰俱生背覺合塵卽是捨父逃逝循環五趣卽是五十餘年若頓悟一心卽是定父子付家財此是定天性之父子付一心之法財故經云我實汝父汝實我子當了了明心之日卽是歸宗合覺亦云返本還源矣水未入海之時不成鹹味註曰百川入海皆同一味之鹹萬境歸心盡趣一真之道境若歸心之日方可言均註曰古德云水未入海不鹹薪未入火不燒境未入心不等故經頌云一切諸法中皆以等觀入慧解心寂然三界無倫疋夢宅虛無註曰三界是夢宅故云長眠三界中所夢之境皆是夢中意識如唯識論云如夢觸女形能出不淨覺時亦爾未觸女形之時由極重染愛現前便致如斯流溢之相由於夢有等無間緣差別力故遂便引起非理作意以此為因便見遺洩又如小見夢遺尿等事如似夢中雖無實境能出不淨又如夢食

毒等應身成病有悶絕流汗之事此亦由其唯識有用又如論云諸地獄中所有獄卒狗鳥等所有動作不待外緣彼地獄受罪衆生先罪惡業爲任持故如木影舞同衆生相所以首楞嚴經云晝則想心夜成諸夢以夢覺俱不出心故夢中無境唯心成事與覺無異如小乘立九難難大乘師云我信夢中唯識不信覺時以有實作用故因以夢喻如出不淨等亦有時實作用遂破彼疑應立量云覺境色是有法定唯識爲宗因云以有實作用故同喻如汝夢中境色是以華嚴經頌云菩薩了世法一切皆如夢非處非無處體性恒寂滅諸法無分別如夢不異心三世諸世間一切悉如是夢體無生滅亦無有方所三世悉如是見者心解脫夢不在世間不在非世間此二不分別得入於忍地又大智度論云佛說諸法無有根本定實如毫釐許所有欲證明是事故說夢中受五欲譬如須菩提意若一切法畢竟空無所有性今何以故現有眼見耳聞法以是故佛說夢譬喻如人夢力故雖無實事而有種種聞見瞋喜處覺人在傍則無所見如是凡夫人無明顛倒力故妄有所見聖人覺悟則無所見一切法若有漏若無漏若有爲若無爲皆不實虛妄故有見聞如幽冥錄焦湖廟有一栢杌或云玉杌杌有小坼時單父縣人楊林爲估客至廟祈求廟巫謂曰君欲好婚否林曰幸甚巫卽遣林近杌邊因入坼中遂見朱門瓊室有趙太尉在其中卽嫁女與林生六子皆爲秘書郎歷數十年並無思歸之志忽如夢覺猶在杌傍林愴然久之又菩薩行者是想念生此有二意一要須想念方能起行如夢從想故智論之中所聞見事多思惟念故夢見也二夫大覺是佛近而說之七地已前猶爲夢行八地爲覺如夢渡河八地無明未盡亦是夢境唯佛一覺人故稱大覺如華嚴記云覺夢相成故須說覺於中初以覺成夢以未覺時不知是夢故於中初要在覺時方知是夢者正辨須覺所以謂大夢之外則必有彼大覺之明謂我世尊方知三界皆如夢故上引楞伽歎佛能了於夢次正在夢時不知是夢者謂爲實故爲諸凡夫長眠大夜不生厭求故厭公云夢中瞻夢純昏心也次設知是夢亦未覺故者此通妨難謂亦有人夢知是夢如人重眠忽有夢生了知我夢以睡重故取覺不能喻諸菩薩從初發心卽知三界皆夢豈非是覺何用更說覺時故今釋云亦未見覺未大覺故故起信論云若人覺知前念起惡令其不起雖復名覺卽是不覺有生滅故無明覆心不自在故次云覺時了夢知實無夢者非唯覺時知夢亦知無夢知八地菩薩夢渡河喻證無生忍不見生死此岸涅槃彼岸能度所度皆巨得故況於大覺故經云久念衆生苦欲拔無由脫今日證菩提豁然無所有然由夢方有覺故辨夢覺時者上辨以覺成夢此辨以夢成覺對夢說覺無夢無覺既了夢無夢對何說覺故覺夢斯絕如無不覺則無始覺覺夢雙絕方爲妙覺也

化源寂滅

註曰凡聖境界悉從心化以一切萬法不離心故如金剛三昧經云善不善法從心

化生又華嚴經十忍品云佛子何爲菩薩摩訶薩如化忍佛子此菩薩摩訶薩知一切世間皆悉如化所謂一切衆生意業化覺想所起故一切世間諸行化分别所起故一切苦樂顛倒化妄取所起故一切世間不實法化言説所現故一切煩惱分别化想念所起故復有清淨調伏化無分别現行故於三世不轉化無生平等故菩薩願力化廣大修行故如來大悲化方便示現故

破疑情而藤蛇併融廓智地而形名雙絶

註曰論偈云於藤生蛇知見藤卽無境若知藤分已藤知如蛇知卽藤蛇併空形名俱絶是知千聖同證心外無得

心外求悟望石女而兒生意上起思邀空華而莫結本非有作性自無爲智者莫能運其意像者何以狀其儀言語道亡是得路指歸之曰

註曰阿難等於楞嚴會上蒙如來微細開示各悟眞心遍十方界遂白佛言我等今日明識歸家道路故決定無疑

心行處滅當放身捨命之時

註曰若心外緣他境如魚在陸不得自在若背境歸自心似鳥翔空無有隔礙則念念歸眞心心至道矣如始教云十法界三科十八界如丈一法界五陰如尺唯在識心如寸如今去丈論尺去尺論寸若達心具一切法已方能度入一一切色心如今去色論一去心所論心王如一一尺無非是寸及一一心丈無非是尺是故丈尺全體是寸故知若眞諦若俗諦若有爲若無爲一剎一塵無非是心既頓悟一心全成圓信則心外無一法可解心內無一法可思懷抱豁然永斷纖疑矣

執迹多端窮源孤邁非世匠之所成豈劫火之能壞

註曰心本圓成性非造作不可以功成不可以行得論云劫火能燒三界不能燒虛空故法華經云我淨土不毀而衆見燒盡以心性常住非生因之所生唯了因之所了

白毫光裏出莫測之身雲

註曰華嚴經云如來白毫相中有菩薩摩訶薩名一切法勝音與世界海微塵數諸菩薩衆俱時而出右遶如來經無量匝又云如來師子之座衆寶妙華輪臺基陛及諸戶牖如是一切莊嚴具中一一各出佛剎微塵數菩薩摩訶薩釋曰菩薩是因諸佛是果供養具是境菩薩身是心卽是因果同時心境互入如經頌云諸佛一似大圓鏡我身猶若摩尼珠諸佛法身入我體我身常入諸佛軀

無生蓋中現大千之世界

註曰維摩經云長者子寶積與五百長者子俱持七寶蓋供養佛佛之威神令諸寶蓋合成一蓋遍覆三千大千世界而此世界廣長之相悉於中現五百蓋者卽是五陰合成一蓋者卽是一心華嚴經云此寶蓋皆從無生法忍之所起乃至一切供具皆是自心表現心外實無一法建立若心外見法是外道經書非佛法旨趣

釋門挺價法苑垂箴

註曰

釋門掁價者如龍女所獻心珠故云價直三千大千世界亦云無價寶珠法苑垂箴者一切諸法以心爲定量先賢所禀後學同遵可爲萬代之箴規十方之龜鏡**無聲之樂寂寂**註曰以真心大寂滅樂豈隨喧動耶故禪門中泥爲無絃琴**真如之海沉沉**註曰一心真如之海澄之不清攪之不濁湛然寂照瑩淨無瑕所以衆生因一念無明境界風鼓動真如海起種種識浪相續不斷故楞伽經頌云藏識海常住境界風所動種種諸識浪騰躍而轉生**應量出生如龍王之降**註曰如龍王雨隨人間天上能感之緣因自業而不同成異味而有別如**雨差別**經偈云譬如虛空中雨八功德水到鹹等住處生種種異味如來慈悲雲雨八聖道水到衆生心處生種種解味如華嚴經云佛子譬如海中有大龍王名大莊嚴於大海中降雨之時乃至從他化天至於地上於一切處所雨不同所謂於大海中雨清冷水名無斷絕於他化自在天雨簫笛等種種樂音名爲美妙於化樂天雨大摩尼寶名放大光明於兜率天雨大莊嚴具名爲垂髻於夜摩天雨大妙華名種種莊嚴具於三十三天雨衆妙香名爲悅意於四天王天雨天寶衣名爲覆蓋於龍王宮雨赤真珠名涌出光明於阿修羅宮雨諸兵仗名降伏怨敵於北鬱單越雨種種華名曰開敷餘三天下悉亦如是然各隨其處所雨不同雖彼龍王其心平等無有彼此但以衆生善根異故雨有差別佛子如來應正等覺無上法王亦復如是欲以正法教化衆生先布身雲彌覆法界隨其樂欲爲現不同**循業發現猶人間之隨福淺深**註曰如福德人執石爲寶貧者變金爲蛇法無定形隨心轉變如迷時菩提爲煩惱悟時煩惱爲菩提但隨迷悟之心菩提性常不動夫論一心獨立絕妙豈在文賦詞句而廣敷演乎祇爲衆生不了真心妄起差別但有一法纔生並爲心病執有成妄達空成真如淨名經云此四魔八萬四千諸煩惱門而諸衆生爲之疲勞諸佛則以此法而作佛事是名入一切諸佛法門菩薩入此門者若見一切淨妙佛土不以爲喜不貪不高若見一切不淨佛土不以爲憂不礙不沒生法師云若投藥失所則藥反爲毒矣苟曰得愈毒爲藥也是以大聖爲心病之醫王觸事皆是法之良藥苟達其一衆事皆備矣菩薩既入此門便知佛土本是就應之義好惡在彼於我豈有異哉**既達心宗應當瑩飾鍊善行以扶持澄法水而潤澤**註曰華嚴經云解脫長者言我已入出如來無礙莊嚴解脫門乃至我見如是等十方各十佛剎微塵數如來彼諸如來不來至此我若欲見安樂世界阿彌陀如來隨意即見乃至知一切佛及與我心悉皆如夢知一切佛猶如影像自心如水知一切佛所有色相及以自心悉皆如幻知一切佛及以已心悉皆如響我如是知如是憶念所見諸佛皆由自心善男子當知菩薩修諸佛法淨諸

佛剎積集妙行調伏衆生發大誓願入一切智自在遊戲不可思議解脫之門得佛菩提現大神通遍往一切十方法界以微細智普入諸劫如是一切悉由自心是故善男子應以善法扶助自心應以法水潤澤自心應以境界淨治自心應以精進堅固自心應以忍辱坦蕩自心應以智證潔白自心應以智慧明利自心應以佛自在開發自心應以佛平等廣大自心應以佛十力照察自心故知摩尼沉泥焉能雨寶明鏡匿垢曷以照人猶衆生心久積塵勞似障真性今雖明達要假真修故云設有餘習還以佛知見治之則成出纏真如離垢解脫究竟清淨矣 照世行慈而不謬先洞三明 註曰三明者一過去宿命明二未來天眼明三現在漏盡明雖約三世而立三明但是心明故証道謌云心鏡明鑒無礙廓然瑩徹周沙界 觀根授道而無差 須憑十力 註曰十力者一是處非處力二業力三定力四根力五欲力六性力七至處道力八宿命力九天眼力十漏盡力此十力者遍知因果普照萬法若窮萬法根本是心但了一心十力如鏡 杜源大士立志高强 註曰直了真心實觀之人如杜源漸敎法學之人如尋流故圓敎初心已超權學之士如云以小乘之極極不如圓敎之初初故心爲源法如流心爲所現法依於心則萬法是心之影故 或剝皮出髓而誓思繕寫 註曰釋迦如來因地值無佛世欲求經法

天帝化爲羅刹言汝能剝皮爲紙析骨爲筆打骨出髓爲墨我能示汝佛經菩薩聞之歡喜遂剝皮析骨羅刹驚之遂乃隱身不現十方有佛現身爲說法要 或投巖赴火而志願傳揚 註曰大涅槃經云有仙人於羅刹求法羅刹言汝能捨身我當爲說仙人遂上高巖投身直下羅刹接得爲說偈言諸行無常是生滅法生滅滅已寂滅爲樂則是悟心性之樂如智度論云如犢子啾啾鳴喚見母即止一切諸法亦復如是至法性即住萬法到心諸緣並絶 身燭千燈瀝懇而唯求半偈 註曰大方便佛報恩經云昔有轉輪聖王就婆羅門求法於身剜成千瘡注滿膏油以取上妙細㲲纏以爲炷點成千燈供養彼師求於半偈於是法師爲王說偈曰夫生輒死此滅爲樂此樂者是法樂大寂滅樂禪定樂不同天上天樂人間識樂天上樂者以動踴爲樂雙鋋畫鼓對舞招枝是人間識樂故智度論頌云獨坐林樹間寂然滅諸惡憺怕得一心此樂非天樂 足翹七日傾心而爲讚華王 註曰釋迦如來因地於林中翹足七日以一偈讚底沙如來偈云天上天下無如佛十方世界亦無比世間所有我盡見一切無有如佛者故云天上天下唯我獨尊又云此事唯我能知是以心爲秘密門非佛難證 更有念法勤苦祇希一言懸懸而頓忘寢食顒顒而不避寒瞘遍界南求行

菩薩之大道註曰善財童子南行遍法界參五十三員善知識得一百十城法門爲求菩薩之道最先參見文殊初友已悟自心後漸至諸善知識皆云我已先發菩提心但求菩薩差別智道及至彌勒證一生成佛之果後彌勒却指歸再見初友文殊以表前心後心一等更無差別始終不出一心離此別無奇特矣**忘身東請爲般若之真源**註曰常啼菩薩東行於法涌菩薩求學般若常啼者常在空閒林爲求般若未聞般若時恒常啼泣故號常啼及過空中聲告言往東行當遇善友開發遂賣身求供直至法涌菩薩處遇菩薩入定立待定出仍刺血灑地等後乃得悟法音頓明服若心要**冲邃幽奇舉文難述任身座與肉燈用海墨而山筆**註曰如法華經中提婆達多以身爲牀座轉輪聖王劍身千燈華嚴經云聚須彌山爲筆以四大海水爲墨不能寫普眼經之一品斯皆爲法忘軀誓求至道寧容造次乎**藥王燒手報莫大之深恩**註曰法華經云藥王菩薩燃百福莊嚴臂供養日月淨明德佛七萬二千歲乃至云我捨兩臂必當得佛金色之身若實不虛令我兩臂還復如故我捨兩臂者即是捨斷常二見便得成佛如華嚴經頌云一切法不生一切法不滅若能如是解諸佛常現前不生是不常不滅是不斷絕離斷常諸見自然成佛論云見在即凡情亡即佛**普明刎頭求難思之妙術**註曰大方便佛報恩經云有婆羅門於普明王乞頭王言我爲一切衆生故願於來世得大智慧頭施於汝等乃至爾時普明王者即釋迦如來是佛言我捨轉輪王頭布施數滿一千況餘身分大凡菩薩捨頭目髓腦皆爲求無上正等正覺之心此無上心乃是成佛之妙術也**能祛冰執可定行藏**註曰心外見法便成執滯所以首楞嚴經頌云見聞如幻瞖三界若空華若洞境明心則無執想所以經云佛言我於諸法無所執故得常光一尋身真金色**證自覺之聖智**註曰楞伽經云佛告大慧前聖所知轉相傳授妄想無性菩薩摩訶薩獨一靜處自覺觀察不由於他離見妄想上上勝進入如來地是名自覺聖智相是以覺自心成聖智如密嚴經頌云如地無分別萬物依以生藏識亦復然衆境之依處如人以己手還自捫其身亦如象與鼻取水自霑灑復似諸嬰孩以口含其指如是識分別現境還自緣是心之境界普遍於三有久修觀行者而能善通達內外諸世間一切唯心現**入本住之道場**註曰楞伽經云大慧復白佛言如世尊所說我從某夜得最正覺乃至某夜入般涅槃於其中間不說一字亦不已說當說無說是佛說大慧白佛言何言不說是佛說佛告大慧我因二法故作是說一自得法二本住法云何自得法若彼如來所得我亦得之無增無減緣自得法究竟境界離言說妄想離文字二趣云何本住法謂古先聖道如金銀

等性法界常住若如來出世若不出世法界常住如趣彼城道譬如士夫行曠野中見向古城平坦正道即隨入城受如意樂仁王經觀空品云若有修習聽說如虛空同法性一切法皆如也又諸佛所說但是傳述古佛之教非自製作般若論云須菩提言如來無所說此義云何無有一法唯獨如來說餘佛不說如密嚴經頌云譬如百川流日夜常歸往如地有衆寶種種色相味諸有情受用隨福而招感如是賴耶識與諸分別俱增長於生死轉依成正覺故知溺生死河登菩提座皆是自心致此昇降是以先德云智人求心不求佛愚人求佛不求心

步步而到泥徹底

註曰如香象渡河步步到底此喻圓教不同權漸如兔馬渡河故李長者論云不如一念圓證無生超彼三乘權學等見寶積經頌云文殊大智人深達法源底

箭箭而破的穿楊

註曰如射若以的為的多乖少中若以地為的無不中者如以心為的無不合宗又養由善射百發百中百步穿楊箭不虛發故云但以大乘理對萬不失一

齊襟而唯思舉領整綱而祇要提綱

註曰況此一心祕密法門如提綱舉領攝要而談亦云單刀直入夫教中有顯了說祕密說有真實說方便說有遮詮表詮此是顯了說真實說是表詮直表其心體不是遮非破執方便之言故法華經頌云正直捨方便但說無上道顯了說者如密嚴經頌云無心亦無境能所量俱無但依於一心如是而分別又頌云如火輪垂髮乾闥婆之城不了唯自心妄起諸分別

浴滄溟而已用諸河之水爇一塵而皆含衆味之香

註曰大涅槃經云如人入海中浴已用諸河之水楞嚴三昧經云如擣萬種為丸若爇一塵具足衆氣皆喻若了一心一切法門悉皆冥合

如忉利雜林靡作差殊之見

註曰佛地論云三十三天有一雜林諸天和合福力所感若諸天衆不在此林宮殿等事共樂時受勝劣有異有我我所差別受用若在此林若事若受都無勝劣皆同上妙無我我所和合受用能令平等故名雜林此由諸天各修平等和合福業增上力故令彼諸天阿賴耶識變現此林同處同時同一相狀由此雜林增上力故令彼轉識亦同變現雖各受用而謂無別是以若達諸法皆心想生即從世俗門入聖行處

猶須彌南面純舒金色之光

註曰須彌山南面純現金光雜色之鳥投入山時皆同金色如萬法歸心皆同心法故

乍似醉醒如同夢起外道授呪於天中婦人求男於林裏

註曰西天有外道供養梵天求呪遂於夢中見天授呪然梵天實不下但託天為增上力皆是夢心所感如斯事耳又復聞乎為求子息者客隱林中夢見有人共為交集便得其子此並是夢中意識所變但是自心實無外境

無為無事全當實相之門唯

寂唯深頓悟法空之旨註曰千經萬論正談人空法空悟入一心之旨八識之源此一心八識微細難知唯佛能了且八識心王以第八阿賴耶識爲根本能生起前之七識如起信論云生滅與不生滅和合非一非異名阿賴耶識古德釋云不生滅心與生滅和合非一非異者以七識染法爲生滅以如來藏淨法爲不生滅不生滅心舉體動故心不離生滅相生滅之相莫非神解故生滅不離心相如是不相離故名和合爲阿賴耶識以和合故非一非異若一即無和合若異亦無和合非一非異故得和合也又如來藏清淨心動作生滅不相離故云和合非謂別有生滅來與真合如動水作波波非外合謂生滅之心心之生滅無相故心之生滅因無明成生滅之心從本覺起而無二體不相捨離故云和合如大海水因風波動水相風相不相捨離生與無生若是一者生滅識相滅相盡之時心神之體亦應隨滅墮於斷邊若是異者依無明風熏動之時靜心之體不應隨緣即墮常邊離此二邊非一非異又上所說覺與不覺二法互熏成其染淨既無自體全是一覺何者由無明故成不覺以不覺義熏本覺故生諸染法又由本覺熏不覺故生諸淨法依此二義遍生一切故言識有二義生一切法

百氏冥歸萬古難移據前塵之無體唯自法之施爲若樂工之弄木偶如戲場之出技兒註曰起信疏云經頌云佛說如來藏以爲阿賴耶惡慧不能知藏即賴耶識阿賴耶是梵語此云我愛執藏即是一切衆生第八根本識心第八識心即如來藏以一切外道衆生不能了達執爲藏識佛言大慧七識不流轉不受苦樂非涅槃因大慧如來藏受苦樂與因俱若生若滅解曰七識念念生滅無常當起即謝如何流轉自體無成故不受苦樂既非染依亦非無漏涅槃依矣其如來藏真常普遍而在六道迷此能令隨緣成事受苦樂果與七識俱名與因俱不守自性而成故七識依此而得生滅云若生若滅此明如來藏即是真如隨緣故受苦樂等又云常與無明七識共俱無有斷絕意云如來藏以隨緣故名阿賴耶識故與無明共俱說大海如阿賴耶波如無明七識水即如來藏云無斷絕者無始時來相續不斷故如來藏者即所稟之淨性隨染緣成虛僞等者即能熏之染幻識藏即所成賴耶也爲善不善因者謂此性隨善緣起諸善法性即爲善因隨不善緣起諸不善法性即爲不善因受苦樂與因俱者隨善受樂性在其中隨惡受苦性亦在其中若生若滅者循環諸趣萬死萬生如技兒等如人作戲變改服章體是一人初未曾易故楞伽經頌云心如工技兒意如和技者五識如音樂妄想觀技衆所以草堂和尚偈云樂見本是一形軀乍作官人乍作奴名目服章雖改變始終奴主了無殊故知清淨如來藏一點真心不增不減湛然常住以不守自性隨染淨之緣遂成凡聖十法界雖即隨緣又不失自性在凡不減處

聖不增如水隨風作波之時不失濕性一切衆生眞心亦復如是隨相轉變性常不動故還源觀云眞如之性法爾隨緣隨緣之時法爾歸性**縱淺縱深靡出一心之際**註曰華嚴經云佛子菩薩摩訶薩次第遍往諸佛國土神通三昧乃至於一念頃一切佛所勤求妙法然於諸佛出興於世入般涅槃如是之相皆無所得如散動心了別所緣心起不知何所緣起心滅不知何所緣滅此菩薩摩訶薩亦復如是不分別如來出世及涅槃相佛子如日中陽燄不從雲生不從池生不處於陸不住於水非有非無非善非惡非清非濁不堪飲漱不可穢汙非有體非無體非有味非無味以因緣故而現水相爲識所了遠望似水而興水想近之則無水想自滅此菩薩摩訶薩亦復如是不得如來出興於世及涅槃相諸佛有相及以無相皆是想心之所分別佛子此三昧名爲清淨深心行菩薩摩訶薩於此三昧入已而起起已不失是知非唯佛敎以心爲宗三敎所歸皆云反已爲上如孔子家語云衛靈公問於孔子曰有語寡人爲國家者謹之於廟堂之上則政治矣何如子曰其可也愛人者則人愛之惡人者則人惡之所謂不出圜堵之室而知天下者知天巳之謂也是知若反已以徇物則無事而不歸自心取捨忘懷美惡齊旨是知但了一心無相自顯則六趣塵牢自然超越出必由戶莫不因斯道矣如古德云六道羣蒙自此門出歷千劫而不返一何痛矣所以諸佛驚入火宅祖師特地西來

乃至千聖悲嗟皆爲不達唯心出要道耳華嚴經明一念能爲無盡之事故云一心超勝如經云一者佛一跏趺坐遍滿十方無量世界二一切諸佛說一義句悉能開示一切佛法三放一光明悉能遍照一切世界四一身中悉能示現一切佛身五一處中悉能示現一切世界六於一智中悉能決了一切諸法無所罣礙七一念中悉能遍往十方世界八一念中悉現如來無量威德九一念中普緣三世佛及衆生心無雜亂十於一念中與去來今一切諸佛體同無二是爲十還源觀引論云由依唯識故境本無體眞空義成故以塵無有故本識即不生由此方知由心現境由境顯心心不至境境不至心常作此觀智慧甚深唯識序云離心之境克湮即識之塵斯在帶數之名依顯唯識之稱兆彰故得一心之旨永傳而不窮八識之燈恒然而無盡矣**任延任促但當唯識之時**註曰如經云如是我聞一時佛在舍衛城等時即是一心唯識之時故云一念無量劫無量劫一念法華元贊疏云如經中說一時者即是唯識時說聽二徒心識之上變作三時相狀而起實是現在隨心分限變作短長事緒終說惚名一時如夢所見謂有多生覺位唯心都無實境聽者心變三世亦爾唯意所緣是不相應行蘊法界法處所攝古德言一時者有四一則不定約剎那二則不定約相續三則不定約四時六時八時十二時等四則不定約成道已後年數時節名爲一時但是聽者根熟感佛爲說說者慈悲

應機爲談說聽事訖惣名爲一時今不定約剎那等者聽法之徒根器或鈍說時雖短聽解時長或說者時長聽者亦久於一剎那猶未能解故非剎那亦不定說若約相續者猶能說者得陁羅尼說一字一義一切皆了或能聽者得淨耳意開一字時一切能解故非相續由於一會聽者根機有利有鈍如來神力或延短念爲長劫或促多劫爲短念亦不定故惣約說聽究竟名時亦不定說若約四時六時八時十二時者一日一月照四天下長短脂寒近遠晝夜諸方不定恒二天下同起用故又除已下上諸天等無此四時及八時等經擬上地諸方流通若說四時等流行不遍故亦不定說若約成道已後年數時節者三乘凡聖所見佛身報化年歲短長成道已來近遠各不同故釋曰上所說不定約剎那時及相續時與四時六時八時十二時等及約成道已後年數時節名爲一時者以根有利鈍長短不定上界下界時節無憑但說唯心之一持可爲定量無諸過失事理相當旣亡去取之情又絕斷常之見不唯一時作唯識解實乃萬義皆歸一心則稱可教宗深諧祕旨能開正見永滅羣疑所以經云一切諸法以實際爲定量又云但以大乘而爲解說令得一切種智故知但說大無過夫言大乘者卽是一心之乘乘是運載義若論運載豈越心耶又夫不識心人若聽法看經但隨名相不得經旨如僧崖云今聞經語句句與心相應又釋法聽因聽慧敏法師說法得自於心蕩然無累乃至見一切境亦復如是若不

觀心盡隨物轉是故大乘入道安心論云若以有是爲是有所不是若以無是爲是則無所不是一智慧門入百千智慧門見柱作柱解得柱相不作柱解觀心是柱法無柱相是故見柱卽得柱法一切形色亦得如是故華嚴經頌云世間一切法但以心爲主隨解取衆相顚倒不如實

大矣圓詮奇哉正轍

註曰如來圓敎正說一心經云三界上下法義唯心此就世間依報以明心又云如如與眞際涅槃及法界種種意生身我說爲心量此據出世法體以明心終窮至實畢到斯原隨流感果還宗了義故經云道不離心心不離道如十元門中由心迴轉善成門者並是如來藏性清淨眞心之所建立若善若惡隨心所轉故云迴轉善成心外無別境故言唯心也若順轉卽名涅槃經云心造諸如來若逆轉卽是生死經云三界虛妄皆一心作卽生死涅槃皆不出心矣

六神通而焉可變四辯才而莫能說

註曰法華經云止止不須說我法妙難思以衆生心是絕待妙無法可比故不可以心思不可以口議是以達摩西來默傳心要爲若此

攀枝而直到根株尋水而已窮源穴

註曰心爲萬法根本故華嚴經云菩薩知一切法卽心自性成就慧身不由他悟若於心外見法便向他求如但尋枝派轉失根源是以永嘉集云卽心爲道者可謂尋流得源矣

傳印而盡繼曹溪得記而俱成摩竭

註曰韶州曹侯溪是第六祖能大師住處示衆云善惡都莫思量自然得入心體湛然常寂妙用恒沙故先德云不得一法號曰傳心釋迦成道於摩竭國中經云菩薩不行見法不行聞法等諸佛疾與授記故華嚴經頌云所取不可取所見不可見所聞不可聞一心不思議但直了自心之時心外了無所得卽便是得記之時矣

可謂履道之通衢悟宗之眞訣 註曰此一心門能收一切故云十方佛土中唯有一乘法所以肇論云天得一以清地得一以寧君王得一以治天下衆生得一以成道一者道也天有道以輕清地有道以寧靜谷有道以盈滿草木有道以生長鬼神有道以靈聖君王有道能王天下故知道不可斯須廢之道卽靈知心也

永明心賦註卷四

音釋

峙 直里反住也基也　**矗** 初六切又勅六反直貌　**迸** 里更反　**濽** 音讚水濺也　**屎** 式視反　**尿** 奴吊反　**榛** 側詵反　**戢** 阻立反斂也止也　**擑** 音接舟擑　**醯** 虛兮反　**眚** 釋幸反　**魑** 丑知反　**禰** 奴禮反　**蝱** 武康反　**斲** 陟莫反　**礫** 郎擊反小石曰礫　**筩** 音同竹筩　**貯** 知里反　**蛙** 烏華反　**鑽** 子算反錐鑽也　**錙** 亍思反　**銖** 音殊分銖也　**嘷** 胡勞反叫也　**殞** 餘准反滅也　**洩** 思列反　**巫** 音無　**箴** 知林反規也楝也　**繕** 時現反　**剜** 烏完反　**刎** 無粉反　**捫** 音門摸也　**技** 其里反　**漱** 蘇奏反又尸侯反漱口也　**圜** 音還圜圍　**狥** 亂閏反　**湮** 音因落也沉也　**緒** 徐里反

密呪圓因往生集

甘泉師子峯誘生寺出家承旨沙門智廣編集
北五臺山大清涼寺出家提點沙門慧真編集
蘭山崇法禪師沙門金剛幢譯定

清刻龍藏佛說法變相圖

密呪圓因往生集序

竊惟總持無文越重玄於化表祕詮有象敷大用於域中是以佛證離言廓圓鏡無私之照教傳密語呈神功必効之靈一字包羅統千門之妙理多言沖邃總五部之旨歸衆德所依群生攸仰持之則通心于當念誦之則滅累于此生妙矣哉脫流幻之三有拔險趣之七重躋蓮社之淨方掃雲朦之沙界促三祇於須刻五智克彰圓六度於剎那十身頓滿其功大其德圓巍巍乎不可得而思議也以茲祕典方其餘教則妙高之落衆峯靈耀之掩群照矣宗壽夙累所鍾久纏疾療湯砭之暇覺雄是依爰用祈叩眞慈懺摩旣往度資萬善整滌襟靈謹錄諸經神驗祕呪以爲一集遂命題曰密呪圓因往生焉然欲事廣

傳通利兼幽顯故命西域之高僧東夏之真
侶校詳三復華梵兩書雕印流通永規不朽
云爾時大夏天慶七年歲次庚申孟秋望日
中書相賀宗壽謹序

密呪圓因往生集目録

密呪圓因往生集

甘泉師子峯誘生寺出家承旨沙門智廣編集
北五臺山大清涼寺出家提點沙門慧眞編集
蘭山崇法禪師沙門金剛幢 譯 定

歸命大智海毗盧遮那佛

持誦神呪儀

夫欲誦持陁羅尼神呪者先須歸依三寶發大菩提心已然後依法持念眞言令依五字陁羅尼法念誦神呪有其四種一者三摩地念謂觀所念明呪本尊口中流出光明入自口中右旋安布心月輪中如水精珠布於明鏡之上心准念此是也二者言意念謂依前心月觀諸呪字口中出聲不高不下不緩不急如是而念所出聲勢猶如搖鈴是也三者金剛念謂依前入於字觀密合脣齒小令其舌微動而念是也四者降魔念謂内以悲心爲本外現威怒之相顰眉厲聲而念是也如是四種雖有差別不離一念爲無二也又有二種一無數持念謂不持念珠不定時數行住坐臥恒常持念二有數持念謂手掐數珠限定時數或百或千隨應持念若人誦持祕密神呪要應依師依經而受持之然須求於曉梵音者指決字句不令訛轉一一分明専志持誦於前四種念法隨取其一依法念誦無有間斷所祈勝果決得成就

金剛大輪明王呪

捺麻廝嘚吟也四合餧身切葛引喃引薩吟末入二

怛達引揭怛引喃引唵 覓囉啨覓囉啨麻

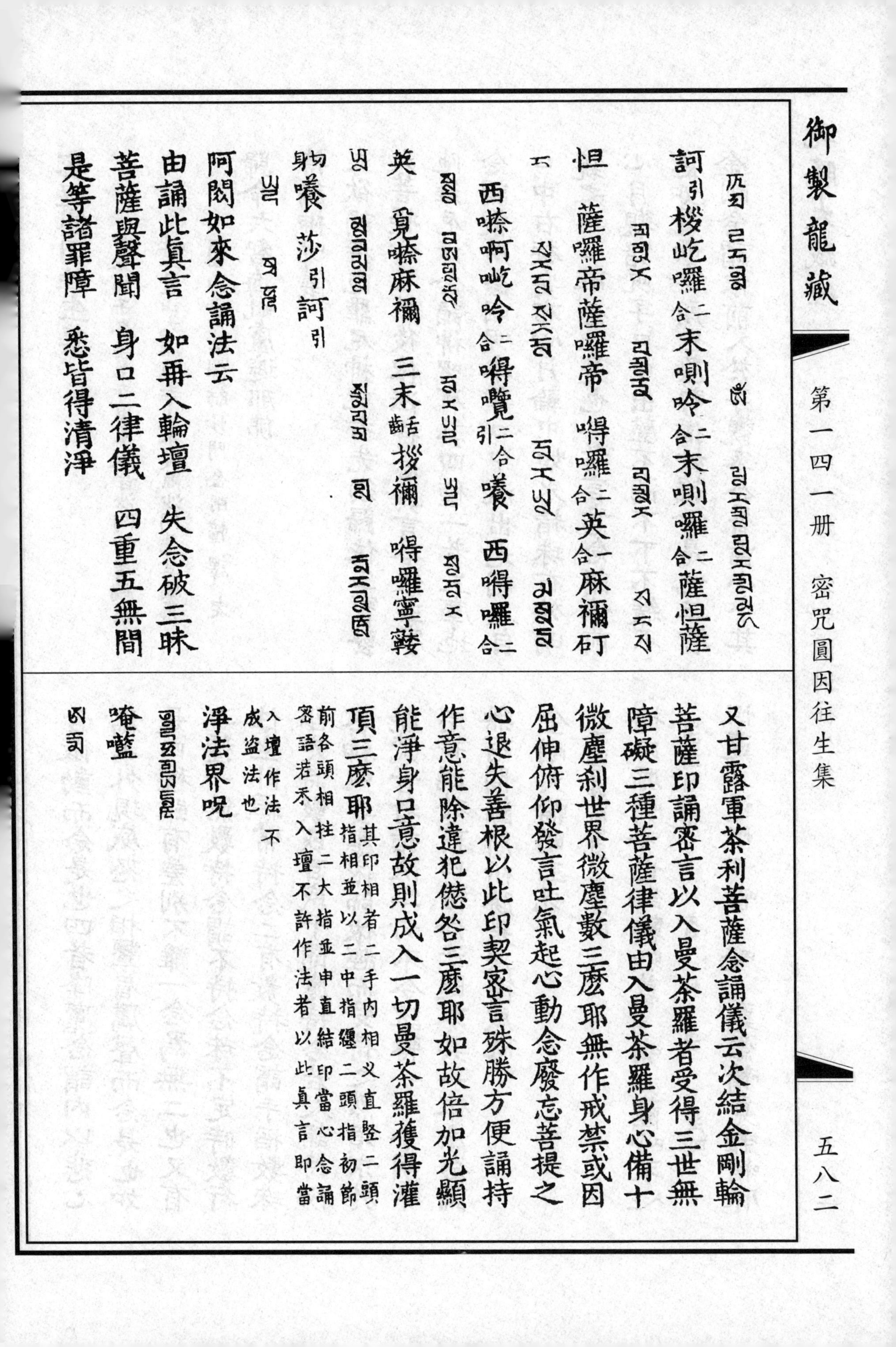

訶引梭屹囉二合末唎唅二合末唎囉二合薩怛薩
怛　薩囉帝薩囉帝　嘚囉二合英一合麻禰矴
西嚓啊屹唅二合嘚囕覓引二合嚷　西嘚囉二合
英　覓嚓麻禰　三末齒舌撥禰　嘚囉寧鞍
切身嚷　莎引訶引

阿閦如來念誦法云
由誦此真言　如再入輪壇　失念破三昧
菩薩與聲聞　身口二律儀　四重五無間
是等諸罪障　悉皆得清淨

又甘露軍荼利菩薩念誦儀云次結金剛輪菩薩印誦密言以入曼荼羅者受得三世無障礙三種菩薩律儀由入曼荼羅身心備十微塵剎世界微塵數三麼耶無作戒禁或因屈伸俯仰發言吐氣起心動念廢忘菩提之心退失善根以此印契密言殊勝方便誦持作意能除違犯愆咎三麼耶如故倍加光顯能淨身口意故則成入一切曼荼羅獲得灌頂三麼耶其印相者二手內相叉直豎二頭指相並以二中指纏二頭指初節前各頭相拄二大指並申直結印當心念誦密語若未入壇不許作法者以此真言即當入壇作法不成盜法也

淨法界呪

唵嚂

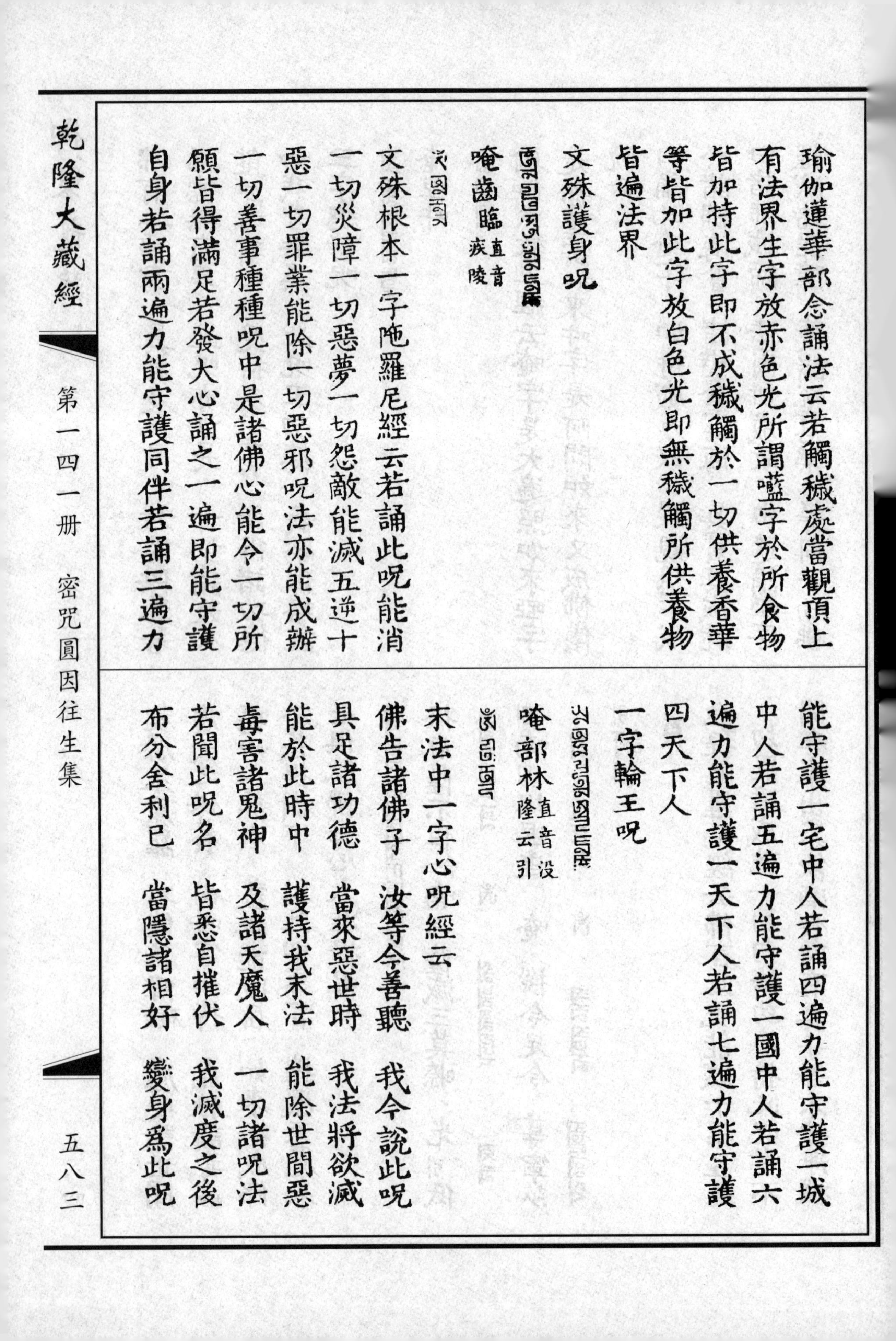

瑜伽蓮華部念誦法云若觸穢處當觀頂上有法界生字放赤色光所謂嚂字於所食物皆加持此字即不成穢觸於一切供養香華等皆加此字放白色光即無穢觸所供養物皆遍法界

文殊護身呪

唵齒臨（直音疾陵）

文殊根本一字陁羅尼經云若誦此呪能消一切災障一切惡夢一切怨敵能滅五逆十惡一切罪業能除一切惡邪呪法亦能成辦一切善事種種呪中是諸佛心能令一切所願皆得滿足若發大心誦之一遍即能守護自身若誦兩遍力能守護同伴若誦三遍力能守護一宅中人若誦四遍力能守護一城中人若誦五遍力能守護一國中人若誦六遍力能守護一天下人若誦七遍力能守護四天下人

一字輪王呪

唵部林（直音没隆云引）

末法中一字心呪經云

佛告諸佛子　汝等今善聽　我今說此呪
具足諸功德　當來惡世時　我法將欲滅
能於此時中　護持我末法　能除世間惡
毒害諸鬼神　及諸天魔人　一切諸呪法
若聞此呪名　皆悉自摧伏　我滅度之後
布分舍利已　當隱諸相好　變身爲此呪

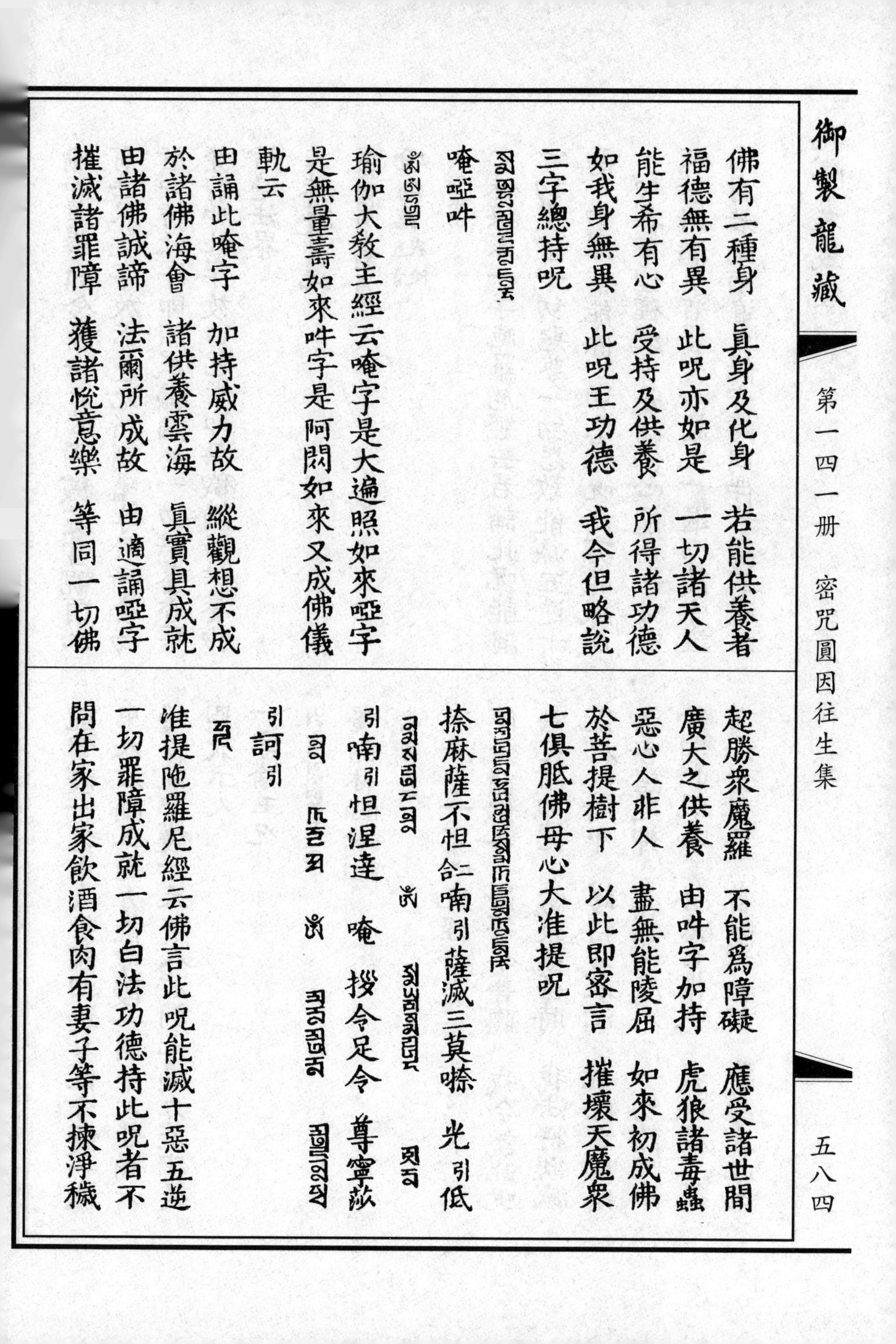

佛有二種身　眞身及化身　若能供養者
福德無有異　此呪亦如是　一切諸天人
能生希有心　受持及供養　所得諸功德
如我身無異　此呪王功德　我今但略說
三字總持呪

唵啞吽

瑜伽大教主經云唵字是大遍照如來啞字
是無量壽如來吽字是阿閦如來又成佛儀
軌云
由誦此唵字　加持威力故　縱觀想不成
於諸佛海會　諸供養雲海　眞實具成就
由諸佛誠諦　法爾所成故　由適誦啞字
摧滅諸罪障　獲諸悅意樂　等同一切佛
起勝衆魔羅　不能爲障礙　應受諸世間
廣大之供養　由吽字加持　虎狼諸毒蟲
惡心人非人　盡無能陵屈　如來初成佛
於菩提樹下　以此即密言　摧壞天魔衆
七俱胝佛母心大准提呪

捺麻薩不怛合二喃引薩滅三莫嚓　光引低

引喃引怛涅達　唵　撥令足令　尊寧莎

引訶引

准提陁羅尼經云佛言此呪能滅十惡五逆
一切罪障成就一切白法功德持此呪者不
問在家出家飲酒食肉有妻子等不揀淨穢

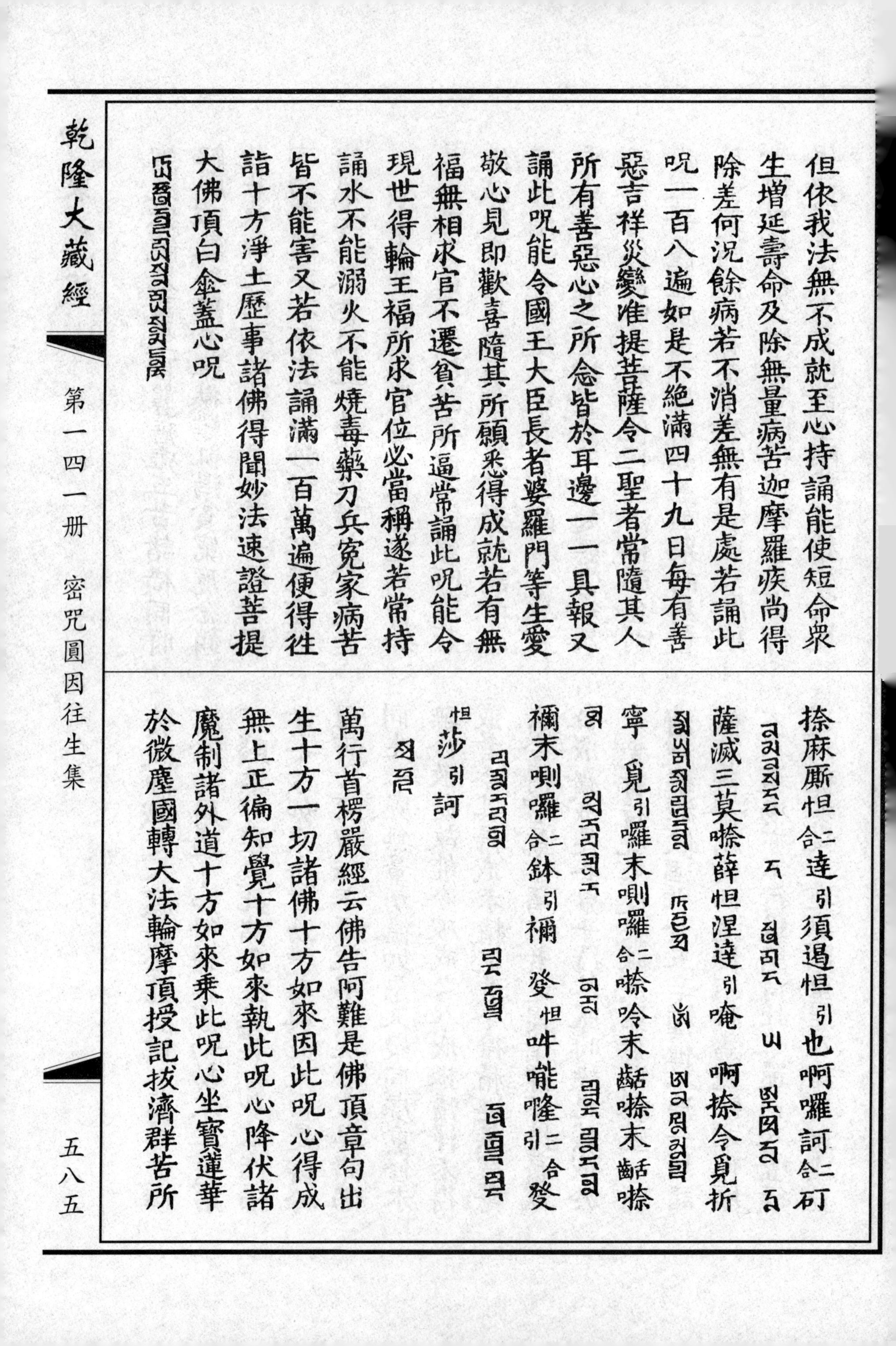

但依我法無不成就至心持誦能使短命衆生增延壽命及除無量病苦迦摩羅疾尚得除差何況餘病若不消差無有是處若誦此呪一百八遍如是不絕滿四十九日每有善惡吉祥災變准提菩薩令二聖者常隨其人所有善惡心之所念皆於耳邊一一具報又誦此呪能令國王大臣長者婆羅門等生愛敬心見即歡喜隨其所願悉得成就若有無福無相求官不遷貧苦所逼常誦此呪能令現世得輪王福所求官位必當稱遂若常持誦水不能溺火不能燒毒藥刀兵冤家病苦皆不能害又若依法誦滿一百萬遍便得往詣十方淨土歷事諸佛得聞妙法速證菩提

大佛頂白傘蓋心呪

捺麻厮怛(二合)達(引)須遏怛(引)也啊囉訶(二合)矴

薩滅三莫㗐捺薛怛涅達(引)唵　啊捺令覓折

寧　覓(引)囉末唎囉(二合)㗐吟末齬㗐末齬(舌)㗐捺

禰末唎囉(二合)鉢(引)禰　婺(怛)吽噍嚨(引)(二合)婺

(怛)莎(引)訶

萬行首楞嚴經云佛告阿難是佛頂章句出生十方一切諸佛十方如來因此呪心得成無上正徧知覺十方如來執此呪心降伏諸魔制諸外道十方如來乘此呪心坐寶蓮華於微塵國轉大法輪摩頂授記拔濟群苦所

謂地獄餓鬼畜生盲聾瘖瘂五苦諸横同時解脫賊難兵難王難獄難飢渴貧窮應念銷散若我說是呪之功德從旦至暮音聲相聯字句中間亦不重疊經恒沙劫終不能盡若諸衆生以紙素白氎書寫此呪貯於香囊是人心昏未能誦憶或帶身上或書宅中當知是人盡其生年一切諸毒所不能害阿難若佛滅後末世衆生有能自誦若教他誦者水不能溺火不能燒大小毒氣入此人口成甘露味一切惡星鬼神毒人不能起惡當知是呪常有八萬四千那由他恒河沙俱胝金剛藏王菩薩種族一一皆有諸金剛衆而爲眷屬晝夜隨侍設有衆生於散亂心非三摩地心憶口持是金剛王常隨從彼諸善男子何況決定菩提心者此諸金剛藏王精心陰速發彼神識是人應時心能記憶八萬四千恒河沙劫周遍了知得無疑惑劫劫不生貧窮下賤不可樂處此諸衆生縱其自身不作福業十方如來所有功德悉與此人由是得於恒河沙阿僧祇不可說不可說劫常與諸佛同生一處無量功德如惡叉聚同處熏修永無分散是故能令破戒之人戒根清淨未得戒者令其得戒未精進者令得精進無智慧者令得智慧不清淨者速得清淨不持齋戒自成齋戒是善男子持此呪時設犯禁戒於未受時持呪之後衆破戒罪無問輕重一時消滅縱經飲酒噉食五辛種種不淨一切諸佛菩薩金剛天仙鬼神不將爲過縱不作壇不入道場亦不行道誦持此呪還同入壇行道功德若造五逆無間重罪及諸比丘比丘

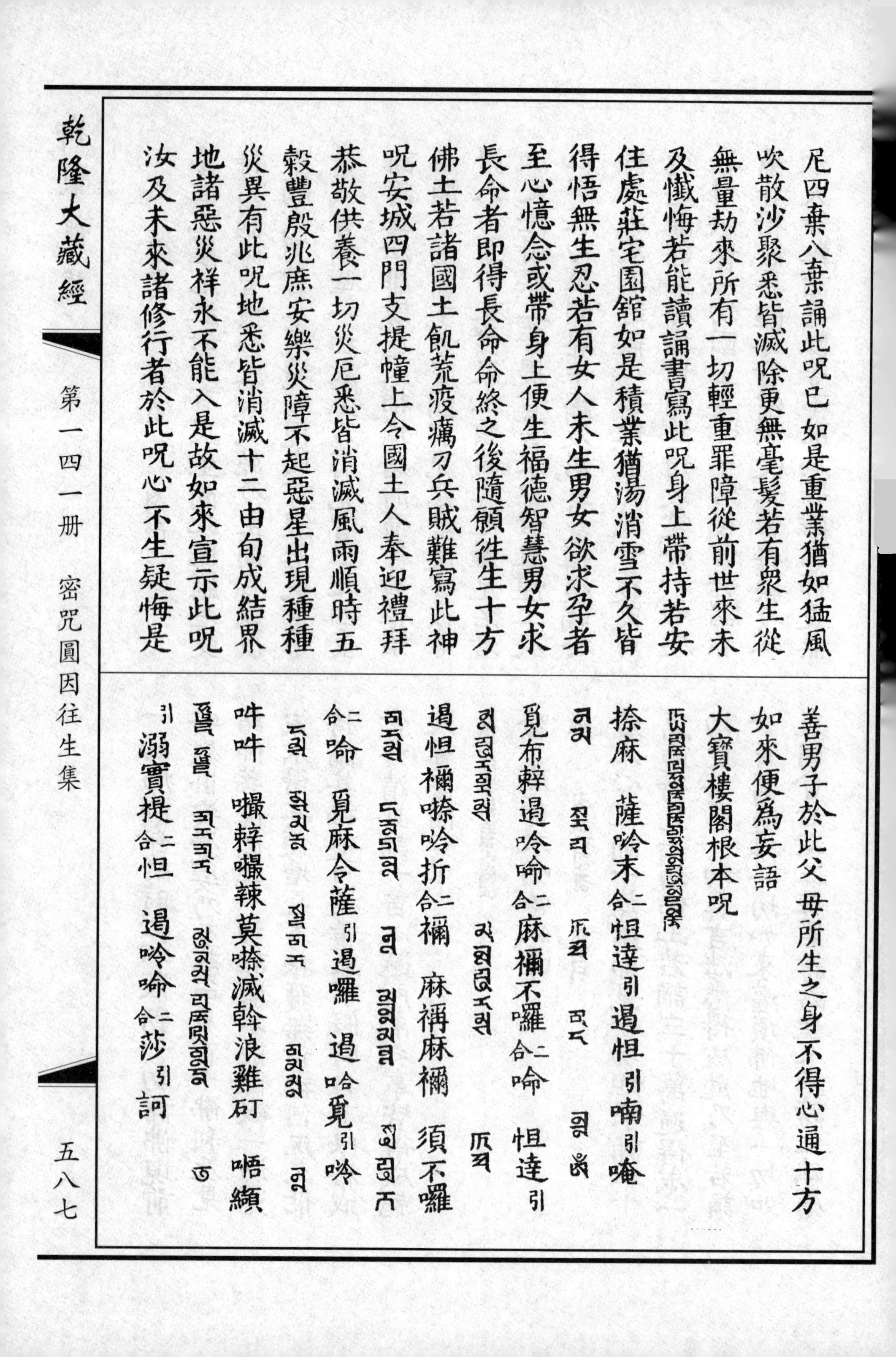

尼四棄八棄誦此呪已如是重業猶如猛風吹散沙聚悉皆滅除更無毫髪若有衆生從無量劫來所有一切輕重罪障從前世來未及懺悔若能讀誦書寫此呪身上帶持若安住處莊宅園舘如是積業猶湯消雪不久皆得悟無生忍若有女人未生男女欲求孕者至心憶念或帶身上便生福德智慧男女求長命者即得長命命終之後隨願往生十方佛土若諸國土飢荒疫癘刀兵賊難寫此神呪安城四門支提幢上令國土人奉迎禮拜恭敬供養一切災厄悉皆消滅風雨順時五穀豐殷兆庶安樂災障不起惡星出現種種災異有此呪地悉皆消滅十二由旬成結界地諸惡災祥永不能入是故如來宣示此呪汝及未來諸修行者於此呪心不生疑悔是

善男子於此父母所生之身不得心通十方如來便爲妄語

大寶樓閣根本呪

捺麻 薩吟末合二怛達引遏怛引喃引唵

覓布辢遏吟喻合二麻禰不囉合二喻 怛達引

遏怛禰嚓吟折合二禰 麻禰麻禰 須不囉

合二喻 覓麻令薩引遏囉 遏哈合覓引吟

吽吽 嘬辢嘬辣莫嚓滅斡浪雜矴 唔纈

引溺實提合二怛 遏吟喻合二莎引訶

善住陀羅尼經云若有衆生聞此陁羅尼受持讀誦修習憶念求大成就乃至聞名或復手觸或佩身上或纔眼視或書經卷或書帛素或書墻壁一切衆生若有見者五逆四重誹謗正法誹謗聖人捕獵屠膾盲聾背傴瘖瘂癩病貧窮下劣魔網邪見惡星陵害彼等諸人乃至四生諸衆生類聞此陁羅尼名者決定證得無上菩提若書衣中若置幢上及以牌板乃至聞聲手觸及影其身轉復觸於餘人決定不退無上菩提能於現世獲衆功德遠離諸罪於諸世間皆得敬愛於一切處皆得供養一切國王王子宰官後宮并諸眷屬皆得歡喜離於貧窮不受世苦毒藥刀杖水火等難諸惡獸等不能爲害離諸怖畏無一切病臨命終時心不散動一切諸佛現前安慰臥安覺安乃至夢中見百千佛刹及見諸佛菩薩圍遶一切諸魔不能障礙一切寃家不得其便增長善根獲無量福何況久能持誦其福不可校量又不假時日不限齋戒常於清旦誦一百八遍所求之事皆得成就

大寶樓閣心呪

唵　麻禰末喞哈二合吽

若此心呪誦十萬遍即見一切如來誦二十萬遍得見一切佛土若誦三十萬遍得成一切曼荼羅一切真言法悉得成就乃至若誦一百萬遍得一切如來灌頂佛地與一切如來同會若造五逆罪誹謗聖人誹謗正法應

入阿鼻地獄者誦呪一千遍所作罪業悉皆消滅得不退位悟宿命智得六根清淨兼獲世間種種事業隨意成就

大寶樓閣隨心呪

唵　麻彌嗏哩吽發

若誦隨心呪滿一萬遍所有神鬼作障礙者悉來接足禮拜白言持明者救護我等勿斷我命所使我者決定得了我皆成就乃至誦十萬遍得見一切如來彼等如來作是言善男子汝欲所往諸佛剎土皆得隨意無有障礙及得種種世間出世間法心所樂求皆得成就

功德山陁羅尼呪

捺麼莫嗏引也　捺麼嗏呤麻二合引也　捺麼珊遏引也　西寧乎嚕嚕　西⿰寧各切身嚕　吉勒鉢二合　吉勒鉢二合　西嗏呤　布嚕呤莎引訶引

大集經云若人誦此呪一遍如禮大佛名經四萬五千四百遍又如轉大藏經六十萬五千四百遍造罪過十剎土入阿鼻大地獄受罪劫盡更生念此呪一遍其罪皆得消滅不入地獄命終決定往生西方世界得見阿彌陁佛上品上生

不動如來淨除業障呪

捺麽囉捺 嘚囉二合也引也 唵葛上膀葛嫁

葛上膀葛禰 哴撥禰哴撥禰 嘚哴二合怛禰

嘚哴二合怛禰 嘚囉二合引薩禰嘚囉二合引薩

禰不囉二合帝訶捺不囉二合帝訶捺薩吟末二合

葛吟麻二合鉢囉合口鉢囉引禰銘 莎引訶引

拔濟苦難陁羅尼經云若有善男子善女人

至誠禮敬不動如來應正等覺受持此呪先

所造作五無間業四重十惡毀諸賢聖謗正

法罪皆悉除滅臨命終時彼不動佛與諸菩

薩來現其前讚歎慰喻令其歡喜復告之言

今來迎汝應隨我往所從佛國彼命終已決

定往生不動如來清淨佛土

釋迦牟尼滅惡趣王根本呪

唵捺麽末謁斡矴 薩吟末二合貉身切吟謁二合

帝鉢哩商嗱你囉引撥引也 怛達引謁怛

引也 啊囉訶二合矴 薩滅三莫嗱引也怛

涅達引唵商嗱你商嗱你 薩吟末二合鉢引

啷 覓商嗱你 熟寧覓熟寧 薩吟末二合

葛吟麻合二 啊引斡囉捺 覓熱寧孤嚕

莎引訶引

拔濟苦難陁羅尼經云若有善男子善女人至誠禮敬滅惡趣王如來受持此呪萬四千劫常憶宿命所在生處得丈夫身具足諸根深信因果善諸伎術妙解諸論好行惠施厭捨諸欲不造惡業離諸危怖具正念慧衆所愛重常近善友恒聞正法求菩提心曾無暫捨以諸功德而自莊嚴具善律儀怖諸惡業恒無匱乏調柔樂靜於天人中常受快樂速證無上正等菩提終不退於十到彼岸願常利樂一切有情諸所修行非事自利在所生處常得見佛護持正法預賢聖衆

佛頂無垢淨光呪

唵啰吟合二也魕躰薩吟末合二怛達引遏怛㗚

吽合二㗖也遏吟喻合二㗫斡㗖吟麻合二㗖觀

遏吟喻合二珊訶囉 啊佘珊商㗖也鉢引啝

薩吟末合二怛達引遏怛 薩滿多實禰合二折

覓麻斡覓熱寧 莎引訶引

佛頂放無垢光一切如來心陁羅尼經云此陁羅尼是九十九百千俱胝那由他殑伽沙

如來同所宣說若有衆生得見聞隨喜者所有三世一切罪業當墮地獄惡趣乃至傍生悉皆破滅若書此呪安於塔中如九十九百千俱胝那由他殑伽沙等如來一一如來全身舍利置於塔中而無有異若有此塔生恭敬者所有過去短命之業而得消除復增壽命諸天護持此人命終捨此身時便得往生安樂世界若誦一遍同彼十殑伽沙等如來所而種善根獲大福報五無間業悉皆滅盡乃至地獄傍生餤魔羅界一切罪障皆得解脫復得長壽命盡即生安樂世界乃至若有專注念誦久患瘡痍便得痊差意所求事皆悉獲得若復有人聞念誦聲所有罪障悉得解脫其念誦聲觸於傍生及諸蟲蟻一切業道悉得解脫若於塚間掘取骸骨呪其沙土二十一遍散於骨上彼之神識隨其方處所墮地獄悉皆解脫生善逝天若誦百千遍命終之時被餤魔王使以索繫頸牽入餤魔羅界彼界之內一切地獄悉皆破壞返生怖畏尋令迴還而得解脫謂彼行人法王之使住靜慮道無有疑惑欲生安樂世界隨願往生也

佛頂尊勝呪

尊勝總持如本經

尊勝心呪

唵没隆(合二)莎(引)訶(引)

佛頂尊勝陁羅尼經云此呪能破一切地獄琰魔王界傍生之苦迴趣善道此呪不可思

議有大神力若復有人一經於耳先世所造一切惡業悉皆消滅當得清淨勝妙之身隨所生佛土諸天所生之處憶持不忘若人欲總須臾憶念此呪還得增壽身口意淨亦無苦痛隨其福利悉蒙安隱亦令一切如來之所瞻視一切天神常爲侍衞人所敬重惡障消除一切菩薩同爲覆護諸佛淨土及諸天宮一切菩薩甚深行願隨意遊入悉無障礙捨此身已即得往生種種微妙諸佛刹土

觀自在菩薩六字大明心呪

ཨོཾ་མ་ཎི་པདྨེ་ཧཱུྃ

唵　麻彌鉢嚨銘合二吽

莊嚴寶王經云此六字大明是觀自在菩薩微妙本心若人持誦此呪於持誦時有九十殑伽沙數如來微塵菩薩集會天龍藥叉虛空神等而來衞護七代種族皆得解脫腹中諸蟲當得不退菩薩之位又若依法念誦是人則得無盡辯才清淨智聚及大慈悲日日得具六波羅蜜圓滿功德是人口中所出之氣觸他人身蒙所觸者即起慈心離諸嗔毒當得不退菩薩疾證阿耨菩提若以此呪戴持之者則同如來金剛之身以手觸於餘人之身其蒙所觸者及所見有情皆速得入菩薩之位而永不受生老病死愛別離苦又如滿四大洲男女等人一切皆得七地菩薩之位彼菩薩衆所有功德與念此呪一遍功德而無有異若人書寫此六字大明陁羅尼則同書寫八萬四千法藏而無有異若人以天金寶造作如微塵數如來形像不如書寫此

六字中一字功德若有得此六字大明是人貪嗔癡毒不能染著其有戴持在身中者是人亦不染著貪嗔癡病

文殊菩薩五字心呪

啊囉鉢拶捺

金剛頂經五字真言勝相云若人纔誦一遍如誦八萬四千十二圍陁藏經若誦兩遍文殊普賢隨逐加被護法善神在其人前又善男子善女人有能持此真言纔誦一遍即入如來一切法平等一切文字亦皆平等速得成就摩訶般若又若誦一遍能除行人一切苦難若誦兩遍除滅億劫生死重罪若誦三遍三昧現前若誦四遍總持不忘若誦五遍速成無上菩提若人一心獨處閑靜梵書五字輪壇依法念誦滿一月已曼殊菩薩即現其身或於空中演說法要是時行者得宿命智辯才無礙神足自在勝願成就福智具足速能皆證如來法身但心信受經十六生決成正覺（輪字觀門 衣師禀受）

觀自在菩薩甘露呪

捺麽囉捺　㖿囉合二也引也　捺麻啊引呤

拽合二斡浪雞矴說囉引也磨殢薩咄引也麻

訶引薩咄引也麻訶引葛引嚕禰葛引也怛

涅達引唵䆈身切你䆈身切你　葛引䆈身切你莎

引 訶引

觀音陁羅尼經云若欲誦此呪者所有過現四重五逆謗方等經一闡提罪悉皆消滅無有遺餘身心輕利智慧明達若身若語悉能利樂一切衆生若有衆生廣造一切無間等罪若得遇此持呪人影暫映其身忽得共語或聞語聲彼人罪障悉皆消滅又若欲利益一切有情者每至天降雨時起大悲心仰面向空誦真言二十一遍其雨滴所霑一切有情盡滅一切惡業重罪皆獲利樂

藥師瑠璃光佛呪

捺麼末過斡矴 唵折啨唔嚕 唵[illegible]身切吟

拽合二 不囉合二末囉引啵引也 怛達引過

怛引也 啊囉訶合二矴 薩滅三莫嘇引也

怛涅達引唵 唵折啨唵折精 麻訶引唵

折啨唵折啨囉引啵薩呣過矴 莎引訶引

藥師七佛功德經云藥師瑠璃光如來得菩提時由本願力觀諸有情遇衆病苦瘦瘧乾痟黃熱等病或被厭魅蠱道所中或復短命或時橫死欲令是等病苦消除所求願滿光中演說此陁羅尼若見男子女人有病苦者應當一心爲彼病人清淨澡漱或食或藥或

無蟲水呪一百八遍與彼服食所有病苦應皆消滅若有所求至心念誦皆得如意無病延年命終之後生彼世界得不退轉乃至菩提

阿彌陁佛根本呪

捺麽囉捺𠿒囉合二也引也 捺麻啊引吟拽

合啊彌怛引末引也 怛達引遏怛引也啊

囉訶合二矴薩滅三莫嚓引也 怛涅達引唵

啊嘧嘌合二矴啊嘧嘌合二多納末合二永 啊嘧

嘌合二怛三末永 啊嘧嘌合二怛遏吟呤合二

啊嘧嘌合二怛西寧 啊嘧嘌合二怛矴精 啊

嘧嘌合二怛覓悔磷盧間切二合引矴 啊嘧嘌合二怛

覓屹磷同上怛 遏引彌你 啊嘧嘌合二怛

遏遏捺 雞引吟帝合二葛吟 啊嘧嘌合二怛

嫩努覓 廝斡合二吟 薩吟末引二合 吟達合二

薩引嚓你 薩吟末合二葛 吟麻合二屹令合二

折 疙折合二囔 葛吟 莎引訶

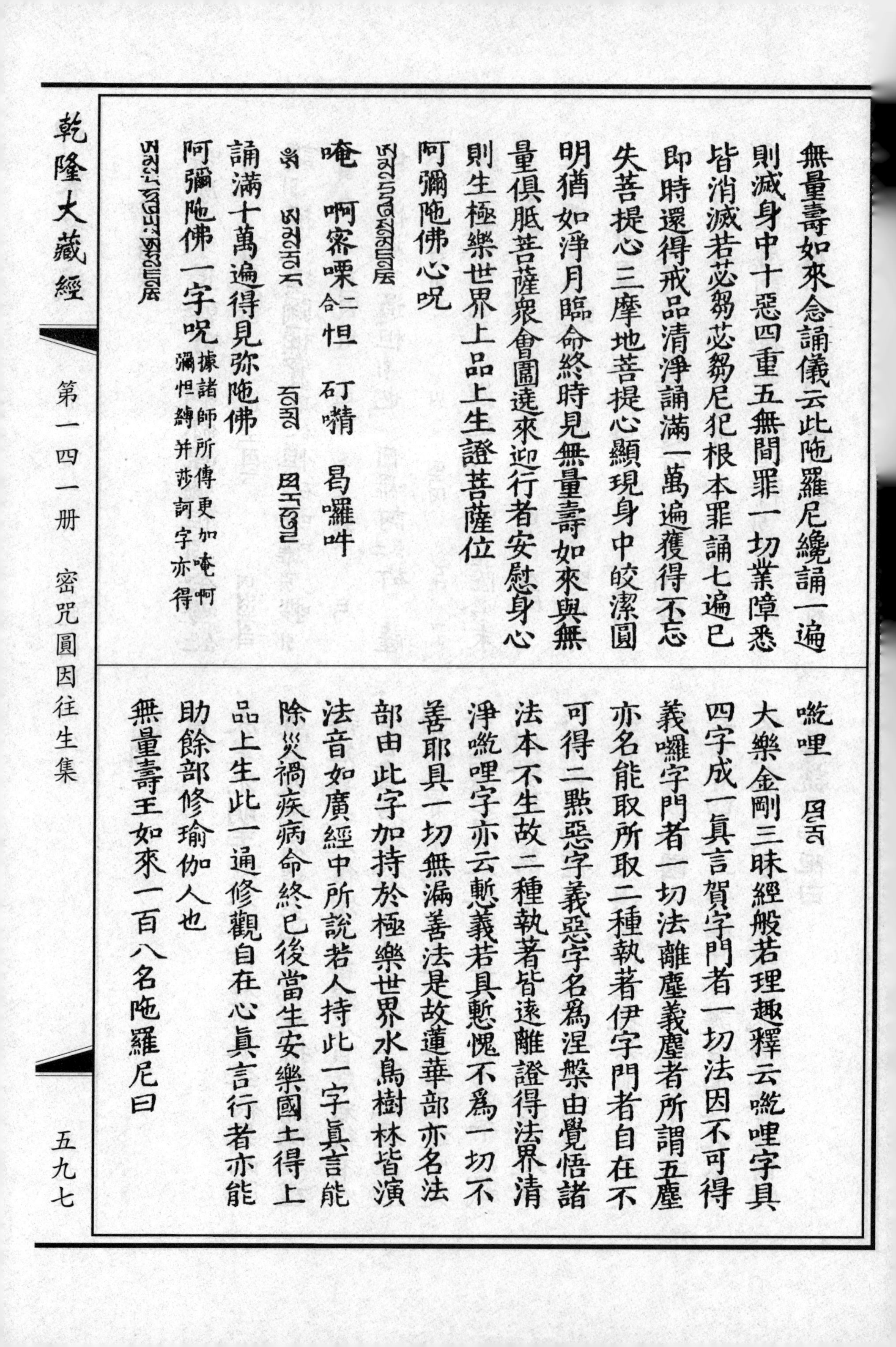

無量壽如來念誦儀云此陁羅尼纔誦一遍則滅身中十惡四重五無間罪一切業障悉皆消滅若苾芻苾芻尼犯根本罪誦七遍已即時還得戒品清淨誦滿一萬遍獲得不忘失菩提心三摩地菩提心顯現身中皎潔圓明猶如淨月臨命終時見無量壽如來與無量俱胝菩薩衆會圍遶來迎行者安慰身心則生極樂世界上品上生證菩薩位

阿彌陁佛心呪

唵　啊察嘌合二怛　矴[口+精]　曷囉吽

誦滿十萬遍得見弥陁佛

阿彌陁佛一字呪　據諸師所傳更加唵啊彌怛縛并莎訶字亦得

紇哩

大樂金剛三昧經般若理趣釋云紇哩字具四字成一眞言賀字門者一切法因不可得義囉字門者一切法離塵義塵者所謂五塵亦名能取所取二種執著伊字門者自在不可得二點惡字義惡字名爲涅槃由覺悟諸法本不生故二種執著皆遠離證得法界清淨紇哩字亦云慚義若具慚愧不爲一切不善耶具一切無漏善法是故蓮華部亦名法部由此字加持於極樂世界水鳥樹林皆演法音如廣經中所說若人持此一字眞言能除災禍疾病命終已後當生安樂國土得上品上生此一通修觀自在心眞言行者亦能助餘部修瑜伽人也

無量壽王如來一百八名陁羅尼曰

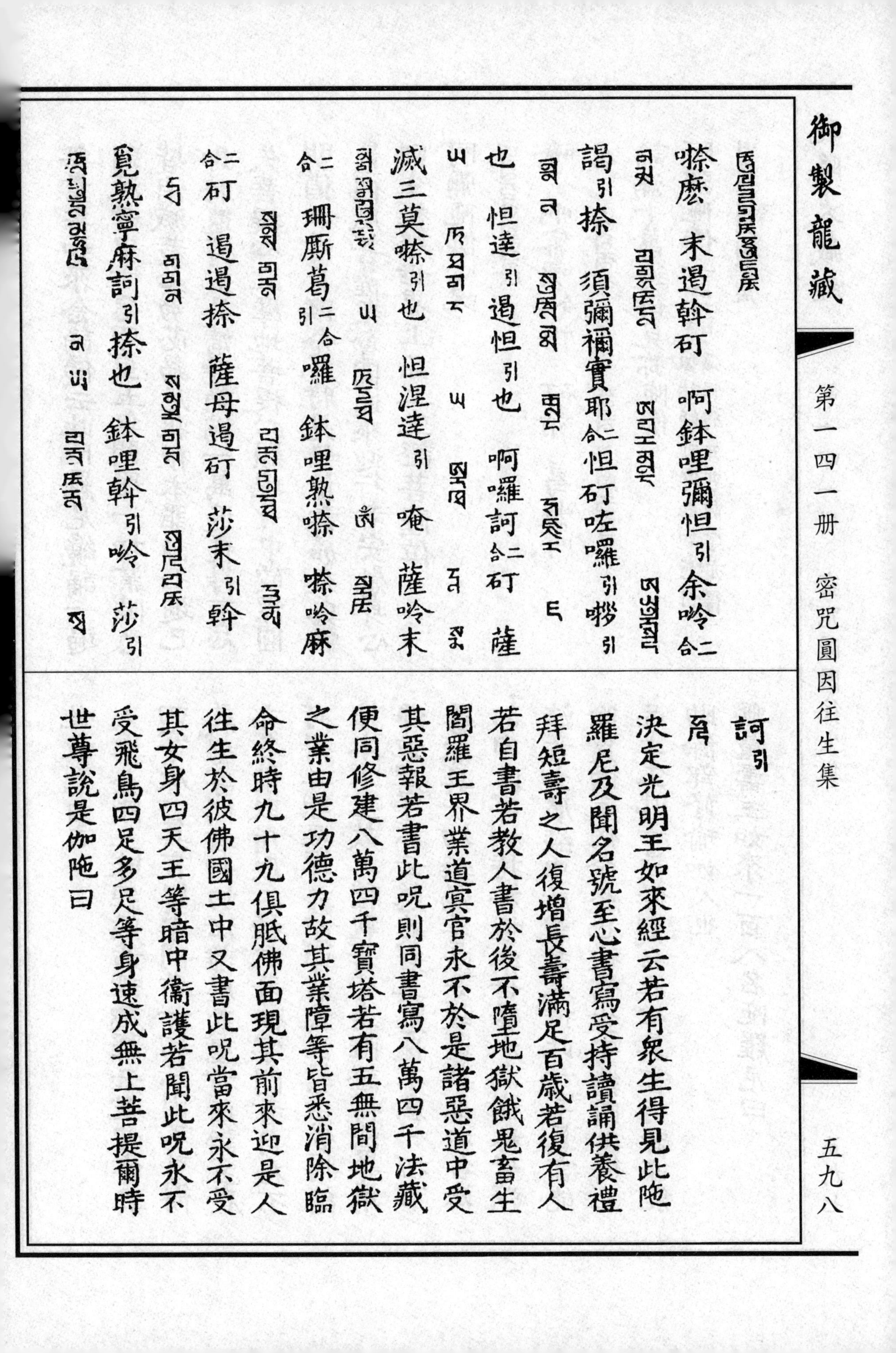

嚓麼　末遏斡矴　啊鉢哩彌怛引余吟二合
謁引捺　須彌禰實耶二合怛矴咗囉引嚩引
也　怛達引遏怛引也　啊囉訶二合矴　薩
滅三莫嚓引也　怛涅達引　唵　薩吟末
二合珊厮葛引二合囉　鉢哩熱嚓　嚓吟麻
二合矴　遏遏捺　薩母遏矴　莎末引斡
覓熱寧麻訶引捺也　鉢哩斡引吟　莎引
訶引

決定光明王如來經云若有衆生得見此陁羅尼及聞名號至心書寫受持讀誦供養禮拜短壽之人復增長壽滿足百歲若復有人若自書若教人書於後不墮地獄餓鬼畜生閻羅王界業道冥官永不於是諸惡道中受其惡報若書此呪則同書寫八萬四千法藏便同修建八萬四千寶塔若有五無間地獄之業由是功德力故其業障等皆悉消除臨命終時九十九俱胝佛面現其前來迎是人往生於彼佛國土中又書此呪當來永不受其女身四天王等暗中衛護若聞此呪永不受飛鳥四足多足等身速成無上菩提爾時世尊說是伽陁曰

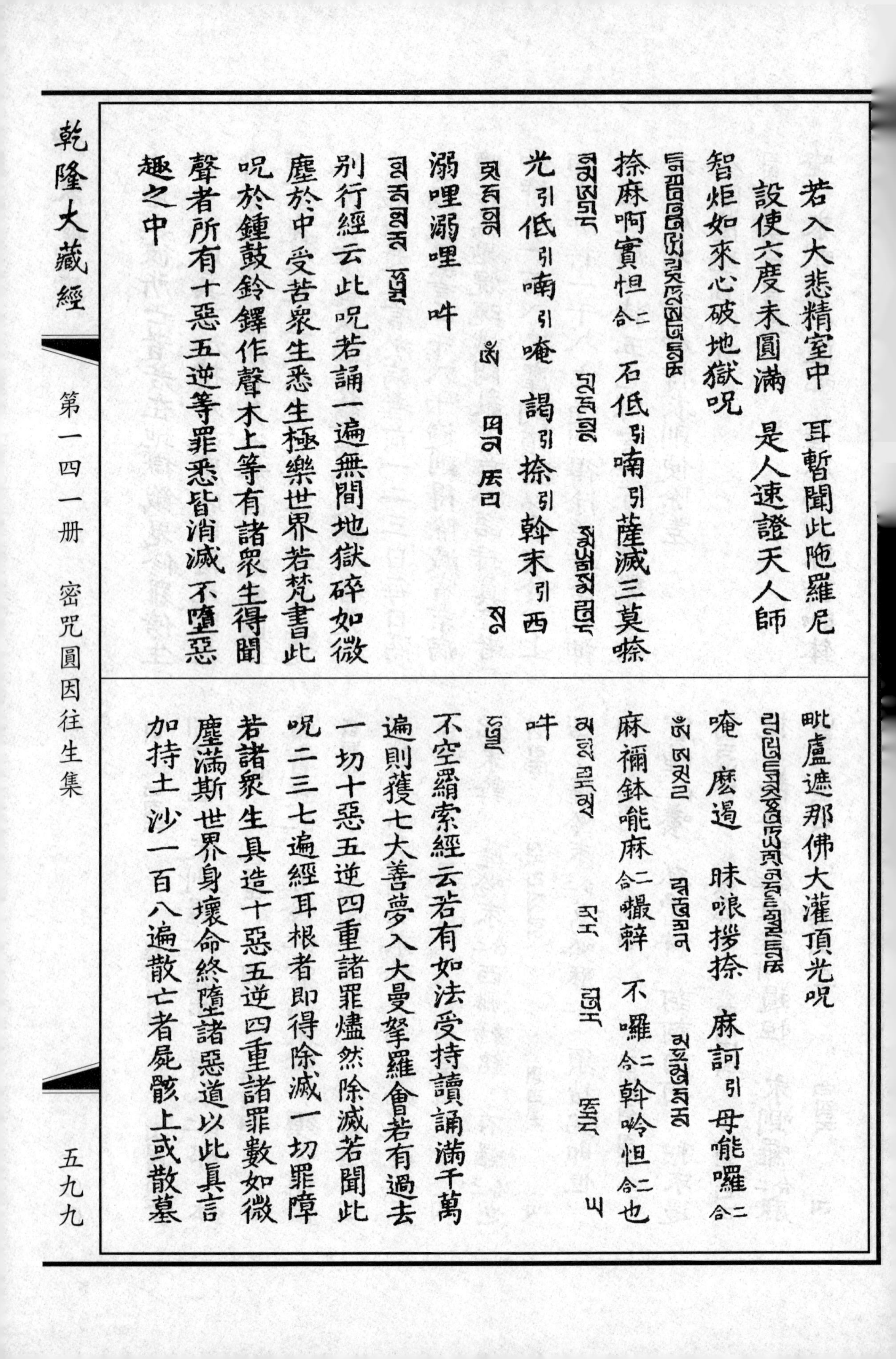

若入大悲精室中　耳暫聞此陁羅尼
設使六度未圓滿　是人速證天人師

智炬如來心破地獄呪

捺麻啊實怛二合　石低引喃引薩滅三莫捺

光引低引喃引唵　謁引捺引斡末引西

溺哩溺哩吽

別行經云此呪若誦一遍無間地獄碎如微塵於中受苦衆生悉生極樂世界若梵書此呪於鍾鼓鈴鐸作聲木上等有諸衆生得聞聲者所有十惡五逆等罪悉皆消滅不墮惡趣之中

毗盧遮那佛大灌頂光呪

唵　麼謁　昧喻撥捺　麻訶引母能囉二合

麻禰鉢喻能麻二合嚩辢　不囉二合斡吟怛二合也

吽

不空羂索經云若有如法受持讀誦滿千萬遍則獲七大善夢入大曼拏羅會若有過去一切十惡五逆四重諸罪燼然除滅若聞此呪二三七遍經耳根者即得除滅一切罪障若諸衆生具造十惡五逆四重諸罪數如微塵滿斯世界身壞命終墮諸惡道以此真言加持土沙一百八遍散亡者屍骸上或散墓

上塔上彼所亡者若在地獄餓鬼修羅傍生等中以此眞言加持力故應時即得光明及身除諸罪報捨所苦身往於西方極樂國土蓮華化生直至成佛更不墮落復有衆生連年累月瘦黃疾惱苦楚萬端是病人者先世業報以是眞言於病者前一二三日每日高聲誦此眞言一千八十遍則得除滅宿業病障若爲鬼嬈魂識悶亂失音不語持眞言者加持手一百八遍摩捫頭面以手按於心上額上加持一千八十遍則得除差若諸鬼神魍魎之病加持五色線索一百八結繫其病者腰臂項上及加持衣則便除差

金剛薩埵百字呪

ཨོཾ་བཛྲ་སཏྭ་ས་མ་ཡ་མ་ནུ་པཱ

唵　末唄囉（二合）薩咄　薩麻也　麻鶏（切身）鉢

ལ་ཡ　བཛྲ་སཏྭ　ཏྭེ་ནོ་པ

（引）辢也　末唄囉（二合）薩咄　嘚永（二合）那　鉢

ཏི་ཥྛ　དྲྀ་ཌྷོ་མེ་བྷ་ཝ　སུ་ཏོ་ཥྱོ་མེ

帝實達（二合）　喍吟（二合）囊銘末斡　須多商銘

བྷ་ཝ　སུ་པོ་ཥྱོ་མེ་བྷ་ཝ　ཨ་ནུ་ར་ཀྟོ

末斡　須波商銘末斡　啊鶏（切身）囉屹（二合）多

མེ་བྷ་ཝ　སརྦ་སིདྡྷིཾ་མེ　པྲ་ཡ

銘末斡　薩吟末（二合）西㵕（切身）銘　不囉（二合）也

ཙྪ　སརྦ་ཀརྨ་སུ་ཙ　མེ　ཙིཏྟཾ

嗲　薩吟末（二合）葛吟麻（二合）　須摋銘即怛

ཤྲེ་ཡཿ　ཀུ་རུ　ཧཱུྃ　ཧ་ཧ་ཧ་ཧ　ཧོཿ

實哩（二合）曦　孤嚕吽　訶訶訶訶　和末遏

བྷ་ག་ཝཱན　སརྦ་ཏ་ཐཱ་ག་ཏ　བཛྲ　མཱ

撓　薩吟末（二合）怛達（引）遏怛　末唄囉（二合）麻

銘悶引撈 末唎哩合二末斡 麻訶引薩麻

也薩咄 啞

此呪求願補闕功德無量散在諸經又名句
中隨宗迴轉誦者知之

十二因緣呪

唵 英嗪呤麻引二合 形珞切身不囉二合末斡引

形引珞齒舌矴善引怛達引遏多 纈末嗪怛

二合矴善引撈 養禰喰嗪 唊梡 斡引溺

引 麻訶引實囉二合麻捺英 莎引訶引

今此呪句准經翻譯即是頌曰

諸法從緣起 如來說是因 彼法因緣盡
是大沙門說

若造佛像安置舍利如芥子許或寫法頌安
置其中如我現身等無有異凡修功德誦此
慶成

摩利支天母呪

怛涅達 唵 把打吃剌馬廝 巴囉吃剌

馬廝 嗚打耶馬廝 嘛囉馬廝 啞立嘚

馬廝 馬哩嘚馬廝 嗚麻馬廝 末捺馬

厮　古嚕麻馬厮　精巴囉馬厮　馬合執

巴囉馬厮　喒㖿捺㘓馬厮　簸喝

請雨呪

佛實力故大龍王等速來在此閻浮提內所祈請處降澍大雨而說呪曰

只囉只囉　至哩至哩　足吟足吟

佛實力故咄諸龍王於閻浮提請雨國內降澍大雨而說呪曰

發囉發囉　呷哩呷哩　咈哩咈哩　怛涅達　發囉發囉　四唎四唎　囌嚕囌嚕

啞哥喃　只發只發　石呷石呷　咻咈咻

咈

截雨呪

唵　薩吟末　麻馬合囉麻帝　吃吟帝

吽

某甲等願擁護

如此神呪或誦三遍七遍二十一遍

截雹呪

唵　薩吟斡割哩麻

心呪

唵馬合怛⿰口棘昌也　麻禰囉嘮⿰口祭　薩麻也

薩吟斡　吽癹怛

如此神呪或誦三遍七遍二十一遍

數珠功德法

夫數珠者記心之奇術積功之初基持之者成德戴之者滅垢世出世果莫不由斯故今依經略示其相然准金剛頂瑜伽念珠經云

珠表菩提之勝果　於中間絶爲斷漏

繩線貫串表觀音　母珠以表無量壽

愼莫驀過越法罪　皆由念珠積功德

硨磲念珠一倍福　木槵念珠兩倍福

以鐵爲珠三倍福　熟銅作珠四倍福

水精眞珠及諸寶　此等念珠百倍福

千倍功德帝釋子　金剛子珠倶胝福

蓮子念珠千倶胝　菩提子珠無數福

佛部念誦菩提子　金剛部法金剛子

寶部念誦以諸寶　蓮華部珠用蓮子

羯磨部中爲念珠　衆珠間雜應貫串

念珠分別有四種　上品最勝及中下

一千八十以爲上　一百八珠爲最勝

五十四珠以爲中　二十七珠爲下類

二手持珠當心上　靜慮離念心專注

本尊瑜伽心一境　皆得成就理事法

設安頂髻及掛身　或安頸上及安臂

所說言論成念誦　以此念誦淨三業
由安頂髻淨無間　由帶頸上淨四重
手持臂上除衆罪　能令行者速清淨
若修真言陁羅尼　念諸如來菩薩名
當獲無量勝功德　所求勝願皆成就

密呪圓因往生集

音釋

呤音零　喞音即　矴丁定切　啊烏可切　能乃等切　纈胡結切　傴於武切僂也　殑伽梵語也此云天堂來以其高處來故殑其陵切　殢他計切　嘌力質切　疙魚乞切　梡胡管切　䉴汝羊切　哩音里　咈音弗　橞音惠木名

宗鏡録

宋慧日永明妙圓正修智覺禪師延壽集

清刻龍藏佛説法變相圖

御製重刊宗鏡録序

蓋惟宗爲教本教屬宗枝無教非宗全波是水非宗無教全水是波有偏圓頓漸之名言無淺深高下之別義譬水本無淨染但有空明粉入而白呈硃來而赤現不能離赤白而別存水質豈可混粉硃而謂即水眞水與粉硃了無交涉粉硃在水不礙圓常迨其粉眞硃沉水亦無餘無欠了知硃來粉入水原不即不離又如零雨滋生而勾萌甲坼挹泉爲饎而釋叟烝浮至於柯條枝葉既長而雨乃點點在中黍稷稻粱既盛而泉則顆顆涉入不特水相無住并且水性皆空然而枝條柯葉皆是水所圓成黍稷稻粱孰非水之常住雖則餘無有水實皆水有無餘水譬眞如餘同教乘内水而外餘異餘而同水人我之見

本也有餘而成諸變幻無餘而返其眞常動靜之相根也水不與餘爲增減餘自與水相去來生死之眞源也見餘而全昧夫水悟水而正受其餘聖凡之虛說也逈無所有塵剎熾然實有非無龜毛可貫故知達宗履教教是眞宗遺教談宗宗非本教未明宗要難涉教藩既握宗綱須探教網或乃迷源棄本執相徇名顛倒情塵識浪之中徘徊因滅果生之内將釋迦法空之座椽作碇椿化迦葉上行之衣黏爲膠漆一塵遮眼銀海迷茫半句纔通鐵圍突兀縱聞龍藏十二分秖堪熏諸善根若同拂席五千人豈免成大我慢至若初賁般若資糧作進菩提大道雖曰一念迴光即同本得無如千生結習其力未充便乃歇學屏聞廢修弛行斥他水母借蝦爲眼不是已光却類寒蟬抱露鳴清先成我執夫眞空無量覺海無邊必須舉足下足躡盡眞空方是無行而行深度覺海豈得沿循此岸中止化城取一捨諸望梅畫餅歷觀禪侶良用慨然瞻望古錐曷勝仰止如宋慧日永明寺妙圓正修壽禪師紹隆覺位了徹微言性行雙圓乘戒兼至朕披其著述欽厥風規更爲震旦第一導師眞到空王最上妙乘安居寶所而法財充溢非同守藏之夫高坐蓮花而瑞彩旁騰莫測化雲之現其萬善同歸唯心訣心賦諸書朕既刊之琬琰布在叢林普願有口者徧嘗庶幾無心人直達若夫宗鏡録者舉一心爲宗照萬法如鏡所録百卷括盡三乘實乃寶藏圓詮如來心印任宗師自在之位棹佛母智度之航共坐淨名方丈之中

同登彌勒毘盧之閣義味周足中邊妙融直截深通精微該括圓攝不內外微塵法界深入無自性眞實惟心算明大涅槃海裏萬萬波紋盡從無所得胸中一一流出卷中無句句中無字但現赫赫光明日輪從表徹裏從裏徹空遍界翏翏清淨寶月如摩尼珠廻光返照而明暗色空重重交映如獅筋絃響絕羣音而山林草木處處應空色在珠邊而無色寶珠不離赤白青黃之內聲流絃外而無聲妙絃即在宮商角徵之中不一不多非純非雜絕思絕議難讚難名能使奪弄精魂者爽然自疑足令學識依通者迷而知返既悟必讀方踏末後一關未了先覩亦識正宗的旨五乘道果來朝∴字寶王十法界因並仰羣生慈父聽不聞而覩莫見曰虛空之虛空迷不減而悟不增乃平等之平等信乎尊勝無上實爲宗教俱二人果能妙達斯宗必不言打破此鏡世傳禪師誕降實惟慈氏下生朕謂不必慈氏再來現同慈氏本說特爲重刻用廣其傳布在今茲盡未來際俾學者知宗教律之共貫入聞思修之三摩以知寂不二之一心契空有雙融之中道出生普賢願海幻住夢存常遊圓覺道場隨緣無礙直向今生了却何妨歷劫修持圓無爲之行結空花之果四生同沐三有均霑將禪師之法施益以無邊而朕之期願亦爲少慰矣是爲序

雍正十二年甲寅四月初八日

御製重刊宗鏡録後序

朕讀禪師唯心訣嘉其盡善盡美無比無儔乃遍求禪師平生著述流傳宇内者覽之其宗鏡録一百卷朕實欣悦讚歎不能自已至矣哉禪師慈願如此其弘大徹悟如此其眞到導人如此其微妙自性如此其明圓也夫如來五千教典雖有小乘大乘之説然所爲小乘大乘者乃隨時説法而有亦隨人聽法而分如來所説小乘即是大乘且所説大乘實無有法名爲大乘悟者聽之皆是大乘本無小乘不悟者未明小乘安得妄談大乘歷來宗門直指本心先期自悟將一切大乘小乘並稱之爲教典皆在所簡不令人於語言文字上推求心意識知邊卜度迨其弊也岐教於宗知求別傳於教外不知妙旨之仍在教中抑又過已學人既得自證自悟豈能不取佛祖言教印合眞歸成其圓信顧大藏浩瀚誠古人所云象負之而難勝龍藏之而不盡又且截瓊枝而寸寸是玉析栴檀而片片皆香自必閲之而雙眼難周誦之而一期莫畢若非禪師弘大慈力纂此妙典孰能囊括羣經之要旨廓通三乘之圓詮使人直達寶所乎朕謂達摩西來以後宗門中述佛妙心續紹慧命廣濟含生利益無盡者未有若禪師此書者也學人觀此可不必泛覽大藏矣魔民仰面唾雲謂法眼流弊不數傳而宗鏡出焉義解沙門倚以爲説若斯謬論謗大般若自墮無間所不足道乃此書歷宋元明以迄於今宗門古德不乏具眼而從未有稱道贊揚標爲第一希有者亦可異也朕既重刊

廣布序而傳之使名山古刹中禪侶家有隨侯之珠序有不盡復述此以宣朕尊崇褒美之至意使天下後世讀斯書者知爲最尊最勝云雖然如是元音不關文字若不自性自度而於此中尋思覓解即爲背覺而合塵譬之買匵還珠認漚爲海雖能成誦得如瓶瀉水亦能爲人詮解講説究於自已曾何少分相應耶禪師百卷書中下寧誥戒反復申明此旨者不一而足學人所宜猛省苟非了達本性親證自心而欲於意下求通言中取則將蒸砂豈能成飯他寶寧濟已貧埋没自已絶待英靈塗汙佛祖金口正典不特將禪師喫緊爲人無盡法施付諸火宅即朕今日拂拭之於故紙陳言之中弘闡褒揚期與真修衲侶共嘗甘露妙味一片諄切勸勉之心亦屬唐捐矣禪師不云乎不得一向離之而起絶言之見亦不得一向即之而成執指之愚此事如人飲水冷暖自知自在學者朕奚能少助焉

雍正十二年甲寅五月朔日

上諭朕於永明壽禪師宗鏡録欣服敬禮得未曾有特爲天下後世禪侶拈出重刊廣布親製序文有曰既悟必讀方踏末後之一關未了先觀亦識正宗之的旨又恐學人尋章摘句不求了證自心辜負古佛妙典爲是重製後序以申明之朕之勤惓訓諭指示後學之意實爲無已嘗聞湧泉欣有言見解人多行解人萬中無一蓋人果到得行解地位自必宗亦通説亦通但説通而未宗通其説必非真通所不必道若

宗通而於説通未到至圓至明處究爲見解到而行解未到蓋行解一分則説通一分行解十分則説通十分説通之眞際即宗通之眞際也岐宗教而爲二者皆未入圓宗之門外漢耳釋迦牟尼世尊所説法多至於三藏十二分末後拈花授記摩訶迦葉以逮西天四七流入震旦俾衆生一超直入如來地燈傳無盡慧命不絶釋迦牟尼佛誠爲恒河沙數衆生大慈悲父矣其自達摩西來曹溪南邁歷唐宋元明以迄於今古德上賢乘時輩出莫不闡佛元音自他兼利然而圓通方廣放大光明一如世尊佛在世轉輪不動一心而演諸義不壞諸義而顯一心震諸經大海之潮音了一心離微之密旨囊括無遺纖毫不立如開圓滿寶藏聽貧子之歸攜如決甘露天池恣渴人之斟掬法施無窮無盡慈恩無量無邊挺生震旦爲釋迦牟尼世尊佛後一人作衆生慈父其書與三藏十二分媲美者惟有此古佛妙典耳非其行解與佛相亞奚能宗通説通如是乎夫達摩之時震旦緇侶多執滯教相將三藏十二分作此土經史子集一例觀之尋文索義背覺合塵埋没却世尊不説説迦葉不聞聞之妙旨既迷失家寶如同衣内之珠而世尊所示覓珠之方又成盲人之疑象達摩爲救其弊是以直指一心單提向上期夫震旦學佛人如是了達如是頓圓然後於不二法中現妙神通無心性内成大佛事將六度萬行齊圓而三藏十二分具舉豈

曰有拈花一宗便可不必有三藏十二分也世謂教外别傳由達摩而入震旦不知達摩未來之先及雖同時而未見達摩者如誌公如僧肇如南嶽思輩皆從三藏十二分了徹心宗洞明此事其以達摩爲東土初祖者乃宗門叙其源流如是耳豈可云震旦宗旨自達摩始而三藏十二分非此元音此宗雖稱教外别傳究而論之無内無外故曰宗教固不得而外宗宗又安得而外教也非同非異故曰宗教固豈得異於宗宗并不得云同於教也如使教典果有外於宗異於宗者則世尊滅度後迦葉何以集諸弟子於賔鉢羅窟令阿難述佛種種經教其後馬鳴何爲以博通諸經見稱而龍樹又何以造諸論偈垂世乎且

釋迦牟尼佛説法四十九年俱是説此拈花妙旨若謂所説在拈花之外而拈花在所説之外不特所説皆與本分間隔而拈花又何以能該恒河沙數法門乎將見一輪有阻千車盡滯修途安在一法纔通萬象迷歸心地也曹溪以降每以片語單詞擎拳竪拂勘驗學人果否自性自度至於一舉數百萬言大小三乘全該並顯不恤眉毛拖地掉廣長舌出和雅音於一芥子中剖出八萬四千須彌山王舉八萬四千須彌山王納歸一芥子於言語道斷處演出無邊諸佛音聲於心行處滅處應現無方真實慈化上下千百年内實罕其人唯一永明出興震旦而宗徒轉謂曹溪門庭無此法式實乃罪同謗佛吾宗無語句亦

無一法與人者豈可以啞羊爲無語句以頑空爲無一法與人耶既爲宗徒而輕蔑教典業已墮空入狂叅知見異得藉口圓宗耶十方禪侶草鞵行脚得古人片語單詞聞諸方擎拳竪拂一般於謦欬邊推求意根下卜度然則何不向此書尋討真實究竟如曰此是語言文字豈多許則爲語言文字少許即非語言文字乎夫心解則一切解心縛則一切縛若心解者無關語言文字之多少若心縛者與其縛向古人片語單詞諸方擎拳竪拂邊何如縛向如來教典中姑且隨喜華光妙雲之爲愈乎朕雖曰悟後讀之更得進步而未證自心者不得於此尋思覓解然朕固曰未了先觀亦識正宗之的旨也且宗徒既已掃棄

教典謂是語言文字而復好工偈頌眞光武所謂懸羊頭賣馬肉者堪發一笑宗徒中由文學諸生出家自幼讀書循其故業而作偈頌尚不足怪至於本不識字之人因欲悟宗旨乃從事於偈頌豈非首越而之燕耶若乃欲以偈頌取悦於學士大夫使爲外護具是汙濁心行而又指斥教典謂之語言文字豈免墮無間之獄且出家兒欲工偈頌入於詩賦之流捨本分之當學而學門外之别學況學必不到家徒供文儒嗤笑夫欲所作偈頌不至見笑大方亦非積數十年學力不能則此數十年業已不依本分若將此數十年心力用於宗教即曰解路推求要必近朱者赤近墨者黑所解既在正路中亦可有因解得悟之

一日即使不悟薰習而成異熟果不與作偈頌者之雕琢浮辭拾狐唾者之瞞心亂統相去霄壤乎教典浩瀚畢生莫竟觀禪師此書則釋迦牟尼佛三藏十二分具在是矣朕向實未閱教典因洞明此事後爰取從上宗師爲人機緣於幾暇時披尋翻閱因而識得永明古佛實爲震旦第一導師及觀師著述又識得宗鏡録一書爲震旦宗師著述中第一妙典朕生平遇一佳味必思人人共嘗契一妙理必思人人共曉今既閱此第一妙典何忍不以開示後學是以剴切懇到言之不憚再四夫朕豈執著教相者朕於何文何字何經何典有所滯惑耶知朕者自知之惟願天下後世學侶決定無疑勇猛堅固永不退轉誦讀受持先以聞解信入後以無思契同齊達此宗交光此鏡不虛古佛當年將大覺不思議絶妙法施普度一切無量含生之大慈悲心如實至語是朕所厚望也特諭

雍正十二年甲寅十二月初八日

宗鏡録序

宋左朝請郎尚書禮部員外郎護軍楊傑撰

諸佛眞語以心爲宗衆生信道以宗爲鑑衆生界即諸佛界因迷而爲衆生諸佛心是衆生心因悟而成諸佛心如明鑑萬象歷然佛與衆生其猶影像涅槃生死俱是强名鑑體寂而常照鑑光照而常寂心佛衆生生無差別國初吳越永明智覺壽禪師證最上乘了第一義洞究教典深達禪宗禀奉律儀廣行利益因讀楞伽經云佛語心爲宗乃製宗鏡録於無疑中起疑非問處設問爲不請友眞大導師擲龍宫之寶均施群生徹祖門之關普容來者舉目而視有欲皆充信手而拈有疾皆愈蕩滌邪見指歸妙源所謂舉一心爲宗照萬法爲鑑矣若人以佛爲鑑則知戒定慧爲諸善之宗人天聲聞縁覺菩薩如來由此而出一切善類莫不信受若以衆生爲鑑則知貪瞋癡爲諸惡之宗脩羅旁生地獄鬼趣由此而出一切惡類莫不畏憚善惡雖異其宗則同返鑑其心則知靈明湛寂廣大融通無爲無住無修無證無塵可染無垢可磨爲一切諸法之宗矣初吳越忠懿王序之祕于教藏至元豐中皇弟魏端獻王鏤板分施名藍四方學者罕遇其本元祐六年夏游東都法雲道場始見錢唐新本尤爲精詳乃吳人徐思恭請法涌禪師同永樂法眞二三者宿徧取諸録用三乘典籍聖賢教語校讀成就以廣流布其益甚博法涌知予喜閲是録因請爲序云

宗鏡録序

吳越國王錢俶製

詳夫域中之教者三正君臣親父子厚人倫儒吾之師也寂兮寥兮視聽無得自微妙升虛無以止乎乘風馭景君得之則善建不拔人得之則延貺無窮道儒之師也四諦十二因緣三明八解脱時習不忘日修以得一登果地永達眞常釋道之宗也惟此三教並自心修心鏡録者智覺禪師所撰也總乎百卷包盡微言

我佛金口所宣盈于海藏蓋亦提誘後學師之智慧辯才演暢萬法明了一心禪際河游慧聞雲布數而稱之莫能盡紀聊爲小序以頌宣行云爾

宗鏡録 并序

宋慧日永明妙圓正修智覺禪師 延壽集

伏以眞源湛寂覺海澄清絕名相之端無能所之迹最初不覺忽起動心成業識之由爲覺明之咎因明起照見分俄興隨照立塵相分安布如鏡現像頓起根身次則隨想而世界成差後則因智而憎愛不等從此遺眞失性執相徇名積滯著之情塵結相續之識浪鎖眞覺於夢夜沉迷三界之中瞽智眼於昏衢匍匐九居之内遂乃縻業繫之苦喪解脫之門於無身中受身向無趣中立趣約依處則分二十五有論正報則具十二類生皆從情想根由遂致依正差別向不遷境上虛受輪迴於無脫法中自生繫縛如春蠶作繭似秋蛾赴燈以二見妄想之絲纏苦聚之業質用無明貪愛之翼撲生死之火輪用谷響言音論四生妍醜以妄想心鏡現三有形儀然後違順想風動搖覺海貪癡愛水資潤苦芽一向徇塵罔知反本發狂亂之知見翳於自心立幻化之色聲認爲他法從此一微涉境漸成嶽漢之高峯滴水興波終起吞舟之巨浪爾後將欲反初復本約根利鈍不同於一眞如界中開三乘五性或見空而證果或了緣而入眞或三祇熏鍊漸具行門或一念圓修頓成佛道斯則剋證有異一性非殊因成凡聖之名似分眞俗之相若欲窮微洞本究旨通宗則根本性離畢竟寂滅絕昇沉之異無縛脫之殊既無在世之人亦無滅度之者二際平等一道清虛識智俱空名體咸寂迥無所有唯一眞心達之名見道之人昧之號

生死之始復有邪根外種小智權機不了生死之病原罔知人我之見本唯欲猒喧斥動破相析塵雖云味靜冥空不知埋眞拒覺如不辯眼中之赤眚但滅燈上之重光罔窮識內之幻身空避日中之虛影斯則勞形役思喪力捐功不異足水助冰投薪益火豈知重光在青虛影隨身除病眼而重光自消息幻質而虛影當滅若能廻光就已反境觀心佛眼明而業影空法身現而塵跡絶以自覺之智刃剖開纏內之心珠用一念之慧鋒斬斷塵中之見網此窮心之旨達識之詮言約義豐文質理詣揭疑關於正智之戶薙妄草於眞覺之原愈入髓之沉痾截盤根之固執則物我遇智火之焰融唯心之爐名相臨慧日之光釋一眞之海斯乃內證之法豈在文詮知解莫窮見聞不及今爲未見者演無見之妙見未聞者入不聞之圓聞未知者說無知之眞知未解者成無解之大解所冀因指見月得兎忘罤抱一冥宗捨詮檢理了萬物由我明妙覺在身可謂搜抉玄根磨礱理窟剔禪宗之骨髓標教網之紀綱餘惑微瑕應手圓淨玄宗妙旨舉意全彰能摧七慢之山永塞六衰之路塵勞外道盡赴指呼生死魔軍全消影響現自在力闡大威光示眞實珠利用無盡傾祕密藏周濟何窮可謂香中爇其牛頭寶中探其驪頷華中採其靈瑞照中耀其神光食中啜其乳糜水中飲其甘露藥中服其九轉主中遇其聖王故得法性山高頓落群峯之峻醍醐海闊横吞衆派之波似夕魄之騰輝奪小乘之星宿如朝陽之孕彩破

外道之昏蒙猶貧法財之人值大寶聚若渴甘露之者遇清涼池爲衆生所敬之天作菩薩眞慈之父抱膏肓之疾逢善見之藥王迷險難之途遇明達之良導久居闇室忽臨寶炬之光明常處躶形頓受天衣之妙服不求而自得無功而頓成故知無量國中難聞名字塵沙劫内罕遇傳持以如上之因緣目爲心鏡現一道而清虛可鑒辟群邪而毫髮不容妙體無私圓光匪外無邊義海咸歸顧眄之中萬像形容盡入照臨之内斯乃曹溪一味之旨諸祖同傳鵠林不二之宗群經共述可謂萬善之淵府衆哲之玄源一字之寶王羣靈之元祖遂使離心之境文理俱虛即識之塵詮量有據一心之海印楷定圓宗八識之智燈照開邪闇實謂含生靈府萬法義宗轉變無方卷舒自在應緣現迹任物成名諸佛體之號三菩提菩薩修之稱六度行海慧變之爲水龍女獻之爲珠天女散之爲無著華善友求之爲如意寶緣覺悟之爲十二緣起聲聞證之爲四諦人空外道取之爲邪見河異生執之作生死海論體則妙符至理約事則深契正緣然雖標法界之總門須辯一乘之別旨種種性相之義在大覺以圓通重重即入之門唯種智而妙達但以根羸靡鑒學寡難周不知性相二門是自心之體用若具用而失恒常之體如無水有波若得體而闕妙用之門似無波有水且未有無波之水曾無不濕之波以波徹水源水窮波末如性窮相表相達性源須知體用相成性相互顯今則細明總別廣辯異同研一法之根元搜

諸緣之本末則可稱宗鏡以鑒幽微無一法以逃形則千差而普會遂則編羅廣義撮略要文鋪舒於百卷之中卷攝在一心之内能使難思教海指掌而念念圓明無盡眞宗目覩而心心契合若神珠在手永息馳求猶覺樹垂陰全消影跡獲眞寶於春池之内拾礫渾非得本頭於古鏡之前狂心頓歇可以深挑見刺永截疑根不運一毫之功全開寶藏匪用刹那之力頓獲玄珠名爲一乘大寂滅場眞阿蘭若正修行處此是如來自到境界諸佛本住法門是以普勸後賢細垂玄覽遂得智窮性海學洞眞源此識此心唯尊唯勝此識者十方諸佛之所證此心者一代時教之所詮唯尊者教理行果之所歸唯勝者信解證入之所趣諸賢依之而解釋論起千章衆聖體之以弘宣談成四辯所以掇奇提異研精洞微獨舉宏綱大張正網撈摝五乘機地昇騰第一義天廣證此宗利益無盡遂得正法久住摧外道之邪林能令廣濟含生塞小乘之亂轍則無邪不正有僞皆空由自利故發智德之原由利他故立恩德之事成智德故則慈起無緣之化成恩德故則悲含同體之心以同體故則心起無心以無緣故則化成大化心起無心故則何樂而不與化成大化故則何苦而不收何樂而不與則利鈍齊觀何苦而不收則怨親普救遂使三草二木咸歸一地之榮邪種焦芽同霑一雨之潤斯乃盡善盡美無比無儔可謂括盡因門搜窮果海故得創發菩提之士初求般若之人了知成佛之端由頓圓無滯明識歸家之道

路直進何疑或離此別修隨他妄解如㲉角取乳緣木求魚徒歷三祇終無一得若依此旨信受弘持如快𦨴隨流無諸阻滯又遇便風之勢更加櫓棹之功則疾届寶城忽登覺岸可謂資粮易辦道果先成披迦葉上行之衣坐釋迦法空之座登彌勒毗盧之閣入普賢法界之身能令客作賤人全領長者之家業忽使沉空小果頓受如來之記名未有一門匪通斯道必無一法不契此宗過去覺王因茲成佛未來大士仗此證眞則何一法門而不開何一義理而不現無一色非三摩鉢地無一聲非陀羅尼門嘗一味而盡變醍醐聞一香而皆入法界風柯月渚並可傳心煙島雲林咸提妙旨步步蹈金色之界念念覲薝蔔之香掬滄海而已得百川到須彌而皆同一色煥兮開觀象之目盡復自宗寂爾導求珠之心俱還本法遂使邪山落仞苦海收波智檝以之安流妙峯以之高出今詳祖佛大意經論正宗削去繁文唯搜要旨假申問答廣引證明舉一心爲宗照萬法如鏡編聯古製之深義撮略寶藏之圓詮同此顯揚稱之曰録分爲百卷大約三章先立正宗以爲歸趣次申問答用去疑情後引真詮成其圓信以茲妙善普施含靈同報

佛恩共傳斯旨耳

宗鏡録卷第一

標宗章第一

詳夫祖標禪理傳默契之正宗佛演教門立詮下之大旨則前賢所稟後學有歸是以先列標宗章爲有疑故問以決疑故答因問而疑情得啓因答而妙解潛生謂此圓宗難信難解是第一之説被最上之機若不假立言詮無以蕩其情執因指得月不無方便之門獲兎忘罤自合天眞之道次立問答章但以時當末代罕遇大機觀淺心浮根微智劣雖知宗旨的有所歸問答決疑漸消惑障欲堅信力須假證明廣引祖佛之誠言密契圓常之大道徧採經論之要旨圓成決定之眞心後陳引證章以此三章通爲一觀搜羅該括備盡於兹矣○問先德云若教我立宗定旨如龜上覔毛兎邊求角楞伽經偈云一切法不生不應立是宗何故標此章名答斯言遣滯若無宗之宗則宗説兼暢古佛皆垂方便門禪宗亦開一線道切不可執方便而迷大旨又不可廢方便而絶後陳然機前無教教後無實設有一解一悟皆是落後之事屬第二頭所以大智度論云以佛眼觀一切十方國土中一切物尚不見無何況有法畢竟空法能破顛倒令菩薩成佛是事尚不可得何況凡夫顛倒有法今依祖佛言教之中約今學人隨見心性發明之處立心爲宗是故西天釋迦文佛云佛語心爲宗無門爲法門此土初祖達磨大師云以心傳心不立文字則佛佛手授授斯旨祖祖相傳傳此心已上約祖佛所立宗旨又諸賢聖所立宗體者杜順

和尚依華嚴經立自性清淨圓明體此即是如來藏中法性之體從本已來性自滿足處染不垢修治不淨故云自性清淨性體徧照無幽不矚故曰圓明又隨流如染而不垢返流除染而不淨亦可在聖體而不增處凡身而不減雖有隱顯之殊而無差别之異煩惱覆之則隱智慧了之則顯非生因之所生唯了因之所了斯即一切衆生自心之體靈知不昧寂照無遺非但華嚴之宗亦是一切教體佛地論立一清淨法界體論云清淨法界者一切如來眞實自體無始時來自性清淨具足種種過十方界極微塵數性相功德無生無滅猶如虛空徧一切有情平等共有與一切法不一不異非有非無離一切相一切分别一切名言皆不能得唯是清淨聖智所證二空無我所顯眞如爲其自性諸聖分證諸佛圓證此清淨法界即眞如妙心爲諸佛果海之源作羣生實際之地此皆是立宗之異名非别有體或言宗者尊也以心爲宗故云天上天下唯我獨尊或言體者性也以心爲體故云知一切法即心自性或言智者以心爲智即是本性寂照之用所以云自覺聖智普光明智等若約義用而分則體宗用别若會歸平等則一道無差所以華嚴記問云等妙二位全同如來普光明智者結成入普所以此會說等妙二覺二覺全同普光明智即是會歸之義問等覺同妙覺於理可然妙覺之外何有如來普光明智爲所同耶答說等覺說妙覺即是約位普光明智不屬因果該通因果其由自覺聖智超絶因果故楞伽

經妙覺位外更立自覺聖智之位亦猶佛性有因有果有因因有果果以因取之是因佛性以果取之是果佛性然則佛性非因非果普光明智亦復如是體絶因果爲因果依果方究竟故云如來普光明智或稱爲本者以心爲本故涅槃疏云涅槃宗本者諸行皆以大涅槃心爲本本立道生如無綱目不立無皮毛靡附心爲本故其宗得立○問若欲明宗只合純提祖意何用兼引諸佛菩薩言教以爲指南故宗門中云借蝦爲眼無自己分只成文字聖人不入祖位答從上非是一向不許看教恐慮不詳佛語隨文生解失於佛意以護初心或若因詮得旨不作心境對治直了佛心又有何過只如藥山和尚一生看大涅槃經手不釋卷時有學人問和尚尋常不許學人看經和尚爲什麽自看師云只爲遮眼問學人還看得不師云汝若看牛皮也須穿且如西天第一祖師是本師釋迦牟尼佛首傳摩訶迦葉爲初祖次第相傳迄至此土六祖皆是佛弟子今引本師之語訓示弟子令因言薦道見法知宗不外馳求親明佛意得旨即入祖位誰論頓漸之門見性現證圓通豈標前後之位若如是者何有相違且如西天上代二十八祖此土六祖乃至洪州馬祖大師及南陽忠國師鵝湖大義禪師思空山本淨禪師等並博通經論圓悟自心所有示徒皆引誠證終不出自胷臆妄有指陳是以綿歷歲華眞風不墜以聖言爲定量邪僞難移用至教爲指南依憑有據故圭峯和尚云謂諸宗始祖即是釋迦經是佛語禪是

佛意諸佛心口必不相違諸祖相承根本是佛親付菩薩造論始末唯弘佛經況迦葉乃至毱多弘傳皆兼三藏及馬鳴龍樹悉是祖師造論釋經數十萬偈觀風化物無定事儀所以凡稱知識法爾須明佛語印可自心若不與了義一乘圓教相應設證聖果亦非究竟今且録一二以證斯文洪州馬祖大師云達磨大師從南天竺國來唯傳大乘一心之法以楞伽經印衆生心恐不信此一心之法楞伽經云佛語心爲宗無門爲法門何故佛語心爲宗佛語心者即心即佛今語即是心語故云佛語心爲宗無門爲法門者達本性空更無一法性自是門性無有相亦無有門故云無門爲法門亦名空門亦名色門何以故空是法性空色是法性色無形相故謂之空知見無盡故謂之色故云如來色無盡智慧亦復然隨生諸法處復有無量三昧門遠離內外知見情執亦名總持門亦名施門謂不念內外善惡諸法乃至皆是諸波羅蜜門色身佛是實相佛家用經云三十二相八十種好皆從心想生亦名法性家餤亦法性功勳菩薩行般若時火燒三界內外諸物盡於中不損一草葉爲諸法如相故故經云不壞於身而隨一相今知自性是佛於一切時中行住坐卧更無一法可得乃至真如不屬一切名亦無無名故經云智不得有無內外無求任其本性亦無任性之心經云種種意生身我說爲心量即無心之心無量之量無名爲真名無求是真求經云夫求法者應無所求心外無別佛佛外無別心不取善不作惡

淨穢兩邊俱不依法無自性三界唯心經云森羅及萬像一法之所印凡所見色皆是見心心不自心因色故心色不自色因心故色故經云見色即是見心南陽忠國師云禪宗法者應依佛語一乘了義契取本原心地轉相傳授與佛道同不得依於妄情及不了義教橫作見解疑悞後學俱無利益縱依師匠領受宗旨若與了義教相應即可依行若不了義教互不相許譬如師子身中蟲自食師子身中肉非天魔外道而能破滅佛法矣時有禪客問曰阿那箇是佛心師曰牆壁瓦礫無情之物並是佛心禪客曰與經大相違也經云離牆壁瓦礫無情之物名爲佛性今云一切無情之物皆是佛心未審心之與性爲別不別師曰迷人即別悟人不別禪客曰與經又相違也經云善男子心非佛性佛性是常心是無常今云不別未審此意如何師曰汝自依語不依義譬如寒月結水爲冰及至暖時釋冰成水衆生迷時結性成心悟時釋心成性汝定執無情之物非心者經不應言三界唯心故華嚴經云應觀法界性一切唯心造今且問汝無情之物爲在三界內爲在三界外爲復是心不是心若非心者經不應言三界唯心若是心者又不應言無性汝自違經我不違也鵝湖大義禪師因詔入內遂問京城諸大師大德汝等以何爲道或有對云知見爲道師云維摩經云法離見聞覺知云何以知見爲道又有對云無分別爲道師云經云善能分別諸法相於第一義而不動云何以無分別爲道又皇帝問如何是佛性

答不離陛下所問是以或直指明心或破執入道以無方之辯袪必定之執運無得之智屈有量之心思空山本淨禪師語京城諸大德云汝莫執心此心皆因前塵而有如鏡中像無體可得若執實有者則失本原常無自性圓覺經云妄認四大爲自身相六塵緣影爲自心相楞伽經云不了心及緣則生二妄想了心及境界妄想則不生維摩經云法非見聞覺知且引三經證斯眞實五祖下莊嚴大師一生示徒唯舉維摩經寶積長者讚佛頌末四句云不著世間如蓮華常善入於空寂行達諸法相無罣礙稽首如空無所依學人問云此是佛語欲得和尚自語師云佛語即我語我語即佛語是故初祖西來創行禪道欲傳心印須假佛經以楞伽爲證明知教門之所自遂得外人息謗内學禀承祖胤大興玄風廣被是以初心始學之者未自省發已前若非聖教正宗憑何修行進道設不自生妄見亦乃盡值邪師故云我眼本正因師故邪西天九十六種執見之徒皆是斯類故知木匪繩而靡直理非教而不圓如上略引二三皆是大善知識物外宗師禪苑麟龍祖門龜鏡示一教而風行電卷垂一語而山崩海枯帝王親師朝野歸命叢林取則後學禀承終不率自胷襟違於佛語凡有釋疑去僞顯性明宗無不一一廣引經文備彰佛意所以永傳後嗣不墜家風若不然者又焉得至今紹繼昌盛法力如是證驗非虚又若欲研究佛乘披尋寶藏一一須消歸自己言言使冥合眞心但莫執義上之文隨語生見直須

探詮下之旨契會本宗則無師之智現前天眞之道不昧如華嚴經云知一切法即心自性成就慧身不由他悟故知教有助道之力初心安可暫忘細詳法利無邊是乃搜揚纂集且凡論宗旨唯逗頓機如日出照高山駃馬見鞭影所以丹霞和尚云相逢不拈出舉意便知有如今宗鏡尚不待舉意便自知有故首楞嚴經云圓明了知不因心念揚眉動目早是周遮如先德頌云便是猶倍句動目即差違若問曹谿旨不更待揚眉今爲樂佛乘人實未薦者假以宗鏡助顯眞心雖挂文言妙旨斯在俯收中下盡被群機但任當人各資已利百川雖潤何妨大海廣含五嶽自高不礙大陽普照根機莫等樂欲匪同於四門入處雖殊在一眞見時無別如獲鳥者羅之一目不可以一目爲羅理國者功在一人不可以一人爲國如內德論云夫一水無以和羹一木無以構室一衣不稱衆體一藥不療殊疾一彩無以爲文繡一聲無以諧琴瑟一言無以勸衆善一戒無以防多失何得怪漸頓之異令法門之專一故云如爲一人衆多亦然如爲衆多一人亦然豈同劣解凡情而生局見我此無礙廣大法門如虛空非相不拒諸相發揮似法性無身匪礙諸身頓現須以六相義該攝斷常之見方消用十玄門融通去取之情始絶又若實得一聞千悟獲大總持即胡假言詮無勞解釋船筏爲渡迷津之者導師因引失路之人凡關一切言詮於圓宗所示皆爲未了文字性離即是解脫迷一切諸法眞實之性向心外取法而起文

字見者今還將文字對治示其眞實若悟諸法本源即不見有文字及絲毫發現方知一切諸法即心自性則境智融通色空俱泯當此親證圓明之際入斯一法平等之時又有何法是教而可離何法是祖而可重何法是頓而可取何法是漸而可非則知皆是識心橫生分別所以祖佛善巧密布權門廣備教乘方便逗會纔得見性當下無心乃藥病俱消教觀咸息如楞伽經偈云諸天及梵乘聲聞緣覺乘諸佛如來乘我說此諸乘乃至有心轉諸乘非究竟若彼心滅盡無乘及乘者無有乘建立我說爲一乘引導衆生故分別說諸乘故先德云一瞖在目千華亂空一妄在心恒沙生滅瞖除華盡妄滅證眞病差藥除氷融水在神丹九轉點鐵成金至理一言點凡成聖狂心不歇歇即菩提鏡淨心明本來是佛

問答章第二

問如上所標已知大意何用向下更廣開釋

答上根利智宿習生知纔看題目宗之一字已全入佛智海中永斷纖疑頓明大旨則一言無不略盡攝之無有遺餘若直覽至一百卷終乃至恒沙義趣龍宮寶藏鷲嶺金文則殊說更無異途舒之徧周法界以前略後廣唯是一心本卷末舒皆同一際終無異旨有隔前宗都謂迷情妄興取捨唯見紙墨文字嫌卷軸多但執寂默無言欣爲省要皆是迷心徇境背覺合塵不窮動靜之本原靡達一多之起處偏生局見唯懼多聞如小乘之怖法空似波旬之難衆善以不達諸法眞實性

故隨諸相轉墮落有無如大涅槃經云若人聞說大涅槃一字一句不作字相不作句相不作聞相不作佛相不作說相如是義者名無相相釋曰若云即文字無相是常見若云離文字無相是斷見又若執有相相亦是常見若執無相相亦是斷見但亡即離斷常四句百非一切諸見其旨自現當親現入宗鏡之時何文言識智之能詮述乎所以先德云若覔經了性眞如無可聽若覔法鷄足山間問迦葉大士持衣在此山無情不用求專甲斯則豈可運見聞覺知之心作文字句義之解若明宗達性之者雖廣披尋尚不見一字之相終不作言詮之解以迷心作物者生斯紙墨之見耳故信心銘云六塵不惡還同正覺智者無爲愚人自縛如斯達者則六塵皆是眞宗萬法無非妙理何局於管見而迷於大旨耶豈知諸佛廣大境界菩薩作用之門所以大海龍王置十千之問釋迦文佛開八萬勞生之門普慧菩薩申二百之疑普賢大士答二千樂說之辯如華嚴經普眼法門假使有人以大海量墨須彌聚筆寫於此普眼法門一品中一門一門中一法一法中一義一義中一句不得少分何況能盡又如大涅槃經中佛言我所覺了一切諸法如因大地生草木等爲諸衆生所宣說者如手中葉只如已所說法教溢龍宫龍樹菩薩暫看有一百洛叉出在人間於西天尚百分未及一翻來東土故不足言豈況未所說法耶斯乃無盡妙旨非淺智所知性起法門何劣解能覽燕雀焉測鴻鵠之志井蛙寧識滄海之淵如

師子大哮吼狸不能爲如香象所負擔驢不能勝如毗沙門寶貧不能等如金翅鳥飛烏不能及唯依情而起見但逐物而意移或說有而不涉空或言空而不該有或談略爲多外之一或立廣爲一外之多或離黙而執言或離言而求黙或據事外之理或著理外之事殊不能悟此自在圓宗演廣非多此是一中之多標略非一此是多中之一談空不斷斯乃即有之空論有不常斯乃即空之有或有說亦得此即黙中說或無說亦得此即說中黙或理事相即亦得此理是成事之理此事是顯理之事或理理相即亦得以一如無二如眞性常融會或事事相即亦得此全理之事一一無礙或理事不即亦得以全事之理非事所依非能依不隱眞諦故以全理之事非理能依非所依不壞俗諦故斯則存泯一際隱顯同時如闡普眼之法門皆是理中之義似舒大千之經卷非標心外之文故經云一法能生無量義非聲聞緣覺之所知不同但空孤調之詮偏枯決定之見今此無盡妙旨標一法而眷屬隨生圓滿性宗舉一門而諸門普會非純非雜不一不多如五味和其羮雜綵成其繡衆寶成其藏百藥成其丸邊表融通義味周足搜微抉妙盡宗鏡中依正混融因果無礙人法無二初後同時凡舉一門皆能圓攝無盡法界非内非外不一不多舒之則涉入重重卷之則眞門寂寂如華嚴經中師子座中莊嚴具内各出一佛世界塵數菩薩身雲此是依正人法無礙又如佛眉間出勝音等佛世界塵數菩薩此是因果

初後無礙乃至剎土微塵各各具無邊智德毛孔身分一一攝廣大法門何故如是奇異難思乃一心融即故爾以要言之但一切無邊差別佛事皆不離無相眞心而有如華嚴經頌云佛住甚深眞法性寂滅無相同虛空而於第一實義中示現種種所行事所作利益衆生事皆依法性而得有相與無相無差別入於究竟皆無相又攝大乘論頌云即諸三摩地大師說爲心由心彩畫故如所作事業故知凡聖所作眞俗緣生此一念之心剎那起時即具三性三無性六義謂一念之心是緣起法是依他起情計有實即是徧計所執體本空寂即是圓成即依三性說三無性故六義具矣若一念心起具斯六義即具一切法矣以一切眞俗萬法不出三性三無性故法性論云凡在起滅皆非性也起無起性故雖起而不常滅無滅性雖滅而不斷如其有性則陷於四見之網又云尋相以推性見諸法之無性尋性以求相見諸法之無相是以性相互推悉皆無性是以若執有性墮四見之邪林若了性空歸一心之正道故華嚴經云自深入無自性眞實法亦令他入無自性眞實法心得安隱以茲妙達方入此宗則物物冥眞言言契旨若未親省不發圓機言之則乖宗默之又致失豈可以四句而取六情所知歟但祖教並施定慧雙照自利利他則無過矣設有堅執已解不信佛言起自障心絕他學路今有十問以定紀綱還得了了見性如晝觀色似文殊等不還逢緣對境見色聞聲舉足下足開眼合眼悉得明宗與道

相應不還覽一代時教及從上祖師言句聞深不怖皆得諦了無疑不還因差别問難種種徵詰能具四辯盡決他疑不還於一切時一切處智照無滯念念圓通不見一法能爲障礙未曾一刹那中暫令間斷不還於一切逆順好惡境界現前之時不爲間隔盡識得破不還於百法明門心境之内一一得見微細體性根原起處不爲生死根塵之所惑亂不還向四威儀中行住坐卧欽承祇對著衣喫飯執作施爲之時一一辯得眞實不還聞説有佛無佛有衆生無衆生或讃或毀或是或非得一心不動不還聞差别之智皆能明達性相俱通理事無滯無有一法不鑒其原乃至千聖出世得不疑否若實未得如是切不可起過頭欺誑之心生自許知足之意直須廣披至教博問先知徹祖佛自性之原到絶學無疑之地此時方可歇學灰息遊心或自辦則禪觀相應或爲他則方便開示設不能徧參法界廣究群經但細看宗鏡之中自然得入此是諸法之要趣道之門如守母以識子得本而知末提綱而孔孔皆正牽衣而縷縷俱來又如以師子筋爲琴絃音聲一奏一切餘絃悉皆斷壞此宗鏡力亦復如是舉之而萬類沉光顯之而諸門泯跡以此一則則破千途何須苦涉關津别生岐路所以志公謌云六賊和光同塵無力大難推託内發解空無相大乘力能翻却唯在玄覽得旨之時可驗斯文究竟眞實

宗鏡録卷第一

音釋

序

鏤盧候切雕刻也

馭牛倨切駕也

撰雛綰切造也撰述也

徇徐閏切求也

瞽公戶切目有眹而無明也

匍匐匍蓬晡切匐蒲北切匍匐盡力奔趍也

蠶繭蠶祖含切繭古典切

戛古鎋切摩也

眚所景切目病也

薙池爾切芟也

痾烏何切病深也

罤杜兮切兔網也

搜抉搜所鳩切索也抉於決切剔也

礱盧紅切磨也

剔他歷切挑也

驪頷驪呂支切深黑色也頷胡感切口下曰頷驪頷謂驪龍頷也

啜昌悅切大飲也

膏肓膏古勞切肓呼光切心上鬲下曰膏肓

礫郎擊切小石也

掇丁活切採也

撈攎撈盧高切攎盧谷切撈攎水中取也

轍直列切軌轍也

𣪏古候切取牛羊乳也

薝蔔薝職廉切蔔蒲北切

掬居六切兩手捧也

檝即葉切與楫同

録

矚之欲切視也

蝦胡加切水蟲也

臆乙力切胷臆也

毱渠竹切

祛去魚切遂也

創初亮切始也

胤羊晋切嗣也

駃古穴切馬生七日超母曰駃

瞖於計切目病也

鷲疾救切

宗鏡録卷第二

宋慧日永明妙圓正修智覺禪師延壽集

夫諸佛境寂衆生界空有何因緣而興教迹答一實諦中雖無起盡方便門内有大因緣故法華經偈云諸法常無性佛種從緣起以萬法常無性無不性空時法爾能隨緣隨緣不失性且夫起教所由因緣無量古德略標有其十種一由法爾故二願力故三機感故四爲本故五顯德故六現位故七開發故八見聞故九成行故十得果故今諸大菩薩所集唯識論等大意有其二種一爲達萬法之正宗破二空之邪執二爲斷煩惱所知之障證解脱菩提之門斯則自證法原本覺眞地不在文字句義敷揚今爲後學慕道之人方便纂集又自有二意用表本懷一爲好略之人撮其樞要精通的旨免覽繁文二爲執總之人不明别理微細開演性相圓通截二我生死之根蹴一味菩提之道仰群經之大旨直了自心遵諸聖之微言頓開覺藏去彼依通之見破其邪執之情深信正宗令知月不在指迴光返照使見性不徇文唯證相應斯爲本意不可横生知解没溺見河於無得觀中懷趣向之意就眞空理上興取捨之心率自胷襟疑誤後學須親見性方曉斯宗

問既慮執指徇文又何煩集教答爲背已合塵齊文作解者恐封教滯情故有此説若隨詮了旨即教明心者則有何取捨所以藏法師云自有衆生尋教得眞會理教無礙常觀理而不礙持教恒誦習而不礙觀空則理教俱融合成一觀方爲究竟傳通耳斯乃教觀

一如詮旨同原矣

問諸大經論自成片段科節倫序句義分明何假撮録廣文成其要略答但以教海弘深窮之罔知其際義天高廣仰之不得其邊今則以管窺天將螺酌海如掬滄溟之涓滴似撮太華之一塵本爲義廣難周情存猒怠亦爲不依一乘教之正理唯徇不了義之因緣罕窮横竪之門莫知起盡之處所以删繁簡異採妙探玄雖文不足而大義全緣不備而正理顯搜盡一乘之旨抉開萬法之原爲般若之玄樞作菩提之要路則資粮易辦速至大乘證入無疑免迂小徑所以馬鳴菩薩造起信論云或有自無智力因他廣論而得解義亦有自無智力怖於廣說樂聞略論攝廣大義而正修行我今爲彼最後人故略攝如來最勝甚深無邊之義而造此論瑜伽論云有二緣故說此論一爲如來無上法教久住世故二爲平等利益安樂諸有情故又爲如來甘露聖教已隱没者憶念採集重開顯故未隱没者問答決擇倍與盛故又爲攝益樂略言論勤修行者採集衆經廣要法義略分別故今斯録者雖無廣大製造之功微有一期述成之事亦知鈔録前後文勢不全所冀直取要詮且明宗旨如從石辯玉似披砂揀金於羣藥中但取阿陀之妙向衆寳内唯採如意之珠舉一蔽諸以本攝末則一言無不略盡殊說更無異途亦望後賢未垂嗤誚所希斷疑生信但以見道爲懷非徇虛名以邀世譽願盡未來之際徧窮法界之中歷劫逾生常弘斯道凡有心者皆入此宗去執除疑

見聞獲益承三寶力加被護持誓報佛恩廣濟含識虛空可盡茲願匪移法界可窮斯文不墜

問了義大乘廣略周備解一義具圓通之見聞一偈有成佛之功何假述成仍煩解釋答上上根人一聞千悟性相雙辯理事俱圓若中下之徒須假開演莊嚴之道讃飾之門格量其功不可爲喻所以法華經偈云譬如優曇華一切皆愛樂天人所希有時時乃一出聞法歡喜讃乃至發一言則爲已供養一切三世佛是人甚希有過於優曇華般若頌云般若無壞相過一切言語適無所依止誰能讃其德般若雖叵讃我今能得讃雖未脫死地則爲已得出又古聖云若菩薩造論者名莊嚴經如蓮華未開見雖生喜不如已剖香氣芬馥如金未用見雖生喜不如用之爲莊嚴具故知弘教一念之善能報十方諸佛之恩論希有則如華擅優曇之名説光揚則似金作莊嚴之具是以菩薩釋大乘密旨闡於未聞能斷深疑成於圓信法利何盡功德無邊如大般若經云復次憍尸迦置贍部洲諸有情類若四大洲諸有情類若小千界諸有情類若中千界諸有情類若大千界諸有情類若復十方各如殑伽沙等世界諸有情類皆於無上正等菩提得不退轉同作是言我今欣樂速證無上正等菩提濟拔有情生死衆苦令得殊勝畢竟安樂有善男子善女人等爲成彼事書深般若波羅蜜多衆寶莊嚴供養恭敬尊重讃歎普施與彼受持讀誦令善通利如理思惟於意云何是善男子善女

人等由此因緣得福多不天帝釋言甚多世尊甚多善逝爾時佛告天帝釋言若善男子善女人等書深般若波羅蜜多衆寶莊嚴供養恭敬尊重讚歎於彼衆中隨施與一受持讀誦令善通利如理思惟以無量門巧妙文義廣爲解釋分別義趣令其解了教授教誡令勤修學是善男子善女人等所獲福聚甚多於前無量無邊不可稱數大涅槃經云佛言善男子除一闡提其餘衆生聞是經已悉皆能作菩提因緣法聲光明入毛孔者必定當得阿耨多羅三藐三菩提何以故若有人能供養恭敬無量諸佛方乃得聞大涅槃經薄福之人則不得聞故知得聞宗鏡所錄一心實相常住法門皆是曩結深因曾親佛會甚爲大事非屬小緣若未聞熏曷由值遇又大涅槃經云佛告迦葉菩薩諸善男子善女人常當繫心修此二字佛是常住迦葉若有善男子善女人修此二字當知是人隨我所行至我至處是以信此法人即凡即聖修持契會住佛所住之中進止威儀行佛所行之跡釋摩訶衍論云第一顯離疑信入功德門者謂有衆生聞此摩訶衍之甚深極妙廣大法門已即其心中亦不疑畏亦不怯弱亦不輕賤亦不誹謗發決定心發堅固心發尊重心發愛信心當知是人眞實佛子不斷法種不斷僧種不斷佛種常恒相續轉轉增長盡於未來亦爲諸佛親所授記亦爲一切無量菩薩之所護念故如論云若人聞是法已不生怯弱當知是人定紹佛種必爲諸佛之所授記第二比類對治示勝門者謂若有人能

善攝化三千大千世界中徧滿衆生皆悉無餘令行十善或有衆生於一食頃於此甚深法觀察思量若校量此二人功德彼第一人所得功德甚極微少譬如芥子碎作百分之量此第二人所得功德甚極廣大譬如碎十方世界微塵數量故如論云假使有人能化三千大千世界滿中衆生令行十善不如有人於一食頃正思此法過前功德不可爲喻第三舉受持功讃揚門者謂若有人受持此論觀察義理若一日若一夜中間所得功德無量無邊不可言說不可思量若假使十方三世一切諸佛十方三世一切諸菩薩以十方世界微塵數舌各各皆悉於十方世界微塵數之量不可說劫讃揚其人所有功德亦不能盡所以者何法身眞如之功德等虛空界無邊際故何況凡夫二乘之人能稱歎之一日一夜不多中間受持人尚所得功德不可思議何況若二日若三日若四日乃至百日中受持讀誦思惟觀察不可思議不可說中不可說故如論云復次若人受持此論觀察修行若一日一夜所有功德無量無邊不可得說假令十方諸佛各於無量無邊阿僧祇劫歎其功德亦不能盡何以故謂法性功德無有盡故此人功德亦復如是無有邊際故知信此心宗成摩訶衍同三世諸佛之所證義理何窮等十方菩薩之所乘功德無盡偶斯玄化慶幸逾深順佛旨而報佛恩無先弘法闡佛日而開佛眼只在明心此宗鏡中若得一句入神歷劫爲種況正言深與總一羣經此一乃無量中一若染此法即是圓頓

之種可謂甘露入頂醍醐灌心耀不二之慧燈破情根之闇惑注一味之智水洗意地之妄塵能令厚障深遮若暴風之卷危葉繁疑積滯猶赫日之爍輕冰猶如於諸王中爲金輪之王於諸照中爲晨旭之照於諸寶中爲摩尼之寶於諸華中爲青蓮之華於諸諦中爲眞空之門於諸法中爲涅槃之宅故金剛三昧經偈云一味之法印一乘之所成能於一切衆生中爲首爲師爲明爲導如勝天王般若經云一切法中心爲上首大智度論云三世諸佛皆以諸法實相爲師祖師云一切明中心明爲上法華經偈云第一之導師得是無上法又若未入宗鏡非唯不得見道實乃理絶修行即本立而道生歸根方究竟如觀本質知畫像而非眞若了藏性見塵境而爲妄故經偈云非不證眞如而能了諸行猶如幻事等似有而非眞是以若得本即得末故華嚴經中海會菩薩用法界微塵以爲三昧又出現品云此法門名爲如來祕密之處乃至名演說如來根本實性不思議究竟法故先德云剖微塵之經卷則念念果成盡衆生之願門則塵塵行滿未悟宗鏡焉信斯文若暫信之功力悉等不易所習盡具法門即塞即通即邪即正所以昔人云遇斯教者應須自慶其猶溺巨海而遇芳舟墜長空而乘靈鶴矣

問凡申弘教開示化人應須自行功圓歷位親證方酬本願開方便門則所利非虛不違正教今之所録有何證明答此但唯集祖佛菩薩言教故稱曰録設有問答解釋皆依古

德大意傍讚勸修述成至教豈敢輒稱開示妄有指陳且夫祖佛正宗則眞唯識性纔有信處皆可爲人若論修證之門諸方皆云功未齊於諸聖且教中所許初心菩薩皆可比知亦許約教而會先以聞解信入後以無思契同若入信門便登祖位今集此宗鏡證驗無邊應念皆通寓目咸是今且現約世間之事於衆生界中第一比知第二現知第三約教而知第一比知者且如即今有漏之身夜皆有夢夢中所見好惡境界憂喜宛然覺來牀上安眠何曾是實並是夢中意識思想所爲則可比知覺時所見之事皆如夢中無實夫過去未來現在三世境界元是第八阿賴耶識親相分唯本識所變若現在之境是明了意識分別若過去未來之境是獨散暗意識思惟夢覺之境雖殊俱不出於意識則唯心之旨比況昭然第二現知者即是對事分明不待立況且如現見青白物時物本自虛不言我青我白皆是眼識見分自性任運分別與同時明了意識計度分別爲青爲白以意辯爲色以言說爲青皆是意言自妄安置且如六塵鈍故體不自立名不自呼一色既然萬法咸爾皆無自性悉是意言故云萬法本閑而人自鬧是以若有心起時萬境皆有若空心起處萬境皆空則空不自空因心故空有不自有因心故有既非空非有則唯識唯心若無於心萬法安寄又如過去之境向曾是有隨念起處忽然現前若想不生境終不現此皆是衆生日用可以現知不待功成豈假修得凡有心者並可證知故先德云如

大根人知唯識者恒觀自心意言爲境此初觀時雖未成聖分知意言則是菩薩第三約教而知者經云三界唯心萬法唯識此是所證本理能詮正宗廣在下文誠證非一如成實論云佛説内外中間之言遂即入定時有五百羅漢各釋此言佛出定後同問世尊誰當佛意佛言並非我意又白佛言既不當佛意將無得罪佛言雖非我意各順正理堪爲聖教有福無罪且如説小乘自證法門尚順正理何況純引一乘唯談佛旨乎六行法云諸大智人欲學道者莫問大小皆依理教若見權教雖是佛説知非實語即不依從若見凡人説有理者雖非佛語亦即依行以有智人學佛法者善解如來教有權實依佛實教宣説道理則過凡愚謬執權者是以智人若有所説人雖是凡法則同佛如甁傳水寫置餘甁甁雖有異所寫水一是故凡夫結雖未盡不妨有解能説實義但使解理心數思量此初觀理則異餘凡謂思人空則是二乘若觀法空則是菩薩故攝論云初修觀則是凡夫菩薩以此文證初學觀者雖未斷結即是菩薩以能解理同大聖故説則合理一一可依寶篋經云猶如迦陵頻伽鳥王卵中鳥子其觜未現便出迦陵頻伽妙聲佛法卵中諸菩薩等未壞我見未出三界然能演出佛法妙音謂空無相無作行音迦陵頻伽至孔雀羣終不鳴呼還至迦陵頻伽鳥中乃須鳴呼菩薩若至一切聲聞緣覺衆中終不演説不可思議諸佛之法至菩薩衆爾乃演説以此文證凡夫地中過雖未盡不妨深解説有理

者皆可信受但諸凡夫説有理者皆是宿習非今始學若非宿習今學至老唯謂他語自仍迷理以迷理故雖得多言未解權實説則乖理若解理者不揀尊幼但求道不求事依法不依人如阿濕婆恃因舍利弗見之求法即偈答言我年既幼稚學日又初淺豈能宣至眞廣説如來義舍利弗言可略説其要便説偈言諸法因緣生是法説因緣是法因緣盡大師如是説舍利弗一聞即獲初果轉教目連再説得道以此證知智人求法唯重他德不恥下就不同凡愚我慢自高雖知他勝恥不肯學凡夫無始不能入道多皆由此不能求法故諸愚人迷實教者未能自悟唯應訪德以迷理者雖有世智若無勝友常迷道故如勝天王般若經云如生盲人不能見色如是煩惱盲諸衆生不能見法如人有眼無外光明不能見色行人如是雖有智慧無善知識不能見法以此證知人雖有智未能自悟要須良友故付法藏經云善知識者即是得道全分因緣佛自勸人逐善知識不合守愚一生虚過是故諸佛有遺旨但令依法不依人依義不依語菩薩尚變身作畜生爲人説法顯此奇異令聞者信受皆令悟道入平等法豈令心生高下耶故華嚴演義難云此旨微密極位方知何以凡情輒窺大教釋云依憑教理聖教許故涅槃經云具縛凡夫能知如來祕密之藏毗盧遮那品頌云如因日光照還見於日輪以佛智慧光見佛所行道即因佛教能了教也今宗鏡中始終引佛智慧之教光顯佛所行之道跡若深信者則是

以衆生之心光見衆生之行跡若難云凡夫不合知者斯乃邪見不信人耳故大集經云若有人言我異佛異當知是人即魔弟子又云了了見者知一切法無二相也又云觀諸法等名之爲佛所以學人問忠國師云如來説般若即非般若是名般若既盡是非云何是般若答能見非名者是般若問佛亦如是説答古今不異得則千佛等心萬聖同轍○問諸佛方便教門皆依衆生根起根性不等法乃塵沙三十七品助道之門五十二位修行之路云何唯立一心以爲宗鏡答此一心法理事圓備是大悲父般若母法寶藏萬行原以一切法界十方諸佛諸大菩薩緣覺聲聞一切衆生皆同此心諸佛已覺衆生不知今爲未知者方便直指以本具故不虛以應得故非謬故華嚴經頌云譬如世間人聞有寶藏處以其可得故心生大歡喜寶藏處者即衆生心纔入信門自然顯現方悟從來具足豈假功成始知本性無差非因行得可謂最靈之物至道之原絶妙之門精實之義爲凡聖根本作迷悟元由如萬物得地而發生萬行證理而成就諸門競入衆德攸歸作千聖趣道之基爲諸佛出世之眼是以若了自心頓成佛慧可謂會百川爲一濕摶衆塵爲一丸融鐶釧爲一金變酥酪爲一味如華嚴經頌云不能了自心焉能知佛慧阿差末經云但正自心不尚餘學禪要經云内照開解即大乘門見自心性謂之曰照衆聖所遊謂之曰門入楞伽經偈云心具於法藏離無我見垢世尊説諸行内心所知法月燈三昧經

偈云若有受持是一法能順菩薩正修行因此一法功德故速得成於無上道勝鬘經云世尊我見攝受正法有斯大力如來以此爲眼爲法根本爲引導法爲通達法釋曰所言正法者即第一義心也心外妄計理外別求皆墮邊邪迷於正見所以得爲如來正眼攝盡十方之際照窮法界之邊總歸一心是名攝受正法起信論云復次眞如自體相者一切凡夫聲聞縁覺菩薩諸佛無有增減非前際生非後際滅常恒究竟從無始來本性具足一切功德謂大智慧光明義徧照法界義如實了知義本性清淨心義常樂我淨義寂靜不變自在義如是等過恒沙數非同非異不思議佛法無有斷絶依此義故名如來藏亦名法身問上説眞如離一切相云何今説具足一切功德相答雖實具有一切功德然無差別相彼一切法皆同一味一眞離分別相無二性故以依業識等生滅相而立彼一切差別之相此云何立以一切法本來唯心實無分別以不覺故分別心起見有境界名爲無明心性本淨無明不起即於眞如立大智慧光明義若心生見境則有不見之相心性無見則無不見即於眞如立徧照法界義若心有動則非眞了知非本性清淨非常樂我淨非寂靜是變異不自在由是具起過於恒沙虛妄雜染以心性無動故即立眞實了知義乃至過於恒沙清淨功德相義若心有起見有餘境可分別求則於內法有所不足以無邊功德即一心自性不見有餘法而可更求是故滿足過於恒沙非一非異不可思

議諸佛之法無有斷絶故説眞如名如來藏亦復名爲如來法身然此一心非同凡夫妄認縁慮能推之心決定執在色身之内今徧十方世界皆是妙明眞心如入法界品云華藏世界海中無問若山若河大地虚空草木叢林塵毛等處無不咸釋眞法界具無邊德故先德云元亨利貞乾之德也始於一氣常樂我淨佛之德也本乎一心專一氣而致柔修一心而成道心也者沖虚妙粹炳煥靈明無去無來冥通三際非中非外朗徹十方不滅不生豈四山之可害離性離相奚五色之能盲處生死流驪珠獨耀於滄海踞涅槃岸桂輪孤朗於碧天大矣哉萬法資始也萬法虚僞縁會而生生法本無一切唯識識如幻夢但是一心心寂而知目之圓覺彌滿清淨中不容他故德用無邊皆同一性性起爲相境智歷然相得性融身心廓爾方之海印越彼太虚恢恢焉晃晃焉逈出思議之表也又先德云如來藏者卽一心之異名何謂一心謂眞妄染淨一切諸法無二之性故名爲一此無二處諸法中實不同虚空性自神解故名爲心是以若於外別求從他妄學者猶如鑽冰覓火壓沙出油以冰砂非油火之正因欲求濟用徒勞功力又若但修漸行空住權乘則似畫無膠如坏未鍛以坏畫非堅牢之器欲求究竟無有是處若能諦了自心不妄外求者如從木出火從麻出油不壞正因速得成辦又如畫得膠如坏經火堪成器用事不唐捐凡有施爲悉皆究竟若未信入取捨萬端隨境生迷爲法所害不觀空以遣累但

取空而廢善不達有以興慈但著有而起罪皆爲不了空有一心致兹得失若入宗鏡纔發心時非唯行成理即頓具便同古佛一際無差如大涅槃經云拘尸那城有旃陀羅名曰歡喜佛記是人由一發心當於此界千佛數中速成無上正眞之道法華玄義云心法者前所明法豈得異心但衆生法太廣佛法太高於初學爲難然心佛及衆生是三無别者但自觀巳心則爲易涅槃經云一切衆生具足三定上定者謂佛性也能觀心性名爲上定上能兼下即攝得衆生法也華嚴經云遊心法界如虚空則知諸佛之境界法界即中也虚空即空也心佛即假也三種即佛境界也是爲觀心仍具佛法又遊心法界者觀根塵相對一念心起於十界中必屬一界若屬一界即具百界千法於一念中悉皆備足此心幻師於一日夜常造種種衆生種種五陰種種國土所謂地獄界假實國土乃至佛界假實國土行人當自選擇何道可從又如虚空者觀心自生心不須藉縁有心心無生力心無生力縁亦無生心縁各無合云何有合尚叵得離則不生尚無一生况有百界千法耶以心空故從心所生一切皆空此空亦空若空非空點空設假假亦非假無假無空畢竟清淨豈止三觀萬行乃至十方虚空尚從心變豈况空中所生物像如首楞嚴經頌云空生大覺中如海一漚發所以華嚴疏云空有二法俱稱眞之理則有與空皆性空也鈔釋云空有稱眞之理者此空是外空若以理空對外空外空離法是斷滅空理空即名

爲眞空若以外空亦心現亦由對色滅色方顯則此斷空從緣無性即性空也故十八空中明大者謂十方空即十方虛空亦是性空矣所以千聖付囑難遇機緣若對上根豁然可驗如寒山子詩云自古多少聖語路苦叮嚀人根性不等高下有利鈍眞佛不肯信置功枉受困不如心淨明便是心王印先德云欲知法要心是十二部經之根本入道要門此心門者三世之佛祖唯此一事實餘二即非眞唯有一乘法無二亦無三一乘法者一心是但守一心即心眞如門一切諸法無有欠少一切法行不出自心唯心自知更無別心心無形色無根無住無生無滅亦無覺觀可行若有可觀行者即是受想行識非是本心皆是有爲功用諸祖只是以心傳心達者印可更無別法如華嚴經中文殊童子化五百童子發菩提心唯一人善財童子達本心原遊一百一十城問菩提萬行所學三昧門皆如幻化而無實體故知從心所生皆同幻化但直了眞心自然眞實如唯識樞要云依境教理行果五唯識中此論有義但明境唯識捨離心外取境一切境不離心故有義但說教唯識成論本教釋彼說故有義但取理唯識成立本教所說之理分別唯識性相故有義但取行唯識明五位修唯識行故有義但取果唯識求大果故安樂解脫身大牟尼名法故乃至今釋彼說唯取教理說依教理成彼性相性相即攝一切盡故一切皆取於理爲勝是知唯識之理成佛正宗但以理該羅無法不是故云萬法唯識述宗鏡之正意

窮祖佛之本懷唯以一法逗一機更無別旨故法華經云十方佛土中唯有一乘法大涅槃經云師子吼者是決定說一切衆生悉有佛性又云衆生亦爾悉皆有心凡有心者悉皆當得阿耨多羅三藐三菩提

問三界唯心萬法唯識者此該萬法應別立眞如爲宗答眞如是識性識旣該萬法即是有爲無爲諸法平等之性故經云未曾有一法而出於法性司馬彪云性者人之本也蔡邕云性者心之本也故古師云唯識論是十支中高建法幢支何法而不收何宗而不立唯以簡爲義識以了爲義離識之外無別唯體即識有遮心外之用故名爲唯唯之名獨性相俱收眞如是識性依他相分色等是識相心所以識爲主皆不離識故總名唯識又

問三界是有漏法由屬三界愛結所繫故名三界其無爲無漏法不爲三界愛結所繫即不名三界法經何故但言三界唯心即不攝無爲無漏等法此豈非唯識而但言三界耶答三界所治迷亂之法尚名唯識無爲無漏法性是能治體非迷亂不說自成故但言三界唯心也又諸部總句有爲無爲染淨諸法皆心爲本薩婆多等云無爲由心故顯有爲由心故起由心起染淨法勢用緣强故說心爲本

問立心爲宗具幾功德之門能起見聞之信答眞心自體非言所詮湛如無際之虛空瑩若圓明之淨鏡毀讚不及義理難通以功德過患二門絕對待故今依先德約相分別心略有五義一遠離所取差別之相二解脫能

取分別之執三徧三際無所不等四等虛空界無所不徧五不墮有無一異等邊超心行處過言語道又此無住之心雙泯二諦故無出俗入眞之異旣無出入不在空有故經言心處無在無在之處唯是一心一心之體本來寂滅不可以有無處所窮其幽迹不可以識智詮量談其妙體唯有入者只在心知如擣萬種而爲香丸爇一塵而具足衆氣似入大海水中浴掬微滴而已用百川執礫而盡成眞金攬草而無非妙藥空器悉盈甘露之味滿室唯聞薝蔔之香衆義同歸若太虛包含於萬像千途競入猶多影靡凝於澄潭若論一心性起功德無盡無邊豈以有量之心讃無爲之德任盡神力未述一毫以信入之人悉皆現證即凡即聖感應非虛堅信不移法空之虛聲自息明誠可驗靈潤之野餧俄停豈假神通心魔頓絶匪憑他術識火自消除不肖人焉明斯旨如昔人云依智不依識者謂識現行隨塵分別眼色耳聲耽迷不覺大聖示教境是自心下愚冰執塵爲識外今人口誦其空心未亡有騰空不起入火逾難俱是心相封迷故爾後得通達隨心轉用豈不同鳥之遊空自常如是布之火浣不足怪也但羣生識性不同致令大聖隨情別説然據至道但是自心故經云三界上下法義唯心此就世界依報以明心又云如如與眞際涅槃及法界種種意生身我説爲心量此據出世法體以明心終窮至實畢到斯原隨流感果還宗了義

問一心爲宗可稱綱要者教中何故廣談諸

道各立經宗答種種諸法雖多但是一心所作於一聖道立無量名如一火因然得草火木火種種之號猶一水就用得或羹或酒多多之名此一心門亦復如是對小機而稱小法逗大量而號大乘大小雖分眞性無隔若決定執佛説有多法即謗法輪成兩舌之過故經云心不離道道不離心如大涅槃經云爾時世尊讃迦葉菩薩善哉善哉善男子汝今欲知菩薩大乘微妙經典所有祕密故作是問善男子如是諸經悉入道諦善男子如我先説若有信道如是信道是信根本是能佐助菩提之道是故我説無有錯謬善男子如來善知無量方便欲化衆生故作如是種種説法善男子譬如良醫識諸衆生種種病原隨其所患而爲合藥并藥所禁唯水一種不在禁例或服薑水或甘草水或細辛水或黑石蜜水或阿摩勒水或尼婆羅水或鉢晝羅水或服冷水或服熱水或蒲萄水或安石榴水善男子如是良醫善知衆生所患種種藥雖多禁水不在例如來亦爾善知方便於一法相隨諸衆生分别廣説種種名相彼諸衆生隨所説受受已修習除斷煩惱如彼病人隨良醫教所患得除復次善男子如有一人善解衆語在大衆中是諸大衆熱渴所逼咸發聲言我欲飲水我欲飲水是人即時以清冷水隨其種類説言是水或言波尼或言鬱持或言婆利藍或言婆利或言波耶或言甘露或言牛乳以如是等無量水名爲大衆説善男子如來亦爾以一聖道爲諸聲聞種種演説從信根等至八聖道復次善男子譬

如金師以一種金隨意造作種種瓔珞所謂鉗鎖鐶釧釵鐺天冠臂印雖有如是差別不同然不離金善男子如來亦爾以一佛道隨諸衆生種種分別而爲說之或說一種所謂諸佛一道無二復說二種所謂定慧復說三種謂見慧智復說四種所謂見道修道無學道佛道乃至復說二十道所謂十力四無所畏大慈大悲念佛三昧三正念處善男子是道一體如來昔日爲衆生故種種分別復次善男子譬如一火因所然故得種種名所謂木火草火糠火麩火牛馬糞火善男子佛道亦爾一而無二爲衆生故種種分別復次善男子譬如一識分別說六若至於眼則名眼識乃至意識亦復如是善男子道亦如是一而無二如來爲化諸衆生故種種分別復次善男子譬如一色眼所見者則名爲色耳所聞者則名爲聲鼻所齅者則名爲香舌所嘗者則名爲味身所覺者則名爲觸善男子道亦如是一而無二如來爲欲化衆生故種種分別善男子以是義故以八聖道分名道聖諦善男子是四聖諦諸佛世尊次第說之以是因緣無量衆生得度生死又云若言十善十惡可作不可作善道惡道白法黒法凡夫謂二智者了達其性無二無二之性即是實性陀羅尼經云無有一切諸法是名一字法門又經云佛言三世諸佛所說之法吾今四十九年不加一字故知此一心門能成至道若上根直入者終不立餘門爲中下未入者則權分諸道是以祖佛同指賢聖冥歸雖名異而體同乃緣分而性合般若唯言無二法

華但説一乘淨名無非道場涅槃咸歸祕藏天台專勤三觀江西舉體全眞馬祖即佛是心荷澤直指知見又教有二種説一顯了説二祕密説顯了説者如楞伽密嚴等經起信唯識等論祕密説者各據經宗立其異號如維摩經以不思議爲宗金剛經以無住爲宗華嚴經以法界爲宗涅槃經以佛性爲宗任立千途皆是一心之别義何者以眞心妙體不在有無智不能知言不可及非情識思量之境界故號不思議體虛相寂絶待靈通現法界而無生超三世而絶跡故號之無住豎徹三際横亘十方無有界量邊表不可得故稱法界爲萬物之根由作羣生之元始在凡不減處聖非增靈覺昭然常如其體故曰佛性乃至或名靈臺妙性寶藏神珠悉是一心

隨緣别稱經云三阿僧祇百千名號皆是如來之異名只爲不知諸佛方便迷名著相隨解成差但了斯宗豁然空寂有何名相可得披陳如龍王一味之雨隨人天善惡之業所雨不同各見差别華嚴經云譬如娑竭羅龍王欲現龍王大自在力饒益衆生咸令歡喜從四天下乃至他化自在天處及於地上於一切處所雨不同所謂於大海中雨清冷水名爲無斷絶於他化自在天雨簫笛等種種樂音名爲美妙於化樂天雨大摩尼寶名爲放大光明於兜率天雨大莊嚴具名爲垂髻於夜摩天雨大妙華名爲種種莊嚴具於三十三天雨衆妙香名爲悅意於四天王天雨天寶衣名爲覆蓋於龍王宮雨赤眞珠名爲涌出光明於阿脩羅宮雨諸兵仗名爲降伏

怨敵於北鬱單越雨種種華名曰開敷餘三天下悉亦如是然各隨其處所雨不同雖彼龍王其心平等無有彼此但以衆生善根異故雨有差別是以龍王一味之雨隨諸天感處不同猶如諸佛一心法門逐衆生見時有別

宗鏡録卷第二

音釋

纂 作管切綜集也 樞 昌朱切門樞也 躡 尼輒切蹈也 螺 落戈切蚌屬 嗤誚 嗤赤脂切笑也誚才笑切譏也 芬馥 芬撫文切馥方六切芬馥香氣 殑伽 梵語此云天堂來河名也殑其陵切伽求迦切 爍 書藥切猶銷也 篋 苦協切 粹 雖遂切純也 炳煥 炳兵永切煥火貫切炳煥光明也 踞 居御切依據也穳 鑽 祖官切穿也 膠 古肴切黏膏也 坏 普杯切未燒陶器也 鍛 丁貫切煉也 瑩 烏定切潔也 攬 盧敢切手取也 逗 田候切投合也 錯謬 錯七各切舛也謬靡切切誤也 釵鎦 釵楚皆切岐笄也鎦力求切 䴬 與職切麥䴬也

宗鏡録卷第三

宋慧日永明妙圓正修智覺禪師延壽集

夫教明一切萬法至理虚玄非有無之證絶自他之性若無一法自體云何立宗答若不立宗學何歸趣若論自他有無皆是衆生識心分别是對治門從相待有法身自體中實理心豈同幻有不隨幻無楞伽經云佛言大慧譬如非牛馬性牛馬性其實非有非無彼非無自相古釋云馬體上不得説牛性是有是無然非無馬自體以譬法身上不得説陰界入性是有是無然非無法身自相此法空之理超過有無即法身之性然有趣有向智背天真無得無歸情生斷滅但有之不用求眞規宛爾無之自然足妙旨焕然則寂爾有歸恬然無間頓超能所不在有無可謂眞歸能通至道矣○問以心爲宗如何是宗通之相答内證自心第一義理住自覺地入聖智門以此相應名宗通相此是行時非是解時因解成行行成解絶則言説道斷心行處滅如楞伽經云佛告大慧宗通者謂緣自得勝進相遠離言説文字妄想趣無漏界自覺地自相遠離一切虚妄覺想降伏一切外道衆魔緣自覺趣光明輝發是名宗通相所以悟心成祖先聖相傳故達磨大師云明佛心宗寸無差悟行解相應名之曰祖又偈云亦不覩惡而生嫌亦不觀善而勤措亦不捨愚而近賢亦不抛迷而就悟達大道兮過量通佛心兮出度不與凡聖同躔超然名之曰祖○問悟道明宗如人飲水冷暖自知云何説其行相答前已云諸佛方便不斷今時密布深

慈不令孤棄已明達者終不發言只爲因疑故問因問故答此是本師於楞伽會上爲十方諸大菩薩來求法者親說此二通一宗通二說通宗通爲菩薩說通爲童蒙祖佛俯爲初機童蒙少垂開示此約說通只爲從他覓法隨語生解恐執方便爲眞實迷於宗通是以分開二通之義宗通者謂緣自得勝進相遠離言說文字妄想乃至緣自覺趣光明輝發若親到自覺地光明發時得云如人飲水冷暖自知如聾盲眼開分明照境驗象眞體終不摸其尾牙見乳正色豈在談其鵠雪當此具眼人前若更說示則不得稱知時名爲大法師實見月人終不觀指親到家者自息問程唯證相應不俟言說終不執指爲月亦不離指見月如大涅槃經云譬如有王告一大臣汝牽一象以示盲者爾時大臣受王勑已多集衆盲以象示之時彼衆盲各以手觸大臣即還而白王言臣已示竟爾時大王即喚衆盲各各問言汝見象耶衆盲各言我已得見王言象爲何類其觸牙者即言象形如蘆菔根其觸耳者言象如箕其觸頭者言象如石其觸鼻者言象如杵其觸脚者言象如木臼其觸脊者言象如牀其觸腹者言象如甕其觸尾者言象如繩善男子如彼衆盲不說象體亦非不說若是衆相悉非象者離是之外更無別象善男子王喻如來正徧知臣喻方等大涅槃經象喻佛性盲喻一切無明衆生是諸衆生聞佛說已或作是言色是佛性何以故是色雖滅次第相續是故獲得無上如來三十二相如來常色如來色者常

不斷故是說色名爲佛性譬如眞金質雖遷變色常不異或時作釧作盤然其黃色初無改易衆生佛性亦復如是質雖無常而色是常以是故說色爲佛性乃至說受想行識等爲佛性又有說言離陰有我我是佛性如彼盲人各各說象雖不得實非不說象說佛性者亦復如是非即六法不離六法善男子是故我說衆生佛性非色不離色乃至非我不離我善男子有諸外道雖說有我而實無我衆生我者即是五陰離陰之外更無別我善男子譬如莖葉鬚臺合爲蓮華離是之外更無別華又佛言善男子是諸外道癡如小兒無慧方便不能了達常與無常苦與樂淨不淨我無我壽命非壽命衆生非衆生實非實有非有於佛法中取少許分虛妄計有常樂我淨而實不知常樂我淨如生盲人不識乳色便問他言乳色何似他人答言色白如貝盲人復問是乳色者如貝聲耶答言不也復問貝色爲何似耶答言猶稻米粖盲人復問乳色柔軟如稻米粖耶稻米粖者復何所似答言猶如雨雪盲人復言彼稻米粖冷如雪耶雪復何似答言猶如白鵠是生盲人雖聞如是四種譬喻終不能得識乳眞色是諸外道亦復如是終不能識常樂我淨善男子以是義故我佛法中有眞實諦非於外道夫眞實諦者宗鏡所歸未聞悟時不信解者所有說法及自修行皆成生滅折伏之門不入無生究竟之道

如菴提遮女經云爾時文殊師利又問曰頗有明知生而不生相爲生所留者不答曰有

雖自明見其力未充而爲生所留者是也又問曰頗有無知不識生性而畢竟不爲生所留者不答曰無所以者何若不見生性雖因調伏少得安處其不安之相常爲對治若能見生性者雖在不安之處而安相常現前若不如是知者雖有種種勝辯談說甚深典籍而即是生滅心說彼實相密要之言如盲辯色因他語故說得青黃赤白黒而不能自見色之正相今不能見諸法者亦復如是但今爲生所生爲死所死者而有所說者乃於其人即無生死之義耶若爲常無常所繫者亦復如是當知大得空者亦不自得空故說有空義耶故知能了萬法無生之性是爲得道大般若經云佛言善現以一切法空無所有皆不自在虛誑不堅故一切法無生無起無知無見復次善現一切法性無所依止無所繫屬由此因緣無生無起無知無見華嚴經云如實法印印諸業門得法無生住佛所在觀無生性印諸境界諸佛護念發心迴向與諸法性相應迴向入無作法成就所作方便是以不了唯心之旨未入宗鏡之人向無生中起貪癡之垢於眞空内著境界之緣以爲對治成其輪轉若能返照心境俱寂如諸法無行經云若菩薩見貪欲際即是眞際見瞋恚際即是眞際見愚癡際即是眞際則能畢滅業障之罪乃至凡夫愚人不知諸法畢竟滅相故自見其身亦見他人以是見故便起身口意業乃至不見佛不見法不見僧是則不見一切法若不見一切法於諸法中則不生疑不生疑故則不受一切法不受一切法

故則自寂滅不思議佛境界經云爾時世尊復語文殊師利菩薩言童子汝能了知如來所住平等法不文殊師利菩薩言世尊我已了知佛言童子何者是如來所住平等法文殊師利菩薩言世尊一切凡夫起貪瞋癡處是如來所住平等法佛言童子云何一切凡夫起貪瞋癡處是如來所住平等法文殊師利菩薩言世尊一切凡夫於空無相無願法中起貪瞋癡是故一切凡夫起貪瞋癡處即是如來所住平等法佛言童子空豈是有法而言於中有貪瞋癡文殊師利菩薩言世尊空是有是故貪瞋癡亦是有佛言童子空云何有貪瞋癡復云何有文殊師利菩薩言世尊空以言說故有貪瞋癡亦以言說故有如佛說比丘有無生無起無作無爲非諸行法此無生無起無作無爲非諸行法非不有若不有者則於生起作爲諸行之法應無出離以有故言出離耳此亦如是若無有空則於貪瞋癡無有出離以有故說離貪等諸煩惱耳中觀論偈云從法不生法亦不生非法從非法不生法及於非法直釋偈意法即是有如色心等非法是無如兔角等若從法生法如母生子法生非法如人生石女兒從非法生法如兔角生人從非法生非法者如龜毛生兔角故般若假名論云復有念言若如來但證無所得者佛法即一非是無邊是故經言如來說一切法皆是佛法佛法謂何即無所得未曾一法有可得性是故一切無非佛法云何一切皆無所得經云一切法者即非一切法云何非耶無生性故若無生即無性

云何名一切法於無性中假言說故一切法無有性者即是衆生如來藏性龐居士偈云劫火然天天不熱嵐風吹動不聞聲百川競注海不溢五嶽名山不見形澄清靜慮無蹤跡千途盡總入無生故知諸法從意成形千途因心有像一念澄寂萬境曠然元同不二之門盡入無生之旨所以傅大士行路難云君不見諸法但假空施設寂靜無門爲法門一切法中心爲主余今不復得心原究檢心原既不得當知諸法併無根又無生有二如通心論云一法性無生妙理言法至虛言性本來自爾名曰無生二緣起無生夫境由心現故不從他生心籍境起故不自生心境各異故不共生相因而有故不無因生亦云一理無生圓成實性本不生故二事無生緣生之相即無生故止觀云若釋金剛經即轉無生意度入不住門中種種不住不住色布施不住聲香等布施雖諸法不住以無住法住般若中即是入空以無住法住世諦即是入假以無住法住實相即是入中此無住慧即是金剛三昧能破盤石砂礫徹至本際又如釋迦牟尼入大寂定金剛三昧天親無著論開善廣解詎出無生無住之意若得此意千經萬論谿矣無疑此是學觀之初章思議之根本釋異之妙慧入道之指歸綱骨曠大事理具足一解千從法門自在故知一切諸法皆從無生性空而有有而非有不離俗而常眞非有而有不離眞而恒俗則幻有立而無生顯空有歷然兩相泯而雙事存眞俗宛爾斯則無生而無不生不住二邊矣如古德頌

云無生終不住萬像徒流布若作無生解還被無生固○問以心爲宗理須究竟約有情界眞妄似分不可雷同有濫圓覺如金鍮共爇眞僞俄分砂米同炊生熟有異未審以何心爲宗答誠如所問須細識心此妙難知唯佛能辯只爲三乘慕道見有差殊錯指妄心以爲眞實認妄賊而爲眞子劫盡家珍收魚目以作驪珠空迷智眼遂使愚癡之子陷有獄之重關邪倒之人溺見河之駭浪戲熾焰於朽宅忘苦忘疲卧大夢於長宵迷心迷性皆爲執斯緣慮作自已身遺此眞心認他聲色斯則出俗外道在家凡夫之所失也乃至三乘慕道法學禪宗亦迷此心執佛方便致使教開八網乘對四機越一念而遠驟三祇功虛大劫離寶所而久淹化壘跡困長衢斯即權機小果乃至禪宗不得意者之所失也所以首楞嚴經云佛告阿難一切衆生從無始來種種顛倒業種自然如惡叉聚諸修行人不能得成無上菩提乃至別成聲聞緣覺及成外道諸天魔王及魔眷屬皆由不知二種根本錯亂修習猶如煮砂欲成嘉饌縱經塵劫終不能得云何二種阿難一者無始生死根本則汝今者與諸衆生用攀緣心爲自性者二者無始菩提涅槃元清淨體則汝今者識精元明能生諸緣緣所遺者由諸衆生遺此本明雖終日行而不自覺枉入諸趣釋曰此二種根本即眞妄二心一者無始生死根本者即根本無明此是妄心最初迷一法界不覺忽起而有其念忽起即是無始如睛勞華現睡熟夢生本無元起之由非有定生

之處皆自妄念非他外縁從此成微細業識則起轉識轉作能心後起現識現外境界一切衆生同用此業轉現等三識起内外攀縁爲心自性因此生死相續以爲根本二者無始菩提涅槃元清淨體者此即眞心亦云自性清淨心亦云清淨本覺以無起無生自體不動不爲生死所染不爲涅槃所淨目爲清淨此清淨體是八識之精元本自圓明以隨染不覺不守性故如虛谷任響隨縁發聲此亦如然能生諸法則立見相二分心境互生但隨染淨之縁遺此圓常之性如水隨風作諸波浪由此衆生失本逐末一向沉淪都不覺知枉受妄苦雖受妄苦眞樂恒存任涉昇沉本覺不動如水作波不失濕性唯知變心作境以悟爲迷從迷積迷空歷塵沙之劫因夢生夢永昏長夜之中故經云當知一切衆生從無始來生死相續皆由不知常住眞心性淨明體用諸妄想此想不眞故有輪轉以不了不動眞心而隨輪迴妄識此識無體不離眞心元於無相眞原轉作有情妄想如風起澄潭之浪浪雖動而常居不動之源似瞖生空界之華華雖現而匪離虛空之性瞖消空淨浪息潭清唯一眞心周徧法界又此心不從前際生不居中際住不向後際滅昇降不動性相一如則從上稟受以此眞心爲宗離此修行盡縈魔罥別有所得悉陷邪林是以能動深慈倍生憐愍故二祖求此妄心不得初祖於是傳衣阿難執此妄心如來所以呵斥如經云佛告阿難汝今欲知奢摩他路願出生死今復問汝即時如來舉金色臂屈

五輪指語阿難言汝今見不阿難言見佛言汝何所見阿難言我見如來舉臂屈指爲光明拳耀我心目佛言汝將誰見阿難言我與大衆同將眼見佛告阿難汝今答我如來屈指爲光明拳耀汝心目汝目可見以何爲心當我拳耀阿難言如來現今徴心所在而我以心推窮尋逐即能推者我將爲心佛言咄阿難此非汝心阿難矍然避座合掌起立白佛此非我心當名何等佛告阿難此是前塵虚妄想相惑汝眞性由汝無始至于今生認賊爲子失汝元常故受輪轉阿難白佛言世尊我佛寵弟心愛佛故令我出家我心何獨供養如來乃至徧歷恒沙國土承事諸佛及善知識發大勇猛行諸一切難行法事皆用此心縱令謗法永退善根亦因此心若此發

明不是心者我乃無心同諸土木離此覺知更無所有云何如來説此非心我實驚怖兼此大衆無不疑惑唯垂大悲開示未悟爾時世尊開示阿難及諸大衆欲令心入無生法忍於師子座摩阿難頂而告之言如來常説諸法所生唯心所現一切因果世界微塵因心成體阿難若諸世界一切所有其中乃至草葉縷結詰其根元咸有體性縱令虚空亦有名貌何況清淨妙淨明心性一切心而自無體若汝執恡分別覺觀所了知性必爲心者此心即應離諸一切色香味觸諸塵事業别有全性如汝今者承聽我法此則因聲而有分别縱滅一切見聞覺知内守幽閑猶爲法塵分别影事我非勑汝執爲非心但汝於心微細揣摩若離前塵有分别性即眞汝心

若分別性離塵無體斯則前塵分別影事塵非常住若變滅時此心則同龜毛兔角則汝法身同於斷滅其誰修證無生法忍古釋云能推者即是妄心皆有緣慮之用亦得名心然不是眞心妄心是眞心上之影像故云汝身汝心皆是妙明眞精妙心中所現物若執此影像爲眞影像滅時此心即斷故云若執緣塵即同斷滅以妄心攬塵成體如鏡中之像水上之泡迷水執波波寧心滅迷鏡執像像滅心亡心若滅時即成斷見若知濕性不壞鏡體常明則波浪本空影像元寂故知諸佛境智徧界徧空凡夫身心如影如像若執末爲本以妄爲眞生死現時方驗不實故古聖云見鑛不識金入爐始知錯○問眞妄二心各以何義名心以何爲體以何爲相答眞心以靈知寂照爲心不空無住爲體實相爲相妄心以六塵緣影爲心無性爲體攀緣思慮爲相此緣慮覺了能知之妄心而無自體但是前塵隨境有無境來即生境去即滅因境而起全境是心又因心照境全心是境各無自性唯是因緣故法句經云餤光無水但陽氣耳陰中無色但緣氣耳以熱時炎氣因日光爍遠看似水但從想生唯陽氣耳此虛妄色心亦復如是以自業爲因父母外塵爲緣和合似現色心唯緣氣耳故圓覺經云妄認六塵緣影爲自心相故知此能推之心若無因緣即不生起但從緣生緣生之法皆是無常如鏡裏之形無體而全因外境似水中之月不實而虛現空輪認此爲眞愚之甚矣所以慶喜執而無據七處茫然二祖了而不

生一言契道則二祖求此緣慮不安之心不得即知眞心徧一切處悟此爲宗遂乃最初紹於祖位阿難因如來推破妄心乃至於五陰六入十二處十八界七大性一一微細窮詰徹底唯空皆無自性既非因緣自他和合而有又非自然無因而生悉是意言識想分別因茲豁悟妙明眞心廣大含容徧一切處即與大衆俱達此心同聲讚佛故經云爾時阿難及諸大衆蒙佛如來微妙開示身心蕩然得無罣礙是諸大衆各各自知心徧十方見十方空如觀手中所持葉物一切世間諸所有物皆即菩提妙明元心心精徧圓含裹十方反觀父母所生之身猶彼十方虛空之中吹一微塵若存若亡如湛巨海流一浮漚起滅無從了然自知獲本妙心常住不滅禮佛合掌得未曾有於如來前説偈讚佛妙湛總持不動尊首楞嚴王世希有消我億劫顛倒想不歷僧祇獲法身即同初祖直指人心見性成佛○問眞心行相有何證文答持世經云菩薩觀心心中無心相是心從本以來不生不起性常清淨客塵煩惱染故有分別心不知心亦不見心何以故是心空性自空故根本無所有是心無有一定法定法不可得故是心無法若合若散是心前後際不可得是心無形無能見者心不自見不知自性乃至是人爾時不分別是心是非心但善知心無生相通達是心無生性何以故心無決定性亦無決定相乃至不得心垢相不得心淨相但知是心常清淨相大般若經云於一切法雖無所取而能成辦一切事業釋曰若

了自心無事不辦或妄取前境界却成内自不足所以金剛三昧經云菩薩觀本性相謂自滿足千思萬慮不益道理徒爲動亂失本心王論釋云無量功德即是一心一心爲主故名心王生滅動亂違此心王不得還歸故言失也又心者統攝諸法一切最勝無一法而不攝王者統御四海八表朝宗無一民而不臣故如幻三昧經云不求諸法是名巳身進趣大乗方便經云眞如實觀者思惟心性無生無滅不住見聞覺知永離一切分別之想○問心能作佛心作衆生以了眞心故成佛以執妄心故成衆生若成佛皆具圓通五眼無漏五陰故經云滅無常色獲得常色又云妙色湛然常安住又云善能分別諸法相云何説眞心不住見聞覺知永離一切分別之想答若是妄心見聞須假因縁能所生起如云眼具九縁生等若無色空和合之縁見性無由得發五根亦然皆仗縁起斯則縁會而生縁散而滅無自主宰畢竟性空如楞伽經偈云心爲工技兒意如和技者五識爲伴侶妄想觀技衆如歌舞立技之人隨他拍轉拍緩則歩緩拍急則歩急五根亦如是但隨意轉如云身非念輪隨念而轉何者意地若生身輪動作意地若息根境寂然眞心則不爾常照常現鐵圍不能匿其輝徧界徧空穹蒼不能覆其體非純非雜萬法不能隱其眞無住無依塵勞不能易其性豈假前塵發耀對境生知自然寂照靈知湛然無際故首楞嚴經云佛告阿難如是六根由彼覺明有明明覺失彼精了黏妄發光是以汝今離暗離

明無有見體離動離靜元無聽質無通無塞齅性不生非變非恬嘗無所出不離不合覺觸本無無滅無生了知安寄汝但不循動靜合離恬變通塞生滅暗明如是十二諸有爲相隨拔一根脫黏內伏伏歸元眞發本明耀耀性發明諸餘五黏應拔圓脫不由前塵所起知見明不循根寄根明發由是六根互相爲用阿難汝豈不知今此會中阿那律陀無目而見跋難陀龍無耳而聽殑伽神女非鼻聞香驕梵鉢提異舌知味舜若多神無身有觸如來光中映令暫現既爲風質其體元無諸滅盡定得寂聲聞如此會中摩訶迦葉久滅意根圓明了知不因心念阿難今汝諸根若圓拔已內瑩發光如是浮塵及器世間諸變化相如湯消冰應念化成無上知覺阿難如彼世人聚見於眼若令急合暗相現前六根黯然頭足相類彼人以手循體外繞彼雖不見頭足一辯知覺是同緣見因明暗成無見不明自發則諸暗相永不能昏根塵既消云何覺明不成圓妙釋曰如彼世人聚見於眼者此先明世見非眼莫觀若令急合則無所見與耳等五根相似彼人以手循體外繞雖不假眼而亦自知此況眞見不藉外境緣見因明暗成無見者此牒世間眼見須仗明暗因緣根塵和合方成於見無見不明自發者此正明眞見之時見性非眼既不屬眼又何假明暗根塵所發則不明之明無見之見自然寂照靈知何曾間斷且世間明暗虛幻出沒之相又焉能覆蓋乎是以明不能明暗不能暗也故云則諸暗相永不能昏眞性天

然豈非圓妙所以學人問先德云如何是大悲千手眼答云如人夜裏摸得枕子○問妄心行相有何證文答勝天王般若波羅蜜經云佛言菩薩行般若波羅蜜念心作是思惟此心無常而謂常住於苦謂樂無我謂我不淨謂淨數動不住速疾轉易結使根本諸惡趣門煩惱因緣環滅善道是不可信貪瞋癡主一切法中心爲上首若善知心悉解衆法種種世間皆由心造心不自見若善若惡悉由心起心性迴轉如旋火輪易轉如馬能燒如火暴起如水作如是觀於念不動不隨心行令心隨已若能伏心則伏衆法大涅槃經云佛言善男子心若常者亦復不能分別諸色所謂青黃赤白紫色善男子心若常者諸憶念法不應忘失善男子心若常者凡所讀誦不應增長復次善男子心若常者不應說言已作今作當作若有已作今作當作當知是心必定無常善男子心若常者則無怨親非怨非親心若常者則不應言我物他物若死若生心若常者雖有所作不應增長善男子以是義故當知心性各各別異故當知無常又云云何現喻如經中說衆生心性猶如獼猴獼猴之性捨一取一衆生心性亦復如是取著色聲香味觸法無暫住時是名現喻可驗即今衆生之心如猿猴之處高樹上下不停猶彌泥之泛迅流出入無礙似幻士之遊衆會名相皆虛若技兒之出戲場本末非實所以正法念處經云又彼比丘次復觀察心之猿猴如見猿猴如彼猿猴躁擾不停種種樹枝華果林等山谷巖窟迴曲之處行不

障礙心之猨猴亦復如是五道差別如種種林地獄畜生餓鬼諸道猶如彼樹衆生無量如種種枝愛如華菓分別色聲諸香味等以爲衆果行三界山身則如窟行不障礙是心猨猴此心猨猴常行地獄餓鬼畜生生死之地又彼比丘依禪觀察心之技兒如見技兒如彼技兒取諸樂器於戲場地作種種戲心之技兒亦復如是種種業化以爲衣服戲場地者謂五道地種種裝飾種種因緣種種樂器者謂自境界技兒戲者生死戲也心爲技兒種種戲者無始無終長生死也又彼比丘依禪觀察心彌泥魚如見彌泥如彌泥魚在於河中若諸河水急速亂波深而流疾難可得行能漂無量種種樹木勢力暴疾不可遮障山澗河水峻速急惡彼彌泥魚能入能出能行能住心之彌泥亦復如是於欲界河急疾波亂能出能入能行能住大智度論云如佛説凡夫人或時知身無常而不能知心無常若凡夫人言身有常猶差以心爲常是大惑何以故身住或十歲二十歲是心日日過去生滅各異念念不停欲生異生欲滅異滅如幻事實相不可得如是無量因緣故知心無常是名心念處行者思惟是心屬誰誰使是心觀已不見有主一切法因緣和合故不自在不自在故無自性無自性故無我若無我誰當使是心止觀云起一念慮知之心隨善惡而生十道一若其心念念專貪瞋癡攝之不還拔之不出日增月甚起上品十惡如五扇提羅者此發地獄之心行火塗道二若其心念念欲多眷屬如海吞流如火焚薪起

中品十惡如調達誘衆者此發畜生心行血塗道三若其心念念欲得名聞四遠八方稱揚欽詠内無實德虚比賢聖起下品十惡如摩犍提者此發鬼心行刀塗道四若其心念念常欲勝彼不耐下人輕他珍己如鵄高飛下視而外揚仁義禮智信起下品善心行阿脩羅道五若其心念念欣世間樂安其臭身悦其癡心此起中品善心行於人道六若其心念念知三惡苦多人間苦樂相間天上純樂爲天上樂折伏麤惡此上品善心行於天道七若其心念念欲大威勢身口意纔有所作一切弭從此發欲界主心行魔羅道八若其心念念欲得利智辯聰高才勇哲鑒達六合十方顒顒此發世智心行尼乾道九若其心念念五塵六欲外樂蓋微三禪之樂猶如石泉其樂内重此發梵心行色無色道十若其心念念知善惡輪環凡夫耽湎賢聖所訶破惡由淨慧淨慧由淨禪淨禪由淨戒尚此三法如飢如渴此發無漏心行二乘道此上十心或先起非心或先起是心或是非並起譬象魚風並濁池水象譬諸非自外而起魚譬内觀羸弱爲二邊所動風譬内外合雜穢濁混和前九種心是生死如蠶自縛後一種心是涅槃如麞獨跳雖得自脱未具佛法俱非故雙簡明知三界無別理但是妄心生爲八倒之根株作四流之源穴疾如掣電猛若狂風瞥起塵勞速甚瀑川之水欻生五欲急過旋火之輪是以結搆四魔驅馳十使沈二死之河底投八苦之燄中醉迷衣裹之珠徒經艱險鬪没額中之寶空自悲嗟皆因妄心

迷此眞覺終無别失有出斯文如上依教所說眞妄二心約義似分歸宗匪别何者眞心約理體妄心據相用今以理恒是心不得心相心恒是理不動心相如水即波不得波相波即是水不壞波相是以動靜無際性相一原當凡心而是佛心觀世諦而成眞諦所以華嚴經云菩薩摩訶薩觀一切法皆以心爲自性如是而住若攝境爲心是世俗勝義心之自性即是眞如是勝義勝義如是而住以無所得而爲方便雙照眞俗無住住故

宗鏡録卷第三

音釋

恬 徒兼切安靖也 慊 賢兼切愊也 躔 直連切居也 摸 慕各切摸㩲也 蘆菔 蘆落胡切菔鼻墨切蘆菔菜名 脊 資昔切背也 甕 烏貢切罌也 鞕 五孟切與硬同 嵐 魯甘切 濫 盧瞰切混濫也 鍮 託侯切銅色黄似金曰鍮 爇 如劣切燒也 駭 下楷切驚也 驟 鉏救切馳驟也 壘 力軌切猶城也 饌 雛戀切 睛 子盈切目精也 縈 於營切縈也 罥 古泫切罥也 矍 居縛切驚顧貌 寵 丑勇切愛也 揣 楚委切度量也 鑛 古猛切金朴也 黏 女廉切相著也 黯 乙減切深黑也 獼猴 獼民卑切猴方鉤切 躁擾 躁則到切動也擾而沼切亂也 鵄 赤脂切鳥名 弭 綿婢切止息也 顒顒 並魚容切顒顒猶向仰也 耽湎 耽丁含切樂也湎彌兖切溺也 麞 諸良切 跳 他吊切越也

宗鏡録卷第四

宋慧日永明妙圓正修智覺禪師 延壽集

夫所言心法者云何是心云何是心法答了塵通相説名心王由其本一心是諸法之總原也取塵別相名爲數法良因其根本無明迷平等性故也辯中邊論云若了塵通相名心取塵別相名爲心法○問此一心法幾義而成答心法總有四義一是事隨境分別見聞覺知二是法論體唯是生滅法數此二義論俗故有約眞故無三是理窮之空寂四具實論其本性唯是眞實如來藏法○問心四義之中前二義是緣慮妄心後二義是常住眞心約眞心則本性幽玄窮理空寂既無數量不更指陳只如妄心既涉見聞又言生滅此緣慮心有其幾種行相答有五種心一率爾心謂聞法創初遇境便起二尋求心於境未達方有尋求三決定心審知法體而起決定四染淨心法詮欣厭而起染淨五等流心念念緣境前後等故法苑義林云辯五心相者且如眼識初墮於境名率爾墮心同時意識先未緣此今初同起亦名率爾故瑜伽論云意識任運散亂緣不串習境時無欲等生爾時意識名率爾墮心有欲生時尋求等攝故又解深密經及決擇論説五識同時必定有一分別意識俱時而轉故眼俱意名率爾心初率墮境故此既初緣未知何境爲善爲惡爲了知故次起尋求與欲俱轉希望境故既尋求已識知先境次起決定印解境故決定已識界差別取正因等相於怨住惡於親住善於中住捨染淨心生由此染淨意識爲

先引生眼識同性善染順前而起名等流心如眼識生耳等識亦爾先德問五心於八識中各有幾心答前五識有四心除尋求心無分別故第六具五心第七無率爾尋求二心有決定染淨等流三心謂第七常緣現在境故無率爾也問第七現有計度分別何無尋求心答夫尋求心皆依率爾後尋求方生第七既無率爾尋求亦無問前五既有率爾何無尋求答尋求有二緣方有一即率爾心引二即計度分別心前五種雖有率爾而無計度分別第八有三心率爾決定等流無染淨尋求問第八同第七常緣現在境何得有率爾答第七緣境即無間斷第八緣境境有間斷第八初受生時創緣三界三種境故問初受生時第七亦創緣三界第八識何無率爾心答第七隨所繫常緣當界第八識也今助一解第七常内緣一境即無率爾第八外緣多境而有率爾無分別故即無尋求問五心之中何心熏種何心不熏種答率爾心有二說一云不熏種任運緣境不强盛故二云若緣生境即不熏種若緣曾聞熟境即熏種由串習力故餘心總熏種今解且如率爾聞聲境時不簡生熟聲境皆熏實聲種子更有九心成輪廣略不同眞理是一其心如輪隨境而轉故經云身非念輪隨念而轉其義如何上座部師立九心輪者一有分二能引發三見四尋求五貫徹六安立七勢用八返緣九有分體且如初受生時未能分別心但任運緣於境轉名有分若有境至心欲緣時便生警覺名能引發其心既於此境上轉見照矚

彼既見彼已便成尋求察其善惡既察彼已遂貫徹識其善惡而安立心起語分別說其善惡隨其善惡便有動作勢用動作既興欲休廢道故返緣前所作事既返緣已還歸有分任運緣境名爲九心可成輪義其中見心通於六識餘唯意識有分心通生死返緣心唯得死若離欲者死唯有分心既無我愛無所返緣不生顧戀未離欲者以返緣心而死有戀愛故若有境至即心可生若無異境恒住有分任運相續然見與尋求前後不定○問若隨分別立眞妄心約此二心總有幾種答大智度論云有二種道一畢竟空道二分別好惡道若畢竟空道尚不得一何況說多若分別好惡道理從義別事乃恒沙且約一心古釋有四一紇利陀耶此云肉團心身中五藏心也如黃庭經所明二緣慮心此是八識俱能緣慮自分境故色是眼識境根身種子器世界是阿賴耶識之境各緣一分故云自分三質多耶此云集起心唯第八識積集種子生起現行四乾栗陀耶此云堅實心亦云貞實心此是眞心也然第八識無別自體但是眞心以不覺故與諸妄想有和合不和合義和合義者能含染淨目爲藏識不和合者體常不變目爲眞如都是如來藏故楞伽經云寂滅者名爲一心一心者即如來藏如來藏亦是在纏法身經云隱爲如來藏顯爲法身故知四種心本同一體但從迷悟分多經偈云佛說如來藏以爲阿賴耶惡慧不能知藏即賴耶識佛說如來藏者即法身在纏之名以爲阿賴耶即是藏識惡慧不能知藏

即賴耶識有執眞如與賴耶體別者是惡慧也然雖四心同體眞妄義別本末亦殊前三是相後一是性性相無礙都是一心即第四眞心以爲宗旨又古德廣釋一心者望一如來藏心含於二義一約體絶相義即眞如門謂非染非淨非生非滅不動不轉平等一味性無差別衆生即涅槃不待滅也凡夫彌勒同一際也二隨緣起滅義即生滅門謂隨熏轉動成於染淨染淨雖成性恒不動只由不動能成染淨是故不動亦在動門楞伽經云如來藏名阿賴耶識而與無明七識共俱如大海波常不斷絶又云如來藏者爲無始虚僞惡習所熏名爲識藏若此一心推末歸本者謂證第一義則得解脱第一義是緣之性若見緣性則脱緣縛華嚴經云皆一心作論云但是一心者一切三界唯心轉故諸教同引證成唯心云何一心而作三界有三一二乘謂有前境不了唯心縱聞一心但謂眞諦之一或謂由心轉變非皆是心二異熟賴耶名爲一心簡無外境故說一心三如來藏性清淨一心理無二體故說一心是知凡聖二法染淨二門無非一心矣又此一心約性相體用本末即入等義更有十門一假說一心則二乘人謂實有外法但由心變動故說一心下之九門實唯一心二相見俱存故說一心此通八識及諸心所幷所變相分本影具足由有支等熏習力故變現三界依正等報三攝相歸見故說一心亦通王數但所變相分無別種生能見識生帶彼影起四攝數歸王故說一心唯通八識以彼心所依王無體

亦心變故釋云攝相歸見者唯識偈云唯識無境界以無塵妄見如人目有瞖見毛月等事凡作論有三義一者立義即初句二者引證即第二句三者譬喻即下二句所緣緣論云内識如外現爲識所緣緣許彼相在識及能生識故意云内識似外境現爲所緣緣許眼等識帶彼相起及從彼生識故結云諸識唯内境相爲所緣緣理極成也則非全無相相全屬識故云歸見攝數歸王者如莊嚴論偈云自界及二光癡共諸惑起如是諸分別二實應遠離釋曰自界謂自阿賴耶識種子二光謂能取光所取光此等分別由共無明及諸餘惑故得生起如是諸分別二實應遠離二實謂所取實及能取實如是二實染汙應求遠離所以論偈云能取及所取此二唯心光貪光及信光二光無二法釋曰求唯識人應知能取所取此之二種唯是心光五以末歸本説一心謂七轉識皆是本識差別功能無別體故經偈云譬如巨海浪無有若干相諸識心如是異亦不可得六攝相歸性説一心謂此八識皆無自體唯如來藏平等顯現餘相皆盡一切衆生即涅槃相經云不壞相有八無相亦無相七性相俱融説一心謂如來藏舉體隨緣成辦諸事而其自性本不生滅即此理事混融無礙是故一心二諦皆無障礙八融事相入説一心謂由心性圓融無礙以性成事事亦鎔融不相障礙一入一切一一塵内各見法界天人脩羅不離一塵九全事相即説一心謂依性之事事無別事心性既無彼此之異事亦一切即一一即是

多多即一等十帝網無礙說一心謂一中有一切彼一切中復有一切重重無盡皆以心識如來藏性圓融無盡以眞如性畢竟無盡故觀一切法即眞如故一切時處皆帝網故如漩洑頌云若人欲識眞空理身内眞如還徧外情與非情共一體處處皆同眞法界不離幻色即見空此即眞如含一切一念照入於多劫一一念劫收一切於一境内一切智於一智中諸境界只用一念觀諸境一切諸境同時會時處帝網現重重一切智通無罣礙漩洑者水之漩流洄洑之處一甚深故二迴轉故三難渡故法海漩洑亦然一唯佛能究故二眞妄相循難窮初後三聞空謂空聞有謂有則沉於漩洑若不了斯宗難超有海隨善惡之浪漂苦樂之洲不遇慈航焉登覺岸如偈云眞如淨法界一泯未甞有隨於染淨緣遂成十法界隨染緣成六凡法界隨淨緣成四聖法界六凡法界者一天法界二人法界三脩羅法界四地獄法界五餓鬼法界六畜生法界四聖法界者一聲聞法界二緣覺法界三菩薩法界四佛法界衆生於眞性上以情想自異則六趣昇沉諸聖於無爲法中以智行爲差則四聖高下然凡聖迹雖昇降縛脱似殊於一眞法界之中初無移動又依華嚴宗一心隨理事立四種法界一理法界者界是性義無盡事法同一性故二事法界者界是分義一一義别有分劑故三理事無礙法界者具性分義圓融無礙四事事無礙法界者一切分劑事法一一如性融通重重無盡故以此十法界因理事四法界性相

即入眞俗融通遝出無窮成重重無盡法界然是全一心之法界全法界之一心隨有力無力而立一立多因相資相攝而或隱或顯如一空徧森羅之物像似一水收萬疊之波瀾入宗鏡中坦然顯現又有所入能入二種法界如清涼䟽云先明所入總唯一眞無礙法界語其性相不出事理隨其義别略有五門一有爲法界二無爲法界三俱是四俱非五無障礙然五各二門初有爲二者一本識能持諸法種子名爲法界如論云無始時來界等此約因義而其界體不約法身二三世之法差别邊際名爲法界不思議品云一切諸佛知過去一切法界悉無有餘等此即分劑之義二無爲法界二者一性淨門在凡位中性恒淨故眞空一味法無差别故二離垢門謂由對治方顯淨故隨行淺深分十種故三亦有爲亦無爲法界二者一隨相門謂受想行藴及五種色并八無爲此十六法唯意所知十八界中名爲法界二無礙門謂一心法界具含二門一心眞如門二心生滅門雖此二門皆名總攝一切諸法然其二位恒不相雜其猶攝水之波非靜攝波之水非動故迴向品云於有爲界示無爲法而不滅壞有爲之相於無爲界示有爲法而不分别無爲之性此明事理無礙四非有爲非無爲法界二門者一形奪門謂緣無不理之緣故非有爲理無不緣之理故非無爲法體平等形奪雙泯大品經云須菩提白佛言是法平等爲是有爲爲是無爲佛言非有爲法非無爲法何以故離有爲法無爲法不可得離無爲法

有爲法不可得須菩提是有爲性無爲性是二法不合不散此之謂也二無寄門謂此法界離相離性故非此一又非二諦故又非二名言所能至故是故俱離解深密經云一切法者略有二種所謂有爲無爲是中有爲非有爲非無爲無爲非無爲非有爲等五無障礙法界二門者一普攝門謂於上四門隨一即攝餘一切故是故善財或覩山海或見堂宇皆名入法界二圓融門謂以理融事故令事無分劑微塵非小能容十刹刹海非大潛入一塵也以事顯理故令理非無分謂一多無礙或云一法界或云諸法界然由一非一故即諸諸非諸故即一乃至重重無盡是以善財暫時執手遂經多劫纔入樓閣普見無邊皆此類也上來五門十義總明所入法界

應以六相融之二明能入亦有五門一淨信二正解三修行四證得五圓滿此五於前所入法界有其二門一隨一能入通五所入隨一所入徧五能入二此五能入如其次第各入一門此上心境二義十門六相圓融總爲一聚無障礙法界百門義海云入法界者即塵緣起是法法隨智顯用有差别是界此法以無性故則無分劑融無二相同於真際與虚空等徧通一切隨處顯現無不明了然此一塵與一切法各不相見亦不相知何以故由各各全是圓滿法界普攝一切更無别法可知見也經云即法界無法界法界不知法界若如是更無别法可知見者云何言入以悟了之處名爲入故又雖入而無所入若有所入則失諸法性空義以無性理同故則處

處入法界前約情智凡小所見隨染淨緣成十法界者即成其過今依華嚴性起法門悉爲眞法界若成若壞若垢若淨全成法界如經云分別諸色無量壞相是名上智者古釋云六道之色壞善壞定二乘之色壞因壞果菩薩之色壞有壞無佛色者壞上諸壞壞爲法界非壞非不壞悉是法界○問心分四名義開十種識之名義約有幾何答若約同門自相不可分別若約異門共相隨義似分名約性相有九義包內外具五名有九者一眼識二耳識三鼻識四舌識五身識六意識七末那識八阿賴耶識九淨識義具五者一識自相謂識自證分二識所變故一切境界從心現起三識相應故同時受想等心法四識分位故識上四相等五識實相故謂二空眞如是識實性自上諸法皆不離識總名唯識故知若相若性若境若心乃至差別分位皆是唯識卷舒匪離總別同時猶雲霧之依空若波瀾之涌海又古德廣釋唯識義有十門明此唯識二字先離解次合解先且離解初唯後識初唯字者有三義一者揀持之義揀之謂揀去我法所執持謂持取持取依圓一性唯識論云唯言爲遣離識我法非無不離識心所無爲等二者決定義決無離心之境定有內識之心謂小乘離心有境清辯破無內心三者顯勝義謂心王勝心所等劣今但顯勝不彰於劣瞿波論師二十唯識云此說唯識但舉王勝理兼心所如言王來非無臣佐次解識字者即了別義謂八種心王是識自性等五位百法理之與事皆不離識不爾

眞如應非唯識攝餘歸識總立識名經云三界唯心次合釋唯識者唯謂揀去遮無外境境無非有識能了別詮有內心心有非無合名唯識唯謂遮無是用識表詮有是體攝用歸體唯即識持業釋夫六釋之文簡法爲妙今欲性相俱辯且略引持業依主二釋可稱今文第一持業釋者有二一持業二同依且持業者持謂任持業謂業用若法體能持用用能顯體名爲持業如言藏識識是體藏是用識體能持藏用即名持業又如妙法即蓮華等二同依釋者即多用同依一體如言分叚生死即身變易生死即身等是所以一切萬法以心爲體萬法是用法不離心用不離體心體能持萬法法即是心用即是體名持業釋若一切法不得自心之任持無一法可立又若無法則無業用無用不能顯體故知一切法是心心是一切法體用相成非一非二第二依主釋者有二一依主釋二依士釋依主者有法以勝釋劣將劣就勝以彰名如言眼識眼是所依即勝識是能依即劣以勝眼釋劣識故將劣就勝以彰其名眼之識故依主釋也或以別簡通依主即別名勝通名劣二依士釋者謂劣法是勝法之士用故今將劣法解於勝法勝法從劣法以彰名如言擇滅無爲擇滅是有爲即劣無爲即勝將勝就劣以彰名依士釋是知心王爲勝一切法盡是心法又心是所依即勝法是能依即劣以劣顯勝心之法故即依主釋無有一法不屬心者若以一切法顯心以劣彰勝法之心故即依士釋所以宗鏡內於持業有財依主

依士鄰近帶數六釋之中不出持業依主等二釋下文不更一一廣明以一例諸自然無惑問此言唯遮外境不有爲遮離心之境爲遮不離心之境答設爾何失難二俱有過若遮離心之境是無餘有不離心相分在何以但言唯識不言唯境識若遮不離心境是無應但有能變三分闕所變相分過如何通釋答所言唯識者遮心外境無不遮内境不離識相分是無問内境與識旣並非無如何但言唯識不言唯境識耶答以護法菩薩云境名通於内外謂有離心境不離心境恐濫外境但言唯識所以唯識論云謂諸愚夫迷執外境起煩惱業生死輪迴不解觀心非謂内境相分如外都無問唯識性與唯識有何同異答各有二義且唯識性二義者一者虚妄唯識性即徧計性所遣清淨二者眞實唯識性即圓成實性所證清淨若言唯識者有二義一者世俗唯識即依他起所斷清淨二者勝義唯識即圓成實所得清淨又言唯識性相不同相是依他唯是有爲通漏無漏性即圓成唯是眞如無爲無漏又云唯言識者是了别義意云五位一百法理之與事不離識今攝歸識總言識名以萬法由心起故然即非唯一人之識亦非唯一識更無餘識等出唯識體者一所觀出體者即取五位一百法爲體以通觀有爲無爲法故即以識相識性合爲唯識體皆不離識故二能觀出體者即唯取心心所爲體心所與識常相應故即唯能非所若約唯識觀即取於境中慧爲體於所觀境觀察勝故又明唯識差别總攝諸緣

及理有其十種一遣虚存實義者遣爲除遣虚爲虚妄觀徧計所執唯虚妄起都無體用應正除遣爲情有理無故存者留義實謂實有即觀依圓法體是實有是本後二智境應正存留爲理有情無故良由一切異生小乘無始時來妄執我法爲有清辯菩薩等妄撥理事爲空今於唯識觀中遣虚者空觀對遣有執存實者有觀對遣空執非有非空法無分別離言詮故二者捨濫留純義捨爲捨離濫即相濫留謂存留純爲無雜雖觀事理有境有心爲心不孤起仗境方生境不自生識變方起由境有濫捨之不稱唯心體既純留說唯識故唯識論云我唯内有境亦通外恐濫外境但言唯識非爲内境如外都無華嚴經云三界唯心故三攝末歸本義攝謂縮攝末即見相二分歸即向本謂識自證分是所依體故今攝末見相分歸本自證分體故言唯識故解深密經云諸識所縁唯識所現四隱劣顯勝義謂王所俱能示現心所即劣依他起故隱劣不取心王即勝所依體故故言唯識即名顯勝故莊嚴論云許心似一現如是似貪等五遣相證性義識言所表具有事理事謂相用遣而不取理爲體性應求作證故攝論偈云依繩起蛇解見繩知是無證見彼分明方知明性亂六境義境謂所觀境識即能觀心此所觀境由識變現境不離識立境唯識義阿毗達磨經云鬼人天等所見各異七教義即能詮教說有唯識義故楞伽經偈云由自心執著心似外境轉彼所見非有是故說唯心八理義道理唯識唯識頌云是

諸識轉變分別所分別由此彼皆無故一切唯識九行義行謂觀行即菩薩在定位作四尋伺觀等即觀行及定俱不離識故瑜伽論偈云菩薩於定位觀境唯是心等十果義謂佛果四智菩薩所有功德皆不離識故莊嚴論云真如無境識是淨無漏界等如上十義性相境智教理行果等皆唯是識無有一法而非所標故稱群經了義中王諸聖所依之父若有遇者頓息希望無一法而可求無一事而不足全獲如來無上之珍寶寧同荆岫璞中已探教海祕密之靈珠豈比驪龍頷下遂得盡衆生之苦際斷煩惱之病原一念功全千途自正是以法華經云如清涼池能滿一切諸渴乏者如寒者得火如躶者得衣如賈人得主如子得母如渡得船如病得醫如闇得燈如貧得寶如民得王如賈客得海如炬除闇此法華經亦復如是能令衆生離一切苦一切病痛能解一切生死之縛故知唯此真實萬法皆空以此標宗更無等等如觀法經云彼有菩薩名曰上首作一乞士入城乞食時有比丘名曰恒伽謂乞士言汝從何來答我從真實中來又問何謂真實答曰寂滅故名爲真實又問寂滅相中有所求無所求耶答曰無所求又問無所求者何用求耶答言無所求中吾故求之又問無所求中何用求耶答有所求者一切皆空得者亦空著者亦空實者亦空來者亦空語者亦空問者亦空寂滅涅槃一切虛空分界亦復皆空吾爲如是次第空法而求真實故知若能於法法上求空則於門門中解脫若人法問答言

語往來如宗鏡中像若般若智照寂滅涅槃如宗鏡中明所以若像若明一切皆空唯有鏡體恒常披露徧一切處未甞出没故云吾爲如是次第空法而求眞實即知一切法皆眞實故無所求中吾故求之矣亦是夫求法者於一切法應無所求故融大師云若有一法可得即是非時求也所以淨名經云空當於何求答曰當於六十二見中求又問六十二見當於何求答曰當於諸佛解脫中求又問諸佛解脫當於何求答曰當於一切衆生心行中求古釋云空智因於見生則空智無性無性故智空故名空智邪見因諸佛解脫而有邪因正生邪見亦空矣諸佛解脫因悟衆生心行則解脫空矣即約其空體無二所以互求理無不徧釋曰邪正既體本同空理又未曾暫隱若於此平等性中即不須求爲未知者説求耳如無生義云如經云願求諸佛慧亦不著願求求佛慧尚不令貪著何況其餘善法又菩薩以離願求但衆生不知求佛道菩薩故發願只云我願求佛道衆生因此方知發心而求佛道得意自知無所求也如上所解則念念與實相相應更無餘念也所以楞伽經云一一相相應遠離諸見過是知若於諸相常與實相相應自然遠離諸過會第一義清淨眞心朗然明徹而無念著即事即如唯心直進即佛之所許自覺之境矣故論偈云自知不隨他寂滅無戲論無異無分別是則名實相○問此唯識大約有幾種答略有二種一具分二不具分且具分唯識者以無性理故成眞如隨緣義則不生滅與

生滅和合非一非異名阿賴耶識即是具分若不全依眞心事不依理故唯約生滅便非具分有云影外有質爲半頭唯識質影俱影爲具分者此乃唯識宗中之具分耳又若決定信入此唯識正理速至菩提如登車而立至遐方猶乘舟而坐昇彼岸如成唯識寶生論云謂依大乘成立三界但唯是識釋云如經所説言大乘者謂是菩提薩埵所行之路及佛勝果爲得此故修唯識觀是無過失方便正路爲此類故顯彼方便於諸經中種種行相而廣宣説如地水火風幷所持物品類難悉方處無邊由此審知自心相現遂於諸處捨其外相遠離欣慼復觀有海喧靜無差棄彼小途絶大乘望及於諸有耽著之類觀若險崖深生怖畏正趣中道若知但是自心所作無邊資糧易爲積集不待多時如少用功能成大事善遊行處猶若掌中由斯理故所有願求當能圓滿隨意而轉

宗鏡録卷第四

音釋

串古患切與慣同　紇下没切　鎔餘封切銷也　漩洑漩似宣切洑房六切　分劑分扶問切劑在詣切分劑限量也　遰徒計切更迭也　撥北末切絶也　綰烏板切　岫似祐切　撲匹角切王未椓去

宗鏡録卷第五

宋慧日永明妙圓正修智覺禪師延壽集

夫眞心靡易妙性無生凡聖同倫云何說妄答本心湛寂絶相離言性雖自爾以不守性故隨緣染淨且如一水若珠入則清塵雜則濁又如一空若雲遮則昏月現則淨故大智度論云譬如清淨池水狂象入中令其渾濁若清水珠入水即清淨不得言水外無象無珠心亦如是煩惱入故能令心濁諸慈悲等善法入心令心清淨然垢淨不定眞妄從緣若昧之則念念輪迴遺失眞性若照之則心寂滅圓證涅槃故知眞妄無因空有言說約眞無說約說無眞皆是狂迷情想建立千途競起空迷演若之頭一法纔生唯現闥婆之影以含生不窮實際但徇狂情則諸聖俯順機宜悉同其事以楔出楔說妄而從妄旋眞將麤接麤舉相而因相通性若不執妄尚不說眞幻影纔消智光息𦦨首楞嚴經云佛告阿難精眞妙明本覺圓淨非留生死及諸塵垢乃至虛空皆因妄想之所生起斯元本覺妙明眞精妄以發生諸器世間如演若多迷頭認影妄元無因於妄想中立因緣性迷因緣者稱爲自然彼虛空性猶實幻生因緣自然皆是衆生妄心計度阿難知妄所起說妄因緣若妄元無說妄因緣元無所有何況不知推自然者肇法師窮起妄之由立本際品云夫本際者即一切衆生無礙涅槃之性何爲忽有如是妄心及種種顚倒者但爲一念迷心此一念者從一而起又此一者從不思議起不思議者即無所起故經云道始生

一一者謂無爲一生二二謂妄心乃至三生萬法也既緣無爲而有心復緣有心而有色故經云種種心色是以心生萬慮色起萬端和合業緣遂成三界種子所以有三界者爲執本迷眞一故即有濁辱生其妄氣者澄清微爲無色界所謂心也澄濁辱爲色界所謂身也散滓穢爲欲界所謂塵境也故經云三界虚妄唯一妄心變化夫内有一生即外有無爲内有二生即外有有爲内有三生即外有三界既内外相應遂生種種諸法及恒沙煩惱也故知三界内無有一法不從自心生因心想念分別造作如幻術力變化萬物於外似有發現現無現性唯自心生迷倒之人執爲外境隨境了別妍醜自分纔生忻猒之情便起塵勞之迹故遠法師云本端竟何從起滅有無際一微涉動境成此頹山勢但内一不生則無諸有欲塞煩惱之窟穴截生死之根株但能内觀一念無生則空華三界如風卷煙幻影六塵猶湯沃雪廓然無際唯一眞心矣進趣大乘方便經云佛言一實境界者謂衆生心體從本已來不生不滅乃至一切衆生心一切二乘心一切菩薩心一切諸佛心皆同不生不滅眞如相故乃至盡於十方虚空一切世界求心形狀無一區分而可得者但以衆生無明癡闇熏習因緣現妄境界令生念著所謂此心不能自知妄自謂有起覺知想計我我所而實無有覺知之相以此妄心畢竟無體不可見故若無覺知能分別者則無十方三世一切境界差別之相以一切法皆不能自有恒依妄心分別故有所

謂一切境界各各不自念爲有知此爲自知彼爲他是故一切法不能自有則無別異唯依妄心不了不知内自無故謂有前外所知境界妄生種種法想謂有謂無謂好謂惡謂是謂非謂得謂失乃至生於無量無邊法想當如是知一切諸法皆從妄想生依妄心爲本然此妄心無自相故亦依境界而有所謂緣念覺知前境界故說名爲心又此妄心與前境界雖俱相依起無前後而此妄心能爲一切境界原主所以者何謂依妄心不了法界一相故說心有無明依無明力因故現妄境界亦依無明滅故一切境界滅非依一切境界自不了故說境界有無明亦非依境界故生於無明以一切諸佛於一切境界不生無明故又復不依境界滅故無明心滅以一切境界從本已來體性自滅未曾有故因如此義是故但說一切諸法依心爲本當知一切諸法悉名爲心以義體不異爲心所攝故又一切諸法從心所起與心作相和合而有共生共滅同無有住以一切境界但隨心所緣念念相續故而得住持暫時而有如上廣引佛言委曲周細只爲成後學之信明我自心寶藏論云古鏡照精其精自形古教照心其心自明當知一心徧一切心無塵可異一切性含一性有法皆同無形而廓徹虛空誰分彼此搜迹而任窮法界莫得纖毫何故衆生界中即今顯現斯則皆因妄念積集熏成如鏡上之塵似遮光影若空中之霧暫混清虛但有一法現前皆是自心分別設當一念纔起盡因幻境牽生起滅同時更無前後若

知能所無體頓悟人空法空忽了物我無依始信境寂心寂又乃心生非是因彼境未曾生心滅亦不因他境未曾滅當知境因心起還逐心亡但心生非境生心滅非境滅似魚母念魚子如蜂王攝衆蜂若魚母不念則魚子亡蜂王不攝而衆蜂散是以有心緣想萬境擬然無念憶持纖塵不現終無心外法能與心爲緣但是自心生還與心爲相是以楞伽經云不覺自心所現分劑不覺内識轉變外現爲色但是自心所現不通達如此分劑名惡見論以不知心現起差別見故云分劑是知若不於宗鏡正義之中所有知解皆是邪道宗黨設形言説悉墮惡見論議此宗鏡法義可以憑准正理無差可以依行現前得力萬邪莫迴其致千聖不改其儀遂能洗惑塵消滯慮湛幽抱豁神襟獨妙絶倫故無等等○問若言有眞有妄是法相宗若言無眞無妄是破相宗今論法性宗云何立眞立妄又説非眞非妄答今宗鏡所論非是法相立有亦非破相歸空但約性宗圓教以明正理即以眞如不變不礙隨緣是其圓義若法相宗一向説有眞有妄若破相宗一向説非眞非妄此二門各著一邊俱可思議今此圓宗前空有二門俱存又不違礙此乃不可思議若定説有無二門皆可思議今以不染而染則不變隨緣染而不染則隨緣不變實不可以有無思亦不可爲眞妄惑斯乃不思議之宗趣非情識之所知今假設文義對治只爲破其邪執若情虚則智絶病差則藥消能窮始末之由方洞圓常之旨故復禮法師問天

下學士真妄偈云真法性本淨妄念何由起從真有妄生此妄安可止無初即無末有終應有始無始而有終長懷懵茲理願爲開玄妙析之出生死澄觀和尚答云迷真妄念生悟真妄則止能迷非所迷安得全相似從來未曾悟故説妄無始知妄本自真方是恒常理分別心不亡何由出生死宗密禪師釋云大乘經教統唯三宗一法相宗二破相宗三法性宗今此問是法性宗中鬬鏃關節不問二宗若法相宗所説一切有漏妄法無漏淨法無始時來各有種子在阿賴耶識中遇緣熏習即各從自性起都不關真如誰言從真生妄也彼説真如一向無爲寂滅無起無止不可難他從真有妄生也若破相宗一向説凡聖染淨一切皆空本無所有設見一法過涅槃者亦如幻夢彼且本不立真何況於妄故不難云從真有妄也唯疑法性宗以此宗經論言依真起妄者如云法身流轉五道如來藏受苦樂等言悟妄即真者如云初發心時即成阿耨菩提知妄本自真見佛即清淨等又言凡聖混融者如云一切衆生本來成正覺般涅槃毗盧遮那身中具足六道衆生等真妄相即雖説煩惱菩提無有始終又説煩惱終盡方名妙覺華嚴起信等經論首末之文義宗有礙自語相違擬欲揀之不可取一捨一欲合之又難會俱用之又相違試問天下學士有達者即知真入道若諸師所答悉迷問意皆約泯相歸理而説都不識他所問從真起妄之由修妄證真之理然迷真起妄蓋有因由息妄歸真非無所以復禮法師

豈不知眞妄俱寂理事皆如如寂之中何有問答然有二門義理易辯即無違妨一者一向説有妄可斷有眞可證二者一向説非眞非妄無凡無聖此二門皆可思議故勝鬘經云衆生自性清淨心無煩惱所染不染而染染而不染皆云難可了知復禮正問此義諸師所答但説無垢染耳唯觀和尚所答約眞如不變不礙隨緣方爲契當今宗密試答曰本淨本不覺由斯妄念起知眞妄即空知空妄即止止處名有終迷時號無始因緣如幻夢何終復何始此是衆生原窮之出生死又人多謂眞能生妄故疑妄不窮盡爲決此理重答前偈不是眞生妄妄迷眞如起知妄本自眞知眞妄即止妄止似終末悟來似初始迷悟性皆空性空無終始生死由此迷達此出生死又約始終有四句分別一有始無終即是始覺二有終無始即是無明三無終無始謂實際四有始有終是一期生死又釋云無始而有終長懷懵斯理者即法相事而例難之今云有妄即眞則同無終始若分別説應有四句眞理則無終無始妄念則無始有終眞智則無終有始暫起妄念有終有始若約圓融同無終始既無終始亦復無有無終無始唯亡言絶想可會斯玄詳上答意深合圓宗於隨緣門初即迷眞起妄後乃悟妄即眞於迷悟中似分終始約不變門妄自本空誰論前後眞俗無性凡聖但名譬如迷繩作蛇疑杌爲鬼眞諦非有世諦非無二諦相成不墮邪見是以俗諦不得不有有常自空眞諦不得不空空恒徹有今時學者多迷空有

二門盡成偏見唯尚一切不立拂迹歸空於相違差别義中全無智眼既不辯惑何以釋疑故云涅槃心易得差别智難明若能空有門中雙遮雙照眞俗諦内不即不離方可弘法爲人紹隆覺位

問法相法性二宗如何辯别答法相多説事相法性唯談理性如法相宗離第八識無眼等諸識若法性宗離如來藏無有八識若眞如不守自性變識之時此八識即是眞性上隨緣之義或分宗辯相事則兩分若性相相成理歸一義以不變隨緣隨緣不變故如全波之水全水之波動靜似分濕性無異清涼記引密嚴經偈云如來清淨藏世間阿賴耶如金與指鐶展轉無差别即賴耶體是如來藏與妄染合名阿賴耶更無别體又金色如指鐶全體即金然此上異總有四句一以本成末本隱末存此即存隱不異故云以妄無體攬眞而起則眞無不隱唯妄現也二攝末歸本末盡本顯此即顯滅明不異故云以眞體實妄無不盡唯眞現也三攝本從末末存攝末歸本本顯此則兩法俱存但眞妄有異即有眞有妄明不異故故云是即無體之妄不異體實之眞故云無有異也四攝本從末本隱是不無義攝末歸本末盡是不有義此則不有不無明不異亦是末後二句又非異故非邊不一故非中非中非邊是無寄法界妙智所證湛然常住無所寄也又非一即非異故恒居邊而即中等又非一即生死非異即涅槃非一即非異故恒住生死即處涅槃等亦可衆生迷故成阿賴耶如來悟故成

如來藏如金隨工匠緣成時展作指鐶如指鐶隨爐火緣壞時却復爲金成壞展轉但是一金更無差別如來藏心亦復如是但隨淤緣之時迷作阿賴耶隨淨緣之時悟成如來藏本末展轉唯是一心畢竟無別如無生義云衆生身中有涅槃即是末中含有本衆生是涅槃家用即是本中含有末貪欲即是道即是末中含有本貪欲即是道家用即是本中含有末故經言一切凡夫常在於定問言常在何定答言以不壞法性三昧故此是末中含有本法性中含有衆生即是本中含有末大品經言不可離有爲說無爲不離無爲說有爲又末即是本本即是末義如波即是水水即是波如經言生死是涅槃無滅無生故又楞伽經云眞識現識如泥團微塵等乃至大慧若泥團微塵異者非彼所成而實彼成是故不異若不異者泥團微塵應無差別如是轉識藏識眞相若異者藏識非因若不異者轉識滅藏識亦應滅而自眞相實不滅是故非自眞相滅但業相滅耳此中眞相是如來藏轉識是七轉識藏識是賴耶又云諸識有三種相謂轉相業相眞相此三種相通於八識謂起心名轉八俱起故皆有生滅故名轉相動則是業如三細中初業相故八識皆動盡名業相八之眞性盡名眞相故經云略說有三種識廣說有八種相何等爲三謂眞識現識分別事識約不與妄合如來藏心以爲眞識現即第八經云譬如明鏡持衆色像現識處現亦復如是餘七皆名分別事識經云若異者藏識非因者謂三若異藏識則

應不用眞相及轉識爲因既以轉識熏故眞識隨緣而成藏識則知不異非以藏識爲二識因故經云非自眞相滅但業相滅斯則三事備矣經喻中有三一塵二水三泥以水和塵泥團方成以業熏眞相業識便生經云若自眞相滅者藏識則滅者反顯藏識以眞妄和合而成但其妄滅而眞體不無又自眞相者曉法師釋云本覺之心不藉妄緣性自神解名自眞相約不一義說又隨無明風作生滅時神解之性與本不異亦名自眞相是依不異義說又經云如來藏爲無始惡習所熏名爲藏識又云大慧如來藏是善不善因能徧興一切趣生譬如伎兒變現諸趣是以諸教皆如來藏爲識體故知心性即如來藏此外無法唯識論偈云又諸法勝義亦即是眞如常如其性故即唯識實性明知天親亦用如來藏而成識體但後釋論之人唯立不變則過歸後人以要言之總上諸義皆是眞妄和合非一非異能成一心二諦之門不墮斷常處中妙旨事理交徹性相融通無法不收盡歸宗鏡○問眞妄二心行相各異如何融會得入法性之圓宗答但了妄念無生即是眞心不動此不動之外更無毫釐法可得如經云預流一來果不還阿羅漢如是諸聖人皆依心妄有大般若經云復次善現甚深般若波羅密多分析諸法過極微量竟不見有少實可得故名般若波羅蜜多又眞妄無體俱有名字名字無體皆依言說言說性空俱無起處則一切言語悉皆平等一切諸法悉皆眞實所以勝思惟梵天所問經云梵天謂

文殊言仁者所説皆是眞實文殊曰善男子一切言説皆是眞實問曰虚妄言説亦眞實耶答曰如是何以故善男子是諸言説皆爲虚妄無處無方若法虚妄無處無方即是眞實以是義故一切言説皆是眞實善男子提婆達多所有言説與如來語無異無别何以故諸有言説皆是如來言説不出如故諸有言語所説之事一切皆以無所説故得有所説又輔行記釋一念心以成觀境此有二義一者以禪爲境不同世心二者即此境心復須離著向辯禪心既言一念一多相即爲是何等一心能具故簡示云不得同於妄計一念能了妄念無一異相違此無相具一切心三千具足方能照於一多相即此據初心習觀之人恐濫於妄情境觀是故應須簡示入門若據理論無非法界亦何隔於取著妄情以念本自空妄不可得故爲執有者令觀空耳又先徳云未念之時念則未生未生則是不有不有之法亦無自相現在之念從縁而生念若自有不應待縁待縁生故即無自體故知心無自性縁起即空如欲斷其流但塞其源欲免其生但斷其根不用多功最爲省要故通心論云夫縛從心縛解從心解縛解從心不關餘處出要之術唯有觀心觀心得悟一切俱了是故智者先當觀心觀心得淨返觀自心欺誑不實如幻如化躁擾不住猶如猿猴騰躍奔擲又如野馬無始無明歷劫流浪不知何由得出若能如是觀心過患又推諸境境無自性由見而有不見即無又推見處見無自性由心有動不動即無又推動

心動無自性獨由不覺覺則不動又推不覺無有根本直是無始虛習念念自迷無念眞心一無所有論云如人迷故謂東爲西方實不轉衆生亦爾無明迷故謂心爲動心實不動若能觀心知心無起即得隨順入眞如門當知所有皆是虛妄心念而生心有即有心無即無有無從心彌須自覺勿不自覺爲心自欺既知心誑更勿留心好惡是非一時都放則心無住處心無住處則無有心既無有心亦無無心有無總無身心俱盡身心盡故泯齊萬境萬境無相合本一冥冥然玄照照無不寂以寂爲體體無不虛虛寂無窮通同法界法界緣起無不自然來無所從去無所至又法無定相眞妄由心起盡同原更無別旨所以古師廣釋眞妄交徹之義云夫眞妄者若約三性圓成是眞徧計爲妄依他起性通眞通妄淨分同眞染分爲妄約徧計爲妄者情有即是理無妄徹眞也理無即是情有眞徹妄也若染分依他爲妄者緣生無性妄徹眞也無性緣成眞徹妄也若約隨俗說眞妄者眞妄本虛則居然交徹眞妄皆眞則本來一味故知眞妄常交徹亦不壞眞妄之相則該妄之眞眞非眞而湛寂徹眞之妄妄非妄而雲興如水該波而非水濕性凝停波徹水而非波洪濤洶涌則不存不泯性相歷然一一融通重重交徹無障無閡體用相收入宗鏡中自然法爾故先德云然其眞妄所以交徹者不離一心故禪源集云謂一切凡聖根本悉是一法界心性覺寶光各各圓滿本不名諸佛亦不名衆生秖以此心靈妙自在

不守自性隨迷悟之緣成凡聖之事又雖隨緣而不失自性常非虚妄常無變異不可破壞唯是一心遂名真如故此一心常具二門未曾暫闕秪隨緣門中凡聖無定謂本來未曾覺悟故説煩惱無始若修證即煩惱斷盡故説有終然實無別始覺亦無不覺畢竟平等故此一心常具真如生滅二門又真妄各有二義一真有不變隨緣二義二妄有體空成事二義謂由真不變故妄體空爲真如門由真隨緣故妄識成事爲生滅門以生滅即真如故諸經説無佛無衆生本來涅槃常寂滅相又以真如即生滅故經云法身流轉五道號曰衆生既知迷悟凡聖在生滅門今於此門具彰凡聖二相即真妄和合非一非異名阿賴耶識此識在凡本來常有覺與不覺二義覺是三乘賢聖之本不覺是六道凡夫之本今推此不覺之心無體則真覺之性現前寶積經云佛言菩薩如是求心何者是心若貪欲耶若瞋恚耶若愚癡耶若過去未來現在耶若心過去即是滅盡若心未來未來未至若心現在則無有住是心非内非外亦非中間是心無色無形無對無識無知無住無處如是心者十方三世一切諸佛不已見不今見不當見若一切佛過去來今而所不見云何當有但以顛倒想故心生諸法種種差別是心如幻以憶想分別故起種種業受種種身乃至如是迦葉求是心相而不可得若不可得則非過去未來現在若非過去未來現在則出三世若出三世非有非無若非有非無即是不起若不起者即是無性若無

性者即是無生若無生者即是無滅若無滅者則無所離若無所離者則無來無去無退無生若無來無去無退無生則無行業若無行業則是無爲若無爲者則是一切諸聖根本持世經云菩薩爾時作是念世間甚爲狂癡所謂從憶想分别識起於世間與心意識合三界唯皆是識是心意識亦無形無方不在法内不在法外凡夫爲虚妄相應所縛故於識陰中貪著於我若我所金剛三昧經云如諸名色唯是癡心分别癡心分别諸法更無異事出於名色知法如是不隨文語心心於義不分别我論釋云此明方便觀於中有二一明唯識尋思更無異事出於名色者名謂四蘊色是色蘊諸不相應皆假建立離此名色更無别體故諸有爲之事皆爲名色所攝如是諸法唯心所作離心無境離境無心如是名爲唯識尋思二顯如實智知法如是不隨文語者是名尋思所引如實智故心心於義不分别我者是義尋思所引如實智故人法二我皆無有義所以於中不分别故此真妄二心情分二種智了唯一一二俱亡方入宗鏡所以維摩經云妙臂菩薩曰菩薩心聲聞心爲二觀心相空如幻化者無菩薩心無聲聞心是爲入不二法門故知既以無心現心則無法現法何者以一切境界隨念而生念既本空法復何有如大法炬陀羅尼經云佛言憍尸迦若人來問今此大衆食調衆具須功幾何彼問如是汝云何答天帝釋言世尊我無所報何以故世尊今我此處三十三天凡是所須衣食衆具隨念現前非造作

故佛言憍尸迦一切諸法亦復如是皆住心中隨所念時即得成就憍尸迦猶如卵生諸衆生等但以心念即便受生一切諸法亦復如是皆由心念法即現前憍尸迦又如一切濕生之類所謂魚鼈黿鼉虬坻彌宜羅此等皆是卵生所攝此等或唯行一由旬或二由旬或至三四或復過七達彼地已安處已卵不令疲乏故能成熟憍尸迦此三藏教亦復如是隨憶念時彼業現前次第不亂相續不斷與彼句義和合相應又佛地論云三十三天有一雜林諸天和合福力所感令諸天衆不在此林宮殿等事共樂等受勝劣有異有我我所差別受用若在此林若事若受都無勝劣皆同上妙無我我所和合受用能令平等和合受用故名雜林此由諸天各修平等和合福業增上力故令彼諸天阿賴耶識變現此林同處同時同一相狀由此雜林增上力故令彼轉識亦同變現雖各受用而謂無別是以若達諸法皆心想生即從世俗門是聖行處如無盡意菩薩經云爾時舍利弗問無盡意唯善男子從何處來佛號何等世界何名去此近遠無盡意言唯舍利弗有來想耶舍利弗言唯善男子我知想已無盡意言若知想者應無二相何緣問言從何處來唯舍利弗有來去者爲和合義如和合相是無合不合無合不合即不去來不去來者是聖行處佛藏經云佛言舍利弗隨所念起一切諸想皆是邪見舍利弗隨無所有無覺無觀無生無滅通達是者名爲念佛海龍王經云佛言大王一切諸法皆從念興隨其所作各各

悉成諸法無住亦無有處大智度論云菩薩云何觀心念處菩薩觀内外心是内心有三相生住滅作是念是心無所從來滅亦無所至但從内外因緣和合生是心無有定實相亦無實生住滅亦不過去未來現在世中是心不在内不在外不在中間是心亦無性無相亦無生者無使生者外有種種種雜六塵因緣内有顛倒心想生滅相續故强名爲心如是心中實心相不可得是心性不生不滅常是淨相客煩惱相著故名爲不淨心心不自知何以故是心心相空故是心本末無有實法是心與諸法無合無散亦無前際後際中際無色無形無對但顛倒虚誑生是心空無我無我所無常無實是名隨順心觀知心相無生入無生法中何以故是心無生無性

無相智者能知智者雖觀是心生滅相亦不得實生滅法不分別垢淨而得心清淨以是心清淨故不爲客塵煩惱所染如是等觀内心觀外心觀内外心亦如是故知法本不有因心故生離憶想而無法可成除分別而無塵可現又反觀憶想分別畢竟無生從三際求求之不見向十方覓覓之無蹤既無能起之心亦無所滅之跡起滅俱離所離亦空心境豁然名爲見道於見道中相待之真妄自融對治之能所皆絶能所盡處自然成佛如華嚴論云此經云以少方便疾得菩提不同權教菩薩同有爲故立能證所證也一念之間無有能所能所盡處名爲正覺亦不同小乘滅能所也了能所本無動故此乃任法性故動寂皆平爲本智非動寂故妄謂爲動愚

夫不了棄動而求寂爲大苦也故維摩經云五受陰洞達空爲苦義爲小乘有忻厭故即苦生○問此說眞妄二心爲是法相宗爲是法性宗答准華嚴演義云論云三界虛妄但是一心者若取三界虛妄即是所作便屬世諦今取能作爲第一義論釋唯是能作今經云三界唯心轉者則通能所然能所有二若法性宗中以第一義隨緣成有即爲能作所有心境皆通所作以不思議熏不思議變是現識因故若法相宗第一義心但是所迷非是能作有三能變謂第八等唯識論云又復有義大乘經中說三界唯心唯是心者但有內心無色香等外諸境界此云何知如十地經說三界虛妄但是一心作故心意與識及了別等如是四法義一名異此依相應心說非不相應心說心有二種一相應心所謂一切煩惱結使受想行等皆心相應以是故言心意與識及了別義一名異故二不相應心所謂第一義諦常住不變自性清淨心故言三界虛妄但一心作是相應心今依法性故云第一義心以爲能作言轉者起作義亦轉變義○問如上所說眞妄二心但是文理會歸何方便門得親見性答妄息心空眞知自現若作計校轉益妄心但妙悟之時諸緣自絕如古佛悟道頌云因星見悟悟罷非星不逐於物不是無情又寶藏論云非有非空萬物之宗非空非有萬物之母出之無方入之無所包含萬有而不爲主應化萬端而不爲主道性如是豈可度量見性之時自然披露所以古偈云妄息寂則生寂生知則現知生

寂已捨了了唯眞見又信心銘云前際知空知處悉宗分明照境隨照冥蒙一心有滯萬法不通去來自爾不用推窮如學人問黃蘗和尚秖如目前虛空可不是境豈無指境見心答甚麽心向境上見設爾得見元來秖是照境心如人以鏡照面縱得眉目分明元來秖是影像何關汝事問若不因照如何得見答若涉因常須假物有甚麽了時汝不見道撒手似君無一物徒勞謾說數千般問他若識了照時亦無物答若是無物更何處得照汝莫開眼寱語師云百種多知不如無求最第一道人

宗鏡録卷第五

音釋

楔先結切木楔也　滓穢滓側氏切澱也穢於廢切汚也　摐楚江切撞也　懵武亘切不明也　齧鏃齧五結切噬也鏃作木切矢鏑也　杌五忽切木無枝也　釐都知切十毫曰釐　洶涌洶許拱切涌余隴切洶涌水泛溢也　閡五溉切與礙同　鼈并列切　黿愚袁切　虬渠幽切無角龍也

宗鏡録卷第六

宋慧日永明妙圓正修智覺禪師 延壽集

夫宗鏡本懷但論其道設備陳文義爲廣被羣機同此指南終無別旨竊不可依文失其宗趣若悟其道則可以承紹可以傳衣如有人問南泉和尚云黃梅門下有五百人爲甚麽盧行者獨得衣鉢師云只爲四百九十九人皆解佛法只有盧行者一人不解佛法只會其道所以得衣鉢○問只如道如何會答如本師云如來道場所得法者是法非法亦非非法我於此法智不能行目不能見無有行處慧所不通明不能了問無有答又古人云此事似空不空似有不有隱隱常見只是求其處所不可得是以若定空則歸斷見若實有則落常情若有處所則成其境故知此事非心所測非智所知如香嚴和尚頌云擬議前後安置中邊不得一法没溺深泉都不如是我我現前十方學者如何參禪若道如是豈可會耶所以古人云直須妙會始得斯乃不會之會妙契其中矣故先聖悟道頌云有無去來心永息内外中間都總無欲見如來真佛處但看石羊生得駒如此妙達之後道尚不存豈可更論知解會不會之妄想乎如古德偈云勸君學道莫貪求萬事無心道合頭無心始體無心道體得無心道也休先洞山和尚偈云者箇猶不是況復張三李真空與非空將來不相似了了如目前不容毫髮擬只如云者箇猶不是豈況諸餘狂機謬解所以經云心不繫道亦不結業道高不繫降茲可知入宗鏡中自然冥合○問覺體不

遷假名有異凡聖既等衆生何不覺知若言不迷教中云何說有迷悟答只爲因本覺眞心而起不覺因不覺故成始覺如因地而倒因方故迷又因地而起因方故悟則覺時雖悟悟處常空不覺似迷迷時本寂是以迷悟一際情想自分爲有虛妄之心還施虛妄之藥經云佛言我說三乘十二分教如空拳誑小兒是事不知號曰無明祖師偈云如來一切法除我一切心我無一切心何須一切法故知巳眼若開眞明自發所治之迷悟見病既亡能治之權實法藥自廢夫悟此法者非假他智與異術也或直見者如開藏取寶剖蚌得珠光發襟懷影含法界如經頌云如人獲寶藏永離貧窮菩薩得佛法離垢心清淨或不悟者自生障礙故通心論云眞常不易對生滅者自移至理圓通執方規而致隅此悉迷自性但逐依通應須巳眼圓明不隨他轉如融大師頌云瞎狗吠茅叢盲人唱賊虎循聲故致迷良由目無覩若得心開照理之時諸見皆絕不見佛法是不見世法非以自性中言思道斷故如云無所是是菩提不應安佛菩提於有所是邊如今但不用安置體自虛玄如瑠璃寶器隨所在處不失其性若識得此事亦復如是任是一切凡聖勝劣之色影現其中其性不動不知此事之人即隨前色變分別好醜而生忻慼所以祖師云隨流認得性無喜復無憂起信論云心生滅門者謂依如來藏有生滅心轉不生滅與生滅和合非一非異名阿賴耶識有二種義謂能攝一切法能生一切法復有二種義一者

覺義二者不覺義言覺義者謂心第一義性離一切妄念相離一切妄念相故等虚空界無所不徧法界一相即是一切如來平等法身依此法身説一切如來爲本覺以待始覺立爲本覺然始覺時即是本覺無别覺起立始覺者謂依本覺有不覺依不覺故説有始覺又以覺心原故名究竟覺不覺心原故非究竟覺乃至爲有妄想心故能知名義爲説真覺若無不覺之心則無真覺自相可説疏釋云若隨染隨流成於不覺則攝世間法若不變之本覺及返流之始覺則攝出世間法鈔解云於本始二覺中論攝法者若本覺所攝即是大智慧光明義徧照法界義真實識知義等若始覺所攝即是三明八解脱五眼六神通十力四無畏十八不共法等然此據實即同義言且異故疏云於生滅門中隨流不覺返流始覺於義用則攝法不同若真如門中則鎔融含攝染淨不殊謂以一真如理融之使染即非染淨即非淨即染即淨深爲一味故不殊也如論云一切諸法從本已來離言説相離名字相離心緣相畢竟平等無有變異不可破壞唯是一心故名真如是知隨覺不覺之緣似生染淨緣生無性染淨俱虚又云離言説相豈可以言談離心緣相豈可以心度實謂心言路絶唯證相應耳且夫凡言説者從覺觀生是共相和合而起分别者因意識生是計度比量而起以要言之皆因不覺教觀隨生若無不覺之心一切諸法悉無自相可流除方便門而爲開示究竟指歸無言之道故論云若離不覺之心則無真

覺自相可說以覺對不覺說共相而轉若無不覺覺無自相如獨掌不鳴思之可見乃至染淨諸法悉亦如是皆相待有畢無自體可說如離長何有短離高何有低若入宗鏡中自然絶待又鈔中問生滅真如各攝諸法未審攝義爲異爲同答曰異也何者生滅門中名爲該攝真如門中名爲融攝該攝故染淨俱有融攝故染淨俱亡俱亡故一味不分俱有故歷然差別摩訶衍論云此一覺有二門一者略說本覺安立門二者略說始覺安立門本覺門中則有二門一者清淨本覺門二者染淨本覺門始覺門中又有二門一者清淨始覺門二者染淨始覺門云何名爲清淨本覺本有法身從無始來具足圓滿過恒沙德常明淨故云何名染淨本覺自性清淨心受無明熏流轉生死無斷絶故云何名爲清淨始覺無漏性智出離一切無量無明不受一切無明熏故云何名爲染淨始覺般若受無明熏不能離故如是諸覺皆智眷屬當證何理以爲體分謂性真如及虛空理如是二理各有二種云何名爲二種真如一者清淨真如二者染淨真如虛空之理亦復如是云何名爲清淨真如二種淨覺所證真如離熏習故云何名爲染淨真如二染淨覺所證真如不離熏故虛空之理亦復如是以何義故强名本覺字事差別其相云何頌曰本覺各有十體雖同字事各各差別故謂根明等義論曰本覺各有十云何爲十本一者根字事本本有法身能善住持一切功德譬如樹根能善住持一切枝葉及華果等不壞不失故

二者本字事本本有法身從無始來自然性有不從始起故三者遠字事本本有法身其有德時重重乆遠無分界故四者自字事本本有法身我自成我非他成我故五者體字事本本有法身爲諸枝德作依止故六者性字事本本有法身不轉之義常建立故七者住字事本本有法身住於無住無去來故八者常字事本本有法身決定實際無流轉故九者堅字事本本有法身遠離風相堅固不動若金剛故十者總字事本本有法身廣大圓滿無所不徧爲通體故是名爲十云何十覺一者鏡字事覺薩般若慧清淨明白無塵累故二者開字事覺薩般若慧通達現了無障礙故三者一字事覺薩般若慧獨尊獨一無比量故四者離字事覺薩般若慧自性解脫出離一切種種縛故五者滿字事覺薩般若慧自具足無量種種功德無所少故六者照字事覺薩般若慧放大光明徧照一切無量境故七者察字事覺薩般若慧常恒分明無迷亂故八者顯字事覺薩般若慧清淨體中淨品眷屬悉現前故九者知字事覺薩般若慧於一切法無不窮故十者覺字事覺薩般若慧所有功德唯有覺照無一一法而非覺故是名爲十如是十種本覺字義唯依一種本性法身隨義釋異據其自體無别而已此中所說二本覺中當何本覺謂清淨本覺非染淨本覺染淨本覺字義差别其相云何頌曰染淨本覺中或各有十義前說十事中各有離性故論曰此本覺中或各有十所以者何前十義中各有不守自性義故字事配

屬依向應知如是二覺同耶異耶非同同故非異異故以此義故或同或異或非是同或非是異是故皆是皆非而已以何義故强名始覺字事差別其相云何頌曰從無始已來無有惑亂時今日始初覺故名爲始覺論曰從無始來始覺般若無惑亂時而無惑時今日始初覺故名始覺如是始覺前惑後覺則非始覺而無惑時理常現今常初故爲始覺如是始覺二始覺中當何始覺耶謂清淨覺非染淨覺染淨始覺字事差別其相云何頌曰清淨始覺智不守自性故而能受染熏故名染淨覺雖無惑時而不守自性故能受染熏隨緣流轉以此義故是故名爲染淨始覺以何義故强名眞如字事差別其相云何頌曰性眞如理體平等平等一無有多相故故

名爲眞如論曰性眞如理平等平等雖同一相亦無一相亦無多相無一相故遠離同緣無多相故遠離異緣以此義故名爲眞如如是眞如二種淨智親所內證復次眞如各有十義一者根字事眞乃至第十總字事眞如是十眞十種本義相應俱有不相捨離是故同名表示而已云何十如一者鏡字事如乃至第十覺字事如如是十覺義相應俱有不相捨離故是故同名表示而已所以者何十種眞理本有法身有德方便十眞如理薩般若慧有覺方便以此義故更重言詞作如是示此中所說二眞如中當何眞如謂清淨眞如非染淨眞如染淨眞如字事差別其相云何頌曰清淨眞如理不守自性故而能受染熏名染淨眞如論曰清淨眞如從無始來平

等平等自性清淨不生不滅亦無去來亦無住所而真如理性不守自性故隨緣動轉是故名爲染淨真如如是真如二染淨智親所内證相應俱有不相捨離如是等義觀前所說比類應知以何義故强名虚空字事差别其相云何虚空有十義其體雖同義事各各差别故謂無礙等事論曰性虚空理有十種義一者無障礙義諸色法中無障礙故二者周徧義無所不至故三者平等義無揀擇故四者廣大義無分際故五者無相義絶色相故六者清淨義無塵累故七者不動義無成壞故八者有空義滅有量故九者空空義離空著故十者無得義不能執故是名爲十如是十事義用差别若據其體無别而已此虚空理二種淨智親所内證相應俱有不相捨離二虚空中當何虚空謂清淨虚空非染淨虚空染淨虚空字事差别其相云何頌曰清淨虚空理不守自性故而能受熏習名染淨虚空論曰清淨虚空具足十德亦無染相亦無淨相而虚空性不守自性故能受染淨熏隨緣流轉是故名爲染淨虚空又起信論疏云本覺者以對始故説之爲本言離念者離於妄念顯無不覺也等虚空等者非唯無不覺之闇乃有大智慧光明義等故也虚空有二義以況於本覺一周徧義謂横徧三際竪通凡聖故云無所不徧也二無差别義謂在纏出障性恒無二故法界一相也欲明覺義出纏相顯故云即是如來平等法身既法身之覺理非新成故云依此法身説名本覺無性攝論云無垢無罣礙智名爲法身金光明

經名大圓鏡智名法身等皆此義也何以故者責其立名有二責意一云上開章中直云覺義何故今結乃名本覺二云此中既稱本覺何故論中直云覺耶進退責也釋云以對始故說之爲本答初意也以始即同本以至心原時始覺即同本覺無二相故是故論中但云本覺答後意也良以本覺隨染生於始覺還待此始覺方名本覺故云本覺者對始覺說也然此始覺是本覺所成還契心原融同一體方名始覺故云以始覺即同本也問若始覺異本即不成始也若始同本即無始覺之異如何說言對始名本答今在生滅門中約隨染義形本不覺說於始覺而實始覺至心原時染緣既盡始本不殊平等絕言即眞如門攝也是故本覺之名在生滅門中非眞如門也第二始覺者牒名依本覺有不覺者明起始覺之所由謂即此心體隨無明緣動作妄念而以本覺內熏習力故漸有微覺厭求乃至究竟還同本覺故云依本覺是以依本覺有不覺依不覺有始覺也論同本覺隨染生智淨相者即此始覺也此中大意明本覺成不覺不覺成始覺始覺同本覺同本覺故即無不覺無不覺故即無本覺無本覺故平等平等離言絕慮是故佛果圓融蕭然無寄尚無始本之殊何有三身之異但隨物心現故說報化之用耳又今約眞如則是本覺無明則是不覺眞如有二義一不變二隨緣無明亦二一無體即空二有用成事此隨緣眞如及成事無明各有二義一違自順他二違他順自無明中初違自順他有二一能

返對詮示性功德二能知名義而成淨用違他順自亦二一覆眞理二成妄心眞如中違他順自有二一翻對妄染顯自德二內熏無明起淨用違自順他亦二一隱自眞體二顯現妄法由無明中返對詮示義及眞如中翻妄顯德義從此二義得有本覺又由無明中能知名義及眞如中內熏義從此二義得有始覺又由無明中覆眞義眞如中隱體義得有根本不覺又由無明中成妄義及眞如中現妄義得有枝末不覺覺與不覺若鎔融總攝唯在生滅一門也眞如門約體絶相說本覺門約性德說大智慧光明義等名覺本者性義覺者是智慧心鈔釋云眞中不變妄中體空成眞如門眞中隨緣妄中成事成生滅門乃至一切淨緣分劑法相屬於二覺一切染緣分劑法相屬二不覺又於中淨法之體屬於本覺淨法之用屬於始覺又染法之體屬根本不覺染法之相屬枝末不覺又始覺是末不離本覺之本論云始覺者即同本覺又云而實無有始覺之異乃至平等同一覺故枝末不覺不離根本不覺論云當知無明能生一切染法以一切染法皆是不覺相故然斯一覺但是體用之異本末二不覺但是麤細之異豈可離體有用離細有麤者哉又衆生根本迷有二一迷法謂無明住地迷覆法體所言法者謂衆生心名爲蔽意故此無明迷眞之初妄惑之本二迷義通四住惑由前癡故迷覆因緣無我之義妄立諸法所迷諸法有內有外謂憍慢邪見此依迷內妄立我法自高陵物愛念邪見此依迷外妄謂我

所及外境界而生貪愛如渴鹿馳燄癡猿捉月無而横計枉入苦輪總自迷心更非他咎杜正論云心是如來之言高推聖地身即菩提之説自隔凡倫不悟夫功德無量唯在方寸之中相好宛然不出陰界之外又碑詞云法性平等實慧虚通我同於異人異於同不壞於有無取於空道非心外佛即心中問不覺妄心元無自體今已覺悟妄心起時無有初相則全成真覺此真覺相爲復隨妄俱遣爲當始終建立答因妄説真真無自相從真起妄妄體本虚妄既歸空真亦不立起信論云不覺義者謂從無始來不如實知真如法一故不覺心起而有妄念自無實相不離本覺猶如迷人依方故迷迷無自相不離於方衆生亦爾依於覺故而有不覺妄念迷生然彼不覺自無實相不離本覺復待不覺以説真覺不覺既無真覺亦遣此則明真覺之名待於妄想若離不覺即無真覺自相可説是明所説真覺必待不覺若不相待即無自他待他而有亦無自相自相既無何有他相是顯諸法無所得義論云當知一切染法淨法皆悉相待無有自相可説大智度論云若世諦如毫氂許有實者第一義諦亦應有實此之謂也又偈云佛坐道場時不得一法實空拳誑小兒誘度於一切又凡立真妄皆是隨他意語化門中收若頓見性人誰論斯事如今不直悟一心者皆爲邪曲設外求佛果者皆不爲正如寒山子詩云男兒大丈夫作事莫莽鹵徑挺鐵石心直取菩提路邪道不用行行之轉辛苦不用求佛果識取心王主是

知若見有法可求有道可行皆失心王自宗之義若直入宗鏡萬事休息凡聖情盡安樂妙常離此起心皆成疲苦所以傅大士頌云東山水上浮西山行不住北斗下閻浮是眞解脫處行路易路易人不識半夜日頭明不悟眞疲極又洞山和尚悟道偈云向前物物上求通只爲從前不識宗如今見了渾無事方知萬法本來空○問眞諦不謬本覺非虛云何同妄一時俱遣答因迷立覺說妄標眞皆徇機宜各無自體約世俗有依實諦無但除相待之名非滅一靈之性性唯絕待事有對治遣蕩爲破執情建立爲除斷見苦行伏諸外道神通化彼愚癡三昧降衆天魔空觀袪其相縛見苦斷集爲對增上慢人證滅修眞皆成戲論之者盡是權智引入斯宗則無一法可與無一法可遣四魔不能滅大覺不能增旋心而義理全消會旨而名言自絕○問旣云眞心絕迹理出有無云何教中廣說無生無相之旨答一心之門微妙難究功德周備理事圓通知解罕窮分別不及目爲無相實無有法可稱無相之名詺作無生亦無有法以顯無生之理發菩提心論云菩薩觀一切善不善我無我實不實空不空世諦眞諦正定邪定有爲無爲有漏無漏黑法白法生死涅槃如法界性一相無相此中無法可名無相亦無有法以爲無相是則名爲一切法印不可壞印於是印中亦無印相是名眞實智慧釋曰一切法印者以此心印印一切法楷定眞實不可壞印者一切有無內外等法不能破壞故於此印中亦無印相者萬法

皆空亦無所印所印之法既無能印之智非有如是通達名爲眞實智慧古德云顧此法衆生之本原諸佛之所證超一切理離一切相不可以言語智識有無隱顯推求而得但心心相印印印相契使自證知光明受用而巳○問立心爲宗以何爲趣答以信行得果爲趣是以先立大宗後爲歸趣故云語之所尚曰宗宗之所歸曰趣遂得斷深疑起圓信生正解成眞修圓滿菩提究竟常果又唯識性具攝教理行果四法心能詮者教也心所詮者理也心能成者行也心所成者果也法藏法師依華嚴經立因果緣起理實法界以爲宗趣釋云法界因果雙融俱離性相渾然無礙自在有十義門一由離相故因果不異法界即因果非因果也此即相爲宗離相爲趣或離相爲宗亡因果爲趣下九准思二由離性故法界不異因果即法界非法界也三由離性不泯性故法界即因果時法界宛然則以非法界爲法界也四由離相不壞相故因果即法界時因果歷然則以非因果爲因果也五離相不異離性故因果法界雙泯俱融逈超言慮六由不壞不異不泯故因果法界俱存現前煥然可見七由五六存泯復不異故超視聽之妙法無不恒通見聞絕思議之深義未甞礙於言念八由法界性融不可分故即法界之因果各同時全攝法界無不皆盡九因果各全攝法界時因果隨法界各互於因果中現是故佛中有菩薩普賢中有佛也十因果二位各隨差別之法無不該攝法界故一一法一一行一一位一一德皆各

總攝無盡無盡帝網重重諸法門海是謂華嚴無盡宗趣以華嚴之實教總攝群經標無盡之圓宗能該萬法可謂周徧無礙自在融通方顯我心能成宗鏡○問以心爲宗禪門正脉且心是名以何爲體答近代已來今時學者多執文背旨昧體認名認名忘體之人豈窮實地徇文迷旨之者何契道原則心是名以知爲體此是靈知性自神解不同妄識仗緣託境作意而知又不同太虛空廓斷滅無知故肇論云般若無知者無有取相之知也常人皆謂般若是智智則有知也若有知則有取著若有取著則不契無生今明般若眞智無相無緣雖鑒眞諦而不取相故云無知也故經云聖心無知無所不知矣又經云眞般若者清淨如虛空無知無見無作無緣斯則知自無知矣豈待返照然後無知者哉只此知性自無知矣不待忘也以此眞知不落有無之境是以諸佛有祕密祕密之教祖師有默傳密付之宗唯親省而相應非言詮之表示若明宗之者了然不昧寂爾常知昭昭而溢目騰輝何假神通之顯現晃晃而無塵不透豈勞妙辯之敷揚爲不違者垂方便門令依此知無幽不盡○問諸法所生唯心所現者爲復從心而變爲復即心自性答是心本性非但心變華嚴經云知一切法即心自性成就慧身不由他悟法華經偈云三千世界中一切諸羣萠天人阿修羅地獄鬼畜生如是諸色像皆於身中現即知心性徧一切處所以四生九類皆於自性身中現以自眞心爲一切萬有之性故隨爲色空周徧法

界循業發現果報不同處異生則業海浮沉生死相續在諸聖則法身圓滿妙用無窮隱顯雖殊一性不動○問若一切法即心自性云何又說性亦非性答即心自性此是表詮由一切法無性故即我心之實性性亦非性者此是遮詮若能超遮表之文詮泯即離之情執方爲見性已眼圓明如今若要頓悟自心開佛知見但了自性徧一切處凡有見聞皆從心現心外無有一毫釐法而有體性各各不相知各各不相到何者以是一法故無法可相知相到若有二法即相往來以知若凡若聖若境若智皆同一性所謂無性此無性之旨是得道之宗作平等之端由爲說空之所以了便成佛不落工夫如華嚴經頌云法性本空寂無取亦無見性空即是佛不可得思量若不直下信此起念馳求如癡人避空似失頭狂走融大師云分別凡聖煩惱轉盛計校乖常求眞背正寶藏論云察察精勤徒興夢慮惶惶外覓轉失玄路是以十方諸佛正念於此入實性原故能開平等大慧之門作衆生不請之友所以問明品云爾時文殊師利菩薩問覺首菩薩言佛子心性是一云何見有種種差別所謂往善趣惡趣諸根滿缺受生同異端正醜陋苦樂不同業不知心心不知業受不知報報不知受心不知受受不知心因不知緣緣不知因智不知境境不知智時覺首菩薩以偈答曰仁今問是義爲曉悟羣蒙我如其性答唯仁應諦聽諸法無作用亦無有體性是故彼一切各各不相知譬如河中水湍流競奔逝各各不相知諸

法亦如是亦如大火聚猛燄同時發各各不相知諸法亦如是又如長風起遇物咸鼓扇各各不相知諸法亦如是又如衆地界展轉因依住各各不相知諸法亦如是眼耳鼻舌身心意諸情根以此常流轉而無能轉者法性本無生示現而有生是中無能現亦無所現物眼耳鼻舌身心意諸情根一切空無性妄心分別有如理而觀察一切皆無性法眼不思議此見非顛倒若實若不實若妄若非妄世間出世間但有假言說疏釋云問意謂明心性是一云何見有報類種種若性隨事異則失真諦若事隨性一則壞俗諦設彼救言報類差別自由業等熏識變現不關心性故無相違者爲遮此救故重難云業不知心等謂心業互依各無自性自性尚無何能相知而生諸法既離真性各無自立明此皆依心性而起心性既一事應不多事法既多性應非一此是本末相違難准此問意離如來藏不許八識能所熏等別有自體能生諸法唯如來藏是所依生文殊欲顯實教之理故以心性而爲難本欲令覺首以法性示生決定而答海會同證心性是一者謂心之性故是如來藏也又心即性故是自性清淨心也又妄心之性無性之性空如來藏也真心之性實性之性故不空如來藏也皆平等無二故云一也又妄心之性成心之性妄心是相以性相不同故真心之性真心即性故又云前二心之性別明二藏前之二性皆具二藏但爲妄覆名如來藏直語藏體即自性心故此自性清淨真心不與妄合爲名空藏具恒

沙德名不空藏前明即離此明空有故重出也言皆平等無二者上二即離不同由心之性故不即由心即性故不離不即不離爲心之性後二即空之實爲不空即實之空爲空藏空有不二爲心之性然空有無二之性即是不即不離之性故但云一也又非但本性是一我細推現事各不相知既有種種何緣不相知既不相知誰教種種一一觀察未知種種之所由也既不相知爲是一性爲是種種又難有二意一約本識謂業是能依心是所依離所無能故業不知心離能無所故心不知業以各無體用不能相成既各不相知誰生種種二約第六識業是所造心是能造並皆速滅起時不言我起滅時不言我滅何能有體而得相生成種種耶又約境智相對

相見虛無難謂境是心變境不知心心託境生心不知境以無境外心能取心外境是故心境虛妄不相知也業不知心心不知業者有二一約本識者業是心所故依於心心是第八爲根本依即離所無能何者無所依心王無能依業今依心有業業從緣生故無自性不能知心若離能無所者離能依業則心非所依今由業成所所依無性故不能知業謂各從緣成性空無體相依無力故云無用所以經云無體用故故不相知二約第六識業是所造心是能造者即以第六識名心從於積集通相說故謂第六識人執無明迷眞實義異熟理故以善不善相應思造罪等以罪福不動等三行熏阿賴耶識能感五趣愛非愛等種種報相互不相知義通相而言皆

約無體用故別相而言用門不同此用略有二門一無常門經云並皆速滅淨名弟子品云一切法如幻如電諸法不相待乃至一念不住諸法皆妄見故則心業皆空華嚴經頌云衆報隨業生如夢不眞實念念常滅壞如前後亦爾故由無常不能相知二無我門即起時不言我起滅時不言我滅約法無我明不相知受不知報報不知受者受是能受之因報是所受之報即名言種如唯識論云復次生死相續由諸習氣然諸習氣總有三種一名言習氣二我執習氣三有支習氣名言習氣者謂有爲法各別親種名言有二一表義名言即能詮義音聲差別二顯境名言即能了境心心所法隨二名言所熏成種作有爲法各別因緣釋曰言各別親種者三性種異故能詮義聲者簡無詮聲彼非名故名是聲上屈曲唯無記性不能熏成色心等種然因名起種立名言種顯境名言即七識見分等心非相分心相分心者不能顯境故此見分等實非名言如言說名顯所詮義此心心所能顯所了境如似彼名能詮義故隨二名言皆熏成種論云三有支習氣謂招三界異熟業種有支有二一有漏善即能招可愛果業二諸不善即能招非愛果業隨二有支所熏成種令異熟果善惡趣別故論頌云由諸業習氣二取習氣俱前異熟既滅更生餘異熟此能引業即諸業習氣此名言種即二取習氣言爲業所引者即彼俱義親辦果體即由名言若無業種不招苦樂如種無田終不生芽故此名言由業引起方受當來異熟之

果苦樂之報故華嚴經云業爲田識爲種也已上種種問難不相知義竟今答以緣起相由門釋者初句因緣相假互皆無力次句果法含虚故無體性是以虚妄緣起略有三義一由互相依各無體用故不相知二由依此無知無性方有緣起三由此妄法各無所有故令無性眞理恒常顯現又果從因生果無體性因由果立因無體性因無體性何有感果之用果無體性豈有酬因之能又互相待故無力也以他爲自故無體也是故體用俱無所以一切法各各不相知也今初以四大爲喻一依水有流注二依火燄起滅三依風有動作四依地有任持法中四者一依眞妄相續二依眞妄起滅三妄用依眞起四妄爲眞所持然此法喻一一各有三義一唯就能依二依所依三唯所依今初喻中唯就能依者流也然此流注有十義不相知而成流注一前流不自流由後流排故流則前流無自性故不知後二後流雖排前流而不到於前流亦不相知三後流不自流由前流引故流則後流無自性故不能知前四前流雖引後而不至後故亦不相知五能排與所引無二故不相知六能引與所排無二故不相知七能排與所排亦無二故不相知八能引與所引亦無二故不相知九能排與能引不得俱故不相知十所排與所引亦不得俱故不相知是則前後互不相知各無自性只由如此無知無性方有流注則不流而流也肇公云江河競注而不流即其義也二依所依者謂前流後流各皆依水悉無自體不能相知然

不壞流相故説水流三唯所依者流既總無但唯是水前水後水無二性故無可相知是則本無有流而説流也二法中三義者一流喻能依妄法二妄依真立三妄盡唯真初中妄緣起法似互相藉各不能相到悉無自性故無性無知是則有而非有也二依所依者謂此妄法各各自虚含真方立何有體用能相知相成即由此無知無成含真故有是則非有而爲有也三唯所依者謂能依妄法迥無體用唯有真心挺然顯現既無彼此何有相知正由此義妄法有即非有爲有復説真性隱以非隱爲隱又前後有二一生滅前後二此彼前後生滅前後者謂前滅後生互相引排此即豎説如壯與老謂此流水刹那生滅前刹那滅後刹那生此彼前後者此即横説猶如二人同行狹徑後人排前前人引後分分之水皆有前後乃至毫滴有前毫滴後毫滴故聚多成流注則無性矣小乘亦説當處生滅無容從此轉至餘方而不知無性緣起之義耳

宗鏡録卷第六

音釋

剖蚌（步項切蛤屬）茆（莫交切與茅同）盲（莫耕切目無童子也）莽鹵（莽莫補切鹵郎古切莽鹵輕脱苟且也）迥（戸鼎切寥遠也）

宗鏡録卷第七

宋慧日永明妙圓正修智覺禪師延壽集

夫水喻眞心者以水有十義同眞性故一水體澄清喻自性清淨心二得泥成濁喻淨心不染而染三雖濁不失淨性喻淨心染而不染四若泥澄淨現喻眞心惑盡性現五遇冷成冰而有硬用喻如來藏與無明合成本識用六雖成硬用而不失濡性喻即事恒眞七煖融成濡喻本識還淨八隨風波動不改靜性喻如來藏隨無明風波浪起滅而不變自不生滅性九隨地高下排引流注而不動自性喻眞心隨緣流注而性常湛然十隨器方圓而不失自性喻眞性普徧諸有爲法而不失自性又書云上德若水方圓任器曲直隨形故如小乘俱舍論亦説諸有爲法有刹那盡何以知有後有盡故既後有盡知前有滅故論云若此處生即此處滅無容從此轉至餘方若此生此滅不至餘方同不遷義而有法體是生是滅故非大乘大乘之法緣生無性生即不生滅即不滅故遷即不遷則其理懸隔又中論疏云常無常門者常即人天位定故無往來無常即六趣各盡一形亦無往來又常即凝然不動無常念念變異令誰往來則常無常法俱不相到皆無往來肇論云夫人之所謂動者以昔物不至今故曰動而非靜我之所謂靜者亦以昔物不至今故曰靜而非動動而非靜以其不來靜而非動以其不去然則所造未嘗異所見未嘗同逆之所謂塞順之所謂通苟得其道復何滯哉傷夫人情之惑久矣目對眞而莫覺既知往物

之不來而謂今物而可往往物既不來今物何可往何則求向物於向於向未嘗無責向物於今於今未嘗有於今未嘗有以明物不來於向未嘗無故知物不去覆而求今今亦不往是謂昔物自在昔不從今以至昔今物自在今不從昔以至今故仲尼曰回也見新交臂非故如此則物不相往來明矣既無往返之微朕又何物而可動乎釋曰回也見新交臂非故者孔子謂顏回曰吾與汝終身交一臂已謝豈待白首然後變乎意明物物常自新念念不相到交臂之頃尚不相待已失前人豈容至老而後變耶又前念已故後念恒新終日相見恒是新人故云見新如此新人見之只如交臂之頃早是後念新人非前念時也故云非故耳若前念已故後念已新新不至故故不待新前後不相至故不遷也又雖兩人初相見只如舉手交臂之頃早已往矣此取速疾也故云昔物自在昔今物自在今如紅顏自在童子之身白首自處老年之體所以云人則謂少壯同體百齡一質徒知年往不覺形隨是以梵志出家白首而歸隣人見之曰昔人尚存乎梵志曰吾猶昔人非昔人也隣人皆愕然非其言所謂有力者負之而趨昧者不覺其斯之謂歟吾猶昔人者猶者似也吾雖此身似於昔人然童顏自在於昔今衰老之相自在於今則非昔人也故云徒知年往不覺形隨世人雖知歲月在於往古豈覺當時之貌亦隨年在於昔時則童子不至老年老年不至童子剎那不相知念念不相待豈得少壯同體百齡一質耶又

年往形亦往此是遷義即此遷中有不遷也往年在往時往形在往日是謂不遷而人乃謂往日之人遷至今日是謂惑矣又昔自在昔何須遷至今今自在今何須遷至昔故論云是以言往不必往古今常存以其不動稱去不必去謂不從今至古以其不來經中言遷未必即遷以古在古以今在今故也所以言無常者防人之常執言常住者防人之斷執言雖乖而理不異語雖反而眞不遷不可隨方便有無之言迷一心不遷之性又解云如梵志白首而歸隣人謂少壯同體故云昔人尚存乎所謂有力者則三藏等事無常冥運力負夜趨交臂恒新念念捨故而常見昧之謂是固矣隣人不覺此之謂歟又有力者即無常之大力也世間未有一法不被無常吞故云然則莊生之所以藏山仲尼之所以臨川斯皆感往者之難留豈曰排今而可往莊子本意説不住之法念念恒新物物各住各住相因而不相到即不遷也於惑者則爲無常不住新新生滅而謂之遷若智者則了性空無知念念無生謂之不遷莊子有三藏謂藏山於澤藏舟於壑藏天下於天下謂之固者不然也然無常夜半負之而趨昧者不覺也三藏者藏人於屋藏物於器此小藏也藏舟於壑藏山於澤此大藏也藏天下於天下此無所藏然大小雖異藏皆得宜猶念念遷流新新移改是知變化之道無處可逃也夫藏天下於天下者豈藏之哉蓋無所藏也孔子在川上曰逝者如斯夫不捨晝夜逝者往也浩浩迅流未曾暫住晝夜常然亦歎世

人之不覺故云斯皆感往者之難留豈曰排今而可往此莊孔俱歎逝往難留皆説無常去也豈可推今日物到昔日乎若今日不到昔即今日自在今昔日自在昔則今昔顯然俱不遷也故云何者人則求古於今謂其不住吾則求今於古知其不去今若至古古應有今古若至今今應有古今而無古以知不來古而無今以知不去若古不至今今不至古事各性住有何物而可去來大涅槃經云人命不停過於山水夫無常有二一者敗壞無常二者念念無常人只知壞滅無常而不覺念念無常論云若動而靜似去而留經説無常速疾猶似流動據理雖則無常前後不相往來故如靜也雖則念念謝往古今各性而住當處自寂故如留也又雖説古今各性而住當處自寂而宛然念念不住前後相續也則非常非斷非動非靜見物性之原也古德問云各性而住似如小乘執諸法各有自性又何異納衣梵志言一切衆生其性各異答爲破去來明無去來所以據體言之故云各性而住非決定義則以無性而爲性不同外道二乘執有決定自性從此向彼若不執有定性去來亦不説各性而住故論云言往不必往開人之常想稱住不必住釋人之所住耳又劉湛注云莊子藏山仲尼臨川者莊子意明前山非後山夫子意明前水非後水半夜有力負之而趨者即生住異滅四時念念遷流不停也是以若心外取法妄夢所見情謂去來則念念輪迴心隨境轉尚不覺無常麤相焉能悟不遷之密旨乎若能見法是

心隨緣了性無一法從外而入無一法從內而生無一法和合而有無一法自然而成如是則尚不見一微毫住相寧觀萬法去來斯乃徹底明宗透峯見性心心常合道念念不違宗去住同時古今一貫故法華經云我觀久遠猶若今日維摩經云法無去來常不住故若了此無所住之眞心不變異之妙性方究竟明不遷矣已上論中所引內外之經典借世相之古今寄明不遷同入眞實是以時因法立法自本無所依之法體猶空能依之古今奚有若假方隅而辯法因指見月而無妨或徇方便而迷眞執解違宗而反悞故信心銘云信心不二不二信心言語道斷非去來今第二依火燄起滅喻中之義同前初唯燄者謂燄起滅有其二義一前燄謝滅引起後燄後燄無體而能知前前燄已滅復無所知是故各各皆不相知二前燄若未滅亦依前引無體故無能知後燄未至故無所知是故彼亦各不相知妄法亦爾剎那生滅不能自立謂已滅未生無物可知生已則滅無體可知是故皆無所有也斯則流金鑠石而不熱也二依所依者謂彼火燄即由於此無體無用不相知故而有起滅虛妄之相是則攬非有而爲有也妄法亦爾依此無所依之眞理方有妄法是亦非有爲有也三唯所依者推起滅之燄體用俱無無燄之理挺然顯現是則無妄法之有有妄法之無湛然顯現遂令緣起之相相無不盡無性之理理無不現又火依薪有薪是可然火即是然以然因可然則然無體可然因然則可然無體又前燄

已滅後餘未生中間無住如一念之上即有三時已滅爲已生未生爲未生生已即滅是生時故淨名經云若過去生過去生已滅若未來生未來生未至若現在生現有生無住經云比丘汝今即時亦生亦老亦滅故三時無體無可相知也第三依風有動作喻妄用依眞起三義同前一唯動者離所動之物風之動相了不可得無可相知妄法亦爾離所依眞體不可得故無可相知斯則旋嵐偃嶽而常靜也二依所依者謂風不能自動要依物現動動無自體可以知物物不自動隨風無體不能知風法中能依妄法要依眞立無體知眞眞隨妄隱無相知妄三唯所依者謂風鼓於物動唯物動風相皆盡無可相知妄法作用自本性空唯所依眞挺然顯現是故妄法全盡而不滅眞性全隱而恒露能所熏等法本自爾思之可見第四依地有任持者喻妄爲眞所持三義同前初地界因依有二種義一約自類二約異類前中從金剛際上至地面皆上依下下持上展轉因依而得安住然上能依皆離所無體而能知下然下能持皆亦離所無體可令知上又上上能依徹至於下無下可相知下下能持徹至於上無上可相知是故若依若持相無不盡所現妄法當知亦爾必麤依細謂苦報依於業業依無明造無明依所造展轉無體無物可相知斯則厚載萬物而不仁也肇公亦曰乾坤倒覆無謂不靜也老子云天地不仁以萬物爲芻狗經云譬如大地荷四重任而無疲厭也不仁者不恃仁德也猶如草狗豈有吠守之

能故云唯道無心萬物圓備矣二約異類者如經云地輪依水輪水輪依風輪風輪依虚空虚空無所依准此妄境依妄心妄心依本識本識依如來藏如來藏無所依是故若離如來藏餘諸妄法各互相依無體能相知是則妄法無不皆盡二依所依者地界正由各無自性而得存立向若有體則不相依不相依故不得有法是故攬此無性以成彼法法合可知三唯所依者謂攬無性成彼法者是則彼法無不皆盡而未曾不滅唯無性理而獨現前又既不相知何緣種種答此有四因一由妄分别二諸識熏習三由無性不相知四真如隨緣然此四因但是一致謂由妄分别爲緣令真如不守自性隨緣成有諸識熏習展轉無窮若達妄原成淨緣起前所疑云爲是種種爲是一性今答云常種種常一性又難云一性隨於種種則失真諦種種隨於一性則壞俗諦今答云此二五相成立豈常相乖性非事外曾何乖於種種種種性空曾何乖於一性由無性故有一性能成種種緣生故空種種能成一性是以緣起之法總有四義一緣生故有即妄心分别有及諸識熏習是也二緣生故空即諸法無作用亦無有體性是也三無性故有以有空義故一切法得成也四無性故空即一切空無性也復次性有二義一有二空又二義一不變二隨緣以有義故説二空所顯即法性本無生也以空義故説依他無性即是圓成即各不相知以有義故説二空以空義故説隨緣此二不二隨緣即是不變不變故能隨緣若唯不變

性何預於法若但隨緣豈稱眞性又若性離於法則成斷滅法離於性則本無今有又法若即性性常應常性若即法法滅應滅此二相成非常非斷此二相奪非有非空爲中道義經頌云眼耳鼻舌身心意諸情根以此常流轉而無能轉者以眼等八識爲能所熏展轉爲因而常流轉無別我人故云而無能轉者是以舉體性空方成流轉即此八識各無體性故無實我法而爲其主向若有性不可熏變安得流轉故知趣生同異受報妍媸皆由識種悉依於心如流依水似火依薪續續無知新新不住善趣惡趣即是總報由業熏心受所受報如水漂流不斷雖然流轉而無轉者故云以此常流轉而無能轉者釋論云如瀑流水非斷非常相續長時有所漂溺此識亦爾從無始來剎那剎那果生因滅果生故非斷因滅故非常漂溺有情令不出離華嚴經云一切衆生爲大瀑水波浪所沒楞伽經云藏識海常住境界風所動唯識論云恒轉如瀑流起信論云如大海水因風波動等又以虛妄中有其二義一虛轉二無轉故常種種常一性也虛轉故俗不異眞而俗相立無轉故眞不異俗而眞體存故互不相違也法性本無生者法性者法謂差別依正等法性謂彼法所依體性即法之性故名爲法性又性以不變爲義即此可軌亦名爲法此則性即法故名爲法性此二義並約不變釋也又即一切法各無性故名爲法性即隨緣之性法即性也本無生者本有二義一約不變本謂原本本來不生隨緣故生二約隨緣有

此法來本自不生非待滅無即示現生時本不生故云是中無能現亦無所現物則妄心分別情計謂有然有即不有故云一切空無性常有常空是即萬物之自虚豈待宰割以求通哉又約相待相奪釋不相知言相待者業無識種不親辦體識無業種不招苦樂旣互相待則各無自性言相奪者以業奪因唯由業招故因如虚空以因奪緣則唯心爲體故業如虚空互奪獨立亦不能相知互奪兩亡無可相知又以無生故不相知以緣奪因故不自生以因奪緣故不他生因緣合辯杌待無性故不共生互奪雙亡無因豈生以此不生類於不知居然易了即以因爲自以緣爲他合此爲共離此爲無因互有尚不相知互無豈能相知耳故知諸法相待皆無自性

如中論相待門說不空旣破空法亦亡偈云若有不眞法即應有眞法實無不眞法何得有眞法亦如因垢說淨垢性本無淨相何有此相待一門盡破諸法以諸法皆是相待而有未曾有一法而能獨立者故因緣無性論云阿難調達並爲世尊之弟羅睺善星同是如來之胤而阿難常親給侍調達每興害逆羅睺則護珠莫犯善星則破器難收以此而觀諒可知矣若云各有自性不可遷貿者此殊不然至如鷹化爲鳩本心頓盡橘變成枳前味永消故知有情無情各無定性但隨心變唯逐業生遂有從凡入聖之門轉惡爲善之事大般若經云謂證諸法無性爲性究竟圓滿方名爲佛故知建立三寶成佛事門皆從無性因緣而得興顯所以首楞嚴三昧經

云爾時長老摩訶迦葉白佛言世尊我謂文殊師利法王子曾於先世已作佛事現坐道場轉於法輪示諸衆生入大滅度佛言如是如是乃至迦葉汝今且觀首楞嚴三昧勢力諸大菩薩以是力故示現入胎初生出家詣菩提樹坐於道場轉妙法輪入般涅槃分布舍利而亦不捨菩薩之法於般涅槃不畢竟滅爾時長老摩訶迦葉語文殊師利言仁者乃能施作如此希有難事示現衆生文殊師利言迦葉於意云何是耆闍崛山誰之所造是世界者亦從何出迦葉答言文殊師利一切世界水沫所成亦從衆生不可思議業因緣出文殊師利言一切諸法亦從不可思議業因緣有我於是事無有功力所以者何一切諸法皆屬因緣無有主故隨意所成若能解此所爲不難釋曰若了一切法悉屬因緣皆無自性但是心生則凡有施爲何假功力以無性之理法爾之門隨緣卷舒自在無礙華嚴經頌云如其心性而觀察畢竟推求不可得一切諸法無有餘悉入於如無體性又頌云譬如真如本自性其中未曾有一法不得自性是真性以如是業而迴向華嚴論云一切衆生迷根本智而有世間苦樂法者爲智無性故隨緣不覺苦樂業生爲智無性故爲苦所纏方能自覺根本無性衆緣無性萬法自寂若不覺苦時以無性故總不自知有性無性如人因地而倒因地而起一切衆生因自心根本智而倒亦因而起又爲智體無性但隨緣現如空中響應物成音無性之智但應緣分別以分別故癡愛隨起又中觀論

破應無如來偈云邪見深厚者則說無如來如來寂滅相分別有亦非如是性空中思惟亦不可如來滅度後分別於有無次總拂偈云如來過戲論而人生戲論戲論破慧眼是皆不見佛論釋云戲論名憶念分別此彼等此如來品初中後思惟如來定性不可得乃至五求四句皆非是故偈云如來無有性即是世間性如來無有性世間亦無性以如來一性空義知一切世間法悉皆無性同如來義華嚴演義中引法華經偈云未來世諸佛雖說百千億無數諸法門其實爲一乘諸佛兩足尊知法常無性佛種從緣起是故說一乘是法住法位世間相常住於道場知已導師方便說今但引兩句顯諸法無性成一性義耳然上三偈諸釋不同今直解經文初一偈明當佛開權終歸一實故云其實爲一乘次偈釋說一乘所以以唯一性故謂若有二性容有兩乘既唯一性故說一乘耳知法常無性者知即證知法謂所證知法即色心等一切法也常無性者所證理也即如無性理覺諸法故云何無性謂色心等從本已來性相空寂非自非他非共非離湛然常寂故曰無性而言常者謂本來即無非推之使無故曰常無性耳佛種從緣起者然有二義一約因種因種即正因佛性故涅槃經云佛性者即是無上菩提中道種子此種即前常無性理故涅槃經云佛性者即是第一義空無性即空義也緣即六度萬行是緣因佛性起彼正因令得成佛是故說一乘者唯以佛性起於佛性更無餘性故說一乘稱理說也體同

曰性相似名種故關中云如稻自生稻不生餘穀此屬性也萌稈華粒其類無差此屬種也二果種性關中云佛報唯佛其理不差即性義也說法度人類皆相似此種義也果之種性緣眞理生故云從緣故釋此偈云佛緣理生理既無二是故說一乘耳意云證理成佛稱理說一此中知法常無性偈全同華嚴出現品經云如來成正覺時於其身中普見一切衆生成正覺乃至普見一切衆生入涅槃皆同一性所謂無性乃至知一切法皆無性故得一切智大悲相續救度衆生謂知無性佛性同故准經文云以知無性尚得一成一切皆成況不說一乘而度脱之後偈云是法住法位等者重釋前偈言是法者即前所知之法所以常無性者由住眞如正位故由緣無性緣起即眞由即眞故云無性言法位者即眞如正位故智論說法性法界法住法位皆眞如異名世法即如故皆常住謂因乖常理成三界無常若解無常之實即無常而成常矣則常與無常二理不偏故涅槃經況之二鳥飛止同居今於道場證知一切世間無常即眞常理猶懸鏡高堂萬像斯鑒二而不二不可言宣以方便力假以言說一乘尚是假說況有二三則一乘之理至理無過無性之宗諸宗莫及可謂宗鏡之綱骨祖教之指南也所以深密經云一切諸法皆無自性無生無滅本來寂靜自性涅槃商主天子所問經云若法是無即不自在若不自在是則無欲若無欲者則是眞性若是眞性即名無性

宗鏡録卷第七

音釋

濡汝朱切濕也　眹直忍切幾微萌兆謂之眹　壑呵各切　爍書藥切銷也　姸媸姸五堅切媸赤脂切姸媸好醜也　貿莫候切易也　萌莫耕切稻芽也　稈古旱切禾莖也

宗鏡録卷第八

宋慧日永明妙圓正修智覺禪師延壽集

夫無性理同是何宗攝答法性宗攝如古師云法性有體是法相宗義事上無體是法性宗義○問若一切法實無性者不得教意之人恐成斷見答若有性故一法不成以無性故諸緣並立於無性中有無俱不可得豈成斷常之見耶如大般若經云諸菩薩摩訶薩甚爲希有行深般若波羅蜜多觀察二空雖知諸法一切如夢如響如像如光影如陽燄如幻如化皆非實有無性爲性自相皆空而能安立善非善等諸法差別皆無雜亂又云善現白佛言世尊佛說一切法皆以無性爲其自性若一切法皆以無性爲自性者誰染誰淨誰縛誰解彼於染淨及於縛解不了知故破戒破見破威儀破淨命當墮地獄傍生鬼趣受諸劇苦乃至佛言善現善哉善哉如是如是如汝所說於一切法皆以無性爲自性於自性中有性無性俱不可得不應於此執有無性故知既不可執有亦不可執無以自性中無有無故所說有無之法皆是破執入法之方便故先德云用無所得爲方便者有二一以無所得導前隨相則涉有不迷於空爲入有方便二假無得以入有不存無得即無得亦是方便此爲入空之方便是以無得相空無作人空無際性空此三相盡法界理現故菩薩不壞空而常有染淨之法宛然不礙有而常空一真之道恒現如是雙照方入甚深如般若燈論云我說遮入有者遮有自體不說無體如楞伽經中偈曰有無俱是

邊乃至心所行彼心行滅已名爲正心滅釋曰如是不著有體不著無體若法無體則無一可作故又如偈曰遮有言非有不取非有故如遮青非青不欲說爲白釋曰此二種見名爲不善是故有智慧者欲息戲論得無餘樂者應須遮此二種惡見此復云何若三界所攝若出世間若善不善及無記等如世諦種諸所營作彼於第一義中若有自體者起勤方便作善不善此諸作業應空無果何以故以先有故譬如先有若瓶衣等如是樂者常樂苦者常苦如壁上彩畫形量威儀相貌不變一切衆生亦應如是復次若無自體者彼三界所攝若出世間善不善法起勤方便則空無果以無有故如是世間則墮斷滅譬如磨瑩兔角令其銛利終不可得是故偈曰少慧見諸法若有若無等彼人則不見滅見第一義復次如寶聚經中佛告迦葉有者是一邊無者是一邊如是等彼内地界及外地界皆無二義諸佛如來實慧證知得成正覺無二一相所謂無相是以先德云謂諸宗計多說但空自性不空於法如法相宗但無徧計非無依他設學中論等不得意者亦云法無自性故說爲空則令相不空矣今旣無性緣生故有有體即空緣生無性故空空而常有要互交徹方是眞空妙有故其言大同而旨有異又約緣起法有二一無相如空則蕩盡無有是相空二無自性如幻則業果恒不失即性空以相空故萬法體虛了無所得以性空故不壞業道因果歷然以此性相二空方立眞空之理是則非初中後際終始宛然

無能造作人報應非失故知無性理成法眼圓照更無一法有實根由今更引證廣明成就宗鏡夫眞俗二諦一切諸法不出空有空有之法皆從緣生緣生之法本無自體依心所現悉皆無性以緣生故無性以無性故緣生以此緣性二門萬法一際平等是以華嚴記廣釋云謂緣生故有是有義無性故空是空義二義是空有所以謂無性故有是有所以緣生故空是空所以所以即是因緣謂何以無性得成空義由從緣生所以無性是故緣生是無性空之所以也何以緣生得爲有義特由無定性故方始從緣而成幻有是故無性是有所以故中論偈云若人不知空不知空因緣不知於空義是故自生惱如不善呪術不善捉毒蛇若將四句總望空有則皆名所以故云緣生故名有緣生故名空無性故名有無性故名空良以諸法起必從緣從緣有故必無自性由無性故所以從緣緣有性無更無二法而約幻有萬類差殊故名俗諦無性一味故名眞諦又所以四句唯第三句引證成者無性故有理難顯故若具證者一緣生故有者法華經云但以因緣有從顚倒生故說淨名經云以因緣故諸法生中論偈云未曾有一法不從因緣生等皆因緣故有義也二緣生故空者經云因緣所生無有生論偈云若法從緣生是則無自性若無自性者云何有是法又偈云以有空義故一切法得成者由前論中諸品以空遣有小乘便爲菩薩立過云若一切法無生無滅者如是則無有四聖諦之法菩薩反答云若一切不

空無生無滅者如是則無有四聖諦之法謂小乘以空故無四諦菩薩以不空故則失四諦若有空義四諦方成故偈云以有空義故一切法得成若無空義者一切則不成又般若經云若諸法不空則無道無果即無性故有也淨名經云文殊師利又問生死有畏菩薩當何所依維摩詰言菩薩於生死畏中當依如來功德之力文殊師利又問菩薩欲依如來功德之力當於何住答曰欲依如來功德力者當住度脫一切衆生又問欲度衆生當何所除答曰欲度衆生除其煩惱又問欲除煩惱當何所行答曰當行正念又問云何行於正念答曰當行不生不滅又問何法不生何法不滅答曰不善法不生善法不滅又問善不善孰爲本答曰身爲本又問身孰爲本答曰欲貪爲本又問欲貪孰爲本答曰虚妄分別爲本又問虚妄分別孰爲本答曰顛倒想爲本又問顛倒想孰爲本答曰無住爲本又問無住孰爲本答曰無住則無本文殊師利從無住本立一切法肇公釋云無住即實相異名實相即性空異名故從無住有一切法又淨名經云文殊師利言居士有疾菩薩云何調伏其心維摩詰言有疾菩薩應作是念今我此病皆從前世妄想顛倒諸煩惱生無有實法誰受病者所以者何四大合故假名爲身四大無主身亦無我又此病起皆由著我是故於我不應生著既知病本即除我想及衆生想當起法想應作是念但以衆法合成此身起唯法起滅唯法滅又此法者各不相知起時不言我起滅時不言我滅彼

有疾菩薩爲滅法想當作是念此法想者亦是顛倒顛倒者是即大患我應離之云何爲離離我我所云何離我我所謂離二法云何離二法謂不念内外諸法行於平等云何平等謂我等涅槃等所以者何我及涅槃是二皆空以何爲空但以名字故空如此二法無決定性得是平等無有餘病唯有空病空病亦空無性縁生故空者雙牒前四句中兩種空也此二種空並離斷見謂定有則著常定無則著斷今縁生故空非是空無無性故空亦非定無定無者一向無物如龜毛兔角今但從縁生無性故非定無無性縁生故有者亦雙牒前四句中二有並非常見常見之有有是定性有今從縁有非定性有況由無性有豈定有耶從縁無性如幻化人非無幻化人幻化非眞故亦云幻有亦名妙有以非有爲有故名妙有又幻有即是不有有大品經云諸法無所有如是有故非有非不有名爲中道是幻有義眞空是不空空者謂不空與空無障礙故是故非空非不空名爲中道是眞空義經云空不空不可説名爲眞空中論偈云無性法亦無一切法空故菴提遮女經偈云嗚呼眞大德不知實空義色無有自性豈非如空也空若自有空則不容衆色空不自空故衆色從是生又有四義一空有相害義謂眞空必盡幻有即眞理奪事門以事攬理成遂令事相無不皆盡唯一眞理平等顯現以離眞理外無有少事可得故如水奪波波無不盡般若經云是故空中無色無受想行識等二空有相作義眞空必成幻有者即

依理成事門謂事無别體要因眞理而得成立以諸縁起皆無自性由無性理事方成故如波攬水而成立故亦是依如來藏得有諸法法句經云菩薩於畢竟空中熾然建立三空有相違義幻有必覆眞空即事能隱理門謂眞理隨縁能成事法然此事法既違於理遂令事顯理不現也以離事外無有理故如波奪水水無不隱是則色中無空相也四空有不相礙義幻有必不礙眞空即事能顯理門謂由事攬理故則事虛而理實以事虛故全事之理挺然露現如由波相虛令水露現中論偈云若法從縁生是則無自性然此四義即是前縁生故空等四義也一眞空必盡幻有是無性故空義二眞空必成幻有是無性故有義三幻有必覆眞空是縁生故有義四幻有必不礙眞空是縁生故空義前四總明空有所以今四正説空有之相然此空有二而不二須知四義兩處名異一眞空必盡幻有是眞空上空義二眞空必成幻有是眞空上不空義三幻有必覆眞空是幻有上有義四幻有必不礙眞空是幻有上非有義又須知有非有空非空各有二義一有上二義者一是不壞有相義二是遮斷滅義則訟有爲非不有二非有上二義者一離有相義二即是空義三空上二義者一不壞性義二遮定有義故訟空爲非不空四非空上二義者一離空相義二即有義已知名義今融合乃有五重爲五種中道一謂有非有無二爲一幻有者此是有上二義自合然取有上不壞相義非有上離有相義故合爲一幻有是俗

諦中道二空非空無二爲一眞空者即空上二義自合然取空上不壞性義非空上離空相義故合爲一眞空爲眞諦中道前一爲即相無相之中道此一爲即性無性之中道亦是存泯無二義三非空與有無二爲一幻有者上一對空有自合此下一對空有四義交絡而合令此第三而取眞空上非空義幻有上有義二義相順明不二然是非空上取即是有義有上取遮斷滅義故得共成幻有爲非空非不有存泯無礙之中道四空與非有無二爲一眞空者即第四取眞空上空義幻有上非有義二義相順明其不二然是空上遮定有義非有上即是空義故二義相順得成眞空爲非有非不空存泯無礙之中道第三是存俗泯眞此是存眞泯俗又三是空徹於有令是有徹於空皆二諦交徹五幻有與眞空無二爲一味法界者即第五總合前四令其不二然上各合交徹並不出於眞空幻有故今合之爲一味法界爲二諦俱融之中道然三四雖融二諦而空有別融令此空有無礙即是非空非有無礙舉一全收若以眞同俗唯一幻有若融俗同眞唯一眞空空有無二爲雙照之中道非空非有無二爲雙遮之中道遮照一時存泯無礙故云離相離性無障無礙無分別法門以幻有爲相眞空爲性又空有皆相非空非有爲性又別顯爲相總融爲性令互奪雙融並皆離也無分別法但約智説唯無分別智方究其原其無障礙通於境智謂上之五重多約境説心智契合即爲五觀五境既融五觀亦融以俱融之智

契無礙之境則心境無礙心中有無盡之境境上有無礙之心故要忘言方合斯理總爲緣起甚深之相故知若了空有無礙真俗融通無性之宗緣生之理如同神變莫定方隅雖處狹而常寬縱居深而逾淺或在下而恒上任遊中而即邊衆生常處佛身涅槃唯依生死可謂難思妙旨非情所知故云性海無涯衆德以之繁廣緣生不測多門由是圓通莫不廻轉萬差卷舒之形隨智鎔融一際開合之勢從心照不失機縱差別而恒順用非乖體雖一味而常通又云微塵不壞小量而徧十方普攝一切於中顯現斯由量則非量非量即量又居見聞之地即見聞之不及處思議之際即思議之不測皆由不思議體自不可得故即思不可思經云所思不可思是名爲難思法界觀真空門云一色即是空者以色舉體全是真空不即斷空以色等本是真如一心與生滅和合名阿賴耶識能變起根身器界即是此中所明色等諸法故令推之都無其體故舉體歸於真心之空不合歸於斷滅之空以本非斷空之所變故斷空則是虛豁斷滅無知無用不能現於萬法如鏡外之空非同鏡內之空色相宛然求不可得謂之空又凡是色法必不異真空以諸色法必無性故是故色即是空既非滅色取空離色求空又不即形顯色相之空又不離形顯無體之空即是真空若不即色相即無徧計所執不離無體即是依他緣起緣起無性之真理即是圓成二明空即色者真空必不異色故云空即是色何以故凡是真空必不異

色以是法無我理非斷滅故是故空即是色若離事求空理即成斷滅今即事明無我無性眞空之理離事何有理乎以眞如不守自性隨緣成諸事法則舉空全色舉理全事又眞如正隨緣時不失自性則舉色全空舉事全理三空色無礙者謂色舉體全是盡色之空故色盡而空現空舉體不異全盡空之色即空即色而空不隱是故看色無不見空觀空莫非見色無障無礙爲一味法也如舉衆波全是一水舉一水全是衆波波水不礙同時而水體挺然全露如即空即色而空不隱寶藏論云空可空非眞空色可色非眞色眞色無形眞空無名無名名之父無色色之母爲萬物之根源作天地之太祖肇論云本無實相法性性空緣會一義耳何則一切諸法緣會而生緣會而生則未生無有未生無有緣離則滅如其眞有有則無滅以此而推故知雖今現有有而性常自空性常自空故謂之性空法性如是故曰實相實相自無非推之使無故名本無言不有不無者不如有見常見之有邪見斷見之無耳若以有爲有則以無爲無有既不有則無無也夫不存無以觀法者可謂識法實相矣乃至三乘等觀性空而得道也性空者諸法實相也見法實相故爲正觀若其異者便爲邪觀設二乘不見此理則顛倒也是以三乘觀法無異但心有大小爲差耳又不眞空論云夫至虛無生者蓋是般若玄鑒之妙趣有物之宗極者也自非聖明特達何能契神於有無之間哉是以聖人通神心於無窮窮所不能滯極耳目於

視聽聲色所不能制者豈不以其即萬物之自虚故物不能累其神明者也是以聖人乘眞心以理順則無滯而不通審一氣以觀化故所遇而順適無滯而不通故能混雜致淳所遇而順適故則觸物而一如此則萬像雖殊而不能自異不能自異故知像非眞像像非眞像則雖像而非像然則物我同根是非一氣潛微幽隱殆非羣情之所盡故知若乘眞心而體物則何物而不歸齊一氣以觀時則何時而不會何時而不會則知觸境之無生何物而不歸則見物性之自虚矣若任情所照曷能盡其幽旨乎若不悟宗難逃見跡如龐居士偈云昔日在有時常被有人欺種種生分别見聞多是非後向無中坐又被無人欺一向看心坐冥冥無所知有無俱是執何處是無爲有無同一體諸相盡皆離心同虚空故虚空無所依若論無相理唯有父王知故知有無諸法欲求究竟唯心方證若未歸心盡成障礙爲常爲斷成是成非纔入此宗自然融即謂先明其起處知自心生既從心生則萬法從緣皆無體性必無心外法能與心爲緣悉是自心生還與心爲相但論空有則廣明諸法何者以空有管一切法故此空有二門亦是理事二門亦是性相二門亦是體用二門亦是眞俗二門乃至總别同異成壞理量權實卷舒正助修性遮照等或相資相攝相是相非相偏相成相害相奪相即相在相覆相違一一如是各各融通今以一心無性之門一時收盡名義雙絶境觀俱融契旨忘言咸歸宗鏡是以須明行相名義差

别方能以體性融通若不先横竪鋪舒後何以一門卷攝故還原觀云用就體分非無差别之勢事依理現自有一際之形如上微細剖析廣照空有二門可謂得萬法之根由窮諸縁之起盡此有無二法迷倒所由九十六種之邪師因兹而起六十二見之利使從此而生菩薩尚未盡其原凡夫安能空其旨所以寶性論云空亂意菩薩於此真空妙有猶有三疑一疑空滅色取斷滅空二疑空異色取色外空三疑空是物取空爲有故華嚴經中善財歷事諸佛已證法門尚猶於諸法中無而計有若究竟遠離唯大菩薩之人大智度論偈云有無二見滅無餘諸法實相佛所說淨名經云有無二見無復餘習又偈云說法不有亦不無以因縁故諸法生何者若時機因縁執有則說空門若時機因縁著空遂談有教爲破有故不存空因治空故不立有故說有而不有言空而不空或雙亡而雙流或雙照而雙寂破立一際遮照同時如肇論鈔云今就論文總有四意以顯周圓之旨一者破實顯空二者破空顯假三者破唯空唯假顯亦空亦假四者破亦空亦假顯非空非假則是中道方謂周圓也然四論皆有周圓今既一一辯之且約四義一約境二約智三約果四約境智果初約境者不眞空論云即物順通故物莫之逆此破實顯空遣凡夫執即僞即眞故性莫之易此破空顯假遣聲聞執性莫之易故雖無而有物莫之逆故雖有而無此則破有破無顯亦空亦假辯菩薩境雖有而無所謂非有雖無而有所謂非無此

破亦空亦假遣菩薩執顯中道第一空佛之境此則境周圓也二約智者則般若論也若以般若智一一歷然空假等境則成心量但是有智不得無智意今則約前智知凡是一境即須周圓也論云言知非爲知欲以通其鑒此破凡夫執相知辯無知也不知非不知欲以辯其相此破聲聞無知辯無種不知也辯相不爲無通鑒不爲有此破亦知亦不知顯非知非不知也非有故知而無知非無故無知而知此破非知非不知辯亦知亦無知前來四義說雖前後並在一心不即不離可謂佛智周圓矣三約果辯者即涅槃論文云存不爲有破有餘涅槃遣聲聞常執亡不爲無破無餘涅槃遣聲聞斷執亡不爲無雖無而有存不爲有雖有而無此雙破有無顯亦有亦無雖有而無所謂非有雖無而有所謂非無此破亦有亦無顯非有非無以顯中道佛之境無住涅槃果周圓矣四約境智果三合辯者則是總收前諸論文也前二論則真諦無相之境爲真空般若能觀真智即萬行之本爲妙有由境發智由智顯境境智互顯爲亦空亦有即涅槃論中三德相冥境智不二不斷不常爲非空非有可謂涅槃極果也即如來一化之意並周圓故則罄盡佛法之淵海也故知真空難解應須妙得指歸若隨空有之文皆墮邪見如鴦崛魔羅經偈云譬如有愚夫見雹生妄想謂是瑠璃珠取已執持歸置之瓶器中守護如真寶不久悉融消空想默然住於餘真瑠璃亦復作空想文殊亦如是修習極空寂常作空思惟破壞一切

法解脱實不空而作極空想猶如見雹消濫壞餘真實汝今亦如是濫起極空想見於空法已不空亦謂空有異法是空有異法不空一切諸煩惱譬如彼雨雹一切不善壞猶如雹融消如真瑠璃寶謂如來常住如真瑠璃寶謂是佛解脱虚空色是佛非色是二乘解脱色是佛非色是二乘云何極空相而言真解脱文殊宜諦思莫不分別想譬如空聚落川竭瓶無水非無彼諸器中虚故名空如來真解脱不空亦如是出離一切過故説解脱空如來實不空離一切煩惱及諸天人陰是故説名空嗚呼蚊蚋行不知真空義外道亦修空尼乾宜默然所以外道執斷空二乘證但空俱不達一心真空之理故無生義云經云持心猶如虚空者非是斷空爾時猶有妙神即有妙識思慮問曰經言持心如虚空那更有妙神在答曰經道持心如虚空者只是持心令不生故言如虚空非即是空經言如虚空也經言若識在二法則有喜悦若識在無二實際法中則無喜悦實際即是法性空識即是妙神故知實際中含有妙神也華嚴經性起品作十種譬喻明法身佛有心大師言雖有妙神神性不生與如一體譬如凌還是水與水一體水亦有凌性若無凌性者寒結凌則不現如中亦有妙神性同如清淨則現不淨不復可見乃至如師主姓傳傳姓身內覓不得身外覓不得中間覓不得當知傳姓是空而非是斷空之空以傳姓中含有諸男女故言性空異於虚空佛性是空諸佛法身不空大師引經曰女身色相無在無不在

夫無在無不在者佛所說也釋言女身色相即如故言無在如性眞常體含衆相故言無不在含者含有男女色聲等相涅槃經明菩薩念法善男子唯此正法無有時節法眼所見非肉眼見不生不出不住不滅不始不終無明無數此正明如體也非結非業斷結斷業而亦是業非男斷男而亦是男非有斷有而亦是有非入斷入而亦是入乃至諸佛所遊居處常不變易是名菩薩念法如上空有二門約廣其義用遂說存泯開合若破其情執乃說即離有無設當見性證會之時智解俱絕如泯絕無寄觀云謂此所觀眞空不可言即色不即色亦不可言即空不即空一切皆不可不可亦不可此語亦不受逈絕無寄非言所及非解所到是謂行境何以故生心動念即乖法體失正念故乃至若不洞明前解無以躡成此行若不解此行法絕於前解無以成其正解若守解不捨無以入茲正行是故行由解成行起解絕古釋云空若即色者聖應同凡見妄色凡應同聖見眞空又應無二諦空若不即色者見色外空無由成於聖智又應凡聖永別聖不從凡得故又色若即空者凡迷見色應同聖智見空又亦失於二諦色不即空者凡夫見色應不迷又所見色長隔眞空應永不成聖生心動念即乖法體失正念故者眞空理性本自如然但以迷之動念執相故雖推破簡情顯解令情忘智泯但是本眞何存新生之解數若有解數即爲動念動念生心故失正念正念者無念而知若總無知何成正念又解爲遣情說因破

執若情消執喪詵解何存真性了然寂無存泯所以若言即與不即皆落是非暫挂有無即非正念故云纔有是非紛然失心○問凡涉有無皆成邪念若闕能所悉墮有知如何是無念而知答瑞草生嘉運林華結早春

宗鏡録卷第八

音釋

劇 奇逆切尤甚也 銛 息廉切利也 瘉 俞芮切 詺 彌正切辨別也 罄 苦定切空也 蚊蚋 蚊無分切蚋而銳切

宗鏡録卷第九

宋慧日永明妙圓正修智覺禪師延壽集

夫修行契悟法乃塵沙云何獨立一心爲宗而稱絶妙答若不了心宗皆成迷倒觸途成壅證入無門如俗諦中亦有祕密之法若不得要訣學亦無成或得其門所作皆辦今教乘稱祕密之法禪宗標不傳之文則向何路而進修從何門而趣入若不得唯心之訣正信無由得成纔得斯宗千門自闢道不待求而頓現行弗假修而自圓如地遇陽春萌芽沸發故云若無觀慧事亦不成又此心能成一切能壞一切成則頓成天真之佛所以真覺大師謌云是以禪門了却心頓入無生慈忍力以此無生一門一成一切成乃至三身四智八解六通無漏無爲普賢萬行悉於無生一時圓滿故云初聞阿字門即解一切義所謂一切法不生壞則漸壞有爲無爲功德之門所以謌云損法財滅功德莫不由乎心意識故知此心無幽不燭有法皆知察密防微窮今洞古故謂之靈臺故司馬彪云心爲神靈之臺莊子云萬惡不可内於靈臺淨名疏問云玄義處處多明觀心已恐不可入文復爾將不壞亂經教耶答説經本爲入道若懷道之賢觸處觀行豈有尋求涅槃聖典而不觀行者乎但巧説得宜非止不損文義兼得觀慧分明分別法門非觀何逮豈有壞亂之咎乎夫有所説意在言前祖佛本意皆爲明心達道假以文義直指心原豈可執詮迷旨背心求道耶所以正法念處經偈云天龍阿脩羅地獄鬼羅刹心常爲道主如王行三

界心將詣天上復行於人中心將至惡道心輪轉世間寶雨經云云何菩薩得奢摩他毗鉢舍那善巧謂此菩薩心善巧已觀察諸法如幻如夢思惟諸法此是善法此非善法此出離法此不出離法謂諸菩薩觀一切法皆依於心心爲自性心爲上首能攝受心善調伏心善了知心故能攝此一切諸法既善調伏又善了知由此因緣便能修習奢摩他法如是繫心如是止心及安住心勤修如是奢摩他故便能安住心一境性弘道廣顯定意經云彼德本者了識心本以此心行慈及衆生識了知彼空無我人其心德本助勸於道故知心爲德本即是總相心佛衆生三之別相心是總相者法界染淨萬類萬法不出一心是心即攝一切世間出世間法故名總相

餘染淨二緣各屬二類然總相說十法界中六道爲染四聖爲淨則十法界中染淨二緣凡聖兩道俱不出一心矣故經云心能導世間即自在義心能徧攝受即隨行義如是一心法皆自在隨行金剛三昧論云出世之因者入實相觀出世之果者一味解脫故知初則信心而入道後則證心而得果始終不出宗鏡矣入楞伽經偈云唯心無所有諸行及佛地去來現在佛三世說如是賢劫定意經云等視一切諸法根原皆如是諦本無所有是曰一心華嚴經夜摩天宮偈讚品云譬如工畫師分布諸彩色虛妄取異色大種無差別大種中無色色中無大種亦不離大種而有色可得心中無彩畫彩畫中無心然不離於心有彩畫可得彼心恒不住無量難思議

示現一切色各各不相知譬如工畫師不能知自心而由心故畫諸法性如是心如工畫師能畫諸世間五蘊悉從生無法而不造如心佛亦爾如佛衆生然應知佛與心體性皆無盡若人知心行普造諸世間是人則見佛了佛眞實性心不住於身身亦不住心而能作佛事自在未曾有若人欲了知三世一切佛應觀法界性一切唯心造疏釋云此頌顯於具分唯識此不相知義謂非唯所畫之法自不相知喻所變之境無有體性能畫之心念念生滅自不相知故亦不能知於所畫雙喻心境皆無自性各不相知故言不能知自心而由心故畫又雖不知畫心而由心能畫喻衆生雖迷心現量而心變於境又由不能知所畫但畫於自心故能成所畫喻衆生由迷境唯心方能現妄境又喻正由無性方成萬境故云諸法性如是應觀法界性者即眞如現觀一切唯心造者即唯識事觀以理觀唯識之性諸佛證此爲成佛之體以事觀唯識之相衆生達此爲出離之門如華嚴演義云良以一文之妙攝義無遺一偈之功能破地獄故普賢菩薩告善財言我此法海中無有一文無有一句非是捨施轉輪王位而求得者非是捨施一切所有而求得者釋曰以一是一切之一故稱性之一故纂靈記云有京兆人姓王失其名本無戒行曾不修善因患致死被二人引至地獄地獄門前見一僧云是地藏菩薩乃教誦偈云若人欲了知三世一切佛應觀法界性一切唯心造菩薩授經已謂之曰誦得此偈能破地獄苦其人誦

已遂入見王王問此人有何功德答云唯受持一四句偈具如上說王遂放免當誦此偈時聲所至處受苦之人皆得解脱後三日方穌憶持此偈向諸道俗說之參驗偈文方知是華嚴經夜摩天宮無量菩薩雲集所說即覺林菩薩偈意明地獄心造了心造佛地獄自空耳故知若觀此心言下離苦不唯破地獄界乃至十法界一時破以入真空一際法故則平等真法界無佛無衆生此非妙術神通假於他勢以法如是故可驗自心不可思議神妙之力高而無上淵而不深延而不長促而非短廣而無相顯而無蹤有而不常無而不滅照體獨立稱性普周妙萬物故稱之爲神孕一切故名之爲毋統御該攝通變無窮任照忘疲若明鏡之寫像應緣無作猶虛谷之傳聲居方而方相分明處圓而圓文顯現在悟而悟成諸佛墮迷而迷作衆生跡任千途本地不動台教云心如幻化但有名字名之爲心適言其有不見色質適言其無復起慮想不可以有無思度故名心爲妙非是待麁麤成妙以絶待爲妙故傅大士稱爲妙神亦云妙識妙神即是法身佛若無妙神誰受寂滅樂寶藏論云其爲也形其寂也冥本淨非瑩法爾天成光超日月德越太清萬物無作一切無名轉變天地自在縱橫恒沙而用混沌而成誰聞不喜誰聞不驚如何以無價之寶隱於陰入之坑是以體之即妙即神顯無價之寶迷之成麁麤成昧墮陰入之坑徧覽圓詮釋之莫盡仰唯諸聖讚之靡窮可謂入道玄關成佛妙訣乃至凡聖因果行位進修

不離此心而得成辦契同心性何德不收以一切法隨所依住皆於一心頓圓滿故如斯之事豈非絶待之妙耶如法華玄義云絶待明妙者爲四一隨情三假法起若入眞諦待對即絶故身子云吾聞解脫之中無有言說此三藏經中絶待意也二若隨理三假一切世間皆如幻化即事而眞無有一事而非眞者更待何物爲不眞耶望彼三藏絶還不絶即事而眞乃是絶待此通教絶待也三別教若起望即眞之絶還是世諦何者非大涅槃猶是生死世諦絶還有待若入別教中道待則絶矣四圓敎若起說無分別法即邊而中無非佛法亡泯清淨豈更佛法待於佛法如來法界故出法界外無復有法可相形比待誰爲麤形誰得妙無所可待亦無所絶不知何名强言爲絶大涅槃經云大名不可稱量不可思議故爲大譬如虛空不因小空名爲大也涅槃亦爾不因小相名大涅槃妙亦如是妙名不可思議不因於麤而名爲妙若謂定有法界廣大獨絶者此則大有所有何謂爲絶今法界清淨非見聞覺知不可說示經云止止不須說我法妙難思止止不須說即是絶言我法妙難思即是絶思又云是法不可示言辭相寂滅亦是絶歎之文不可以待示不可以絶示滅待滅絶故言寂滅又云一切諸法常寂滅相終歸於空此空亦空則無復待絶中論云若法爲待成是法還成待今則無因待亦無所成法華首經云既得無生忍亦不生無生生即無生是名絶待降此已外若更作者絶何物顯何理流浪無窮則墮

戲論乃是迷情分别絶待不絶非絶非待待於亦待亦絶言悟相逐永無絶矣何者言語從覺觀生心慮不息語何由絶如癡犬逐塊徒自疲勞塊終不絶若能妙悟寰中息覺觀風心水澄清言思皆絶如黠師子放塊逐人塊本既除塊則絶矣妙悟之時洞知法界外無法而論絶者約有門明絶也是絶亦絶約空門明絶也如駃馬見鞭影無不得入是名絶待妙也用是兩妙妙上三法衆生之法亦具二妙稱之爲妙佛法心法亦具二妙稱之爲妙問何意以絶釋妙答只喚妙爲絶絶是妙之異名如世人稱絶能耳又妙是能絶麤是所絶此妙有絶麤之功故舉絶以名妙此絶非是斷絶以無盡爲絶如還原觀云一塵出生無盡徧一塵之内即理即事即人即法即依即正即染即淨即因即果即同即異即彼即此即一即多即廣即狹即情即非情即三身即十身何以故理事無礙法如是故十身互作自在用故唯普眼之境界也如上事相之中一一互相容相攝各具重重無盡之境界也經頌云一切法門無盡海同會一法道場中如是次第展轉成此無礙人方得悟問據其所説則一塵之上理無不顯事無不融文無不釋義無不通今時修學之徒云何曉悟達於塵處頓決群疑且於一塵之上何者是染云何名淨何者名眞若爲稱俗何者名生死何者是涅槃云何名煩惱云何是菩提何者名小乘法云何名大乘法請垂開決聞所未聞答大智圓明覩纖毫而觀性海眞原朗現一塵之處以眺全身萬法顯必同時

一際理無前後何以故由此一塵虚相能翳於眞即是染也由塵相空無所有即淨也由於塵性本體同如即是真也由此塵相緣生幻有即俗也由於塵相念念遷變即是生死也由觀塵生滅相盡空無有實即涅槃也由塵相大小皆是妄心分別即煩惱也由塵體本空緣慮自盡即菩提也由塵相體無徧計即小乘法也由塵性無生無滅依他似有即大乘法也如是略説若具言之假使一切衆生懷疑各異一時同問如來如來唯以一箇塵字而爲解釋宜深思之經頌云一切法門無盡海一言演説盡無餘依此義理故名一塵出生無盡徧也所言即者現今平等故此一心法門如鏡頓現不待次第如印頓成更無前後一見一切見一聞一切聞不俟推尋若待了達而成皆爲權漸若能觀於心性之一則是一道甚深即正道之一是唯一之一千佛同轍今古不易之一道也亦云一路涅槃門亦云一道出生死又名大佛頂首楞嚴王具足萬行十方如來一門超出妙莊嚴路猶如百華共成一蜜故知萬法同會斯宗若諦了之一切在我昇沉去住任意隨緣示聖現凡出生入死變化難測運無作之神通隱顯同時闡如幻之三昧是非冥合逆順同歸語默卷舒常順一眞之道治生産業不違實相之門運用施爲念念而未離法界行住坐卧步步而常在其中若不信之人對面千里如寒山子詩云可貴天然物獨一無伴侶促之在方寸延之一切處汝若不信受相逢不相遇如明達之者寓目關懷悉能先覺若未

遇之子可以事知舉動施爲未甞間斷如蔡順字君仲以孝聞順少孤養母常出求薪有客卒至母望順不還乃嚙其指順即心動棄薪馳歸跪問其故母曰有急客來吾嚙指以悟汝耳又唐裴敬彝父爲陳王典所殺敬彝時在城忽自覺流涕不食謂人曰我大人凡有痛處吾即不安今日心痛手足皆廢事在不測遂歸覲父果已死又唐張志安居鄉閭稱孝差爲里尹在縣忽稱母疾急縣令問志安曰母有疾志安亦病志安適患心痛是以知母有疾令拘之差人覆之果如所說尋奏高表門閭拜爲散騎常侍

問此宗所悟還有師不答此是自覺聖智無師智自然智之所證處不從他悟自證之時法從心現不從外來故無師契而能自得阿耨菩提楞伽經云大慧白佛言世尊若善自覺聖智相及一乘我及餘菩薩若善自覺聖智相及一乘不由於他通達佛法又經云舍利弗復問何故諸賢復發此言從今日始不以佛爲聖師諸比丘報曰從今日始自在其地不在他鄉自歸於已不歸他人以爲師主不用他師是以故往不以佛爲聖師乃至於是世尊讚諸比丘善哉善哉其於諸法無所得者乃爲真得此乃但可自知方見真實所以千聖拱手作計校不成如經頌云言語說諸法不能顯真實平等乃能見如法佛亦爾所以永嘉謌云不離當處當湛然覓即知君不可見又先德偈云不煩問師匠心王應自知斯乃真照無照真知無知何者若有照則有對處故云隨照失宗若有知則被知礙故

云法離見聞覺知如信心銘云縱橫無照最爲微妙知法無知無知知要達此要者即無一法可同無一法可異無一法可是無一法可非則何用外求知解古德謌云古人重義不重金曲高和寡無知音今時學士還如此語默動用跡難尋所嗟世上岐途者終日崎嶇枉用心平坦栴檀不肯取要須登陟訪椿林窮子捨父遠逃逝却於本舍絶知音貧女宅中無價寶却將小秤買他金故大涅槃經云如平坦路一切衆生悉於中行無障礙者中路有樹其陰清涼行人在下憩駕止息然其樹陰常住不異亦不消壞無持去者路喻聖道陰喻佛性是以若達此宗歸於自地室中寶藏豈是外來衣内明珠非從他獲若能開發祕藏得現前受用之榮貿易神珠息積劫貧窮之苦非數他寶豈徇彼求則潤巳之智藏何窮利他之法財無盡○問若言無師自證者即墮自然之計執從他解者仍涉因緣之門且大道之性非是自然亦非因緣云何開示而乖道體答爲破他求故説須自證爲執自解故從他印可若當親省之時迷悟悉空自他俱絶非限量之所及豈言論之能詮所以牛頭初祖云夫道者若一人得之道即不徧若衆人得之道即有窮若各各有之道即有數若總共有之方便即空若修行得之造作非眞若本自有之萬行虛設何以故離一切限量分别故明知説自説他言得言失者若約聖教則是隨世語言破執方便若依意解盡是限量分别不出情塵但不執教以徇情則方見性而達道○問初心學人悟

入此宗信解圓通有何勝力答若正解圓明決定信入有超刧之功獲頓成之力雖在生死常入涅槃恒處塵勞長居淨刹現具肉眼而開慧眼之光明匪易凡心便同佛心之知見如太子具王儀之相迦陵超衆鳥之音將師子筋爲琴絃餘音斷絶以善見藥而治病衆患潛消若那羅箭之功勢穿鐵鼓似金剛鎚之力擬碎金山則煩惱塵勞不待斷而自滅菩提妙果弗假修而自圓乃至等寃親和諍論齊凡聖泯自他一去來印同異融延促混中邊世出世間不可稱不可量不可說不可說之力莫能過者亦名佛力亦名般若力亦名大乘力亦名法力亦名無住力所以先德釋云無住力持者則大刧不離一念又云色平等是佛力色既平等則唯心義成故知觀心之門理無過者最尊最貴絶妙絶倫有刹那成佛之功頓截苦輪之力大涅槃經云譬如藥樹名曰樹王於諸藥中最爲殊勝能滅諸病樹不作念若取枝葉及皮身等雖不作念能愈諸病涅槃亦爾是以若於宗鏡有圓信圓修乃至見聞隨喜一念發心者無不除八萬塵勞三障二死之病大品經云如摩尼珠所在住處一切非人不得其便以珠着身闇中得明熱時得涼寒時得温若在水中隨物現色即況識此自心如意靈珠圓信堅固一切時處不爲無明塵勞非人之所侵害則處繁不亂履險恒安高而不危滿而不溢台教引佛藏經云無名相中假名相說皆是如來不思議力譬如有人嚼須彌山飛行虛空石筏渡海負四天下及須彌山蚊脚爲梯

登至梵宫劫盡燒時一唾劫火即滅一吹世界即成以藕絲懸須彌山手接四天下雨如來所說一切諸法無相無爲無生無滅令人信解甚爲難有甚爲希有若少有所得與佛法僧諍入於邪道不聽出家受戒飲一盃水當知經明無生外用以顯妙理因果無生是則不了一體三寶常住不聽出家言不聽者若不解此戒不具足若約觀心者一刹那起名一衆生即起即滅名爲一期念念之中恒起三毒即當劫盡三災三毒貪爲首三災火爲端以不思議止觀觀此三毒一念貪心無有起處即是一唾劫火而滅了念成智即是一吹世界而成乃至一切不思議希有之事但達一念無明心成諸佛智無有不洞曉之者若不解此非唯不聽出家一切萬善皆不成就以不知佛法根本故大智度論云復次有人謂地爲堅牢心無形質皆是虚妄以是故佛說心力爲大行般若波羅蜜故散此大地以爲微塵以地有色香味觸重故自無所作水少香故動作勝地火少香味勢勝於水風少色香味故動作勝火心無四事故所爲力大又以心多煩惱結使繫縛故令心力微少有漏善心雖無煩惱以心取諸法相故其力亦少二乘無漏心雖不取相以智慧有量及出無漏道時六情隨俗分別取諸法相故不盡心力諸佛及大菩薩智慧無量無邊常處禪定於世間涅槃無所分別諸法實相其實不異但智有優劣行般若波羅蜜者畢竟清淨無所罣礙一念中能散十方一切如恒河沙等三千大千國土大地諸山微塵故知

眞心有此大力衆生妄隔而不覺知金光明經疏云如日光能照天下不能照道理心智之光明能發智照理故心是光若心癡闇體則憔悴心有智光膚色充澤故云般若大故色大般若淨故色淨即是明也天下萬物唯人爲貴七尺形骸不如靈智爲貴所以觀之心貴心即是金又知依知正名光知一切法無一切法爲明是以若於宗鏡纔有信入便生圓解能發眞正菩提心更無過上是無等等心是最勝心是最實心止觀云發此心者能翻一一塵勞門即是八萬四千諸三昧門無明轉即變爲明如融冰成水更非遠物不餘處來但一念心普皆具足如如意珠非有寶非無寶若謂無者即妄語若謂有者即邪見不可以心知不可以言辯衆生於此不思議不縛法中而思想作縛於無脫法中而求於脫是故起大慈悲興四弘誓拔兩苦與兩樂故名非縛非脫眞正菩提心此發一菩提心即一切菩提心譬如良醫有一祕方總攝諸方阿伽陀藥功兼諸藥如食乳糜更無所須一切具足如如意珠乃至此一心是大中大上中上圓中圓滿中滿實中實眞中眞了義中了義玄中玄妙中妙不可思議中不可思議若能如此簡非顯是體權識實而發心者是一切諸佛種譬如金剛從金性生佛菩提心從大悲起是諸行先如服阿娑羅藥先用清水諸行中最如諸根中命根爲最佛正法正行中此心爲最如太子生具王儀相大臣恭敬有大聲名如迦陵頻伽鳥轂中鳴聲已勝諸鳥此菩提心有大勢力如師子筋絃

如師子乳如金剛鎚如那羅延箭具足衆寳能除貧苦如如意珠雖小懈怠小失威儀猶勝二乘功德舉要言之此心即具一切菩薩功德能成三世無上正覺若解此心任運達於止觀無發無礙即是觀其性寂滅即是止止觀即菩提菩提即止觀如上廣讃發此圓信菩提心人實爲難有若凡夫外道迷於此心而爲分段生死藏通二乘背於此心而作有餘涅槃乃至通教菩薩始發大乘之人體於此心只成自性之空別教菩薩至大乘之終悟於此心雖見不空爲十法界之所依然即今未具猶假別修次第生起俱不能識知自心一念頓圓平等正性凡聖共有一際無差以不識故皆不能發此無上無等最勝廣大不可思議菩提之心所有悲願智行俱不具足若一發此心功德無際念念圓滿十波羅蜜故淨名經云維摩詰言然汝等便發阿耨多羅三藐三菩提心是即出家是即具足今宗鏡正爲開示此心一一搜窮重重引證普爲一切法界含生凡有心者願皆信受纔得信入法爾自然發此無上菩提之心便坐道場行同體大悲起無縁慈化是以十方諸佛讃了此心能發菩提者功德無盡如華嚴經云菩提心者猶如種子能生一切諸佛法故菩提心者猶如良田能長衆生白淨法故菩提心者猶如大地能持一切諸世間故菩提心者猶如淨水能洗一切煩惱垢故菩提心者猶如大風普於世間無所礙故菩提心者猶如盛火能燒一切諸見薪故菩提心者猶如淨日普照一切諸世間故菩提心者猶

如盛月諸白淨法悉圓滿故菩提心者猶如明燈能放種種法光明故菩提心者猶如淨目普見一切安危處故菩提心者猶如大道普令得入大智城故菩提心者猶如正濟令其得離諸邪法故菩提心者猶如大車普能運載諸菩薩故菩提心者猶如門戶開示一切菩薩行故菩提心者猶如宫殿安住修習三昧法故菩提心者猶如園苑於中遊戲受法樂故菩提心者猶如舍宅安隱一切諸衆生故菩提心者則爲所歸利益一切諸世間故菩提心者則爲所依諸菩薩行所依處故菩提心者猶如慈父訓導一切諸菩薩故菩提心者猶如慈母生長一切諸菩薩故菩提心者猶如乳母養育一切諸菩薩故菩提心者猶如善友成益一切諸菩薩故菩提心者猶如君主勝出一切二乘人故菩提心者猶如帝王一切願中得自在故菩提心者猶如大海一切功德悉入中故菩提心者如須彌山於諸衆生心平等故菩提心者如鐵圍山攝持一切諸世間故菩提心者猶如雪山長養一切智慧藥故菩提心者猶如香山出生一切功德香故菩提心者猶如虛空諸妙功德廣無邊故菩提心者猶如蓮華不染一切世間法故菩提心者猶如調慧象其心善順不獷戾故菩提心者猶如良善馬遠離一切諸惡性故菩提心者如調御師守護大乘一切法故菩提心者猶如良藥能治一切煩惱病故菩提心者猶如坑穽陷沒一切諸惡法故菩提心者猶如金剛悉能穿徹一切法故菩提心者猶如香篋能貯一切功德香故菩

提心者猶如妙華一切世間所樂見故菩提心者如白栴檀除衆生欲熱使清涼故菩提心者如黑沉香能熏法界悉周徧故菩提心者如善見藥王能破一切煩惱病故菩提心者如毗笈摩藥能拔一切諸惑箭故菩提心者猶如帝釋一切主中最爲尊故菩提心者如毗沙門能斷一切貧窮苦故菩提心者如功德天一切功德所莊嚴故菩提心者如莊嚴具莊嚴一切諸菩薩故菩提心者如劫燒火能燒一切諸有爲故菩提心者如無生根藥長養一切諸佛法故菩提心者猶如龍珠能消一切煩惱毒故菩提心者如水精珠能清一切煩惱濁故菩提心者如如意珠周給一切諸貧乏故菩提心者如功德瓶滿足一切衆生心故菩提心者如如意樹能雨一切莊嚴具故菩提心者如鵝羽衣不受一切生死垢故菩提心者如白氎線從本已來性清淨故菩提心者如快利犂能治一切衆生田故菩提心者如那羅延能摧一切我見敵故菩提心者猶如快箭能破一切諸苦的故菩提心者猶如利矛能穿一切煩惱甲故菩提心者猶如堅甲能護一切如理心故菩提心者猶如利刀能斬一切煩惱首故菩提心者猶如利劍能斷一切憍慢鎧故菩提心者如勇將幢能伏一切諸魔軍故菩提心者猶如利鋸能截一切無明樹故菩提心者猶如利斧能伐一切諸苦樹故菩提心者猶如兵仗能防一切諸苦難故菩提心者猶如善手防護一切諸度身故菩提心者猶如好足安立一切諸功德故菩提心者猶如眼藥滅除一

切無明瞖故菩提心者猶如鉗鑷能拔一切身見刺故菩提心者猶如卧具息除生死諸勞苦故菩提心者如善知識能解一切生死縛故菩提心者如好珍財能除一切貧窮事故菩提心者如大導師善知菩薩出要道故菩提心者猶如伏藏出功德財無匱乏故菩提心者猶如涌泉生智慧水無窮盡故菩提心者猶如明鏡普現一切法門像故菩提心者猶如蓮華不染一切諸罪垢故菩提心者猶如大河流引一切度攝法故菩提心者如大龍王能雨一切妙法雨故菩提心者猶如命根任持菩薩大悲身故菩提心者猶如甘露能令安住不死界故菩提心者猶如大網普攝一切諸衆生故菩提心者猶如罥索攝取一切所應化故菩提心者猶如鉤餌出有淵中所居者故菩提心者如阿伽陀藥能令無病永安隱故菩提心者如除毒藥悉能消歇貪愛毒故菩提心者如善持呪能除一切顛倒毒故菩提心者猶如疾風能卷一切諸障霧故菩提心者如大寶洲出生一切覺分寶故菩提心者如好種性出生一切白淨法故菩提心者猶如住宅諸功德法所依處故菩提心者猶如市肆菩薩賈人貿易處故菩提心者如鍊金藥能治一切煩惱垢故菩提心者猶如好蜜圓滿一切功德味故菩提心者猶如正道令諸菩薩入智城故菩提心者猶如好器能持一切白淨物故菩提心者猶如時雨能滅一切煩惱塵故菩提心者則爲住處一切菩薩所住處故菩提心者則爲授行不取聲聞解脱果故菩提心者如淨瑠璃

自性明潔無諸垢故菩提心者如帝青寶出過世間三乘智故菩提心者如更漏鼓覺諸衆生煩惱睡故菩提心者如清淨水性本澄潔無垢濁故菩提心者如閻浮金映奪一切有爲善故菩提心者如大山王超出一切諸世間故菩提心者則爲所歸不拒一切諸來者故菩提心者則爲義利能除一切衰惱事故菩提心者則爲妙寶能令一切心歡喜故菩提心者如大施會充滿一切衆生心故菩提心者則爲尊勝諸衆生心無與等故菩提心者猶如伏藏能攝一切諸佛法故菩提心者如因陀羅網能伏煩惱阿脩羅故菩提心者如婆樓那風能動一切所應化故菩提心者如因陀羅火能燒一切諸惑習故菩提心者如佛支提一切世間應供養故善男子菩提心者成就如是無量功德舉要言之應知悉與一切佛法諸功德等何以故因菩提心出生一切諸菩薩行三世如來從菩提心而出生故是故善男子若有發阿耨多羅三藐三菩提心者則已出生無量功德普能攝取一切智道乃至善男子如有寶珠名自在王日月光明所照之處一切財寶衣服等物所有價直悉不能及菩薩摩訶薩發菩提心自在王寶亦復如是一切智光所照之處三世所有天人二乘漏無漏善一切功德皆不能及善男子海中有寶名曰海藏普現海中莊嚴事菩薩摩訶薩菩提心寶亦復如是普能顯現一切智海諸莊嚴事善男子譬如天上閻浮檀金唯除心王大摩尼寶餘無及者菩薩摩訶薩發菩提心閻浮檀金亦復如是除

一切智心王大寶餘無及者乃至善男子菩提心者成就如是無量無邊乃至不可說不可說殊勝功德若有衆生發阿耨多羅三藐三菩提心則獲如是勝功德法如上畧録華嚴大教一百二十門讃發此心功德廣大無邊然經中雖引諸希奇珍寶譬況皆是世間有限之物以麤比妙將淺況深寧齊出世無盡之珍豈等佛法難思之旨故知世出世間天下之貴無過心寶如師子奮迅威猛最雄象王蹴蹋勢力無等所以大樹緊那羅王所問經云爾時大樹緊那羅王白言世尊我聞菩薩所有三昧名曰寶住若有菩薩得是三昧一切法寶諸功德法自然而得佛告緊那羅王言若有菩薩欲令佛寶種性不斷法寶種性僧寶種性不絶者修集生起八十種寶所謂不忘一切智寶之心乃至觀空無相無願解脫門寶心入甘露門故觀一切法無生寶心得無生法忍故見一切法如幻如夢如焰如影如響如水月寶心不住諸見故觀因緣法寶心離斷常見故離諸邊見垢穢寶心離於二故入無一法門寶心覺一道故離一切行寶心至正位故正觀法位寶心一切法平等故集助一切菩提法寶心覺了一切佛法故乃至喻如大海爲衆法主集一切寶一切衆寶皆悉來歸於是海中出生諸寶如是緊那羅王菩薩得是寶住三昧爲諸一切衆生之主集一切寶一切法寶皆悉歸趣是以祖師云一切寶中心寶爲上故知一切法寶皆歸宗鏡中無有法財珍寶而不積聚如入法界體性經云文殊師利復白佛言以何因

縁名以三昧爲寶積耶佛告文殊師利譬如大摩尼寶善磨瑩已安置淨處隨彼地方出諸珍寶不可窮盡如是文殊師利我住此三昧觀於東方見無量阿僧祇世界現在諸佛如來阿羅訶三藐三佛陀如是南西北方四維上下如是十方無量阿僧祇世界我皆現見是諸如來住此三昧爲衆說法文殊師利我住此三昧不見一法然非法界釋曰寶積三昧者即一切衆生心是無量功德聚猶如世間寶積若能住此一心寶積三昧有何功德寶而不知故能見十方佛寶普照無餘所以云不見一法然非法界是以萬類之中唯心爲貴如金翅鳥命終之後骨肉散盡唯有心在難陀龍王取此鳥心以爲明珠轉輪王得以爲如意珠然一切衆生心亦復如是幻身雖滅眞心不壞如經云如劫燒火不燒虚空又祖師云百骸雖潰散一物鎮長靈若能了此常住眞心即同獲於如意珠寶若得之者廣濟於法界用之者普潤於十方以此諸大乘經中十方諸佛同共讚揚此菩提心况如無際虚空未言少分若下位淺智焉敢言之故先德釋涅槃教義云種種名目只是一心法此法即是佛師諸菩薩母諸佛菩薩辯不能宣凡夫千舌豈解揄揚二乘百盲焉能舞手者哉此論開發信入功德無邊若但見聞設不信樂尚種善根無空過者如華嚴經云佛子譬如丈夫食少金剛終竟不消要穿其身出在於外何以故金剛不與肉身雜穢而同止故於如來所種少善根亦復如是要穿一切有爲諸行煩惱身過到於無爲究竟

智處何以故此少善根不與有爲諸行煩惱而共住故佛子假使乾草積同須彌投火於中如芥子許必皆燒盡何以故火能燒故於如來所種少善根亦復如是必能燒盡一切煩惱究竟得於無餘涅槃何以故此少善根性究竟故佛子譬如雪山有藥王樹名曰善見若有見者眼得清淨若有聞者耳得清淨若有齅者鼻得清淨若有嘗者舌得清淨若有觸者身得清淨若有衆生取彼地土亦能爲作除病利益佛子如來應正等覺無上藥王亦復如是能作一切饒益衆生若有得見如來色身眼得清淨若有得聞如來名號耳得清淨若有得齅如來戒香鼻得清淨若有得嘗如來法味舌得清淨具廣長舌解語言法若有得觸如來光者身得清淨究竟獲得無上法身若於如來生憶念者則得念佛三昧清淨若有衆生供養如來所經土地及塔廟者亦具善根滅除一切諸煩惱患得賢聖樂佛子我今告汝設有衆生見聞於佛業障纏覆不生信樂亦種善根無空過者乃至究竟入於涅槃佛子菩薩摩訶薩應如是知於如來所見聞親近所種善根悉離一切諸不善法具足善法故知若見若聞若信不信皆得究竟無上善根以見圓覺之佛普門之法故以覺圓故無有鈌減以法普故自然具足豈非究竟耶所以華嚴初發心功德品頌云菩薩發心功德量億劫稱揚不可盡以出一切諸如來獨覺聲聞安樂故十方國土諸衆生皆悉施安無量劫勸持五戒及十善四禪四等諸定處復於多劫施安樂令斷諸惑成

羅漢彼諸福聚雖無量不與發心功德比又教億衆成緣覺獲無諍行微妙道以彼而校菩提心弄數譬喻無能及一念能過塵數刹如是經於無量劫此諸刹數尚可量發心功德不可知又頌云所説種種衆譬喻無有能及菩提心以諸三世人中尊皆從發心而得生華嚴指歸云明經有十種益一見聞益謂此見聞如來及此遺法所種善根成金剛種不可破壞要心成佛如性起品云佛子乃至不信邪見衆生見聞佛者彼諸衆生於見聞中得種善根果報不虛乃至究竟涅槃等二發心益謂信位既滿稱彼佛懷發此大心此心即是普賢法攝是故融通即徧無盡時處等法界既入彼攝彼即全諸位悉皆成滿故經云初發心即是佛故悉與三世諸如來等三起行益謂若起一普賢行時即徧一切行一切位一切德一切法一切處一切時一切因一切果窮盡法界具足一切如帝網等故經云菩薩摩訶薩得聞此法以少方便疾得菩提四攝位益謂信等五位一一位中攝一切位然有二門一全位相是門即一切位是一位故十信滿處即便成佛二諸位相資門則一位中具一切位如十信中有十住乃至十地故經云住於一地普攝一切諸地功德如十玄門五速證益依此普門一證一切證如經明地獄衆生蒙光滅苦纔從地獄門出昇兜率天聞此普法即得十地者明是此法之深益六滅障益依此普法亦一斷一切斷如前兜率天子非直自身頓得十地亦乃毛孔香熏全示衆生頓滅無量煩惱並是普法

之勝力七轉利益普行亦成即能頓益無邊衆生悉亦同得此十地法如前兜率天子得十地已毛孔中出蓋雲供養佛經云若有衆生見此蓋雲者彼諸衆生種一恒河沙轉輪王所植善根等八造修益如善財依此普法一得一切得以前生曾見聞普法成金剛種遂令今生頓成解行九頓得益如經明六千比丘頓見如來得十眼境界祇洹林中不可說塵數菩薩頓得無盡自在法海等十稱性益謂依此普法一切衆生無不皆悉稱其本性在佛果海中即是舊來益如經明於佛身中見一切衆生已成佛竟已涅槃竟是以此宗鏡録中並是稱性而談約本而說因果皆實理事俱真以是圓滿之宗普門之法見普法故名爲普眼普法者一具一切一一稱性同時具足眼外無法乃稱普眼亦名普眼經遂令見聞之人皆同性得以此性無盡則所益何窮故能總括無邊該通一切攝前則攝後如舉初步即到千里之程途得一則得餘猶觀天月即了一切之水月故知有教的有其位有法必有其人如地獄衆生見聞爲種處八難内超十地階善財童子行解在躬於一生中圓多劫果文理有據果報非虛可示後賢同繼斯種所以如來藏經中校量功德受持此經供養過去恒河沙現在諸佛造恒河沙七寶臺高十由旬日日如是乃至五十恒河沙七寶臺供養恒河沙如來不如有人喜樂菩提受持此經乃至筭數譬喻所不能及釋曰七寶是限量之財供養乃有爲之福若持此經者則一乘常住之寶真如無盡之

福如法界比微塵豈可校量乎○問此發菩提心當有幾種依何等菩提發心便獲如是功德答若約横論隨根所證有四種菩提若約竪論依初中後有三種菩提又發有二種一是起發二是開發起發即一乘十信之首開發即一乘十住之初今所讃者是四種之中依上上根佛之菩提若宗鏡所讃多取圓信起發之發若引華嚴或是初住開發之發又今論發者不依人依法頓悟自心萬行圓足故稱曰發如華嚴論云發心有二一有久從生死苦厭苦發心有得三乘一乘之果名自覺聖智亦名佛智自然智無師智二依先覺者勸令知苦本方能發心夫發心者又有此二種若言要依先佛發心者即有常過即同外道常見即先覺者以誰爲師轉轉相承不離常見若有古時常佛爲展轉之師即古佛自體自眞不隨妄者即不可践其古跡爲眞自常眞不可以眞隨生死故即生死是常生死佛自是常佛故若也衆生定有生死者生死自常生死不可得成眞故此是斷見此二種俱非不離斷常也爲一切衆生生死無性本無生死横計生死本非生死一切諸佛本無自性故實無菩提亦無涅槃而衆生妄謂諸佛有菩提涅槃若有衆生能如是知者名爲發心名爲諸佛名爲見道而能開悟一切衆生是達無明者無明本無諸佛亦無名爲覺者但以無依無住無體無性妙智能隨響應對現色身能以此理教化衆生名爲大悲故不可有得有證有忻有厭有取有捨有古有今有眞有假發菩提心也如是發菩提

心不爲長夜無明之所覆故又云善財白德雲比丘言我已發無上菩提心者已於文殊師利所發菩提心爲知菩提無證修無所求故但求菩薩方便三昧加行其菩提心自然明白無垢猶如空中有雲雲亡其虛空自空不復云求虛空也以明但修菩薩三昧觀照以治執障然菩提心無有修作留除之體在凡不滅在聖不增是故令以妙峯山像以止觀二門七菩提之助顯方便菩提心自明白及至菩提明白即菩薩行諸三昧自是菩提不復別有菩提而自明白以明菩薩處於世間修諸萬行世間萬行乃至菩提涅槃性自離故以將此法教化迷流不了此者而令悟達性空無垢之智以淨諸業令苦不生名爲大悲猶如化人教化幻士以智觀業隨時隨根十方等利無心意識智幻利生以此義故但求菩薩一切諸行以明即行是菩提一切無生滅故云我已發無上菩提心者以明信心菩提雖未有三昧加行顯發已知無所修無所求故令求菩薩行者以明方便三昧相印方明行及菩提如實無二於此之中不可說言諸行無常是生是滅如此經云一切法不生一切法不滅若能如是解諸佛常現前是知菩提之心不生不滅無得無依所云求菩薩行者是方便顯發當顯發之時則理行無二所以般若會中舍利弗念須菩提依何法門善說般若須菩提云我以無依故辯說如是諸佛弟子若於一切無依皆法爾如是非我能爲亦如妙善堂中天鼓說法稱爲無依印法門故古偈云識心達本如如佛畢竟

無依自在人

宗鏡録卷第九

宗鏡録卷第十

宋慧日永明妙圓正修智覺禪師延壽集

夫凡聖一心境界如何是自在出生無礙之力答一是法爾二由諸佛菩薩行願三即衆生信解自業感現又總具十力一法如是力二空無性力三諸佛神力四菩薩善根力五普賢行願力六衆生淨業力七深信勝解力八如幻法生力九如夢法生力十無作眞心所現力又華嚴疏釋云一多相持互爲本末一心所現總有十義一孤標獨立以是唯一故獨立爲主二雙現同時各相資無礙故三兩相俱亡互奪齊泯故四自在無礙隱顯同時一際現故五去來不動各住本法不壞自位故六無力相持以有力持無力故七彼此無知以各無自性法法不相知不相到故八力用交徹以異體相入有力相持故九自性非有以無體性方能即入無礙故十究竟離言冥性德沒果海故釋云孤標獨立者即經頌云多中無一性一亦無有多二法互無故得獨立亦一即多而唯多多即一而唯一廢已同他故云獨立二雙現同時者即經頌云知以一故衆知以衆故一無一即無多無多即無一故二雙現更無前後如牛二角三兩相俱亡者即前二俱捨也四自在無礙者欲一即一不壞相故欲多即多一即多故一既如此多亦准之常一常多常即不即故故云自在五去來不動者一入多而一在多入一而多存若兩鏡相入而不動本相相即亦然六無力相持者因一有多多無力而持一因多有一一無力而持多七彼此無知者二互

相依皆無體用故不相知如經頌云諸法無作用亦無有體性是故彼一切各各不相知八力用交徹者即經頌云一中解無量無量中解一義九自性非有者互爲因起舉體性空十究竟離言者不可言一不可言非一不可言亦一亦非一不可言非一非非一不可言相即以相入故不可言相入以相即故不可言即入不壞相故不可言不即入互交徹故口欲辯而詞喪心將緣而慮息唯證智知同果海故一多既爾染淨等法無不皆然又約一心圓別之理無礙之力者圓别徧理徹細難分别則要有差别方能徧若不差别不能徧圓則不要差别而能徧能徧之法一一圓融故無差别而言圓融者一會即是彼一切會亦非此會處處到也即此即彼即一即多故云圓融又約所徧處以論總别東名非西名所徧别也此會即彼會所徧處總也又約能徧論圓别要將差别之法方能普徧是名别也今是圓融無差之法即能徧故名爲圓也前之别如列宿徧九天此之别如一月落百川前之總如一雲之滿宇宙此之圓如和香之徧一室故云總圓有異也華嚴論云此華藏界隱顯自在爲利衆生顯勝福德故即具相萬差光明顯照若令衆生情無取著如幻雲散一物便無有所得存其計故以如此大願智力法性自體空無性力隱顯自在若隨法性萬相都無隨智力衆相隨現隱顯隨緣都無作者凡夫執著用作無明執障既無智用自在不離一真之境化儀百變是以箭穿石虎非功力之所能醉告三軍豈麴蘗

之所造筍抽寒谷非陽和之所生魚躍冰河豈網羅之所致悉爲心感顯此靈通故知萬法施爲皆自心之力耳若或信受具此力能則廣闢障門盡枯業海所以仁王經云能起一念清淨信者是人超過百劫千劫無量無邊恒河沙劫一切苦難不生惡趣不久當得無上菩提是以了心無作即悟業空觀業空時名爲得道其道若現何智不明心智明時於行住坐卧四威儀中法爾能現自利利他之力如華嚴經云善見比丘在林中經行告善財言善男子我經行時一念中一切十方皆悉現前智慧清淨故一念中一切世界皆悉現前經過不可說不可說世界故一念中不可說不可說佛刹皆悉嚴淨成就大願力故一念中不可說不可說衆差別行皆悉現前滿足十力智故一念中不可說不可說諸佛清淨身皆悉現前成就普賢行願力故一念中恭敬供養不可說不可說佛刹微塵數如來成就柔輭心供養如來願力故一念中領受不可說不可說如來法得證阿僧祇差別法住持法輪陀羅尼力故一念中不可說不可說菩薩行海皆悉現前得能淨一切行如因陀羅網願力故一念中不可說不可說諸三昧海皆悉現前得於一三昧門入一切三昧門皆令清淨願力故一念中不可說不可說諸根海皆悉現前得了知諸根際於一根中見一切根願力故一念中不可說不可說佛刹微塵數時皆悉現前得於一切時轉法輪衆生界盡法輪無盡願力故一念中不可說不可說一切三世海皆悉現前得了知

一切世界中一切三世分位智光明願力故經行既爾坐立亦然故法華經偈云佛子住此地則是佛受用常在於其中經行及坐卧○問此宗鏡録中德用所因有何因緣令此諸法混融無礙答約華嚴宗有其十義一唯心現者一切諸法眞心所現如大海水舉體成波以一切法無非一心故大小等相隨心迴轉即入無礙二無定性者既唯心現從緣而生無有定性性相俱離小非定小故能容太虚而有餘以同大之無外故大非定大故能入小塵而無間以同小之無内故是則等太虚之微塵含如塵之廣刹有何難哉是以一非定一故能是一切多非定多故能是一邊非定邊故能即中中非定中故能即邊延促靜亂等一一皆然三緣起相由者謂大法界中緣起法海義門無量略有十門具在下帙法性因緣中說四法性融通門者謂若唯約事則互相礙不可即入若唯約理則唯一味無可即入今則理事融通具斯無礙謂不異理之一事具攝理性時令彼不異理之多事隨所依理皆於一中現若一中攝理不盡則眞理有分限失若一中攝理盡多事不隨現則事在理外失今既一事之中全攝理盡多事豈不依中現華藏品頌云華藏世界所有塵一一塵中見法界法界即事法界矣斯即總意別亦具十玄門一既眞理與一切法而共相應攝理無遺即是諸門諸法同時具足門二事既如理能包亦如理廣徧不壞狹相故有廣狹純雜無礙門又性常平等故純普攝諸法故雜三理既徧在一切多事故令

一事隨理徧一切中徧理全在一事則一切隨理在一事中故有一多相容門又如塵自相是一由自一不動方能徧應成多若動自一即失徧應多亦不成一二三皆如是又一多相由成立如一全是多方名爲一又多全是一方名爲多多外無別一明知是多中一一外無別多明知是一中多良以非多然能爲一多非一然能爲多一以不失無性方有一多之智經頌云譬如筭數法增一至無量皆悉是本數智慧故差別四眞理既不離諸法則一事即是眞理眞理即是一切事故是故此一即彼一切事一切即一反上可知故有相即自在門五由眞理在事各全非分故正在此時彼即爲隱故有隱顯門六眞理既普攝諸法帶彼能依之事頓在一中故有微細門七此全攝理故能現一切彼全攝理同此頓現此現彼時彼能現所現俱現此中彼現此時此能現所現亦現彼中如是重重無盡故有帝網門所以眞如畢竟無盡故八即事同理故隨舉一事即眞法門故有託事門九以眞如徧在晝夜日月年劫皆全在故在日之時不異在劫故有十世異成門況時因法有法融時不融耶十此事即理時不礙與餘一切恒相應故有主伴門又謂塵是法界體無分劑普通一切是爲主也即彼一切各各別故是伴也伴不異主必全主而成伴主不異伴亦全伴以成主主之與伴互相資攝若相攝彼此互無不可別說一切若相資則彼此互有不可同說一切皆由即主即伴是故亦同亦異當知主中亦主亦伴伴中亦伴

亦主也故一理融通十門具矣故知此理塵塵具足念念圓融無有一法而非所被如華嚴經云時彼普救衆生妙德夜神爲善財童子示現菩薩調伏衆生解脱神力以諸相好莊嚴其身於兩眉間放大光明名智燈普照清淨幢無量光明以爲眷屬其光普照一切世間照世間已入善財頂充滿其身善財爾時即得究竟清淨輪三昧得此三昧已悉見二神兩處中間所有一切地塵水塵及以火塵金剛摩尼衆寶微塵華香瓔珞諸莊嚴具如是一切所有微塵一一塵中各見佛刹微塵數世界成壞及見一切地水火風諸大積聚亦見一切世界接連皆以地輪任持而住種種山海種種河池種種樹林種種宮殿所謂天宮殿龍宮殿夜叉宮殿乃至摩睺羅伽人非人等宮殿屋宅地獄畜生閻羅王界一切住處諸趣輪轉生死往來隨業受報各各差別靡不悉見又見一切世界差別所謂或有世界雜穢或有世界清淨或有世界趣雜穢或有世界趣清淨或有世界雜穢清淨或有世界清淨雜穢或有世界一向清淨或有世界其形平正或有覆住或有側住如是等一切世界一切趣中悉見此普救衆生夜神於一切時一切處隨諸衆生形貌言詞行解差別以方便力普現其前隨宜化度五如幻夢者猶如幻師能幻一物以爲種種幻種種物以爲一物等經云或現須臾作百年等一切諸法業幻所作故一異無礙言如夢者如夢中所見廣大未移枕上歷時久遠未經斯須六如影像者經云遠物近物雖皆影現影

不隨物而有遠近等七因無限者謂諸佛菩薩昔在因中常修緣起無性等觀大願迴向等稱法界修及餘無量殊勝因故今如所起果具斯無礙八佛證窮故者由冥真性得如性用故經云無比功德故能爾九深定用故者謂海印定等諸三昧力故賢首品頌云入微塵數諸三昧一一出生塵等定而彼微塵亦不增等十神通解脫故者謂由十通及不思議等解脫故不思議法品十種解脫中云於一塵中建立三世一切佛法等○問目心爲鏡有何證文答大乘起信論云覺體相者有四種大義與虛空等猶如淨鏡一如實空鏡遠離一切心境界相無法可現非覺照義故二因熏習鏡謂如實不空一切世間境界悉於中現不出不入不失不壞常住一心以一切法即真實性故又一切染法所不能染智體不動具足無漏熏衆生故三法出離鏡謂不空出煩惱礙離和合相淳淨明故四緣熏習鏡謂依法出離故徧照衆生之心令修善根隨念示現故釋摩訶衍論云性淨本覺中論云覺體相者有四種大義與虛空等猶如淨鏡者此四種大義中各有二義與彼大義不相捨離一者等空義二者同鏡義如論云復次覺體相者有四種大義與虛空等猶如淨鏡故云何名爲如實空鏡及有二義其相云何頌曰性淨本覺中遠離慮知知如遠離妄境實示遠離義鏡摩奢跌娑舉一示一故論曰性淨本覺之體性中遠離一切攀緣慮知諸戲論識成就一味平等之義故名爲如遠離一切虛妄境界種種相分成就決定

眞實之相故名爲實爲欲現示遠離之義故名爲空鏡謂喻明然此中鏡則是摩奢趺娑珠鏡非餘種種油摩等鏡以爲譬喻何以故取此摩奢趺娑珠鏡安置一處珠鏡前中或蘊種種石或蘊種種餘食或蘊種種莊嚴具或蘊同類珠鏡彼珠鏡中餘像不現唯同類珠分明顯了故如實空鏡亦復如是於此鏡中唯同類清淨功德安立集成種種異類諸過患法皆遠離故如論云一者如實空鏡遠離一切心境界相無法可現故各有二種義而唯示同鏡義等空之義不現示耶以舉一義兼示一義故若如是者云何名爲等空義耶謂如虛空清淨無染四障所不能覆廣大無邊三世所不能攝如實空鏡亦復如是故非覺照義故者即是現示遠離因緣爲如彼

摩奢趺娑珠鏡中石等諸像不現前者石等諸法皆鄙穢故此本覺珠鏡中種種妄法不現前者一切染法皆悉是無明不覺之相無照達義故云何名爲因熏習鏡及有二義其相云何頌曰性淨本覺智三種世間法皆悉不捨離爲一覺熏習莊嚴法身果故名因熏習鏡輪多梨華空容受徧一論曰性淨本覺三世間皆悉不離熏習彼三而爲一覺熏習莊嚴一大法身之果是故名爲因熏習鏡云何名爲三種世間一者衆生世間二者器世間三者智正覺世間衆生世間者謂異生性界器世間者謂所依止土智正覺世間者謂佛菩薩是名爲三此中鏡者謂輪多梨華鏡如取輪多梨華安置一處周集諸物由此華熏一切諸物皆悉明淨又明淨物華中現前

皆悉無餘一切諸物中彼華現前亦復無餘因熏習鏡亦復如是熏一切法爲清淨覺熏令平等復次虛空義則有二種一者容受義二者徧一義容受義者容受諸色無障礙故徧一義者種種諸色唯同一種大虛空故如論云二者因熏習鏡謂如實不空一切世間境界悉於中現故如是本覺從無始來遠離四種過自性清淨常住一心一者遠離不徧之過三種世間不出本覺清淨鏡故如論云不出故二者遠離雜亂之過一切諸法不入本覺清淨鏡故如論云不入故三者遠離過患之過本覺鏡中現前諸法無不本覺淨功德故如論云不失故四者遠離無常之過本覺鏡中現前諸法無不常住無爲智故如論云不壞故遠離邊過圓滿中實是故說言常住一心自此巳下顯示因緣何因緣故本覺智中種種諸法如彼本覺離諸過耶種種諸法皆悉無不眞實體故如論云以一切法即眞實性故故自此巳下作緣決疑謂有衆生作如是疑三世間中衆生世間無明染法具足圓滿流轉遷動無休息時如是世間現本覺者不可得言本覺清淨遠離諸過以此義故今通而言又一切染法所不能染般若實智其體不動自性清淨具足無漏常恒熏習衆生世間令清淨故如論云又一切染法所不能染智體不動具足無漏熏衆生故云何名爲法出離鏡及有二義其相云何頌曰如實不空法出離三過失圓滿三種德故名法出離鏡銷鍊玻瓈空出離色義論曰無漏性德出離三過圓滿三德名法出離云何名爲

三種過失一者無明染品名煩惱礙二者根本無明名爲智礙三者俱合轉相名戲論識是名爲三如是三過究竟離故名爲出離如論云三者法出離鏡謂不空法出煩惱礙智礙離和合相故云何名爲三種功德一者淳成就功德二者淨成就功德三者明成就功德是名爲三如論云淳淨明故故出離何過圓滿何德謂出離煩惱礙圓滿淨成就功德出離智礙圓滿明成就功德出離和合轉相圓滿淳成就功德何以故相對法爾故此中鏡者謂玻瓈珠譬如玻瓈珠淪深泥中則便涌出離彼泥騰一丈量若置濁水中驅混成塵累唯上清淨水安住其中若置福多伽林中出現香氣礙彼穢香遠去而住法出離鏡亦復爾故此中喻者喻自體淨義等空義者

出離色義謂如虛空遠離大種一向清淨法出離鏡亦復爾故云何名爲緣熏習鏡及有二義其相云何頌曰於無量無邊諸衆生緣中出無量無邊殊勝應化身熏習衆生心出生諸善根增長兩輪華莊嚴法身果故名緣熏習鏡中玻瓈空隨順成就義如法應觀察論曰譬如取玻瓈珠安置一處周匝積集種種色珠彼玻瓈珠隨向珠色現前轉變緣熏習鏡亦復爾又譬如虛空有自在力故於一切所作之事中隨順成立緣熏習鏡亦復如是於一切衆生修行之事中隨應建立故如論云四者緣熏習鏡謂依法出離故偏照衆生之心令修善根隨念示現故故如是四種本覺大義徧一切衆生界一切二乘界一切菩薩界一切如來界中無不住處無不照處

無不通處無不至處具足圓滿具足圓滿起信䟽釋云性淨本覺者以空及鏡喻別解四義論云一如實空鏡遠離一切心境界相無法可現非覺照義故者初內真如中妄法本無非先有後無故云如實空下釋空義倒心妄境本不相應故云遠離非謂有而不現但以妄法理無故無可現境非不能現但以兎角無故無可現也非覺照者有二義一以妄念望於真智無覺照之功以情執違理故如鏡非即外物以彼外物無照用義故即顯鏡中無外物體二以本覺望於妄法亦無覺照功能以妄本無故如淨眼望空華無照矚之功亦如鏡望兎角問若然者何故下因熏習鏡中即現一切世間法耶答約依他似法此是真心隨熏所作無自體故不異真如故論云以一切法即真實性故今此約徧計所執實性故無可現也問所現似法豈不由彼執實有耶答雖由執實有然似恒非實如影由質影恒非質鏡中現影不現質不現質故故云空鏡能現影故是因熏也論云二因熏習鏡謂如實不空一切世間境界悉於中現不出不入不失不壞常住一心以一切法即真實性故又一切染法所不能染智體不動具足無漏熏衆生故者釋內有二因義初能作現法之因二作內熏之因亦可初是因義後是熏習義故云因熏習也言如實不空者此總出因熏體謂有自體及功能故二因初中一切世間境界悉現明一切法離此心外無別體性猶如鏡中能現影也不出者明心待熏故及現諸法非不熏而自出也不入者離

心以無能熏故不從外入也不失者雖復不從內出外入然緣起之時顯現不無故云不失也不壞者諸法緣集起無所從不異眞如故不可壞如鏡中影以因鏡故不可壞也常住一心者會相同體染法不能染者以性淨故智體不動者以本無染令無始淨是故本覺之智未曾移動又雖現染法不爲所染故云不動如鏡中像隨質轉變然其鏡體未曾動也又一空鏡離一切外物之體二不空鏡謂體不無能現萬像三淨鏡謂已磨治離塵垢故四受用鏡謂置之高堂須者受用前二自性淨後二離垢淨又初二就因隱時說後二就果顯時說又前二約空不空後二約體用如佛地經云復次妙生大圓鏡智者如依圓鏡衆像影現如是依止如來智鏡諸處境識衆像影現唯以圓鏡爲譬喻者當知圓鏡如彼智鏡平等平等是故智鏡名圓鏡智如來大圓鏡有福樂人懸高勝處無所動搖諸有去來無量衆生於此觀察自身得失爲欲存得捨諸失故如是如來懸圓鏡智處淨法界無間斷故無所動搖欲令無量無數衆生觀於染淨爲欲取淨捨諸染故又如圓鏡極善磨瑩鑒淨無垢光明徧照如是如來大圓鏡智於佛智上一切煩惱所知障垢永出離故極善磨瑩爲依止定所攝持故鑒淨無垢作諸衆生利樂事故光明徧照又如圓鏡依緣本質種種影像相貌生起如是如來大圓鏡智於一切時依諸緣故種種智影相貌生起如圓鏡上非一衆多諸影像起而圓鏡上無諸影像而此圓鏡無動無作如是如來圓

鏡智上非一衆多諸智影起圓鏡智上無諸智影而此智鏡無動無作又如圓鏡與衆影像非合非離不聚集故現彼緣故如是如來大圓鏡智與衆智影非合非離不聚集故不散失故大涅槃經云若能聽受是大涅槃經悉能具知一切方等大乘經典甚深義味譬如男女於明淨鏡見其色像了了分明大涅槃鏡亦復如是菩薩執之悉得明見大乘經典甚深之義又云何等名爲伊帝目多伽經乃至拘那牟尼佛時名曰法鏡是知古佛皆目此爲鏡以教法萬義眞俗萬緣無不於中顯現故天台頂尊者涅槃疏云般若者即是無上調御一切種智名大涅槃明淨之鏡此鏡一照一切照照中故是鏡照眞故是淨照俗故是明明故像亮假現淨故瑕盡眞顯鏡

故體圓中顯三智一心中得故言明淨鏡攝一切法故稱調御佛智藏故名般若德是知諸聖皆目心爲鏡妙盡其中矣大乘千鉢經云諦觀心鏡照見心性唯照唯清唯照唯淨徧觀十方廓周法界朗然寂靜無有障礙所以先德云此眞如性猶如明鏡萬像悉於中現又一切萬法有二一皆如明鏡含明了性一心所成故二分別所現如影像故由初義故爲能現由後義故爲所現故一切法互爲鏡像如鏡互照而不壞本相經云遠物近物雖皆影現影不隨物而有遠近且如河泉之中見日月者是爲能現若河泉以爲所現者長河飛泉入於鏡中出是所現之相登樓持鏡則黃河一帶盡入鏡中瀑布千丈見於逕尺王右丞詩云隔牕雲霧生衣上卷幔山泉

入鏡中明是所現矣如高懸心鏡無法不含似廓徹性空何門不入故唐朝太宗皇帝云朕聞以銅爲鏡可以正衣冠以古爲鏡可以知興替以人爲鏡可以知得失今以心爲鏡可以照法界又明鏡只照其形不照其心只照生滅不照無生但照世間不照出世有形方照無形不照且如心鏡洞該性地鑒徹心原徧了無生廣明眞俗有無俱察隱顯咸通優劣懸殊略齊少喻如華嚴普賢行願品云時婆羅門爲善財童子讚甘露大王頌云我主勝端嚴懲忿誡諸欲心如淨明鏡鑒物未嘗私明鏡唯照形不鑒於心想我王心鏡淨洞見於心原先德云如大摩尼寶鏡懸耀太虚十方色相悉皆頓現而此鏡性淨光無有影像諸佛法身亦復如是澄徹清淨而無影像以昔大悲不倦隨衆生業緣感應差別普現一切色身三昧衆生聞見無不蒙益諸佛以無漏金剛心爲身普現一切衆生界但爲煩惱習氣所覆無體不現如瓶内淨燈光不滅名如來藏亦名功德藏亦名無盡藏諸祖共傳諸佛清淨自覺聖智眞如妙心不同世間文字所得何以故無礙解脱是一眞法性不與世間出世間所共故經云無比是菩提不可喻故若有悟斯眞實法性此人則能了知三世諸佛及一切衆生同一法界本來平等常恒不變諸佛一切時中離觀相故經偈云心淨已度諸禪定是以心淨故則孤光一照萬慮全消如闇室懸燈重雲見日如古德偈云安知一念蒙光處億劫昏迷滅此時故云法有應照之能故況之以鏡教有可傳之

義故喻之於燈可謂慧月入懷靈珠在握法界洞徹無不鑒矣才命論云心徹寶鏡注云夫心以鑒物庶品不遺洞徹幽明同乎寶鏡又莊子云至人之心若鏡也又如世間之鏡尚照人肝膽何況靈臺心鏡而不洞鑒耶昔秦宮以玉爲鏡照諸羣僚肝膽腑臟皆悉顯現所以昔人云不遊大海未覩沃日之奇不仰太山靡覩干霄之狀如未臨宗鏡焉識自心恢廓而體納太虛澄湛而影含萬像不信入者莫測高深故眞覺大師謌云心鏡明鑒無礙廓然瑩徹周沙界萬像森羅影現中一性圓光非内外是故依此起信論四種空鏡義遂乃廣録祖教顯現一心證成宗鏡所以論云有法能起摩訶衍信根者有法者謂一心法若人能解此法必起廣大信根故信根旣立即入佛道以成佛道故離二現行云何現行一者凡夫現行生死成雜染事二者二乘現行涅槃失利樂事縛脫雖殊俱迷宗鏡今成佛道無二現行圓證一心具摩訶衍以大智故不住生死以大悲故不住涅槃作一種之光明爲萬途之津濟○問宗鏡廣照萬法同歸是此鏡義不答若凡若聖說異說同皆是鏡中之影像唯此一鏡圓極十方鏡外無法彼我俱絶古德云若言衆生心性同諸佛心性者別教也圓教心性是一寂光無彼無此極十方三世佛及衆生邊際成一大圓鏡但是一鏡無有同異也佛及衆生一鏡上像耳○問今宗鏡録以鏡爲義者是約法相宗立約法性宗立答若約因緣對待門以法相宗即本識爲鏡如楞伽經云譬如明鏡現

衆色像現識處現亦復如是現識即第八識以法性宗即如來藏爲鏡如起信論云復次覺體相者有四種大義與虚空等猶如淨鏡又占察善惡經立二種觀門爲鈍根人立唯心識觀爲利根人立真如實觀又起信論云心若馳散即當攝來令住正念其正念者當知唯心無外境界即復此心亦無自相念念不可得故若唯心識觀及正念唯心當法相宗若真如實觀與其心念念不可得即法性宗若約法性融通門皆歸一旨無復分別今論正宗取勝而言約法性宗説若總包含如海納川以本攝末豈唯性相無有一法而遺所照○問此宗鏡中如何信入答但不動一心不住諸法無能所之證亡智解之心則是無信之信不入之入人法二空心境雙寂如大般若經文殊師利云繫緣法界一念法界不動法界知真法界不應動揺謂若言我入法界已動法界能所兩亡入相斯寂故不動法界是入法界大乘千鉢大教王經云云何方便而得證入無性觀者菩薩先須當心觀照本性静寂悟入滅盡定得心識性證見清淨唯清唯淨證見聖性自性如如一道寂静悟達本原返照見淨唯照唯瑩唯瑩唯淨唯寂唯聖則是名爲菩薩得入無動涅槃無性觀故知若有能證則爲有人若有所證則爲有法以唯一真法界故則心外無法不可以法界更證法界如無生義云如經言舍利弗讃比丘言汝等今者住於福田諸比丘言大師世尊猶尚不能消供養何況我等大師解言此是佛不住佛則無有佛亦無福田能消

供養者此正是真福田人佛若住佛即是有佛亦是有福田能消供養者此即非是真福田也類此住神通智慧則有智慧此則非真智慧若無所住乃是真有智慧又思益經論釋云離於法界更無有人受供養者故以彼法界本來清淨故是以此録削去浮華唯談真實不依名字直顯心宗如普賢觀經云昔在靈山演於一實之道又究竟一乘寶性論偈云雖無善巧言但有真實義彼法應受持如取金捨石妙義如真金巧語如瓦石依名不依義彼人無明盲若親見性入宗鏡中乃是自信法門決定無惑則日可使冷月可使熱縱千途異説終不能易如大法炬陀羅尼經云佛言憍尸迦如來弟子見諸世間猶如幻化無有疑網所以者何彼信如來即自見法是故自信不唯信他何以故若世間人既自見已彼人終不更取他言憍尸迦如人裸露在道而行設有一人語衆人言此人希有錦衣覆身憍尸迦於意云何彼雖有言自餘衆人信此言不不也世尊何以故眼親見故佛言如是如是憍尸迦諸佛如來諸有弟子自見法故不取他言其義亦爾釋曰若見自法何法非自或凡或聖若是若非凡有指陳皆不出自心之際如是信者方到法原如入法界體性經云佛復告文殊師利汝知實際乎文殊師利言如是世尊我知實際佛言文殊師利何謂實際文殊師利言世尊有我所際彼即實際所有凡夫際彼即實際若業若果報一切諸法悉是實際世尊若如是信者即是實信世尊若顛倒信者即是正信若行

非行彼即正行所以者何正不正者但有言說不可得也是知若信唯心實義者則不爲言語所轉聞深而不怖聞淺而不疑聞非深非淺而不癡如清涼演義云聞深不怖者即大分深義所謂空也聞說於空謂同斷滅故令人怖故大品云既非先有後亦非無自性常空勿生驚怖聞淺不疑者淺謂涉事方便多門則令疑惑今知隨宜何所疑耶聞非深非淺謂無所據使身心湛然知非深爲妙有非淺爲眞空離身心相方爲勇猛可造斯境又此三句亦即三觀初空次假後中道三句齊聞一念皆會則三觀一心何疑不遣

宗鏡録卷第十

宗鏡録卷第十一

宋慧日永明妙圓正修智覺禪師延壽集

夫所度之機無量能度之法無邊立五行門廣闢賢愚之路張八教網徧摝人天之魚何乃以心標宗能治一切答方便有多門則遐張八教之網歸源性無二乃高峙一心之宗是以病行憩聲聞於化城見行誘凡夫於天界兼但對帶俯為差別之機開示悟入唯證一乘之道如千方共治一病萬義俱顯一心令不執見徇文失真法之味所冀研心究理得正覺之原如法華玄義云一心五行即是三諦三昧聖行即真諦三昧梵行嬰兒行病行即俗諦三昧天行即中道王三昧又圓三三昧圓破二十五有即空故破二十五惡業見思等即假故破二十五無知即中故破二十五無明即一而三即三而一一空一切空一假一切假一中一切中故名如來行又如來室冥熏法界慈善根力不動真際和光塵垢以病行慈悲應之示種種身如聾如啞說種種法如狂如癡有生善機以嬰兒行慈悲應之婆婆啝啝木牛楊葉有入空機以聖行慈悲應之執持糞器狀有所畏有入假機以梵行慈悲應之慈善根力見如是事踞師子牀寶机承足商估賈人乃徧他國出入息利無處不有有入中機以天行慈悲應之如駃馬見鞭影行大直道無留難故無前無後不並不別說無分別法諸法從本來常自寂滅相圓應衆機如阿修羅琴若漸引入圓如前所說若頓引入圓如今所說入圓等證更無差別為顯別圓初入之門慈善根力令漸頓

人見如此說此一心法門横通竪徹攝盡恒沙之義故號總持能爲萬法之宗遂稱無上若但論事行失佛本宗如金光明經疏云如王子飼虎尸毗貿鴿皆捨父母遺體非捨已身已身者法性實相是也釋論云持戒爲皮禪定爲血智慧爲骨微妙善心爲髓爲他說戒能遮罪修福無相最上非持非犯尸波羅蜜者是施已皮也說諸禪定神通變化不起滅定現諸威儀者是施已血也說法皆悉到於一切智地者是施已骨也檀忍等應是肉也說甚深法相諸佛行處不一不二言語道斷心行處滅微妙中道者是施已髓也將此充足飢餓衆生況餘飲食餘飲食者即是人天二乘戒皮定血慧骨眞諦之髓耳法華經云於餘深法中示教利喜者即其義也是以能說此法門者是徹佛眞心施於已髓矣又此一心宗若全揀門則心非一切神性獨立若全收門一切即心妙體周徧若非收非揀則遮照兩亡境智俱空名義雙絶可謂難思妙術點瓦礫以成金無作神通攪江河而爲酪轉變自在隱顯隨時或卷或舒能同能别實乃能治之妙何病而不痊巧度之門何機而不湊洗除心垢拔出疑根言言盡契本心一一皆含眞性法法是金剛之句塵塵具祕密之門如入法界體性經云文殊言諸法性不壞是故名金剛句華嚴經頌云若於佛及法其心了平等二念不現前當踐難思位勝天王般若經云菩薩摩訶薩一切境界無有一法不通達者修行如是智波羅蜜二乘外道不能掩蔽以智觀察從初發心至入涅槃

皆悉明了能以一法知一切境界一切境界即是一法何以故如如一故不見我能修及所修法無二無別自性離故是名菩薩摩訶薩行般若波羅蜜通達智般若波羅蜜思益經云網明謂梵天言是五百比丘從座起者汝當爲作方便引導其心入此法門令得信解離諸邪見梵天言善男子縱使令去至恒河沙劫不能得出如此法門譬如癡人畏於虛空捨空而走在所至處不離虛空此諸比丘亦復如是雖復遠去不出空相不出無相相不出無作相又如一人求索虛空東西馳走言我欲得空我欲得空是人但說虛空名字而不得空於空中行而不見空此諸比丘亦復如是欲求涅槃行涅槃中而不得涅槃所以者何涅槃者但有名字猶如虛空但名字不可得取涅槃亦復如是但有名字而不可得是知一切不信衆生邪見外道徒生猒離枉自妄求究竟一心位中未曾暫出故密嚴經偈云如飯一粒熟餘粒即可知諸法亦如是知一即知彼譬如鑽酪者嘗之以指端如是諸法性可以一觀察楞伽經偈云譬如鏡中像雖見而非有於妄想鏡中愚夫見有二法集經云爾時海慧菩薩白佛言世尊菩薩欲顯見涅槃應觀虛妄分別寂滅之心如是之處得於涅槃是名勝妙法集大乘本生心地觀經觀心品云爾時文殊師利菩薩摩訶薩白佛言世尊如佛所說告妙德等五百長者我爲汝等敷演心地微妙法門我今爲是啓問如來云何爲心云何爲地乃至薄伽梵告諸佛母無垢大聖文殊師利菩薩摩訶

薩言大善男子此法名爲十方如來最勝祕密心地法門此法名爲一切凡夫入如來地頓悟法門此法名爲一切菩薩趣大菩提眞實正路此法名爲三世諸佛自受法樂微妙寶宫此法名爲一切饒益有情無盡寶藏此法能引諸菩薩衆到色究竟自在智處此法能引詣菩提樹後身菩薩眞實導師此法能雨世出世財如摩尼寶滿衆生願此法能生十方三世一切諸佛功德本原此法能消一切衆生諸惡業果此法能與一切衆生所求願印此法能度一切衆生生死險難此法能息一切衆生苦海波浪此法能救苦惱衆生而作急難此法能竭一切衆生老病死海此法善能出生諸佛因緣種子此法能與生死長夜爲大智炬此法能破四魔兵衆而作甲冑此法即是正勇猛軍戰勝旍旗此法即是一切諸佛無上法輪此法即是最勝法幢此法即是擊大法鼓此法即是吹大法螺此法即是大師子王此法即是大師子吼此法猶如國大聖王善能正法若順王化獲大安樂若違王化尋被誅滅善男子三界之中以心爲主能觀心者究竟解脱不能觀者究竟沈淪衆生之心猶如大地五穀五果從大地生如是心法生世出世善惡五趣有學無學獨覺菩薩及於如來以是因緣三界唯心心名爲地一切凡夫親近善友聞心地法如理觀察如説修行自利教他讃勵慶慰如是之人能斷二障速圓衆行疾得阿耨多羅三藐三菩提爾時大聖文殊師利菩薩白佛言世尊如佛所説速將心法爲三界主心法本元不

染塵穢云何心法染貪嗔癡於三世法誰說爲心過去心巳滅未來心未至現在心不住諸法之内性不可得諸法之外相不可得諸法中間都不可得心法本來無有形相心法本來無有住處一切如來尚不見心何況餘人得見心法一切諸法從妄想生以是因緣今者世尊爲大衆說三界唯心顯佛哀愍如實解說爾時佛告文殊師利菩薩言如是如是善男子如汝所問心心所法本性空寂我說衆喻以明其義善男子心如幻法由徧計生種種心想受苦樂故心如水流念念生滅於前後世不暫住故心如大風一刹那間徧歷方所故心如燈燄衆和合而得生故心如電光須臾之頃不久住故心如虚空客塵煩惱所覆障故心如猨猴遊五欲樹不暫住故心如畫師能畫世間種種色故心如僮僕爲諸煩惱所策役故心如獨行無第二故心如國王起種種事得自在故乃至善男子如是所說心心所法無内無外亦無中間於諸法中求不可得去來現在亦不可得超越三世非有非無心懷染著從妄緣現緣無自性心性本空如是空性不生不滅無來無去不一不異非斷非常本無生處亦無滅處亦非遠離非不遠離如是心等不異無爲無爲之體不異心等心法之體本不可說非心法者亦不可說何以故若無爲是心即名斷見若離心法即名常見永離二相不著二邊如是悟者名見眞諦悟眞諦者名爲賢聖一切聖賢性本空寂無爲法中戒無持犯亦無小大無有心王及心所法無苦無樂如是法界自性

無垢無上中下差別之相何以故是無爲法性平等故如衆河水流入海中盡同一味無別相故此無垢性是無等等遠離於我及離我所此無垢性非實非虛此無垢性是第一義無盡滅相體本不生此無垢性常住不變最勝涅槃我樂淨故此無垢性遠離一切平等體無異故若有善男子善女人欲求阿耨多羅三藐三菩提者應當一心修習如是心地觀法大智度論問云般若波羅蜜是菩薩第一道一相所謂無相何以故說是種種道答曰是道皆入一道中所謂諸法實相初學有種種別後皆同一無有差別譬如劫盡燒時一切所有皆同虛空故知越此弘修絕進步之地離斯方便無成佛之期乃至從初得道畢至涅槃於中能化所化師弟始終本末同時機應一際俱不出自心矣如台教云心王即如來心數即弟子但衆生刹那相續日夜常生無量百千衆生心王中數邪一切法邪魔眷屬也心王中數正則一切法正今時學道行人須善得此意若修智慧但當內起慧數思惟分別因此發半滿智慧自行化他即同舍利弗莊嚴雙樹也如是一一約心數行成化十弟子一一之行顯由心也若能諦觀心性即是見佛性住大涅槃即同如來具足莊嚴娑羅雙樹也若觀行心明者見心王即是法王心數即大弟子莊嚴雙樹之義猶如眼見問台宗觀心語答疏豈盡心還原集云法華經云受持行誰經稱揚何佛道華嚴經云色經論受想行識經論若隨自意語亦得云眼經論耳鼻舌身意貪瞋癡經論所以

然者經云知眼無生無自性說空寂滅無所有六根同此經經只是法知眼空法即眼經論耳空法即是耳經論諸界亦爾道理必須實照不可虛談爲自欺也行住坐卧受持陰界入爲行誰經於色上發智即是受行色經乃至隨一切處悟即是受持一切處經是乘從三界中出至薩婆若中住以不動故即是其義若堅信深思則如法住經云如法住者如彼六根性空法而假言住也稱揚何佛道者瓔珞經云實智性爲法身若見實性即是稱揚法身佛聞身有實性即於陰界入得空三昧六度七覺三賢十地妙覺等以報前功即是稱揚報身佛得前諸法應衆生身即是稱揚應身佛此則於身内一念見三佛衆生不觀察雖近而不見大集經云無出之出是名佛出無禪之禪是名正禪無脫之脫是名正脫魔逆經云魔請文殊解縛文殊云無人縛汝汝自想爲縛也魔印語云我畢竟求不解脫經云本自無縛其誰求解若使法界有繫縛者我即解脫此眞實不生不滅也當於心行中求無智人中莫說此經恐生邪見藥反成病知離名爲法覺法名爲佛知離者色性離受想行識亦自離從一性空法而假出三寶之名黃蘗和尚云你若擬著一法印早成也印著有四生文出來印著空即空界無想文現如今但知決定不印一切物此印與虛空不一不異虛空不空本印不有見十方虛空世界諸佛出世如電一種觀一切蠢動如響一種千經萬論只說汝之一心一切法不生不滅即是大涅槃果所以道果滿菩提

圓華開世界起故知菩提果滿結自心華世界緣興始於識浪如昔有東國元曉法師義相法師二人同來唐國尋師遇夜宿荒止於塚內其元曉法師因渴思漿遂於坐側見一沵水掬飲甚美及至來日觀見元是死屍之汁當時心惡吐之豁然大悟乃曰我聞佛言三界唯心萬法唯識故知美惡在我實非水也遂却返故國廣弘至教故知無有不達此者頓息遊心任負笈携囊廣歷三乘之學肆縱尋師訪友徧參法界之禪扃若欲絕學棲神究竟應須歸於宗鏡如大涅槃經云佛言云何菩薩信順一實菩薩了知一切衆生皆歸一道一道者謂大乘也釋曰大乘者所言大者即衆生心性能包能徧至小無內無一塵而能入至大無外無一法而不舍所言乘者以運載爲義能運行人直至薩婆若海是知此海不遥心寶常現則趙璧非貴隋珠未珍善友徒泛滄波卞和虛傳荆岫若入宗鏡不動神情刹那之間其寶自現何須徧參法界廣歷叢林當親悟時實非他得如寒山子詩云昔年曾入大海中爲採摩尼誓懇求直到龍宮深密藏金關鎖斷鬼神愁龍王守護安身裏寶劔星寒匆處搜貫客却歸門內去明珠元在我心頭杜順和尚偈云遊子謾波波巡山禮土坡文殊只者是何處覓彌陀石鞏和尚弄珠吟云如意珠大圓鏡亦有中人喚作性分身百億我珠分無始本淨如今淨日用眞珠是佛陀何勞逐物浪波波隱顯即今無二相對面看珠識得麽○問一切萬法皆唯識性者云何有虛有實立色立空眞俗

二諦之門性相雙通之道答森羅影現皆唯心之本宗差別跡分盡唯識之妙性唯識之性略有二種一者虚妄即徧計所執二者眞實即圓成實於前唯識性所遣清淨於後唯識性所證清淨又有二種一者世俗即依他起二者勝義即圓成實於前所斷清淨於後所得清淨又相即依他起該有爲之門性即圓成實通無漏之道又色即依他起之相空即圓成實之性斯則虚實眞俗性相有空徹本窮原皆唯識性矣慈恩云識性識相皆不離心心所心王以識爲主歸心泯相總言唯識唯遮境有執有者喪其眞識簡心空滯空者乖其實是以佛心如海無一流而不入佛心如鏡無一像而不生佛心如珠無一寶而不雨佛心如地無一種而不成萬像現於法

身諸義生於般若則一文一字一念一塵皆入不二之法門盡住不思議解脱矣如金剛三昧經云若住大海則括衆流住於一味則攝諸味無行經偈云菩提非菩提佛陀非佛陀若知是一相是爲世間導故知能了此一際無相之宗可爲明爲導爲師爲匠普救群迷不憩化城直至寶所故經云常樂觀寂滅一相無有二其心不增減現無量神力又華嚴經出現品云佛子譬如有大經卷量等三千大千世界書寫三千大千世界中事一切皆盡乃至此大經卷雖復量等大千世界而全住在一微塵中如一微塵一切微塵皆亦如是時有一人智慧明達具足成就清淨天眼見此經卷在微塵内於諸衆生無少利益即作是念我當以精進力破彼微塵出此經

卷令得饒益一切衆生作是念已即起方便破彼微塵出此大經令諸衆生普得饒益如於一塵一切微塵應知悉然佛子如來智慧亦復如是無量無礙普能利益一切衆生具足在於衆生身中但諸凡愚妄想執著不知不覺不得利益爾時如來以無障礙清淨智眼普觀法界一切衆生而作是言奇哉奇哉此諸衆生云何具有如來智慧愚癡迷惑不知不見我當教以聖道令其永離妄想執著自於身中得見如來廣大智慧與佛無異即教彼衆生修習聖道令離妄想離妄想已證得如來無量智慧利益安樂一切衆生釋曰大千經卷者即如來智慧在一微塵中即是全在一衆生心中一切微塵皆亦如是即一切法界衆生皆含佛智以情塵自隔不能內照空埋金藏枉蔽靈臺如闘没額珠醉迷衣寶不因指示何以發明故先德云破塵出經者恒沙佛法一心中曉是知水未入海則不鹹薪未入火則不燒境未歸心則不等但以宗鏡收之萬法皆同一照是非俱泯逆順同歸無一心而非佛心無一事而非佛事未見剎那頃不是如來得菩提時無有芥子許非是菩薩捨身命處故先德云心非境外故無得境非心外故無相即心是境故甚深即境是心故難入如肇法師云即事無不異即空無不一極上窮下齊以一觀乃應平等也台教云如地無差別草木若干若干無若干無若干若干又如約心論法約法論心心有諸數法無諸數心不離法法不離心無數而數數而無數耳所以起信論云復次眞如依言

說分別有二種義云何爲二一者如實空以能究竟顯實故二者如實不空以有自體具足無漏性功德故所言空者從本已來一切染法不相應故謂離一切法差別之相以無虛妄心念故當知眞如自性非有相非無相非非有相非非無相非有無俱相非一相非異相非非一相非非異相非一異俱相乃至總說一切衆生以有妄心念念分別皆不相應故說爲空若離妄心實無可空故所言不空者以顯法體空無妄故即是眞心常恒不變淨法滿足則名不空亦無有相可取以離念境界唯證相應故眞如者古釋云遣妄曰眞顯理曰如觀和尚拂此義云無法非眞何有妄可遣耶則眞非眞矣無法不如何稱理可顯耶故如非如矣斯則無遣無立爲非安立之眞如矣此釋甚妙故信心銘云良由取捨所以不如立即是取遣即是捨今無遣無立道自玄會矣豈有眞妄當情乎如百論序云儻然靡據而事不失眞蕭焉無寄而理自玄會反本之道著于茲矣可謂無心合道理事俱通又眞如自相唯離念境界則不可以有無思故云非有相非無相非非有相非非無相非有無俱相何者若有二可得名俱今有即無故則有外無無可與有俱今無即有故則無外無有可與無俱故亦有亦無相違不立言不俱不立者若定有有無遮彼有無有俱非句今有即無何有非無今無即有何有非有故雙非亦寂故知言亡四句無句可亡了此無句即眞亡矣○問一心平等理絕偏圓云何教中又說諸法異答隨情說異雖

異而同對執說同雖同而異將同破異將異破同雖同雖異非異非同如云捉子之矛刺子之盾亦如騎賊馬逐賊以聲止聲所以云朝四暮三令衆狙而喜悅苦塗水洗養嬰兒以適時皆是俯順機宜善權方便如莊子云勞神明爲一而不知其同也謂之朝三何謂朝三狙公賦曰朝三而暮四衆狙皆怒曰然則朝四而暮三衆狙皆悅名實未虧而喜怒爲用亦曰是也注云夫四之與三衆狙妄生喜怒非之與是世人競起愛憎聖人還以是非止世人之是非狙公又將四三以息衆狙之三四達人於一豈一勞神明於其間哉大涅槃經云譬如女人生育一子嬰孩得病是女愁惱求覓良醫良醫既至合三種藥酥乳石蜜與之令服因告女人兒服藥已且莫與乳須藥消已方乃與之是時女人即以苦味用塗其乳語其兒言我乳毒塗不可復觸其兒渴乏欲得乳母聞毒氣便捨遠去其藥消已母乃洗乳喚子與之是時小兒雖復渴乏先聞毒氣是故不來母復告言爲汝服藥故以毒塗汝藥已消我已洗竟汝便可來飲乳無苦其兒聞已漸漸還飲經合譬意譬無我等猶如毒塗說如來藏如喚子飲或時說我或說無我皆爲適機如彼塗洗如義海云謂塵事相是異剋體唯法是無異只由法體不異即異義方成以不失體故只由塵事差別即不異義方成以不壞緣方言理也故經云奇哉世尊於無異法中能說諸法異如森羅雖異不能自異虛妄雖同不能自同以無體故法法常生以無用故塵塵恒寂皆是世間

分別衆生妄情於平等法中自生差別向無二相處强立多端猶若畫師邈成高下之相狀或如金匠鍛出大小之器形萬法體常虛但唯自心變大莊嚴論偈云譬如工畫師畫平起凹凸如是虛分別於無見能所譬如善巧畫師能畫平壁起凹凸相實無高下而見高下不真分別亦復如是於平等法界無二相處而常見有能所二相是故不應怖畏云何不須怖畏以自心變故如畫凹凸由自手畫故

宗鏡録卷第十一

音釋

攎盧谷切撈也　峙丈几切屹立也　徇松閏切與殉同從也　研倪堅切窮究也　咊音和　踞居御切據物而坐也　賫尸羊切與商同　買果五切坐販也　駃踈士切疾也　飼祥吏切餧也　礫郎擊切小石也　鑽子官切研也　胄直祐切兜鍪也　旍咨盈切與旌同　笈其立切書箱也　憩去計切息也　盾竪尹切兵器也　狙七余切猿屬　邈墨角切描畫也　鍛丁貫切治金也　凹凸凹么交切不平也凸徒結切高起也

宗鏡録卷第十二

宋慧日永明妙圓正修智覺禪師延壽集

夫唯一心法云何教中廣立名字答如來名號十方不同般若一法說種種名解脱亦爾多諸名字故大般若經云如一切法名唯客所攝於十方三世無所從來無所至去亦無所住一切法中無名名中無一切法非合非散但假施設所以者何以一切法與名俱自性空大方等大集經云爾時佛告陀羅尼自在王菩薩善男子第一義者謂無有諸法若無諸法云何說空無名字法說爲名字如是名字亦無住處名下之法亦復如是是以法從心生名因法立所生之心無處能生之法亦然則心境皆空俱無處所論云心能爲一切法作名若無心則無一切名字當知世出世名字皆從心起以心隨緣應物立號略有五義而立假名一從義故二隨緣故三依俗故四因時故五約用故云何從義無量義經云無量義者從一法生故知因義立名因名顯義云何隨緣涅槃經云其味眞正停留雪山隨其流處得種種名隨其流處者即是隨染淨之緣得凡聖之號云何依俗經云一法有多名實法中即無不失法性故流布於世間云何因時涅槃經云佛性因時節有異說淨不淨何者在垢染時稱衆生處清淨時名諸佛云何約用如因心立法隨法得名處聖稱眞居凡號俗似金作器隨器得名在指曰鐶飾臂名釧則一心不動執别號而萬法成差眞金匪移認異名而千器不等若知法法全心作器器盡金成名相不能干是非焉能

惑又如圓器與方器名字不同若生金與熟金言說有異推原究體萬法皆空但有意言名義差別動即八識凝爲一心得旨忘緣觸途無寄如大涅槃經云佛言善男子如來所有一切善行悉爲調伏諸衆生故譬如醫王所有醫方悉爲療治一切病苦善男子如來世尊爲國土故爲時節故爲他語故爲人故爲衆根故於一法中作二種說於一名法說無量名於一義中說無量名於無量義說無量名云何一名說無量名猶如涅槃亦名涅槃亦名無生亦名無出亦名無作亦名無爲亦名歸依亦名窟宅亦名解脫亦名光明亦名燈明亦名彼岸亦名無畏亦名無退亦名安處亦名寂靜亦名無相亦名無二亦名一行亦名清涼亦名無闇亦名無礙亦名無諍亦名無濁亦名廣大亦名甘露亦名吉祥是名一名作無量名云何一義說無量名猶如帝釋亦名帝釋亦名憍尸迦亦名婆蹉婆亦名富蘭陀亦名摩佉婆亦名因陀羅亦名千眼亦名舍脂夫亦名金剛亦名寶頂亦名寶幢是名一義說無量名云何於無量義說無量名如佛名爲如來義異名異亦名阿羅訶義異名異亦名三藐三佛陀義異名異亦名船師亦名導師亦名正覺亦名明行足亦名大師子王亦名沙門亦名婆羅門亦名寂靜亦名施主亦名到彼岸亦名大醫王亦名大象亦名大龍王亦名施眼亦名大力士亦名大無畏亦名寶聚亦名商主亦名得脫亦名大丈夫亦名天人師亦名大分陀利亦名獨無等侶亦名大福田亦名大智慧海亦名無

相亦名具足八智如是一切義異名異善男子是名無量義中說無量名復有一義說無量名所謂如陰亦名爲陰亦名顛倒亦名爲諦亦名四念處亦名四食亦名四識住處亦名爲有亦名爲道亦名爲時亦名衆生亦名爲世亦名第一義亦名三修謂身戒心亦名因果亦名煩惱亦名解脱亦名十二因緣亦名聲聞辟支佛亦名地獄餓鬼畜生人天亦名過去現在未來是名一義說無量名善男子如來世尊爲衆生故廣中說略略中說廣第一義諦說爲世諦說世諦法爲第一義諦云何名爲廣中說略如告比丘我今宣說十二因緣云何名爲十二因緣所謂因果云何名爲略中說廣如告比丘我今宣說苦集滅道苦者所謂無量諸苦集者所謂無量煩惱滅者所謂無量解脱道者所謂無量方便云何名爲第一義諦說爲世諦如告比丘吾今此身有老病死云何者爲說世諦爲第一義諦如告憍陳如汝得法故名阿若憍陳如是故隨人隨意隨時故名如來知諸根力善男子我若當於如是等義作定說者則不得稱我爲如來具知根力善男子有智之人當知香象所負非驢所勝一切衆生所行無量是故如來種種爲說無量之法何以故衆生多有諸煩惱故若使如來說於一行不名如來具足成就知諸根力故知法本無名因心建立是以大聖隨順世諦曲徇機宜廣略不同一多無定將有說攝歸無說用有名引入無名究竟咸令到於本心寂滅之地故經云佛告舍利弗汝愼勿爲利根之人廣說法語鈍

根之人略說法也又名因體立體逐名生體空而名無所施名虛而體無所起名體互寂萬法無生唯一眞心更無所有永嘉集云是以體非名而不辯名非體而不施言體必假其名語名必藉其體今之體外施名者此但名其無體耳豈有體當其名耶譬夫兎無角而施名此則名其無角耳豈有角當其名耶無體而施名則名無實名也名無實名則所名無所名所名既無則能名不有也何者設名本以名其體無體何以當眞名言體本以當其名無名何以當其體當無當而非體名無名而非名此則何獨體而元虛亦乃名而本寂也然而無體當名由來若此名之有當何所云爲夫體不自名假他名而名我體名非自設假他體以施我名若體之未形則名何所名若名之未設則體何所明然而明體雖假其名不爲不名而無體耳設名要因其體無體則名之本無如是則體不名生名生於體耳今之體在名前名從體後辯者此則設名以名其體故知體是名原矣則名之所由緣起於體體之元緒何所因依夫體不我形假緣會而成體緣非我會因會體而成緣若體之未形則緣何所會若緣之未會則體何所形體形則緣會而形緣會則體形而會體形而會則明形無別會形無別會則會本無也緣會而形則明會無別形會無別形即形本無也是以萬法從緣無自體耳體而無自故名性空性之既空雖緣會而非有緣之既會雖性空而不無是以緣會之有有而非有性空之無無而不無何者會則性空故言

非有空則緣會故曰非無今言不有不無者非是離有别有一無也亦非離無别有一有也如是則明法非有無故以非有非無名耳不是非有非無既非有無又非非有非非無也如是則何獨言語道斷亦乃心行處滅也如是則名體既空言思自絕可謂萬機泯跡獨朗眞心矣○問唯心妙旨一切無名者若衆生之號乃假施爲諸佛之名豈虚建立答因凡立聖聖名無名從俗顯眞眞元不立並依世俗文字對待而生文字又空空亦無寄若是上機大士胡假名相發揚對境而念念知宗遇緣而心心契道如大智度論云如經說師子雷音佛國寶樹莊嚴其樹常出無量法音所謂一切法畢竟空無生無滅等其上人民生便聞此法音故不起惡心得無生法忍當此之時何處有三寶名字但了無生之旨自然一體三寶常現世間若取差别之名即失眞常之理但了一切法無自性則一切處佛出世無一法而非宗如先德云佛出世者今如來出現全以塵無性法界緣起菩提涅槃以爲如來身也此身通三世間是故於一切國土一切衆生一切事物一切緣起一切業報一切塵毛等各各顯現菩提涅槃等爲佛出世也若一處不了即不成佛亦不出現何以故由不了處仍是無明是故不成佛不出現也是以諸佛出世知機知時俯爲下根示生滅劫空拳誘引黄葉提撕若上上機人則諸佛不出不没故經云有佛無佛性相常住華嚴經頌云如心諸佛爾如佛衆生然心佛與衆生是三無差别只是一法名别理

同何者覺此無依無住絕待不思議心不動
時入十信之初號不動智佛不覺此絕待眞
心不守自性隨緣差別時名法身流轉五道
號曰衆生但有迷悟之名不離一心之體更
有何法而作凡聖名字爲差別乎如文殊般
若經云佛言佛法無上耶文殊答無有一法
如微塵許名爲無上又經云如世尊說此法
時無有菩薩得是三昧諸陀羅尼門亦復無
彼諸佛所說語言句義乃至不說一文字句
無人聽聞無人得解無人成佛如此等法是
實言者於後末世五百歲時此經法門弘闡
浮提徧行流布熾然不滅是眞實語○問既
萬機泯跡獨朗眞心者云何教中說此是凡
夫法此是聖人法答以一切法緣生無性故
不得凡夫法不得聖人法以無性緣生故若
眞若俗不相混濫如云一切即一皆同無性
一即一切因果歷然雖即歷然不失無性之
理雖即無性不壞緣生之道然又雖但了一
心而於諸法一一了知分明無惑如華嚴經
云菩薩摩訶薩知一切法皆同一性所謂無
性無種種性無無量性無可算數性無可稱
量性無色無相若一若多皆不可得而決定
了知此是諸佛法此是菩薩法此是獨覺法
此是聲聞法此是凡夫法此是善法此是不
善法此是世間法此是出世間法此是過失
法此是無過失法此是有漏法此是無漏法
乃至此是有爲法此是無爲法是爲第七如
實住○問一心之法云何盡能周徧含容出
生圓具一切法耶答夫心者神妙無方至理
玄邈三際求而罔得二諦推而莫知無像無

名不可以測其深廣無依無住不可以察其指蹤細入無間之中不可以言其小大包乾象之外不可以語其深至道虛玄孰能令有幽靈不墜孰能令無迹分法界而非多性合眞空而非一體凝一道而非靜用周萬物而匪勞如如意珠天上勝寶狀如芥粟有大功能淨妙五欲七寶琳瑯非内畜非外入不謀前後不擇多少不作麤妙稱意豐儉降雨瀼瀼不添不盡利濟無窮蓋是色法尚能如是豈況心神靈妙寧不具一切法耶故經云佛言一切聲聞獨覺菩薩皆共此一妙清淨道皆同此一究竟清淨更無第二我依此故密意說言唯有一乘乃至譬如虛空徧一切處皆同一味不障一切所作事業如是世尊依此諸法皆無自性皆同一味不障一切聲聞緣覺及諸大士所修事業寒山子詩云余家住此號寒山山巖棲息離煩喧泯時萬像無痕跡舒即周流徧大千光影騰輝照心地無有一法當現前方知摩尼一顆寶妙用無窮處處圓還原觀云定光顯現無念觀者謂一乘教中白淨寶網萬字輪王之寶珠此珠體性明徹十方齊照無思成事念者皆從雖現奇功心無念慮若人入此大妙止觀門中無思念慮任運成事如彼寶珠遠近齊照分明顯現廓徹虛空不爲二乘外道塵霧煙雲之所障蔽清涼疏云猶一日宮千光並照隨舉一法有無量門然有二義一約相類如一無常門有生老病死聚散合離得失成壞三災四相外器内身刹那一期生滅轉變染淨隱顯皆無常門餘亦如是二就性融不可盡也

謂法性寂寥雖無諸相無相之相不礙繁興是以依體普現若月入百川尋影之月月體不分即體之用用彌法界體用交徹故不思議輔行記問云一心既具十法界因果但觀於心何須觀具答一家觀門永異諸說該攝一切十方三世若凡若聖一切因果者良由觀具具即是假假即空中理性雖具若不觀之但言觀心則不稱理小乘奚嘗不觀心耶但迷一心具諸法耳問若不觀具爲屬何教答別教教道從初心來但云次第生於十界斷亦次第故不觀具或禀通教即空但理或禀三藏寂滅眞空如此等人何須觀具何者藏通但云心生六界觀有巧拙即離不同是故此兩教不須觀具尚不識具況識空中若不爾者何名發心畢竟二不別成正覺已何能現於十界身土又復學者縱知內心具三千法不知我徧彼三千彼彼三千互徧亦爾茍順凡情生內外見應照理體本無四性心佛衆生三無差別能知此者依俙識心華嚴論云以一心大智之印印無始三世總在一時無邊諸法智印咸徧以智等諸佛故以智等衆生心故以智等諸法故以智無中邊表裏三世長短近遠故爲智過虛空量故如世虛空無所了知如無分別智虛空一念而能分別過虛空等法門是故經頌言一切虛空猶可量諸佛說法不可說又須云普光明智等虛空虛空但空智自在所以無量義經云無量義者從一法生即知一法能生無量義所謂一心一一法皆生無量義者以心徧一切法一一法無非心故以略代總故知略心

能含萬法歷一切教若境若智若人若法隨諸事釋一一向心爲觀觀慧彌成如海吞流似薪益火以不能深達故爲偏爲小以不能諦觀故住有住空是以聲聞覩斯大事自鄙無堪或號泣而聲振大千或云同共一法中而不得此事若菩薩聞茲妙旨懺悔前非或云從無量劫來爲無我之所漂流或言我等歸前盡是邪見人也如上所失皆是不達自心廣大圓融能包能徧故何以能包能徧以無相故如太虛無相不拒諸相發揮能含十方淨穢國土所以昔人云夫萬化非無宗而宗之者無相虛相非無契而契之者無心內外並冥緣智俱寂是故若能如是體道千萬相應可謂正法中人眞佛弟子若違斯旨妄起有心悉墮邪修不入宗鏡如古德誡云只爲無心學無學亦復正修於不修若人不知如此處不得稱名爲比丘洞山和尚云吾家本住在何方鳥道無人到處鄉君若出家爲釋子能行此路萬相當所以初祖大師云若一切作處即無作處無作法即見佛若見相時則一切處見鬼何者若作時無作者無作法即人法俱空覺此成佛若迷無作法則幻相現前故經云凡所有相皆是虛妄如熱病所見豈非鬼耶所以古德云萬法浩然宗一無相又云念滿一萬八千徧徧徧入於無相定亦云無相道場無相法門等是以若於宗鏡發眞最省心力華嚴經云以少方便疾得菩提古德云學雖不多可齊上賢即斯意矣又此一心皆因理事無礙得有如是周徧含容如理事無礙觀云但理事鎔融存亡逆順

通有十門一理徧於事門謂能徧之理性無分限所徧之事分位差别一一事中理皆全徧非是分徧何以故彼眞理不可分故是故一一纖塵皆攝無邊眞理無不圓足二事徧於理門謂能徧之事是有分限所徧之理要無分限此有分限之事於無分限之理全同非分同何以故以事無體還如理故是故一塵不壞而徧法界也如一塵一切法亦然思之又一理性不唯無分故在一切處而全體在於一內二不唯分故常在一中全在一切處一事法不唯分故常在此恒在他方二不唯無分故徧一切處而不移本位又一由理性不唯無分故不在一事外二不唯分故不在一事内一事法不唯分故常在此處而無在二不唯無分故常在他處而無在是故無在無不在而在此在彼無障礙也此全徧門超情離見非世喻能况如全一大海在一波中而海非小如一小波帀於大海而波非大同時全徧於諸波而海非異俱時各帀於大海而波非一又大海全徧一波時不妨舉體全徧諸波一波全帀大海時諸波亦各全帀互不相礙思之釋曰以海爲眞理以波爲事况理事相徧而非一異則海處波而不小同濕性而廣狹無差波帀海而非大不壞相而一多全帀問理既全徧一塵何故非小既不同塵而小何得説爲全體徧一塵一塵全帀於理性何故非大若不同理而廣大何得全徧於理性既成矛盾義甚相違答理事相望各非一異故全收而不壞本先理望事有其四句一眞理與事非異故眞理全體在事中

二眞理與事非一故眞理體性恒無邊際三以非一即非異故無邊理性全在一塵四以非異即非一故一塵理性無有分限次事望理亦有四句一事法與理非異故全帀於理性二事法與理非一故不壞於一塵三以非一即非異故一小塵帀於無邊理性四以非異即非一故一塵帀無邊理性而塵不大思之問無邊理性全徧一塵時外諸事處爲有理性爲無理性若塵外有理則非全體徧一塵若塵外無理則非全徧一切事義甚相違答以一理性融故多事無礙故得全在內而全在外無障無礙各有四句先就理四句一以理性全體在一切事中時不礙全體在一塵處是故在外則在內二全體在一塵中時不礙全體在餘事處是故在內則在外三以無二之性各全在一切中時是故亦在內亦在外四以無二之性非一切故是故非內非外前三句明與一切法非異此之一句明與一切法非一良爲非一非異故內外無礙次就事四句一一塵全帀於理時不礙一切事法亦全帀是故在內即在外二一切法各帀理性時不礙一塵亦全帀是故在外則在內三以諸法同時各帀故是故全內亦全外無有障礙四以諸事法各不壞故彼此相望非內非外思之釋曰以理在一爲內在多爲外事亦以一爲內以多爲外何故如是一多內外相徧相在而無障礙唯是一心圓融故寄理事以彰之以體寂邊目之爲理以用動邊自之爲事以理是心之性以事是心之相性相俱心所以一切無礙如上無邊分限差別

之事唯以一理性鎔融自然大小相含一多即入如金鑄十法界像若消鎔則無異相如和融但是一金以理性爲洪爐鎔萬事爲大冶則銷和萬法同會一真三依理成事門謂事無别體要因真理而得成立以諸緣起皆無自性故由無性理事方成故如波要因於水能成立故依如來藏得有諸法當知亦爾思之四事能顯理門謂由事攬理故則事虚而理實以事虚故全事中之理挺然露現猶如波相虚令水體露現當知此中道理亦爾思之五以理奪事門謂事既攬理成遂令事相皆盡唯一真理平等顯現以離真理外無片事可得故如水奪波波無不盡此則水存於巳壞波令盡六事能隱理門謂真理隨緣成諸事法然此事法既帀於理遂令事顯理不現也如水成波動顯静隱經云法身流轉五道名曰衆生故令衆生現時法身不現也七真理即事門謂凡是真理必非事外以是法無我理故事必依理以理虚無體故是故此理舉體皆事方爲真理如水即波動而非濕八事法即理門謂緣起事法必無自性舉體即真故説衆生即如不待滅也如波動相舉體即水無異也九真理非事門謂即事之理而非是事以真妄異故實非虚故所依非能依故如即波之水非波以動濕異故十事法非理門謂全理之事事恒非理性相異故能依非所依故是故舉體全理而事相宛然如全水之波波恒非水以動義非濕故華嚴經云如色與非色此二不爲一又云生死及涅槃分别各不同釋曰理事逆順自在者事

理相望各有四義四義中皆二義逆二義順謂依理成事真理即事順也以理奪事真理非事逆也事能顯理事法即理順也事能隱理事法非理逆也欲成即成欲壞即壞故云自在成不礙壞壞不礙成顯不礙隱隱不礙顯故云無礙正成時即壞等故云同時五對皆無前却故云頓起又上四對何以約理望事但云成等不云顯等約事望理但云顯等不云成等深有所以何者事從理生可許云成理非新有但可言顯事成必滅故得云壞真理常住故但云隱其即之與一離之與異大旨則同細明亦異理無形相但可即事而事有萬差故言與理冥一理絶諸相故云離事事有差異故云異理上約義别有此不同若統收者應成五對無礙之義一相徧對二

相成對三相害對四相即對五不即對五中前四明事理不離後一明事理不即又五對之中共有三義成顯一對是事理相作義奪隱及不即二對是事理相違義相徧及相即二對是事理不相礙義又由第二相作故有第四相即由相即故相徧由有第三相違故有第五不即又若無不即無可相徧故説真空妙有各有四義約理望事即真空四義一廢已成他義即依理成事門二泯他顯已義即真理奪事門三自他俱存義即真理即事門四自他俱泯義即真理非事門由其即故而互泯也又初及三即理徧事門以自存故舉體成他故徧他也後約事望理即妙有四義一顯他自盡即事能顯理門二自顯隱他義即事能隱理門三自他俱存義即事法非

理門四自他俱泯義即事法即理門又初及三即事徧於理門以自存故而能顯他故徧他也故説約空有存亡無礙眞空隱顯自在理事鎔融者鎔冶也謂初銷義融和也謂終成義以理鎔事事與理融觀之於心即名此觀觀事當俗觀理當眞今觀理事無礙中道第一義觀自然悲智相導成無住行又理事十門總分五對一理事相徧二理事相成三理事相害四理事相即五理事相非理即性空眞理一相無相事即染淨心境互爲緣起起滅時分此彼相貌不可具陳相徧二門是全徧全同理不可分故華嚴經頌云法性徧在一切處一切衆生及國土三世悉在無有餘亦無形相而可得三句即全徧末句即不可分相成二門依理成事則如因水成波似依空立色眞如不守自性能隨萬緣事能顯理則如影像表鏡明識智表本性華嚴經頌云了知一切法自性無所有如是解諸法即見盧舍那相害二門以理奪事如水奪波事能隱理似煙鬱火相即二門眞理即事如水不離冰若但是空出於事外則不即事今即法爲無我理離事何有理耶事法即理則緣起無性一切衆生亦如也相非二門能所有異眞妄不同則於解常自一於諦常自二相即則非二相非則非一非一故不壞俗諦非二故不隱眞諦此眞諦性空之理空而不空斯俗諦幻有之事有而不有不有之有有不礙空不空之空空不絶有彼此無寄遮互相成若心内定一法是有即墮常若心外執一法是無即沈斷俱成見網不入圓宗如上圓

融約理事無礙訖

宗鏡録卷第十二

音釋

療力嶠切治病也　蹉七何切　佉丘伽切　撕先齊切　琳瑯琳力尋切瑯魯當切　瀼汝陽切　盾食尹切干櫓之屬　遞徒計切更造也

宗鏡録卷第十三

宋慧日永明妙圓正修智覺禪師延壽集

夫前已明一心理事無礙今約周徧含容觀中事事無礙者如法界觀序云使觀全事之理隨事而一一可見全理之事隨理而一一可融然後一多無礙大小相含則能施爲隱顯神用不測矣乃至欲使學人冥此境於自心心慧旣明自見無盡之義此周徧含容觀亦具十門一理如事門謂事法旣虛相無不盡理性眞實體無不現此則事無別事即全理爲事是故菩薩雖復看事即是觀理然說此事爲不即理釋方由此眞理全爲事故如事顯現如事差別大小一多變易無量又此眞理即與一切千差萬別之事俱時歷然顯現如耳目所對之境亦如芥瓶亦如眞金爲佛菩薩比丘及六道衆生形像之時與諸像一時顯現無分毫之隱亦無分毫不像今理性亦爾無分毫隱亦無分毫不事不同眞空但觀理奪事門中唯是空理現也故菩薩雖復看事即是觀理然說此事爲不即理者以事虛無體而不壞相所以觀衆生見諸佛觀生死見涅槃以全理之事恒常顯現是以事既全理故不即理若也即理是不全矣如金鑄十法界像一一像全體是金不可更言即金也二事如理門謂諸事法與理非異故事隨理而圓徧遂令一塵普徧法界法界全體徧諸法時此一微塵亦如理性全在一法中如一微塵一切事法亦爾釋云一一事皆如理普徧廣大如理徹於三世如理常住本然例一切諸佛菩薩緣覺聲聞及六道衆生一

一皆爾乃至一塵一念性相作用行位因果無不圓足三事合理事門謂諸事法與理非一故存本一事而爲廣容如一微塵其相不大而能容攝無邊法界由剎等諸法既不離法界故俱在一塵中現如一塵一切法亦爾此理事融通非一非異故總有四句一一中一二一切中一三一中一切四一切中一切各有所由思之釋云一中一者上一是能合下一是所舍下一是能徧上一是所徧餘三句一一例知四通局無礙門謂事與理非一即非異故令此事法不離一處即全徧十方一切塵内非異即非一故全徧十方而不動一位即遠即近即徧即住無障無礙五廣狹無礙門謂事與理非一即非異故不壞一塵而能廣容十方剎海由非異即非一故廣容十方法界而微塵不大是則一塵之事即廣即狹即大即小無障無礙六徧容無礙門謂此一塵望於一切由普徧即是廣容故徧在一切中時即復還攝一切諸法全住自中又由廣容即是普徧故令此一塵還復徧在自内一切差別法中是故此塵自徧他時即他徧自能容能入同時徧攝無礙思之七攝入無礙門謂彼一切望於一法以入他即是攝他故一切全入一中之時即彼全一還復在自一切之内同時無礙思之又由攝他即是入他故一法全在一切中時還令一切恒在一内同時無礙思之釋云此上無礙猶如鏡燈即十鏡互入如九鏡入彼一鏡中時即攝彼一鏡還入九鏡之内同時交互故云無礙八交涉無礙門謂一望於一切有攝有入通

有四句謂一攝一切一入一切一切攝一一切入一一攝一一入一一切攝一切一切入一切同時交參無礙釋云一攝一一入一者如東鏡攝彼西鏡入我東鏡中時即我東鏡入彼西鏡中去一切攝一切一切入一切者圓滿常如此句但以言不頓彰故假前三句句皆圓滿九相在無礙門謂一切望一亦有攝有入亦有四句謂攝一入一攝一切入一攝一入一切攝一切入一切同時交參無礙釋云此與前四句不同前但此彼同時攝入今則欲入彼時必別攝餘法帶之將入彼中發起重重無盡之勢攝一入一者如東鏡能攝南鏡帶之將入西鏡之中即東鏡爲能攝能入南鏡爲所攝西鏡爲所入也此則釋迦世尊攝文殊菩薩入普賢中也攝一切入一

者如東鏡攝餘八鏡帶之將入南鏡之中時東鏡爲能攝能入八鏡爲所攝南鏡爲所入則一佛攝一切衆中帶之同入一衆生中也攝一入一切者如東鏡能攝南鏡帶之將入餘八鏡中攝一切入一切者如東鏡攝九鏡帶之將入九鏡之中時東一鏡爲能攝能入九鏡爲所攝亦即便爲所入也此句正明諸法互相涉入一時圓滿重重無盡也今現見鏡燈但入一燈當中之時則鏡鏡中各有多多之燈無前後也則知諸佛菩薩六道衆生不有則已有即一刹那中便徹過去未來現在十方一切凡聖中也十普融無礙門謂一切及一普皆同時更互相望一一具前兩重四句普融無礙准前思之令圓明顯現稱行境界無障無礙深思之令現在前是以前九

門文不頓顯故此攝令同一剎那既總別同時則重重無盡也又華嚴演義云夫能所相入心境包含總具四義能成無礙一稱性義二不壞相義三不即義四不離義由稱性故不離由不壞相故不即又如諸剎入毛孔皆有稱性及不壞相義令毛上取稱性義故知法性之無外剎上取不壞相義故不徧稱性之毛以一毛稱性故能含廣剎以廣剎不壞相故能入一毛又內外緣起非即非離亦有二義一約內外共爲緣起由不即故有能所入由不離故得相入二約內外緣起與真法性不即不離此復二義一由內外不即法性有能所入不離法性故毛能廣包剎能徧入二者毛約不離法性如理而包剎約不即法性不徧毛孔思之此事事無礙觀如羣臣對王各各全得王力猶諸子對父一一全得爲父又如百僧同住一寺各各全得受用而寺不分若空中大小之華一一徧納無際虛空而華不壞則十方一切衆生全是佛體而無分劑以不知故甘稱眇劣稟如來之智德反隨惑盲具廣大之威神而跧小器所以志公云法性量同太虛衆生發心自小如上無礙但是一心如海涌千波鏡含萬像非一非異周徧圓融互奪互成不存不泯遂得塵含法界無虧大小念包十世延促同時等事現前此乃華嚴一部法界緣起自在法門如在掌中爛然可見又非獨華嚴之典乃至一代時教難思之妙旨十方諸佛無作之神通觀音祕密之悲門文殊法界之智海一時顯現洞鑒無疑矣若非智照深達自心又焉能悟

此希奇之事如先德云證佛地者爲真空無我無性是也乃至稱理而言非智所知如空中鳥飛之時跡不可求依止跡處也然空中之跡既無體相可得然跡非無此跡尋之逾廣要依鳥飛方詮跡之深廣當知佛地要因心相而得證佛地之深廣然證入此地不可住於寂滅一切諸佛法不應爾當示教利喜學佛方便學佛智慧夫佛智慧者即一切種智所以般若經中以種智爲佛則無種不知無種不見斯乃以無知知一切知以無見見一切見如華嚴離世間品十種無下劣心中云菩薩摩訶薩又作是念三世所有一切諸佛一切佛法一切衆生一切國土一切世間一切三世一切虛空界一切法界一切語言施設界一切寂滅涅槃界如是一切種種諸法我當以一念相應慧悉知悉覺悉見悉證悉修悉斷然於其中無分別離分別無種種無差別無功德無境界非有非無非一非二以不二智知一切二以無相智知一切相以無分別智知一切分別以無異智知一切異以無差別智知一切差別以無世間智知一切世間以無世智知一切世以無衆生智知一切衆生以無執著智知一切執著以無住處智知一切住處以無雜染智知一切雜染以無盡智知一切盡以究竟法界智於一切世界示現身以離言音智示不可說言音以一自性智入於無自性以一境界智現種種境界知一切法不可說而現大自在言說證一切智地爲教化調伏一切衆生故於一切世間示現大神通變化是爲第十無下劣心

如上微細剖析理事根源方見全佛之衆生惺惺不昧全衆生之佛歷歷無疑悟本而似達家鄉得用而如親手足云何迷眞抱幻捨實憑虛孤負己靈沈埋家寶高推上聖自鄙下凡都爲但誦空文未窮實義唯記即心是佛之語親省何年只學萬法唯識之言誰當現證既乖教觀又闕明師雖稱紹隆但成自誑宗鏡委細正爲斯人使了其義而識其心披其文而見其法感諸聖苦口愧先賢用心覽卷方知終不虛謬如高拂雲霧豁覩青天似深入龍宮親逢至寶始悟從來未諦學處麤浮可驗時中全無力量未到實地莫言其深未至劬勞莫言其苦唯當見性可以息言且諸聖所以垂言教者普爲生盲凡夫令不著生死眇目二乘令不住涅槃夜視小菩薩令捨於權乘羅縠別菩薩令不執教道此爲未知有自心即具如是廣大神德無邊妙用者分明開示令各各自知十方諸佛莫不承我威光一切異生莫不賴我恩力勸生忻慕進道弘修破一微塵出大千經卷然後以定慧力內外莊嚴發起本妙覺心眞如相用似磨古鏡如瑩神珠光徹十方影透法界無令一小含識不承此光猶如善財一生可辦又如龍女親獻靈山如來印可故云我獻寶珠世尊納受是事疾不答言甚疾女言以汝神力觀我成佛復速於此是知纔悟此法因果同時成道度生不出一剎那之際如法華經信解品云疾走往捉又譬喻品云其疾如風豈滯多生枉修功行有如是速疾念念相應之力而不肯承當故諸聖驚嗟廣爲開演布

八教網備三乘車大小俱收權實並載提携誘引密赴機宜或見或聞而前而後悉令入此一乘金剛寶藏以爲究竟如方便品中引十方三世諸佛皆以無量無數方便種種因緣譬喻言詞而爲衆生演說諸法是法皆爲一佛乘故是諸衆生從佛聞法究竟皆得一切種智則不可迷諸佛方便門執其知解領成現之語起法我之心如般若經中佛言我於一切法無所執故得常光一尋身眞金色是以但於人法二執俱亡一道常光自現還同釋迦親證金色之身所以諸佛教門皆爲顯宗破執依前住著反益迷心如熱金丸執則燒手令甘露聖教出苦良緣若遇斯人有損無益如方便品偈云舍利弗當知諸佛法如是以萬億方便隨宜而說法其不習學者不能曉了此汝等既已知諸佛世之師隨宜方便事無復諸疑惑心生大歡喜自知當作佛故知若不習定學慧且不知隨宜之說妄認爲眞不可徇文以爲悟道直如善財登閣龍女獻珠當此之時自然親見應須尅已辦事曉夜忘疲若問程而不行家鄉轉遠似見實而不取還受貧窮所以古德須云學道先須細識心細中之細細難尋可中尋到無尋處方信凡心是佛心故知即於一念生死心中能信有諸佛不思議事甚爲難得如大涅槃經云佛言若有人能以藕根絲懸須彌山可思議不不也世尊善男子菩薩摩訶薩於一念頃悉能得量一切生死是故復名不可思議○問理唯一道事乃萬差云何但了一心無邊佛事悉皆圓滿答出世之道理由心

成處世之門事由心造若以唯心之事一法即一切法舒之無邊以唯心之理一切法即一法卷之無跡因卷而説一此法未曾一因舒而説多此法未曾多非一非多有而不有而多而一無而不無一多相依互爲本末通有四義一相成義則一多俱立以互相持有力俱存也二相害義形奪兩亡以相依故各無性也三互存義以此持彼不壞彼而在此彼持此亦爾經頌云一中解無量無量中解一四互泯義以此持彼彼相盡而唯此以彼持此此相盡而唯彼經云知一即多多即一又由彼此相成貿攝無礙是故得有大小即入一多相容遠近互持主伴融攝致使塵塵現而無盡等帝網以參差故得事事顯而無窮若定光而隱映又一多無礙之義古德以

喻顯示如數十錢法此有二體一異體二同體就異體中有二一相即二相入又以諸緣起法有二義一空有義此即自體二有力無力義此望力用由初義故約相即由後義故得相入初空有義中由自若有時他必無故他即自何以故由他無性以自作故二由自若空時他必有故自即他故何以故由自無性用他作故以空有無二體故所以常相即若不爾者緣起不成有自性等過二力用中自有全力所以能攝他他全無力故所以能入自不據自體故非相即力用交徹故成相入十數爲譬者復有二門一異體門二同體門就異體門中復有二一者一中多多中一如經頌云一中解無量無量中解一了彼互生起當成無所畏此約相説二者一即多多

即一如經頌云一即是多多即一義味寂滅悉平等遠離一異顛倒相是名菩薩不退住此約理說問既其各各無性那得成其一多耶答此由法界實德緣起力用普賢境界相應所以一多常成不增不減也次明一即多多即一者如似一即十緣成故若十非一不成故何但一不成十亦不成如柱若非舍爾時則無舍若有舍亦有柱即以柱即是舍故有舍復有柱一即十十即一故成一復成十也問若一即十此乃無有一若十即一此乃無有十那言一之與十復言以即故得成耶答一即非一者是情謂一今所謂緣成一緣成一者非是情謂一故經頌云一亦不爲一爲破諸數故淺智著諸法見一以爲一問前明一中多多中一者即一中有十十中有一此明一即十有何別耶答前明一中十者離一無有十而十非是一若此明一即十者離一無有十而十即是一緣成故也二同體門者還如前門相似還明一中多多中一一即多多即一今就此門中說者前異體門言一中十者以望後九故名一中十此門言一中十者即一中有九故言一中十也問若一中即有九者此與前異體門中一即十有何別耶答此中言有九者有於自體九而一不是九若前異體說者一即是彼異體十而十不離一問一中既自有九者應非緣成義答若非緣成豈得有九耶問一體云何得有九答若無九即無一次明同體門中一即十者還言一者緣成故一即十何以故若十非一一不成故一即十既爾一即二三亦然問此

中言自體一即十者與前同體一中十有何別耶答前明自體中有十而一非是十此明一即十而一即是十以此爲異問此明一體即十爲攝法盡不答隨智差別故亦盡亦不盡何者如一若攝十即不爲盡若具說即無盡也問爲攝自門無盡爲攝餘門亦無盡耶答一無盡餘亦無盡若餘不盡一亦不盡若一成一切即成若一不成一切即不成是故此攝法即無盡復無盡成一之義也於三四義猶若虛空即是盡更不攝餘故名無盡故知亦攝盡不盡也問既言一即能攝者爲只攝一中十亦得攝他處十答攝他十亦有盡不盡義何以故離他無自故一攝他處即無盡而成一之義他處十義如虛空故有盡經云菩薩在於一地普攝一切諸地功德此宗

鏡錄是一乘別教不思議門圓融無盡之宗不同三乘教中所說如上一多無礙之義不可以意解情思作限量之見唯淨智眼以六相十玄該之方盡其旨耳則知融攝無邊包含匪外如法華神力品云諸佛於此得阿耨多羅三藐三菩提諸佛於此轉于法輪諸佛於此而般涅槃又經云慈悲爲佛眼正念爲佛頭妙音爲佛耳香林爲佛鼻甘露爲佛口四辯爲佛舌六度爲佛身四攝爲佛手平等爲佛指戒定爲佛足種智爲佛心金光明經疏云法性身佛者非是凡夫二乘下地之所能見唯應度者示令得見此即無身之身無相之相一切智爲頭第一義諦髻八萬四千法門髮大悲眼中道白毫無漏鼻十八空舌四十不共齒弘誓肩三三昧腰如來藏腹權

實智手定慧足如此等相莊嚴法性身佛也牛頭初祖云諸佛於此得菩提者此是心處得菩提色處轉法輪眼處入涅槃若爾者身中究竟解脱法身常在淨土具足更少何物復更何求初發心時便成正覺此宗鏡中所有智行主伴皆同一際纔有信者悉同法流但如一圓鏡之中無別分析如華嚴論云此經法門總是十方諸佛同行共行更無新故如大王路發跡登之者即是無柰不行之何一念隨善根少分見性智慧現前總是不離佛正覺根本智故不離普賢行故如普賢一念中少分善心總是向法流者故經云聞如來名號及所說法門聞而不信猶能畢竟至於金剛智地何況信修者也又云此華嚴經中解行法門修學悟入必能成就十住法門住佛種性生如來家爲佛眞子不同權教初地菩薩以誓願成佛此華嚴經直論實證位不論誓願爲此教門總一時一際一法界無異念前後情絶凡聖一性不論情繫應以無念無作法界照之可見若立情見不可信也設生信者玄信佛語故非是自見若自見者情絶想亡心與理合智與境冥方知萬境性相通收若不如斯心常彼此是非競作垢淨何休若也稱性情亡法界重玄之門自達一多純雜自在含容總別之門圓融自在於利生之法善達諸根隨所堪能悉皆成益敬承親近者皆能拔之所以稱性故凡行一事悉徧法界若隨事作則有分限如摩訶般若經云欲以一食供養十方各如恒河沙等諸佛及僧當學般若波羅蜜欲以一衣華香瓔珞

粖香塗香燒香燈燭幢旛華蓋等供養諸佛及僧當學般若波羅蜜論問曰菩薩若以一食供養一佛及僧尚是難事何況十方如恒河沙等諸佛及僧答曰供養功德在心不在事也若菩薩以一食大心悉供養十方諸佛及僧亦不以遠近爲礙是故諸佛皆見皆受是知但運一心廣大無際功德智慧二種莊嚴六度萬行無不圓滿則知一毫空性法界無差一微塵中具十方分是以法華會上十方佛國通爲一土分身共座同證一乘亦如華嚴教明此土說法十刹咸然仰先聖之同歸令後學之堅信遇斯教者莫大良緣如秉大炬以燭幽關炳然見性似駕迅航而渡深濟倏爾登真故云一句染神必當成佛一字經耳七世不沈所利唯人所約唯已百福殊相同入無生萬善異流俱會平等今宗鏡中亦復如是正直捨方便但說無上道一切諸法中唯以等觀入若執方便廣辯諸乘則失佛本懷違於大旨如法王經云若定根機爲小乘人說小乘法爲闡提人說闡提法是斷佛性是滅佛身是說法人當歷百千萬劫墮諸地獄何以故衆生之性即是法性從本已來無有增減云何於中分別藥病如是解者即一切法無非佛法矣○問如何是一切法皆是佛法答一切法唯心心即是佛心即是法如學人問忠國師經云一切法皆是佛法殺害還是佛法不答一切施爲皆是佛智之用如人用火香臭不嫌亦如其水淨穢非汙以表佛智也是知火無分別蘭艾俱焚水同上德方圓任器所以文殊執劍於瞿曇鴦崛

持刀於釋氏豈非佛事乎若心外見法而生分別直饒廣作勝妙之事亦非究竟耳問心性本淨寂照無遺何假智光而爲鑒達答心是正因雖然了照以客塵煩惱所遮若無智慧了因而不能顯古德云智照心原即是了因如空與日略有十義以辯難思一謂日與空非即非離二非住非不住三如日善作破闇良緣顯空之要四雖復滅闇顯空空無損益五理實無損事以推之闇蔽永除性乃無增空界所含萬像皆現六而此虛空性雖清淨若無日光則有闇起七非以虛空空故自能除闇闇若除者必假日光八日若無空無光無照空若無日闇不自除九然此闇性無來無去日之體相亦不生不滅十但有日照空則乾坤洞曉以智慧日照心性空亦復如是釋曰一智與心非即非離云何非即以智是能照心是所照能所異故云何非離智是心之用用不離體故二非住非不住云何非住智性離故云何非不住與心相應故三智能破客塵顯了心性四智雖去塵現性而心本無隱顯五心雖本空要盡客塵方能普現法界六心雖清淨若無智光則爲客塵所蔽七非心自空不染客塵塵若除者要因智光八智無心不照心無智不明九客塵雖盡本無來去智雖起照亦無生滅十但得智光則心性湛然寂照法界洞朗究竟清淨故知萬法無修策修而至無修本性雖空亦由修空而顯空今宗鏡所録深有所以只爲衆生無智不修而墮愚闇不照心性枉陷輪迴若不得宗鏡之智光何由顯於心寳且衆生無漏

智性本自具足以客塵所蔽似鏡昏塵但能知鏡本明塵即漸盡客塵盡處眞性朗然如大涅槃經云如大村外有娑羅林中有一樹先林而生足一百年是時林主灌之以水隨時修治其樹陳朽皮膚枝葉悉皆脫落唯貞實在如來亦爾所有陳故悉已除盡唯有一切眞實法在所以一鉢和尚謌云萬代金輪聖王子只者眞如靈覺是菩提樹下度衆生度盡衆生出生死不生死眞丈夫無形無相大毗盧塵勞滅盡眞如在一顆圓明無價珠

宗鏡録卷第十三

音釋

分劑 分扶問切劑在計切 跧 且緣切跧伏也 剖析 剖普后切判也析先的切分也 縠 胡谷切縐紗也 倏 式竹切倏疾也 闡提 梵語也此云信不具闡昌善切 鴦崛 梵語也具云鴦崛摩羅此云指鬘鴦於良切崛渠物切